Rossetti & MacLane

L'intégrale, volume 1

Jeux dangereux
Une enquête cannoise
Une affaire de famille

Jérôme Dumont

ISBN 978-2-924579-05-3

Dépôt légal Canada – février 2016

JEUX DANGEREUX
1

1.

Gabriel en avait assez des divorces.

Ça devait bien être le deux centième qu'il s'apprêtait à entreprendre…
Il ne pouvait s'empêcher, en se rendant à son cabinet, de se demander si sa future cliente serait frustrée, jalouse, sur le retour ou au contraire une pauvre créature qu'il devrait protéger du vilain mari…

Bien que l'expérience lui avait appris qu'en matière de divorce, il n'y avait que très rarement de parfait innocent…
Le temps de passer au Palais de justice récupérer son courrier, comme tous les matins, et il serait fixé.

Huit heures trente, le téléphone sonne. Nina. Déjà Nina…
Son assistante lui rappelait, sur son ton à la fois autoritaire et maternant, qu'il ne fallait pas oublier de se rendre au greffe criminel, récupérer le dossier Rouvier. Cette fois-ci, ce crétin n'avait rien trouvé de mieux à faire que de démolir à coups de masse l'entrée de son voisin, qu'il jugeait illégale…

Rouvier, décidément, c'était une manne pour le cabinet, sa capacité à enchaîner les conneries étant tout aussi illimitée que son portefeuille, ce qui tombait plutôt bien…

Gabriel aimait bien Nina, même si leurs premiers échanges avaient été difficiles.
« Qu'est-ce qu'elle peut m'enquiquiner, mais en même temps, elle me pousse au cul, juste suffisamment pour que je sois assez brillant pour faire mon travail en beauté.

Je connais sa valeur et c'est pour ça que j'accepte énormément d'elle, jusqu'à ses remontrances ! C'est une chance et une malédiction de travailler avec des gens comme ça... »

Neuf heures moins dix, il fallait songer à se presser !

Le café avec Jean Michel attendra. De toute façon, il a la régularité d'un métronome ; il sera encore là demain, comme tous les jours : c'est l'avantage avec les vieux compères.

Le temps de remonter sur sa vieille béhème et de filer au cabinet à travers le trafic, ça devrait être jouable.

À peine arrivé dans le hall de l'immeuble, il ne put s'empêcher de sentir le parfum qui traînait dans l'air, suffisamment fleuri pour être remarqué, assez discret pour demeurer agréable et intriguant.
Ça devait être celui de sa cliente, puisque l'odeur persista jusqu'au palier du cabinet.

Elle était là, confortablement installée dans la salle d'attente, en train de s'attarder nonchalamment sur le dernier numéro de Voici.
Ça fonctionne toujours la presse people : personne ne l'achète, tout le monde la lit !

De l'autre côté de l'entrée, Nina lui fit comprendre par l'une de ses moues inimitables qu'il aurait affaire à une cliente qui savait ce qu'elle voulait.

Voyant Gabriel entrer dans la salle d'attente, elle se leva d'un bond et se présenta :

— Amandine Deschamps, enchantée.

Une poignée de main ferme et franche, un regard perçant, elle savait exactement ce qu'elle voulait ; décidément, Nina était une fine psychologue !

À peine avaient-ils pénétré dans le bureau de Gabriel, qu'Amandine entra dans le vif du sujet :

— Je pense que mon mari me trompe, lui dit-elle en le fixant d'un regard perçant.

— Ce sont malheureusement des choses qui arrivent…
Cela dit, si je ne m'abuse, vous n'en êtes encore qu'au stade des soupçons - suffisamment prononcés pour venir me voir, mais sans certitude, sans quoi vous auriez été plus affirmative.

— Effectivement, j'ai pour l'instant de très grands questionnements, notamment en raison de son comportement de ces dernières semaines...

— Qu'avez-vous noté de particulier : horaires inhabituels, absences répétées, changement de comportement, désintérêt, agressivité ?

Amandine marqua un temps d'arrêt. Visiblement, elle n'était pas du genre à dire des choses irréfléchies.

Gabriel en profita pour profiler sa future cliente : jolie fille, petite trentaine, cheveux châtain clair naturel, queue de cheval, jeans et tee-shirts suffisamment bien coupés pour comprendre qu'il s'agissait de vêtements de qualité. Sa cliente aimait l'efficacité, mais ne négligeait pas pour autant son apparence. Elle devait avoir les moyens... tant qu'à faire, autant s'assurer d'être payé.

Elle était une interlocutrice agréable, qui le mettait en confiance - paradoxal que cela lui vienne en tête immédiatement, alors qu'à ce moment précis, c'était à lui de mettre sa cliente en confiance...

— Il est habituel que Frank s'absente pour visiter notre siège, situé à Montréal, mais ces derniers temps, sans que le travail le commande, il a augmenté la fréquence de ses visites là-bas - et lorsqu'il est ici, on le voit moins au bureau de Sophia, alors qu'auparavant il y passait ses journées et parfois même ses nuits.

Il devient distant, il ne me parle plus guère - non pas qu'il ait jamais été très bavard, mais à ce point, jamais.

— Puis-je vous demander dans quel domaine vous œuvrez, même si j'imagine que Sophia Antipolis nous oriente vers la technologie ?

— On peut dire ça comme ça : j'ai créé il y a trois ans une compagnie, une « startup » prénommée Stuff for Fun ou S4F, à la base pour créer des jeux vidéo. Mais aujourd'hui nous développons bien plus que cela : nous avons notre propre écosystème qui nous permet de rassembler les joueurs. C'est une plateforme sociale dédiée aux jeux, disons une sorte de « Facebook pour joueurs », même si la comparaison peut sembler prétentieuse.

Frank gère notamment le bureau de Sophia Antipolis, qui s'occupe de toute la partie serveur de notre infrastructure ; c'est sans doute un peu du chinois pour vous, disons que c'est la colonne vertébrale de nos jeux.

— Et, dites-moi, Frank est-il associé avec vous dans cette compagnie ?

— Je l'ai rencontré au moment de lancer S4F, ce qui correspond à peu après au début de notre relation.

Il bénéficie de stock-options, mais n'est pas associé, pas plus que l'ensemble de nos employés, qui bénéficient cependant tous du même régime. Je tiens à garder le plein contrôle.

— Bien, cela facilitera donc le partage en cas de séparation, puisqu'il va falloir inévitablement l'envisager si nous nous dirigeons vers un divorce.

— De ce côté-là, ne vous en faites pas, je me suis mariée en séparation de biens et la société a été créée par mes soins avant notre mariage.

— Revenons donc à vos soupçons : vous n'avez pas d'idée de la raison de ses absences, et visiblement, vous ne souhaitez pas le lui demander. Dans ces conditions, à part faire suivre votre mari par un détective, je ne vois pas d'autre option pour le moment.

Il me semble inutile à ce stade de rentrer dans les détails de votre histoire conjugale - qui me seront cependant nécessaires si la procédure se précise.

— Parfait, cela me convient, car effectivement, je me fais peut-être du souci pour rien, en trois ans de mariage, nous n'avons jamais eu de problèmes profonds...

— Je vais donc faire appel à mon enquêteur habituel, M. André. Je sais, le nom fait très énigmatique, mais après tout, s'il ne l'était pas un peu, il perdrait de son aura...!

— Effectivement, un nom pareil, ça ne s'invente pas !

— Il faudra me communiquer l'horaire, les véhicules et les habitudes de votre mari, ainsi que les adresses qu'il fréquente.

— J'ai déjà préparé son emploi du temps et tout ce qui pourrait être pertinent. Voici.

Voilà une cliente qui était prévoyante !

Amandine lui tendit une enveloppe contenant des informations qui faciliteraient le travail de M. André.

— En ce qui concerne ses honoraires, il revient à cinq cents euros la journée, plus les frais. En ce qui me concerne...

— Ne vous inquiétez pas pour le volet financier, je n'ai pas l'habitude de discuter les tarifs des gens compétents, ce que vous semblez être, si j'en crois les recommandations que l'on m'a faites.

— À ce sujet, puis-je vous demander qui a eu la gentillesse de me recommander ?

— Je connais pas mal de personnes autour de Sophia Antipolis et de Nice ; à plusieurs reprises, votre nom est revenu lors de conversations informelles dans les chambres de commerce. Disons que j'ai « récupéré » votre nom sans vraiment le demander, alors vous m'excuserez si je tais celui de personnes dont je ne voudrais pas qu'elles puissent faire le lien ?

— Je comprends, ne vous inquiétez pas. Je vous recontacterai dès que j'aurai du nouveau. Du reste, je vous demande, lorsque vous serez sortie de ce bureau, de bien réfléchir et d'être prête à apprendre des choses déplaisantes sur votre mari.

Si cela ne vous convient pas, un simple appel permettra de tout arrêter.

— C'est tout réfléchi, Maître, et si je n'avais pas été prête à assumer les conséquences, je ne serais simplement pas venue.

— Eh bien alors, tout est dit. À très bientôt donc, Madame Deschamps.

À peine la cliente partie, Nina, comme à son habitude, se précipita dans le bureau :

— Alors ?

— Toujours curieuse comme une pie, Nina...

Notre amie soupçonne donc son mari de la tromper, le cas de figure habituel : changement d'attitude, absences répétées et inexpliquées, comportement distant...

— Eh bien si c'est ça, ça en fait des cocues à Nice, parce que ce qu'elle décrit là, je ne connais pas une femme qui ne l'ait pas expérimenté...!

— Vous êtes décidément toujours aussi impayable...

— Eh ouais !

Sur ce, Gabriel, qui connaissait suffisamment Nina pour savoir qu'elle aimait avoir le dernier mot, se tut, afin de pouvoir clore cette conversation qui menaçait autrement de s'éterniser.

Il restait que sa nouvelle cliente avait l'air relativement détaché par rapport à l'éventualité d'un adultère de son mari.

En général, les femmes sont plus touchées que cela par cette trahison... À moins que de son côté, elle ne soit pas non plus irréprochable... Mais nous n'en sommes pas là, se dit Gabriel.

Il examina les documents et photos remis par Amandine : son mari était plutôt beau garçon, manifestement grand, brun aux yeux bleus. Il avait de l'allure.

L'examen de son emploi du temps était en revanche d'une fadeur incroyable, même en tenant compte de son changement de comportement... Qu'est-ce que ça devait être avant ça !

Il partait le matin du domicile conjugal, en général vers sept heures trente, seul, à moto ou en voiture, arrivait au bureau entre une et deux heures plus tard, y restait tantôt jusqu'à dix-sept heures, tantôt jusqu'aux petites heures du matin.

Les cartes magnétiques, incontournables dans l'industrie technologique, parleraient pour confirmer ou infirmer ces horaires.

Quant à ses soirées, on ne savait pas grand-chose, c'était même à se demander si le couple avait une vie commune ces derniers temps...

Bref, ce qui aurait pu s'annoncer comme un divorce piquant se dirigeait tout droit - encore - vers une procédure bien ordinaire... Sans doute une maîtresse cachée quelque part, évidemment différente de sa femme, une fille trop sophistiquée pour être honnête, sans doute.

Il y avait quand même quelque chose qui clochait : comment une épouse qui dit aimer son mari et qui visiblement sait diriger des affaires n'a pas cherché à en savoir plus par elle-même ? Pourquoi n'avait-elle pas questionné son mari ?

Bizarre.

Au moins sa cliente ne rechignerait pas à payer, en tous cas, pas pour l'instant. C'était déjà ça de pris !

Pas la peine de rencontrer M. André pour une enquête de ce calibre, une transmission par courriel des données suffirait amplement.

2

M. André était fidèle à ses habitudes. Il avait immédiatement embarqué sur la filature de Frank Deschamps, comme s'il n'avait eu aucune autre affaire en cours.

Il avait commencé par repérer les lieux, l'appartement luxueux sur les collines niçoises, les bureaux de Sophia Antipolis - une vraie forteresse - et les différents trajets qu'il effectuerait s'il était à la place de Frank.
Sa recherche auprès des cartes grises lui avait permis d'identifier les véhicules de Frank, une moto sportive et un VUS noir.
Il ne restait plus qu'à suivre sa piste et scrupuleusement noter toutes ses habitudes.

M. André travaillait « à l'ancienne », sans gadget électronique ou mouchard : il avait déjà essayé, mais une mauvaise expérience l'avait vacciné à tout jamais d'utiliser les technologies dernier cri...

Lundi 18 juillet :
Départ du sujet à 7:30 en moto.
Trajet : promenade des Anglais - autoroute - sortie Antibes, direction Sophia.
Véhicule stationné au parking du bureau jusqu'à 20:00.
Retour au domicile à 21:00.

Si toutes les journées s'égrenaient de la sorte, ça n'allait pas mener bien loin... Et il ne voyait pas les prétendues irrégularités dans une routine qui s'annonçait soporifique.

Au bout d'une semaine à ce rythme-là, il se produisit enfin quelque chose d'intéressant : cette fois-ci son client fit un détour par l'aéroport de Nice Côte d'Azur.

D'autant plus intéressant que Frank y allait en moto et n'allait donc sûrement pas récupérer une personne avec armes et bagages, ni même un passager : il ne transportait qu'un seul casque.

Après avoir observé son client aux arrivées pendant près d'une demi-heure, il se passa enfin quelque chose, coïncidant avec l'arrivée du vol Delta en provenance de New York : une poignée de main à un voyageur, suivie d'un échange de ce qui ressemblait de loin à un étui à cigares. Frank et son ami se rendirent à l'extérieur de l'aéroport et le voyageur mystérieux s'engouffra dans un taxi, Frank partant de son côté.

L'intuition de M. André le poussait à suivre ce mystérieux voyageur, mais il n'en fit rien, se contentant de noter mentalement la physionomie de ce dernier. Les appareils photographiques n'étaient discrets que dans les films... Dans la vraie vie, si la situation ne se prête pas à une photo, mieux vaut juste ne pas s'y essayer. Surtout qu'il n'avait pas l'air d'un paparazzi et qu'aucune star ne traînait dans le coin.

Il avait tendance à imaginer que ses clients étaient au moins aussi paranoïaques que lui, ce qui lui donnait une marge de manœuvre appréciable, tant il était méfiant.

Frank ne retourna pas au bureau et n'alla pas non plus chez lui : il se rendit directement sur une plage privée d'Antibes, du côté de la promenade du soleil, lieu de flânerie obligé des vacanciers.

Il rejoignit trois personnes, deux femmes et un homme, tous dans la mi-trentaine, attablés sur la terrasse.
Visiblement des étrangers, italiens vu leur allure et leur style vestimentaire, celui qui ne s'invente pas, même si on essaie très fort et même s'il se limitait à un maillot de bain, des robes de plage et des accessoires.

Il aurait été imprudent de s'installer directement sur la terrasse. Par ailleurs, aucune table disponible ne permettait d'avoir une meilleure vue qu'en restant sur la promenade qui bordait les plages du coin et qui était parsemée de chaises.

Tout cela ressemblait à une rencontre amicale de personnes ayant beaucoup de choses à se raconter. Ça parlait et plaisantait allègrement, ça buvait et mangeait, bref des vacanciers comme il y en a des tas à cette période de l'année.

Y avait-il matière à conforter des soupçons d'adultère à ce stade ?

À en juger par le regard souvent insistant de l'une des femmes à Frank, on pouvait déjà en déduire qu'elle l'appréciait beaucoup : dès qu'il parlait, tout dans sa posture indiquait qu'il avait toute son attention et elle ne cessait de jouer avec une mèche de cheveux à ces moments bien précis.

Une jolie brune, svelte et bronzée, qui pouvait se permettre de porter une robe de plage, dont les motifs fleuris auraient fait tapisserie sur n'importe quelle autre fille, mais qu'elle portait avec style et élégance. Une sophistication bien éloignée de Madame Deschamps, dont il avait eu la description par Gabriel. Par ailleurs, tout en elle indiquait que le travail ne faisait visiblement pas partie de ses préoccupations premières.

Si Frank Deschamps avait visé l'opposé de sa femme, on se rapprochait d'une cible idéale.

Pendant les deux heures que dura le repas, aucun indice supplémentaire ne permit à M. André de déduire une relation coupable entre ces deux-là.

Le paysage des îles de Lérins et le ponton perpendiculaire à la plage lui donnèrent cette fois un alibi parfait pour photographier la scène dont il tira deux clichés, représentant l'ensemble des protagonistes.

Au moment de l'addition, l'étui à cigares réapparut brièvement, juste le temps de passer d'une main à une autre ; un œil non exercé aurait laissé échapper ce détail, tant l'échange fut bref. La manipulation était digne de pickpockets d'expérience ou de gens très entraînés à la discrétion...

Lorsqu'ils se séparèrent, M. André préféra suivre le trio transalpin plutôt que Frank.

Ils partaient par les plages.

Il les suivit à bonne distance, suffisamment pour voir que leur destination était la plage d'un hôtel de luxe situé à proximité. Il n'aurait plus qu'à se renseigner auprès de ses contacts sur place au sujet de ces clients pour en savoir plus.

*

M. André savait que ses chances de trouver Gabriel à son cabinet étaient meilleures en fin de matinée, si bien qu'il s'y présenta un peu avant midi, et sonna d'un bref coup caractéristique. Hors de question de s'annoncer préalablement, sa paranoïa le lui interdisait !

Nina actionna la gâche électrique et avant même qu'il ait ouvert la porte, le gratifia d'un imperturbable :

— Bonjour, M. André, alors, quoi de neuf aujourd'hui ?

Fidèle à son tempérament et son amabilité légendaire, il se contenta d'un :

— Il est là ?

— Toujours aussi loquace et charmant, M. André ! Il vient de rentrer du Palais, vous connaissez le chemin.

Gabriel était assis dans son fauteuil et tournait le dos au bureau, contemplant les orangers de la cour de l'immeuble en fumant sans doute sa quinzième cigarette de la journée.

En déposant les clichés pris lors de sa filature, M. André débuta son rapport :

— Voici ce que j'ai sur notre client :

S'il trompe sa femme, il est particulièrement discret.

Son horaire varie peu et il semble passer le plus clair de son temps à travailler.

Il y a une potentielle candidate, mais je n'en sais pas plus pour l'instant, une Italienne, mi-trentaine, jolie brune, qu'il a rencontrée avec un couple au ruban bleu. Le trio est en vacances au Belles-Rives, jusqu'à la mi-août. Je vais avoir plus d'informations bientôt de ce côté-là.

Il y a encore une chose et mon petit doigt me dit que ça a son importance : appelons ça l'étui à cigares.

Avant d'aller rencontrer ces Italiens, Frank Deschamps a été à l'aéroport, où il a récupéré un petit paquet remis discrètement par un passager en provenance de New York.

Je n'ai pas pu savoir ce que cet étui contenait, mais je doute fort qu'il importe illégalement des cigares, d'autant que les havanes sont interdits de séjour aux USA et qu'à part des Saint-Domingue qu'on trouve ici, il n'y a rien de fumable là-bas...

— Ça nous éloigne de notre mandat initial, mais il faudra quand même en parler à notre cliente.

Merci M. André. Tenez-moi au courant de vos investigations sur notre belle Italienne et ses amis.

Gabriel rumina pendant une bonne vingtaine de minutes ces éléments, presque dignes d'un roman d'espionnage... Il échafauda mille scénarios, son imagination fertile le conduisant sur autant de pistes, sans cependant avoir suffisamment d'éléments pour en retenir une.

Finalement, la seule chose intelligente serait de faire rapport à sa cliente, laquelle pourrait sûrement amener des éléments de réponse...

3.

Amandine Deschamps répondit presque instantanément à Gabriel.

— Bonjour Madame Deschamps. J'ai obtenu le rapport préliminaire de mon enquêteur. Il serait préférable que nous en discutions en personne. Quand êtes-vous disponible ?

— Je suis supposée m'envoler demain pour Montréal, mais je peux me libérer ce soir ; jusqu'à quelle heure puis-je venir à votre cabinet ?

— Mon dernier rendez-vous est à dix-neuf heures trente, vous pouvez passer jusqu'à vingt-deux heures sans problèmes.

— Parfait, je serai là au plus tard à vingt heures trente.

— Je vous attends. À tout à l'heure.

— À tout à l'heure.

Une chance que Gabriel n'ait pas d'audiences le lendemain ; dans ces cas-là, il réservait ses soirées à méticuleusement préparer ses dossiers, selon une procédure suivie de façon quasi rituelle… Ça lui avait réussi jusque là, alors pourquoi changer une recette qui marche ?

Nina était partie depuis bien longtemps lorsque Amandine sonna à la porte du cabinet.
Même si visiblement sa journée avait dû être chargée, rien dans son allure ne le trahissait.

Elle était toujours aussi impeccable et son sourire ne semblait pas feint même si, compte tenu de ses interrogations sur son mari, elle avait toutes les raisons de s'abstenir.

Elle alla droit au but :

— Mes doutes étaient-ils fondés ?

— Hmmm… Oui et non. Peut-être.

— Une vraie réponse de Normand…
Vous avez pris soin de garder toutes les portes ouvertes… Dites-moi ce que vous avez pu apprendre.

— Je peux déjà vous dire que s'il vous trompe, il prend extrêmement de précautions. Aucun comportement révélant notoirement un adultère n'a pu être observé. Cependant…

— Cependant ?

— Votre mari a été vu en compagnie de trois personnes, deux femmes et un homme, très vraisemblablement italiens. Sur une plage d'Antibes, le ruban bleu.

— Il connaît beaucoup de monde, je ne suis donc pas très étonnée. Vous n'avez pas que ça, j'imagine ?

— En ce qui concerne cet épisode, il y a bien une intuition de mon enquêteur : l'une des deux dames n'est visiblement pas insensible aux charmes de votre époux, mais si la réciproque est vraie, il n'en a rien laissé paraître.
M. André a pu vérifier depuis qu'il m'a fait son rapport le nom de ces personnes auprès de l'hôtel où ils sont descendus : Paolo et Gina Dotti et Laura Manfredi. Tenez, voici des photos de ces personnes : notre candidate porte la robe à fleurs. Reconnaissez-vous quelqu'un ?

Amandine examina avec attention les photos et répondit :

— Hmmm… Non. Ces gens ne font pas partie d'amis communs ; nous avons des réseaux d'amis relativement imperméables l'un à l'autre. Définitivement, ces gens ne me disent rien. Frank a beaucoup voyagé dans sa jeunesse, mais à ma connaissance, jamais en Italie : Belgique, Espagne, Suisse, son père bougeait beaucoup pour son travail, et sa famille a été pas mal ballottée.

— Il y a autre chose. Avant ce rendez-vous, votre mari s'est rendu à l'aéroport de Nice, où il a rencontré un passager en provenance de New York. La rencontre a été brève et il s'est échangé une boîte, une sorte d'étui à cigares selon mon enquêteur… Ce qui est plus troublant, c'est que cet étui a fini par être remis aux Italiens rencontrés par votre mari au ruban bleu, en toute discrétion. Est-ce que cela vous dit quelque chose ?

—… Alors là, absolument rien, mais je ne sais pas si je dois être rassurée de l'absence de preuve d'adultère de Frank, ou effrayée par ce que vous me dites…

— Il peut s'agir de quelque chose de très bénin, même si mon expérience me porte à penser le contraire.

— J'aimerais que votre enquêteur poursuive ses investigations, en notant tout ce qui peut avoir trait au comportement de Frank. De mon côté, je vais mener mes recherches sur le fameux étui à cigares, d'autant que je me rends à notre siège canadien et puisque cela semble venir de l'autre côté de l'atlantique, j'aurais peut-être des informations utiles. Je serai joignable par téléphone ou par mail - utilisez mon adresse privée s'il vous plaît.

— Parfait. Je vous tiens au courant de tout nouveau développement.

4.

Amandine n'aimait pas voyager dans le sens Europe - Canada, à cause du décalage horaire qui rendait les journées plus longues, mais surtout parce que les vols étaient la plupart du temps en plein jour. Elle avait l'impression d'y perdre son temps, même si elle pouvait travailler depuis son siège d'avion.

C'était bien plus pratique de revenir en Europe par le vol de dix-huit heures et de dormir dans l'avion.

L'un des avantages d'avoir une compagnie florissante, c'est de voyager en classe affaires et mine de rien, ça change énormément l'expérience...

Elle en avait eu le pressentiment chaque fois que, dans le passé, elle embarquait en classe économique, traversant la classe affaires et ses sièges qui semblaient si confortables et réservés aux privilégiés... Même si la plupart n'avaient, du reste, pas la gueule de l'emploi.

À présent, c'était elle que les habitués de classe économique regardaient de travers, mais elle l'avait gagnée sa place en classe affaires !

Comme d'habitude, l'arrivée à Montréal semblait interminable, et avoir deux passeports ne facilitait pas la vie d'Amandine, au contraire... Suivant les années, elle utilisait le passeport du territoire dans lequel elle résidait le plus. Mais ça lui avait joué des tours avec les douanes canadiennes, dont le moins que l'on puisse dire était qu'ils n'avaient ni l'humour ni le laisser-aller de la police de l'air et des frontières de Nice.

Différences culturelles, certes, mais les terroristes du 11 septembre n'étaient pas passés par Nice, ceci expliquant peut-être cela…

Elle se consola en se disant que, comparé à l'entrée aux États-Unis, ou plutôt le « Privilège » d'être acceptée sur le territoire des États-Unis, c'était une promenade de santé.

Passées ces formalités et voyageant toujours uniquement avec des bagages à main - l'avantage d'avoir deux appartements, Amandine attrapa un taxi et se rendit directement aux bureaux de la compagnie, dans le Mile-End.

Hors de question d'installer une compagnie de haute technologie dans un autre environnement si l'on voulait attirer les artistes et les créatifs. La concurrence dans le domaine était rude à Montréal et le choix des bureaux ne prit pas longtemps : il fallait qu'ils soient tendance, vieillots, mais pas trop, et situés à proximité de tout ce qui se fait de branché en ville.

Une vieille usine de taille modeste avait fait l'affaire ; la compagnie d'Amandine n'était pas le rouleau compresseur que constituent les grosses compagnies qui produisent les hits sur consoles, les fameux AAA, mais ses bénéfices étaient plus que comparables, grâce à l'arrivée du jeu social, le *« casual gaming »* dont tout le monde parlait, domaine dans lequel S4F excellait.

Amandine se sentait chez elle dans ces bureaux qu'elle avait choisis, dont elle avait supervisé toute la décoration, et qui, jusqu'au moindre détail, gâtait ses employés de mille attentions : qu'il s'agisse d'espaces de détentes, des repas offerts, rien n'était laissé au hasard.

La recette fonctionnait, car le taux de roulement était anormalement bas pour l'industrie et il ne se passait pas une journée sans que les ressources humaines ne reçoivent une centaine de CV, en provenance du monde entier.

Car c'étaient les projets et l'ambiance qui attiraient les candidats, bien plus que les salaires, qui étaient pourtant plus que compétitifs selon la formule consacrée. Amandine distribuait en outre à tous les employés des stock-options, faisant d'eux des partenaires et les impliquant par la même occasion dans le développement de la compagnie et des produits.

Elle était là pour s'assurer que le lancement de leur dernier bébé, qui rejoindrait le réseau des jeux existants, se passerait bien : une idée née sur un coin de table, provenant de deux employés fraîchement débarqués d'Allemagne, qui l'avait immédiatement conquise.

Il s'agissait de permettre aux joueurs, qui passaient déjà leur temps à gérer leurs fermes et leurs villes, d'utiliser toutes ces précieuses ressources, en créant, avec une totale liberté, des échanges commerciaux. Ils devenaient ainsi propriétaires de chaînes de distribution alimentaires, qui pouvaient aller d'une petite épicerie fine à une chaîne de fast-food ou de supermarchés.

L'idée lui avait tout de suite plu, car elle permettait de réutiliser les biens précieusement créés ou acquis par les joueurs, lesquels, avant ça, n'avaient d'autres options que de se les échanger à l'intérieur du jeu, mais sur une base très limitée.

En réutilisant du contenu déjà existant on donnait non seulement une toute nouvelle dimension aux jeux originaux, mais on l'offrait également au dernier-né qui s'apprêtait à entrer sur le marché.

Ici, la liberté d'action était totale, comme dans la vraie vie, ce qui permettait aux joueurs, en particulier aux joueuses - 60 % de la clientèle était féminine - de créer des magasins virtuels : qui voulait créer son épicerie de légumes bio le pouvait, qui voulait créer un empire de la distribution de laine récoltée sur les moutons de sa ferme le pouvait : aucune limite !

Il n'y avait que le titre qui laissait encore à désirer : « Distribution tycoon », ça sonnait comme mille jeux des années quatre-vingt et quatre-vingt-dix, comme Zoo Tycoon, Railroad tycoon, etc.

Il avait néanmoins l'avantage d'identifier clairement l'objet du jeu, ce qui était le principal.

Cela dit, le produit était excellent et l'équipe avait mis tous ses efforts pour livrer un jeu exceptionnel.

Les deux créateurs du concept, Hans et Gunther avaient été bombardés à la tête du projet. De simple game designer[1] et chargé de projets, ils avaient été promus responsables de l'entièreté du jeu et avaient eux-mêmes recruté leur équipe à l'intérieur de la compagnie. La latitude qui leur avait été laissée était totale, luxe qu'Amandine pouvait se permettre étant donné les revenus quotidiens à six chiffres de la compagnie.

La contrepartie, et ils en étaient bien conscients, était qu'ils n'avaient pas droit à l'échec. Et celui-ci ne se mesurerait pas uniquement à l'aune des utilisateurs quotidiens, des *« paying users[2] »* ou d'autre facteur induit par le marketing. Non, c'était la qualité du produit qui serait le juge de paix en terme de réussite ou d'échec. Il en allait de la réputation de S4F qui ne lancerait pas un produit de qualité « satisfaisante ». Il fallait qu'il soit parfait et il le serait, ou bien le jeu ne sortirait tout simplement pas. Une option que beaucoup de concurrents ne pouvaient se permettre.

Lorsqu'elle entra dans la salle de réunion, pile à l'heure, Hans, Gunther et les *leads* étaient déjà installés. Tout était prêt pour la présentation finale et visiblement, l'équipe était contente bien que fébrile.

Après un rapide récapitulatif du projet, du plan de déploiement et du feed-back de la campagne de pré-lancement, le jeu fut présenté à Amandine.

La facture visuelle était conforme à l'univers de la compagnie, on trouvait instantanément ses marques dans l'interface et, même si les possibilités étaient quasi infinies, on était guidé par un tutoriel simple, clair et efficace.

---

[1] Responsable de la création du jeu, notamment dans son fonctionnement, ses règles, sa progression et son équilibrage.

[2] Utilisateurs qui dépensent de l'argent dans un jeu auquel l'accès est gratuit. Les dépenses se font le plus souvent à l'aide de monnaies virtuelles, d'objets à acheter, permettant notamment d'accélérer le déroulement du jeu.

Amandine commença donc naturellement à jouer avec son propre avatar, choisit de créer un magasin qui vendrait des cupcakes. Après tout, c'était à la mode il y a deux ans, les cupcakes.

Immédiatement, le jeu lui indiqua quelle serait sa capacité de production journalière et, compte tenu de ses amis, quelles pourraient être ses ventes espérées, au détail, ou bien en gros si elle vendait son stock à d'autres amis joueurs qui avaient opté pour la grande distribution.

Ça s'annonçait très bien et le sourire sur le visage d'Amandine mit l'équipe en confiance.

Au bout d'une demi-heure, Amandine avait déjà jeté les bases de son affaire en ayant validé la possibilité d'aller se fournir en farine et en fruits auprès de son réseau d'amis, pour vendre 90 % de sa production de cupcakes à une chaîne de magasins de café, sur le territoire nord-américain et garder les 10 % restants pour son magasin.

— C'est parfait ! Mais… ça va un peu trop vite, même si je suis consciente qu'avec mon niveau dans tous les autres jeux, je commence avec énormément de ressources. Qu'avez-vous prévu pour les joueurs très occasionnels ?

Gunther prit la parole et expliqua, chiffres à l'appui, la stratégie envisagée par type de joueur, du plus occasionnel et débutant, au plus invétéré.

Les possibilités étaient également fonction du nombre de jeux auquel le joueur jouait : s'il ne jouait qu'au jeu de ferme, il aurait du mal à installer des magasins, mais, s'il jouait aussi à Ma ville, leur jeu de simulation de ville, il aurait accès à des emplacements dans sa ville ou celles de ses amis. Ce qui constituait un incitatif parfait pour qu'il utilise tous les jeux à sa disposition et qui lui faisait miroiter la possibilité de devenir le prochain nabab de la distribution !

En conclusion, Amandine mentionna :

— Puisque vous savez que vous êtes des enfants gâtés et que les résultats financiers passent au second plan de vos impératifs, en ce qui me concerne, le jeu est déjà un succès ! Félicitations ! J'ai hâte au lancement !

Décidément, Hans et Gunther avaient bien fait de quitter la vieille Europe et de rejoindre une compagnie qui se permettait le luxe indécent de laisser-aller la créativité sans se soucier d'argent, qui rentrait comme par magie. Sans doute un lien de cause à effet…

5.

Il était vingt-deux heures passées et Amandine commençait à sentir le poids du décalage horaire sur ses épaules. Cependant, l'heure était parfaite pour commencer à enquêter sur la fameuse boîte à cigares.

Il restait encore plus du tiers des effectifs à cette heure avancée, à croire que certains s'y plaisaient tellement qu'ils négligeaient d'avoir leur propre appartement…

Qu'est-ce que Frank pouvait bien avoir récupéré dans cet étui et transmis à de parfaits inconnus ?

En premier lieu, Amandine n'avait aucune certitude qu'il s'agisse de données provenant de la compagnie, que Frank aurait pu se procurer bien plus facilement, et surtout, directement. S4F n'était pas réputée pour sa paranoïa concernant les données internes d'autant que, chaque employé travaillait pour la compagnie, mais également pour lui-même grâce aux stock-options, ce qui limitait notablement les risques de fuites.

La compagnie n'avait pas de bureau à New York non plus, mais Montréal n'était pas bien loin, donc, à ce stade, rien ne pouvait être exclu.

Pour ne pas être paranoïaque, Amandine n'en était pas moins prudente et pouvait suivre tous les accès aux données sensibles de la compagnie, effectués par n'importe qui. Elle entreprit de vérifier l'activité de Frank ; son passé de programmeuse lui revint instantanément quand elle accéda à la console Unix permettant de vérifier les accès au serveur principal.

Rien de particulier n'était à noter, rien d'inhabituel en tous cas en regard des fonctions de Frank dans la compagnie. Elle vérifia par acquit de conscience les *logs* de Frank sur le dernier bébé, « Distribution tycoon », mais il n'y avait même pas accédé… Ce projet ne l'avait pas intéressé depuis le début et il s'était bien gardé de changer d'avis.

En revanche, il avait accédé à l'ensemble des données concernant les cent millions d'utilisateurs, mais cela n'était pas anormal, il en avait besoin pour aider au soutien des activités de marketing de la compagnie.

La valeur de ces données est immense. Même si elles sont très bien sécurisées, tout comme le code proprement dit des jeux, il ne faut pas être grand clerc pour échafauder des scénarios dans lesquels ces données se retrouveraient dans les mains de concurrents… qui auraient ainsi accès aux données personnelles des clients de Stuff for Fun.

Et Frank, avant de rejoindre la compagnie d'Amandine, avait fait une grande partie de sa carrière dans d'autres compagnies de jeux vidéo, petites, moyennes, ou même gigantesques : il avait donc une multitude de contacts qui pourraient s'avérer autant de clients potentiels pour ce genre d'informations.

Amandine eut l'intuition que s'il fallait creuser, c'était de ce côté-là, même si elle avait encore du mal à s'imaginer que son mari puisse la trahir ainsi.

Elle revit leur rencontre, un matin glacial de janvier à Montréal - comme tous les matins de janvier à Montréal - dans un café où elle mettait en place son projet de startup ; il avait entendu parler du projet et, avec son sourire charmeur, lui avait expliqué qu'il était lassé des grosses compagnies et voulait faire quelque chose de différent, un projet à taille plus humaine et axé sur la qualité.

Elle avait été immédiatement séduite. Il faut dire qu'il était beau garçon et dégageait une assurance qui, elle le savait, serait un atout dans le lancement de la compagnie.
Il était surtout extrêmement compétent dans le domaine des architectures réseau.

De fil en aiguille, l'admiration professionnelle respective glissa sur un terrain plus personnel et, pour célébrer le lancement de leur premier jeu, quelques mois plus tard, ils se marièrent, avec comme témoins et invités les partenaires du premier jour : toute l'équipe de développement.

Cela ne faisait que trois ans qu'ils s'étaient mariés : une éternité dans l'univers des jeux vidéo, mais peu de choses en matière conjugale.

Dès lors, elle se demanda si elle le connaissait vraiment et son premier réflexe fut de s'en vouloir de douter de lui. Frank avait toujours été présent, un partenaire d'affaires fiable et efficace, un mari attentionné et compréhensif, un homme amoureux.
Jusqu'à ces derniers temps.

Elle aurait du mal à en savoir plus seule. Plus que jamais, elle avait besoin de l'aide de Gabriel et du mystérieux M. André.

Mais elle aurait besoin de quelqu'un sur place, qui fouillerait en toute discrétion, ce qu'elle ne pourrait faire sans attirer l'attention. Elle n'en avait pas le temps non plus.

Une idée folle lui vint subitement.

6.

— Ils me fatiguent… Ils sont médiocres.

— Dis donc, Maître Martinez, je te trouve bien condescendant envers tes pauvres confrères qui se donnent du mal pour plaider les inepties que leurs clients soutiennent mordicus…

— Condescendant ? Sûrement pas ! Réaliste ! Écoute-les donc :
(mimant un accent de cagole méridionale - avec ses intonations d'accent pied-noir) « et alors en 2003, Monsieur Tartemuche a illégalement construit sa clôture, empiétant de douze centimètres sur le terrain de mon client, et profitant de surcroît de son absence en période de vacances. »
Franchement, ça n'aurait pas été mieux dit ainsi :
« C'est durant le repos annuel bien mérité de mon client que Tartemuche a ourdi son plan machiavélique et que, par ses coupables menées, il érigea la clôture de la discorde, privant de façon totalement illégitime mon client d'une portion significative de son bien, durement acquis au fil d'années de labeur ! »

— J'avoue que ça claque plus comme ça, Martinez. Surtout avec ton accent des bas-fonds d'Alger ! Tu sais quoi ? Tu es né trop tard : en 1950 tu aurais été le ténor des ténors, que dis-je, le cador du Palais !

— C'est ça, fous-toi de ma gueule, en attendant, avec moi, le juge ne s'endormirait pas ; regarde le, ils nous le mettent sur les genoux… Il ne sera plus bon à rien quand viendra notre tour ! Déjà qu'éveillé c'est pas ça…

— Je te fais confiance, tu me le réveilleras, rien que de t'entendre, on se marre !

— Fais gaffe, au prochain procès qu'on plaide l'un contre l'autre, je vais t'arranger, ta pauvre mère ne te reconnaîtra pas !

— Martinez, laisse ma pauvre mère où elle est - sûrement à la plage avec la tienne - et, pour le reste, je n'en attends pas moins de toi, sinon ce n'est pas drôle.

C'est fou comme les amitiés se lient.

Entre Martinez et Gabriel, ça avait commencé par un procès - normal pour deux avocats.

Leurs clients étaient aussi frappés l'un que l'autre et chacun s'en rendait bien compte. Mais, comme ils étaient scrupuleusement présents à toutes les audiences, même de simple mise en état de la procédure, il fallait bien leur donner le change.

Alors, un jeu était né entre les deux avocats, qui rivalisaient de remarques acerbes et teintées de vitriol, au plus grand bonheur de leurs clients respectifs qui, visiblement, jouissaient intensément de ces joutes oratoires…

Après tout, ils payaient pour ça.

Ce que ces clients ignoraient, c'est qu'au fur et à mesure des audiences et des échanges, une réelle complicité était née entre les deux avocats. Ils prenaient manifestement autant plaisir l'un que l'autre à croiser le fer, mais aussi à s'asseoir boire un, deux, trois cafés et à deviser du sens de la vie jusqu'à l'heure du déjeuner, qu'ils prenaient ensemble plus souvent qu'à leur tour.

Martinez était un pied-noir pur jus : l'accent, la physionomie, la bonne humeur et l'humour dévastateur. Il savait aussi être grave et sérieux quand il le fallait, mais ça ne durait jamais bien longtemps, au grand plaisir de son ami.

Gabriel, de son côté, avait baigné par intermittence dans cette même culture pied-noir, par sa mère, sa grand-mère, et surtout l'environnement autour de la famille… Il faut avoir connu les plages de la Côte d'Azur, remplies de pieds-noirs, pour comprendre et apprécier les innombrables « Si tu te noies, je te tue ! », les « Qu'est-ce que j'ai fait au bon Dieu pour mériter ça » et plus tard les « Alors ? On se promène ? » lancés aux jeunes filles… de ce point de vue, Gabriel avait été servi !

Mais il y avait surtout cette émulation qui les rapprochait : chacun sentait dans l'autre un adversaire à sa mesure, un alter ego qui lui donnait des défis à la hauteur de son intellect. C'était sans doute ça qui les unissait le plus : ils se comprenaient sans avoir à se parler et chacun motivait l'autre à être encore meilleur.

Le supplice des plaidoiries insipides s'acheva fort heureusement assez rapidement et, comme Martinez n'avait pas d'adversaire, sa plaidoirie fut brève, ce qui permit à Gabriel de passer son affaire et d'en terminer avant midi.

7.

De retour au cabinet, Gabriel prit ses messages : la routine habituelle. Nina le prévint cependant qu'elle avait vertement éconduit un client entreprenant, plombier de son état en instance de divorce et qui, selon les termes de Nina, « enculerait même une mouche »…

Comment en vouloir à son assistante : c'est vrai qu'il avait le regard torve, celui-là.

À peine installé dans son bureau, Nina lui passa un appel - longue distance :

— Maître Rossetti ?

— Comment allez-vous, Madame Deschamps ?

— Bien, merci.

Après un silence de quelques instants, alors que Gabriel s'apprêtait à reprendre la parole, Amandine reprit :

—J'ai besoin de vous à Montréal.

—… Montréal ? Vous savez que je ne suis pas membre du barreau du Québec… Je ne vous serai pas d'une grande utilité sur place, surtout si vous avez enfreint une loi locale, d'autant que les procédures sont notoirement différentes de celles que je pratique…

—Je n'ai pas besoin de vous comme avocat, j'ai besoin de vous comme employé.

— Employé ? Mais j'ai déjà un métier et, ma foi, il me convient !

— Vous vous doutez bien que cela sera temporaire. J'ai besoin de quelqu'un de confiance et même si on ne se connaît pas suffisamment pour que je vous fasse confiance aveuglément, le secret professionnel doit bien servir à quelque chose, non ?

— Je suis flatté de la confiance que vous me portez, mais j'ai des affaires à suivre et un cabinet à faire tourner. Je ne peux m'absenter comme ça… je n'ai pas qu'une seule cliente, vous savez, même si vous m'êtes fort sympathique.

— Eh bien, s'il faut que vous n'ayez qu'une cliente, j'y mettrais le prix, et ça sera moi.

Tout tournait à la vitesse de l'éclair dans la tête de Gabriel : quitter le cabinet, les clients, même si on était en été et que l'activité des tribunaux était extrêmement ralentie, c'était tout de même risqué.

Tout ça pour une cliente qu'il ne connaissait ni d'Ève ni d'Adam…

Mais, d'un autre côté, elle était disposée à y mettre le prix, alors on pouvait avoir la main leste sur la facture…

Et puis le Canada, il ne connaissait pas.

Il avait bien quelques clients qui étaient partis y vivre, la chose était de plus en plus fréquente, mais guère plus.

— Je vais voir comment je peux m'arranger, mais je ne peux m'absenter au-delà de fin août et ça va vous coûter le gros prix.

— Envoyez-moi la facture. Votre billet est réservé et vous attend au guichet d'Air France à l'aéroport. Vous partez demain midi.

Voilà qui ne souffrait pas la moindre contestation !

Sur le champ, il interpella son assistante :

— Nina !

Il était rare que Gabriel ne se déplace pas de son bureau lorsqu'il avait besoin de son assistante, mais, quand c'était le cas, elle savait que c'était important. Elle accourut ventre à terre, avec l'air d'une commère en manque de ragots.

— Alors, qu'est-ce qu'elle veut la Canadienne ?

— On dirait que je vais prendre des vacances au Canada : elle a besoin de moi sur place.

— Eh bé ! Mais vous allez pas aller plaider là-bas, ils parlent tous avec un accent bizarre et vous comprendrez rien, et surtout, on se pèle là-bas !

— On est en juillet Nina, c'est l'été là-bas aussi.

— Ah vous croyez ça vous ? Non, non : là bas, l'été, c'est comme l'hiver ici !

— Bon, ben il fera au moins douze degrés !

— C'est bien ce que je dis, hein !
Et qui va s'occuper du cabinet ? Parce que moi, toute seule, je veux bien, mais je peux pas aller plaider pour vous.

— Martinez s'occupera des dossiers qui ne pourront être renvoyés, il n'y en a pas des masses avec les vacances judiciaires de toute façon.
Et je resterai en contact avec vous pour les affaires urgentes, aujourd'hui, ce n'est plus un problème.

— Et vous partez quand ?

— Demain.

— Demain ? Mais elle est complètement givrée, la Canadienne !

— Elle est peut-être givrée, mais elle paie ; tenez, je vous ai préparé de quoi lui faire une belle facture : avec ça on peut passer l'été à ne rien faire, c'est pas un problème.

A la vision du montant à facturer, les yeux de Nina s'écarquillèrent et elle se contenta d'ajouter :

— Elle est complètement givrée, définitivement.

8.

Gabriel avait dû négocier avec Martinez pendant une bonne partie de la soirée. Finalement, au bout de trois bouteilles de rosé chez son Libanais préféré, il finit, non sans se faire exagérément prier, par accepter de s'occuper de ses dossiers.

Surtout qu'il avait un faible pour Nina même s'il savait qu'il n'avait aucune chance. Le simple fait de la côtoyer et de lui faire ses compliments, qui n'ont jamais eu d'effet que sur une adolescente prépubère des années soixante, le ravissait.

Gabriel s'écroula en rentrant chez lui et se réveilla, la bouche pâteuse - merci le rosé - le lendemain matin, juste à temps pour boucler sa valise et filer à l'aéroport.

Il n'eut pas le temps de réfléchir à ce qui lui arrivait, car à peine la sécurité passée, l'embarquement pour Montréal commençait.

Il essayait d'éviter de prendre l'avion depuis un malencontreux vol entre Nice et Bruxelles où les trous d'air l'avaient convaincu que sa dernière heure était arrivée. Cette fois-ci, il n'avait même pas eu le temps d'y penser avant de donner sa carte d'embarquement et son passeport au guichet.

Trop tard pour reculer, et puis de toute façon, si c'est écrit, c'est écrit, « mektoub » comme disait Martinez !

La seule interrogation qui lui restait pour le moment, c'était de savoir quels seraient ses compagnons de voyage. Il n'y avait que dans les films qu'un top model venait s'asseoir à côté de vous. De plus, c'était n'importe quoi : les top models, ça voyage en business, tout le monde sait ça.

D'ailleurs, il trouva à cette occasion sa cliente un peu radine de l'avoir fait voyager en classe éco, mais il se dit que c'était sans doute pour préserver sa couverture. L'argent devait bien sortir de quelque part et Amandine préférerait sûrement ne pas attirer l'attention avec le prix d'un billet en classe affaires... Il aurait parié sa chemise qu'elle ne devait pas voyager en classe éco !

Après une grosse angoisse en voyant passer des retraités au physique imposant, il fut rassuré de voir un jeune couple s'asseoir à côté de lui. Ils n'avaient pas d'enfants en bas âge, c'était déjà ça. Le bébé qui hurle pendant sept heures, ça le tentait très moyennement, même si, il en était sûr, il y en avait au moins un dans l'avion...

C'était deux jeunes, lui enseignant, elle infirmière. Ils se rendaient au Canada en voyage exploratoire. Ils comptaient immigrer et voulaient se rendre compte par eux-mêmes de ce qui les attendrait, si tant est qu'un bref séjour à orientation touristique puisse donner une idée précise d'un changement de vie aussi radical... mais Gabriel n'était pas d'humeur à argumenter, il le faisait assez dans sa vie professionnelle pour s'en dispenser dans le privé.

Lorsque la jeune femme lui demanda la raison de son voyage, tout naturellement, il répondit qu'il allait faire un stage d'été dans une compagnie de Montréal, dans le jeu vidéo. Ce à quoi les deux répondirent qu'on leur avait dit qu'il y en avait beaucoup là-bas, ainsi qu'une pelletée de lieux communs sur la vision idyllique qu'ils avaient déjà du Canada.

Finalement, hormis l'ersatz de repas servi à bord - mais les agapes de la veille chez le Libanais lui permettaient de ne pas avoir faim - le vol se passa sans encombre. Au grand soulagement de Gabriel, qui ne fut cependant parfaitement détendu que lorsque l'avion entama son freinage sur la piste de l'aéroport. Ce qui limitait, il fallait en convenir, les risques d'accident.

C'est au moment de passer les douanes qu'il se rendit compte qu'il ne savait pas du tout quoi faire ni où aller en arrivant. Détail qui lui avait complètement échappé... Merci Martinez et le rosé !

Comme dans un mauvais film, c'est à ce moment précis que son téléphone se mit à vibrer. Un SMS d'Amandine : « à droite en sortant de l'arrivée, devant le Starbucks ».

Voilà un problème de réglé, il ne restait plus qu'à passer la douane, ce qui fut fait relativement rapidement, au prix d'un pieux mensonge sur la raison de la visite : tourisme.

Passée la foule qui attendait avec impatience les flots de voyageurs débarquant en continu, Gabriel aperçut effectivement la fameuse enseigne verte. Il n'eut que quelques pas à faire avant d'apercevoir Amandine, toujours en tee-shirt blanc et jeans, qui ressemblaient de plus en plus à un uniforme.

— Merci d'être venu, j'ai vraiment besoin de vous pour avancer sur cette affaire, qui va visiblement bien au-delà d'un éventuel adultère de Frank. J'ai tout arrangé pour vous : un appartement et un entretien d'embauche pour un stage dans ma compagnie. Il faut que ça ait l'air réaliste en cas de vérifications de Frank ou de n'importe qui d'autre impliqué.

— OK, mais je vais faire quoi chez vous ? Vous savez moi, les jeux vidéo, ça remonte à loin et je n'ai pas de compétence particulière dans le domaine...

— Ne vous en faites pas, vous serez au cœur du problème. Je vous ai obtenu un entretien d'embauche pour un poste de *community manager*. C'est en quelque sorte d'être un GO, un Gentil Organisateur, sur les jeux que nous avons en ligne.
Ceux qui aident les joueurs et animent la communauté.
Mais surtout, vous aurez accès à des données clés et pas besoin d'expertise particulière que vous n'ayez déjà : vous savez écrire et vous exprimer, êtes capable d'analyser des données statistiques de base. Et comme avocat, vous êtes forcément adaptable et réactif !

Sans vouloir vous offenser, votre âge n'est pas un handicap non plus... on a l'habitude des changements de carrière ici et vous avez l'air bien plus jeune sans costume !

Comment ne pas être flatté lorsqu'une femme après vous avoir parlé de votre âge « canonique » se débrouille pour vous complimenter ?
Impossible.

Amandine poursuivit :

— Il ne reste plus qu'à travailler votre connaissance de nos univers virtuels. Par chance, on a un jeu qui sort bientôt. Distribution tycoon. Personne ne le connaît encore, ça ne sera donc pas un handicap pour vous et je vais vous faire un topo complet.

Inutile de discuter, décidément, elle savait ce qu'elle voulait et faisait ce qu'il fallait pour y arriver. Pas étonnant qu'elle soit rendue à la position qu'elle occupait.

Devant elle et dans cet environnement étranger, tout à coup, l'avocat qui lui avait accordé une audience dans son sacro-saint cabinet tombait de son piédestal et se sentait comme un jeune sans aucune expérience. C'était une situation déstabilisante, mais il aurait pu tomber sur pire patronne !

Le trajet pour arriver dans le minuscule appartement qu'avait dégoté Amandine dura environ trois quarts d'heure, pendant lesquels elle lui parla consciencieusement des projets de la compagnie, aussi bien en ce qui concernait leur contenu que la façon dont ils étaient opérés, le tout avec une passion communicative.

Ses yeux brillaient comme ceux d'une enfant le matin de Noël chaque fois qu'elle expliquait pourquoi et comment les utilisateurs se passionnaient pour ses jeux.

Elle lui donna une vue d'ensemble du marché du jeu vidéo, de la niche que Stuff for Fun occupait, tout en l'abreuvant de concepts totalement étrangers.

Elle n'insista guère sur la manne financière qu'ils représentaient, qu'elle considérait comme accessoire, luxe que seules les entreprises florissantes peuvent se permettre.

Gabriel se revit en train de jouer sur toutes les consoles de jeu de sa jeunesse, qu'il n'abandonna que pour s'intéresser aux filles, aux alentours de ses seize ans. Il sentit monter en lui une excitation propre à ces univers de pixels animés et de musiques aux notes dissonantes, même s'il avait déjà compris que tout cela avait notablement évolué depuis.

Finalement, il risquait en prime de bien s'amuser !

Lorsqu'ils arrivèrent à l'appartement destiné à Gabriel, il constata que ce dernier était minuscule, logé au 3e étage d'un petit immeuble carré en brique rouge. La présence d'escaliers extérieurs ne devait sûrement pas faciliter la vie des occupants en hiver.

On était en plein dans l'image d'Épinal du Canada, sûrement une de celles chères au cœur du couple avec qui il avait voyagé.

C'était en tous cas un appartement qui collerait parfaitement avec un stagiaire en *community management* venu passer quelques semaines au Canada.

— Le frigo est rempli, votre CV et les éléments clés de la compagnie et de nos jeux sont sur la table du salon. Je vous laisse les potasser et vous reposer. Votre entretien est demain à quatorze heures, avec Joana, notre responsable des ressources humaines. Elle est très sympathique, ravissante - ce qui ne gâche rien - et, en plus, vous êtes tout à fait son genre ; n'en abusez pas trop, mais jouez-en un peu quand même.

Ah, et elle est complètement passionnée de new wave des années quatre-vingt, si vous arrivez à en caser, vous marquerez des points !

Si vous avez des questions, vous avez mon numéro. Mais en cas d'urgence seulement. N'oubliez pas qu'on ne se connaît pas à partir de maintenant.

Voilà qui sonnait comme tout bon film d'espionnage qui se respecte ; elle aurait presque pu rajouter que s'il était pris, elle nierait jusqu'à son existence… !

9.

Les explications d'Amandine durant le trajet en voiture depuis l'aéroport avaient éveillé beaucoup de questions chez Gabriel.

Même s'il savait, au travers d'innombrables articles parus dans tous les médias du monde, que la NSA, tout comme les gouvernements étaient aujourd'hui accusés d'espionner systématiquement ou presque les utilisateurs d'ordinateurs et de smartphone, il ne se doutait absolument pas qu'à l'intérieur de simples jeux, une multitude de données était également récoltées. Ni qu'elles étaient transférées vers les serveurs des éditeurs de jeux ou de parties tierces qui les analysaient et adaptaient quasiment en temps réel leurs jeux, leurs économies virtuelles...

Combien de joueurs, parmi les cent millions de Stuff for Fun, étaient conscients de ces éléments ?
Aujourd'hui, les développeurs pouvaient analyser, en temps réel, leur comportement pendant qu'ils jouent.

Non seulement ils connaissent le nombre de téléchargements de leurs produits et la répartition par pays, mais ils ont évidemment accès aux chiffres de ventes de leurs jeux, lorsque ceux-ci sont payants, mais aussi au volume d'achat des objets vendus à l'intérieur des jeux (fréquent avec les jeux gratuits), les fameux IAP, pour « *in-app purchase* ». Ces derniers sont le terrain d'élection des monnaies virtuelles permettant l'achat de biens ou capacités tout aussi virtuelles, bonus, objets rares ou uniques. Sans parler des possibilités de progression plus rapide offertes contre espèces sonnantes et trébuchantes.

On peut également savoir quels types d'achats se font dans les magasins virtuels : par exemple que le chapeau bleu se vend dix fois plus que le chapeau rouge et modifier en conséquence le prix de l'un ou de l'autre.

Tous ces éléments sont disponibles à travers les plateformes de vente virtuelles des machines, quel que soit leur format. Les données sont fournies sur une base quotidienne, ce qui permet un suivi des ventes qui ferait bien des envieux dans la distribution traditionnelle...

Mais il y avait plus. Avec l'aide de sociétés spécialisées dans les statistiques et les « métriques », ces métadonnées sur l'utilisation des applications, il est possible d'en connaître encore plus sur le comportement de ses clients :

- Sexe, tranche d'âge des utilisateurs, sur certaines plateformes (toutes ne le permettaient pas nécessairement),
- Le pourcentage de personnes qui n'ouvrent pas ou qu'une seule fois l'application,
- Combien de fois par jour ils ouvrent l'application et combien de temps en moyenne dure chaque session,
- Machines sur lesquelles les applications sont installées, version du système d'exploitation.

Mais surtout pour chaque évènement qui se passe dans le jeu : progression, mort du personnage, blocage à un endroit, temps pour compléter un niveau, on peut créer un métrique et le récolter. Il est ainsi possible de connaître le pourcentage de joueurs qui passent le premier niveau, le pourcentage de joueurs qui passent ce même niveau en moins de trente secondes, combien de fois un bouton a été pressé par un joueur, etc.

À chacun de ces évènements correspond un déclencheur dans le code de l'application et il suffit de rajouter quelques lignes de codes pour dire au programme que si tel évènement se produit, il doit en garder trace et l'envoyer à l'extérieur, via internet, en direct ou en différé, selon que le joueur est connecté ou non à internet...

Les compagnies fabriquant ces appareils collectent elles-mêmes une mine de données sur leurs utilisateurs et réglementent, au fil de différents scoops et scandales, l'utilisation de ces données personnelles. Ainsi, il avait fallu deux journalistes plus curieux que d'autres pour mettre à jour des fichiers existants non seulement sur les iPhone, mais aussi sur les appareils Android, stockant près de douze mois de données de géolocalisation, ce qui permettait de retracer d'autant les déplacements de l'appareil…

Fort heureusement, ces données n'étaient pas transmises et demeuraient sur les appareils, mais le silence des fabricants à cet égard n'était pas rassurant et abondait dans le sens de la théorie du complot dont tant de médias se repaissaient allègrement…

On baignait visiblement dans un flou artistique étonnant. Tout au plus les fabricants modifiaient de temps en temps les règles, au gré des scandales...

Gabriel n'en revenait pas. Il envisagea son iPhone avec un nouveau regard, méfiant et… inquiet.

Toutes ces données étaient donc collectées, la plupart du temps dans la plus grande impunité et surtout, dans la plus grande indifférence des utilisateurs. Voire même avec leur enthousiasme, puisque nombre d'applications leur apportaient précisément des informations liées à la géolocalisation, telles que la proximité de commerces, de lieux de divertissement, etc.

Mieux encore, les usagers participent activement à nourrir les compagnies grâce à leurs données de géolocalisation, leurs carnets d'adresses, agendas, et une multitude d'autres données, innocentes lorsque prises isolément, mais qui peuvent, très rapidement, donner un profil très précis de ces derniers.

Certaines compagnies s'étaient spécialisées dans la récupération et l'interprétation de données qu'elles revendaient sous forme de rapports annuels. Lesquels pouvaient par exemple indiquer, de façon très précise la répartition des utilisateurs par profession, habitudes et dire précisément quel pourcentage d'utilisateur payant masculin regardait également la chaîne de télévision sportive ESPN, quelle proportion d'utilisatrices payantes naviguait sur le site d'annonces Craiglist, etc.

Bref, la notion de vie privée telle qu'elle existait avant l'explosion des réseaux sociaux n'existait plus. Nombre de compagnies semblaient en profiter largement, bâtissant des modèles d'affaires plus que lucratifs sur ces bases et réinventant du même coup tout un pan du marketing.

Voilà qui posait une grosse pierre dans le jardin idéaliste d'Amandine et de ses jeux où la qualité primait... Ils généraient des millions de dollars sur lesquels elle s'était bien gardée d'insister, même s'il n'était pas besoin qu'elle le mentionne pour qu'on le sache. Mais surtout, la collecte de toutes ces données représentait potentiellement une surveillance façon « Big Brother » de ses joueurs chéris...

10.

Gabriel arriva dans les locaux de Stuff for Fun un quart d'heure avant l'heure prévue pour son entretien, histoire de faire bonne figure, comme le lui avait suggéré Amandine.

La réceptionniste l'accueillit avec un charmant sourire, un drôle d'accent et des tatouages sur tout ce que son tee-shirt dévoilait de peau.

Il se présenta à son tour de façon enthousiaste : pour un entretien d'embauche, le contact avec les personnes à la réception est capital, ça, il le savait. On le fit s'asseoir dans un confortable canapé, d'où il pouvait voir les allées et venues des employés.

Il avait sous les yeux un avant-goût de la tour de Babel : ça parlait en français, en anglais, en espagnol et dans d'autres langues qu'il ne parvenait pas à identifier. Les employés étaient pour la plupart jeunes, mais heureusement, certains semblaient avoir plus de bouteille... voilà qui ne le ferait pas paraître pour le grand-père du groupe - il n'avait quand même que trente-cinq ans...

Cela dit, s'il avait été précoce, il aurait pu être le père de certains ici...

Une jeune femme, petite et menue, manifestement d'origine amérindienne, apparut à quatorze heures pile ; décidément, ils avaient tous une horloge dans le ventre ici... ce qui tombait bien, Gabriel ayant à cœur d'appliquer les paroles de sa mère selon laquelle la ponctualité était la politesse des rois.

Grand sourire, poignée de main ferme.

Effectivement, le mètre quatre-vingt et les yeux verts de Gabriel semblaient faire de l'effet sur Joana.

C'est agréable d'avoir une longueur d'avance en terme de séduction et ça le mettait en confiance pour l'entretien sur un poste dont il n'avait d'autre expérience que ses lectures de la veille.

Joana entra rapidement dans le vif du sujet :

— Ainsi donc, vous êtes de passage au Canada et souhaitez faire du *Community management* sur notre dernier bébé ?

— Absolument ! Distribution tycoon est un projet qui m'attire énormément ! J'ai moi-même toujours aimé les jeux de simulation, quels qu'ils soient, alors la possibilité de créer en toute liberté un simple commerce ou un empire est très attrayante pour moi !

— Je vois dans votre CV que vous n'avez pas beaucoup d'expérience pour le poste et vous savez que pour nous, c'est un gros projet. Alors je préfère vous le demander tout de suite, même si c'est la question que je pose en général à la fin d'une entrevue : pourquoi devrions-nous vous engager vous, et pas un autre ?

— Eh bien, d'une part parce que je suis totalement passionné par le milieu du jeu social dont je suis un joueur assidu (mensonge, fort heureusement invérifiable, car Amandine avait pris soin de créer compte et profil de circonstance pour Gabriel). Mais surtout, je pense avoir les compétences requises pour le poste, que ce soit en terme de communication, de résolution de conflits potentiels ou bien d'organisation d'évènements et de suivi à la clientèle.

Il agrémenta le tout d'exemples concrets que son imagination galopante n'avait eu aucune peine à inventer.

Visiblement, ces réponses plurent à Joana, puisque l'entretien se poursuivit avec des questions beaucoup plus classiques et dans la plus parfaite bonne humeur.

Pour ne pas risquer de démasquer trop facilement Gabriel, Amandine lui avait inventé un passé de commercial, passionné de jeu, ayant travaillé au contact de la clientèle dans diverses enseignes, ce qui constituait un prérequis pour le poste. En ce qui concernait la lecture de statistiques, un BTS action commerciale permettait de pallier à toute question. Et en tous cas de broder en cas de besoin, ce genre de diplôme n'ayant guère d'équivalent parfait au Québec.

Au bout d'une heure et demie d'entrevue, qui avait parfois dévié sur des sujets sans aucun rapport, et au cours de laquelle Gabriel réussit à placer des références à The Cure et Depeche Mode, ce qui lui fit visiblement gagner des points, Joana lui indiqua, presque à regret, qu'elle avait tout ce dont elle avait besoin et qu'on le recontacterait dans les deux jours, le poste devant être comblé pour le lancement imminent de Distribution tycoon.

11.

Une soirée à tuer, en ne connaissant personne sur place.

Gabriel se décida à visiter Montréal et arrêta son choix sur le vieux Port. Il avait grandi au bord de l'eau, c'était sans doute pour ça qu'il était inconsciemment attiré par le coin.

Il trouva un endroit très touristique, rempli de terrasses de café bondées, ce qui ne le dépaysa guère de son fief niçois, jusqu'à certaines rues pavées, identiques à celles qu'on pouvait trouver dans le Vieux Nice.

Il s'arrêta boire une bière et fut rassuré de constater qu'il pouvait fumer tranquillement en terrasse, même si les regards horrifiés de certains passants le portaient à en douter... il n'était pas le seul en tous cas et en profita pour rattraper son retard : avec tous ces évènements il en avait presque oublié qu'il fumait...

Ça ne lui avait pas manqué. Finalement, il pourrait peut-être envisager d'arrêter un de ces jours...

Il avait toujours aimé s'asseoir aux terrasses de café et regarder passer les gens, les filles surtout, ce qui était le sport national dans le midi de la France.

En fin observateur, il fit plusieurs constatations : en premier lieu, il semblait qu'ici, la chose soit moins en vogue, ou en tous cas beaucoup plus discrète : en dehors des étrangers, les locaux ne semblaient guère prêter attention aux gens qui passaient ou, s'ils le faisaient, c'était beaucoup plus sobrement.

Ce qui était paradoxal, car ici, les filles allaient bien plus court vêtues qu'en France : les shorts étaient vraiment minuscules et laissaient peu de place à l'imagination... on ne devinait pas l'arrondi des fesses, on le voyait carrément ! Un appel à l'émeute à Nice !

La foule qui passait était bigarrée et visiblement l'importance accordée à l'apparence, telle qu'il l'avait toujours connue dans le midi, n'était pas de rigueur ici : grandes, grosses, petites, belles ou carrément moches, les filles déambulaient avec un naturel désarmant, ce qui donnait parfois des résultats... intéressants...

Et les garçons logeaient à la même enseigne.

Décidément, il était bien loin de la Côte, si chère à son cœur !

Il en profita pour remettre ses idées en place, après avoir commandé sa troisième bière. Tout avait été si soudain et, au fond, il ne connaissait pas grand-chose de sa cliente, à part son insolente réussite professionnelle - qui devait faire plus d'un envieux, c'est certain - et son mari prétendument volage, mais qui cachait certainement autre chose.

Ce fameux étui à cigares revenait sans cesse, et il se demanda ce qu'il pouvait bien contenir. Certainement pas des cigares, c'était une évidence. Des clés USB, des cartes mémoires ?

À ce stade de ses réflexions, c'était le plus vraisemblable. Mais pourquoi passer par un intermédiaire en provenance de New York, les remettre nonchalamment à un trio de vacanciers et surtout pourquoi ne pas les avoir transmis par voie informatique ?

On était tout de même en 2012, et même si quasiment tout se retrace, il semblait largement possible de transmettre des données de façon anonyme, depuis un cybercafé ou un ordinateur anonyme, non ?

Il n'était pas expert en sécurité informatique, mais avait traité quelques dossiers qui l'avaient amené à étudier la question. Notamment un cas en droit du travail où un cadre avait allègrement détourné les fichiers clients de sa cliente, une PME de vente de matériel médical, pour les remettre à son concurrent, causant un préjudice qui allait mener à la fermeture de la pauvre société qui avait été victime de ces agissements.

L'expertise - qui avait duré des mois, ce qui n'a pas aidé à sauver l'entreprise, avait finalement démontré la culpabilité évidente de l'employé, mais il avait été malin et avait effacé ses traces sur son ordinateur. Il avait même été jusqu'à nettoyer les copies de sauvegarde sur le serveur. C'est ce qui avait finalement mis la puce à l'oreille de l'expert, malgré l'excuse qu'il s'était fabriquée pour y fourrer son nez : une perte des ses données locales qui l'aurait obligé un soir, tard, à intervenir directement sur le serveur.

Finalement, Gabriel se dit que s'il y avait des données sensibles dans ce fameux étui à cigares, aucune précaution ne serait sans doute de trop pour un esprit mal intentionné.

Il regarda sa montre, qui indiquait encore l'heure française : sept heures du matin et se dit que Jean Michel devait déjà être installé à sa table habituelle, proche du marché aux fleurs.

Il était plus que temps pour lui d'aller se coucher, d'autant qu'il lui restait du pain sur la planche pour ingurgiter les données de son prochain emploi. Il ne se posa même pas la question de savoir s'il serait engagé ou non, l'entretien s'était après tout très bien passé et il ne doutait pas qu'Amandine ferait ce qu'il faudrait en cas de besoin. Même si elle devrait, dans ce cas, rester discrète.

*

Un beau soleil perçait à travers ses fenêtres à guillotine quand il se réveilla. Vu la luminosité, il estima qu'il devait être onze heures. Après une douche rapide, il se mit en quête d'un petit déjeuner. Le frigo avait été rempli, mais rien ne le tentait réellement. Il décida finalement de sortir se chercher son « ordinaire » : un croissant et un expresso.
Il tomba rapidement sur un petit café tenu par des compatriotes ; encore des murs de brique, décidément, c'était tendance… Du mobilier rustique donnait à la boutique une allure champêtre, plutôt dépaysante dans un tel environnement urbain.

Son croissant était étonnamment bon, moins gras cependant que ceux de la boulangerie de quartier où il avait ses habitudes. L'expresso était servi dans des tasses dont le logo italien augurait du meilleur, ce qu'il acheva de vérifier après l'avoir bu d'un trait. Il ne lui manquait que son verre d'eau, pour prolonger le goût amer du café et, au vu du sourire entendu du patron, il se rappela que le commerce était tenu par des compatriotes :

— Il n'y a que des Français et des Italiens pour me demander un verre d'eau après un expresso ! Vous êtes ici en vacances ou pour le travail ?

— Pour le travail, enfin, j'espère, j'attends la réponse d'une compagnie de jeux vidéo pour un stage.

— Ah, le jeu vidéo, ça marche du tonnerre par ici ; à croire que le monde entier se concentre à Montréal pour ça. Remarquez, je ne me plains pas, ça fait tourner les affaires, c'est une clientèle capable de dépenser sans compter... ils organisent des fêtes, des « partys » comme ils disent pour un oui ou pour un non et me commandent souvent mon stock de la journée d'un seul coup !

— Ah ben dites-moi, je suis sûr que les affaires tournaient moins bien en France...

— Pensez-vous, on a quitté Toulouse (ça, Gabriel l'avait deviné, il avait l'impression d'entendre Nougaro quand le boulanger parlait) alors que j'étais au bord de la faillite, l'URSSAF au cul, enfin, vous connaissez le tableau, hein, c'est pas pour rien que vous êtes ici !

Gabriel avait toujours une anecdote sur l'URSSAF. Après tout, la première cause de faillite en France était le recouvrement zélé de leurs cotisations sociales. Il se retint cette fois-ci, ne voulant pas trahir sa couverture, surtout que le bonhomme lui avait mentionné que sa clientèle était composée de gens du métier : pas la peine de donner des bâtons pour se faire battre.

Il en profita pour se plonger dans la documentation des jeux de la compagnie et redécouvrit un univers qui l'avait passionné étant gamin, mais dont il ne s'était plus guère intéressé depuis. Visuellement, ça ressemblait à ce qu'il connaissait ; ils appelaient ça un look rétro… Bon Dieu ! Rétro des années quatre-vingt, voilà qui ne le rajeunissait pas !

Ce qui n'était pas rétro du tout en revanche, c'était les chiffres : cent millions d'utilisateurs mensuels, dont environ 3 % dépensaient régulièrement de l'argent bien réel pour acheter de l'argent virtuel qui leur permettait d'acquérir des biens tout aussi virtuels. Du vent, quoi ! Et ça marchait, plutôt bien visiblement, à en juger par les chiffres que lui avait fournis Amandine. On avait effectivement une moyenne de cent mille dollars par jour à ce rythme, avec des pics les week-ends, ou lors d'évènements spéciaux, constamment organisés pour s'assurer de maintenir l'intérêt de tous les joueurs à son plus haut niveau.

La clientèle était visiblement très hétéroclite : de tous les âges, avec cependant le gros de la troupe entre trente et quarante-cinq ans, précisément la clientèle avec le plus haut pouvoir d'achat.
Il fit connaissance avec la notion de la « femme de 43 ans », celle qui en moyenne dépensait le plus…
Ça lui rappelait la fameuse ménagère de moins de 50 ans des sondages Mediamétrie sur les habitudes des téléspectateurs, enfin surtout des téléspectractrices, la clientèle de feue Aujourd'hui Madame ou Midi Première… Ce qui le rajeunissait encore moins…

Après avoir digéré ce dossier, il entreprit de vérifier par lui-même et se connecta au compte qu'Amandine lui avait créé, depuis son iPad ; il fut invité à télécharger les jeux de S4F, ce qu'il fit consciencieusement. Il commença donc à jouer à Ma Ferme, propulsé dans la peau d'un agriculteur, mais d'un agriculteur hi-tech : il était déjà niveau 50 - merci Amandine - et se surprit à s'amuser à récolter maïs et courge, à traire ses vaches et tondre ses moutons… Il y avait effectivement quelque chose là, il commençait déjà à se sentir pris au jeu et prenait un plaisir évident à manipuler tous les éléments cet environnement virtuel.

Il enchaîna sur Ma Ville - on ne peut pas dire qu'ils s'étaient foulés sur les noms - et là, il était le maire d'une quasi-mégalopole, dont les habitants ne cessaient de réclamer de nouvelles installations, dont les routes devaient être rafistolées en permanence, bref, de quoi se vacciner de la politique, mais, là encore, la magie opérait !

Il termina en essayant un jeu différent, non relié spécifiquement aux autres, dans un univers médiéval. Cette fois-ci, il devait défendre son château et accéder à tous les souhaits d'une princesse visiblement jamais contente… pour le coup, ça lui rappela plusieurs divorces !

Ce qui était fascinant, c'est que tous ces jeux étaient interreliés et qu'il était en relation avec d'autres joueurs. De parfaits inconnus qui venaient l'aider et qu'il était supposé aider à son tour ; il se prit au jeu et échangea son maïs avec une joueuse dont la photo confirmait bien la théorie de la ménagère de 43 ans…

Le temps passait à la vitesse de la lumière et lorsqu'il leva son nez de l'écran, il vit la boutique remplie de clients qui étaient venus prendre leur repas. Il ne les avait même pas vus entrer, tant il était absorbé par ses activités virtuelles !

Il percevait désormais assez bien l'environnement et les raisons du succès d'Amandine. Une chose était sûre : ses jeux étaient beaux, bien faits, addictifs et, cerise sur le gâteau, ils n'obligeaient jamais à mettre la main au portefeuille pour progresser. C'était pire : ils donnaient envie de le faire alors qu'on n'y était nullement obligé !

Décidément très malin, même si moralement questionnable.
Il en était là de ses réflexions quand son téléphone sonna : Joana.

Le ton de sa voix laissait imaginer qu'elle souriait de l'autre côté du téléphone et elle lui dit :

— Bonne nouvelle Gabriel : on t'embauche et tu commences demain ! Si tu es disponible cet après-midi, viens me voir et je te ferai remplir les papiers et les formalités, en plus de te faire visiter tranquillement nos locaux.

— Mais c'est génial ! Je peux être là dans une heure, ça vous convient ?

— Pas de problèmes Gabriel. Ah, et tant qu'à faire, le tutoiement est de règle ici, ne te formalises pas et ne t'en étonnes pas ; je te suggère de t'y mettre rapidement, sinon, tu risques de passer pour un pète-sec !

— C'est compris, alors je te dis à tout de suite !

— Parfait. À tout de suite.

Le tutoiement est de règle… À la réflexion, vu l'environnement de travail, ça semblait couler de source ; on était bien loin de l'austérité d'un bureau d'avocat et d'un tribunal ; ça lui ferait des vacances des « Mon Cher Confrère » et « Monsieur le Président ».

12.

Bon, c'était pas tout ça, mais il était encore temps de se préoccuper de ses affaires à Nice. Une fois rentré dans la boîte à chaussures qui lui servait d'appartement, il appela Nina. Elle serait peut-être encore au bureau.

— Nina ? C'est Rossetti. Comment ça va sous le soleil ?

— Ah ben comme d'habitude, Rouvier a encore fait des conneries, mais Martinez est sur le coup, tellement qu'il a passé une heure à me faire du plat ici en attendant le client... Vous savez, je vous aime beaucoup et je juge pas vos amis, mais celui-là, il est lourd, et s'il continue, je l'encadre droit dans le mur !

— Ah ah ah ! Ça lui fera les pieds, ne vous gênez pas, mais je soupçonne qu'il n'attend que ça en fait !

— En dehors de Rouvier et de l'obsédé, tout est sous contrôle. J'ai transmis les conclusions d'appel dans le dossier Transcontinental Export et notre avoué à Aix se charge de les signifier, bref, la routine quoi.

— OK, c'est parfait. S'il y a quoi que ce soit, envoyez-moi un mail, je risque de ne pas pouvoir parler au téléphone, avec mon nouveau boulot ; figurez-vous qu'ils m'ont engagé !

— J'espère bien, sinon à quoi ça aurait servi que vous traversiez la moitié du monde, pas juste pour les beaux yeux de la givrée, hein !

— Nina, si vous n'existiez pas, il faudrait vous inventer, encore que...

— Je sais Maître Rossetti, n'en rajoutez pas, vous allez me faire rougir !

— Ben voyons ! Bon, sur ce, je vous souhaite une bonne soirée, et passez le bonjour à votre smala de ma part ! À bientôt.

Tout semblait sous contrôle, il ne lui restait plus qu'à aller visiter ces fameux bureaux.

13.

Décidément, Joana devait bien l'aimer, car elle attendait visiblement son arrivée en discutant avec la réceptionniste. Quand elle le vit, elle se fendit d'un sourire jusqu'aux oreilles.

Comment résister à ça ? Gabriel se prenait au jeu et lui décocha son plus beau sourire, celui qui faisait ressortir ses pattes d'oie qui lui donnaient un certain charme.

— Tu connais déjà notre réceptionniste, Cathy, alors suis-moi, je te fais faire le tour du propriétaire !

L'étage principal abritait un énorme espace ouvert dans lequel la même faune hétéroclite qu'il avait aperçue la veille s'affairait. Tantôt de façon concentrée, tantôt frénétique, tantôt ne faisant rien du tout, ce qui ne semblait pas « rayer la peinture » de Joana, selon la formule consacrée de Nina.

Ça la laissait effectivement de glace.

Décidément, les habitudes de travail étaient bien différentes de ce qu'il avait pu constater dans d'autres domaines, principalement à travers ses procès en droit du travail.

— Tu travailleras sur cet étage, au milieu de tous les autres *community managers* qui sont là au fond. Tu as de la chance, le reste du plancher est dédié à Distribution Tycoon : le dernier jeu à sortir est toujours à l'étage administratif.

Tout autour de cet open-space, il y avait des bureaux et salles de conférences, tout était vitré si bien que ça ressemblait à une juxtaposition d'aquariums… les salles de conférences remplies de poissons variés, les bureaux individuels s'apparentant plus à des bocaux à poissons rouges, même si aucun n'avait l'air d'y tourner en rond.

Ça respirait la joie de vivre, et visiblement personne ici n'était affligé de travailler là.

Gabriel s'arrêta devant un mur d'écrans géants qui reprenait courbes et graphiques, du sol au plafond.

— Ça, c'est nos résultats en temps réel, jeu par jeu, pays par pays, et les chiffres que tu vois en gros en haut ce sont…

— Les *Daily Active Users*[3], *Monthly Active Users*[4], *l'Average Revenue Per User* [5] et *l'Average Revenue Per Paying User*[6], dit Gabriel, qui avait bien retenu son dossier.

— Exactement, et comme nous sommes tous intéressés financièrement aux résultats, c'est un facteur de motivation supplémentaire !

Même si pour la plupart, nous sommes à l'abri du besoin, c'est un excellent élément pour motiver les gens à faire mieux et se dépasser. Mais attention ! Ces chiffres ne sortent pas d'ici. Pas sans communication officielle de la direction.

— Comme ça doit être indiqué dans l'engagement de confidentialité.

— Exactement ! D'ailleurs, avant de faire le tour des autres étages, dédiés à nos autres productions, on va passer dans mon bureau finaliser la paperasse.

Gabriel entra dans un des bocaux et s'installa.

Le nombre de signatures à faire lui rappela celui à apposer sur les requêtes en divorce par consentement mutuel et il prit soin de ne pas laisser paraître une trop grande habitude à signer autant de

---

[3] Nombre de joueurs actifs sur une journée.

[4] Nombre de joueurs actifs sur un mois donné.

[5] Revenu moyen par utilisateur, obtenu en divisant le nombre total de joueurs par le revenu généré pour une période déterminée.

[6] Revenu moyen par utilisateur payant, obtenu en divisant le nombre total de joueurs dépensant de l'argent, par le revenu généré pour une période déterminée.

documents, prenant délibérément un peu plus de temps qu'à son habitude pour signer.

Joana profita de la signature de l'engagement de confidentialité et de non-concurrence pour lui faire un topo détaillé sur la sécurité des données. Elle lui rappela l'interdiction absolue de sortir des données sensibles auxquelles il pourrait avoir accès, l'informant au passage que le branchement de toute clé usb ou autre iPod était proscrit sur les machines de travail.

Voilà qui pouvait expliquer le luxe de précautions entourant le fameux étui à cigares ; il se dit qu'il en profiterait pour utiliser sa mémoire photographique afin de conserver ce dont il aurait besoin. Au pire, Amandine lui fournirait les détails dont il ne se souviendrait pas, si la nécessité s'en faisait ressentir.

— Maintenant le reste de la visite : je vais te présenter aux execs de la compagnie. On tient à ce que tout le monde se connaisse et ici, la hiérarchie, tu verras que ce n'est pas comme en France… je te dis ça parce que j'ai fait un stage de six mois dans une compagnie pharmaceutique française et pour toi qui est français, ça sera un autre monde !

Effectivement, la hiérarchie semblait inexistante ici, tout le monde se tutoyait allègrement, passait d'un bureau à l'autre sans formalité et il n'avait encore vu aucune porte fermée.

Après avoir rencontré le directeur exécutif, celui au développement des affaires, le directeur du studio, les producteurs exécutifs, ils arrivèrent devant le bureau d'Amandine, visiblement absorbée par la lecture de ses deux écrans gigantesques qui occupaient une bonne partie de son bureau.

— Voici celle sans qui nous ne serions pas là : Amandine Deschamps, qui a créé le studio il y a de cela trois ans !

Sans sourciller d'être interrompue dans sa lecture, Amandine se leva et avec un grand sourire répondit :

— Bonjour Joana, qui nous amènes-tu aujourd'hui ?

— Voici Gabriel, qui sera l'un de nos *community manager* francophones pour Distribution tycoon. En tous cas pour les deux premiers mois du lancement, durée de son mandat initial.

— Bienvenue Gabriel, tu vas te plaire ici, j'en suis sûre !

C'était avec un naturel déconcertant qu'elle donna l'impression de le rencontrer pour la première fois.

Une poignée de main ferme et décidée. Il avait déjà eu l'occasion de le sentir mais n'en laissa rien paraître. Avec un accent qui trahissait son origine, il fit les salutations d'usage et Amandine enchaîna aussitôt :

— Je vois que nous avons un compatriote de plus ! Tu vas voir, tu ne seras pas dépaysé ici, on a un gros contingent de français, parmi les trente nationalités qui s'affairent ici !

— Merci, je ne cherche pas nécessairement à rester dans mes « charentaises », et puis j'imagine qu'il n'y a pas tant que ça de gens du Sud par ici…

— Détrompe-toi, tiens, moi par exemple, j'ai grandi à Cannes !

— Ça alors, le monde est décidément petit ! Je suis de Nice !

Amandine prenait visiblement autant plaisir que Gabriel à jouer le rôle des parfaits inconnus qui faisaient connaissance et il ressentit le même amusement qu'avec Martinez, l'accent pied-noir en moins… mais bon, il ne fallait pas trop en demander non plus !

— Amandine, on ne te dérange pas plus longtemps, je sais que ton horaire est chargé depuis ton retour de la France, donc, on te laisse, dit Joana.

Après un échange de sourires, que Gabriel aurait juré entendu de la part d'Amandine, ils prirent congé. La visite se poursuivit pendant une bonne heure et Joana le raccompagna, non sans lui avoir rappelé qu'elle l'attendait de pied ferme le lendemain à partir de huit heures.

Au moins, une heure pareille, ça ne le changerait pas... il se levait en général aux aurores pour bénéficier d'un des rares luxes qu'il s'accordait : prendre son temps le matin.

Il appliquait en effet la maxime d'un des professeurs qui l'avait marqué en fac de droit : « Hâtez-vous, mais hâtez-vous lentement », sauf que le doyen avait plus en tête la tenue de procédures civiles que le bon temps passé au café !

14.

Amandine s'était prise au jeu lorsqu'elle avait feint de ne pas connaître Gabriel. En tous cas, son intuition sur les goûts de Joana avait été bonne, elle n'avait pas cessé de le dévorer des yeux !

Ça n'était pas un problème pour la compagnie : il n'y avait aucune règle écrite ou non écrite qui interdisait aux employés de se fréquenter. On ne comptait plus les couples en tous genres qui s'étaient faits et défaits chez Stuff for Fun.

Ça n'en était pas pour autant un lupanar, mais à quoi bon essayer de réglementer les inclinations de chacun ? Tant que les choses se passaient bien, elle ne voyait aucune raison de s'en mêler. Jusqu'ici, ça fonctionnait très bien : aucune scène pénible de rupture ou de jalousie n'avait été dénotée dans la compagnie, tout au plus des tensions parfois, n'ayant cependant jamais eu d'impact sur les productions.

On pouvait dire ce qu'on voulait de la jeune génération, ces fameux « Y » comme on les appelait couramment au Canada, mais à cet égard, ils faisaient preuve d'une maturité qui aurait pu en remontrer à nombre de leurs aînés.

Elle reprit le cours de ses analyses, repassant tableau de bord sur tableau de bord, revisualisant sans cesse les données critiques de l'entreprise : le fameux cent millions d'utilisateurs mensuels dont elle était si fière, leurs habitudes de dépenses, la proportion de petits acheteurs - la majorité. Sans oublier les *« whales »*, les baleines, ces fameux gros acheteurs qui pouvaient dépenser jusqu'à cent dollars par jour, voire bien plus, là où l'immense majorité ne dépensait rien.

On les choyait, ces baleines, s'assurant de leur fournir du contenu à leur mesure, tout en ne négligeant pas les joueurs plus occasionnels.

Non, jusque là, tout semblait parfaitement normal dans les tableaux de bord. L'activité se maintenait là où les concurrents se cassaient la figure après quelques mois. La perspective du prochain lancement de Distribution tycoon allait permettre de relier tous ces utilisateurs à un degré encore supérieur ; Hans et Gunther avaient imaginé une vraie toile d'araignée qui devrait permettre d'augmenter exponentiellement encore les revenus.

Le plus formidable dans tout ça, c'est que l'ambition première d'Amandine était de réinventer le jeu et de sortir des sentiers battus. Au moment où les jeux Facebook commençaient à prendre une place démesurée, elle avait senti qu'il y avait de la place pour une autre expérience, de meilleure qualité et surtout, sur les nouvelles plateformes mobiles, dont elle était convaincue qu'elles représentaient l'avenir. Les chiffres de vente sans cesse croissants des tablettes et smartphones lui avaient donné raison.

Finalement, avec la qualité, des idées innovantes et une exécution parfaite, leurs produits étaient aujourd'hui irréprochables.

Elle avait su être tyrannique pour qu'il en soit ainsi aux débuts de la compagnie, enterrant par exemple en une demi-heure un projet de deux millions parce que la réalisation n'était pas à la hauteur de ses attentes.
En fait d'innovation, il n'y avait finalement dans ce projet que copie servile de plusieurs recettes éprouvées, mais surtout, la magie n'opérait pas.
La magie, c'était ça qui faisait toute la différence, grâce à quoi les jeux de la compagnie étaient encensés par la critique et bénéficiaient en même temps d'un énorme succès populaire.

Elle faisait jouer une bonne partie de la planète, c'était ça son truc. Elle n'avait pas recherché la fortune, qui l'avait trouvée. Et elle était suffisamment intelligente pour savoir que tout cela pouvait s'évaporer du jour au lendemain.

Amandine avait créé avec Frank une vraie *« dream team »* d'exécutifs, en qui elle avait toute confiance. Ils avaient recruté des gens passionnés avant tout, pas nécessairement les plus expérimentés. Ils avaient privilégié l'attitude, en s'assurant tout de même de verrouiller leur fidélité avec de solides carottes financières.

Jusqu'à présent, la recette fonctionnait, mais les agissements récents de son mari lui mettaient la puce à l'oreille. Et elle écoutait toujours son intuition.

Sans savoir précisément à quoi elle allait devoir faire face, elle pressentait un grain de sable dans toute cette parfaite mécanique, bien huilée...

Il ne restait plus qu'à espérer que Gabriel trouve quelque chose de concret... le temps lui était compté, mais elle avait immédiatement senti chez lui la lueur dans les yeux, celle qu'elle recherchait systématiquement quand elle recrutait.

La même que la sienne.

15.

Ça y était ! Le jour J.

Même si Gabriel était de plus en plus à l'aise dans son nouveau rôle, il éprouvait cependant une pointe d'anxiété. Déformation professionnelle oblige, il s'attendait toujours au pire scénario en se disant que le prévoir était la meilleure façon de faire en sorte qu'il ne se produise pas.

Ça marchait. Parfois.

Pour son premier jour, il avait opté pour « l'uniforme » en vigueur dans la compagnie : jeans, Converse et LE tee-shirt. Il s'en était dégoté un dans une friperie du coin, totalement vintage, marron avec un logo multicolore d'une compagnie de jeu vidéo, remontant aux années quatre-vingt. Il n'avait pas hésité longtemps à l'acheter car il savait qu'il pourrait en parler si on le questionnait. Ses souvenirs de console Atari et Nintendo lui étaient revenus ; il pourrait en faire bon usage le cas échéant.

Il n'était pas le premier des *community manager* sur place, ce qui le rassura.

Arriver le premier, ça fait toujours louche, que ce soit dans une soirée ou au boulot.

— Salut, moi c'est Michael, je suis *community manager* sur Ma Ferme pour l'Europe du Nord et toi, tu vas être sur Distribution tycoon pour la francophonie, c'est bien ça ?

— Oui, c'est ça. Moi c'est Gabriel. Heureux de te rencontrer !

— Le système est super simple mais je vais quand même te montrer comment ça fonctionne. En fait, tu as accès au tableau de bord de ton jeu, où tu peux suivre en temps réel, non seulement l'évolutôn de tes chiffres mais également, si tu le souhaites, les faits et gestes de chaque usager, ses habitudes, ses fenêtres de chat… Bref, tu peux tout savoir et surtout, interagir directement avec toute la communauté, un groupe d'utilisateur ou même un seul utilisateur si nécessaire. C'est très rare que l'on doive faire la police, mais ça arrive. Certains se permettent parfois des comportements qu'ils n'imagineraient même pas dans des interactions réelles avec les gens, tu vois ce que je veux dire, hein…

— Oui, je vois… (à part du harcèlement de la part de mâles prépubères en rut, il n'avait pas vraiment en tête d'autres scénarios mais il prit son air entendu).

— Bon, vu que Distribution tycoon ne sera en ligne que ce soir à minuit, tu n'auras pas grand-chose à te mettre sous la dent avant, alors je te propose de te connecter sur un autre jeu pour te familiariser avec le système. On va aller sur Ma Ferme.

Aussitôt la connexion établie, les écrans de Gabriel s'illuminèrent de données sans cesse mises à jour, qui donnaient le tournis.

— Tiens, c'est le début de l'après-midi en Europe, on va voir combien de personnes sont connectées en ce moment à Londres.

Application du filtre : 43.680 utilisateurs dans la grande région de Londres qui apparaissait sur une carte. On pouvait même les localiser et en zoomant voir ceux qui se déplaçaient !

— Tiens regarde, celui-là, il joue sûrement dans le métro, soit avec sa connexion 3G, soit avec le wifi offert, et on le voit traverser Londres pendant qu'il agrandit ses champs. Il vient d'acheter pour deux livres de monnaie virtuelle, on peut parier qu'il va utiliser ça avant de sortir du métro !

Et on parlait de Big Brother, de la NSA et d'Echelon qui espionnait les citoyens…

Gabriel prit immédiatement conscience de la multitude d'implications possibles et son cerveau d'avocat se mit en action : il pensa respect de la vie privée, atteinte aux droits civiques élémentaires, surveillance, ça faisait tourner la tête.

Même si, en l'occurrence, il ne s'agissait que d'informations concernant des activités ludiques.

Il se rappela ensuite que ces données étaient envoyées de façon anonyme sur les serveurs de la compagnie et qu'ils ne pourraient pas faire le lien avec les utilisateurs. Sauf que… La compagnie avait créé son propre réseau et savait que l'utilisateur visé, Mathilda06, était en ce moment dans le métro et avait acheté pour deux livres d'argent virtuel.

Selon la plateforme utilisée par l'utilisateur, en l'occurrence, vraisemblablement l'utilisatrice, on pouvait avoir facilement accès à ses coordonnées bancaires.

— Allez, allons voir à Bruxelles, ce qui se passe : tiens regarde, il y a une concentration de joueurs dans le coin de la rue de la Loi, c'est là que sont les Ministères…

Impressionnant. Décidément, Gabriel ne regarderait plus jamais son iPhone de la même façon. Il se contenta néanmoins d'ajouter, affectant un ton blasé :

— Une chance que ces données ne sortent pas d'ici.

— Comme tu dis, ajouta Michael !

Dans les minutes qui suivirent, le plancher se peupla et vers neuf heures trente, tous les postes étaient occupés. Les employés s'affairaient, certains allant à de courts meetings dans les salles de conférence, d'autres s'improvisant un coin de table pour organiser de brèves rencontres - les *daily scrum*.

Il avait lu sur le sujet, quelque part dans la documentation fournie par Amandine : tous les matins les équipes se rencontrent brièvement pour faire le point sur ce qu'ils ont fait, ce qu'ils vont faire, les problèmes qu'ils rencontrent et pour garder le contact, même s'ils sont voisins de bureau !

Gabriel fit connaissance avec la totalité des *community managers*. Il y en avait trois autres qui se partageaient le monde pour Distribution tycoon. Visiblement, on avait mis le paquet pour le projet.

Aux alentours de dix heures, un message sous forme de pop-up apparut sur son écran : « *Pre-launch final meeting - Meeting room XTC - 11h00* ».

Façon plutôt cavalière de requérir sa présence, qui ne semblait cependant gêner personne. Il prit donc la chose le plus naturellement du monde.

Il arriva un peu en avance dans la salle de meeting XTC. Drôle de nom, mais sûrement inspirant… Il en profita pour se présenter à l'équipe en place en commençant par les têtes pensantes du projet, Hans et Gunther.

En les voyant, chacun avec un tee-shirt noir usé à la corde, il se prit à les surnommer comme les fameux corbeaux : Heckle et Jeckle, même s'ils avaient l'air parfaitement à leur affaire et loin d'être aussi crétins que les deux volatiles !
Attribuer des surnoms était une des activités favorites de Martinez, dans laquelle il excellait... Ça avait déteint sur Gabriel, qui ne laissait pas non plus sa part au chat !

Puis vint le tour des programmeurs, des artistes, des game designers, bref, l'équipe au complet, qui ne dépassait pas vingt-cinq personnes.
La plupart étaient jeunes, très jeunes parfois, mais tous avaient un point commun : ils semblaient habités par une passion immense et un enthousiasme communicatif.

Ayant lu que les gros jeux consoles regroupaient jusqu'à quatre cents personnes durant leur développement, il se dit que le modèle d'affaires qu'il avait sous les yeux était manifestement rentable !

Hans commença à parler et précisa les derniers détails du lancement mondial, qui aurait lieu ce soir, à minuit :

— Pour la première fois nous allons lancer aujourd'hui non seulement un jeu à l'échelle mondiale, mais un produit qui va interconnecter de façon permanente la plupart de nos jeux existants et permettre des transferts entre eux.

L'infrastructure réseau a déjà été déployée et testée, elle fonctionne parfaitement. La seule chose que nous ne savons pas précisément, c'est le taux et la vitesse à laquelle nos joueurs vont arriver, même si on a prévu large, à savoir une migration de 60 % de nos joueurs totaux sur Distribution tycoon dans la première semaine.

Même si tout est sensé parfaitement fonctionner, on sait que des problèmes peuvent toujours surgir, alors profitez du temps qu'il nous reste pour tester, encore et encore... ressortez vos notes et assurez-vous que tous les problèmes que vous avez pu mentionner ont été réglés sinon, prévenez l'équipe immédiatement.

Inutile de vous dire que nous serons tous sur le pont pour le lancement afin de parer à toute éventualité, même si tout devrait bien se passer... ce qui nous permettra de célébrer la sortie par la même occasion !

Le message était clair, personne ne rentrait chez lui en fin de journée mais ça semblait inutile de le préciser. À voir les mines réjouies et impatientes, aucun membre de l'équipe n'avait visiblement prévu autre chose pour la soirée ou la nuit.

Gunther intervint alors, s'adressant spécifiquement aux *community managers* :

— les CM, il va falloir que vous soyez très attentifs aux comportements des utilisateurs : comme leur liberté est quasi-totale, on doit savoir vers quoi ils vont naturellement afin d'orienter nos offres en conséquence. Toute activité qui suit un *pattern* doit être notée ainsi que tout comportement sortant vraiment de l'ordinaire. Ça nous fait de belles histoires à donner au département des coms, et nous sommes également très curieux de voir ce qu'ils vont faire de notre bébé !

On a imaginé pas mal de scénarios mais c'est sûr qu'il y a toujours des utilisateurs pour nous surprendre ! Ça nous aidera à améliorer le jeu et à lui faire de la publicité !

Voilà qui rejoignait la mission de Gabriel et lui permettrait de réunir l'information dont il aurait besoin pour avancer dans on enquête.

16.

L'iPhone de Gabriel émit une vibration discrète et il vit apparaître la photo de Martinez en train de faire la grimace. Pas vraiment le bon moment ! Impossible de prendre l'appel, il devait s'isoler.

Il regarda tout autour de lui : aller dans une salle de conférence semblait difficile : il risquait d'attirer l'attention et pour un premier jour, mieux valait s'en passer.

Comme il n'avait pas mangé, il prit son badge et sortit à la recherche d'un coin tranquille, à une distance respectable des bureaux de la compagnie.

Après avoir tourné deux rues et fumé autant de cigarettes - il fallait bien rattraper son retard, d'autant qu'il avait l'habitude de fumer à son bureau... il trouva enfin un coin tranquille et rappela Martinez.

— Qu'est-ce qu'il y a Martinez, Nina t'a mis une claque dans la gueule ? Si c'est le cas, laisse-moi te dire qu'elle aura eu raison !

— Mais non, la putain de toi ! Même pas je la regarde ta Nina, où tu vas chercher ça, toi ?

— Bah, à tes yeux de merlans frits dès que tu la vois, peut-être ?

— Quand je pense que je m'occupe de tes clients à la con pendant que tu joues à James Bond au cercle polaire, que ça m'oblige à t'appeler à des heures indues, c'est comme ça que tu me remercies ?

— Que veux-tu, moi, j'ai le physique pour jouer James Bond... Tu ne serais pas jaloux, des fois ?

— Jaloux, moi ? Parce qu'une nénette multimilliardaire te fait un pont d'or pour prendre des vacances et jouer à des jeux pour gamins toute la journée, je serais jaloux ? Mais mon pauvre…

— Bon, allez, tu ne m'appelles pas juste pour le plaisir de me dire des gentillesses, qu'est-ce qu'il y a ?

— Ton Rouvier, là, ça lui arrive de faire ce qu'on lui dit ? Non parce que là, moi j'en peux plus, il me les brise que t'as pas idée…

— Qu'est-ce qu'il a encore fait ?

— Écoute, il s'en est encore pris à son voisin. Cette fois, il ne s'est pas contenté de la clôture, il a carrément renversé dix litres de bleu de méthylène dans sa piscine… tout le carrelage est ni-qué. Évidemment, ils en sont venus aux mains, sinon ça serait pas drôle ! Forcément, il s'est encore fait embarquer. Et ce con, même pas il nie, non, il revendique !

Putain, qu'est ce que tu veux faire avec ton gugus, même pas foutu de dire que c'est son voisin qui a commencé. Con et sans une once de mauvaise foi : un duo d'enfer à lui tout seul ton Rouvier !

Tu m'en mettras une caisse, des clients comme ça !

— Au moins, on ne pourra pas le traiter de menteur… regarde ça sous un autre angle : « Monsieur le Président, mon client est un honnête homme, il ne ment pas, on ne peut pas lui enlever ça, et l'honnêteté DOIT être récompensée », ça va te faire un bon début en tous cas, tu crois pas ?

— Mouais, mais n'empêche, je ferai pas de miracles sur ce coup-là, sur ma vie qu'il est pas croyable, ce con !

— Ben tu vas faire avec, ça ne te changera pas de tes clients habituels.

— Ahhh tu crois ça toi ? Eh bien, mes clients au moins, ils ont l'intelligence de la mauvaise foi…

— Je m'en souviendrai pour nos prochains dossiers Martinez ! Plus sérieusement, tu ne peux pas faire de miracles avec Rouvier, et tu sais quoi ? Il le sait. Il est peut-être bas de plafond, mais il a cette qualité qu'ont les grands truands, ceux qui n'existent plus : il sait quand il faut payer l'addition, et il paie cash, alors ne t'en fais pas avec ça.
Et arrête de harceler cette pauvre Nina.

— « Pauvre » Nina, tu rigoles, c'est une tigresse cette fille, d'ailleurs, comment tu la supportes ?

— T'occupe, Martinez, t'occupe.

17.

M. André commençait à trouver le temps long et se disait qu'il avait beau creuser, il n'y aurait rien à tirer de la filature de Frank qui allait sans doute finir par se rendre compte qu'on le suivait. Une filature ne doit jamais durer trop longtemps. On finit par éveiller les soupçons même des moins méfiants et ce Frank n'avait pas l'air complètement stupide.

En plus, il était imprévisible, prenant un jour sa moto, un autre jour son gros 4x4… Évidemment, il n'envoyait pas de faire-parts à M. André qui se trouvait bien en peine de le suivre s'il était en moto et lui en voiture, avec le trafic toujours aussi hallucinant sur la Promenade des Anglais. Surtout en période estivale.

Alors du coup, il ne prenait pas de risque. Il avait stationné à proximité moto et voiture dans laquelle il patientait tranquillement. Parce que faire une planque en moto, c'est plutôt voyant.

En tous cas, ce jour-là, il sut immédiatement que Frank se déplacerait dès qu'il entendit, depuis le stationnement de l'immeuble, le rugissement de son hyper-sportive, d'un volume à réveiller tout le quartier. Ni une, ni deux, il sortit de sa voiture et détacha sa moto.

Timing parfait qui lui permit de conserver une distance de sécurité avec sa cible. Même si descendre des collines de Nice était tortueux, Frank « envoyait » pas mal - il fallait tenir le rythme.

Cette fois-ci, au lieu de prendre l'autoroute en direction d'Antibes, il se dirigea vers l'aéroport - une fois de plus. Il se stationna et alla attendre aux arrivées un vol en provenance de New York. Il répéta exactement le même manège que la dernière fois : M. André reconnut le mystérieux voyageur et assista à un nouvel échange d'étui à cigares. Décidément, même dans ses entailles à son emploi du temps, son client avait la régularité d'un métronome…

Lorsque Frank repartit, il se rendit au bureau de Sophia Antipolis et y resta stationné jusqu'à la fin de la journée. Vers dix-neuf heures, il prit la direction de la mer et se rendit dans un café du vieil Antibes, proche de la gare routière. Un ex-repaire de voyous notoires, même si, après trois changements de direction et un embourgeoisement du quartier, on y trouvait désormais une clientèle plus hétérogène.

Cela dit, les deux personnes que Frank rejoignit n'auraient pas dépareillé avec l'ancienne clientèle : une armoire à glace chauve avec une sale gueule et un cou de taureau et celui qui devait visiblement être le patron, un visage émacié sur un corps qui paraissait frêle à côté de son gorille, alors qu'autrement, il aurait eu l'air normal.

Il ne fallut que quelques minutes pour que le fameux étui à cigares change de mains, ce que M. André put voir distinctement depuis la gare routière où il s'était installé, située en hauteur par rapport au troquet.

Cette fois-ci, il n'eut pas d'hésitation : il allait suivre les deux mafieux. Compte tenu de la régularité de Frank, il ne raterait sans doute pas grand-chose : un restaurant dans le meilleur des cas.
Il savait s'amuser ce Frank.

Avec la dégaine qu'ils avaient, ces deux truands ne roulaient certainement pas en Smart. M. André repéra une grosse Audi noire stationnée un peu plus loin - son flair ne l'avait pas trompé, car les deux compères s'engouffrèrent à l'intérieur, l'armoire à glace prenant le volant. Il les suivit jusqu'au port d'Antibes où ils empruntèrent les Remparts - la voie touristique par excellence. Heureusement la circulation était fluide à cette heure-ci, la sortie des plages étant passée et les gens n'étant pas encore sur le chemin pour aller dîner.

Ça tombait bien, car une moto qui resterait prise dans des embouteillages sans se faufiler, c'était un coup, au mieux à passer pour un motard allemand ou hollandais, mais plus vraisemblablement à éveiller l'attention, surtout de clients à la mine patibulaire comme ces deux-là, qui devaient être aux aguets en permanence.

Ils traversèrent ensuite le bord de mer et prirent la route du Cap d'Antibes puis bifurquèrent, en plein milieu du boulevard du Cap sur un chemin qui montait en direction du phare de la Garoupe. Le trafic étant nettement plus réduit dans ces rues M. André ralentit la cadence. Il passa au niveau de l'Audi au moment où le portail automatique d'une propriété barricadée finissait de s'ouvrir.

Rien que du normal dans le coin, il fallait se protéger à la fois des curieux et des cambrioleurs et, vu le prix des baraques, ce n'était pas du luxe.

Il nota le numéro civique sans ralentir ni tourner la tête et poursuivit son chemin. Il avait ce qu'il voulait.

Pour ne pas éveiller l'attention M. André ne faisait jamais lui-même ses recherches au cadastre mais les confiait à des notaires, avocats, ou même agents immobiliers du coin, ce qui passait inaperçu, tant le marché des propriétés du Cap d'Antibes était convoité.

La maison avait été récemment acquise par un magnat de l'immobilier croate qui avait fait fortune en construisant des résidences de luxe dans les stations balnéaires de l'Adriatique.

Destinations qui avaient d'autant plus la cote qu'elles étaient devenues des points de chute prisés de la jet-set depuis la fin de la guerre en ex-Yougoslavie.

M. André le savait d'expérience : bien souvent, ce genre de fortunes rapides cachait des affaires moins avouables que de simples transactions immobilières.

Frank se frottait donc à des gens qui étaient loin d'être des enfants de chœur, ce dont M. André s'était convaincu avant même de connaître le nom et la nationalité de ces individus. Le choix du café utilisé pour la transaction demeurait curieux : en général, ces milliardaires des ex-pays de l'Est préfèrent l'ostentation des lieux prestigieux de la Côte d'Azur.

Il allait transmettre le tout à Gabriel, par le canal habituel : la lettre anonyme, contenant le strict minimum :

2e étui à cigares - Antibes
Darko Kurakovic - croate - louche
4545 chemin de la tour du cap - Antibes

*

Quelques minutes après l'arrivée des Croates dans leur résidence du Cap d'Antibes, confortablement installé au bord de la piscine, à l'ombre des immenses pins parasol de la propriété, Darko Kurakovic claqua des doigts, sans même regarder à l'intérieur de la villa.

Un jeune homme apparut immédiatement et l'homme au visage émacié lui remit l'étui à cigares.

— Marko, tu sais quoi en faire.

— Oui patron. Je m'en occupe selon le plan.

On saurait rapidement si sa dernière acquisition valait son prix.

18.

Nina marcha sur une enveloppe jaune en ouvrant la porte du cabinet, à huit heures pétantes.

Après une demi-seconde d'hésitation, elle se rappela que c'était caractéristique du *modus operandi* de M. André : il devait y avoir du nouveau.

Elle ouvrit immédiatement l'enveloppe avant même d'aller préparer à la cuisine son troisième café de la matinée.

La lecture de ces informations ne lui disait strictement rien, d'autant qu'il n'y avait aucune trace écrite de la première conversation entre Gabriel et M. André sur le dossier. Après un hochement de tête dubitatif, elle entreprit de rédiger un courriel dans lequel elle recopia ces données, prenant soin d'y ajouter un titre de message sibyllin. Aussitôt le message expédié, après s'être assurée qu'il était bien parti, elle le mit à la corbeille et s'en alla à la cuisine brûler feuille et enveloppe.

Elle avait dû le répéter cent fois à Gabriel : elle trouvait que les exigences de M. André - car ça venait de lui - faisaient très agent secret de Prisunic, comme elle disait, mais elle s'exécutait chaque fois, non sans prendre la peine de maugréer, pour la forme.

Ce n'est qu'après avoir suivi ce rituel qu'elle se fit - enfin - son expresso.

*

Lorsque Gabriel reçut le mail, son premier réflexe fut d'aller voir Amandine, mais encore fallait-il qu'elle soit à son bureau et qu'il trouve un prétexte.

Non seulement, elle était toujours à son poste, mais en prime, elle lui avait fourni un alibi de choix : leurs origines géographiques communes - ça faisait toujours une raison officielle d'aller discuter.

Il s'approcha donc de son bureau et, toquant au verre de l'aquarium, demanda, à un volume suffisamment haut pour que les voisins immédiats puissent l'entendre :

— Dis-moi, tu m'as bien dit que tu avais grandi à Cannes ? Est-ce indiscret de te demander où tu as étudié, car on a sûrement des relations communes ?

Elle lui fit signe d'entrer et il put ainsi lui communiquer discrètement les renseignements qu'il venait d'obtenir : un deuxième étui à cigares, un milliardaire croate pas très net, une villa dans le cap d'Antibes.

Après quoi, il retourna à son poste le plus naturellement du monde. Il avait un don pour la comédie… après tout, il faisait du théâtre tous les jours. Ou presque.

19.

Cinq, quatre, trois, deux, un, ZÉRO !

L'étage d'administration était bondé : la totalité des employés de S4F s'y était réunie.

On se serait cru à Times Square un 31 décembre, la boule multicolore en moins, quoique le mur d'écrans temporairement dédié au lancement de Distribution tycoon grouillait d'informations.

Chaque région du monde était représentée et, peu importait le fuseau horaire, les chiffres des connexions grimpaient avec la même vélocité partout !

À croire qu'il y devait y avoir des utilisateurs dans leur lit en train de se connecter au beau milieu de la nuit… !

Le boulanger français avait raison : on savait fêter dans le monde du jeu vidéo ! Le champagne coulait à flots, non seulement pour l'équipe, mais également, bien entendu, pour tous les membres de la compagnie présents.

L'ambiance était décidément festive et l'humeur détendue : ça riait, ça chantait, ça se congratulait. Ça faisait plaisir à voir !

Au bout de cinq minutes, on entendit : cinq cent mille connexions !

Une onde d'applaudissement et de sifflets suivit. Quelques instants après, c'était un million de connexions qui était annoncé !

Décidément, ça s'annonçait bien et fort heureusement, ils arrêtèrent d'annoncer les chiffres au bout du cinquième million, atteint en une demi-heure !

Gabriel se mit à son poste et commença à scruter les données ; finalement, son territoire était la France, mais aussi une bonne partie de l'Europe, compte tenu de la cadence fulgurante des nouveaux inscrits.

La plupart des joueurs étaient des habitués des jeux de la compagnie : difficile d'en trouver en dessous du niveau 50 et ils connaissaient visiblement déjà tout du jeu. Les annonces du marketing avaient fait leur effet sur ces joueurs dévoués.

Et ça commençait à créer des entreprises : des petits commerces en majorité, suivis par des chaînes de franchises : on retrouvait une diversité présente dans la vie réelle, allant des fast-foods aux épiceries bio, les noms choisis par les joueurs écornant les grandes enseignes de la vraie vie : c'était fou de voir le nombre d'Écossais qui s'étaient lancés dans la restauration rapide en quelques minutes !!!

Les échanges commençaient à se faire : d'abord entre les réseaux d'amis existants, puis des interconnexions nouvelles se faisaient, des gens qui n'avaient aucun réseau en commun se vendaient des biens, les transformaient et les revendaient à d'autres : une vraie économie virtuelle créée en quelques minutes… Incroyable !

La toile d'araignée était en train de se tisser à une vitesse défiant l'entendement !

20

Gabriel reçut un SMS d'Amandine : « Il faut qu'on parle ».

Ça paraissait effectivement évident, mais où et comment ?

Deuxième SMS : « ascenseur 2 - dernier étage - 5 minutes »

Vu le délai, pas le temps de réfléchir, ni de répondre. Gabriel fonça vers l'ascenseur et appuya sur le bouton du dernier étage.

Celui-ci occupait en fait le tiers de la surface de la bâtisse, le reste étant aménagé en terrasse avec des tables de café, des meubles de jardin et des plantes vertes : ambiance champêtre en plein centre-ville.

— Cette partie n'est plus ouverte aux employés pour le moment, depuis qu'on a eu un terrible accident qui a fait une malheureuse victime : un suicide - non relié au travail, je précise.

D'ici à ce que les barrières de sécurités soient renforcées, j'ai interdit l'accès à tout le monde, donc on sera tranquille et personne ne pensera à venir nous chercher ici.

Gabriel entama les hostilités :

— Avec ce deuxième étui à cigares, ce qui m'inquiète, c'est les clients. Là on ne parle plus de touristes en goguette. Les croates, c'est potentiellement du lourd, officiellement des affaires légales... mais, en pratique, ça cache souvent d'autres choses, bien plus inavouables...
Je ne sais pas si ton mari sait avec qui il fait du business, mais si M. André les qualifie sobrement de louches, c'est qu'ils ont tout des parfaits malfrats...

Le tutoiement lui était venu presque naturellement, pas suffisamment cependant pour qu'Amandine ne le perçoive pas. Elle était beaucoup plus préoccupée par ce qu'elle venait d'entendre et enchaîna :

— Si ces Croates sont impliqués, ça veut dire qu'il y a des chances que Frank traite avec le crime organisé, la mafia...

Mon premier réflexe, c'est de penser à la sécurité des données de nos clients : tout ce qu'on possède sur eux a une valeur énorme. Nos concurrents paieraient cher pour avoir ces informations, les compagnies de marketing, Facebook dont on s'est affranchi aussi... mais je doute que Facebook ait engagé la mafia pour obtenir nos données.

— À première vue, c'est vrai qu'il n'y a pas de lien évident...

Et on ne sait toujours pas ce que contiennent ces fameux étuis à cigares.

— Enfin Gabriel ! Ça ne peut être que des données sensibles concernant nos clients !

C'était la première fois qu'elle perdait son sang-froid et Gabriel sortit immédiatement de son rôle de stagiaire pour reprendre sa robe d'avocat, se faisant d'un coup réprobateur :

— Ça, tant qu'on n'en aura pas la preuve irréfutable, je n'en jurerai pas ! De ce que j'en ai vu, ces données permettent d'espionner n'importe quel utilisateur, et même de le retracer dans tous ses faits et gestes... Si nous jouions ici en ce moment tous les deux, n'importe qui ayant accès à nos comptes pourrait le savoir ! Donc, non seulement, on peut se servir de cette manne pour voler des identités, en créer de fausses, mais en plus, on peut identifier et suivre à la trace n'importe quelle personne !

Parmi tes cent millions de clients, certains sont sûrement dignes d'être suivis, tracés, espionnés, tu ne penses pas ?

— Non Gabriel, on ne saurait pas exactement que toi et moi sommes sur ce toit en ce moment grâce à nos jeux ; on saurait qu'il y a deux utilisateurs, deux comptes et plein d'autres dans le bâtiment, tu t'en doutes, qui jouent. On n'affiche pas ton identité dans nos tableaux de bord.

— Peut-être, mais on dispose de sacrément d'informations qui permettent au minimum de faire des déductions sur les identités… Des esprits chagrins pourraient vous qualifier de Big brother, hein, tu le sais, ça ?

— Big brother ? On ne récupère ces données que pour améliorer les expériences des joueurs, rien de plus, on n'est ni la NSA, ni la DGSE !

S'ensuivit un long silence, chacun étant perdu dans ses pensées et finalement, Gabriel le rompit :

— Voilà ce que je vais faire : je vais me renseigner plus en profondeur sur Kurakovic et je vais également regarder à fond les données de Distribution Tycoon. Tu te rends évidemment compte que vous venez de créer une économie parallèle à l'échelle mondiale ?

— Oui, même si on ne recherche pas le profit, avec l'argent qu'on brasse, on peut devenir plus important qu'un pays du tiers monde ou qu'une grosse banque européenne ou américaine...

21

Avec des gens du calibre de Kurakovic, on dépassait les compétences de M. André. Ce qui n'enlevait rien à ses qualités, mais pour ce genre de situation, il valait mieux s'adresser à Ange.

Ange. Un nom pareil, ça ne s'inventait pas et il le devait à ses origines corses. Rien qu'à voir son visage, on comprenait immédiatement qu'il n'avait d'angélique que le nom. Mais, il avait deux énormes qualités aux yeux de Gabriel : il était fiable et loyal.

Gabriel l'avait tiré d'un très mauvais pas, alors qu'il était encore jeune avocat, agissant plus qu'à son tour sous le régime de l'aide juridictionnelle.

Un jour, après avoir été une fois de plus commis d'office, il s'était immédiatement rendu à la maison d'arrêt de Nice, rue de la gendarmerie - adresse prédestinée s'il en est - voir son nouveau client.

Sans le savoir, il avait coiffé au poteau les ténors du barreau qui ramassaient tous les dossiers de commission d'office dignes d'intérêt - c'est à dire qui pouvaient leur amener des articles dans la presse locale, ou mieux encore, nationale.

Ils envoyaient de jeunes et jolies stagiaires en prison, qui non seulement étaient un parfait alibi pour travailler à l'aide juridictionnelle, mais disposaient également d'arguments auxquels les détenus, même en préventive depuis peu, n'étaient que rarement insensibles…

Sauf que, cette fois, le client, c'était Ange, qui n'avait plus d'avocat en titre. Il avait congédié son représentant immédiatement après une audience extrêmement houleuse… raison pour laquelle personne n'était encore au courant ni ne s'était déjà précipité au chevet du malade…

Le greffier avait noté et transmis immédiatement la demande d'aide juridictionnelle. Gabriel étant de permanence à ce moment-là, il s'était retrouvé commis d'office d'un truand notoire dont la réputation n'était déjà plus à faire.

Comme on l'avait immédiatement ramené à la maison d'arrêt après l'audience, et puisque c'était la fin de journée, Gabriel parvint à avoir très rapidement un parloir ; parfois les matons faisaient durer le plaisir, mais cette fois-ci, les astres étaient bien alignés.

Ange fut clair dès le départ :

— Petit, t'as une bonne tête, mais je suis presque sûr que je m'y connais plus que toi en droit pénal et en procédure...
Cela dit, aujourd'hui, j'ai besoin de fraîcheur, de nouveauté...
Tu vois, je me suis débarrassé de cet imbécile de Gaspard (pour en être imbécile, il n'en était pas moins l'un des pénalistes les plus en vue de Nice) et je me retrouve sans avocat.
Je n'ai aucune envie de me retrouver avec un autre Gaspard. Pas pour mon problème actuel, où ta candeur pourra m'aider.

Difficile de contredire Ange : Gabriel était encore un bleu dans le métier et bien souvent ses clients de l'aide juridictionnelle connaissaient plus de monde que lui dans la salle d'audience, qu'il s'agisse de prévenus ou d'avocats... un comble !

— Que puis-je rajouter à ça ? Quand il n'y a rien à dire, il faut savoir se taire, même pour un bavard.

C'est ainsi que commença une relation qui, de respect mutuel tourna peu à peu en amitié, Gabriel ayant eu le culot de prendre Ange au mot lorsque celui-ci, après que le dossier fut réglé, lui dit que s'il avait besoin de lui, pour quoi que ce soit, il serait là.
Le reste, c'était de l'histoire ancienne.

*

Ange était de la vieille école : il n'avait aucune confiance dans la technologie dont il se foutait éperdument.

Gabriel commençait à penser qu'il n'avait pas tort.

Pas d'autre moyen de le joindre que le téléphone. Et il changeait souvent de numéro…

— Ange, c'est Gab'. Comment vas-tu ?

— Pas encore entre quatre planches, petit, même si j'en connais beaucoup qui n'attendent que ça !

— Tu as la peau dure, tu les enterreras tous ! Dis-moi. J'ai besoin de toi. Kurakovic, villa dans le cap d'Antibes. Tu peux te rencarder sur lui et son business auprès de tes sources ?

— Bien sûr, tu veux savoir quelque chose en particulier ?

— Non, pour l'instant, je n'ai pas encore assez de détails, j'aurais besoin d'avoir un topo sur ses affaires, son réseau, ses amis et ses ennemis, tu vois le travail.

— Parfaitement. Dès que j'ai ça, je t'appelle et tu passes me voir où tu sais.

— Je ne pourrais pas Ange. Je suis à l'étranger pour un dossier, et ça peut durer un bon moment. Mais si tu peux, fais la commission à Nina, tu sais à quel point j'ai confiance en elle.

— Ça marche, petit.

— Merci Ange.

22

Trois ans de mariage. Pas grand-chose finalement.

Lorsque Amandine commença à avoir des soupçons relativement à Frank, elle n'imagina d'abord qu'un adultère. Avec le temps qu'elle passait à travailler, elle était fort peu disponible pour son mari ces derniers temps et - même si elle détestait cette idée - elle pouvait comprendre qu'il soit allé chercher ailleurs.

Elle aurait même pu lui pardonner.

Mais depuis que les étuis à cigares étaient entrés en scène, depuis que les soupçons pointaient plus spécifiquement vers de l'espionnage industriel, la donne avait changé : c'était quelque chose qu'Amandine ne pardonnerait pas à Frank.

En plus de son amour, elle lui avait accordé toute sa confiance dans ce qui lui tenait sans doute le plus à cœur, dans sa vie entière : S4F, son bébé, SA startup.

Elle revoyait passer le film de leur histoire, depuis la première rencontre au Starbucks jusqu'à ces derniers temps et ne put s'empêcher de faire le rapprochement avec les gens qui, à l'approche de la mort, voient défiler leur vie sous leurs yeux…

Cela signifiait-il la mort de leur histoire ?
Vraisemblablement.

À moins d'être en mesure de mettre Frank totalement hors de cause.
Mais ces deux échanges suspects d'étuis à cigares n'auguraient rien de bon.

Non, décidément, elle commençait à faire son deuil de Frank, des week-ends au chalet, des vacances à la Barbade et des escapades dans Napa Valley après la conférence annuelle des développeurs de San Francisco, la fameuse GDC.

Tous ces souvenirs ne donnaient aucune circonstance atténuante aux mystérieux agissements de Frank qui prenaient toute la place dans ses pensées, tassant d'autant les bons souvenirs communs qu'ils avaient pu avoir.

Elle était d'habitude extrêmement directe lorsqu'un problème surgissait et la voilà qui n'agissait pas, cogitait jusqu'à l'écœurement sur cette situation...

Professionnellement, ce n'était pas du tout son genre : elle tranchait dans le vif, quand il le fallait.

Mais en ce qui concernait sa vie personnelle, elle était moins à l'aise à agir de la sorte.

D'autant que son intuition lui dictait de faire profil bas pour le moment.

C'est précisément ce qu'elle fit - avec un talent qui pouvait être interprété comme une bonne dose d'hypocrisie - lorsque Frank appela :

— Salut Dine, c'est formidable les chiffres du lancement ! On monitore ça depuis Sophia et c'est hallucinant de voir à quelle vitesse ça grimpe !

— Oui, je dois dire que toute l'équipe est drôlement fière et surexcitée, les autres équipes aussi, du reste, tout le monde ou presque est encore là. Je pense qu'ils vont tous passer la nuit sur place ! Ils ont fait de l'excellent travail ; on a fait un très bon *move* en débauchant Hans et Gunther et en les faisant venir de Berlin !

— De notre côté en tous cas, l'infrastructure réseau tient le coup et on encaisse la charge liée à ce succès ; on peut aller jusqu'à dix mille *concurrent users*[7] à la seconde et on a rajouté une protection

---

[7] Utilisateurs simultanés connectés à un serveur

supplémentaire avec un algorithme qui *ping*[8] le serveur et décale de quelques millisecondes les requêtes aux serveurs s'il y a le moindre signe d'encombrement.

— C'est rassurant, car on ne peut pas se permettre le luxe d'avoir nos serveurs indisponibles au moment du lancement. On passerait pour des amateurs et tu sais ce que je pense de ce genre de situation.

— Oui, Dine chérie. Ne t'inquiète pas. Bon je dois filer, j'ai un rendez-vous extérieur. Je t'embrasse.

— Moi aussi, Frank. Je t'embrasse.

Tiens, ça faisait longtemps qu'il ne l'avait plus appelée « chérie ». Les hommes qui pensent que les femmes ne remarquent pas ce genre de petits détails sont carrément stupides.

Tout comme les femmes qui sont conquises uniquement par des mots doux… En l'occurrence, une petite douceur balancée de la sorte ne changeait rien aux soupçons d'Amandine.

Non, il fallait qu'elle trouve ce qu'il trafiquait, et vite : la proximité de ses manigances avec le lancement de leur dernier jeu devait forcément avoir un rapport.

---

[8] Ping est le nom d'un outil informatique permettant de tester l'accessibilité d'une autre machine à travers un réseau IP. La commande mesure également le temps mis pour recevoir une réponse, appelé round-trip time (temps aller-retour). Source: Wikipédia

23.

Les chiffres continuaient à grimper allègrement alors qu'on était au milieu de la nuit. Compte tenu du lancement mondial, il faisait jour en Europe, c'était le soir en Asie, mais même ici, au Canada, l'activité était notable.

Gabriel commençait à être familier avec son environnement, mais l'importance des chiffres brassés l'empêchait d'être blasé ; c'est certain que si Martinez voyait ça, il changerait d'avis sur les jeux pour gamins : « *money talks* », comme on dit !

Gabriel recherchait dans les métriques des comportements particuliers ou suspects. Il devait faire un effort pour rester concentré, tant il était facile de laisser vagabonder son attention. C'était tentant de suivre un utilisateur, ou un groupe d'utilisateurs exploitant le même type de commerces, de comparer leurs résultats et d'en tirer des interprétations telles que : les Roumains sont très forts pour la grande distribution, alors qu'à Hong Kong, ils se sont visiblement donné le mot pour déployer des chaînes de franchises de petits commerces...

En se concentrant sur les achats, le système pouvait même extrapoler immédiatement les revenus à partir des données des comptes clients. Il connaissait le solde de chaque utilisateur et enregistrait les achats effectués en argent virtuel. Il était donc capable, si le solde en main de l'utilisateur était insuffisant, de déduire que celui-ci avait fait un achat sur les magasins en ligne des fabricants. Ce qui serait confirmé ou corrigé le lendemain matin, lorsque les interfaces des fabricants donneraient officiellement les chiffres de ventes, enregistrés la veille.

C'était malin et ça permettait d'avoir une longueur d'avance, quelques heures qui étaient cruciales dans le domaine, pour anticiper les demandes des utilisateurs, leur créer des besoins et surtout, leur permettre de les satisfaire.

C'était l'un des secrets de la réussite de S4F : ils étaient terriblement proactifs vis-à-vis de leur auditoire, qu'ils scrutaient sans relâche... avec cette fameuse courte tête d'avance sur la concurrence en terme de délais d'obtention des informations d'achats.

Gabriel ne pouvait s'empêcher de juger cette façon de faire, tellement éloignée des divertissements de son enfance : on achetait un jeu, on y jouait jusqu'à l'écœurement, seul dans son coin ou avec des amis dans son salon et c'était tout...

Son jugement avait déjà entamé les relations avec Amandine, il l'avait bien senti, plus tôt sur le toit. Elle était manifestement sensible à ce sujet. Son expression lorsqu'il mentionna « Big Brother » l'avait trahie.

Cependant, il fallait lui laisser le bénéfice du doute : il y avait également dans ses yeux et dans son discours lorsqu'elle parlait des jeux, une passion communicative qui l'animait et faisait qu'instinctivement, on la suivait, on voulait embarquer avec elle dans l'aventure. Un vrai leader, rien à redire sur ce point.

Et l'argent généré ? Elle n'en parlait quasiment pas.

Il retourna à ses tableaux de bord et observa les interconnexions en train de se créer, partout dans le monde. Effectivement, ça ressemblait de plus en plus à une toile d'araignée, qui grandissait à un rythme fou.

Mais en dehors de ça, il commençait à se trouver démuni et n'entrevoyait pas ce que Frank pouvait avoir détourné concernant S4F... Des données, certainement, mais lesquelles et pourquoi ?

Michael le sortit de ses pensées :

— On dirait que le gratin d'Hollywood a embarqué sur Distribution tycoon, dis donc !

— Hein ? Comment peux-tu savoir ça ? Les données de jeu restent anonymes comme tu me l'as montré, non ?

— Rien n'est jamais complètement anonyme sur le net. Entre les informations en provenance de nos jeux, celles liées à notre propre réseau, auquel tous nos joueurs sont abonnés, les historiques de transaction et de remboursement très détaillés sur certaines plateformes, tu serais étonné de voir à quel point il est facile d'identifier quelqu'un. Surtout quand il s'agit de personnes en vue. C'est d'ailleurs à croire que plus les gens sont célèbres, moins ils sont prudents sur le net. Par ailleurs, les identifiants et mots de passe utilisés pour s'enregistrer sur notre réseau sont bien souvent identiques à ceux utilisés sur d'autres réseaux sociaux ou services en ligne ; l'immense majorité des gens n'utilise qu'une seule adresse courriel et un seul mot de passe pour toutes leurs activités virtuelles...

Pour nous prémunir du piratage, on chiffre ces informations lors des transferts entre l'utilisateur et nos serveurs, mais une fois sur nos serveurs...

Et on a notre top 10 des célébrités qui jouent le plus à nos jeux. On fait des paris sur les identités des célébrités et ça ne prend pas plus d'une semaine à valider : en regardant ses déplacements, il suffit de corréler la géolocalisation de notre candidat avec la presse people ! Les gens ne se séparent jamais de leurs smartphones... Les célébrités ne font pas exception à la règle !

Mais ne le dis à personne : c'est un jeu auquel seuls les *community managers* jouent. Personne d'autre n'est au courant.

Gabriel répondit, d'un air entendu :

— Je serai muet comme une carpe, ne t'inquiète pas.

Et il enchaîna, sur un ton conspirateur :

— Bon alors, elle fait quoi Paris Hilton en ce moment ?

Michael venait peut-être de donner la clé à Gabriel : et si Frank avait fait le même exercice, et identifié des individus pour le compte des Italiens ou des Croates ?

Bon Dieu, si ça se trouve, il renseignait peut-être des tueurs à gages !

Il avait les accès pour le faire et par-dessus le marché, il était aux premières loges à Sophia Antipolis, puisqu'il supervisait l'architecture réseau au complet !

24

Gabriel devait communiquer ces informations à Amandine. Elle n'était plus à son bureau.

Il envoya un SMS auquel elle répondit immédiatement, lui donnant l'adresse où la rejoindre. Vraisemblablement son appartement.

Il sauta dans un taxi et fut chez elle en quelques minutes.

Amandine demeurait dans un immeuble de trois étages proche du Plateau Mont-Royal, point de ralliement de tous les Français de Montréal - ou presque.

Encore ces escaliers extérieurs et ces façades de brique rouge, décidément, pour l'originalité architecturale, on repassera.

Gabriel monta l'escalier pour se rendre au deuxième étage, seul endroit où il y avait de la lumière à cette heure-ci. Amandine lui ouvrit, dévoilant un intérieur moderne d'une blancheur virginale : même les briques avaient été recouvertes de peinture blanche.

C'était un grand appartement, avec de superbes parquets en bambou. Si la segmentation originelle des pièces devait être classique, la plupart des cloisons avaient été abattues, ce qui donnait à l'appartement une allure de loft, avec une cuisine gigantesque qui faisait face à l'espace salon et salle à manger.

— J'ai du nouveau, je pense que je sais ce que Frank a vendu aux Italiens et aux Croates. Et c'est inquiétant. Visiblement, on arrive à retracer assez facilement les identités réelles des joueurs, c'est en tous cas un sport national chez les *community managers*.

— C'est pourtant rigoureusement interdit par nos politiques et par les fabricants. Cela dit...

— Cela dit, en colligeant les différentes sources de renseignements sur les utilisateurs et en s'appuyant sur le réseau social maison de S4F, on peut rapidement isoler et localiser un utilisateur. Les *community managers* ont leur top 10 des célébrités qui jouent le plus à vos jeux, et suivent leurs faits et gestes comme des paparazzis...

Avec tous les outils dont vous disposez sur les utilisateurs, non seulement vous connaissez leurs habitudes de jeu, mais également leur localisation, leurs carnets d'adresses, leurs photos. Bref, on peut facilement tout savoir d'un joueur en réunissant les différentes sources d'informations que vous avez et celles qu'ils mettent eux-mêmes à votre disposition.

— Pour les célébrités, ça ne m'étonne qu'à moitié. Des vrais gamins, ces *community managers*...

On avait lancé ce réseau social pour être indépendant des fabricants qui changent sans cesse leurs politiques en matière de respect de la vie privée et de communication aux clients. Et aussi pour pouvoir garder le contact avec eux et faire des promotions croisées de nos produits. Le tout est supposé être étanche, géré en partie ici et en partie à Sophia, où nos serveurs gèrent la partie connexion des joueurs aux jeux proprement dits. Pour ne pas tout concentrer au même endroit.

Et surtout, notre propre réseau est censé ne servir qu'aux intérêts de nos jeux.

— Amandine, tu n'ignores pas ce que des mains mal intentionnées peuvent faire de ces données.

— Oh non, bien au contraire. Vu les clients avec lesquels Frank a été en contact, j'imagine, surtout pour les Croates, qu'ils doivent vouloir localiser une ou plusieurs personnes, et sûrement pas pour leur livrer des fleurs, hein...

Pour les Italiens en revanche, c'est moins évident que pour des mafieux, car ceux que tu m'as montrés n'ont pas vraiment la gueule de l'emploi. Je ne vois pas ce qu'ils pourraient vouloir, à part obtenir des informations sur des utilisateurs qui les intéresseraient...

Ce qui est sûr, c'est qu'on ne peut pas laisser faire ça, mais qu'on ne peut surtout pas rendre la chose publique : un article sur le web et on perd d'un coup tous nos clients.

Je ne veux pas éveiller l'attention d'ici. Si Frank détourne des données, il le fait certainement, au moins en partie, depuis la source de leur hébergement, à Sophia. Si j'interviens depuis Montréal, ça se verra et ça lui laissera le temps d'effacer les traces éventuelles et les preuves. Il va falloir que je sois en mesure d'intervenir directement à Sophia, en toute discrétion.

Elle réfléchit encore un instant et reprit :

— Gabriel, tu n'as plus rien à faire ici, prends le prochain vol pour Nice. Tu n'auras qu'à lâcher un mail à Joana pour lui expliquer que tu dois te rendre d'urgence en France pour raisons familiales ; ça ne serait pas la première fois que ça nous arriverait. Tu vas lui briser le cœur, mais elle s'en remettra !

On se retrouvera là-bas, je te contacterai une fois sur place.

Je vais m'arranger pour ton billet de retour.

— C'est ballot, je commençais à bien m'amuser, moi, et puis, comme tu dis, je n'ai même pas pu faire plus ample connaissance avec Joana...

25

Amandine avait beau tourner et retourner différents scénarios dans sa tête, impossible d'accéder à l'administration de la ferme de serveurs sans laisser de traces.

Même si Frank ne se doutait normalement de rien, elle n'avait pas l'habitude de se connecter et ça, il le remarquerait sans doute.

Restait qu'elle ne comprenait pas, puisqu'il avait tout sous la main, pourquoi il avait été récupérer de façon bien réelle, les données dans l'étui à cigares, en provenance des États-Unis.

Volonté de brouiller les pistes ? Ça faisait énormément de précautions pour des choses qui devaient passer inaperçues ; s'il s'agissait de renseigner ses « clients » sur des utilisateurs, il pouvait leur donner un simple bout de papier avec les renseignements ou de leur envoyer ça par Fedex… Bref, ça sentait la complication inutile et il y avait des pièces qui manquaient encore au puzzle.

Ce dont elle était sûre, c'est qu'elle devait s'assurer de couper les accès directement depuis Sophia, et de confronter Frank sur place, une bonne fois pour toutes.

*

Paolo sortit fébrilement les trois cigares de leur étui. Il découpa délicatement celui du milieu pour en extraire une carte mémoire microscopique dont il enleva la fine pellicule de protection.

Il ne restait plus qu'à l'introduire dans un lecteur USB et lancer le programme sur l'ordinateur.

À peine l'application lancée, Paolo fut connecté au réseau de S4F, en mode invisible. Il commença ses recherches.

Sa cible, le ministre de l'économie et des finances italien avait mentionné, dans un article au *Corriere della Serra* qu'il était un grand joueur des jeux de Stuff for Fun. Il avait même été jusqu'à donner son pseudonyme d'utilisateur dans Ma Ville et Ma Ferme : PicoloNicolo.

Une recherche rapide lui permit de localiser le compte, qui semblait inactif depuis quelque temps.

Merde !

Il était un peu simplet ce ministre pour donner son pseudonyme d'utilisateur dans un quotidien national... Il avait dû se rendre compte de son erreur et avait sans doute changé de compte - c'est ce que Paolo aurait fait, s'il avait voulu disparaître de la circulation, fût-elle virtuelle.

Heureusement, le vieux compte, même désactivé, recélait une mine d'informations. Grâce au courriel et au suivi des transferts d'argent virtuel, il ne fallut pas plus de 5 minutes à Paolo pour faire le lien avec un nouveau compte, bien actif celui-là : Marcolino.

Il ne restait plus qu'à suivre ses faits et gestes. Il eut confirmation qu'il s'agissait bien du ministre lorsque les données récentes de géolocalisation plaçaient Marcolino, d'abord en plein centre de Rome, *via XX Settembre*, l'adresse du Ministère, puis, sur les bords du lac de Côme, la résidence d'été de sa Comtesse de femme.

La cible avait été localisée avec une facilité déconcertante. Pour commencer, il téléchargea son historique de géolocalisation : les données étaient nombreuses, mais limitées à quelques endroits et quelques parcours. Il sauvegarda ces données sur son ordinateur, se déconnecta du tableau de bord, éjecta la carte mémoire et la mit à l'abri dans le coffre de sa chambre d'hôtel, soigneusement rangée dans l'étui à cigares.

Il fuma l'un des deux cigares restant, très satisfait de son investissement, même si le cigare s'avéra infect.

Il entreprit d'examiner en détail les données de géolocalisation spécifiques à l'activité du ministre à Rome. Celles-ci parlèrent instantanément lorsqu'elles apparurent en surimpression sur une carte Google. Il passait le plus clair de son temps au Ministère, dînait quasiment tous les soirs dans de prestigieuses adresses romaines. Sauf les mardis et les jeudis, où il se rendait à un appartement de la *via Veneto*.

Paolo était prêt à parier qu'il suffirait d'envoyer en planque un paparazzi pour ne pas tarder à disposer de belles photos ou, mieux encore, de vidéos s'il parvenait à installer des caméras espion dans l'immeuble…

Rien qu'avec ça, il pourrait extorquer au ministre quelques centaines de milliers d'euros… Et s'il trouvait une autre cible en vue qui jouait à ces jeux stupides, avec un peu de chance, il rééditerait l'expérience… Dans le pire des cas, il revendrait le programme à ses contacts albanais. Ils sauraient sûrement utiliser le programme pour voler quelques identités : avec tous les renseignements à portée de main, la tâche serait grandement facilitée !

Non, vraiment, il n'avait pas perdu son temps.
Il était très satisfait de son investissement.

26

En dehors du côté « retour au pays », l'arrivée à l'aéroport de Nice est toujours agréable. On survole la baie des anges ou le cap d'Antibes selon l'orientation du vent, pour finir par se poser littéralement sur l'eau, les pistes ayant été artificiellement gagnées sur la mer.

Et, pendant que l'avion roule sur le tarmac, voir les rangées de palmiers bordant l'aéroport et la Promenade des Anglais achève de confirmer qu'on est bien à destination.

Gabriel se sentit vraiment chez lui à ce moment-là, aveuglé par la luminosité caractéristique d'un début d'après-midi de juillet à travers le plastique élimé des hublots. Le tableau aurait été parfait s'il était descendu par une passerelle extérieure mais ça n'existait plus depuis des années, tous les longs courriers se connectant aujourd'hui directement au terminal et à ses satellites.

Une heure après, il était dans son appartement du quartier des musiciens, demeuré frais grâce aux persiennes fermées en permanence - une habitude méridionale. Une bonne douche et un coup d'œil au frigo : il n'y avait pas grand-chose à se mettre sous la dent ; pas le choix, il faudrait sortir pour se sustenter.

Une bonne baguette à la boulangerie du coin et du jambon à l'os chez le traiteur d'à côté feraient parfaitement l'affaire. Les anchois frais, le pain brioché et le jambon de parme de son traiteur italien proche du Palais, ça serait pour un prochain repas.

Il n'avait pas eu le temps de prévenir Nina de son retour anticipé.

Il passerait discuter avec elle les affaires courantes dans le courant de l'après-midi. Il était de retour, mais sûrement en coup de vent : il y avait fort à parier qu'Amandine aurait besoin de ses services ici. Ou... de ses relations.

Lorsqu'il arriva à son cabinet, Nina fut fidèle à elle-même :

— Ah ben, si c'est pas Maître Rossetti ! Qu'est-ce qui se passe ? Ils vous ont expulsé du Canada ou quoi ?

— Ahaha ! Même pas. Je n'avais plus rien à faire là-bas, c'est ici maintenant que Madame Deschamps va suivre son enquête.

— Au fait, Ange est passé hier en fin de journée. Il m'a fait un message que je comptais vous envoyer aujourd'hui. En gros il dit que votre client est un gros poisson, qui trempe dans des trafics en tous genres : armes, drogue, filles, et que c'était tout sauf un rigolo, qu'il ne fallait pas déconner avec lui.

De vous à moi, de ce que je connais d'Ange, il n'a pas peur de grand-chose, mais là, je l'ai senti inquiet, pour vous en tous cas.

— Ça confirme mes craintes, il va falloir que je parle à Amandine immédiatement.

— Je vous l'appelle ?

— Non, laissez-faire, je m'en charge.

— Eh ben dites donc, il y aurait pas quelque chose que vous me diriez pas Maître Rossetti ? Vous qui détestez tellement les appels téléphoniques ?

— Eh oh ! Jamais avec les clientes, y'a pas marqué Martinez, hein Nina !

Et puis avec elle, de toute façon, ça marche par SMS, c'est moins pénible !

Alors qu'il avait toujours adoré le téléphone, son métier d'avocat avait réussi à l'en dégoûter, tant il était rare que le téléphone sonne pour de bonnes nouvelles, bien au contraire… Il en avait développé un réflexe pavlovien de méfiance lorsqu'il se mettait à sonner…

Curieusement, les emails et les SMS ne lui faisaient pas cet effet. Pas encore, tout du moins.

Nina avait empilé quatre piles de dossiers sur le bureau de Gabriel. À leur seule vue, il eut envie de s'enfuir, mais il n'aurait d'autre choix que de s'y plonger. Même si ça n'était pas sa priorité immédiate.

Il fallait parler à Amandine, mais d'abord voir Ange pour obtenir plus de détails car il était persuadé qu'il n'avait pas tout dit à Nina :

— Ange ? Merci de tes informations, mais j'aimerais en savoir un peu plus sur nos amis. Je peux passer te voir ?

— Tu sais où je suis petit, je ne bouge pas.

— Parfait, je serai là dans une demi-heure max.

À présent, il fallait rejoindre Amandine. Il ne voulait pas qu'elle risque de faire des conneries, d'autant que les renseignements sur les Croates n'étaient pas vraiment rassurants.

Un échange de SMS et ils se fixèrent rendez-vous à la chambre qu'elle s'était réservée dans un hôtel niçois situé sur la Promenade des Anglais afin de ne pas éveiller les soupçons de Frank en débarquant à leur appartement.

27

Ange avait ses habitudes dans le quartier du Port, aux alentours de la rue Arson, à un jet de pierre de la meilleure socca niçoise, pour laquelle il se serait d'ailleurs damné.

Gabriel entra dans un bar PMU comme il y en a des dizaines dans le quartier et rejoignit l'arrière-salle, à l'écart des écrans de télévision qui retransmettaient les courses et donnaient les résultats aux piliers de l'établissement, joueurs invétérés devant l'éternel.

— Assieds-toi, petit.
Tes gugusses, tu sais que ce ne sont pas des rigolos, hein. J'espère que tu ne t'en approches pas de trop près.

— Moi, ça va, c'est plutôt le mari d'une cliente, qui semble tremper dans quelque chose de pas net avec eux.

— Écoute, le seul truc net c'est la propriété du Cap d'Antibes, achetée tout à fait légalement ici. Mais je suis prêt à parier que le Notaire ne s'est pas posé trop de questions sur la provenance des fonds. Malgré toute leur paperasse anti-blanchiment, dès que ça a l'air régulier, ils ne sont pas trop zélés. À vingt millions la transaction, tu penses qu'ils ne veulent pas laisser filer leur part…
Officiellement, Darko Kurakovic est un homme d'affaires qui a investi en masse dans la construction de résidences dans les stations balnéaires de la côte croate. Avant la guerre, il était totalement inconnu, comme la plupart de ces Serbes et Croates qui restaient chez eux et ne venaient pas nous pomper l'air ici.
Mais après la guerre, avec on ne sait quel argent, il a commencé à investir en Croatie, à faire construire, encore et encore. Une belle activité de promoteur immobilier, mais ça, ce n'est rien.
Son rôle pendant le conflit là-bas est très flou ; il n'a pas été recherché comme criminel de guerre ; serbes, croates, bosniaques,

ils se sont tous tapés sur la gueule et torturés à qui mieux mieux, mais lui, il reste inconnu au bataillon.

Le bonhomme s'est mis, il y a quelque temps à alimenter les trottoirs et les grands hôtels de la Côte en chair fraîche et il s'occupe aussi de fournir les petits cons des quartiers chauds en armes automatiques, en échange de came.

Il n'y a qu'aux casinos qu'il ne touche pas, en tous cas pas dans le coin, ça c'est sûr.

On raconte que des gamins des quartiers nord de Marseille ont essayé de le doubler en lui envoyant en paiement d'une cargaison d'AK47 de la came coupée à outrance.

Sur le coup, il ne s'est rien passé, et ces cons croyaient l'avoir niqué. Abelinés comme ils sont, ils ont commencé à s'en vanter. Ça n'a pas duré longtemps, ils ont disparu un par un et sont réapparus par morceaux envoyés aux parents, à la famille, gardant à leurs poufiasses les morceaux de choix, si tu vois ce que je veux dire.

Autant te dire qu'à Marseille, le gars ne fait plus rigoler personne, et qu'on ne va plus s'amuser à se foutre de lui.

Quant aux filles, jusqu'à présent, tant qu'il n'inondait que les trottoirs de la prom' avec ses putes, on laissait faire, ça offrait de la diversité. Mais maintenant qu'il vise tous les marchés et tape aussi dans le haut de gamme en plus de carrément inonder les trottoirs…

Ça crée des tensions avec certaines de mes connaissances qui n'aiment pas ça, mais même eux, ils se méfient, alors qu'ils en ont vu d'autres.

Entre toi et moi, ça risque de péter et de faire du vilain assez rapidement.

Voilà qui n'était pas pour rassurer Gabriel qui resta longuement dubitatif, avant d'ajouter :

— Dis-moi, y'a personne parmi tes copains macs qui jouent à des jeux vidéo, des fois ?

— Tu te fous de ma gueule ? On a tous le même âge et ils sont à peu près comme moi avec la technologie… On s'est arrêtés à essayer de faire fonctionner un magnétoscope ou un décodeur Canal+ !

— Vérifie quand même, s'il te plaît, Ange. Ça peut être important.

— Si tu le dis.

28

Un grand hôtel sur la Promenade des Anglais. Décidément, Amandine savait vivre, même en planque.

Après avoir fait trois fois le tour du bloc, Gabriel finit par enfin trouver un stationnement pour sa moto.

À présent, même pour stationner un deux-roues, il n'y avait plus de place dans les rues de Nice... Pire que les emplacements réservés aux motos à Monaco, bourrés comme des œufs !

Amandine avait laissé son uniforme de côté et elle était en maillot de bain, profitant de sa terrasse pour prendre le soleil. Gabriel, pour être avocat, n'en était pas moins homme et se surprit à la détailler, aussi discrètement qu'il le pouvait, soit de façon absolument transparente pour n'importe quelle femme... !

— Ne t'énerves pas le poil des jambes, Gab' - tu permets que je t'appelle Gab' - ça fait moins collet monté que Gabriel ou Maître Rossetti, hein ?

— S'énerver le poil des jambes ? Je ne suis pas sûr de saisir exactement, mais j'ai une petite idée de ce que ça signifie...

— Tu n'as pas passé assez de temps avec des Québécois - tu regarderas dans un dictionnaire français-québécois à l'occasion ! Assieds-toi et raconte-moi ce que tu as trouvé.

Gabriel expliqua en détail les informations obtenues sur les Croates, les déductions qu'il en faisait, tout en insistant lourdement sur la dangerosité de ces gars. Que Frank se fasse trucider, il s'en foutait complètement, mais sa cliente, il commençait à bien l'aimer. Par ailleurs, même s'il avait pu douter des ses objectifs professionnels, il la respectait pour son parcours et la rectitude de ses principes.

Il n'aurait pas voulu qu'il arrive quelque chose à ce joli brin de fille - surtout en bikini.

— Les croates trempent dans des trafics en tous genres, filles, drogue, armes, et surtout, ils ont beaucoup d'ennemis.

Ça ne m'étonnerait pas qu'ils essaient d'obtenir des informations sur des personnes qui se trouvent dans vos fichiers… Après tout, sur les cent millions d'utilisateurs que vous avez, il doit bien y avoir quelques truands…

— Possible, mais ça reviendrait à chercher une aiguille dans une botte de foin. On peut faire des recherches en se connectant à distance aux tableaux de bord, avec ma connexion VPN[9], ça peut se faire.

Toi, tu n'en as pas, d'autant que tu as quitté ton poste pour une durée indéterminée.

Mais comme on ne sait pas ce qu'on cherche, ni qui on cherche, ça ne s'annonce pas super. Il faudrait qu'on en sache un peu plus.

Amandine réfléchit l'espace de quelques minutes, en finissant de siroter un cocktail multicolore auquel il ne manquait que le petit parasol en papier.

Elle finit par dire :

Pour en savoir plus, je ne vois qu'une chose : je vais aller secouer Frank, il me lâchera bien des infos.

— Tu as besoin d'escorte ?

— Non, je suis une grande fille ; Frank a bien des défauts, mais la violence n'en fait pas partie.

---

[9] VPN: Virtual Private Network (réseau privé virtuel): Connexion inter-réseau permettant de relier deux réseaux locaux différents par un protocole de tunnel (Wikipédia).

— Passé un certain chiffre, on ne peut jurer de rien pour personne, tu sais.

— Ne t'en fais pas, j'ai mon idée et puis je commence à en avoir plus qu'assez de me demander ce qu'il a bien pu faire exactement.

29

Amandine avait décidé d'attraper son mari par surprise et de jouer la carte de la colère et de la provocation.

Elle connaissait Frank et s'il y avait une chose à laquelle il réagissait au quart de tour, c'était bien ce genre de comportement.

Elle entra donc comme une tornade dans son bureau de Sophia Antipolis, tout en fulminant :

— Comment as-tu pu me faire ça ?

Frank se leva d'un bond et s'avança vers elle, l'air incrédule, en se contentant de répondre :

— Te faire quoi ?

— Tu sais bien ! Tu te sers dans nos données confidentielles et tu les vends à Dieu sait qui.

Frank la considéra longuement, l'air grave.

Sa femme était tout sauf une imbécile, elle avait dû trouver quelque chose, même s'il avait pris un luxe de précaution inhabituel.

Si ça n'avait pas été le cas, elle n'aurait jamais débarqué ainsi.

Il n'avait pas envisagé les choses comme ça, mais puisqu'elle le mettait au pied du mur...

Avec un rictus dédaigneux, il répondit :

— Qu'est-ce que tu crois ? L'argent, bien sûr.

— Parce que tu n'en as pas assez ? Il te suffit de vendre une partie de tes stock-options pour être à l'abri du besoin.

— Pas à l'abri comme je le voudrais, Amandine. La vie est bien trop courte pour que je continue à passer ma vie derrière des écrans et à travailler pour toi et tous ces crétins qui te suivent aveuglément.

— Mais dis donc, tu en profites aussi, il me semble !

— Tu parles ! Sans ma contribution, il n'y aurait rien que des petits jeux chez Stuff for Fun ! C'est moi qui ai eu l'idée de tout rassembler et de tout organiser ensemble.

Tu te rends compte qu'avec toutes les données qu'on collecte sur les utilisateurs, on détient un pouvoir immense, qui est très convoité ?

Entre les données collectées par notre propre réseau social, celles obtenues des appareils, allant des identifiants uniques aux données de géolocalisation, calendriers, carnets d'adresses et photographies, non seulement on a accès à toutes les données des utilisateurs, mais ces données permettent de les identifier très facilement. Les possibilités sont infinies...

— C'est ça, et quand tu auras vendu tout ça à nos concurrents, à toutes les agences de marketing, non seulement on sera brûlés, mais en plus, nos jeux, notre écosystème ne vaudront plus un clou... Tu scies la branche sur laquelle on est assis !!!

— Tu ne me crois pas cave à ce point là ; ne t'inquiète pas, je suis très sélectif dans le choix de mes « partenaires ».

— Ah ça oui, je le sais ! Tu les as vendues à des Italiens et des Croates ! Sais-tu seulement à qui tu as affaire ?

Frank était surpris qu'elle en sache autant, mais fit de son mieux pour n'en laisser rien paraître, se contentant d'un laconique :

— Tu n'as pas idée à quel point je le sais...

Amandine se retint d'en dire plus ; à part la vanité de la personne trahie, elle n'avait pas d'intérêt à dévoiler à Frank l'intégralité de ce qu'elle avait appris sur lui, même s'il demeurait des zones d'ombre. Elle savait qu'il s'était fait livrer depuis les États-Unis, par un mystérieux coursier, les fameux étuis à cigares contenant les données vendues, mais ça, ce n'était pas la peine qu'il le sache.

C'est finalement Frank, dans un élan de recherche de justification mêlé de bravade qui lui en apprit plus. Il avait développé un programme-espion, principalement au bureau de Sophia Antipolis, dédié à la R&D en matière de réseaux. Ensuite pour brouiller les pistes, le code fut exfiltré en dehors de tout réseau informatique et envoyé aux États-Unis. Où il l'avait réuni aux informations détenues sur les serveurs montréalais, pour composer ce fameux programme-espion.

Ce logiciel était le résultat d'un accident et d'une évolution des fameux tableaux de bord. Frank s'était rendu compte qu'il pouvait obtenir bien plus de données de la part des utilisateurs, sans se faire repérer ni des fabricants d'appareils, ni, a fortiori, des utilisateurs. Il n'avait pas implémenté ces accès dans les tableaux de bord, qui ne permettent pas d'identifier nominativement telle ou telle personne.

Ce bout de code, il l'avait conservé et jumelé à un accès aux tableaux de bord en mode totalement invisible sur le réseau. L'utilisation de son programme apparaissait ainsi tout au plus comme des anomalies de connexion, extrêmement courantes avec des millions d'accès réseau par jour.

Avec ces tableaux de bord améliorés, il avait donc la capacité de consolider l'intégralité des données récupérées de toutes les sources : fabricants d'appareils, l'appareil lui-même et, bien sûr le compte client sur le réseau S4F. Sans oublier toutes les données personnelles des utilisateurs, allant de l'historique de leurs localisations, à leurs carnets d'adresses, agendas, photos, etc.

En faisant des recoupements finalement assez basiques, on arrivait à tracer quelqu'un avec une probabilité de succès de l'ordre de 98 %, pour autant que cette personne joue à l'un des jeux.

Plus la personne était active, plus facile était l'identification... et plus il y avait de données.

Mieux encore : on pouvait également intervenir sur les données, de la même façon qu'un *community manager* pouvait récompenser un joueur en lui donnant de la monnaie virtuelle. Le tableau de bord invisible permettait de manipuler les comptes, mais sans laisser la moindre trace sur les serveurs de S4F.

Frank était carrément en mesure de donner les clés de chacun des jeux de S4F à n'importe qui. Qui pourrait faire à peu près n'importe quoi avec les données des clients ou leurs comptes. Et bouleverser l'économie des jeux, par exemple en attribuant à un ou tous les joueurs la quantité d'argent virtuel que bon lui semblait...

Amandine n'était pas plus avancée : elle savait comment il avait procédé, mais n'avait aucune idée de la façon de récupérer ce fameux programme-espion, ni combien d'exemplaires étaient en circulation. Elle n'avait connaissance que de deux transactions, et Frank devait sans doute avoir au moins un troisième exemplaire. Elle ne se voyait pas aller récupérer le programme chez les Croates...

En revanche, les Italiens semblaient une cible plus facile, même si elle ne savait pas encore comment procéder pour y parvenir.

— Tous tes accès ont été révoqués, Frank. Je ne veux plus te voir, ni au bureau, ni nulle part. Tu oublies tes stock-options, tu oublies que tu as fait partie de S4F. Tu disparais de ma vie. Ne rentre pas à l'appartement, les serrures ont été changées.

Si tu accèdes à nos données, d'une façon ou d'une autre, si j'entends à nouveau parler de toi, crois-moi que je te poursuivrai et te mettrai à genoux. Peu importe l'argent que tu as pu collecter avec ton petit trafic, je te mettrai sur la paille et en prime, je te ferai enfermer.

Elle ajouta :

— Et dans le cas où tu aurais encore le moindre doute : tout est fini entre nous.

À partir d'aujourd'hui, pour moi, tu n'existes plus.

Frank fixa Amandine un long moment puis tourna les talons et, sans un mot, disparut derrière la porte de son bureau, où l'attendaient deux gardes de sécurité qui l'escortèrent à l'extérieur des locaux.

Amandine convoqua immédiatement le Directeur de la R&D. Elle lui ordonna de mettre tous les jeux en maintenance pour les quatre prochaines heures. Le temps nécessaire pour changer les mots de passe et les accès de toutes les personnes ayant accès aux tableaux de bord et rajouter une procédure de triple vérification de connexion des usagers. Ensuite seulement ils rétabliraient les accès serveurs, de façon restreinte dans un premier temps.

Elle ordonna également d'installer des mouchards chargés de suivre chaque connexion de toute personne ayant accès aux tableaux de bord.

Pendant ce temps-là, les jeux seraient indisponibles, mais c'était un moindre mal. Elle ne pouvait en expliquer la raison aux équipes de production, ni à la R&D, mais c'était son privilège de Président.

Après avoir passé ses instructions à son Directeur, elle rédigea un bref courrier électronique à l'attention de tous les employés, leur expliquant qu'une opération de maintenance majeure était en cours sur les serveurs de Sophia Antipolis. Ceux-ci resteraient inaccessibles ces quatre prochaines heures.

Elle se dit qu'ainsi, elle mettrait hors d'état de nuire les hackers potentiels de son réseau qu'elle n'avait pas le temps de retracer. D'autant qu'elle n'avait aucune idée du mal qu'ils pourraient causer avec ces super-accès dont ils bénéficiaient.

Ça, c'était le plan radical, la réponse au pire scénario.

Dès que les jeux ne seraient plus en maintenance, les pirates ne pourraient plus avoir accès aux tableaux de bord, puisqu'ils ne pourraient effectuer la procédure de triple vérification qu'elle venait d'ordonner… Dans le meilleur des cas, ils penseraient à un dysfonctionnement, dans le pire, ils demanderaient des comptes à leur fournisseur, mais ça, ce n'était plus son problème.

30

Quatre heures. Amandine avait quatre heures devant elle pour découvrir l'étendue de la brèche de sécurité dont sa compagnie avait fait l'objet.

Passé ce délai, en appliquant les mesures drastiques qu'elle venait d'ordonner, elle perdrait l'opportunité de savoir ce qui se cachait exactement derrière les agissements de Frank.

Il fallait donc en savoir plus dans les quatre prochaines heures.
Et elle voulait savoir. Elle devait savoir.
Sans quoi, elle ne serait jamais tranquille.

Elle pourrait toujours faire durer la maintenance plus longtemps, mais chaque minute supplémentaire entacherait durablement la réputation - ainsi que les revenus - de S4F, même si une perte financière la gênait moins que la réputation de la compagnie.

Il fallait donc récupérer le programme. Elle n'envisageait pas un instant de pénétrer la maison des Croates au Cap d'Antibes, qui s'apparentait plus à une forteresse qu'à une résidence secondaire et dans laquelle elle devrait affronter une résistance face à laquelle elle était démunie.

Elle devait donc attaquer là où ses chances de réussite étaient les meilleures : les Italiens.

Seulement, là aussi, ça risquait d'être compliqué, il fallait arriver dans leur chambre d'hôtel, trouver le programme et repartir avec : ça n'était pas gagné, mais elle n'avait pas le temps de réfléchir ni encore moins de douter.

Elle appela Gabriel :

— L'étui à cigares contenait un programme permettant de pirater de façon totalement invisible nos tableaux de bord, de se connecter à l'ensemble des données de S4F et, comme tu le soupçonnais, de suivre à la trace virtuellement n'importe quel joueur !

Ces accès se font de façon invisible, et ça nous prendrait des heures pour découvrir comment ils masquent leurs traces.

On n'a donc aucun moyen de retracer les utilisateurs de ce programme malveillant sans mettre la main physiquement sur ce logiciel pour analyser son fonctionnement et la trace qu'il laisse - chaque programme en laisse - avant de l'effacer.

On doit mettre la main sur un des étuis à cigares, tout de suite !

Ça commençait à drôlement se corser, et Gabriel n'avait pas signé pour la partie « action » dans le rôle de James Bond...

Cela dit, il ne pouvait pas laisser tomber Amandine qui, même si elle semblait toujours aussi décidée, en menait moins large qu'à son habitude, ça se sentait au ton de sa voix. Il lui dit :

— On a deux possibilités : les Croates ou les Italiens.

Franchement, je ne nous vois pas, en quatre heures, prendre d'assaut la villa des Croates. Il faut donc travailler du côté des Italiens.

M. André a ses entrées à l'hôtel où ils sont descendus, je vais l'appeler et voir ce qu'on peut faire. Avec un peu de chance, ils ne seront pas dans leurs chambres et on devrait arriver à les fouiller en leur absence. Je vois ce que je peux faire et je te rappelle. Tu es au bureau de Sophia ?

— Oui, je ne bouge pas.

*

M. André avait obtenu à Gabriel un passe de femme de chambre qui devait leur être discrètement remis à quelques dizaines de mètres de l'hôtel, à proximité du Port Gallice.

Par chance, ce soir-là le Festival de jazz de Juan les Pins battait son plein. Le bruit était assourdissant dans tout le voisinage, ce qui conduisait en général la clientèle de l'hôtel à s'en éloigner, le plus souvent à destination de Cannes ou Monaco.

En outre, la foule était également plus dense que d'habitude, ce qui permettrait de passer un peu plus inaperçus en cas de besoin.

Gabriel avait été récupérer Amandine à Sophia, et, grâce à la rapidité de déplacement propre aux deux roues en plein été sur la Côte, ils furent sur le port en moins de quinze minutes.

À peine la moto fut-elle arrêtée près du snack-bar attenant à la plage publique du Port, qu'une silhouette sortit de l'ombre et s'avança, remettant à Gabriel une carte magnétique qu'il glissa dans la poche extérieure de son costume. La silhouette ajouta : 4031 et 3022.

Il laissa la silhouette disparaître dans la semi-obscurité de la triple volée de marches qui conduisait à la rue et, avant de lui emboîter le pas avec Amandine, en direction de l'hôtel.

Il y avait donc deux chambres à visiter, la 4031 et la 3022. Il faudrait peut-être faire les deux pour trouver l'étui à cigares. Tout ça avec une marge de manœuvre absolument inconnue... Ce n'était pas gagné et ils risquaient de finir au commissariat de police - dans ce cas les explications promettaient d'être longues et difficiles à donner...

Au moment de rentrer dans l'hôtel, Gabriel attrapa Amandine par l'épaule en lui chuchotant :

— On se fera moins remarquer si on a l'air d'être un couple qui file à sa chambre passer du bon temps.

Ils pénétrèrent ainsi dans l'hôtel et le concierge, visiblement déjà blasé par le nombre de visiteurs depuis le début de la saison, ne leva même pas le nez, pas plus que le personnel de la réception, qui avait changé en début de soirée.

Ils prirent les escaliers afin de ne pas traîner dans le hall et se rendirent devant la porte de la chambre 3022. Gabriel, pris d'une inspiration aussi subite que nécessaire, frappa à la porte en disant « Room service ». Aucune réponse, aucun bruit.

Un coup d'œil à gauche, un coup d'œil à droite, il sortit le passe et entra dans la chambre.

Il se précipita vers la salle de bains : il n'y avait que des produits féminins. Il dit :

— Ça doit être la chambre de la fille qui dévorait ton mari des yeux, je ne vois aucune trace de produits masculins. Une seule brosse à dents.

Amandine ajouta :

— Pas de vêtements masculins dans le placard non plus.

— On dégage, l'étui à cigares a été remis au gus, si tu te souviens bien le rapport de M. André.

— Attends, je vérifie son ordinateur.

Amandine ouvrit l'ordinateur portable qui était posé sur le bureau. Même pas de mot de passe...

Rien de particulier, l'ordinateur était resté sur la page Facebook de sa propriétaire : photos de plage et de soirées, il était évident que c'était la seule activité professionnelle de cette fameuse Laura.

Avant de refermer l'ordinateur, elle cliqua sur la petite bulle représentant les messages personnels échangés à travers Facebook.

Il lui suffit de quelques secondes pour trouver le fil de conversation entre Laura et Frank, qui laissait peu de place à l'imagination :

— Tu n'as pas changé depuis le lycée, toujours aussi vigoureux et fougueux ;)

— Et toi, tu es toujours la même tigresse… groaaar !

Un doute de moins pour Amandine : en plus d'être trahie, elle était cocue.

Cela dit, à ce moment précis, elle s'en moquait. Et pas qu'un peu. La seule chose qui lui restait en tête, c'était ce ridicule « groaaar »… Décidément qu'est ce que des amants peuvent échanger comme conneries…

Gabriel qui avait, par mesure de précaution, inspecté en détail la valise et le placard dans l'intervalle, lui demanda si tout allait bien.

— Parfaitement, maintenant je peux te le dire, je ne pense pas que mon mari me trompe. Je te confirme qu'il me trompe. Mon statut Facebook pourrait passer à « officiellement cocue ».
Mais tu vois, c'est le cadet de mes soucis à ce moment précis. Filons visiter la 4031.

Il n'y avait pas grand-chose à ajouter. Gabriel avait été suffisamment souvent le messager de l'infortune de nombreux conjoints, formalisée par des constats d'adultère en bonne et due forme, pour savoir que le mieux à faire était de se taire dans ces moments-là.

Quelques instants plus tard, ils étaient devant la porte de la 4031. Après avoir répété le même manège du room service, ils pénétrèrent dans la chambre et tant les vêtements que le contenu de la salle de bain confirmèrent qu'elle hébergeait bien deux occupants.

Ils se mirent à fouiller le bureau, la valise, la penderie, les trousses de toilette : aucune trace de l'étui à cigares.

Amandine s'arrêta au pied de l'armoire, devant le coffre de la chambre d'hôtel, dont une diode rouge indiquait qu'il était en service, ce qui n'était pas le cas dans la chambre 3022.

— Il faut qu'on ouvre ce coffre, ça ne peut être que là-dedans ou bien sinon il a ça sur lui.

—Je suis avocat moi, pas perceur de coffre-fort...

— C'est là que tu dois regretter de ne pas avoir fait plus de droit pénal, je parie...

— Ben écoute, dans les films la plupart du temps, ça marche avec 0000 ou 1234... T'as qu'à essayer ça, on n'a pas le temps de forcer la serrure et surtout, je ne sais pas toi, mais, en ce qui me concerne, je n'ai pas pris mon pied de biche avec moi.

Sans vraiment y croire, Amandine entra les chiffres 1234. Aucun effet.
Elle essaya 0000 : toujours rien.

— On va finir par bloquer le coffre. En général, on a quatre essais. Ça m'arrive tout le temps dans les hôtels : je me trompe de numéro, j'en mets chaque fois un différent et la plupart du temps, je dois attendre un quart d'heure pour recommencer... Ça peut même déclencher une alarme sur le système de l'hôtel si les coffres sont reliés au système informatique, le *Property Management System*...

— Si c'est ça, on n'est pas sortis de l'auberge. Attends, j'appelle M. André, il pourra peut-être nous renseigner.

Après quelques interminables sonneries, M. André décrocha, sans dire un mot.
Gabriel lui parla du coffre fort.

— Quel modèle ?

— Safe Deposit Deluxe 6012.

— Merde.

— Quoi, merde ?

— Modèle qui peut se forcer facilement, mais avec une perceuse, en forant selon un gabarit fourni par le fabricant, disponible sur internet, mais je suppose que vous n'avez pas apporté de chignole.

— Non et on n'a pas le temps d'en trouver une.

— Vous avez essayé le 1234 et le 0000 ?

— Vous pensez, bien sûr que oui.

— Alors je ne vois pas. Désolé.

Et clac. Il raccrocha.

— Bon, on n'est pas dans la merde.

— Il reste deux essais, et soit c'est leur date de mariage, soit c'est leurs jours de naissance à chacun.

— Mais comme on ne les connaît pas, on n'est pas avancés, hein.

— Attends ! J'ai une idée. Un truc que je fais parfois pour ne pas oublier le code : je rentre le numéro de la chambre.

Amandine entra le numéro de la chambre : 4031.
Après un ronronnement caractéristique, le coffre s'ouvrit !
Leurs regards se croisèrent : leurs yeux brillaient du même éclat !

D'autant plus que l'étui à cigares se trouvait dans le coffre, à côté des passeports des tourtereaux !

Amandine fouilla dans l'étui, en sortit la carte mémoire et remit en place l'étui à cigares, en disant :

— Ça nous fera peut-être gagner du temps s'il ne fait que vérifier la présence de l'étui ou s'il doit prendre uniquement son passeport.

— Bien vu.

Gabriel en profita pour prendre en photos les premières pages de chaque passeport - on ne sait jamais, ça pouvait toujours servir.

— Et maintenant, on dégage.

Ils sortirent, aussi facilement qu'ils étaient entrés, se serrant encore plus l'un l'autre en ressortant, tel un couple qui venait de passer un très bon moment ensemble et s'apprêtait à poursuivre sa soirée à l'extérieur.

31

À peine étaient-ils à une distance raisonnable de l'hôtel qu'Amandine indiqua à Gabriel :

— Il nous reste deux heures avant le redémarrage des serveurs, il faut qu'on fonce au bureau de Sophia, où je pourrai examiner ce foutu programme et voir ce qu'il a dans le ventre.

Entre-temps, le spectacle dans la Pinède avait pris fin ; Gabriel et Amandine étaient submergés par le flot de spectateurs, qui regagnaient leurs voitures, garées jusqu'au début du Cap d'Antibes.

— Si tu veux qu'on arrive à temps, on va faire un détour, mais ne t'inquiète pas, je connais le coin comme ma poche, j'ai usé trois bécanes par ici...

Au lieu de retraverser Juan les Pins, Gabriel prit la direction du Cap d'Antibes puis obliqua pour traverser les ruelles étroites de l'intérieur du Cap.

Amandine connaissait un peu le coin, mais visiblement pas aussi bien que son chauffeur. Elle se laissa porter par le ronronnement de la moto, enfin, en fait de ronronnement, le bruit de sa moto ressemblait plus à un moulin à café... Elle avait pourtant remarqué que c'était une BMW, semblable à celles des policiers aussi bien en France qu'au Canada.

Même si ça avait moins de gueule qu'une Harley Davidson. Il faut croire que même la sûreté du Québec avait cédé le clinquant des chromes à l'efficacité germanique...

Comme presque tout adolescent sur la Côte d'Azur, elle avait eu une mob', mais elle n'avait jamais accroché plus que ça à la mécanique. Elle préférait les ordinateurs et décortiquer langage de programmation sur langage de programmation, ce qui l'avait mené là où elle était aujourd'hui.

Frank en revanche aimait ça les motos mais il roulait sur des machines ultra sportives, ultra bruyantes et surtout ultra inconfortables, ce qui agissait sur elle comme un vaccin radical !

Mais, à ce moment précis, elle n'avait pas le choix et on pouvait dire ce qu'on voulait de la sonorité de la moto de Gabriel, au moins elle était confortable...

En un clin d'œil, ils se retrouvèrent en plein centre d'Antibes et attrapaient la voie rapide qui les mènerait à Sophia Antipolis dans quelques minutes.

Gabriel n'avait pas menti, il connaissait bien le coin et avait dû le pratiquer assidûment pour se faufiler ainsi et éviter le trafic des vacanciers qui rendait la circulation apocalyptique à cette période de l'année.

Le bureau de Sophia était quasiment vide, en dehors de l'équipe de nuit, chargée de veiller sur la bonne marche des serveurs. Visiblement l'équipe de R&D ne partageait pas le même enthousiasme que les équipes de développement à Montréal, ou bien c'était la moiteur de l'été sur la Côte qui les incitait plus au farniente...

Ils s'installèrent dans le bureau de Frank. Amandine prit au passage un portable qui était rangé au secrétariat :

— Je n'ai pas eu le temps de faire reformater et nettoyer l'ordinateur de Frank, alors je me méfie. Je préfère me connecter depuis une machine qui est sécurisée.

Elle y connecta une clé usb dans laquelle elle avait inséré la carte mémoire et le programme se lança automatiquement.

— Première observation : le programme ne s'installe pas sur l'ordinateur : c'est bon signe, ça veut dire que Frank a très vraisemblablement limité la copie du programme ; il voulait sûrement empêcher ses clients de démarrer leur petit commerce sans percevoir sa commission…

— Son appât du gain est subitement une qualité… avec un peu de chance, on n'a que deux exemplaires en circulation, dont un entre nos mains.

— Gab', il reste une heure et demie avant le redémarrage des serveurs. Je vais avoir besoin de me concentrer, alors, c'est pas que je ne te trouve pas spirituel, de plus en plus, au contraire, mais là, excuse-moi, j'ai besoin de concentration…

— Pas de problèmes, je serai dehors, j'ai des munitions pour patienter. J'attrape ton badge pour pouvoir rentrer dans les locaux sans défoncer la porte. À tout à l'heure.

Frank était un salopard, mais il fallait reconnaître qu'il avait fait du beau travail.

Même si les serveurs étaient en maintenance, étant donné qu'elle était sur place, elle avait une connexion directe à leur contenu et put donc faire marcher le programme comme si de rien n'était, en ayant accès à toutes les données.

La connexion sur le réseau était totalement invisible et elle fit quelques tests en se connectant aux données locales de la ferme de serveurs de Sophia.

Elle se rajouta de l'argent virtuel et vérifia sur la sauvegarde de son compte : effectivement, ça avait l'air de marcher.

Elle essaya de localiser un autre compte, celui de Gabriel et obtint très facilement les dernières données de son appareil.

Tout ça semblait parfaitement invisible. Elle se déconnecta et à défaut d'avoir accès au code source, elle put vérifier les ports de communication utilisés. Elle en nota au moins deux qui n'étaient pas utilisés habituellement par leurs applications, jeu ou surcouche de réseau social.

C'était sûrement par là que les connexions passaient et ça pouvait aisément apparaître comme un dysfonctionnement, surtout que ces ports pouvaient être utilisés pour l'envoi ou la réception d'emails ou des accès des navigateurs web.

Frank avait certainement dû modifier d'ici, les autorisations d'accès à ces ports réseaux ; il en avait les capacités et la possibilité.
Peut-être que l'équipe de la R&D au complet était dans le coup, mais connaissant Frank, il avait certainement agi seul.

En tous cas, maintenant, elle savait précisément où chercher et quoi surveiller.

Gabriel n'était toujours pas rentré ; elle sortit le rejoindre sur le parking quasiment désert et le trouva, accoudé à sa moto, en train de fumer ce qui devait être sa dixième cigarette à en juger par le tas de mégots à ses pieds.

— Tu ne sais donc pas que c'est mauvais pour la santé de fumer ?

— Il faut bien mourir de quelque chose, et ça a beau être dégueulasse, j'aime ça, que veux-tu... Les cigarettes sont mes vieilles complices, elles m'ont toujours accompagné, que ce soit dans les bons ou les mauvais moments, elles ont toujours été là ; on s'attache à ces bêtes-là.

— Faudra que je t'offre le livre d'Allen Carr, tu comprendras que ces moments sont aussi bons ou mauvais sans cigarette.

— Oui maman, fit Gabriel, avec une moue qui frôlait l'exaspération passagère.
Tu n'es pas venue me donner un cours de santé publique, j'imagine ?

— Non, rassure-toi. J'ai découvert des choses intéressantes dans le programme. C'est un tableau de bord tout à fait identique à celui que tu as eu entre les mains, si ce n'est qu'il permet de lier des données qui ne le sont pas normalement ; la plupart de nos joueurs donnant accès à la quasi-totalité des données de leurs téléphones, il suffisait de les interconnecter pour les consolider et obtenir une mine de renseignements. Ça prenait un esprit tordu pour le faire, et la démarche était relativement simple en fait.

Ce qui l'était moins, c'était de trouver une façon de naviguer en mode totalement invisible sur le réseau et, sans rentrer dans les détails techniques, là, c'était plus velu. À moins de vraiment chercher la petite bête, on n'aurait jamais trouvé sans mettre la main sur ce programme, en examinant directement à la sortie de l'ordinateur connecté, les données envoyées et reçues.

Du beau travail, il faut l'avouer.

— Est-ce qu'avec ça on peut surveiller les faits et gestes des Croates, ou faut-il leur désactiver leur accès invisible immédiatement ?

— Eh bien, techniquement, on peut les surveiller, en utilisant le programme en notre possession contre eux, sauf que nous verrons ce qu'ils feront, mais nous ne serons pas en mesure d'en tirer les conclusions. S'ils surveillent une personne en particulier, tout au plus pourra-t-on alerter la police, mais sur quelle base ? Ça ne me tente pas d'expliquer à la Police que ma compagnie s'est fait pirater, qu'un programme malveillant est toujours en activité, qui plus est aux mains du crime organisé…

— C'est peut-être la seule opportunité que nous aurons de pouvoir les tracer et découvrir ce qu'ils mijotent, ça ne te tente pas, toi ? Moi, en tous cas, je n'arrive toujours pas à faire un lien évident entre des mafieux Croates et des jeux vidéo sociaux…

— C'est vrai que c'est tentant Gabriel, mais Frank est dans la nature, il a sûrement en mains une copie du programme et peut donc en faire ce qu'il veut.

— Mais tu dois pouvoir le retracer aussi, de la même façon que tu le pourrais avec les Croates ?

— Oui, mais j'ai peur que Frank ne commette des dégâts difficilement réparables.

Ils se regardèrent, leurs visages éclairés par les lampadaires blafards diffusant une lumière ambrée sur le macadam du stationnement.

— Oh, et puis merde ! Je n'ai pas créé des jeux pour que la mafia croate les détourne, il faut que je sache !

— Je n'aurais pas pu mieux dire, Didine !

— Dine, s'il te plaît, Didine c'est seulement pour mon père.

— Ah, devant un tel joker, je ne peux que m'incliner, Dine. Mais si je peux me permettre - respectueusement - Dina ça le ferait pas mal aussi.

— Sauf que je ne m'appelle pas Amandina… Tu aimerais qu'on t'appelle Gaby, toi ?

— Il y en a bien quelques-unes qui m'appellent comme ça, mais elles se mettent invariablement à chanter le désormais classique : « Tu devrais pas m'laisser la nuit, J'peux pas dormir, j'fais qu'des conneries », tu vois le genre…

— Mouais, prétentieux avec ça… !

Un petit sourire en coin de Gabriel acheva l'échange.

Amandine poursuivit en disant :

— Voilà mon plan : on va remettre les accès tels qu'ils étaient, sans finalement rien toucher au processus de connexion. Il demeure prêt à être mis en place en quelques minutes au besoin et on va commencer à tracer les connexions suspectes. On va suivre ça de très près et aux premiers signes de problèmes, on verrouille tout ça.

— Bon, on dirait que mes piles de dossiers vont encore grossir sur mon bureau… Ça ne me dérange pas tant que ça, on rigole bien plus avec toi !

Amandine s'éclipsa et réunit l'équipe de nuit pour leur annoncer que finalement, ils n'auraient pas à mettre immédiatement en place la triple vérification des comptes : on laissait tout dans le même état qu'avant la maintenance. Ils devaient cependant être prêts à le faire sur son appel.

Ils pouvaient même remettre en marche les serveurs tout de suite.

Lorsqu'elle revint sur le stationnement, Gabriel était - encore - la clope au bec. Il y avait cependant du progrès, car après qu'elle eut fait, instinctivement un petit rictus désapprobateur, il écrasa immédiatement sa cigarette.

— Il n'y a plus grand-chose à faire, on est au milieu de la nuit. Si les Croates se connectent, ça sera vraisemblablement dans la journée. On devrait aller dormir.

— Oui, mais j'ai sérieusement la dalle, moi, dit Gabriel.

— J'ai toujours ma chambre à l'hôtel, l'avantage des grandes chaînes, c'est que leur carte de restaurant au complet est accessible en room service 24 heures sur 24. Je t'invite !

Amandine rangea son laptop dans le top case de la moto. Ce n'était peut-être pas la plus belle monture, même si elle avait une gueule, mais en tous cas, elle était bien pratique.

Ils se mirent en route pour Nice, à cette heure-ci, l'autoroute toute proche circulait très bien.

Arrivés dans la chambre, Amandine tendit la carte du room service à Gabriel en lui disant :

— Je vais prendre une douche, commande-moi s'il te plaît une assiette de farcis niçois et des calamars frits.

La carte changeait tous les six mois, et Gabriel n'était pas venu là depuis presque une année. Il ne prit pas de risques, optant pour un loup grillé, que de toute façon, un bon rosé aiderait à faire passer, quoi qu'il arrive. Ce n'était plus l'heure d'être difficile.

Amandine apparut en peignoir de bain, les cheveux encore mouillés et soigneusement peignés en arrière. Elle avait décidément du style, cette fille.

Ils s'installèrent sur la terrasse de la chambre pour manger. Depuis leur rencontre, ils n'avaient jamais eu l'occasion, ni de partager un repas, ni de faire plus ample connaissance.

C'était quelque chose qui, de toute façon, ne rentrait pas dans le cadre du mandat de Gabriel. Il était toutefois d'un naturel curieux envers les clients qu'il aimait bien (il se débrouillait assez bien pour évacuer rapidement ceux pour qui il n'avait aucune sympathie). Ça lui permettait de mieux les défendre, d'être en mesure de rebondir sur des choses qu'ils ne jugeaient pas forcément utile de lui livrer dans le secret de son cabinet.

Mais comme toute médaille a un revers, ça le rendait également moins distant par rapport à ses clients et, si les dossiers ne tournaient pas à leur avantage, ça l'affectait beaucoup plus que s'il s'agissait de clients ordinaires.

— Alors comme ça, tu as grandi à Cannes, enfin c'est ce que tu me disais à Montréal ?

— Oui, et j'ai fait toute ma scolarité dans le même établissement, de la maternelle jusqu'à Maths sup, avant de partir étudier à Stanford - une offre qui ne se refuse pas quand tu es dans la programmation…

— Une matheuse ! Je suis en admiration devant les esprits scientifiques, matheux ou médecins, sauf que les médecins, j'en ai assez eu dans ma clientèle pour avoir appris à moins les apprécier au fil du temps…

— Ah oui, et pourquoi donc ?

— Tu demanderas à mon assistante : quand ils veulent te voir, c'est dans la minute, soit de manière inversement proportionnelle à la vitesse à laquelle un patient obtient un rendez-vous avec eux et puis, ils paient bien souvent au lance-pierre…

Enfin, l'avantage, c'est que si tu as un souci de santé, c'est toujours pratique !

— Vu sous cet angle, ça aide, effectivement !

— Et donc, en bonne matheuse, tu portais des lunettes et passait ton temps dans les bouquins, je parie ?

— C'est à peu près ça, mais le véritable déclic, ça a été quand mon père m'a offert mon premier ordinateur, un Commodore 64, avec lecteur de disquettes. C'était une rareté à l'époque le lecteur de disquettes, ça avait dû lui coûter un rein mais il avait senti que les ordinateurs personnels, c'était l'avenir. J'ai commencé par jouer avec, j'ai dévoré les manuels d'utilisateurs, qui à l'époque donnaient les bases de la programmation et permettaient de programmer des « *sprites* », des petites formes qu'on pouvait déplacer de façon visuelle à l'écran. C'est comme ça que j'ai commencé à programmer mes premiers jeux…

Il n'y avait pas des tonnes de documentation à l'époque, pas d'internet, donc trouver de l'information était très difficile. À force de prendre des notes, j'ai fini par en faire un manuel officieux de programmation et il a été publié par les éditeurs de micro-informatique. Ça m'a valu une petite célébrité, même si à l'école, j'étais plus une bête curieuse que la star des boums, mais je m'en foutais complètement, j'étais la star du club informatique et ça m'allait très bien !

C'est grâce à ce bouquin que j'ai un jour reçu une lettre d'un prof de Stanford, qui avait adoré mon livre, entre-temps traduit en anglais. Il avait fait le nécessaire pour que je puisse venir étudier durant un été là-bas.

J'y suis finalement restée trois ans, abandonnant sans regret ma prépa à Cannes.

— Dis donc, c'est phénoménal comme parcours et tu ne devais même pas avoir vingt ans à ce moment-là ?

— À peu près. Et donc, de fil en aiguille, je suis devenue chargée de cours en même temps que j'étudiais le software engineering, où j'ai croisé à peu près tout ce que la Silicon Valley compte aujourd'hui de *big shots*…

J'ai travaillé avec certains et puis, après avoir accumulé un petit pactole, j'ai lancé Stuff for Fun, pour faire ce que j'avais envie de faire depuis longtemps : la qualité avant tout, sans me soucier du reste. Et le reste est venu tout seul, comme par magie… « Si tu le construis, ils viendront… ».

C'est dans ce cadre que j'ai rencontré Frank ; je me suis toujours concentrée sur le boulot, les garçons, je n'ai jamais eu le temps de m'y intéresser énormément, et ça ne m'a jamais vraiment manqué, j'avoue.

— À part le choix du mari, c'est un parcours sans faute et qui laisse sans voix, je suis foncièrement impressionné !

Amandine regarda Gabriel : il ne pouvait pas s'empêcher de faire un bon mot quand l'occasion se présentait, mais il fallait avouer que concernant Frank, il avait raison.
Elle l'interrogea à son tour :

— Et toi, Avocat, ce n'est pas rien non plus, ta réputation est excellente en plus, c'est pour ça que je suis venue te voir, même si tu n'exerces pas dans un énorme cabinet multinational.

— En même temps, pour un divorce, les gros cabinets ne t'auraient pas servi à grand-chose de plus…
Mais travailler à petite échelle, c'est un choix que j'ai en partie fait, et que la vie a en partie fait pour moi : contrairement à toi,

mon cursus n'a pas été flamboyant à l'école ou à l'université. Je suis profondément paresseux, pas une grosse feignasse, un paresseux : je m'organise pour être efficace et avoir du temps libre...

Mais sans jamais sacrifier à la qualité de mon travail. Ça peut paraître contradictoire, mais jusqu'à présent, la recette fonctionne bien, on ne me prendra jamais en défaut de ne pas faire mon travail efficacement.

De plus, ça me donne la possibilité de choisir mes clients, luxe que tu n'as pas dans les gros bureaux d'avocat, où tu ne représentes qu'une somme d'heures facturables dans l'année. En outre, ces cabinets ont un système de caste organisé qui fait que les secrétaires ne mangent pas avec les collaborateurs, les collaborateurs ne mangent pas avec les associés... Bref, de la ségrégation comme au bon vieux temps de l'apartheid... Non, merci, très peu pour moi.

Enfin, pour être tout à fait honnête, ces bureaux-là ne recrutent que sur base de tes notes à l'université et comme j'étais déjà paresseux pendant mes études, ce n'était même pas la peine de postuler.

J'ai une clientèle qui me permet de faire tourner plus qu'honnêtement mon cabinet, tout en profitant de mes amis, même si j'en ai finalement peu et je prends du bon temps, ça, tu vois, ça a toujours été important pour moi !

— Ce qui est sûr, c'est que si mon dossier ne nous avait pas rapprochés, nous ne nous serions jamais rencontrés.

— Je pense qu'on peut dire ça, effectivement.

— Bon, il reste quelques heures pour dormir, j'ai réservé la chambre qui communique avec celle-ci pour que tu puisses dormir. On se met en chasse demain matin.

— Merci bien, j'aurais pu rentrer chez moi tu sais, mais c'est proposé si gentiment. Demain, comme on n'est pas loin de mon quartier général, je t'emmène prendre le petit-déjeuner sur le Cours Saleya.

— Parfait. Bonne nuit Gab'.

— Bonne nuit, Dine.

Décidément, plus il la connaissait, plus il l'aimait, cette fille-là.

Il allait éviter - ou en tous cas essayer - de faire son Martinez, qui avait la fâcheuse habitude de sauter sur toute cliente qu'il estimait comestible. Et comme il était toujours mort de faim, il y en a peu qui passaient au travers des mailles de son filet… Même s'il collectionnait avec la régularité d'une montre suisse les râteaux, de temps en temps, ça marchait quand même !

Sur ces pensées, il s'endormit comme une masse.

Malgré la nuit passablement agitée, Gabriel se réveilla, comme à son habitude, aux alentours de six heures… Il avait arrêté de faire la grasse matinée lorsqu'il avait commencé à travailler et, décidément, il appréciait la quiétude et la lumière du petit matin.

Il ouvrit délicatement la porte et eut tôt fait de se rendre compte qu'Amandine était déjà debout, au travail derrière son ordinateur.

Elle lui lança :

— Salut ! Je vois que tu dors autant que moi, sauf que t'as quand même une sale gueule ce matin…

— Que veux-tu, je n'avais pas ma crème anti-rides avec moi, alors forcément, à mon grand âge… !

— Je me suis connectée, d'abord à nos tableaux de bord officiels, RAS, je te dirai même que Distribution tycoon fonctionne encore mieux que nos prévisions les plus folles, j'ai eu Hans et Gunther en vidéoconférence, ils sont aux anges - et moi aussi.

En ce qui concerne le « super » tableau de bord, ça n'a pas bougé pour l'instant, il faudra revérifier ça plus tard. Par contre, autant j'ai des accès au tableau de bord officiel de S4F depuis mon téléphone, autant pour le super tableau de bord, il faudra se connecter à un ordinateur portable. Cela dit, je garde la clé sur moi, maintenant qu'on sait avec quelle facilité les coffres d'hôtels peuvent s'ouvrir…

— Je serai prêt dans dix minutes et on ira à pied sur le Cours, ce n'est vraiment pas loin.

— Tu me prends pour une touriste ? J'ai eu beau grandir à Cannes, ça m'arrivait de me balader dans la région quand même… !
Et puis, j'ai un appartement sur les collines de Nice !

Il ne leur fallut effectivement que cinq minutes pour être sur place. Fidèle à son habitude, Jean-Michel était attablé sur la terrasse, en train de siroter, enfin de lamper son expresso : il les commandait tellement serrés qu'il n'aurait même pas pu y noyer un sucre… s'il les avait sucrés !

— Gab' ! Mon petit ! Ça fait une éternité qu'on ne t'a pas vu ; je sais bien que c'est les vacances judiciaires, mais tu finissais par me manquer !

Puis, jetant un regard malicieux à Amandine, il ajouta :

— Tu ne me présentes pas ?

— Tu ne m'en laisses pas le temps, vieux brigand ! Je te présente Amandine, une cliente (il adorait Jean-Michel, mais c'était un vrai moulin à paroles, et présenter Amandine de la sorte lui permettrait de s'asseoir à une autre table sans froisser sa susceptibilité).

— Enchanté Mademoiselle ! Si c'est professionnel, je vais retourner à la lecture passionnante de Nice-Matin ! À bientôt, mon petit !

Gabriel prit soin de s'installer à distance suffisante pour que les oreilles de Jean-Michel ne traînent pas, on n'était jamais trop prudent. Même si ce dernier ne lui voudrait jamais aucun mal, il était tellement bavard qu'il préférait ne prendre aucun risque.

— Le contingent de boulangers français à Montréal a beau être important, je n'ai pas retrouvé le plaisir que j'ai en mangeant les croissants d'ici… Ils doivent être plus économes sur le beurre, ou peut-être que c'est l'eau… Il paraît qu'à Paris la qualité de l'eau a une influence directe sur le goût des croissants et des pains au chocolat.

— Hmmm, effectivement, du beurre, on en a plein les doigts, déjà que le papier en est tout imprégné, c'est de l'indécence diététique... La teneur en beurre de ces croissants dépasse la limite calorique pour la clientèle de Montréal !

— Bon, moi j'aurais bien été à la plage aujourd'hui, la journée s'annonce superbe, mais je pense qu'on va avoir mieux à faire…

— Quand on aura fini, je retourne à l'hôtel et je vais vérifier de près l'activité « invisible » des Croates et guetter des signes d'activité similaires au cas où Frank utiliserait le programme.

— OK. De mon côté, je vais faire un saut au cabinet, s'il y a quoi que ce soit, appelle-moi ou passe me voir, tu es à dix minutes à pied.

32

Frank s'attendait à ce que tôt ou tard, Amandine découvre ce qu'il était en train de manigancer, mais il avait tout de même été surpris. Non seulement de sa rapidité, mais aussi de sa connaissance de ses contacts, que ce soit Laura ou Kurakovic...

Elle ne pouvait pas l'avoir sucé de son pouce... Elle avait certainement dû le faire suivre.

Il avait été extrêmement prudent en ce qui concerne les transformations des tableaux de bord et la collecte des informations des utilisateurs et surtout, la navigation furtive à l'intérieur de ceux-ci. Il est vrai qu'il avait pris moins de précautions concernant ses allées et venues dans la région.

Mais elle était si rarement sur place et, lorsque c'était le cas, elle ne se concentrait que sur les capacités des serveurs à supporter la charge des utilisateurs des jeux de S4F.

Il n'avait pas l'impression de l'avoir négligée plus que d'habitude ; il faut dire que ces derniers temps, et à part de brefs moments d'intimité dans les îles ou à San Francisco, ils n'étaient pas spécialement un couple qui donnait l'impression d'être follement amoureux. Plutôt des partenaires de vie, comme ils étaient partenaires d'affaires. Encore que, même là, elle ne lui avait jamais proposé autre chose que des stock-options et ça, ça lui était resté en travers de la gorge dès la première conversation qu'ils avaient eue à ce sujet :

« Frank, Stuff for Fun, c'est mon bébé, et même si nous sommes mariés, ce qui pour moi est un engagement très important, je désire garder le plein contrôle sur la compagnie. Tu le sais, je suis convaincue qu'il faut faire bénéficier tous les employés, jusqu'aux gens d'entretien, à la réussite de la compagnie et c'est pour ça que tout le monde a des stock-options en proportion de son rôle. Mais j'ai vu tellement de startups se casser la gueule à cause de conflits d'associés, que je veux garder la direction de la compagnie.

Chacun chez S4F peut donner son avis, proposer des idées, tout le monde y est encouragé, mais en ce qui concerne la gestion et les grandes orientations, personne - pas même, surtout pas, l'homme que j'aime - ne deviendront des sources de potentiel conflit.

Et nous savons tous les deux à quel point une relation peut-être fragile, surtout quand on travaille autant que nous le faisons ; ne compliquons pas encore plus ce qui l'est déjà passablement. »

Son sourire désarmant avait fait le reste et puis il n'avait pas le choix. Il avait une bonne place, il allait la garder. Mais à partir de ce jour, il avait cessé de l'aimer.

Pour être tout à fait honnête, en allant la rencontrer au moment où elle jetait les bases de sa startup, il avait vu qu'elle était une femme qui savait où elle s'en allait et qui avait des couilles. Même si elle avait une façon si particulière de porter attention aux suggestions des uns et des autres, elle ne faisait finalement que ce qui lui semblait bon, à elle et elle seule.

Son expertise en matière de réseaux lui avait permis d'obtenir très facilement un rôle de choix dans la compagnie et il n'avait pas compté son temps.

La proximité et la disponibilité réciproque firent le reste et quelques mois plus tard, ils se marièrent, un peu par défi, un peu pour prolonger la fête liée au lancement euphorique de leur premier jeu.

Mais la lune de miel fut de courte durée, le travail les absorbant énormément, ils étaient, de plus, très souvent séparés. Si la distance peut parfois rapprocher les êtres très liés, elle éloigne encore plus ceux qui le sont déjà et, lorsqu'il pensait à Amandine, durant chaque heure qu'il travaillait à la réussite de S4F, sa rancœur augmentait. De plus en plus.

Son cœur n'était plus qu'acrimonie et reproches, et même s'il faisait tout son possible pour donner le change, au fil du temps, il y arrivait de moins en moins. La distance se creusait irrémédiablement entre eux.

Ses stock-options lui donneraient une bonne part du gâteau mais il estimait que c'était néanmoins sans commune mesure avec la quantité de travail, d'énergie et d'inventivité qu'il avait mis au service de la compagnie.

C'est comme ça qu'il s'est mis à imaginer engranger un pactole, un vrai, en vendant des accès ultra-privilégiés à des « partenaires » triés sur le volet.

Il avait décidé de commencer discrètement, il voulait pouvoir vendre à un maximum de clients les accès à ces précieuses données.

La chance lui avait souri en lui amenant sur un plateau ses deux premiers acheteurs.

Mais il ne comptait pas s'arrêter en si bon chemin. Même si maintenant, les données du problème avaient changé. Il fallait agir vite.

Dans l'avion qui l'emmenait à New York, il ruminait ces pensées et non, il ne regrettait rien. S'il fallait recommencer, il referait tout à l'identique. Sans rien changer.

Encore moins maintenant qu'il avait vu avec quelle façon elle l'avait sorti du tableau. Plus expéditif, c'était difficilement possible. Aucune gratitude.

Et ses menaces, au lieu de lui donner envie de se faire oublier, le galvanisaient.

Il allait récupérer toutes les parties de son code, celui des tableaux de bord et quand bien même elle en verrouillerait les accès, il saurait les briser ; il avait conçu une bonne partie du système.

Des clients, il en avait un carnet d'adresses rempli : il allait passer à la vitesse supérieure en contactant les concurrents de Stuff for Fun ; ceux-là n'hésiteraient pas à piller les données de façon systématique, pas comme les Italiens ou les Croates, qui avaient des besoins limités et déterminés.

33

Marko était à son bureau, son ordinateur d'un côté et son iPad dans les mains.

Il se connecta sur Ma Ferme, Ma Ville et enfin, sur Distribution Tycoon. Il avait lancé une chaîne de sandwicherie, façon Subway, qui lui permettait d'utiliser la quasi-totalité des ressources engrangées sur sa ferme, en dehors de la laine de ses moutons...

Comme les cent millions d'autres joueurs dans le monde, il était accro à ces jeux et s'y connectait une bonne dizaine de fois par jour.

Il se connecta ensuite sur l'ordinateur au tableau de bord invisible, et revérifia son compte : toutes ses possessions étaient là, son activité de ces dernières minutes enregistrée et retracée. Tout fonctionnait impeccablement.

Il sortit un calepin rempli de noms d'utilisateurs et entreprit de décortiquer, une par une, les informations de chacun de ces utilisateurs. Au fur et à mesure de ses vérifications à travers le tableau de bord, il cochait chaque nom sur le carnet.

Il se déconnecta du tableau de bord furtif, ferma l'ordinateur et alla rendre compte à Kurakovic.

— Tout est en place, patron.

— Parfait.

*

De retour à l'hôtel, Amandine se connecta au tableau de bord furtif et suivit les faits et gestes des Croates.

Ils s'étaient connectés il y a quelques instants.

Seulement... Il ne se passait rien d'anormal... Ils jouaient à Distribution tycoon et récoltaient leur maïs, blé, courges et autres légumes, qu'ils revendaient dans leur chaîne de sandwicherie, prenaient des commandes, étendaient leur empire, visitaient leurs amis virtuels. Bref, des joueurs au comportement tout à fait classique.

Cette normalité était curieusement... anormale. Elle se déconnecta du programme furtif et se brancha aux tableaux de bord classiques de S4F : tout était insipidement identique les concernant, les informations personnelles en moins, bien sûr.

Elle prit son téléphone et appela Gabriel :

— Gab', c'est Dine. Les Croates se sont connectés il y a quelques instants. Tu ne devineras jamais ?

L'adrénaline monta d'un cran chez Gabriel, qui répondit fébrilement :

— Quoi ? Vas-y ?

— Eh ben... Rien. On a affaire à un joueur tout ce qu'il y a de plus ordinaire, qui fait ses récoltes, les achemine à sa chaîne de sandwicheries, communique avec ses amis virtuels, bref, rien que du très, très quelconque.

— Merde ! C'est pas possible ! Ils ne se sont même pas ajouté des crédits virtuels ?

— Rien, absolument rien qui ne les distingue de joueurs totalement ordinaires.

— On dirait bien qu'on est à la case départ. Aucune activité de Frank, non plus ?

— Non rien. Pas d'autre activité caractéristique du tableau de bord furtif. Je n'ai même pas vérifié si son utilisateur s'était connecté, je le ferai, mais je ne pense pas qu'il va jouer au jeu. Il n'a jamais été un gros joueur. Ce qui le faisait tripper c'était l'architecture serveur, bien plus que nos jeux. C'est pour ça qu'il passait le plus clair de son temps à Sophia.

— Écoute, j'ai un déjeuner, mais je vais réfléchir à tout ça et on s'en reparle cet après-midi. Toi, tu continues à surveiller ça, j'imagine ?

— Oui, et comme tu le suggérais ce matin, je vais en profiter pour aller un peu à la plage, enfin à la piscine de l'hôtel, sur le toit, dès que j'aurais expédié les affaires courantes avec le bureau de Montréal, ce qui ne devrait pas me prendre trop de temps. Je reste joignable, sauf dans la piscine !

— Je serais presque jaloux…

— Avec tout ce que tu m'as dit cette nuit et ce matin, je pense que c'est pas presque ; tu ES jaloux…

— L'intuition féminine, décidément… ! À plus tard.

Il regarda sa montre. Encore une demi-heure avant son rendez-vous avec Martinez au bistro d'à côté ; juste le temps de signer les trois parapheurs déposés par Nina sur son bureau.

34.

Lorsque Gabriel entra dans le restaurant où il avait rendez-vous avec Martinez, ce dernier l'interpella :

— Alors ça y est ? L'enfant prodigue est revenu ?

— Martinez, décidément, toujours aussi impayable ! Tu sais bien que je n'arrive pas à me passer de toi bien longtemps, même qu'on part en vacances ensemble. Enfin, des fois.

— Ouais, ça ne t'a pas empêché de m'abandonner, meskine que je suis... Alors aujourd'hui, tu fais ta mitzva, tu m'invites à manger, chez ton empoisonneur préféré ?

— La putain de ta race Martinez, t'es toujours aussi gracieux, bordel ! Même une Chinoise te dirait merde !

— C'est comme ça que tu m'aimes, comme toutes les gazelles qui me courent après !

— C'est sûr, t'aurais le chapeau de brousse, on te confondrait avec Daktari !

— Ce que tu peux être con !

— Et toi alors... !

Ils furent interrompus par Danièle, la patronne du bistro :

— Maître Rossetti, Maître Martinez, ça faisait longtemps ! Alors aujourd'hui, Maître Rossetti, je ne vous demande pas ce que vous voulez, le chef a fait son risotto de homard... et pour vous Maître Martinez, j'ai un bel arrivage de dorade...

Avant même qu'elle n'eût terminé, Gabriel ne put se retenir :

— Danièle, la dorade, c'est pas son truc à Martinez : il préfère la morue !

Danièle, qui essayait de maintenir un flegme dans le ton de l'environnement bourgeois bon teint de son établissement ne put s'empêcher de pouffer et se reprit aussitôt, se cachant derrière son ardoise où figurait le menu du jour.

— C'est ça, c'est ça, moquez-vous de moi ! Eh bien, j'aime ça la dorade, alors Danièle, vous m'en mettrez une.

Et il ajouta, en baissant les yeux et souriant à son tour :

— C'est vrai que ça me changera.

— Alors Martinez, comment ça s'est terminé avec Rouvier ?

— J'ai fait comme tu avais suggéré - il n'y avait pas grand-chose d'autre à faire - surtout qu'avec les audiences de vacation, les comparutions immédiates étaient bourrées comme un œuf, remplies de pickpockets, de casseurs de bagnoles, enfin la routine estivale.
J'ai plaidé la démence passagère - qui dure quand même depuis trois ans, tu penses que l'avocat du voisin ne l'a pas loupée celle-là. Ça m'a permis de rebondir sur le fait que Rouvier était justement à bout de nerfs depuis trois ans, alors que oui, c'était normal qu'il s'énerve un peu au bout de cette éternité... J'ai brodé sur le conflit, et juste au moment ou la Présidente allait me couper le sifflet, j'ai indiqué qu'il indemniserait rubis sur l'ongle le voisin.
Et grâce à mon génie oratoire, il a obtenu le sursis, même s'il commence à avoir un petit pedigree intéressant, ton Rouvier !

— Formidable, je devrais te laisser plus souvent plaider mes dossiers au pénal.

— TON dossier au pénal, tu veux dire, on ne t'y voit jamais, c'est pas assez bien pour toi, hein…

— Tu rigoles, tu sais bien ce que j'en pense, je ne défends que les innocents et les victimes.

— Mais enfin, Gab', tu ne vas pas assez souvent aux audiences correctionnelles : ils sont tous innocents et ce sont tous des victimes !

— C'est pas faux !

Le risotto, qui était arrivé entre-temps ne supportant pas d'être mangé froid, la conversation s'arrêta là. Du moins le temps que Martinez engloutisse sa dorade, qu'il nettoya avec une dextérité qui aurait fait de la concurrence à un Maître d'hôtel… tout en s'enfilant allègrement deux verres de pinot grigio.

— La prochaine fois, tu commandes du blanc, c'est un crime de boire du rosé avec de la dorade et du homard !

Pas la peine d'argumenter, il n'avait pas tort, mais le rosé était le péché mignon de Gabriel et il poussait le mauvais goût à ne pas rechigner à y immerger des glaçons, à l'occasion…

35

Curieusement, alors que la situation était explosive pour S4F, avec la menace qui pesait sur les opérations des jeux et le tableau de bord furtif dans la nature, Amandine s'était complètement déconnectée de tous ces problèmes. Elle était confortablement installée sur son matelas, au dernier étage de l'hôtel.

En dehors de quelques importuns fort heureusement pas trop insistants, elle avait eu la paix. Ça la changeait de l'Amérique du Nord, en particulier de Montréal où les dragueurs étaient une espèce en voie de disparition quasi totale... en tous cas lorsque ces Messieurs étaient à jeun.

Une fois les effets de l'ivresse embarquant, ça donnait des - petites - ailes à certains, mais rien en comparaison de ce qui avait cours dans le midi de la France.

De retour dans sa chambre, après une rapide douche, Amandine se reconnecta sur le tableau de bord furtif en isolant les informations reliées à l'activité des Croates ; ils opéraient sous le compte Bosko34 et leur géolocalisation lui apprit qu'ils n'avaient pas bougé du Cap d'Antibes.

Elle n'avait jamais eu l'occasion de se pencher en détail sur les méta-données que ses jeux fournissaient. Elle en connaissait néanmoins l'étendue et savait qu'elles permettaient, en temps réel d'adapter le jeu et même d'anticiper sur les besoins de joueurs.

C'était une mine d'information qui à elle seule valait son pesant d'or : les données de cent millions de joueurs, ce n'était pas rien.

Elle avait toujours systématiquement refusé de profiter de ces informations pour s'en servir à des fins publicitaires. Quand elle jouait, elle détestait se voir sollicitée sans cesse par email, message texte ou promotion à l'intérieur du jeu pour des produits étrangers à son activité ludique, ou « se rapprochant » de son activité.

Autant, lorsqu'elle achetait ses bouquins sur les sites spécialisés, elle appréciait de se faire proposer du contenu approchant ses achats avec les fameux « Vous pourriez aussi aimer... », autant quand elle jouait, elle jouait, un point c'était tout.

Certains de ses concurrents avaient amplement tiré sur la corde : ce n'était pas pour rien que des plateformes sociales accusaient sérieusement le coup de la désaffection de leurs joueurs et cherchaient encore comment retomber sur leurs pattes.

Non, un joueur, ça se respecte, on ne doit jamais le prendre, ni pour un pigeon, ni pour un produit.
Tout dans la philosophie de Stuff for Fun était fait pour démentir le fameux adage selon lequel « Si c'est gratuit, c'est que VOUS êtes le produit ».

Le focus était mis sur la qualité du jeu, le plaisir que l'on prenait à le manipuler, à faire croître ses petits univers virtuels et visiblement, ça marchait bien. Très bien, même.

Les joueurs étaient heureux, dépensaient en comptant d'autant moins qu'ils pouvaient parfaitement progresser de façon infinie sans débourser un seul centime. On récompensait le temps qu'ils investissaient dans le jeu, on récompensait la taille de leur réseau d'amis, plus on en avait, plus on avait de privilèges. Et surtout, avec Distribution tycoon, on leur donnait un champ libre d'expérimentation, ce qui représentait, en tous cas aujourd'hui, l'ultime frontière en matière de jeu social... Tous les autres produits, et même les précédentes productions de S4F suivaient une trame prédéterminée, mais cette fois-ci, la liberté était totale.
C'était d'ailleurs un des éléments clés de Distribution Tycoon, qui motivait terriblement l'équipe et le reste du personnel de S4F, qui faisaient des pieds et des mains pour rejoindre l'équipe de développement...

C'était ça les piliers du succès de S4F, sa vision, et elle ne comptait pas que ça change, sinon, aussi bien mettre la clé sous la porte.

Elle avait pris des risques et s'était battue pour ça ; elle se souvenait encore la morgue condescendante de certains dirigeants d'entreprises concurrentes lorsqu'elle avait annoncé son premier produit. Elle ne comptait plus les « Ça ne marchera jamais », « On a déjà vu ça mille fois », « Où comptes tu aller chercher l'argent ? ». Ni les « Bonne chance » dont la prétention n'avait d'égale que l'ignorance.

Un esprit ouvert, ça prenait un esprit ouvert - et passionné.
Elle en était convaincue et elle savait qu'elle n'était pas la seule à vouloir ça.

Dès qu'elle avait annoncé le premier projet, avant que la première ligne de code ne soit écrite, les candidatures avaient afflué : à l'inverse des dirigeants, les artistes, game designers, programmeurs, jusqu'aux testeurs, avaient été emballés par ce mantra. Elle avait pu se permettre le luxe de sélectionner ceux qui, non seulement avaient les compétences, mais aussi l'attitude.

Et même, dans certains cas, l'attitude lui avait fait préférer des candidats moins expérimentés ; on peut dire que de ce point de vue, elle était devenue totalement nord-américaine. On était loin des recruteurs européens qui ne considéraient même pas une candidature si elle ne contenait pas les mots-clés qu'ils recherchaient. Les moteurs soi-disant intelligents de recrutement qui préfiltraient automatiquement les CV étaient l'une des pires choses qui pouvait arriver aux recruteurs : ils encourageaient la fainéantise intellectuelle et faisaient préférer des candidats surdiplômés avec des attitudes ignobles à de meilleures ressources moins qualifiées.

Non, décidément, en matière de recrutement, c'était lors du contact réel que tout se jouait, l'attitude ne se dévoilait jamais totalement dans un CV ni dans la qualité des réalisations.

Après avoir laissé ainsi vagabonder son esprit, elle se reconcentra sur les données ; Gabriel attendait sûrement des nouvelles et elle-même avait hâte de pouvoir débrancher cette foutue application furtive, une bonne fois pour toutes.

Elle se pencha sur les activités de Bosko34 : visiblement, il aimait bien Distribution Tycoon et sa chaîne de sandwicheries essaimait parmi son important réseau d'amis dans le jeu : il en avait plus de cent vingt.

La moyenne d'un joueur occasionnel se situe aux alentours de trente. Quatre-vingts, c'était déjà un joueur qu'on qualifiait de « Mid-Core », même si c'était un abus de langage dans l'orthodoxie de la grammaire du jeu vidéo. Mais là, avec cent vingt amis, on avait affaire à une des caractéristiques propres aux « *whales* ». Précisément les joueurs qui, s'ils totalisaient entre 5 et 15 % de la population de joueurs, comptaient souvent pour plus de 50 % des transactions.

Sauf que ce n'était pas un très gros acheteur de monnaie virtuelle : il avait une activité soutenue, mais ne dépensait pas des centaines de dollars sur le jeu.

Non, de ce point de vue là, il demeurait raisonnable. Ses plus gros mois avaient été à quinze dollars, avec un pic récent à cinquante, sans doute pour accélérer le développement de sa franchise dans Distribution tycoon. Chaque nouveau jeu relançait l'intérêt de tous les joueurs et les « *whales* » figuraient parmi les joueurs de la première heure, en parfaits archétypes des « *early adopters* ».

En tous cas, Bosko34 fournissait un bel exemple d'interaction avec ses amis :

- Il avait créé une chaîne de franchises de commerce de distribution de sandwiches (qui ressemblait passablement à la chaîne Subways…),

- Cette chaîne lui permettait d'utiliser une très grande partie des ressources provenant de la ferme : blé et maïs pour faire le pain, légumes pour les accompagnements, fromages et charcuteries pour remplir les sandwiches,

- Sa propre production lui permettait d'alimenter quelques commerces, mais surtout, il avait installé dans son réseau d'amis, à travers le jeu Ma Ville, des franchises, parfois jusqu'à trois ou quatre dans une même ville. Chaque joueur pouvait développer sa ville comme il l'entendait, choisir son environnement, un peu comme dans le fameux jeu Sim City, mais en moins élaboré : il fallait que ça reste simple derrière un écran tactile,

- Ses amis virtuels étaient d'ailleurs intéressés à faire fructifier les franchises : ils pouvaient même y participer en vendant au franchiseur des matières premières en provenance de leurs propres fermes en passant par Distribution tycoon, qui permettait à chaque joueur de proposer à ses amis sa production.

La mécanique de franchise adoptée par Bosko34 l'autorisait, mais il s'était gardé le contrôle des ventes de produits finis, qu'il contrôlait seul, en approvisionnant comme bon lui semblait les commerces franchisés.
Les interactions entre franchisés devaient ainsi passer systématiquement par le franchiseur.
Pas sûr que dans la vraie vie des franchiseurs acceptent ça, encore que, les conditions de franchises étaient parfois totalement hallucinantes, elle avait eu l'occasion d'en discuter avec des gérants de commerces franchisés de Montréal, qui pullulaient aux alentours de leurs bureaux.
C'était passionnant de voir ce que les joueurs faisaient de son dernier bébé, même si, à cette fascination se mêlait une crainte, puisqu'elle connaissait la réputation de ce joueur en particulier...

*

Seize heures. De l'autre côté du miroir de pixels, Marko était lui aussi connecté, en mode invisible.

Après avoir fouillé dans la longue liste de ses amis, il utilisa la possibilité que lui donnait le fameux tableau de bord furtif et alla visiter la Ville de Micky90, comme s'il était Micky90. Les trois franchises qu'il avait installées en empruntant l'identité de son ami virtuel étaient toujours en place. Parfait.

En remontant dans sa liste d'amis, il se connecta cette fois-ci à la Ferme de Cherif13, et inspecta ses stocks : il y avait un peu de tout, mais ce qui l'intéressait, c'était les piles de blé. Il y en avait 600.

Se reconnectant sur son propre compte, cette fois-ci derrière son iPad, il se remit dans la peau de Bosko34, et, à partir de l'interface de Distribution tycoon, il commanda à Cherif13 du blé : 500 piles, précisément, pour un montant de 200 pièces.

Comme le jeu le lui permettait, il fixa un délai de validité pour sa commande : deux jours.
Il reposa son iPad et sortit du bureau.

Quinze minutes après, la sonnerie caractéristique de la Push-notification[10] du jeu le ramena dans le bureau dont il ne s'était éloigné que pour aller prévenir Kurakovic que tout fonctionnait selon le plan.

Cherif13 venait de confirmer la commande, qui était déjà livrée dans l'entrepôt virtuel.

Plus qu'à lancer la fabrication de 500 club-sandwiches, qui fut accélérée par l'utilisation d'argent virtuel. Il envoya ensuite cette

---

[10] Une notification push est un message d'alerte envoyé à l'utilisateur d'un smartphone et qui est lié à l'installation d'une application mobile.
La notification push liée à une application mobile est envoyée et se signale à l'utilisateur même si l'application est fermée. Elle prend généralement la forme d'une alerte plein écran ou d'un petit message en haut de l'écran d'accueil du téléphone et peut également être accompagnée d'un son d'alerte. (source: www.definitions-webmarketing.com)

commande dans la deuxième franchise de l'autre ami qu'il avait visité : Micky90, en fixant un prix du lot revente à 200 pièces.

Tout était en place. On saurait rapidement si tout allait fonctionner comme prévu et, même s'il était totalement fébrile à l'idée de mettre son plan à exécution, une petite partie de lui était inquiète. Si ça ne marchait pas comme prévu, c'est avec lui que Kurakovic ferait des club-sandwiches...

*

Confortablement installée dans le canapé de sa chambre d'hôtel, Amandine ne rata rien des faits et gestes des Croates et nota les accès comme super-utilisateur de Bosko34 sur deux comptes : celui de Cherif13 et de Micky90.

En dehors de cela, il n'y avait rigoureusement rien qui sortait de l'ordinaire de l'activité d'un joueur tel que Bosko34.

Elle se connecta à son tour sur ces comptes et géolocalisa les deux utilisateurs : Cherif13 était situé au Maroc, Micky90, en Espagne... Ils étaient presque voisins.

Elle vérifia ensuite plusieurs fois le profil et la localisation d'autres amis de la liste de Bosko34. Ils étaient répartis partout dans le monde, dont une grosse proportion en Croatie, ce qui était normal puisque Bosko34 était Croate. Le reste était disséminé d'Israël au Brésil, ce qui confirmait bien les tendances globales de la répartition de ses cent millions d'utilisateurs : la planète entière.

Elle appela Gabriel et lui transmit l'intégralité de ces informations tout en lui promettant de rester à l'écoute et de le recontacter le lendemain matin. Pour le moment, elle ne pensait qu'à une chose : s'écrouler sur son lit et dormir tout son saoul.

36

Ahmed et Driss n'en étaient pas à leur premier coup d'essai. On pouvait même considérer qu'avec cinq voyages réussis entre le Maroc et la France, ils étaient des vétérans du « Go Fast ». Leur secteur de prédilection était situé entre la côte marocaine aux alentours de Nador, l'Espagne et même la France, depuis que les Espagnols avaient serré la vis en matière de protection de leurs côtes.

Ils connaissaient parfaitement les risques, mais le jeu en valait la chandelle et puis ils n'avaient pas vraiment le choix : il fallait bien nourrir leur famille.

De toute façon, si ce n'était pas eux, les candidats ne manquaient pas et la promesse de leurs patrons, s'ils se faisaient prendre et faisaient de la prison, était de nourrir leur famille pendant leur incarcération.

Ils le faisaient scrupuleusement avec ceux qui s'étaient faits prendre - et il y en avait de plus en plus, maintenant que les frégates de la Marine nationale, embarquant hélicoptères de surveillance Panther et commandos de marines, patrouillaient de façon quasi-permanente dans la zone.

Le cinquantième ballot de résine de cannabis venait d'être chargé à bord de leur embarcation, un canot métallique qui ressemblait à une barcasse de pêcheurs. À cette différence près qu'il était équipé de quatre gigantesques hors-bord de deux cent vingt-cinq chevaux chacun, donnant à ces embarcations ces appellations de « Go Fast ». Ça allait très très vite, et c'était extrêmement grisant de se retrouver aux commandes d'un tel engin.

Chaque départ avait lieu au petit matin, pour se mêler le plus possible aux embarcations de pêcheurs qui croisaient dans les zones qu'ils traversaient et ainsi brouiller les pistes sur les radars des frégates de la Marine nationale.

Ce qu'ils ne pouvaient pas brouiller par contre, c'était les énormes sillages que laissaient les quatre hors bord, qui eux, étaient très facilement repérables par les hélicoptères de la Marine.

Si les hélicoptères ne pouvaient pas les arraisonner, ils embarquaient en revanche deux tireurs d'élite qui étaient capables de mettre hors services les moteurs, les uns après les autres. Et de les tenir en joue le temps que les canots rigides des commandos viennent les arrêter.

Il y avait peu de pilotes de Go Fast qui pouvaient en témoigner. Ceux qui les avaient vus d'aussi près étaient en général derrière les barreaux mais les reportages télévisés des chaînes de télévision françaises et espagnoles, sous couvert d'informer et vanter les mérites de leurs troupes nationales, dévoilaient également de précieuses informations aux trafiquants…

Cinq heures. Le moment d'y aller. Les moteurs s'ébrouent dans un fracas caractéristique. Un signe vers le rivage, impossible d'entendre leurs commanditaires leur crier « Yalla, Yalla ! », mais leurs gestes, pointant droit vers l'Europe, ne laissaient pas de doute.

Poussant les moteurs au maximum, ils s'élancèrent vers leur destination, munis d'instruments archaïques qui leur permettraient d'arriver à bon port sans laisser de trace.

37

Le moment du « *beaching* », le débarquement de la marchandise était enfin arrivé.

Driss regarda Ahmed : ils éclatèrent de rire en se tapant dans la paume de leur main : ils avaient réussi !

Avec six livraisons à leur actif, ils devenaient carrément des stars dans le petit monde du Go-Fast !

Ils étaient rendus à destination, au sud d'Alicante, près d'une des rares plages protégée des constructions et des touristes.

Le Porsche Cayenne était là, sur la plage, avec deux hommes qu'ils ne connaissaient pas, des jerrycans d'essence déjà déposés sur la grève, prêts à être embarqués pour aider au voyage de retour.

Grâce à leur expérience, la manutention des cinquante ballots ne prit que dix minutes tout au plus. Le Cayenne était chargé jusqu'à la gueule et disparut en moins de temps qu'il n'en fallait pour le dire.

Mission accomplie pour Driss et Ahmed, c'était maintenant le temps de rentrer à Nador, et d'aller percevoir leur dû.

*

Les conducteurs du Cayenne eurent moins de chance ; alors qu'ils roulaient à tombeau ouvert, ils croisèrent une patrouille de police qui n'eut aucune peine à donner leur signalement : Porsche Cayenne noir, un classique.

Cette fois-ci, la réactivité des forces de l'ordre espagnole fut extrêmement rapide.

D'autant que la route empruntée par les trafiquants était située sur un tronçon sans embranchements, ce qui facilita la pose de herses : trois séries, distantes de cent mètres chaque. La plus proche étant tout de même située à cinq cents mètres du barrage en lui-même, par mesure de précaution.

Les deux pneus avant explosèrent au passage de la première herse, les deux arrières sur la seconde, le tout dans un enchevêtrement métallique qui fit hurler la carrosserie du VUS.

Les deux trafiquants n'eurent que le temps de se regarder, ils furent arrêtés presque instantanément par la Police et menés directement au commissariat central d'Alicante.

Une belle prise pour la police. Qui serait passée totalement inaperçue si les trafiquants avaient roulé prudemment...

38

La vie reprenait son cours normal pour Gabriel. En quelques jours, il avait changé de carrière, traversé l'atlantique, s'était immergé dans l'envers du décor d'un monde dont il ignorait quasiment tout et s'était même transformé en cambrioleur...

La dernière journée avait été tranquille, Amandine continuait à surveiller les Croates, mais toujours pas d'activité suspecte. Et elle continuait à aller à la piscine... Alors que Gabriel avait passé la journée à tenter de rattraper son retard dans les dossiers en souffrance qui s'étaient accumulés.

Il reprenait sa routine quotidienne et, le lendemain matin, en attachant l'antivol de sa moto, sur la Place du Palais, il réfléchit : bon Dieu, heureusement qu'il n'avait pas eu le temps de réfléchir...

Sans ça, son esprit d'avocat l'aurait visualisé en train d'être cuisiné par la Police. Sans parler du Procureur de la République qui s'empresserait de lui tomber sur le dos : un avocat qui se fait pincer, c'est du caviar... Si, par-dessus le marché, c'était un monte-en-l'air effectuant des cambriolages dans les hôtels de luxe, la couverture médiatique serait un énorme appât pour le Proc'...

Arrivé à son café habituel, Jean-Michel était fidèle au poste, comme d'habitude.

Ça fait plaisir de savoir qu'il y a des choses qui ne changent pas.

— Salut Jean-Michel ! Ce matin, je te fais l'insigne honneur de ma présence !

— Oohh, mon petit ! Remarque, tu étais en bonne compagnie hier, je te pardonne. Dis donc, elle est vraiment pas mal ta cliente !

Heureusement qu'il connaissait Jean-Michel pour ne pas se formaliser de son clin d'œil appuyé et de son sourire en coin, qu'il était sûr que n'importe qui d'autre que lui qualifierait de libidineux...

— Eh oui, parfois, le hasard fait bien les choses... !

Il s'assit et le patron lui amena dans la foulée son expresso et son croissant.

Jean Michel était en train de terminer la lecture du Nice-Matin et commenta les gros titres du jour : dis donc, ces trafiquants, ils sont cons, mais ils ont du goût... Encore un Cayenne bourré de résine de cannabis intercepté hier en Espagne, c'est sûr qu'ils savent vivre, ils roulent pas en Twingo !

Gabriel ne prêtait plus attention aux titres concernant le trafic de drogues, c'était devenu malheureusement tellement courant qu'il n'y prêtait plus guère attention. D'autant qu'il s'agissait de trafic espagnol, sûrement pour alimenter les touristes de Barcelone et de la Costa Brava : pas de quoi en faire un plat.

Tout à coup, il eut un sursaut :

— En Espagne ?
Dis, ça s'est passé quand cette histoire ?

— La police espagnole a eu un coup de bol pas croyable, elle a croisé la route du Cayenne qui filait à tout berzingue et ils ont pu mettre en place un barrage routier près d'Alicante. La discrétion et les trafiquants, on repassera...

— Je ne te demande pas les détails, je te demande QUAND ça s'est passé !

— Woowo, minute papillon ! Attends, je regarde... hier en début d'après-midi.

Gabriel se figea, la bouche ouverte prête à enfourner la dernière bouchée de son croissant.

Hier, Espagne, drogue… Maroc ! Bon sang ! Ça collait parfaitement avec les informations d'Amandine !

Pas une seconde à perdre, il se leva et fila, comme s'il avait vu un fantôme, sans même entendre Jean-Michel qui lui disait :

— Ça me fait plaisir de t'inviter, mon petit !

Il avait le choix : courir à travers la rue Alexandre Mari, ou attraper sa moto. En une fraction de seconde, il se rendit compte que ça prendrait autant de temps, mais autant avoir sa moto avec lui s'il devait bouger ensuite. Il s'empressa de la détacher et jeta son cadenas dans le top case avant de foncer vers l'hôtel d'Amandine.

*

— Amandine, Amandine ! C'est Gabriel ! Ouvre vite, c'est urgent !

Il ne fallut que quelques secondes pour qu'Amandine paraisse, visiblement au saut du lit, compte tenu de sa mine encore ébouriffée.

— Qu'est-ce qu'il y a ? Tu as découvert quelque chose ?

— Tu as encore les données de connexion des amis que le Croate a visités avant-hier ?

— Oui, bien sûr, le marocain et l'espagnol, les comptes sur lesquels il s'est connecté en mode furtif. Pourquoi ?

Gabriel ne savait par où commencer, il était surexcité, presque sans voix. Il regarda autour de lui et Amandine n'avait pas encore récupéré le journal du jour, déposé sur le pas de sa porte. Il l'attrapa et lui montra la une :

« Saisie record de résine de cannabis par la police espagnole - un Go-Fast interpellé près d'Alicante »

Amandine fit immédiatement le lien, se précipita à son ordinateur, lança le programme furtif et revérifia les deux utilisateurs, en les géolocalisant :

— Chacun est toujours à sa place : Cherif13 au Maroc, du côté de Nador, et Micky90, à Alicante.

— Peux-tu être plus précise sur l'emplacement actuel de l'espagnol ?

— Oui attends… *25 Calle Isabel la Catolica, Alicante,* je regarde à quoi ça correspond…

Interminables secondes, le temps que la carte Google se charge…

— *Dirección General de la Policía…* en espagnol dans le texte, merci Google.

— Bon sang, ils ne voulaient pas localiser quelqu'un, ils se servent des jeux pour organiser leur trafic !!!
Une chance que la police n'ait pas coupé le portable du trafiquant : ils les gardent allumés des fois que des informations dignes d'intérêt leur arrivent toutes crues dans le bec... Mais là, ça m'étonnerait qu'ils soupçonnent les jeux d'être des parties du mécanisme…

Gabriel en avait les jambes coupées. Amandine était livide.
Après quelques minutes à se regarder, Amandine regarda Gabriel et lui dit :

— Ils ont vérifié les comptes de l'expéditeur et du destinataire, regardé le stock de l'expéditeur, passé commande de blé et l'ont transformé en club-sandwiches, livrés à une franchise du destinataire.

Le blé devait être le code pour la résine de cannabis. Attends, je reprends les détails de ces transactions.

Voilà le déroulement des transactions :

- Espionnage par le Croate du compte de l'espagnol, Micky90 : visite de sa ville.
- Espionnage par le Croate du compte du marocain, Cherif13 : Inspection du stock de sa ferme,
- Le Croate commande, depuis son compte, 500 piles de blé à un prix fixé à 200 pièces. Validité de la commande : 2 jours,
- 15 minutes après, livraison par Cherif13 lui-même de la commande,
- Transformation des 500 piles de blé en 500 club-sandwiches par le croate dans son compte. Achat de monnaie virtuelle pour accélérer le tout.
- Livraison par le croate, avec son propre compte, à l'espagnol dans la franchise numéro 2 de l'espagnol.

Elle ne put s'empêcher d'ajouter :

— Tu sais que c'est génial ?

— Génial que tes jeux servent à des trafiquants de drogue ? Tu veux rire, j'espère ? Ça fait de toi une potentielle complice, surtout avec ce qu'on sait sur le programme entre leurs mains...

Amandine réfléchit et sembla d'accord avec Gabriel, mais elle reprit :

— N'empêche que c'est génial quand même ! Tu sais que les appels téléphoniques, les SMS, les emails, Facebook et Google sont espionnés par tous les gouvernements, les services anti-terroristes du monde entier.

Depuis le 11 septembre, tout est passé sous la loupe, et les États-Unis en ont profité pour légitimer des pratiques d'espionnage - je t'apprends rien, c'est toi l'avocat.

— Oui mais…

— Attends, je t'explique par l'exemple : tu sais comment ils ont attrapé des terroristes récemment ?

Les terroristes, qui sont loin d'être idiots, se partageaient un compte Gmail, en y accédant chacun leur tour avec le même identifiant, le même mot de passe. Au lieu de s'envoyer des emails, car ça, ça laisse des traces grosses comme une maison, ils échangeaient en utilisant le mode brouillon : ils rédigeaient chacun leur tour un brouillon et n'envoyaient jamais aucun email !

Il a fallu vraiment colliger d'autres données pour mettre le doigt là-dessus et la NSA est presque tombée par hasard là-dessus…

On raconte que par après, un Général de l'armée américaine a eu la même idée pour communiquer avec sa maîtresse, mais une fois que tout le monde connaissait le truc… ils se sont fait pincer.

Gabriel reprit :

— En tous cas, c'est très malin de leur part de se servir de jeux vidéo pour couvrir leurs transactions, encore mieux que les messages codés de la BBC pendant la guerre dans « Les Français parlent aux Français »…

Ça passe complètement inaperçu, d'innocents jeux vidéo…

Gabriel demeura interdit pendant un bon moment. Il était de plus en plus d'accord avec Ange et sa quasi-phobie des nouvelles technologies… Il se dit qu'il allait clôturer son compte Facebook, même si, de toute façon, il ne lui servait pas vraiment à grand-chose…

— Dine. Il nous manque des pièces au puzzle.

— Oui, tu as raison. On a une partie de leur « code » : les 500 piles de blé qui font autant de club-sandwiches correspondent visiblement aux ballots de résine de cannabis, mais comment est-ce qu'ils se fixent les dates et lieux de livraison ?

En réfléchissant à haute voix, Amandine énuméra les autres données, qu'elle écrivit en même temps sur le bloc d'écriture fourni par l'hôtel - comme quoi ça servait encore à quelque chose, le papier… !

- 500 blés
- 500 club-sandwiches
- 2 jours de validité
- 200 pièces d'or de chaque côté

Elle dessina le diagramme de la transaction et dit :

— En tous cas, sans la possibilité d'aller espionner les comptes, il n'aurait pas su que 500 piles de blé étaient disponibles à la vente.

Cela dit, pour le destinataire, il n'a rien fait, à part visiter sa ville.

— Attends, tu as bien dit qu'il avait plusieurs franchises, dans la ville du destinataire, n'est-ce pas ?

— Oui, trois.

— Tu peux me montrer sa ville ?

Au bout de quelques minutes, Amandine se baladait dans la ville virtuelle de Micky90, et montrait les trois commerces.

Gabriel se saisit de l'iPad d'Amandine, qu'elle dut de toute façon lui déverrouiller, ce qu'elle fit sans un mot, et il s'empressa d'aller sur Google Maps pour visualiser la carte de la région d'Alicante.

La topographie de la ville virtuelle de l'espagnol ressemblait à s'y méprendre à la côte au sud d'Alicante, qui descendait quasiment à la verticale entre Alicante et Santa Pola.

La distribution des commerces était, chaque fois en bord de mer dans la ville virtuelle.

— Bingo ! Trois commerces en bord de mer, autant de lieux de livraisons potentiels si on extrapole la localisation des commerces virtuels sur la carte réelle : là, là et là.

C'est à un de ces endroits que les trafiquants arrêtés ont dû récupérer la drogue et la charger dans leur bagnole, avant de se faire arrêter.

Par contre, on ne sait toujours pas comment ils fixent les délais. C'est une information anodine en elle-même, peut-être qu'ils se la transmettent autrement, ou peut-être que c'est contenu dans les autres données qu'on a : les deux jours de validité, par exemple.

Amandine le coupa :

— Non. Les deux jours de validité, ça n'est que du côté de la commande, pas du côté de la livraison.
Ce qui est commun aux deux, c'est le prix, 200 pièces à chaque fois. Ça signifie peut être quelque chose en matière de délai.

— En tous cas, on a presque tout, suffisamment pour aller voir la police avec ça.

Gabriel regarda Amandine. Avant qu'il n'ait dit un seul mot, elle dit :

— Non. Hors de question que je donne ces renseignements aux autorités, ils feraient fermer nos jeux sur le champ, nous perdrions la confiance de tous nos joueurs et je pourrais aller vendre des frites sur la plage !

— À part l'odeur, tu sais, ça rapporte pas mal, les frites sur la plage…

— Très drôle. Tu sais très bien ce que je veux dire, et je n'ai absolument rien contre les vendeurs de frites, mais je suis aussi responsable de pas mal d'emplois comme tu le sais. Ma réputation personnelle, ce n'est pas grave, mais mettre dans la merde ceux qui m'ont fait confiance, abandonner nos joueurs, non, désolée.
Ça n'arrivera pas.

Amandine dans toute sa splendeur. Bornée, têtue, mais il avait du mal à lui donner tort.
Même s'il détestait que ses clients ne suivent pas ses conseils, il comprenait très bien son point de vue et doutait lui même à présent de la pertinence d'aller voir la police.

Il enchaîna :

— Alors, on va devoir trouver une solution pour que tout rentre dans l'ordre, que les méchants soient sous les verrous et que Frank soit mis hors d'état de nuire, à supposer qu'il ait encore des velléités à le faire.

— Vu son état quand je l'ai foutu dehors, je pense qu'on n'a pas fini d'entendre parler de lui, malheureusement.
Je ne pouvais pas le faire arrêter sans éclabousser Stuff for Fun et il va sûrement y avoir un moyen qu'il nous soit malgré tout utile.

— Reste à trouver comment.

39

— Patron, le transfert a été un succès : les cinq cents kilos de résine sont passés comme dans du beurre au travers de la Méditerranée et ont été livrés sur la bonne zone, dans le délai prescrit.

Malgré cela, Kurakovic fulminait.

Il considéra longuement Marko et tapa du poing sur la table, qui manqua de se briser en deux :

— Sauf que ce connard de Téo s'est fait prendre par la police espagnole et que notre came est maintenant au frais, au commissariat central d'Alicante ! Tu ne lis jamais les journaux, trop occupé à tes conneries d'ordinateurs !

— Oh le con ! Ils se sont fait remarquer par la police en conduisant comme des fous furieux, c'est ça ? Il va falloir qu'on trouve un moyen de passer inaperçu sur la route…

— Ce n'est pas Téo qui l'expérimentera. On s'occupera de lui quand il sera au trou.

Pas la peine d'en dire plus, Marko savait ce que, dans la bouche de Kurakovic, « s'occuper » de quelqu'un signifiait…

— Cela étant dit, la bonne nouvelle, c'est que le système a parfaitement fonctionné. J'ai non seulement pu vérifier que la drogue était disponible au Maroc, mais utiliser les jeux pour passer la commande là-bas et confirmer dans la seconde qui a suivi à Téo, la quantité, le moment et le lieu de la livraison. En toute discrétion.

Kurakovic se calma et, alors qu'il avait la tête inclinée vers le bureau, leva les yeux vers lui et ajouta :

— Marko, toi, tu n'as pas merdé. Ton système fonctionne et tout aurait été parfait si ce con de Téo n'avait pas tout foutu en l'air.

Tu vas te servir de ce système pour nos prochaines commandes de came, et on va aussi l'utiliser pour livrer des AK47 à Marseille, et superviser la prochaine livraison du contingent de filles qui doit arriver de Split ce mois-ci.

— Merci Patron. On a la preuve qu'avec cette solution, on passe sous le radar de la surveillance de toutes les polices et même des gouvernements.

—J'espère bien Marko.

Paolo ne décolérait pas.

Il ne s'était pas rendu compte tout de suite qu'il avait été dépossédé de la carte mémoire contenant le programme malicieux payé à prix d'or.

En dehors de Gina et de Laura, personne n'était au courant. Il n'y avait pas eu d'effraction sur le coffre-fort de sa chambre, personne ne connaissait sa combinaison en dehors de Gina, qui n'aurait eu aucune raison de faire disparaître la poule aux œufs d'or...

D'autant qu'elle ne savait absolument pas se servir d'un ordinateur…

Ça ne servait à rien de se plaindre auprès de la direction de l'hôtel : si jamais le programme réapparaissait, dans le meilleur des cas, ça attirerait l'attention sur lui, dans le pire, ça le conduirait tout droit en prison… Il s'était juré de ne pas y retourner, ce n'était décidément pas un environnement fait pour lui. Il était plus à sa place dans les palaces…

Il avait cependant longuement pesé le pour et le contre relativement au dépôt d'une plainte à la direction en mentionnant la disparition d'une clé usb, sans plus de précisions. Mais la perspective que son secret risque de s'éventer l'avait emporté.

Pour une fois, il allait éviter de faire du scandale. Même si la situation le mettait hors de lui.

*

À l'inverse de Paolo, Laura était sereine.

Elle profitait de la terrasse de sa chambre pour contempler le soleil couchant sur l'Estérel : elle ne se lassait jamais de ce paysage qui était magnifique.

Elle alluma tranquillement une cigarette, tout en profitant du spectacle.

Le hasard avait bien fait les choses, décidément. Elle avait retrouvé, de façon totalement inattendue, Frank, en faisant, comme tout le monde le fait de temps en temps : une recherche Facebook de ses anciens amis de lycée.

Le nom de Frank lui était revenu naturellement : il avait été l'un de ses premiers amours, enfin, si on peut qualifier ça d'amour lorsqu'il s'agit de relations qui se nouent au lycée, encore plus dans des lycées étrangers.

Sa mère était diplomate et elle la suivait dans toutes ses nominations. C'était à Madrid qu'elle avait croisé la route de Frank, dont le père était alors expatrié pour un grand groupe industriel français.

Leur relation avait été aussi brève qu'intense, rien d'importance... Et puis, à l'époque, garder le contact en cas de séparation était moins facile qu'aujourd'hui. Ils s'étaient donc perdus de vue.

En tous cas, elle avait été bien inspirée, car dès qu'elle l'avait retrouvé et lui avait envoyé une demande d'amitié, il répondit presque instantanément et semblait très heureux de la retrouver. Son empressement à mentionner l'existence de sa femme trahissant - elle en avait l'habitude - des intentions coupables.

Il travaillait pour Stuff for Fun et elle avait entendu parler de cette startup au succès foudroyant.
Toute la presse en parlait, jusqu'à Cosmopolitan et Vanity Fair.

Laura était une mondaine professionnelle - la situation de sa famille le lui permettait. Elle avait fait la connaissance de Paolo et Gina, tout aussi oisifs qu'elle, la fortune en moins.

Paolo avait un passé manifestement obscur et formait, avec Gina, un duo d'aventuriers en quête d'arnaques et de petits trafics à destination de la jet-set, qui n'aimait pas avoir affaire à des dealers bas de gamme. Ils préféraient traiter avec des intermédiaires qui se salissaient les mains pour eux, mais les avaient assez propres pour demeurer fréquentables. Et ça, Paolo et Gina le faisaient très bien.

C'est de façon tout à fait inopinée, une après-midi sur le ponton de la plage, alors qu'ils faisaient le tour des « que sont-ils devenus ? » parmi leurs connaissances et la jet-set que Laura avait mentionné avoir repris contact avec un vieil ami. Et immédiatement précisé qu'il avait très bien réussi puisqu'il était propriétaire de stock-options dans la fameuse compagnie de jeu Stuff for Fun…

Paolo s'était alors redressé d'un bond sur son matelas : Stuff for Fun, la compagnie qui fait Ma Ferme et Ma Ville, les jeux auxquels le ministre de l'économie italien est ostensiblement accro !!!
Dans son cerveau de petite frappe, il chercha quel mauvais coup il pourrait mettre en place en utilisant Laura et son vieil ami…

C'est Laura elle-même qui avait donné la solution, après qu'il ait mentionné le ministre :

— Oui, il a deux passions dans la vie : ces jeux vidéo et les femmes, c'est en tous cas ce qui se dit dans tout Rome, mais il est discret. On le comprend, marié à son héritière de femme, il se tient à carreau, surtout que la Comtesse a la réputation d'être un dragon… mais dès qu'il en a l'occasion, il laisse aller ses mains baladeuses partout où il peut…

Il devait y avoir un moyen de faire chanter ce ministre. Mais comment ?

Comme souvent, les confidences se font sur l'oreiller et furent facilitées par les retrouvailles.

Frank avait été très bavard sur son travail, se vantant de pouvoir suivre à la trace n'importe quel joueur des jeux de S4F ; à la façon dont il parlait de ça, il avait déjà manifestement une idée derrière la tête de son côté également.

Quelques contacts entre Paolo et Frank, et puis, enfin, la livraison du fameux programme-espion, que Frank avait orchestrée à la façon d'un film d'espionnage... Elle avait trouvé ça à la fois amusant et ridicule, se disant qu'il devait drôlement s'ennuyer dans la vie pour vouloir jouer aux espions à la petite semaine... Sûrement un effet secondaire de sa vantardise et de sa volonté de l'impressionner...

La suite avait été très simple, il suffisait de suivre à la trace un joueur particulier : le ministre.

C'est comme ça que les choses s'étaient passées : un heureux concours de circonstances, poussé par un coup de pouce des réseaux sociaux. Sauf qu'aujourd'hui, Frank demeurait introuvable, et le programme payé à prix d'or - elle avait dû mettre, elle aussi, la main à la poche - était dans la nature.

Heureusement que Paolo n'avait pas attendu pour essayer le programme et collecter les renseignements sur sa victime... Il n'y avait plus qu'à prier pour que Monsieur le Ministre n'ait pas changé de maîtresse entre-temps...

De ce côté-là, la chance sourit au trio. Les complices romains de Paolo avaient réussi, malgré la grande discrétion du ministre, à capter ses allées et venues dans l'immeuble de sa maîtresse et même, par la grâce d'un rideau entre-ouvert, à prendre des clichés plus que compromettants.

Ce qui était sûr, c'est qu'en l'état actuel, c'était la seule possibilité pour eux de rentrer dans leur investissement, puisque ce fameux programme s'était évaporé...

Laura avait beau réfléchir, elle ne voyait pas Frank venir cambrioler la chambre de Paolo et Gina, et encore moins ouvrir le coffre. Son truc c'était les ordinateurs, pas les simples coffres-forts d'hôtels et puis, quel intérêt aurait-il eu à récupérer ce qu'il avait fourni et pouvait sans doute facilement dupliquer ?

Elle scrutait régulièrement les réseaux sociaux à la recherche de Frank, essayait de l'appeler, mais il demeurait injoignable.

Elle savait, ça faisait partie du deal, que le programme remis était unique et ne pouvait, ne devait pas être dupliqué. Frank leur avait bien dit qu'il n'était plus responsable de rien à compter de la livraison.

En ce qui la concernait, elle se serait bien arrêtée là. Mais visiblement, Paolo avait plus de difficultés à maintenir son train de vie et voulait absolument qu'elle retrouve Frank pour obtenir un nouvel exemplaire de ce fameux programme. Il s'obstinait à considérer comme un dû la mise à disposition du programme et oubliait au passage qu'il avait été volé alors qu'il était sous sa garde.

Pourtant, après tout, la cible initiale, c'était le ministre, et on avait obtenu les renseignements nécessaires.

41.

Même s'il était sûr de pouvoir encore utiliser sa méthode de piratage, quitte à la modifier, Frank savait que son temps était compté.

Il avait décidé, afin de ménager un luxe de précaution - dont il se mordait bien les doigts à présent - de ne faire transiter les bouts de code que par des voies archaïques, voulant se prémunir contre un traçage a posteriori des ses agissements.

C'était pour cette raison que les différentes parties nécessaires à la création du tableau de bord furtif avaient toujours voyagé par porteur et qu'il avait utilisé l'ordinateur, la connexion internet d'un très vieil ami à lui, Marc, pour finaliser le développement du programme, à New York.

C'était de chez Marc que tout partait et ils avaient eu l'idée de faire voyager les micro-cartes mémoires dans des étuis à cigares en cuir noir, en vente chez le marchand de spiritueux situé en bas de son appartement. Le genre de commerce qu'on trouve dans les centres-ville nord-américains, dont la devanture n'était que collection de bouteilles diverses et variées, destinées à épancher la soif des yuppies en mal d'alcool et, à l'occasion, de cigares.

C'était aussi pour cette raison qu'il devait aller récupérer son « master » chez Marc, endroit totalement sûr, car inconnu d'Amandine.

Dès qu'il arriva à l'aéroport, Frank se précipita pour acheter un nouvel iPhone en se servant d'une carte de crédit également inconnue de sa femme, dont l'adresse pointait chez Marc.

Il s'empressa de consulter la presse spécialisée. Visiblement Distribution tycoon était un succès, mais surtout, il était en opérations, la presse ne mentionnant qu'une maintenance des serveurs de moins de quatre heures dans les heures qui suivirent le lancement, sans s'appesantir sur le sujet. C'était fréquent avec les jeux en ligne.

Sauf qu'il savait pertinemment qu'aucune maintenance n'avait été prévue et que ça ne pouvait donc qu'être le fait d'Amandine, qui en avait sûrement profité pour modifier les méthodes d'accès aux données et court-circuiter la navigation invisible.

Il n'aurait qu'à trouver comment contourner les nouvelles méthodes d'accès, ce qui ne serait pas facile sans accès physique aux serveurs. Il se mettrait dans la peau de n'importe quel pirate qui essaierait d'accéder aux données de S4F. Il avait tout de même un avantage sur eux : il avait conçu le système et connaissait toutes les protections installées, sans parler de sa méthode lui garantissant un accès furtif.

Il pouvait compter sur Amandine pour en avoir fait rajouter, mais rien n'était insurmontable ; il suffisait d'avoir le temps et surtout, les connaissances.

Il sauta dans un taxi et se rendit à l'appartement de son complice.

42

— Marko !

Marko rejoignit Kurakovic au bord de la piscine, partiellement ombragée par les magnifiques pins parasol qui l'entouraient.

— 40 AK et munitions pour notre contact à Marseille. Mardi prochain.
— 20 filles pour Nice. Mardi prochain.

Marko se retira sans un mot et entreprit le même manège que celui qu'il avait effectué pour la livraison-test de résine de cannabis.

Il commença par les armes. Cette fois-ci, ce n'était plus du blé, mais du fromage de chèvre qui était commandé, 40 fromages, et le prix était de 300 pièces d'or.

Il fit les vérifications auprès des comptes de l'expéditeur : le stock d'armes provenant des conflits était toujours haut, mais il fallait néanmoins s'en assurer. Les données personnelles du compte du fournisseur de Pula, en Croatie, étaient identiques aux informations de son carnet de papier. Tout était OK.

Il vérifia ensuite le compte du destinataire, ses données personnelles et choisit le lieu de livraison, qui correspondait aux plages de Cervia, un peu au-dessus de Rimini.

De la même façon qu'il opéra pour la résine de cannabis, il passa commande, se la vit confirmée et livra les 40 sandwiches au fromage de chèvre au compte du destinataire italien de Cervia.

C'était au tour des filles d'être « commandées ». Le code pour les filles, c'était du lard. Le fournisseur était le même que pour les armes, mais la destination était différente, cette fois-ci, c'était à Nice que les 20 paquets de lard, une fois transformés en sandwiches au bacon devaient être livrés. Le prix était aussi de 300 pièces d'or.

Marko avait établi les tables de correspondances entre les commandes réelles et leurs équivalents dans le jeu. Il se trouvait même assez drôle d'avoir pensé à du lard pour les filles. Si le jeu avait permis de livrer des vaches, il l'aurait fait, mais le lard se rapprochait plus de l'idée qu'il se faisait de ces filles.

Il était très fier de son idée, qui lui était venue à force de jouer aux jeux de Stuff for Fun.
Son boulot pour Kurakovic, c'était d'être son « Monsieur technologie » et de s'assurer de protéger au maximum les communications entre les différentes branches d'activité de son patron.
Un jour, alors qu'il lisait des articles concernant la sortie de prochaine de Distribution tycoon, une idée géniale lui était venue, qui commençait par : « Et si on se servait de ces réseaux pour communiquer entre nous ? »…

Il savait que Stuff for Fun avait des bureaux à Sophia Antipolis et il obtint très facilement toutes les informations concernant le dirigeant local, Frank Deschamps.
Le rencontrer sous des prétextes techniques n'avait pas été très difficile. Après quelques rencontres amicales entre Frank et Marko, ce dernier lui avança son idée folle, à mots couverts, bien entendu.

Il avait visiblement visé juste. Frank s'était avéré très intéressé par la proposition, mais surtout, il se vantait d'avoir sous peu un programme qui permettrait de tout faire dans les jeux, sans être vu des serveurs officiels.
Heureux concours de circonstances et Marko, très emballé à cette idée, la « vendit » à son patron.

C'est cependant ce dernier qui procéda à l'échange ; même s'il s'était renseigné sur lui, Kurakovic tenait à rencontrer personnellement, au moins une fois, les gens avec qui il faisait affaire.

C'est ainsi qu'il récupéra le fameux programme.

43

Amandine et Gabriel n'avaient rien décidé concernant la conduite à tenir, mais ça n'empêchait pas Amandine de poursuivre la surveillance du compte de Bosko34. Le lendemain de leur découverte, alors qu'ils se demandaient toujours quoi faire, elle tomba à nouveau sur des activités suspectes.

Compte tenu de ce qu'ils avaient découvert relativement à la livraison de cannabis, elle avait quelques éléments et, après avoir localisé les expéditeurs et les destinataires, elle put dire à Gabriel :

— On a deux nouvelles commandes, passées à seize heures aujourd'hui :

Les deux partent de Croatie, le même expéditeur :
- 40 fromages de chèvre, qui feront autant de sandwiches au fromage de chèvre pour les franchises
- 20 paquets de lard, qui feront des sandwiches… au bacon pour les franchises
- Le prix des transactions, c'est chaque fois 300.

— Vu la chronologie des transactions, les sandwiches au fromage s'en vont en Italie, un point de chute parmi trois disponibles dans la région de Cervia chez le destinataire.
Pour les sandwiches au bacon, un seul commerce dans la ville du destinataire, et c'est à Nice.

— Ah, il y en a un pour lequel on va jouer à domicile, on dirait.

— Oui, mais on ne sait pas à quoi correspond le bacon, pas plus que le fromage de chèvre, comme matières premières. Pas du cannabis en tous cas.

— Et pour le 300, on ne sait pas non plus à quoi ça correspond. Et si le 200 ou le 300 étaient des indications de date… Laisse-moi vérifier quelque chose, dit Amandine.

Au bout de quelques minutes, elle dit :

— Voilà. La commande de résine de cannabis a été passée lundi après-midi, aux alentours de seize heures.

Elle a été livrée le lendemain même, soit le mardi. Tu te souviens qu'on a appris ça dans la presse, le jour suivant, soit mercredi.

Si le prix de 200 correspond au lendemain, on pourrait penser qu'un prix de 300 correspond au surlendemain J+2, donc.

Gabriel ajouta :

— Deux jours, ça laisserait le temps de transporter les marchandises depuis la Croatie vers Nice, y compris par la route ; il y a moins de neuf cents kilomètres entre les deux.

C'est mince, mais on n'a pas grand-chose de plus. Tu peux localiser le lieu de livraison précis en Italie, si on procède comme pour l'Espagne ?

— Il n'y a pas de raison, ils doivent sûrement utiliser la même méthode topographique.

— Parfait, tu t'en occupes, et moi, j'ai ma petite idée. Je reviens dans une heure environ. D'ici là, envoie-moi par SMS le lieu de la transaction à Nice, s'il te plaît en superposant les cartes virtuelles et réelles.

44

Gabriel se faufila dans le trafic pour aller rendre visite à Ange, toujours au même endroit, le sempiternel Bar-PMU où il avait ses habitudes.

— Alors petit, comment vas-tu ? Tu as l'air tout excité. Vas-y, crache-la ta Valda.

— Décidément, Ange, quel fin psychologue tu fais ! Dis-moi, nos amis les Croates, tu m'avais bien dit qu'ils pratiquaient de la concurrence déloyale à des amis à toi ?

— On le dit.

— Est-ce que tu as envie d'aider tes amis, ce qui fera d'eux tes débiteurs ?

Ange sourit. Gabriel connaissait bien ses méthodes et il avait parfaitement saisi le mode de fonctionnement de sa génération de truands : quand quelqu'un te doit quelque chose, tu as un avantage sur lui, dont tu ne te sers peut-être que des années après, mais qui est bien là.

— On a toujours besoin de débiteurs. C'est quoi ton info ?

— Si je te dis qu'après demain, le croate fait livrer de la marchandise par ici, tu penses que tes amis aimeraient savoir où ça va se passer ? Je n'ai pas d'idée précise de la marchandise, mais ce dont je suis sûr, c'est qu'elle appartient aux Croates.

— Je ne te demanderais pas comment tu sais ça, n'est-ce pas ? Tes informations sont fiables ?

— Pour être parfaitement honnête avec toi, c'est du 50/50...
Mais comme je me suis souvenu de ce que tu m'as dit au sujet de
la surpopulation des trottoirs et des halls d'hôtel, tout ce qu'ils
risqueraient serait de perdre une ou deux journées.

— C'est acceptable. Où et quand ?

Amandine n'aurait pas pu mieux faire, le téléphone vibra et un
SMS arriva, mentionnant « Terminus tramway Las Planas. »

Gabriel montra le SMS à Ange, qui acquiesça.

Quand ?

— Après demain, ou peut-être le surlendemain. Heure, je n'en
sais rien, mais si je devais tabler sur une heure, je dirais la nuit,
sans doute vers quatre heures, ne me demande pas pourquoi, une
intuition. Sûrement un échange de véhicule pour que ça reste
discret, le lieu est quand même passant.

— Merci petit.

— De rien, Ange. On dirait bien que si ça fonctionne, tu vas
gagner de nouveaux débiteurs, ou augmenter leurs dettes...

— Et toi, tu augmenteras ta créance au passage, lui dit Ange,
avec un sourire entendu.

— Tant que tu en parles, j'aurais besoin d'un petit service. Un
appel anonyme aux douanes du côté de Rimini, pour les prévenir
d'une livraison qu'ils apprécieront d'intercepter.

— C'est dans le domaine du faisable, tu me feras parvenir les
détails.

— Ne t'inquiète pas, on te les amènera sous peu.

45

Après sa visite à Ange, et comme l'heure du dîner arrivait, le quartier du Port commençait à sentir les effluves inimitables de la traditionnelle Socca. Gabriel s'arrêta réserver une table à son adresse favorite, qu'il partageait du reste avec Ange et sans doute la moitié de ce que Nice comptait d'amateurs de Socca. L'autre moitié allait chez le concurrent… au coin de la rue !

Gabriel lâcha un SMS à Amandine : « Je t'invite à dîner niçois ce soir. Je serais en bas à 19h00 ».

À quoi elle répondit par un laconique, mais significatif : « Super ! »

Ça n'a l'air de rien, les SMS, mais en quelques caractères, ça en dit long. Gabriel analysait scrupuleusement tout ce qu'il lisait et là, il interprétait le « super » comme « Ah oui, bonne idée, ça me fait plaisir ». Et surtout, le point d'exclamation, qui faisait toute la différence dans la gradation de l'enthousiasme : aucun point d'exclamation, c'est quasiment un râteau, un point d'exclamation, on est très content, et ensuite, plus il y a de points d'exclamation, plus l'intérêt décroît.

En tous cas, c'était son interprétation.
Il faudrait qu'il songe un jour à écrire un livre là-dessus…

Un détour par le cabinet, Nina était partie, mais les parapheurs étaient là, encore une petite séance d'autographe de vingt minutes.

Il arriva juste à l'heure au pied de l'hôtel, Amandine l'attendait et embarqua sur la moto juste après avoir attrapé le deuxième casque dans le top case ; elle avait vite pris le pli !

Quelques minutes plus tard, ils étaient devant le restaurant où une file d'attente dans laquelle se mêlaient les clients venant chercher une commande et ceux espérant une table, tous discutant dans la bonne humeur…

La socca avait cet effet de vous faire oublier les problèmes du quotidien.

Gabriel avait été bien inspiré de réserver et ils n'eurent pas à attendre, étant pile à l'heure.

On leur annonça que la prochaine fournée de socca arriverait dans un quart d'heure, ça, on n'y pouvait rien. Le pichet de rosé allait aider à faire patienter ; l'enseigne n'était pas réputée pour sa cave à vins mais ce n'était pas bien grave.

Même si la promiscuité était assez grande dans la salle du restaurant où ils étaient installés, l'avantage qu'ils avaient, c'est que grâce au code qu'ils avaient découvert, ils pouvaient parler tranquillement.

Gabriel commença :

— Pour la livraison de sandwich au bacon, je me suis assuré qu'un autre producteur local allait prendre soin qu'elle arrive à bon port. Ne t'en fais pas, c'est un petit producteur que je connais bien.

Ses voisins de table allaient le prendre pour un épicier, c'était parfait comme ça !

Il poursuivit :

— Par contre, pour les sandwiches au fromage de chèvre, vu que c'est un produit étranger, il faudra sans doute prévenir les douanes, pour s'assurer que les taxes soient bien payées dessus. Tu me donneras les détails, je ferai le nécessaire pour que ça soit transmis.

Amandine fit la moue, cela sous-entendait qu'il faudrait aviser les autorités, fussent-elles italiennes et ça ne lui plaisait pas vraiment.

— Ne t'inquiète pas, Dine. Tout ira bien, fais-moi confiance, ils ne vont pas nous bloquer la livraison à la frontière. Sois rassurée.

L'avantage de manger de la Socca dans cet endroit, c'est qu'elle est délicieuse.

L'inconvénient, c'est que, lorsqu'il y a du monde, on vous incite gentiment, mais fermement, à peine la dernière bouchée avalée, à faire de la place aux suivants.

C'était la règle non écrite et tout le monde s'y pliait. Aucun habitué ne voulait risquer de se retrouver sur la liste noire des réservations et tout le monde obtempérait de bonne grâce, peu importe son statut social dans la capitale azuréenne.

Ils levèrent donc le camp un peu brutalement et pour s'excuser de ne pas avoir prévenu Amandine, Gabriel lui proposa une balade sur la grande corniche, lui promettant un panorama magnifique.

— Je connais la région, je te le rappelle…

— Oui, mais pas en moto à cette heure-ci, j'en mettrais ma main au feu.

— Pas faux. Allez, Go !

Après avoir rejoint le point d'entrée de la grande corniche, Boulevard Bischoffsheim, là où le boulevard de Riquier termine et le boulevard St-Roch débute, la montée commença. Rapidement suivie par les virages qui se succédaient à une allure qui pouvait paraître presque incongrue pour la vénérable monture de Gabriel. Visiblement, le cavalier et la monture connaissaient bien la route. Amandine se laissa porter. Elle commençait même à apprécier les déplacements à moto…

Ils arrivèrent rapidement à un point de vue qui dévoilait à la fois la baie de Villefranche et celle de Saint-Jean Cap-Ferrat : c'était vraiment magnifique, surtout à la nuit tombante.

— Pour te donner plus de détails sur notre conversation de tantôt, maintenant qu'aucune oreille ne traîne, je me suis occupé de faire intercepter la livraison de Nice, comme tu l'as compris. Des amis d'amis s'en occuperont et en aucune manière la Police ne sera mêlée à ça. De ce côté-là, j'ai toute confiance.

Par contre, en ce qui concerne la livraison des 40 sandwiches au fromage de chèvre, on ne sait pas ce que c'est exactement, mais on ne peut pas la laisser se faire sans bouger le petit doigt.

— Tu sais bien ce que j'en pense…

— Attends, Dine. Tu oublies qu'ici, on a l'habitude des appels anonymes, on n'est pas loin de la Corse, je te le rappelle, et les appels anonymes, pour revendiquer ou pour prévenir, on a l'habitude.

Là aussi, j'ai pris mes dispositions, et un appel anonyme sera envoyé par des pros aux douanes italiennes, on est polyglottes par ici !

Un moment d'hésitation, puis elle répondit :

— Si tu me garantis que ça ne remontera pas jusqu'à nous, c'est d'accord. Je te ferai donc parvenir les informations nécessaires, et je te laisse le soin de les transmettre.

— Parfait ! Allez, profitons de la nuit qui tombe.

Ils restèrent immobiles un long moment.
Ç'aurait été le genre d'occasion parfaite pour se montrer entreprenant, mais c'était contre ses principes, et puis, même si elle était tout à fait charmante, rien n'indiquait chez Amandine une ouverture…

46

L'audience des référés était anormalement déserte pour une journée ordinaire de vacations judiciaires.

Habituellement, les avocats demandaient à leurs huissiers d'enrôler un maximum d'affaires pour ces rares journées où le Président du Tribunal de Grande Instance siégeait durant la période estivale.

Il était très difficile de pouvoir y faire avancer des affaires, mais ça permettait au moins de les introduire et d'obtenir des désignations d'expert, ce qui mettait à profit les temps morts de l'été.

Martinez était en train de plaider lorsque Gabriel entra dans la salle d'audience. Il l'aurait reconnu entre mille, rien qu'à ses gesticulations appuyées, caractéristiques d'un de ses traits majeurs : l'exagération.

Il surjouait, en rajoutait, mais étonnamment, ça marchait, les magistrats, plus que blasés à force d'entendre les mêmes rengaines à longueur de journée, étaient la plupart du temps divertis par un tel spectacle.

Martinez joignait visiblement la parole au geste, puisqu'il était en plein milieu d'une envolée lyrique dont il avait le secret :

« Mon client a été spolié, il a été littéralement ruiné par cet expert-comptable, qui n'a d'expert que le nom, et lors de l'acquisition des parts sociales de la société civile professionnelle dans laquelle il a eu le malheur de s'associer, il s'est fait littéralement tondre, Monsieur le Président.

Et c'est le monde à l'envers : de l'autre côté de la barre, on accuse mon client d'encore devoir de l'argent à la SCP !

Alors, aujourd'hui, puisque mon estimé Confrère pense, comme une intime évidence, que parfois même tout donner n'est pas forcément suffire, moi je vous le dis, même si mon client n'a plus rien, il demande une expertise, à ses frais avancés, qui démontrera, à n'en point douter, les manigances des autres associés de la SCP !

Et par la même occasion que, loin de devoir le moindre centime, il est au contraire créancier de dizaines de milliers d'euros ».

Le Président eut l'air effectivement amusé et d'un sourire se contenta d'énoncer, à l'attention de l'adversaire de Martinez, une jeune stagiaire un peu godiche :

— Maître Pouliot, puisque ça ne coûtera rien à vos clients et qu'il ne s'agit que d'une demande d'expertise avant dire droit, je ne vois aucune raison de ne pas accéder à la demande de Maître Martinez.

Maître Martinez, avez-vous une suggestion d'expert ?

Martinez répondit du tac au tac :

— Le cabinet d'experts-comptables Leblanc me paraît tout adapté, Monsieur le Président.

Le Président regarda la jeune stagiaire :

— Pas d'objection, Maître Pouliot ?

— Non Monsieur le Président, je m'en rapporte quant au choix de l'expert.

— Parfait. Greffier, veuillez consigner que le cabinet Leblanc est nommé à titre d'expert, aux frais avancés du demandeur, dépens réservés, etc.

La greffière nota, à la vitesse de l'éclair sur la feuille d'audience les informations critiques, le reste de l'ordonnance serait fourni par les gabarits de son ordinateur et livré sous deux jours dans la case Palais des plaideurs.

— Affaire suivante, dit le Président.

Quand Martinez se retourna, il vit, assis au premier rang, Gabriel qui levait le pouce en signe d'admiration.

Il s'assit à côté de Gabriel qui lui chuchota à l'oreille :

— Décidément Martinez, tu repousses sans cesse les limites : maintenant c'est Jean-Jacques Goldman dont tu pilles le répertoire… On est loin de Victor Hugo ou de Voltaire…

— Si j'avais su que tu étais là, j'aurais placé le reste des paroles, tu sais « la force de penser que le plus beau reste à venir », tout ça… et t'as vu, la petite, même pas elle a capté, meskina… On commence à se faire vieux, j'ai l'impression. Il va falloir que je renouvelle ma discographie…

— Martinez, tu es un puits sans fonds de connerie, quand on croit que tu as touché le fonds, on s'aperçoit que tu arrives à creuser encore !

— Je le prends comme un compliment, surtout venant de toi. Sinon, ça va ?

— Oh, tu n'as pas idée... Mon épopée canadienne a des suites, disons... intéressantes.

— Vas-y, dis tout à Tonton Martinez…

Il était visiblement très impatient d'en savoir plus, ses yeux s'étaient arrondis comme ceux d'un chat qui vient de coincer une souris dans un coin…

— Martinez, et le secret professionnel, alors ?

— Tu te fous vraiment de ma gueule, toi, hein. Vas-y, dis-le que tu veux pas m'en parler. Je serai vexé, mais je comprendrai. Mais te draper dans le secret professionnel comme une vierge effarouchée, ça ne te va pas, tu sais.

— Ben voilà, c'est ça, je ne veux pas t'en parler, c'est en cours et c'est sensible.

— Moi ce que je pense, c'est que tu veux te garder ta cliente pour toi, non, parce que j'ai vu des photos d'elle dans les journaux, un méchant canon, ta pépée !

Gabriel regarda Martinez et sourit. Pas question d'en rajouter, surtout que plus il côtoyait Amandine, plus il était d'accord avec Martinez.

— Tu m'excuseras, je fais mes renvois et ma demande d'expertise, y'a personne à la barre, là.

— C'est ça, des excuses, toujours des excuses… Allez, je me sauve, j'ai rendez-vous avec une cliente. Sauf que la mienne, c'est une beauté fatale façon Marthe Villalonga. La putain de ta race…

Gabriel se leva avec ses dossiers et effectua ses renvois et sa demande d'expertise, sans adversaires. Les trois avocats des dossiers ayant marqué leur accord sur les demandes de Gabriel, ils n'avaient pas jugé utile de se déplacer, d'autant que, puisque Gabriel avait trois affaires ce jour-là, il devait invariablement être présent.

Ils s'étaient évidemment empressés d'accepter, tous les trois que les affaires soient traitées en leur absence. L'été et ses vicissitudes…

47

Ça faisait plusieurs heures que les amis d'Ange étaient en planque dans le quartier de Las Planas. Ils s'étaient placés stratégiquement, de façon à surveiller la sortie d'autoroute et le terminal du tramway.

Il y avait en tout trois voitures. Du personnel de confiance, tous marseillais, corses, et même un sarde. Les temps étaient durs pour trouver des hommes fiables, qui ne parlaient pas s'ils se faisaient choper. La plupart des Albanais se mettaient à chanter la Traviata quand ils se faisaient attraper et les autres étrangers, ils étaient dans la came, attirés par le lucre.

C'est sûr que les filles, ça rapportait moins, mais c'était une tradition et il y aurait toujours un marché pour ça. En plus, ça attirait presque la sympathie des flics, qui savaient qu'ils ne risquaient pas de se faire plomber avec ce genre de clients. Tout l'inverse des dealers, totalement incontrôlables et surtout imprévisibles.

Comment Ange avait eu ces informations, ils ne se posaient pas la question. Il était suffisamment fiable pour que personne ne mette en doute les renseignements qu'il avait fournis.

Ils guettaient plusieurs véhicules, dont sûrement une camionnette : on leur avait dit qu'une livraison devait être remise ce soir-là aux Croates, qui commençaient à sérieusement les emmerder.

La possibilité d'intercepter une cargaison leur appartenant et l'occasion de tomber sur le râble de quatre ou cinq des leurs était tombée à pic. Ils cherchaient justement un moyen de reprendre la main, ne pouvant demeurer sans rien faire alors que les Croates grignotaient de plus en plus rapidement, leur territoire, centimètre carré par centimètre carré de trottoir. Et maintenant hall de palace après hall de palace.

Autant, la concurrence sur le trottoir ne les dérangeait pas plus que ça... Jusqu'à un certain point : entre les Cap-Verdiennes, les Nord-Africaines et des filles de l'est, ils trouvaient que la diversité était intéressante. Mais le marché du luxe, ça, c'était leur chasse gardée.

Ces derniers temps, l'été leur donnant sans doute des ailes, les Croates avaient largement accéléré la cadence et inondé le marché.

C'en était arrivé à un point tel qu'ils étaient contraints d'agir, même s'ils savaient que, ce faisant, ils partaient sur le sentier de la guerre.

Tels étaient les risques du métier, et même si l'adversaire était coriace, pas question à ce stade de perdre la face.

Ils avaient été grands seigneurs jusqu'à présent, mais les Croates avaient trop tiré sur la corde.

Il fallait à présent agir et les informations providentielles d'Ange leur donnaient une parfaite occasion de lancer les hostilités.

Aux alentours de quatre heures du matin, un gros Touareg aux vitres fumées vint se stationner en double file, allumant ses feux de détresse.

— Putain, même pas ils respectent le Code de la route ces putains d'étrangers, dit Baptiste à Orsu.

— Té.

Il portait bien son nom, Orsu, avec des paluches qui ressemblaient à des griffes d'ours, et le reste à l'avenant.

Et il ne parlait pas plus que nécessaire. Par contre, quand il s'agissait du sale boulot, il devenait très prolixe...

Quelques minutes après l'arrivée du premier véhicule, une camionnette Mercedes blanche sans vitres arrière fit son apparition et un échange d'appel de phare eut lieu avec le Touareg.

Dès qu'ils furent stationnés côte à côte les hommes descendirent de leurs véhicules : ils étaient quatre au total, en train de deviser comme si de rien n'était.

La quincaillerie allait bientôt parler : Baptiste n'était pas du genre à palabrer, les Croates non plus.

Il vérifia une dernière fois son Glock 22 qui ne le quittait jamais. Tout était prêt. Le silencieux était en place.

Il avait donné la consigne à son équipe d'utiliser des silencieux. Même si ça ralentissait un peu la vélocité des projectiles, la discrétion leur permettait de gagner de précieuses minutes avant l'arrivée de la Police.

Plus tard le voisinage serait alerté, plus tard la police arriverait sur les lieux.

Et cinq minutes d'écart pouvaient faire toute la différence.

Le silencieux sur le Desert Eagle d'Orsu rendait encore plus impressionnant cet énorme pistolet mais, dans les battoirs qui lui servaient de mains, on ne s'en rendait presque pas compte. Une arme puissante et brutale comme lui, même si sa capacité était limitée, le gros calibre qu'il crachait nécessitait rarement de toucher à plusieurs reprises.

Baptiste regarda Orsu et lui fit un signe de tête.

Ils sortirent de leur voiture, dont les vitres fumées, c'était courant dans le midi, les avaient masqués jusque-là des lueurs de lampadaires.

Leurs acolytes, qui suivaient de près la scène, guettaient la voiture de Baptiste.

Dès que ce dernier ouvrit sa portière, en un éclair, ils étaient tous dans la rue, encerclant les Croates.

Ils savaient qu'ils n'auraient pas le temps de s'approcher en silence. Pas question de faire dans la dentelle. Dès qu'ils furent en mesure de faire feu, ils n'hésitèrent pas une seconde.

Sous l'effet des feux croisés des Corses, pas un des Croates n'eut le temps de se servir de son arme.

Du travail bien fait, propre et sans bavures. Comme Baptiste l'aimait.

En se gardant des regards indiscrets des caméras de surveillance, Baptiste et Orsu ouvrirent la porte arrière de la fourgonnette. Il ne savait pas ce qu'il trouverait comme marchandise, tout ce dont il était sûr, c'était qu'elle appartenait à ses nouveaux ennemis.

La porte s'ouvrit sur vingt filles, qui auraient pu être jolies si elles n'avaient pas été complètement épuisées par le voyage et qui se demandaient encore ce qui leur arrivait.
Elles étaient entassées sur des banquettes de fortune, dans l'obscurité la plus totale.

Les malheureuses étaient dans un état lamentable, à la limite de la déshydratation. L'ouverture des portes arrière leur apporta une bouffée d'air frais salutaire.

Baptiste leur sourit et, sans le moindre étonnement, leur dit simplement : « Bienvenue à Nice, Mesdames ».

Orsu prit le volant de la camionnette et en cinq minutes, la scène du règlement de comptes était vidée de ses principaux protagonistes.
Les voitures seraient brûlées, les intervenants iraient tous prendre des vacances dans le maquis dès qu'Orsu aurait mis les filles en sécurité. C'était la règle.

Et pour ce qui était de la mise en sécurité, ils avaient plusieurs adresses, notamment un couvent de l'arrière-pays niçois, dont ils contribuaient très largement aux œuvres, en échange d'hébergement temporaire de jeunes demoiselles…
Cela arrivait relativement rarement et jamais plus d'une fille ou deux.
Mais les bonnes sœurs n'allaient pas refuser l'asile à ces pauvres filles, surtout au vu de leur état.

Une fois qu'elles seraient retapées et sachant que la plupart de ces filles étaient là contre leur gré, ils leur proposeraient soit de rentrer chez elles, soit de travailler pour eux. Dans ce dernier cas, elles bénéficieraient de leur protection et de tous les à-côtés, dignes d'une grande entreprise : frais médicaux couverts, logements de fonction, bref, du service quatre étoiles.

Pas question de forcer des filles à travailler si elles ne le désiraient pas. Surtout que celles-là avaient très vraisemblablement été trompées quant au véritable but de leur voyage, les Croates n'hésitant pas à leur faire miroiter des contrats de mannequin, d'actrices ou de filles au pair pour les appâter.

Ce n'était pas la façon de travailler de Baptiste et de ses amis.

De toute façon, leur plus grande satisfaction était d'avoir intercepté une cargaison des Croates, et d'avoir envoyé un signal extrêmement clair.

48

À bord de la frégate de la marine italienne, tout l'équipage du poste de commande, y compris le Pacha, était sur le pied de guerre, scrutant la moindre signature radar et tâchant de différencier au mieux les pêcheurs ordinaires des suspects. L'hélicoptère était leurs yeux, mais ce matin, le temps brumeux réduisait la visibilité.

Ça s'annonçait long, et rentrer bredouille de leur campagne, c'était toujours démoralisant pour l'équipage, sans parler des commandos de marine, qui ne mettraient leurs semi-rigides à l'eau qu'en cas de localisation d'un Go-Fast.

Les recherches ne donnaient rien, la brume matinale tardait à se lever. Le copilote du Panther fit signe au pilote qu'il leur restait cinq minutes avant de devoir rentrer.

Compte tenu des conditions, le pilote fit demi-tour immédiatement : même s'ils repéraient un Go-Fast maintenant, 5 minutes seraient trop courtes pour se rapprocher, l'immobiliser et surtout, garder en joue l'embarcation et ses occupants.

À peine l'appareil posé sur la zone d'atterrissage de la frégate, la relève de l'équipage faite et les consignes échangées, le Panther serait prêt à repartir dans quelques minutes, le temps de finir le plein.

Alors que le pilote de relève s'installait aux commandes, un message du poste de commandement de la frégate lui parvint :

— On a reçu des informations nous indiquant une route probable d'un Go-Fast : entre Pula et Cervia.

— Cervia s'exclama le pilote ? Ils sont de plus en plus gonflés, pourquoi pas directement Rimini !!!

— On ne sait pas à quel point cette information est sérieuse, mais les Douanes viennent de nous la transmettre et semblaient la considérer comme fiable. Ça leur a aussi été confirmé par les douanes françaises. La zone n'a pas été ratissée alors profitez-en pour commencer par là.

— Reçu, surtout qu'on est quasiment sur zone.

Au bout de quinze minutes de vol, un sillage caractéristique apparut à tribord, à une distance d'environ douze milles nautiques.

Plus l'hélicoptère s'approchait, moins il y avait de doute, d'autant que les deux passagers de l'embarcation s'affairaient à balancer à la mer des paquets bleus. Il n'y avait que des trafiquants pour essayer de se débarrasser ainsi systématiquement de leur cargaison : c'était leur consigne s'ils se faisaient repérer. Dans le meilleur des cas, d'autres Go-Fast pourraient les récupérer, dans le pire des cas, ça allégerait l'addition de l'équipage si la Marine ne récupérait pas tout… Tant qu'à faire.

Le Panther commença à larguer des balises qui au contact de l'eau créaient un halo vert phosphorescent, permettant de faciliter le repêchage des paquets après leur intervention.

L'équipage du Go-Fast continuait à balancer frénétiquement tout ce qu'ils pouvaient.

L'embarcation filait sans pilote, l'hélicoptère était à présent suffisamment proche pour que l'un des tireurs agite un panneau blanc avec un écriteau rouge leur intimant de stopper les machines…

Sommation de rigueur, même si ça ne marchait évidemment jamais.

Quelques instants après, premier impact. De la fumée s'échappa d'un des moteurs, puis d'un second, puis d'un troisième. Lorsque le quatrième moteur fut touché, le pilote du Go-Fast eut la nette impression d'avoir entendu l'impact, même si le bruit du rotor de l'hélicoptère se faisait de plus en plus assourdissant.

Décidément, les tireurs d'élite méritaient bien leur nom, le tout n'avait pas pris plus de trois minutes. Ils étaient en panne, leur Go-Fast n'avait plus de fast que son nom, achevant son parcours sur son erre…

Ils connaissaient les consignes. Ils mirent immédiatement leurs mains sur la tête et ne bougèrent plus jusqu'à l'arrivée des commandos de marine.

Au final, la Marine italienne saisit vingt ballots de taille réduite, soigneusement empaquetés et scotchés de façon à être parfaitement étanches et à pouvoir flotter. Sitôt l'équipage du Go-Fast à bord de la frégate et les ballots récupérés, le douanier italien en poste sur la Frégate ouvrit, en présence de l'équipage intercepté, un des ballots. Leur taille plus réduite que d'habitude s'expliquait par leur contenu : des AK47 en pièces détachées avec, en prime, un bon stock de munitions.

49.

Amandine avait été en communication avec son équipe à Montréal une partie de la nuit, profitant du décalage horaire pour régler l'ordinaire de S4F. Elle avait tenu, en vidéo-conférence, toute une série de meetings. Avec les finances, qui se frottaient les mains des résultats de Distribution tycoon, ainsi qu'avec son Directeur du développement des affaires, à qui elle réexpliqua que, non, elle ne voulait toujours pas de publicités pour des jeux tiers…

Elle finit sa tournée en discutant avec Joana des embauches : Gabriel avait dû être remplacé, au grand dam de la recruteuse, par une immigrante fraîchement arrivée à Montréal, qui avait étudié en *community management.*

La chose était encore rare, tant les fonctions étaient nouvelles et évoluaient sans cesse, mais une école privée française offrait une formation qui avait paru intéressante à Joana, alors qu'elle faisait de la veille technologique dans le domaine.

Le hasard faisait bien les choses, et lorsqu'elle reçut le CV de Sandra, elle la convoqua immédiatement. En une heure, l'embauche était finalisée et Sandra était visiblement plus qu'heureuse de rejoindre l'équipe de S4F.

— Sandra n'a pas les beaux yeux de Gabriel, mais elle a des compétences qu'il n'avait pas, soupira Joana.

— Tu sauras bien trouver un autre beau garçon sur qui jeter ton dévolu, Joana, je ne m'en fais pas pour toi.

— Et toi ? Comment ça va depuis que tu as dû « agir » avec Frank ?

Joana avait été la première au courant que Frank ne faisait plus partie des effectifs de S4F, puisqu'elle était chargée de s'assurer que tous ses accès seraient immédiatement coupés à l'échelle du groupe.

Amandine n'avait pas grand monde à qui parler. Elle n'avait pas vraiment d'amies, son cheminement professionnel, l'ayant amené à fréquenter une bien plus grande proportion de garçons que de filles.

Cela dit, ça ne la dérangeait pas, elle s'ennuyait très vite en compagnie de filles... Leurs préoccupations étaient à des milliers de kilomètres des siennes, même si elle savait se montrer très féminine quand il le fallait, ou quand elle en avait envie, tout simplement.

De fait, Joana était pour Amandine ce qui se rapprochait le plus d'une amie.

— Je survivrai Joana. Curieusement, la trahison professionnelle m'affecte bien plus que la rupture de notre couple.

Joana n'était pas au courant de l'adultère. Amandine l'aimait bien, mais il n'y avait aucune raison qu'elle lui confie ce point. D'autant plus qu'il lui paraissait difficile d'expliquer à Joana qu'elle avait découvert son infortune en espionnant l'ordinateur de la maîtresse de Frank... alors qu'elle cambriolait sa chambre d'hôtel, avec Gabriel.

Non, c'était mieux de laisser ça ainsi.

De la même façon, elle n'avait guère été prolixe sur les raisons de l'éviction immédiate de Frank, se contentant d'indiquer à Joana qu'il avait fait des choses très graves.

Pas la peine de semer la panique à Montréal.

Après les politesses d'usage et le récapitulatif des différents suivis à faire, elle se déconnecta.

Elle repensa aux deux dernières livraisons des Croates et se demandait ce qui avait bien pu en advenir.

Elle réexamina les données des utilisées par Bosko34.

Elle n'avait pas pensé, dans un premier temps, concentrée qu'elle était sur la géo-localisation, à vérifier d'autres données collectées, en toute impunité : les accès aux carnets d'adresses des joueurs, à leur calendrier, et à leurs photos.

La plupart des jeux et des applications sociales profitaient de ces accès, ce qui leur permettait d'augmenter les interactions. Les utilisateurs pouvaient inviter leurs amis à jouer, partager avec eux des photos et captures d'écrans pour se vanter de leurs réalisations. L'accès à leurs agendas permettait d'y noter des événements spéciaux organisés à l'intérieur des jeux, foire du printemps, Halloween, etc. Et de les rappeler aux joueurs, même s'ils ne jouaient pas au moment de l'événement, par la grâce des alertes calendriers et *push notifications*.

Les possibilités étaient grisantes pour les développeurs de jeux, qui touchaient une dimension jusque-là inconnue et, au passage, une occasion supplémentaire de collecter encore plus de précieuses données sur leurs utilisateurs.

En regardant les traces des dernières commandes, elle s'aperçut qu'effectivement, cela servait également aux Croates, pour valider les identités de leurs correspondants : Bosko34 allait vérifier le contenu des carnets d'adresses et des photos de ses expéditeurs et de ses destinataires.
Sans doute une validation d'identité, pour sécuriser leurs transactions.

Celui qui était derrière tout ça avait décidément de la suite dans les idées, et son premier réflexe fut de se dire qu'elle devrait l'embaucher.
À la réflexion, ce n'était peut-être pas une bonne idée…

Sur ces entrefaites, son petit-déjeuner arriva, avec le journal du jour.

Le quotidien niçois, à la différence des journaux de Montréal, avait, chaque jour, de quoi alimenter les gros titres, ce qui devait aider les ventes.

Ce matin, la première page était affectée à une seule nouvelle : « Règlement de comptes sanglants à Nice nord. Quatre morts »

Sur la photo de la scène de crime, sur laquelle quatre silhouettes dessinées à la craie apparaissaient, elle reconnut, en arrière-plan, le terminal de tramway de Las Planas.

On n'apprenait rien de particulier, si ce n'est que des douilles de calibres multiples avaient été retrouvées sur place, ainsi qu'un gros 4x4, un Touareg.

La police n'écartait pour l'instant aucune piste, selon la formule consacrée, et il n'y avait pas plus d'informations.

Elle regarda sa montre : huit heures trente.

Elle sauta dans son jean et se mit en route vers le café du cours Saleya où Gabriel avait ses habitudes.

50.

Gabriel était tranquillement installé au café, en train de deviser avec l'ami qu'ils avaient croisé l'autre jour.

Dès qu'il vit Amandine, il comprit que quelque chose n'allait pas : elle avait l'air furieuse. Il ne l'avait jamais vue comme ça et en un instant, toutes les représentations agréables qu'il avait d'elle, s'évanouirent.

Il salua prestement Jean-Michel et fonça à sa rencontre. Autant éviter un scandale là où il était connu... Même si, vu la posture d'Amandine, jambes écartées à largeur des épaules et bras croisés, elle ne semblait pas avoir l'intention de bouger d'un pouce, ni, a fortiori, de rentrer dans l'établissement.

Jean-Michel lui fit un signe de la main, qu'elle lui rendit par un sourire aussi poli qu'éphémère.
Lorsque Gabriel fut face à elle, le sourire avait totalement disparu et elle tourna les talons, sans un mot, invitant Gabriel à la suivre.

Au bout de quelques pas, alors qu'ils longeaient la chapelle de la Miséricorde, elle ouvrit enfin la bouche.

— Bon Dieu Gabriel, c'est quoi ça ? C'est comme ça que tu « arranges » les affaires ?

— Que veux-tu que je te dise ? Il n'y a rien qui peut te relier à ça, et de toute façon, c'est bien toi qui as écarté du revers de la main l'intervention de la police.

— Je voulais que tout ça se règle en toute discrétion. Tu appelles ça de la discrétion toi, quatre morts ?

— Ne t'inquiète pas pour la discrétion, ça a été fait par des pros : aucune victime innocente, et en plus, tu sais ce que c'était les sandwiches au bacon ? Des filles ! Vingt gamines destinées à la prostitution sous la coupe des Croates. Il paraît que ces pauvres filles étaient dans un état lamentable, déshydratées, elles avaient dû être encaquées dans la camionnette pendant tout le voyage.

— Des filles ? Tu veux dire…

— Ben oui, des gamines destinées à la prostitution. Les plus jolies pour les hôtels de luxe, les moins gracieuses pour les trottoirs. Et tu ne veux pas savoir comment les Croates traitent les filles. Pire que du bétail. Tu n'as pas idée et je pense que tu ne veux pas savoir.

Tout à coup, Amandine trouvait que la mort prématurée de quatre truands s'apparentait, malgré tout, à une certaine forme de justice immanente.

Elle reprit :

— Oui, mais où elles sont ces pauvres filles en ce moment ? Tombées sous la coupe d'autres mafieux ? Si c'est pour tomber de Charybde en Scylla, ça ne les changera pas !

— Alors là, je t'arrête tout de suite. Elles sont entre de bonnes mains. Ne me demande pas comment je le sais, je ne te le dirai pas, mais elles sont en ce moment même dans un couvent de l'arrière-pays, en train de se refaire une santé. Celles qui le voudront pourront rentrer chez elles, celles qui le désireront pourront travailler ici, avec leurs nouveaux protecteurs qui, crois-moi, traitent plus que correctement leurs filles, c'est le Stuff for Fun du tapinage, leurs nouveaux amis.

Gabriel était toujours fier de ses bons mots et il trouvait celui-là particulièrement à-propos.

Cela dit, comme souvent, ils n'étaient pas forcément toujours bien reçus. Amandine s'arrêta :

— Ça pourrait presque être drôle, ta comparaison.

Ouf. Son visage s'était décrispé et il commençait à retrouver l'Amandine qu'il avait connue jusqu'à présent.
Elle reprit :

— Il va falloir qu'on arrête ça, d'une façon ou d'une autre. Je pense qu'on n'a plus le choix à présent.
Au fait, et la deuxième livraison, à destination de l'Italie, tu as eu du nouveau à ce sujet ?

— Pour l'instant, je ne peux que te répéter ce que je t'ai dit l'autre soir quand nous mangions notre socca. Les autorités ont été prévenues et si elles ont fait leur travail, nous en saurons sûrement bientôt plus…
Pour en revenir au point de couper les vannes des Croates, j'imagine que tu peux rendre inopérant le programme furtif ?

— Travailler sur le programme furtif dont je n'ai pas les sources, ça risque d'être compliqué. Par contre, changer nos protocoles de connexions réseaux, nos méthodes d'identification à nos jeux et nos comptes, ça on peut le faire. Ça ne leur permettra plus d'exploiter les données, mais je dois éviter que ça soit rendu public, tu le sais.

— Et sans rendre ça public, ce qui revient à alerter les autorités, ça risque d'être compliqué. Effectivement.
Je n'ai pas directement d'amis dans la police, mais ça vaudrait la peine que je me renseigne auprès de mes amis habituels, qui eux y ont des connaissances.
Avec la racaille actuelle, il n'y a aucun dialogue possible avec les flics, mais mes amis sont un peu plus de la vieille école et savent vivre en bonne intelligence avec leur environnement, si tu vois ce que je veux dire.
Peut-être qu'on pourra se faire aider de ce côté-là.

— Peut-être, dit Amandine, mais si nous livrons des informations, il faut impérativement être sûrs que ça reste discret. Je ne veux pas non plus que S4F devienne un informateur de la police. Il ne faudrait pas qu'ils veuillent se servir de nos jeux pour espionner les gens, tu sais jusqu'où ça peut aller, hein…

Gabriel réfléchit pendant quelques instants. Une lueur traversa ses yeux et il dit à Amandine :

— Ce qui est certain, c'est que l'intervention d'hier a mis le feu aux poudres : les personnes qui sont derrière tout ça le savaient lorsqu'elles sont passées à l'action ; comme on dit pour qualifier en matière pénale l'état de nécessité, « on agit pâle, mais résolu ».

Il faudrait être en mesure de décapiter le réseau croate, si on veut éviter un bain de sang. Parce que tu te doutes bien qu'ils ne vont pas rester les bras croisés.

Pour ça, je pense qu'on va avoir besoin, une dernière fois, du programme-espion.

Voici ce que tu vas faire : parmi les amis virtuels de notre ami Bosko34, on sait qu'il y a des trafiquants, mais on ne sait pas exactement combien ; il y a dans le lot des joueurs totalement innocents.

Passe au crible tous ses amis, récupère le maximum de données sur chacun : tout ce qui te semblera suspect dans un profil, même de façon infinitésimale, on le met sur la liste des suspects. Tu me mets tous ces renseignements sur une clé USB. J'imagine que tu sauras le faire de façon discrète ; tu enlèves toutes les informations qui concernent les jeux et S4F, en ne gardant que les carnets d'adresses, données d'agenda, photos, géolocalisation - tous les lieux qu'ils fréquentent régulièrement surtout, etc.

De la sorte, on évitera d'impliquer S4F et je vais m'assurer que ces données arrivent entre de bonnes mains, auprès des autorités pour qui ces données seront une mine d'or.

Une fois que tu auras ces données, ça sera le bon moment pour mettre hors service ce foutu accès furtif et changer ta sécurité au complet.

Amandine avait consciencieusement écouté Gabriel. Ça prendrait du temps, mais c'était faisable et la perspective d'effacer toute trace d'activité reliant ces données à S4F acheva de la convaincre. Et puis, surtout, ça permettrait d'enfin clore les accès furtifs aux données de S4F qui n'étaient pas une simple brèche dans la sécurité, mais potentiellement un raz-de-marée.

Elle dit :

— Ça va me prendre du temps, tout de même, il a plus de cent vingt amis, alors je fonce à l'hôtel me mettre au travail. Je te préviens dès que c'est prêt.

— Impeccable. De mon côté, je vais m'assurer de trouver le destinataire adéquat de ces données.

51

Amandine était retournée à l'hôtel. Sur le chemin, elle réfléchissait à toutes les solutions possibles pour mettre hors d'état de nuire les Croates. Sans dévoiler au monde entier le piratage dont S4F avait été victime, ni être contrainte de devenir un informateur des services de police.

La bonne chose, c'était, qu'en dehors de l'accès que Frank devait s'être ménagé, qu'il ne restait sûrement plus qu'un seul exemplaire du programme malveillant en circulation. Celui des Italiens avait été mis hors d'état de nuire : il ne restait plus que les Croates.

Les Croates. Du gros calibre de trafiquant.

Les Italiens.
Les Italiens ?

Au moment où ils avaient récupéré le programme chez les Italiens, aussi bien Amandine que Gabriel les avaient effacés du tableau. La rapidité de l'intervention ne leur avait sûrement pas permis de collecter d'informations. En outre, à ce moment-là, Distribution tycoon était à peine lancé. Ç'aurait été le diable s'ils avaient mis en place, eux aussi, un système de trafic virtuel.

Elle avait l'exemplaire du programme que les Italiens avaient eu en mains. Elle n'avait jamais pensé à en tirer quelque chose. Pourquoi ne pas essayer ? Ça lui donnerait peut-être des idées pour régler le problème global…

À peine rentrée à sa chambre, elle se connecta et tâcha de retracer les historiques. Les Italiens avaient effectué des recherches sur deux comptes : PicoloNicolo et Marcolino.

Avec des noms pareils, ça sentait l'Italie à plein nez.

Elle ne traça pas le premier compte, visiblement désactivé depuis trop longtemps pour que des données aient été conservées sur les serveurs de S4F, mais le deuxième compte était bien plus bavard.

Elle ne tarda pas à identifier son propriétaire, qui n'était autre que... le ministre de l'économie et des finances italien !

Qu'est-ce que les italiens pouvaient bien lui vouloir ?

Elle se déconnecta du tableau de bord furtif et entreprit une recherche Google sur le ministre.

En dehors du cadre de ses fonctions officielles, elle ne trouva rien de particulier, si ce n'est qu'il était un joueur assidu des jeux de S4F. À présent, ça lui revenait : un article avait été fait par le département des communications de Stuff for Fun là-dessus, puisque le ministre se vantait publiquement de trouver les jeux géniaux... Il estimait que c'était un bon modèle d'apprentissage du commerce pour les plus jeunes ; il devait se régaler avec Distribution tycoon !

En dehors de cela, rien à se mettre sous la dent.

Elle élargit la recherche à la famille du ministre. Il était napolitain, d'origine modeste, cité en exemple d'avancement social, pour vanter les mérites de l'éducation publique italienne, qui donnait sa chance à toute personne méritante... le bla-bla habituel.

Elle vit assez vite qu'il avait fait un beau mariage : il avait épousé une Comtesse, dont on pouvait dire d'elle qu'elle était « belle comme Crésus », vu son physique peu avantageux. Cela dit, elle avait du style, elle en avait les moyens, mais même si elle avait sûrement dû se faire aider par la chirurgie, ce n'était pas une beauté.

Elle examina des photos de la Comtesse et du ministre ; ils avaient décidément l'air mal assortis.

Alors qu'elle se faisait cette réflexion, elle tomba sur un cliché sur lequel on voyait le regard du ministre fixer discrètement des jolies filles présentes sur la photo.

Son intuition féminine fit le reste : si le ministre était fidèle à la réputation de certains hommes politiques italiens, il y avait fort à parier qu'il allait regarder ailleurs de temps en temps, mais comme rien ne paraissait, il devait être discret...

Elle voulut en avoir le cœur net et retourna donc espionner le compte de Marcolino, notamment ses allées et venues physiques.

Il ne lui fallut pas plus de cinq minutes pour en arriver à la même constatation que Paolo : il avait une maîtresse, et elle pouvait même dire où.

Vu les renseignements sur le trio italien, ça sentait soit le coup monté - la maîtresse de Frank pourrait servir d'appât, soit le chantage.

Après réflexion, le chantage lui apparut plus vraisemblable.

Elle fit ce qu'elle aurait préféré éviter : elle créa un événement dans l'agenda du téléphone du ministre, fixé à demain midi - ce qui permettait de créer une alarme, qui mentionnait laconiquement : « Riccattatori - Hotel Belles Rives - 3022 - 4031 »

Voilà qui ferait une entrée intéressante dans l'agenda de Monsieur le Ministre...

Et qui, à tout le moins, foutrait en l'air les vacances du trio infernal.

En envoyant l'événement dans l'agenda du ministre, elle ne put retenir une exclamation vengeresse :

« Dans ta face, pétasse ! »

L'humour de Gabriel commençait manifestement à déteindre sur elle.

Et puis, il fallait bien marquer le coup, même si la maîtresse de Frank ne saurait jamais d'où ça venait.

Tout au plus soupçonnerait-elle Frank, ce qui, à la réflexion, était encore mieux.

52.

Kurakovic était anormalement calme compte tenu de la situation.

Ce qui inquiétait encore plus Marko.

Quatre hommes abattus, vingt filles dans la nature et en prime les AK47 aux mains des douanes italiennes.
Sur trois transactions effectuées avec son système, deux avaient lamentablement échoué.

Si l'interception des armes faisait partie des risques du Go-Fast et pouvait parfaitement être le fruit du hasard, il en allait tout autrement du règlement de comptes à Nice Nord.

Marko le savait très bien et il cherchait à comprendre ce qui avait pu ne pas fonctionner. Tout était complètement sibyllin, transparent, rien ne devait permettre de faire le lien entre le passage de commande virtuel et les livraisons bien réelles.
Il savait qu'il lui faudrait rendre des comptes à Kurakovic, en espérant qu'il lui en laisse seulement l'occasion…
Il savait déjà quoi dire : que leur vendeur, Frank, les avait vraisemblablement doublés.
Marko avait même sa petite idée pour lui faire porter le chapeau et surtout pour le neutraliser, afin qu'il n'ait pas l'opportunité de fournir la moindre explication.

Pour l'instant, Kurakovic était plus occupé à préparer une riposte surdimensionnée à l'agression dont il avait été victime et Marko préférait ne pas se mêler de ces discussions. C'était plus le rôle de Goran, son homme de confiance pour ce genre de besognes.

Nul doute cependant que ça serait sanglant et terrifiant pour les destinataires de la riposte, qui ne seraient certainement pas simplement abattus, comme les quatre hommes de Kurakovic la nuit dernière.

Brusquement, Kurakovic aboya le nom de Marko, qui accourut :

— Ton système était une bonne idée, supposée nous permettre de passer complètement inaperçus, sauf que, sur trois livraisons, il y en a deux qui ont été des fiascos complets…

— Patron, le système est indétectable, la seule personne qui a pu savoir ce qu'on faisait, c'est ce Frank Deschamps. Il nous a doublés en prévenant la police.

— La police ? Tu te fous de moi ? Tu crois que c'est la police qui aurait abattu froidement quatre de mes hommes ? On est en France ici, je te le rappelle.
Ce salopard doit être de mèche avec les Corses et la pègre de Nice.

— Goran va se charger de le retrouver et s'occuper de lui.

Marko savait trop bien ce que cela signifiait pour ne pas avoir à poser de questions supplémentaires.

Après un bref silence, Kurakovic ajouta :

— On sait qu'il est marié, ce Deschamps, n'est-ce pas ?

Marko, qui avait procédé à la collecte d'informations répondit par l'affirmative :

— Elle passe le plus clair de son temps à Montréal, au quartier général de leur compagnie, contrairement à son mari, dont l'activité est localisée à Sophia Antipolis.

— Localise-la et je suis sûr qu'elle aura aussi des choses intéressantes à nous dire.

— Patron, je ne crois pas qu'elle soit au courant des agissements de son mari…

— Depuis quand tu discutes mes ordres ?

— Je… Bien, patron, je lance mes recherches tout de suite.

53

L'appartement de Marc était un logement new-yorkais typique du Lower east side ; ce qui frappait le plus, comme dans toute bonne série américaine qui se respecte, c'était les couloirs qui avaient si souvent l'air crasseux... L'immeuble de Marc ne dérogeait pas à la règle.

Son appartement était, fort heureusement, en bien meilleur état, même s'il ressemblait à un entrepôt de matériel informatique tant ordinateurs, câbles en tous genres et gadgets électroniques s'y entassaient.

Frank avait prévenu Marc, depuis son nouveau téléphone, de son arrivée.

Il n'avait rien dit de plus. Du reste, Marc ne lui avait pas posé d'autres questions.

Sitôt arrivé, Frank lui dit :

— Je suis dans la merde. Amandine a découvert le pot aux roses, je ne sais pas comment elle y est parvenue, mais elle a appris que j'ai été en contact avec Laura et Kurakovic.

— Les jeux sont en tous cas restés en ligne, en dehors d'une maintenance quasi concomitante au lancement. Tu penses qu'elle a verrouillé les accès ?

— C'est plus que vraisemblable, par mesure de précaution, elle doit sniffer tous les ports réseau, y compris ceux qu'on n'utilise pas habituellement chez S4F. Donc si jamais on se reconnecte, ça risque de nous trahir, toute activité suspecte pourrait laisser des traces cette fois-ci.

— Oui, mais, tant qu'elle n'a pas le programme au complet, elle n'est pas en mesure de tracer les activités comme nous savons le faire, y compris auprès des clients à qui on a vendu le programme. Tout au plus les traces des programmes-espions devraient générer des erreurs de connexion réseau en rebondissant sur de mauvais ports, au milieu de cent millions d'utilisateurs, bonne chance pour qu'ils trouvent !

— Tu as raison, Marc. Mais il faut être prudent.
Lorsque nous nous sommes « expliqués », je lui en ai peut-être trop dit…
Mais elle ne l'a pas notre programme.
Tu as toujours le master ? Je vais me connecter pour vérifier si ça marche.

Frank prit l'unique exemplaire restant du programme, installé sur la clé usb sécurisée et se connecta. Tout fonctionnait.
Il chercha à vérifier les activités de ses clients : le croate avait manifestement commencé à utiliser le programme, à plusieurs reprises. Pour les Italiens, qui n'avaient pas de compte sur les jeux S4F, il ne pouvait pas les localiser, puisque c'était ainsi que tout le système était bâti, en tous cas pour localiser quelqu'un. Espionner avec le tableau de bord furtif ne nécessitait pas un compte. Intervenir sur le cours des jeux, oui. Et de ce qu'il avait compris, les italiens ne cherchaient que des renseignements précis sur une personne en particulier.
Pour commencer en tous cas.

Il se déconnecta très rapidement : pas la peine de laisser des traces, fussent-elles infimes.

— Pour l'instant, ça a l'air d'encore marcher.
En tous cas, on ne sait pas combien de temps ça va durer ces accès, donc il faut en profiter le plus rapidement possible.
Je reprends l'avion demain pour Paris.
Il y a une ancienne compagnie où j'ai travaillé qui sera très intéressée, je n'en doute pas un instant.
Et si ça ne marche pas avec eux, ce qui m'étonnerait, il me reste un autre candidat, qui m'accueillera les bras ouverts, j'en suis sûr.

Si on agit vite, on encaissera le pactole avant qu'Amandine ne trouve comment stopper ça. Après ça, peu importe, on sera loin…

Marc avait plus joué le rôle du facteur que de l'ingénieur, mais Frank lui avait promis une part généreuse des bénéfices tirés des ventes du programme furtif, alors il écoutait d'une oreille plus qu'attentive.

— Je te donnerai de mes nouvelles dès que j'aurai conclu la transaction.

Tu peux compter sur moi.

54.

Le ministre restait interdit devant les photos qu'il avait reçues ces derniers jours : en l'espace de deux jours, il avait reçu par porteurs, quatre morceaux d'une même photo. Le premier, totalement insignifiant, le deuxième éveillant sa curiosité, le troisième lui faisant craindre le pire, et le quatrième lui confirmant que c'était encore pire.

Cette livraison en plusieurs parties avait fait monter son stress d'un cran à chaque nouvel élément reçu.

Au total, un cliché sur lequel on l'identifiait parfaitement, en flagrant délit d'adultère.

Aucun doute n'était permis, on était loin des photos floues habituelles des paparazzis : ici, la netteté était impressionnante.

Les malfaisants avaient poussé le vice jusqu'à ne rien inclure d'autre dans les envois que les bouts de clichés. Ils laissaient le ministre mariner et cogiter, se demandant si les photos émanaient d'adversaires politiques, auquel cas elles seraient publiées tôt ou tard, ou bien de maîtres chanteurs bien plus ordinaires, mais qui pourraient ruiner son mariage et le priver des avantages de la fortune de sa femme.

Il fut cependant vite « rassuré », puisqu'un dernier courrier lui parvint quelques heures après le dernier morceau de cliché. On exigeait de lui deux cent mille euros. Somme assez faible pour qu'il puisse la réunir sans trop de difficultés, mais qui lui faisait craindre, par sa relative modestie, qu'on ne le sollicite encore après.

Comme dans un mauvais film d'enlèvement, il fallait livrer ça dans un sac et le déposer dans une poubelle de la *Piazza di Spagna*, à onze heures, après demain.

Alors qu'il était en train de réfléchir à tout ça et qu'il envisageait de se confier au ministre de l'Intérieur, en qui il avait une totale confiance, son téléphone vibra.

Lui qui ne perdait jamais une occasion de jouer à ses jeux favoris, le chantage dont il était l'objet lui avait fait perdre le goût d'y retourner surveiller l'avancement de ses possessions virtuelles.

Il ne considéra pas immédiatement son téléphone, absorbé par le problème bien plus urgent qui monopolisait toute son attention.

Lorsqu'il jeta un œil dessus, il vit une notification d'agenda qui mentionnait pour aujourd'hui, midi, un rendez-vous indiquant : « Riccattatori - Hotel Belles Rives - 3022 − 4031 ».

Le premier mot, Riccattatori, ne laissait planer aucun doute : des maîtres chanteurs…

Ça ne pouvait être qu'une seule chose : un don du ciel. Il ne savait pas comment et ne voulait pas le savoir mais cette information providentielle lui était parvenue.

Sans rien savoir quant à l'expéditeur de ce message, il était néanmoins convaincu que c'était un signe de Dieu, et maintenant, il savait quoi faire.

Il prit son téléphone mais pas pour appeler le ministre de l'Intérieur.

Son enfance modeste l'avait fait grandir en plein centre de Naples et il avait toujours des amis qui pourraient l'aider à résoudre ce genre de tracas. Pour beaucoup moins que deux cent mille euros.

Ils se montreraient suffisamment convaincants pour « dissuader » les maîtres chanteurs de poursuivre leur entreprise. Et cela, en toute discrétion, bien entendu.

Gabriel était retourné voir Ange. Décidément, ces derniers jours, ils s'étaient plus vus que durant les six derniers mois.

Il était toujours installé à son bar habituel. Le moins que l'on puisse dire était qu'il le trouva… pensif.

— Ah, mon petit. Tu tombes bien.

Mes amis sont très satisfaits des informations obtenues, mais ils sont également conscients qu'en agissant ainsi, ils ont déclaré la guerre et c'est certain que ça ne va pas s'arrêter là.

Gabriel le regarda en souriant.

— Ange, et si je te disais que j'avais les moyens d'éviter une escalade meurtrière ?

— Et comment tu ferais ça, petit ?

— Non seulement en évitant que tes amis se salissent les mains, mais en plus, en t'assurant, à toi, une sacrée créance auprès des autorités.

— C'est presque trop beau pour être vrai. Explique-moi.

— J'imagine que tu pourrais acheminer des renseignements entre les mains de la Justice, attention, pas du Commissariat de quartier, hein, là on parle d'interventions à l'échelle européenne.

— Et ces renseignements permettront aux poulets de faire leur boulot et de nous débarrasser des Croates ?

— Oh oui, t'as pas idée : tous les Croates, sans exception. Tout ça pendant que tes amis se croiseront tranquillement les doigts et compteront les coups.

Ange réfléchit un bref instant et dit.

— Je sais à qui donner ça.
Encore un qui me devra sa promotion…

Gabriel sourit. Il ne voulait pas connaître le carnet d'adresses d'Ange mais il lui faisait confiance pour connaître les bonnes personnes.

— C'est parfait. Dès que c'est prêt, je t'amènerai ça.

Ils échangèrent un sourire et Ange lui dit :

— Si ça marche comme tu le dis, tu vas avoir beaucoup de nouveaux amis dans le coin, tu le sais ?

— Avec un ami comme toi, Ange, je n'en ai pas besoin d'autres, mais c'est toujours bon de savoir qu'on est populaire !

56

Enfin !

Au prix d'un long travail qui avait monopolisé toute son attention pendant près d'une journée, Amandine avait isolé soixante-dix utilisateurs suspects et collationné toutes leurs coordonnées, tous les renseignements les concernant, en prenant soin d'effacer soigneusement tout lien avec S4F.

Une clé USB extrêmement banale et un mini ordinateur achetés pour l'occasion - et payés en liquide - avaient été nécessaires pour s'assurer que les fichiers resteraient anonymes. Elle avait réglé tout ça en dehors de l'hôtel, dans un cybercafé à proximité.

Amandine avait pris de grandes précautions pour que les données restent les plus anonymes possible et, après avoir tout revérifié pour la troisième fois, elle appela Gabriel :

— La clé est prête.

— Je passe la prendre dans une heure.

Leur échange s'était arrêté là et, à présent, il fallait s'assurer de couper définitivement l'accès à ce maudit programme furtif. Et détruire, brûler et éparpiller les cendres de l'exemplaire physique en sa possession.

Amandine prit son téléphone et ordonna la maintenance qui allait modifier tous les accès non seulement aux comptes des clients, mais aussi les protocoles internes de récolte des données que la R&D avait eu le temps de peaufiner.

Du reste, Amandine avait demandé qu'on implémente des avertissements précis sur les données qui pouvaient être collectées au cours du jeu. Ça ne mangeait pas de pain, mais ce faisant, S4F allait encore une fois être pionnière dans le jeu social, démontrant une fois de plus son engagement auprès des joueurs en leur communiquant des informations que la plupart des concurrents se gardaient bien de mentionner…

La R&D avait été très ingénieuse, comme quoi, même sans Frank à sa tête, la machine fonctionnait à merveille. Toute erreur suspecte liée à des données normalement non collectées par les jeux ou des requêtes en ce sens, allait être tracée et inventoriée. Cela devrait permettre de prévenir de prochaines tentatives de piratage.

Le département avait compris ce qu'elle expliquait à demi-mot, car elle ne leur avait pas parlé du piratage de Frank. Cela dit, ses demandes avaient suscité une vague d'inspiration parmi les programmeurs réseau, qui avaient tous un petit côté hacker, en particulier deux programmeurs seniors : Alain et Pascal. De ce côté-là, elle pouvait dormir tranquille.

Certes, on ne peut jamais totalement empêcher le piratage, mais ils avaient augmenté d'un cran la sécurité, ce qui n'était pas l'une des priorités de Frank alors qu'il était aux commandes. Comme c'était curieux…

Au final, la maintenance, même si elle allait durer plus longtemps qu'habituellement, serait perçue comme une avancée dans la protection des utilisateurs.

Il y aurait bien cent millions de nouveaux mots de passe à changer, mais c'était un moindre mal. Lorsqu'on présente aux utilisateurs ces changements comme une avancée dans la protection de leur vie privée - ce qui n'était, du reste, que la stricte vérité - aucun ne rechigne. Et en plus, ils recevraient, pour leur peine, un peu de monnaie virtuelle.

Frank avait débarqué à Paris et sauté dans un taxi à destination d'un de ses anciens employeurs qui, même s'il n'était pas encore spécialisé dans le jeu social comme l'était S4F, voulait désespérément pénétrer ce marché. Malheureusement, leurs premières tentatives n'avaient pas vraiment été fructueuses.

Arrivé sur son ancien lieu de travail, il rencontra le directeur du développement des affaires et celui du marketing.

— J'ai quelque chose qui va vraiment vous plaire.

— On espère bien Frank, parce que tu es resté relativement énigmatique. Si on ne te connaissait pas, et surtout si on ne savait pas où tu travailles, on n'aurait jamais accepté de te rencontrer sur base de vagues promesses, tu le sais.

Mais si tu veux passer à la concurrence, tu aurais mieux fait de demander à voir les ressources humaines...

— Oui, je le sais. Et je vous remercie de votre confiance. Pour ce qui est de passer à la concurrence, je vais vous offrir mieux que ça : je vais vous offrir LA concurrence. Vous allez voir, vous ne serez pas déçus.

Il n'en fallait pas plus pour obtenir toute l'attention de ses deux interlocuteurs.

Frank sortit son ordinateur portable, brancha la clé usb sur laquelle résidait le dernier exemplaire du tableau de bord furtif et alors qu'il le lançait, dit :

— Donnez-moi juste vos noms d'utilisateurs des jeux S4F.

Alors que ses deux interlocuteurs étaient en train de les écrire sur le bloc note qui traînait au milieu de la table, Frank devint subitement livide.

Rien, néant absolu. Le programme était là, mais aucune données. Il était uniquement mentionné le message que tous les utilisateurs des jeux pouvaient voir sur leurs smartphones en essayant d'accéder au jeu :

« En maintenance… Pour le meilleur, en jetant le pire »

Les deux dirigeants se firent interrogatifs et Frank ne put que tenter de sauver la face en leur disant :

— On dirait que ça tombe mal, car justement une maintenance des serveurs est en cours. Je ne peux donc pas vous faire ma démonstration en live… Et vu que la démo parle d'elle-même, je ne veux pas vous en dévoiler plus sans ça. Je crains que malheureusement nous ne devions repousser la démonstration au moment où la maintenance sera terminée.

Il referma son ordinateur portable et, après avoir rapidement serré la main des deux directeurs, se carapata littéralement.
Ces derniers se regardèrent ; ils n'avaient strictement rien compris au but de la visite de Frank, sauf qu'ils étaient à peu près sûrs que sa femme ne devait pas être au courant…

Frank, qui était parti comme s'il avait vu un fantôme n'avait pas mis longtemps à comprendre le message sibyllin annonçant la maintenance. L'allusion au meilleur et au pire, c'était forcément un message - pas si subliminal que ça - d'Amandine, son épouse, ou plutôt, son ex-épouse en devenir…

58.

Il fallait fuir.

Le temps de retrouver ses esprits, de retomber sur ses pieds.
De rebondir.

La bonne nouvelle, c'était que Frank savait qu'il y avait peu de chances qu'il soit poursuivi en justice.

Même s'il ne pouvait en jurer à ce moment précis, il y avait de fortes probabilités pour qu'Amandine ne donne pas suite, préférant étouffer l'affaire en la tournant à son avantage, pour plaire à ses joueurs, qu'elle chérissait tant.

Il avait amassé largement de quoi se retourner, dans n'importe quel pays du monde, avec les montants reçus des Italiens et surtout des Croates.

Les Croates.

Quand ils s'apercevraient que ça ne fonctionnait plus, il y avait à craindre qu'ils ne demandent des comptes. Frank n'avait aucune envie d'être là pour avoir plus de détails sur leur façon d'obtenir ses explications.

Il fallait se faire oublier.
Loin.

Peut-être même qu'avec le temps, son acrimonie envers Amandine décroîtrait, qui sait ?

Pour le moment, dans sa tête tournaient encore des envies de vengeance, insidieuses et récurrentes.

Il pourrait toujours essayer de la faire chanter, mais il s'exposerait cette fois, à des poursuites, bien réelles, c'était certain.

Et elle trouverait le moyen d'en sortir grandie, même si le prix à payer était la mise sur la place publique du détournement de données qu'il avait réussi à orchestrer.

En tous cas, il faisait déjà une croix sur ses contacts parisiens.
Mieux valait en rester là. S'il insistait, il se brûlerait un peu plus encore.

Dernière chance : les Allemands.
Il prit la direction de Berlin, afin de contacter les anciens employeurs de Hans et Gunther, à qui il offrirait une douce vengeance en réplique à la débauche des deux génies. Même si le tableau de bord furtif devenait rapidement inopérant, il avait quand même une quantité de données sensibles que les Allemands achèteraient d'autant plus facilement qu'ils n'avaient pas digéré le débauchage de deux de leurs meilleurs éléments.
Ils étaient tellement furieux qu'ils achèteraient presque n'importe quoi.

Il avait décidé de voyager en train ; même si c'était relativement plus long, c'était beaucoup plus anonyme qu'un billet d'avion. Avec l'indisponibilité des tableaux de bord qui fit capoter sa vente parisienne, il sentait que le temps était venu de se faire le plus discret possible.

Le voyage en train lui laissa le temps de préparer la transaction qu'il envisageait de faire - il n'avait même pas encore contacté les allemands, tant il était sûr d'être accueilli à bras ouverts.

Non seulement S4F leur avait « piqué » deux de leurs meilleurs éléments, mais surtout, il était de notoriété publique que leurs résultats étaient en chute vertigineuse.
La possibilité de mettre la main sur les données personnelles de cent millions d'utilisateurs serait perçue comme une bénédiction et lui, comme le Messie...

Pour ces deux raisons, il était persuadé qu'il pourrait convaincre les Allemands d'acheter le programme furtif, même s'il n'était pas en mesure de leur faire la démonstration en direct.

Tant que durerait la maintenance, son arnaque passerait inaperçue. Si c'était ce qu'il pensait, à savoir une modification des protocoles de sécurité et de connexion, elle durerait entre huit heures et deux jours. Il avait donc le temps d'agir, mais il fallait faire vite.

C'était sa dernière cartouche, qu'il tirerait avant de disparaître.

*

Il y avait cependant une justice immanente et Frank y goûta, bien malgré lui.

Marko avait, entre-temps, pris l'initiative de mettre sa tête à prix et communiqué à l'ensemble des membres du clan Kurakovic une photo de Frank, prise à l'époque où il les avait contactés.

C'était la procédure habituelle pour se renseigner sur les nouveaux contacts et Kurakovic faisait ça à l'ancienne, avec de bonnes vieilles photos, qui avaient été prises lors des toutes premières réunions.

Le hasard voulut que, à peine débarqué de la Berlin Hauptbahnhof, la gare principale de Berlin, sa route croisât - par pure coïncidence - celle de deux hommes de main de Kurakovic.

Ces derniers, qui traînaient dans le quartier de la gare, étaient du fait de leur jeune âge, littéralement vissés à leurs smartphones. En outre, ils étaient particulièrement motivés à plaire aux patrons du clan, ayant leurs preuves à faire.
C'était pour eux une occasion inespérée de se faire remarquer !
Ils reconnurent immédiatement Frank, la photo qu'ils avaient reçue étant très récente.

Ils le suivirent discrètement à sa sortie de la gare.
Alors que Frank empruntait une petite ruelle déserte, l'un des deux jeunes hommes l'interpella, dans un anglais approximatif, pour demander son chemin.

Après avoir demandé la direction du Musée égyptien de Berlin, qui se trouvait non loin de la gare, ils ne laissèrent même pas à Frank le temps de réagir.

Il fut poignardé à trois reprises, dans un calme absolu, sans un mot et sans même avoir le temps de s'en apercevoir.

Pour faire bonne mesure, ses agresseurs le dépouillèrent de ses effets personnels et repartirent comme ils étaient arrivés.

Ce qui ne facilita pas son identification par la police berlinoise.

Ironie du sort, ils étaient tombés sur lui, quelques heures après que la photo de Frank ait circulé dans tous les cellulaires de la bande, que Marko avait transmis grâce... au tableau de bord furtif...

Ce dernier avait en effet eu le temps de procéder au téléchargement de la photo dans les appareils de ses complices, juste avant qu'Amandine ne débranche définitivement les accès au tableau de bord furtif.

C'était la mise en œuvre de l'idée dont il avait parlé à Kurakovic et qu'il avait pris, quelque temps après, l'initiative de lancer.

L'une des dernières choses que Marko eut d'ailleurs l'occasion de faire.

59

À la DCRI, la Direction Centrale des Renseignements Intérieurs, les analystes n'en croyaient pas leurs yeux.

On leur avait fourni une liste de soixante-dix noms, répartis dans toute l'Europe, dont la plupart étaient localisés en Croatie. On leur avait mâché le travail de façon incroyable : ils avaient les noms, les adresses, l'emploi du temps et une trace des déplacements de chacun !

Une bonne partie était, selon l'usage consacré, « défavorablement connus des services de police », mais il y en avait d'autres, totalement inconnus au bataillon.

Ces renseignements avaient suivi un cheminement curieux, mais leur source à la PJ de Nice leur avait juré qu'ils étaient plus que fiables. Ils firent donc très rapidement toutes les vérifications d'usage sur les membres de la fameuse liste.

Au départ, ils n'y avaient tout simplement pas cru. Ils se demandaient si c'était une blague, tant les informations semblaient précises et détaillées.

Ils commencèrent - sans trop y croire - à vérifier les données des clients les plus recherchés de la liste et ils se rendirent vite compte de la fiabilité de ces informations.

Ça semblait trop beau pour être vrai. Après une réunion des huiles des différents services européens concernés, il fut décidé de tenter le tout pour le tout : une opération coup de poing, dont l'un des plus grands défis résidait dans la coordination. Tout devait se faire de façon simultanée.

Du jamais vu à cette échelle.

Pourtant, grâce à la précision des renseignements obtenus, en moins d'une semaine, la DCRI procéda, avec la collaboration de tous les services de police nationaux, à un des plus vastes coups de filet de ces dix dernières années.

Voilà qui tombait à pic pour plusieurs services européens qui se cassaient les dents sur Kurakovic depuis de nombreuses années.

Cerise sur le gâteau, ils obtinrent la pleine coopération du gouvernement croate pour les arrestations sur place. Alors que d'ordinaire, c'était quasiment impossible, la Croatie ressemblant de plus en plus à un état d'Amérique du Sud dirigé par les narcotrafiquants et la mafia.

La raison en était simple : l'Union Européenne avait mis comme condition à la prochaine entrée de la Croatie dans l'Union, l'arrestation des criminels de guerre du conflit en ex-Yougoslavie. Et il s'est avéré que parmi la trentaine de noms de la liste qui demeuraient en Croatie, près d'une quinzaine étaient fortement soupçonnés d'avoir commis d'infâmes exactions.

Le gouvernement croate fit donc preuve d'un zèle particulier à les arrêter et s'empressa de les livrer au Tribunal Pénal International pour l'Ex-Yougoslavie.

Les forces de l'ordre obtinrent également le soutien des autorités marocaines. Ces dernières, à force de reportages dénonçant le laisser-aller des autorités relativement au trafic de résine de cannabis, virent là une occasion de collaborer qui ne leur demandait d'autre effort que de procéder à des arrestations servies sur un plateau.

Toutes les opérations furent été synchronisées, partout en Europe. Elles eurent lieu simultanément, au petit matin, décapitant, d'un seul coup, la totalité du clan.

Kurakovic fut arrêté dans sa luxueuse résidence du Cap d'Antibes, alors qu'il était en train de faire ses bagages. Officiellement pour une croisière sur son yacht.

La plupart des Croates de son organisation ne parlèrent pas. Ils étaient réputés pour leur solidarité, mais la vérité était qu'ils craignaient bien plus leur patron que les services de police…

Cependant, les clients français, Espagnols et même Marocains, furent beaucoup plus diserts et assurèrent ainsi à Kurakovic la perpétuité.

60.

Amandine avait enfin retrouvé son dernier étage sur les collines niçoises. Elle avait invité Gabriel à partager un repas qu'elle s'était fait fort de concocter elle-même, ce qui ne lui arrivait quasiment jamais. Pourtant, elle adorait cuisiner.

Sachant Gabriel sensible à la cuisine locale, elle prépara des petits farcis, suivis d'une traditionnelle daube. Difficile de faire plus niçois !

Alors qu'ils en étaient à l'apéritif, sur la terrasse qui dominait Nice dans son intégralité, elle dit à Gabriel :

— Pour la petite histoire, maintenant que tout est rentré dans l'ordre concernant la sécurité des jeux de S4F, tu aimeras sûrement savoir que j'ai passé quelques appels chez les fabricants de smartphones : la sécurité va être renforcée sur toutes les plateformes. Les accès aux données spécifiques des utilisateurs, tels que carnets d'adresses, albums de photos, agendas, vont faire l'objet d'autorisations préalables obligatoires et séparées auprès des utilisateurs finaux. Par ailleurs, le flux des données échangées par les applications qui les utilisent va être surveillé de près au moment de l'approbation par les fabricants.

Tout à coup, Gabriel reprenait - un peu - confiance en son iPhone. Il ajouta :

— Pour le mot de la fin, on pourrait paraphraser les Dupont et Dupond : « Tout est bien, qui finit bien »

— On peut dire ça comme ça. En tous cas, Stuff for Fun n'a pas été éclaboussée par cette histoire, et je t'avoue que je suis vraiment soulagée que nous ne soyons pas liés au crime organisé, ça fait quand même mauvais genre pour des jeux sociaux...

— Oui, mais, même les malfrats ont le droit de se détendre et d'apprécier tes jeux…

— Certes. Tant qu'ils ne s'en servent pas pour les besoins de leurs commerces.

Gabriel remplit les verres de rosé qui s'étaient vidés au fil de la conversation.

Après avoir bu une gorgée de l'excellent rosé du Château de Bellet qu'il avait apporté, Amandine enchaîna :

— Après tout ça, je pense que je vais avoir besoin d'une bonne pause et de m'éloigner un peu de la Côte, de Montréal et des mes affaires…

— Tu devrais en profiter pour prendre des vacances et te mettre au vert, au moins pour trois semaines.

— Trois semaines… Je n'ai jamais pris autant de congés depuis plus de cinq ans, jamais plus d'une semaine au maximum, et toujours vissée à mon téléphone ou mon ordinateur.

— Ça te fera le plus grand bien, tiens, tu sais ce que tu devrais faire ?

Tu devrais laisser ta technologie un moment, te louer un voilier et faire le tour de Corse ou de Sardaigne, dépaysement garanti, enfin, si tu sais naviguer !

Je l'ai fait il y a deux ans avec mon ami Martinez, on a plus éclusé du rosé que navigué, mais j'en garde un excellent souvenir… pour ce dont je me souviens, en tous cas. Et les paysages sont magnifiques. Martinez te déconseillerait les jeunes filles corses, elles ont la fâcheuse habitude d'avoir des frères susceptibles, mais je ne pense pas que ça te concerne… !

— Non, pas vraiment ! J'ai fait de la voile étant gamine : de l'optimist et du 420, mais c'est loin tout ça. Cela dit, c'est tentant, et comme j'ai besoin de me retrouver seule avec moi-même pour savoir ce que je vais faire maintenant, c'est une bonne occasion…

Elle ajouta :

— Et toi, que vas-tu faire ?

— Comme tu as pu le voir, j'ai déjà repris mes habitudes : ma terrasse de café favorite, regarder le temps s'écouler, lentement, bref, je vais retrouver ma routine, qui sera drôlement plus reposante qu'une journée ordinaire avec Amandine. Même si, avec certains de mes clients, c'est assez rock'n'roll parfois, il faut avouer que tu les coiffes tous au poteau !

Elle sourit, flattée du compliment.
Gabriel enchaîna :

— Il me reste quelques jours avant la rentrée judiciaire et le retour aux affaires, je vais prendre ma moto et rouler tout droit, ça fait longtemps que je ne me suis pas baladé du côté de l'Italie… Je vais commencer par Vérone, même sans une Juliette, ça reste une belle destination…

Amandine resta pensive à l'idée de ses prochaines vacances. Puis elle ajouta :

— Ah, et tant que j'y suis : je vais reprendre mon nom de jeune fille…

— Dommage, ça t'allait bien ; en t'appelant Deschamps, tu en as fait du blé !

Elle le regarda, toujours surprise par ses blagues, et répondit, le plus sérieusement du monde :

— Mon nom de jeune fille, c'est Goldberg, ça fera aussi l'affaire !

— Tu rigoles ?

— Oui !
Je n'ai pas pu résister !
Tu dois déteindre sur moi...
En fait je m'appelle MacLane, père écossais. Eh oui, comme Bruce Willis dans piège de cristal... Et non, rien à voir, mon père à moi est ingénieur-informaticien. Ceci explique cela...

Difficile pourtant de ne pas penser à Bruce Willis à l'évocation de ce nom, se dit Gabriel. La ressemblance s'arrêtait au patronyme, quoique, en matière de résilience, elle aurait pu en remontrer au fameux policier... !

Il se contenta d'ajouter :

— Je comprends mieux le parcours, en effet, Amandine MacLane.

Amandine le regarda en souriant et dit, avec un air malicieux :

— Au fait, Maître Rossetti, vous faites les divorces ?

FIN

UNE ENQUÊTE CANNOISE

2

1.

« Amandine ? C'est Patrick à l'appareil. Patrick Sasso.

Ça fait un moment qu'on ne s'est pas parlé, alors j'espère que tu vas bien.

Tes affaires ont l'air de bien rouler en tous cas, c'est ce que je constate régulièrement sur le net. Bravo.

…

Dis-moi, j'aurais besoin de ton aide. C'est assez urgent et je ne sais plus quoi faire…

Sabine a disparu depuis une semaine.

Rappelle-moi dès que tu le pourras. S'il te plaît.

C'est urgent. »

Après avoir écouté ces mots sur sa messagerie vocale, de l'autre côté de l'atlantique, Amandine demeura abasourdie pendant de longs instants.

Non pas en raison du fait qu'elle n'avait pas eu de nouvelles de Patrick depuis de nombreux mois.

Ça, c'était assez fréquent. Depuis leur secondaire, et surtout, après la prépa, ils étaient demeurés en contact de façon épisodique, sans qu'aucun des deux n'y trouve rien à redire.

Il y avait certaines relations d'amitié qui étaient telles que, peu importe l'espacement des rencontres, des conversations, tout restait identique lorsqu'on se revoyait.

C'était assez rare, Amandine en convenait, mais c'était sûr : Patrick faisait partie de ce genre d'amis.

Elle regarda rapidement sa montre : dix-sept heures à Montréal.

Puis, elle estima cette précaution inutile, d'abord parce que Patrick était un ami, mais surtout parce que son message était urgent.

Du reste, compte tenu de son message, il était certain qu'il ne devait pas dormir comme un bébé…

Patrick décrocha à la première sonnerie :

— Amandine ! Merci de me rappeler, je ne sais vraiment plus vers qui me tourner…

— Qu'est-ce qui se passe avec Sabine ? Tu disais qu'elle avait disparu, mais elle ne s'est quand même pas volatilisée…

— Pourtant, volatiliser, c'est le verbe le plus adéquat : il y a une semaine, jour pour jour, lundi dernier, elle est partie pour le bureau, comme d'habitude. Et moi, pour le mien. Quand je suis rentré à l'appartement, vers vingt heures, elle n'était pas là. En soi, ce n'est pas spécialement inquiétant, elle bosse comme une dingue ces derniers temps. Avec le Festival qui approche, elle est sur les dents - son équipe aussi.

Bref, j'envoie un SMS et je vais prendre une douche en me disant que dans l'intervalle, elle m'aura répondu. Mais non, rien.

Du coup, je me mets à lui en vouloir de ne pas me donner de nouvelles et je commence à m'énerver après elle… Enfin bref, je laisse un, deux, trois messages téléphoniques sur son portable. Rien…

Au bout d'une heure, j'appelle Nat', son assistante, qui me dit qu'elle ne l'a pas vue de la journée non plus !

— Tu as appelé la police ? Ne serait-ce que pour savoir s'il ne lui était pas arrivé un accident de voiture ?

— Tu penses que oui. Le soir même. Mais non, rien. Et puis, ces cons, ils m'ont presque ri au nez quand j'ai dit que ma femme avait disparu, je te jure, je les aurais baffés ! Tu imagines le genre de plaisanteries auxquelles j'ai eu droit sur les maris cocus…

—J'ai mon idée, oui. Ceci dit, Pat', as-tu quand même envisagé qu'elle ait pris le large avec un amant ?

— Bien sûr… Surtout depuis lundi dernier… Mais franchement, son seul amant, c'est son boulot…

— Tu sais, Pat', je ne veux pas jouer l'oiseau de mauvais augure, mais les infortunés maris ou épouses sont généralement les derniers au courant…

— Je sais… Je tourne et retourne ça dans ma tête. Avec le temps et l'angoisse qui monte un peu plus chaque jour sans nouvelles d'elle, tantôt je m'inquiète, tantôt je la suspecte… Pour la première fois de ma vie, j'ai fouillé tous ses tiroirs, tous ses papiers et je n'ai strictement rien trouvé qui pourrait permettre de croire à l'existence d'un amant…

Après quelques secondes, constatant que Patrick comptait visiblement laisser la fin de sa phrase en suspens, Amandine poursuivit :

— Qu'est-ce que je peux faire pour toi ? J'aurais bien rappliqué dare-dare pour te voir, mais, en ce moment, je suis à Montréal…

— Rassure-toi, ce n'est pas ça que je te demande. Non, écoute, même si j'ai rencontré un lieutenant de police qui a ouvert une enquête, mon impression c'est qu'ils ne se préoccupent guère des disparitions de majeurs avec un grand entrain. Je pense que je n'ai pas le choix. Il me faudrait un détective privé, mais les seuls que je connaisse vaguement s'apparentent plus à des rats de bibliothèque spécialisés dans les opérations financières off-shore qu'à des Philip Marlowe ou des Magnum, tu vois ce que je veux dire…

Amandine lui répondit :

— Ahh, ces banquiers… J'ai mieux que ça pour toi, je vais te donner le nom d'un avocat qui m'a aidée à gérer une situation très délicate il y a quelque temps. Non seulement il est excellent, mais en prime, il est de toute confiance.

— Merci, mais je n'ai pas besoin d'un avocat, Amandine, c'est d'un détective privé dont j'ai besoin…

— Ne t'inquiète pas, c'est la personne qu'il te faut, et il saura te trouver les bonnes ressources. Fais-moi confiance.

Je vais l'appeler pour te recommander à lui. Dès que je raccroche.

— Merci Amandine. Merci infiniment.

Gabriel avait développé une furieuse aversion pour le téléphone, tout du moins pour sa sonnerie, qu'il associait immanquablement à des mauvaises nouvelles.

C'est donc très « naturellement » qu'il ne put s'empêcher de sursauter lorsqu'il se mit à sonner, d'autant que l'importun brisait le silence monacal dans lequel son appartement était plongé.

Il mettait la touche finale à la préparation d'une plaidoirie qui s'annonçait saignante, prévue pour le lendemain matin à la Cour d'appel d'Aix-en-Provence ; un dossier de divorce qui n'en finissait pas de tourner mal…

Demain, l'appel sur les mesures provisoires serait examiné. Comme aucune des parties n'était satisfaite des résultats, sa cliente pour le montant - ridicule il est vrai - de sa pension alimentaire, et son adversaire de mari, pour la fixation du droit de visite et d'hébergement des enfants, ça allait être sportif…

La décision rendue en première instance par le juge aux Affaires Familiales était exécutoire. Les parties avaient tenté de contourner le délai inhérent à l'examen de l'affaire par la Cour d'appel en multipliant les incidents de procédure. Bref, même si on en était aux débuts de la phase contentieuse, il y avait déjà un solide historique procédural entre les parties, qu'il fallait intégrer à la plaidoirie de demain.

Une fois le sursaut passé, Gabriel, tiré de sa concentration, vit que l'appel provenait d'Amandine.

Ça faisait plusieurs mois qu'il n'avait pas eu de nouvelles d'elle, depuis le dénouement du dossier Stuff for Fun, et l'exploitation des données de ses jeux mobiles…

— Gabriel ! Comment vas-tu ?

— Amandine ! Content de t'entendre !
Comment je vais ?

Bah, la routine quotidienne des affaires de divorce... J'étais en train de finaliser une grosse plaidoirie prévue pour demain matin à Aix.

— Je ne te dérangerai pas longtemps alors ; j'ai un très bon ami d'enfance, Patrick Sasso, dont la femme a disparu dans de mystérieuses circonstances. Tu imagines l'état dans lequel il est... il a besoin d'aide.
Je lui ai naturellement dit que tu étais l'homme de la situation et que tu saurais lui prêter assistance.

— Le compliment me va droit au cœur, merci !
Ça me changera de mes dossiers en cours, c'est sûr... Écoute, demain ma matinée est prise, et les audiences c'est un peu comme les trains, on sait quand ça démarre, mais on ne sait pas quand ça arrive à destination... Cependant, puisque l'affaire est visiblement urgente - et parce que c'est toi - je le recevrai demain, à dix-huit heures.

— Formidable ! Tu es un ange, Gabriel !

— On ne me l'a jamais faite, celle-là...

— J'en suis certaine !

Alors que la conversation était sur le point de s'achever, Gabriel en profita pour demander à Amandine :

— Au fait, et toi, comment vas-tu ? Les affaires et puis... Le deuil, ça se passe comment ?

— C'est gentil de me le demander : les affaires vont très bien. Pour ce qui est du deuil, tu sais, je l'avais déjà fait avant même que la nouvelle de la mort de Frank ne me parvienne. Avec ton assistance, la police ne s'est pas montrée trop curieuse ; un crime crapuleux parmi d'autres.

— Bon, alors tout va pour le mieux. Je suis content que tu le prennes comme ça.

Appelle donc ton ami et dis-lui que je le recevrai demain à dix-huit heures.

— Merci encore de ton aide, et bon amusement à Aix demain !

— Oh, ça, c'est sûr qu'il va y avoir du sport demain !

Gabriel ajouta immédiatement le rendez-vous à son agenda, à partir de son téléphone qui se synchronisait avec le système informatique du cabinet. Ce qui permettrait à Nina, sa précieuse assistante, de le voir demain matin en ouvrant son ordinateur et de ne pas lui en coller un autre à la dernière minute.

Il lui fallut de longues minutes pour se replonger dans les affres du divorce qui l'occupait. D'autant qu'il se remémorait les péripéties rocambolesques du dossier d'Amandine et le souvenir de leur collaboration s'entêtait à persister en lui...

Ça avait été risqué, culotté... Et il avait adoré ça.

Cela dit, cette fois-ci, il y avait peu de chances pour que ça soit aussi rocambolesque.

3.

Patrick Sasso tenta de trouver le sommeil après qu'Amandine l'ait rappelé. Son état de nervosité et d'angoisse était tel que, comme toutes les nuits depuis la disparition de Sabine, il ne trouvait de répit que par très brefs intervalles, lorsque la fatigue prenait finalement le dessus…

Si, dans les premiers jours suivant la disparition de sa femme, il s'était dit que le travail lui changerait les idées, à présent, il ne tenait plus en place. Il commençait même à oublier de faire ses suivis ; hier, il aurait manqué un rendez-vous sur trois si son assistante n'avait pas été là…

Au final, il s'était vu proposer par son Vice-Président, sur un ton amical, mais ne souffrant aucune contestation, de prendre quelques jours de « repos bien mérités ».

Sauf qu'il n'était pas en état de se reposer et cogitait du matin au soir, tournant et retournant l'appartement dans tous les sens dans l'espoir d'y trouver le moindre indice. Évidemment en vain.

Il n'y a que dans les romans policiers que des indices miraculeux apparaissent quand on en a besoin…

Tout se bousculait dans sa tête. Il n'arrivait plus à y voir clair, ni à faire la part des choses entre la réalité, son interprétation personnelle et toutes les hypothèses qu'il échafaudait… Tantôt il imaginait Sabine séquestrée par on ne sait qui, tantôt il l'imaginait assassinée, tantôt il la voyait roucoulant dans les bras d'un amant passionné…

Il était arrivé en avance pour son rendez-vous avec l'avocat recommandé par Amandine. Il se demandait encore à quoi ça allait servir. Mais la confiance qu'il portait en Amandine le poussait à se raccrocher à l'espoir que cet avocat saurait trouver une solution providentielle à la situation, lui ramener Sabine…

Sabine… Il savait qu'il l'aimait, ou plutôt, il ne se posait pas de questions sur leur couple, qui était sur pilote automatique depuis un bon nombre d'années. Mais Bon Dieu ! Aujourd'hui, il aurait tout donné pour la serrer dans ses bras, l'embrasser… Fallait-il donc avoir perdu quelqu'un pour se rendre compte à quel point il pouvait manquer ?

Il ne s'était jamais posé ce genre de questions. La vie l'avait épargné jusqu'à présent mais il ressentait aujourd'hui, dans tout son être, cette cruelle réalité.

Les disparitions, enlèvements et autres faits divers dont la presse était si friande prenaient soudainement une toute nouvelle dimension. Extrêmement personnelle.

C'est dans cet état d'esprit, totalement désemparé et ressemblant plus à un zombie qu'autre chose qu'il pénétra dans le cabinet d'avocat de Maître Rossetti.

Ce qui était sûr, c'est qu'avec un nom pareil, ça devait être un Niçois pur jus… Il se demandait comment Amandine avait pu faire sa connaissance.

— Bonjour ! Vous devez être Monsieur Sasso ?

— Bonjour. Oui, absolument. J'ai rendez-vous avec Maître Rossetti. À dix-huit heures.

— Je vais vous installer dans la salle d'attente. Il ne devrait plus tarder, son audience à la Cour d'appel s'est éternisée, mais il sera à l'heure pour votre rendez-vous.

— Parfait. Merci. De toute façon, j'attendrai le temps qu'il faudra. Amandine, Madame Deschamps, enfin, Madame MacLane m'en a dit le plus grand bien…

Nina, trop habituée aux clients curieux, ne se laissa pas aller à embrayer sur le sujet : même si elle avait son avis sur Amandine, pas question d'en laisser transpirer la moindre goutte, douce ou acerbe.

Elle se contenta d'un sourire entendu et montra à Patrick le chemin de la salle d'attente.

À peine revenue à son bureau, elle écrivit un courriel sibyllin à Gabriel : « Votre rendez-vous de dix-huit heures est arrivé. Il a l'air d'un ectoplasme... »

*

Lorsque Gabriel arriva à son bureau, il déposa rapidement ses affaires et la paperasse habituelle joyeusement distribuée par les avoués à la Cour d'appel. Ils profitaient des visites des avocats pour se délester de quelques kilos de pièces et conclusions leur étant destinées.

Nina fit exactement l'inverse : elle attrapa son sac et ses clés pour rentrer chez elle.

D'habitude elle fermait le cabinet aux alentours de dix-sept heures et, si Gabriel avait des rendez-vous le soir, il s'occupait lui-même d'accueillir les clients. Ce qui n'avait pas été le cas aujourd'hui en raison de son retard.

Une fois le client accueilli, elle ne pouvait plus partir : impossible de le laisser seul au cabinet tant que le patron n'était pas rentré...

Gabriel, qui savait que la régularité de ses horaires était importante pour elle eut à peine le temps de s'excuser de ces heures supplémentaires forcées, au moyen d'une moue désolée : Nina était déjà dehors.

Il alla donc à la rencontre de son nouveau client. Incapable de rester assis, Patrick faisait les cent pas dans la salle d'attente.

Effectivement, il avait tout d'un ectoplasme : le teint blême, des valises - ou plutôt des malles Vuitton - sous les yeux et un regard à la fois perdu et speedé. Il n'avait vraiment pas dû dormir beaucoup ces derniers temps...

— Monsieur Sasso, enchanté.

— Maître Rossetti… Merci de me recevoir si rapidement.

— Je ne peux rien refuser à Amandine. En outre, votre cas a l'air urgent.

Il emboîta le pas de Gabriel qui lui montra les fauteuils réservés aux visiteurs et ils s'installèrent.

— Amandine, Madame MacLane m'a fait part de votre pénible situation. Elle m'a indiqué que votre femme a disparu voici une semaine ?

— Oui Maître. Sabine est partie travailler lundi dernier, comme d'habitude, et nous ne nous sommes pas parlé de la journée. Ce qui est relativement fréquent avec nos occupations, d'autant qu'elle est en ce moment très accaparée par la préparation des événements qu'elle organise pour le Festival de Cannes. Elle travaille dans une agence de communication et d'événementiel… Nathalie, son assistante ne l'a pas vue de la journée. C'est ce qu'elle m'a dit lorsque je l'ai appelée dans la soirée.
Elle n'avait aucun rendez-vous en dehors du bureau ce jour-là ni les jours suivants. Elle avait essayé de l'appeler, mais sans réponse. Elle s'apprêtait d'ailleurs à m'appeler.
J'ai laissé des SMS, je ne compte plus les appels sur le répondeur de son portable. Rien, pas un mot. Elle s'est comme volatilisée…
Et sa voiture aussi : je suis allé à la police le soir même, je suis tombé sur des rigolos qui m'ont laissé entendre qu'elle était sûrement partie avec un coquin, vous voyez le tableau…
Ils m'ont dit d'attendre la nuit, que la plupart du temps, les disparitions mystérieuses ne le restent pas très longtemps, toujours sur le ton d'un humour douteux… Alors que je commençais sérieusement à m'énerver, ils m'ont dit de repasser le lendemain matin pour rencontrer le lieutenant en charge de ce genre de dossier, un dénommé Lorenzi.

— J'imagine que vous avez rencontré ce Lieutenant ?

— Oui. Un gars nettement plus agréable que les agents de permanence rencontrés la veille. Je lui ai tout expliqué et il m'a dit qu'il allait s'en occuper. Je l'ai rappelé presque tous les jours depuis. À part me dire que l'enquête suivait son cours, pas moyen d'en savoir plus. Ce n'est pas faute d'avoir insisté, mais, en même temps, s'il n'a rien de nouveau…

Au départ, il m'a encore ressorti le couplet de la femme volage et de l'escapade, alors j'ai - encore - dû réexpliquer, me justifier auprès de ce parfait inconnu que non, ma femme n'avait pas d'amants. Tout en voyant dans ses yeux ce que tout le monde pense dans ces cas-là : que le cocu est toujours le dernier au courant.

Mais le fait qu'il n'y ait aucune nouvelle, que l'emploi du temps de Sabine en ce moment était plein comme un œuf, ainsi que tout ce que j'ai pu dire sur ses habitudes a fini par atteindre ses oreilles.

Il m'a demandé son numéro de portable, l'immatriculation de sa voiture, et si j'avais d'autres éléments. Et il m'a dit qu'il allait faire des vérifications.

— Hmmm. La première des choses que je pourrais faire serait de téléphoner à ce lieutenant et de voir où nous en sommes. S'il n'a pas considéré la disparition comme « suspecte ou inquiétante selon les circonstances » suivant la formule consacrée, il ne se sera sans doute rien passé. Ou pas grand-chose : vérification pour voir si la voiture a été retrouvée, ce genre de choses. Sinon, il y a fort à parier qu'il ait ouvert une enquête. Vous a-t-il parlé d'enquête ?

— Il n'a jamais employé que le mot de vérifications, jusqu'à présent.

— Bon, dans ce cas, je vais éclaircir ça demain à la première heure.

J'imagine que vous avez eu le temps de réfléchir à des causes probables de la disparition de votre épouse et que, fatalement, vous vous êtes vous aussi posé la question d'un hypothétique amant ?

— …

— J'ai besoin de savoir ce que VOUS en pensez.

Patrick commençait à montrer de sérieux signes d'agacement. Il était visiblement à bout de nerfs mais Gabriel n'avait pas le choix. Comme n'importe qui, c'est la première idée qui lui était venue en tête, il fallait bien l'avouer.

Au bout de quelques secondes, Patrick, qui faisait des efforts surhumains pour se calmer et desserrer les dents reprit :

— Maître, nous sommes mariés depuis treize ans. On a eu des hauts et des bas, mais la fidélité est un des piliers de notre couple... J'ai l'impression en disant ça de passer pour un idiot, mais c'est quelque chose qui compte énormément pour Sabine et moi. Vous savez, ma femme, c'est plutôt le genre à me tuer si je la trompe...

— Et vous ? Ça serait votre genre aussi ?

— Bien sûr que non ! Même si je lui disais le contraire, comme la plupart des époux doivent se le dire, c'était plus sur le ton de la plaisanterie qu'autre chose. Mais ce qui est sûr, et la réciproque est vraie, j'en mettrais ma main à couper : je ne pardonnerais pas à Sabine de me tromper, pas plus qu'elle ne le ferait.

Gabriel ne releva pas ; inutile de mettre de l'huile sur le feu. Ce n'était pas le temps d'expliquer à son nouveau client que tous les époux qu'il avait divorcé s'étaient aussi jurés fidélité, secours et assistance, ce qui ne les avait pas empêchés bien souvent de se cocufier à qui mieux mieux... Tiens sans même parler de l'affaire qu'il avait plaidée cet après-midi à Aix...

— Bon, si je récapitule, votre femme s'est évaporée alors qu'elle était complètement charrette au niveau de son boulot, qu'elle n'avait aucun déplacement de prévu et qu'elle n'a jamais eu l'habitude de s'absenter en vous laissant sans nouvelles. C'est bien ça ?

Gabriel avait visiblement touché juste, car Patrick commençait à se calmer ; ses yeux parvenaient à se maintenir relativement fixes, c'était bon signe.

— J'imagine aussi que vous avez entrepris vos propres recherches, à son bureau, chez vous ?

— Oui. Je ne me suis jamais mêlé de son travail, mais j'ai questionné Nat', son assistante, qui est tout aussi désemparée que moi et j'ai retourné tout notre appartement, fouillé tous les tiroirs... Ce n'est tellement pas moi, vous savez...

— J'imagine. Vous semblez être un couple basé sur la confiance, donc je ne vous imagine pas espionner les faits et gestes de votre femme...
Et du côté de ses amis, de ses amies ?

— Là c'est simple, elle n'en a quasiment pas, en tous cas pas ici. Elle a passé la majeure partie de sa jeunesse à Paris et ce n'est pas le genre à avoir des amies, non, comme je l'ai dit à la Police, si ma femme a un amant, c'est son boulot et ça ne lui laisse pas beaucoup de temps libre.
Maître, je sais que vous allez appeler le Lieutenant Lorenzi ; je ne sais pas s'il sera plus bavard avec vous qu'avec moi, mais je pense qu'il me faudrait un détective privé... Vous pouvez m'en recommander un ?

— Oui, j'ai les bonnes personnes pour vous, mais nous n'en sommes pas là encore. Laissez-moi d'abord appeler ce Lorenzi et voir ce qu'il en est exactement. S'il n'en sort rien de satisfaisant, je demanderai à l'un de mes enquêteurs de s'occuper de l'affaire. Il est très fort en divorces et filatures, c'est un très bon détective.

— Maître... Même si la Police vous donne des renseignements, je veux qu'un enquêteur privé se penche sur cette disparition. J'ai préparé un dossier avec tous les renseignements concernant ma femme : son emploi du temps de ces trois derniers mois, des photos, ses relevés bancaires, numéro de téléphone portable, plaque de voiture… C'est une copie de ce que j'ai remis à la Police. Tenez.

Gabriel prit l'enveloppe et hésita un moment à l'ouvrir immédiatement. Un peu comme un cadeau qu'on vous offre : faut-il l'ouvrir directement ou attendre ? Sauf que là, le client n'envisageait manifestement qu'une issue. Gabriel ouvrit promptement l'enveloppe et en tira un tas de papiers et de photos.

Naturellement, son attention se porta sur les photos avant les relevés bancaires : des extraits de l'album photo d'un couple parfait, sourire Pepsodent sur chacune.

L'épouse de Patrick était manifestement une belle femme, assez grande et élancée, des yeux verts, blond vénitien, d'apparence soignée, voire sophistiquée, même sur les photos de vacances.

Si elle avait voulu trouver un amant, les candidats devaient se presser au portillon…

Visiblement, le client ne quitterait pas le cabinet tant que Gabriel ne l'aurait pas assuré qu'il allait appeler son enquêteur. Sinon, il irait voir ailleurs. Et de toute façon, il y avait peu de chances que la police ait des informations significatives et les communique, le cas échéant. Si on voulait vraiment y voir un peu plus clair, il faudrait avoir recours à M. André.

— Monsieur Sasso, on va la retrouver votre femme. Je vais transmettre tout ça à M. André, mon enquêteur. Puisqu'il faut aborder le sujet, en ce qui concerne ses honoraires et les miens…

Patrick ne le laissa pas achever :

— Maître, l'argent est bien ma dernière préoccupation en ce moment. Je paierai ce qu'il faut.

— Parfait. Je vous recontacte demain, dès que j'aurai eu le Lieutenant Lorenzi en ligne. Et s'il n'y a pas d'enquête pénale en cours, on pourra envisager de porter plainte avec constitution de partie civile, afin de saisir un juge d'instruction du dossier. C'est une façon de « contraindre » la justice à se saisir du dossier, dans l'hypothèse où la Police ou le Procureur de la République n'auraient pas jugé utile d'ouvrir formellement une enquête.

Quoi qu'il en soit, je vais mettre M. André sur le dossier.

Ce qui acheva de rassurer Patrick.

C'est sur ces mots que l'entretien prit fin et qu'il raccompagna son client à la porte en se disant que, décidément, Amandine lui portait chance en matière de paiements d'honoraires…

4.

Dix-neuf heures. Gabriel commençait à avoir faim.

Il avait toujours la tête dans le rendez-vous qui venait de s'achever. Il était curieux d'éplucher les pièces que Patrick Sasso lui avait remises.

Il fit un détour par la cuisine du bureau et ramassa ce qui traînait dans le frigo : juste de quoi se faire un sandwich jambon fromage… Ça suffirait pour le moment.

Il mit toutes les photos bord à bord tel un patchwork représentant des tranches de vie d'un couple ordinaire… Ordinaire, mais visiblement aisé : ils n'habitaient pas Cannes pour rien, ça, c'était une évidence.

Voyages à l'étranger : des photos de Californie - avec le Golden Gate en arrière-plan, c'est sûr que ce n'était pas Roubaix… Séjour à New York, dans les îles grecques, à Genève, avec le jet d'eau emblématique de la ville en toile de fond, ça voyageait chez les Sasso…

Les poses étaient souvent les mêmes : bras dessus bras dessous, et vas y que je t'embrasse, que je te souris tendrement, un catalogue d'images d'Épinal…

Tout ça semblait presque un peu trop parfait…

Gabriel n'arrivait pas à mettre le doigt sur ce qui clochait, peut-être était-ce sa déformation professionnelle qui lui faisait voir le mal partout ? Il en avait vu des photos comme ça, dans presque toutes ses procédures de divorce… Il ne comptait plus les clients qui sortaient des photos pour « prouver » le bonheur qu'ils avaient connu… Des clients, hommes ou femmes, qui avaient visiblement du mal à faire le deuil d'une relation éteinte depuis parfois des années…

Sauf que là, il s'agissait d'une disparition, pas d'un divorce.

Il nota un détail : pas d'enfants.

Pas très étonnant puisqu'il avait visiblement affaire à une femme accaparée par son boulot et le mari avait l'air d'être aussi occupé, en tous cas c'est ce qu'il avait laissé paraître. Ou alors, ils ne pouvaient pas en avoir.

Du reste, il se rendit compte qu'il ne lui avait pas demandé sa profession. Vu son allure de déterré, son pantalon et son polo froissés, c'était difficile de mettre un métier sur le bonhomme... Le genre de jeux auxquels son compère Martinez et lui aimaient à jouer avec les non-avocats présents dans les salles d'audience. Il fallait bien tuer le temps en attendant de plaider leurs dossiers... À ce jeu, Martinez était très fort...

Dans le cas de Patrick Sasso, à vue de nez, coupe de cheveux qui aurait été soignée s'il s'était coiffé, polo et pantalon de toile, mocassins italiens ultra-classiques, il aurait parié sur quelqu'un travaillant dans un domaine où la créativité n'était pas de mise, un truc comme l'assurance ou la comptabilité. Il n'aurait qu'à demander à Amandine pour en avoir le cœur net.

Il ne s'attarda pas longtemps sur le reste des documents : relevés bancaires et autres informations basiques... M. André en fera sûrement meilleur usage.

D'un premier examen rapide, il ne nota pas d'invraisemblance majeure, ni de retrait particulièrement élevé, qui auraient été le signe d'une disparition volontaire.

Les relevés produits par Patrick Sasso étaient très récents, jusqu'à hier. Depuis la disparition, rien n'avait visiblement bougé.

Plus il considérait ces documents, plus le mystère s'épaississait.

5.

La journée s'annonçait superbe, ce qui donna à Gabriel l'envie d'en profiter. Il décida de joindre l'utile à l'agréable et de se rendre au Commissariat de Cannes pour rencontrer en personne le lieutenant Lorenzi.

Ça lui permettrait, en cas de difficultés, de monter ensuite au Tribunal de Grande Instance de Grasse pour aller toquer à la porte du Parquet.

Il écourta donc son café quotidien en compagnie de Jean-Michel, toujours fidèle au poste. Après un crochet par son cabinet, il prit la route de Cannes.

Tant qu'à faire et puisqu'il était à moto, il choisit de prendre la route du bord de mer, qui ne rallongerait pas énormément la distance tout en lui offrant un panorama plus agréable que l'autoroute.

Circuler à moto lui donnait des espaces d'évasion et de liberté au milieu de ses tâches quotidiennes, pas toujours drôles.

À chaque fois qu'il enfourchait sa monture, il repensait aux mots de son oncle, motard indécrottable devant l'éternel : « tu peux toujours dire ce que tu voudras, que la moto c'est plus pratique, plus économique, mais la vraie raison qui nous pousse à rouler en moto, c'est le plaisir ! »

Il avait bien raison, tonton.

C'est ainsi que la Promenade des Anglais, l'aéroport, Cagnes-sur-Mer, ses radars automatiques et son hippodrome défilèrent à bon train. Puis la traversée d'Antibes et de Golfe-Juan, avant de se retrouver finalement à Cannes.

Toutes ces villes avaient beau être situées dans la même région, il était impossible pour un résident de l'une d'entre elles de confondre l'atmosphère que chacune dégageait... Mettre un Cannois à Nice, c'était un peu comme sortir un poisson de son bocal, et vice-versa...

Gabriel eut de la chance : non seulement le lieutenant Lorenzi était au commissariat, mais en plus, il était disponible… D'autant que la visite se faisait à titre gracieux, dans le seul but de s'enquérir du suivi des démarches de son client.

Le lieutenant Lorenzi était quelqu'un qu'on pouvait qualifier de flic méridional traditionnel : un air débonnaire et de laisser-aller, mais trop évident pour s'y fier.

— Alors Maître Rossetti, comme ça, vous êtes l'avocat de Monsieur Sasso ?

— Effectivement, et comme vous avez sûrement eu l'occasion de le vérifier par vous-même, il est dans tous ses états depuis une semaine. C'est ce qui l'a motivé à venir me consulter.

— Ça, pour l'avoir vérifié, je l'ai vérifié ; il n'arrête pas de m'appeler… C'est bien compréhensible, mais ça ne fait pas avancer le schmilblick… Cela dit, maintenant que vous êtes dans le tableau, j'espère que la fréquence de ses appels va baisser…

— Sans doute… C'est moi qui vous appellerai à sa place.

Vu la tête de Lorenzi, ce dernier se demandait manifestement si c'était du lard ou du cochon.
Gabriel, qui n'avait encore rien appris, le rassura immédiatement d'un sourire non équivoque :

— Ne vous en faites pas, je préfère harceler les Procureurs de la République !
À ce sujet, avez-vous transmis quoi que ce soit au Parquet de Grasse ?

On entrait dans le vif du sujet. Et Gabriel avait touché un point sensible.
Lorenzi répondit :

— Je ne vous apprendrai pas qu'en cas de disparition de majeurs, la loi nous oblige à ouvrir immédiatement une enquête, ce qui a bien entendu été fait : enquête de voisinage, sur le lieu de travail, vérification du véhicule de Madame Sasso... Rien n'indique cependant qu'une infraction ait été commise à cette occasion...

— Sabine Sasso s'est quand même purement et simplement volatilisée, il y a maintenant une semaine !

Tout a pu arriver depuis et je dois comprendre que le Procureur n'a pas encore été avisé ?

— Ah ! Je n'ai pas dit ça, Maître Rossetti ! J'ai transmis il y a deux jours au Parquet les éléments en ma possession, même s'ils ne révèlent pas d'indices formels laissant présumer de la commission d'une infraction. Ce qui est, vous le savez, une condition pour aviser le Parquet...

Je sais bien que vous les avocats, vous pensez qu'on passe nos journées à ne rien foutre, mais on connaît notre métier !

Tenez, évidemment, ils en ont parlé dans le journal, avec un appel à témoins : même les appels les plus farfelus, on les étudie. Sauf que jusqu'à présent, ça ne donne rien du tout.

Si, dans un premier temps, j'ai pensé à une escapade adultérine de la disparue, l'audition de l'assistante de Madame Sasso m'a convaincu que c'était une des hypothèses les moins solides. Et donc, a contrario, qu'il y avait plus de chances qu'elle ait fait une mauvaise rencontre qu'une bonne, si vous voyez ce que je veux dire...

— Lieutenant, j'ai d'autant moins d'idées préconçues sur les forces de l'ordre que le droit pénal n'est pas un domaine dans lequel j'exerce assidûment.

Et je suis soulagé d'apprendre que le dossier est entre les mains du Parquet, même si j'imagine qu'en deux jours vous n'avez pas encore eu de retour ?

— Vous voyez que vous connaissez bien la procédure pénale !

Non. À part la désignation d'un substitut, Richard Andrieux, pas grand-chose. J'imagine qu'il va ouvrir une information pour recherches sur les causes de la disparition, ce qui mettra fin à notre enquête administrative, à laquelle se substituera une enquête judiciaire.

Et bien sûr, la disparition de Madame Sasso a immédiatement été signalée, comme c'est la règle, au FPR, le fichier central des personnes recherchées.

— Oui, avec les quarante mille autres personnes qui disparaissent chaque année en France...

La bonne nouvelle, c'est que l'affaire était entre les mains de Richard Andrieux, un ancien confrère qui avait rejoint les rangs du Parquet, la « Magistrature debout » selon la formule consacrée.

Ç'aurait été exagéré de le qualifier d'ami mais, chaque fois qu'ils avaient pu s'opposer dans des dossiers, il avait toujours été d'une rectitude exemplaire et savait toujours garder de la distance par rapport à ses dossiers. Ce qui permettait à Gabriel d'entretenir avec lui de très bonnes relations de Palais et rendait les attentes pour plaider leurs dossiers très sympathiques. Lecteur assidu de romans policiers et passionné d'histoire, il avait toujours une anecdote ou une découverte d'auteur à faire partager.

Gabriel avait récolté les informations dont il avait besoin pour rassurer son client et faire avancer le dossier. Il prit donc congé du lieutenant Lorenzi. Non sans l'avoir chaleureusement remercié de son accueil, même s'il doutait de s'en être fait un grand ami... On n'était pas passé loin de « l'incident diplomatique » mais le pire avait été évité.

Il avait aussi noté qu'à aucun moment, le lieutenant Lorenzi n'avait fait la moindre allusion au fait que Patrick Sasso soit suspect.

Cela dit, Gabriel était son avocat, donc vraisemblablement la dernière personne à qui Lorenzi confierait ses doutes à cet égard.

De toute façon, la police suspecte toujours systématiquement les proches dans un premier temps, donc, s'ils avaient eu quoi que ce soit contre lui, ils l'auraient déjà passé au grill...

Il ne restait plus qu'à monter à Grasse, ce qui allait achever sa tournée des Grands Ducs de la région...

6.

Gabriel regarda sa montre : onze heures trente. Les audiences du matin touchaient à leur fin.

Avec un peu de chance Richard Andrieux aurait terminé ou serait sur le point de le faire.

Le « nouveau » Tribunal de Grande Instance de Grasse avait déménagé depuis plusieurs années. Ça n'avait pas été du luxe, compte tenu de la vétusté et de l'exiguïté des anciens locaux. Gabriel, qui ne le fréquentait pas avec la même régularité que celui de Nice restait cependant toujours dubitatif sur les choix architecturaux, qu'il qualifiait dans ses bons jours de « particuliers »…

Cela dit, les locaux étaient fonctionnels, même si, n'importe quel avocat vous le dira, les salles d'audience sont toujours trop petites et rarement confortables pour qui y passe de longues heures.

La chance était du côté de Gabriel puisqu'en se rendant aux bureaux du Parquet, il croisa précisément Richard Andrieux. À son air détendu, il devait avoir fini sa matinée d'audience.

— Tiens ! Si c'est pas Maître Rossetti ! Tu viens braconner en dehors de tes terres ?

— Braconner, braconner, comme tu y vas ! Et la libre circulation des pauvres avocats, tu en fais quoi ?

Plus sérieusement, je suis venu pour te voir à propos de la disparition de la femme d'un client : Sabine Sasso.

— Oui, oui, oui, j'ai reçu ce dossier avant-hier. Drôle d'affaire. Mais viens, allons à mon bureau, on va pouvoir en parler, parce que tu es venu pour ça, n'est-ce pas ?

— On ne peut rien te cacher !

Le bureau du substitut du procureur de la République était enseveli sous les dossiers : l'arriéré judiciaire personnifié.

S'il fallait résumer la problématique de la Justice, cette image était sans doute la plus adéquate.

À peine Richard avait-il fait de la place sur une des chaises de son bureau qu'il commença à lui parler du dossier :

— Bon, allons droit au but : j'ai requis hier l'ouverture d'une information pour recherches sur les causes de la disparition, conformément à l'article 74-1 du code de procédure pénale.

Ce que j'ai vu dans le dossier et qui m'a été confirmé par la Police, c'est que la femme de ton client s'est purement et simplement volatilisée. Rien dans son emploi du temps ou ses habitudes n'aurait pu le laisser présager. Pour moi, c'est éminemment suspect et ça constitue en soi des indices laissant présumer la commission d'une infraction pénale.

De toi à moi, on a enquêté sur ton client, tu sais que c'est la procédure normale, et tout ce qu'il nous a dit a été vérifié.

Richard n'était pas obligé de lui mentionner ce dernier élément et Gabriel glissa dessus, pour éviter de l'embarrasser, d'autant que la réponse semblait claire.

Il se concentra donc sur l'ouverture de l'information :

— Voilà qui va rassurer le client... enfin, un peu. Il est vraiment dans tous ses états, tu sais.

Puisque tu ouvres une information, je ne vais pas avoir besoin de forcer la mise en marche de l'action publique en me constituant partie civile à titre d'action. Je vais pouvoir me contenter de le faire par voie d'intervention pour avoir accès au dossier.

— C'est ce que je t'aurais conseillé de toute façon. Le juge d'instruction est Anne Dupont, un très bon juge qui nous arrive du nord de la France.

— C'est vrai que les magistrats, ça voyage pour ne pas être trop au contact des populations locales... D'ailleurs, toi, tu es quand même verni de ne pas avoir été nommé à l'autre bout du pays...

— Ça, tu peux le dire. Je ne me verrais pas quitter le Midi !

— Oui mais ça, Monsieur le Procureur, c'est un risque du métier... Tu n'es plus ton propre patron comme lorsque tu étais avocat, maintenant, ton boss c'est le Garde des Sceaux !

— On s'y fait, tu sais, et puis comme on dit « la plume est serve, mais la parole est libre » ; c'est le principal et puis, faut pas me pousser pour que je lance des poursuites !

Effectivement, c'était le trait caractéristique qui séparait les magistrats du Parquet de ceux du siège, dont l'indépendance est - encore heureux - totale, puisqu'ils doivent rendre la justice en toute impartialité.
Les membres du Parquet sont pour leur part, les garants de l'intérêt de la société en général et peuvent donc être requis par leur hiérarchie d'engager des poursuites - mais pas de classer sans suite des poursuites déjà entamées.

Gabriel prit les références de la procédure lancée par le Procureur qui allaient être nécessaires pour se constituer formellement partie civile. Il prit ensuite congé de Richard.

Il était en tous cas rassuré : non seulement son dossier était entre de bonnes mains, mais surtout, Andrieux avait déjà fait le nécessaire. Il semblait également très content de la désignation de cette juge d'instruction, Anne Dupont.
À ce stade, c'était prématuré d'aller la voir, surtout qu'il ne s'était pas encore constitué partie civile. Chaque chose en son temps.

Gabriel entreprit de rentrer à Nice, en effectuant le même trajet de bord de mer, qui lui donna l'occasion de s'adonner à l'un de ses coupables pêchés : s'arrêter dans une roulotte au bord de l'eau (et de la route par la même occasion) pour y déguster des frites et des merguez dégoulinantes à souhait…

Il ne put s'empêcher de penser à son ami Martinez qui, bien qu'également grand amateur de merguez, qualifiait ces échoppes « d'empoisonneurs »…

En tous cas, soit Martinez avait l'estomac fragile et l'exagération facile (pour l'exagération, il n'y avait guère de doute), soit Gabriel avait de la chance : il était chaque fois ressorti sain et sauf de ses coupables escapades… !

7

Vendredi après-midi.

Comme dans la plupart des professions, c'est en général une période d'accalmie. Lorsque Gabriel en avait l'occasion (c'est à dire lorsqu'il ne lui tombait pas une urgence de dernière minute - ce qui arrivait malgré tout assez fréquemment), il en profitait pour planifier la semaine à venir. Pendant que Nina s'occupait de facturer la semaine écoulée.

Le passage - obligé - par le bureau de Nina, situé dans l'entrée du cabinet, conforta Gabriel dans le sentiment que ce cet après-midi serait à classer dans la catégorie tranquille. Il s'enferma dans son bureau pour y dicter la plainte avec constitution de partie civile dans le dossier Sasso.

Son cabinet n'était pas spécialisé en droit pénal mais ce genre de document était fréquent dans la pratique d'un avocat, si bien qu'il n'eut qu'à dicter les grandes lignes de l'énoncé des faits.

Nina se chargerait du reste de la cuisine et tout ça se retrouverait dans son parapheur dès lundi.

L'autre tâche qui lui restait à faire était de contacter M. André afin de lui transmettre le dossier pour qu'il puisse commencer son enquête. Vu la quantité de documents remis et le caractère particulier de la disparition de Sabine Sasso, une rencontre avec M. André s'imposait.

S'il fallait qualifier M. André en un seul mot, ç'aurait été « énigmatique », sans que Gabriel ne soit capable de dire si c'était voulu ou non.

Il lui laissa donc un message sur sa boîte vocale. De mémoire, en dix ans de collaboration, il n'avait presque jamais réussi à le joindre directement. Excès de prudence ? En tous cas, M. André était un enquêteur de la vieille école, fuyant comme la peste les gadgets électroniques supposés faciliter la tâche de tout apprenti détective ou espion…

Une chance qu'il n'avait pas dû intervenir trop en profondeur dans le dossier d'Amandine, parce que côté technologie, Gabriel avait été servi !

Il ne fallut pas plus de dix minutes pour que le téléphone de Gabriel sonne : appel anonyme.

Forcément M. André.

Le silence à l'autre bout du fil le lui confirma, c'était caractéristique de sa méthode.

Gabriel entama donc les hostilités :

— Bonjour M. André. Je vais avoir besoin de vous.

— Vous êtes au cabinet ?

— Oui, pour l'après-midi.

— Parfait.

Et il raccrocha.

Gabriel ne s'étonnait plus de ces méthodes et fort heureusement, les compétences de son enquêteur favori dépassaient largement le désagrément causé par ses communications abruptes, confinant souvent à la grossièreté.

Un détour par la cuisine du cabinet, le temps de faire deux cafés. Ce n'était jamais la peine de demander à Nina si elle en prenait : elle en voulait toujours un, peu importe l'heure.

Il fallait alimenter la pile électrique qu'elle était… !

Plongée dans la facturation, c'était une occasion parfaite de faire une pause, que Nina s'empressa de saisir. Dès qu'elle entendit le ronronnement de la machine à expresso, elle vint rejoindre son patron dans la cuisine.

— Alors, la femme de l'ectoplasme, elle s'est tirée, elle a été enlevée par des extra-terrestres comme dans les X-Files ou c'est vraiment grave ?

— C'est quand même fou comme tout le monde s'imagine - moi compris - que lorsqu'une femme disparaît, c'est pour aller rejoindre son coquin… Soit plus personne ne croit en l'amour avec un grand A, soit tout le monde s'imagine qu'on vit à Disneyland où il n'arrive jamais rien…

— Maître Rossetti ! Franchement, avec le nombre de divorces qu'on fait, l'amour avec un grand A…

— Certes, mais vous cassez mon rêve, là…

— Si plus personne divorçait, on ferait quoi, nous hein ?

— On irait vendre des frites ! Et des merguez sur la plage !

L'expresso était déjà bu depuis un petit moment lorsque Gabriel commença à donner sa lecture du dossier à Nina :

— Sa femme s'est complètement volatilisée depuis un peu plus d'une semaine. Aucune trace de la bagnole, rien. Et de ce que j'ai vu des photos, on dirait un couple parfait - trop parfait à mon goût.
Ah ! Et pour anticiper votre question : il n'est visiblement pas suspect aux yeux des flics.
Vous voyez que je suis pas si idéaliste que ça, au final !

Nina ne dit rien et partit droit vers le bureau de Gabriel, où elle récupéra les photos. Elle les ramena à la cuisine, tout en commençant à les consulter. Après les avoir très vite passées en revue, elle dit :

— Eh bé, c'est une jolie pépée la Sabine ! Et pour ce qui est du couple trop parfait, je ne l'aurais pas remarqué à première vue…

Mais maintenant que vous le dites, tout semble super étudié dans les poses de chacun... alors soit ils se sont pris la tête à faire à chaque fois des photos parfaites en se disant qu'ils les mettraient au-dessus de la cheminée, soit y'a quelque chose. Mais dans ce cas-là, si c'est trop parfait, ça l'est des deux côtés...

— Oui. Et quant à la réaction du mari, c'est sûr que ça dépend des caractères de chacun, mais je me dis que sa réaction aussi, quelque part, est « trop » parfaite. Comme s'il fallait qu'il donne absolument le change...

— Mais quand même, c'est sa femme qui a disparu, c'est normal qu'il soit dans tous ses états !

— Vous avez raison Nina, mais il y a un truc qui me tracasse, et je n'arrive pas à mettre le doigt dessus. C'est certain que M. André va pouvoir nous aider et je vais aussi demander des infos à Amandine.

— La Canadienne givrée ? C'est vrai qu'il en a parlé en venant. Qu'est-ce qu'elle vient faire là-dedans ?

— C'est elle qui m'a référé ce client, ils sont amis d'enfance tous les deux.

— Heureusement que celui-là habite à Cannes... Avec un peu de chance, vous n'allez pas retourner sur la banquise !

En dehors d'un sourire, Gabriel n'eut pas le temps de répondre : on sonnait à la porte.
M. André. Qui d'autre ?

Gabriel ramassa les photos étalées sur la table de la cuisine et vint à la rencontre de M. André, qui connaissait le chemin et n'envisageait même pas que Gabriel ne soit pas immédiatement disponible.
On ne se refait pas.

Gabriel commençait à bien connaître l'histoire et fit à M. André un point détaillé de la situation tout en lui confiant une copie du dossier. Il y ajouta les références procédurales du Parquet en précisant qu'il aurait bientôt accès au dossier et s'en ferait remettre une copie. Privilège accordé à l'avocat de la partie civile en pareil cas, sous réserve du dépôt de sa plainte en constitution de partie civile.

M. André se fendit d'un commentaire - ce qui n'était pas son habitude :

— Cette disparition ne me plaît pas. Je vais commencer par enquêter sur son lieu de travail, avant même le domicile et le parcours de la disparue.

— Je suis bien d'accord avec vous. Au passage, je n'ai pas énormément de renseignements sur le mari…

M. André ne répondit pas, se contentant d'un hochement de tête entendu tout en se levant pour quitter la pièce, le dossier en mains.

Il ne s'étendait pas en politesses, c'était le moins que l'on puisse dire, mais il comprenait vite.

8.

Il n'avait pas fallu longtemps à M. André pour se renseigner sur l'agence de communications où Sabine Sasso travaillait : On Stage Communications.

Il avait beau ne pas aimer les gadgets sur le terrain, il se servait tout de même d'un ordinateur…

Il prenait cependant un luxe particulier à sécuriser ses accès à internet, n'utilisant que le navigateur Firefox, évitant soigneusement les moteurs de recherches les plus connus ou bien se connectant de façon anonyme sur des serveurs WiFi publics, en prenant soin de sécuriser sa connexion.

Le site de l'agence mentionnait les nombreux événements organisés ; c'était leur portfolio et leur meilleure publicité. D'autant que la clientèle était constituée de grands noms du cinéma français, anglais, américain, sans parler des chaînes de télévision.

C'était d'ailleurs étonnant qu'une agence de cette taille, relativement modeste, ait ramassé autant de clients de ce calibre.

Il put très rapidement mettre un visage sur le bras droit de Sabine Sasso. Les profils de tous les employés apparaissaient sur le site sous forme d'organigramme détaillant la composition des groupes de travail : un catalogue dans lequel les clients pouvaient choisir leurs équipes.

Son assistante s'appelait Nathalie Demers. Une jolie fille avec des yeux clairs légèrement tombants qui se rétrécissaient proportionnellement à son sourire, évidemment parfait. Les photos de profils étaient en noir et blanc, donc difficile de déduire exactement la couleur de cheveux, mais ça ressemblait à du blond foncé. Ce n'était pas une photo d'agence de com' pour rien. C'était certain.

En comparant avec les photos de la disparue, tant sur le site corporatif que sur les photos fournies, il nota que Nathalie Demers ressemblait presque comme une sœur à sa patronne.

Déformation professionnelle sans doute : il faisait partie de ceux qui remarquent les détails les plus futiles qui, dans la très grande majorité des cas restent… purement anodins.

La fiche de renseignement de l'assistante apprit de précieux renseignements à M. André, qu'il s'agisse de sa formation initiale, les stages suivis, son compte Twitter, son profil LinkedIn ou les mandats dont elle s'était occupée.

Il ne lui fallut pas longtemps pour être capable d'en savoir beaucoup plus sur elle… Facebook, Twitter et LinkedIn représentent des mines de renseignements insoupçonnées, à plus forte raison pour les gros utilisateurs et acteurs de médias sociaux.

C'était par elle qu'il allait commencer.

9.

Si Gabriel avait un rituel bien établi pour les jours de semaine, il en allait tout autrement pour les week-ends.

Les cafés autour du Palais, le samedi, c'était déprimant.

La journée s'annonçait belle. Il n'avait pas grand-chose de prévu et n'était pas d'humeur à faire des kilomètres pour prendre son petit déjeuner.

Il avait le choix entre le salon de thé complètement ringard à proximité de chez lui, ou bien les croissants de son boulanger et la lecture du Nice-Matin sur sa terrasse : le choix fut vite fait.

Après avoir épluché le journal qui n'annonçait rien de particulier à part les préparatifs du Festival de Cannes et du Grand Prix de Monaco, il se dit que l'heure était parfaite pour appeler Amandine. Un samedi en début d'après-midi, il ne la réveillerait certainement pas.

— Amandine, c'est Gabriel. Je t'appelais pour faire un suivi au sujet du client à qui tu m'as recommandé.

— Allo Gab' !

Grâce à son séjour à Montréal, Gabriel savait que « Allo » pouvait signifier « bonjour » et écarta donc la possibilité qu'elle ne l'entende pas bien…

— Je me suis assuré que l'enquête de police avance, que le Parquet est bien saisi. Je vais déposer une plainte pour avoir accès au dossier, mais à première vue, il n'y a aucun élément.

Bonne nouvelle également : ton ami ne semble pas faire partie de la liste des premiers suspects, ce qui est fréquent dans ce genre de dossiers.

— Patrick ? Ça m'étonnerait bien, il adore sa femme !

Gabriel décida de ne pas s'appesantir là-dessus : c'est toujours un terrain miné de parler à une relation d'un client de la potentielle culpabilité de ce dernier. D'autant qu'ici, il n'y avait pas vraiment matière à suspicion : la police avait dû vérifier l'emploi du temps de Patrick Sasso et n'avait rien trouvé. Ça s'arrêtait là.

Il enchaîna donc sur la suite de ses démarches :

— M. André, que tu connais, est sur le dossier. Il va mener sa propre enquête. J'espère avoir bientôt des nouvelles. De bonnes nouvelles, tant qu'à faire.

— Tant qu'à faire, oui. J'ai appelé Patrick après que tu l'aies rencontré et en tous cas, tu as réussi à le rassurer un peu, mais il est toujours complètement retourné.

— Dis-moi, justement, en parlant de Patrick Sasso, figure-toi que je n'ai même pas pensé à lui demander son occupation, ni d'autres détails le concernant. Tu peux m'en dire plus ?

— Alors Maître Rossetti, on devient sénile ? Ah ah !

Je connais Patrick depuis l'école primaire, on a fait toute notre scolarité ensemble quasiment depuis la maternelle. C'est un Cannois pur jus et nos chemins se sont séparés pendant la prépa qu'on a faite ensemble.

Il est rentré dans une école de commerce et moi je suis partie à Stanford. On s'est un peu perdu de vue à ce moment-là. Mais jamais complètement : on s'écrivait quand c'était encore la mode, puis les emails. On s'appelle toujours pour nos anniversaires. Quand je suis de passage dans le Midi, je m'arrange pour le voir, au moins pour un dîner.

J'ai été son témoin à son mariage avec Sabine, mais le courant n'est jamais vraiment passé entre nous.

Non pas qu'on se déteste ou qu'il y ait une quelconque jalousie entre nous, mais bon, à la réflexion, peut-être un peu de son côté... pas du mien en tous cas.

On a bien flirté un peu ensemble quand nous étions ados, mais finalement, on faisait de meilleurs amis qu'un couple…

Patrick a fait l'essentiel de sa carrière dans une banque suisse réputée et il doit être bientôt mûr pour un poste de Vice-Président.

C'est dans ce cadre qu'il a rencontré sa femme, alors qu'elle débutait en agence de communication. Elle organisait un gros événement pour la banque et Patrick s'occupait, à contrecœur au début, du projet. Enfin jusqu'à ce qu'il rencontre Sabine… Ce fut le coup de foudre immédiat. Pour lui en tous cas… Je pense que pour elle aussi.

Mais comme je te dis, on n'a jamais vraiment eu vraiment d'atomes crochus, elle et moi.

Elle était toute flamboyante et exubérante alors qu'à l'époque, j'étais vraiment le nez dans mes ordinateurs à passer mes nuits à coder…

Ils étaient cependant bien assortis. Le parfait couple de yuppies cannois ; de ce côté-là, ils se sont vraiment bien trouvés.

Patrick tenait à ce que je sois son témoin, je pourrais t'envoyer les photos, je dois les avoir dans un carton, ça date de la préhistoire… Avant la photo numérique…

Je les ai revus après, durant leur voyage de noces. Ils l'ont fait en Californie, je les ai même hébergés à San Francisco pendant une semaine.

Après ça, c'est plus Patrick que je voyais lors de mes séjours sur la Côte. Sabine avait ses soirées très occupées, avec tous les événements, vernissages, enfin tu vois le tableau. Ça laissait du temps libre à Patrick.

Je me souviens qu'à un moment, il s'est confié à moi et que la situation lui pesait.

Avant que tu ne me poses la question, non, il ne m'a pas fait part à l'époque de soupçons d'infidélité, de ce côté-là, il était très confiant… Ça pouvait paraître présomptueux de sa part, mais il semblait très sincère et convaincu quand il parlait de fidélité entre eux. Ce qu'il m'en disait, c'est que c'était une pierre fondatrice très importante de leur relation…

— Oui, c'est à peu près le même discours qu'il m'a tenu. Cela dit, on le sait, ça ne veut pas toujours dire grand-chose, surtout à l'épreuve du temps… J'ai toujours un peu de mal à prendre pour argent comptant ce genre d'affirmations... Ma déformation professionnelle, sans doute.

— Sans déformation professionnelle, je t'avoue que j'émets également des doutes sur ce genre d'affirmations, d'autant plus que j'en ai fait personnellement l'expérience...

C'était la première fois qu'Amandine mentionnait à Gabriel l'adultère de Frank, son mari, qu'ils avaient découvert ensemble, lors d'une « perquisition »... Enfin juridiquement, la qualification exacte se rapprochait plus du cambriolage - sans effraction...

Sur le moment, elle avait fait comme si de rien n'était. Frank ne s'était pas limité à tromper son épouse, il avait également trahi sa confiance professionnelle, avec ses agissements au sein de Stuff for Fun, la compagnie d'Amandine.

Gabriel était convaincu que c'était cette dernière trahison qui avait le plus blessé Amandine. Cela n'excluait cependant pas pour autant le fait que l'infidélité de son mari l'ait également atteinte.

Après ces réflexions, il enchaîna :

— Donc, si je comprends bien, on a un couple parfait, bien assorti, sans problèmes majeurs.

Mais dis-moi : ils n'ont pas d'enfants. C'est un choix ou un état imposé par des considérations plus... prosaïques ?

— Je pense que Patrick souhaitait des enfants, en tous cas quand nous étions plus jeunes, on en parlait comme on parle du futur à quinze ou dix-huit ans... Dans le tableau idyllique de Patrick, il y avait des enfants et un chien...

Après leur mariage, j'ai compris que Sabine voulait privilégier sa carrière et ne cessait de dire que si elle s'arrêtait, sa place ne l'attendrait pas, qu'elle serait has-been... Bref, sa réflexion me faisait penser aux joueurs de jeux de rôles en ligne qui doivent absolument se connecter, quotidiennement, à heures fixes, pour progresser en même temps que leur groupe, faute de quoi la différence de niveau qui se creuserait les exclurait de facto des groupes et des raids organisés...

— Comparaison imagée, mais j'en saisis l'essentiel ! Et Patrick, il prenait ça comment ?

— Il était plutôt résigné ; de toute façon, il approuvait systématiquement tout ce que faisait et disait sa femme… il s'éloignait du Patrick que j'avais connu. J'ai mis ça sur le compte du temps qui passe et de l'âge qu'on prend tous, de la vie qui nous change.

— Et pour le chien ? Ça risquait d'entraver la carrière de Sabine aussi ?

— Toujours aussi comique, Gab' !
Je ne l'ai jamais connu avec un chien : trop de contraintes selon Patrick. Mais là encore, j'entendais Sabine quand il me disait ces mots.

— Si je comprends bien, entre Sabine et toi, ce n'était pas l'amour fou…

— Tu as tout compris. Elle était - et elle est encore, jusqu'à preuve du contraire - la femme de mon ami. Mais elle n'est pas devenue mon amie. Nous avons toujours été bien trop différentes pour que ça « fitte », comme on dit au Québec !

— Hmmm, écoute, je pense que tu m'as apporté de précieux renseignements pour saisir la personnalité de Patrick. À voir son état quand il m'a rendu visite, je le trouvais hypersensible - ce qui est normal, hein -, mais tout de même. Maintenant, je pense qu'on peut mettre ça sur le compte d'une dépendance affective vis-à-vis de sa femme.
Il va être capable de faire n'importe quoi pour la retrouver.
Je vais tenir compte de ce paramètre.
En tous cas, je te remercie de tes précieux renseignements !
Quand est-ce que nous aurons le plaisir de te voir par ici ?

—Je n'ai pas prévu de visites particulières, mais compte tenu de ce qui arrive à Patrick, je ne vais pas le laisser seul. Je suis en train de m'organiser pour regrouper et avancer toutes les réunions importantes de ces quinze prochains jours.

Dès que ça sera fait, je passerai en mode « gestion du bureau à distance ».

— Cette fois-ci, ce sera à mon tour de te faire la cuisine… Je ne te promets pas des plats aussi élaborés que ce que tu m'avais préparé chez toi, mais ça ne te décevra pas !

— J'espère bien ! Et l'invitation est notée. Je te confirmerai mon arrivée dès que j'aurai réglé mes affaires ici.

— D'ici là, je te souhaite une bonne journée !

— À toi aussi. À bientôt !

10.

M. André n'avait pas le choix. Il fallait aller vite.

Il avait récupéré l'adresse de Nathalie grâce aux informations collectées sur internet et l'attendait en bas de son appartement, à deux pas du Lycée Carnot.

Il ne fallait pas non plus lui faire peur en l'accostant trop prestement à la sortie de son garage ou de son appartement.

Il avait vu sur les réseaux sociaux qu'elle vouait un amour indéfectible à sa Vespa rouge. Compte tenu de la distance entre son domicile et son bureau, il y avait plus de chances qu'elle émerge du parking en scooter que de la porte d'entrée, ce qui aurait signifié qu'elle se rende au travail à pied ou en bus.

Peu vraisemblable en raison de la distance.

Aux alentours de neuf heures, la porte du garage s'ouvrit alors que le couloir d'accès au stationnement résonnait de la sonorité toujours caractéristique des Vespa.

Il se plaça entre les voitures garées de chaque côté de la sortie du garage, de sorte à pouvoir laisser Nathalie sortir du garage, tout en se trouvant sur sa trajectoire.

— Madame Nathalie Demers ?

— Euh, oui ? C'est pourquoi ?

Il sentait bien la jeune femme méfiante - on la comprenait, même s'il n'était que neuf heures du matin.

Il entreprit de la rassurer sans délai et joua cartes sur table :

— J'ai été embauché par Patrick Sasso pour enquêter sur la disparition de son épouse dont vous êtes l'assistante. J'ai besoin de votre aide.

Ce n'était pas la peine de jouer les grands ténébreux, ça n'aurait créé que de la suspicion - bien légitime. Il se mettait à la place de la jeune fille et quelque chose lui disait qu'elle aimait sa patronne. Rien qu'à voir sur les photos le mimétisme qu'elle adoptait : même coiffure, style d'habillement relativement similaire, il y avait de bonnes chances que Sabine Sasso soit pour elle un mentor, sinon un modèle.

Il avait visé juste, car Nathalie Demers se détendit immédiatement en entendant le nom du commanditaire de Monsieur André.

Mais il restait encore une dernière barrière à faire tomber :

— Mon Dieu, c'est terrible ce qui arrive à Sabine, je n'en dors plus la nuit. Mais vous savez, j'ai déjà tout dit à la police qui est venue enquêter.

— Tous les rapports de police du monde ne rendront jamais justice à votre avis, j'en suis sûr. Je crois que vous la connaissez très bien et je pense que vous pouvez nous aider à la retrouver. M'accorderiez-vous quelques minutes ? Tenez, allons boire un café ici.

Cette approche directe avait bien marché : la jeune fille accepta et verrouilla son scooter avant d'accompagner M. André dans le café de quartier qui, en dehors des quelques habitués du zinc, était quasiment désert.

Les tasses en céramique marron n'auguraient pas d'un bon café, mais M. André n'était pas là pour une séance de dégustation.

— J'imagine que Madame Sasso, Sabine, ne vous a pas prévenue de son absence. De ce que Monsieur Sasso nous a rapporté, vous auriez essayé de la joindre durant la journée, en vain. Et vous vous apprêtiez à l'appeler en fin de journée pour savoir s'il en savait plus ?

La jeune fille était visiblement embarrassée, ce qui aiguisa l'intérêt de l'enquêteur.

— Eh bien, c'est sûr que j'ai essayé de joindre Sabine dans la journée. Normalement quand elle s'absente je suis toujours au courant… En ce qui concerne l'appel à son mari, eh bien…

Il y avait quelque chose, là. M. André laissa Nathalie à ses hésitations, elle semblait bien partie pour se montrer bavarde…

— Ce n'était pas la première fois que Sabine ne venait pas au bureau. Il lui arrivait d'avoir des demi-journées ou des journées « off », sans plus de mention dans son agenda. Elle ne m'a jamais dit les raisons de ces absences, mais elle prévenait toujours, de sorte qu'on ne s'inquiète pas et que le travail soit organisé en conséquence.
Sauf que, cette fois-ci, elle ne m'a pas avertie, ni aucun associé de l'agence…
…
Je ne veux pas me mêler de ce qui ne me regarde pas, mais je ne suis pas sûre que ces absences soient connues de son mari.
C'est pour ça que je n'ai pas appelé ce dernier… Quand il m'a appelé, j'ai spontanément dit que je comptais lui téléphoner, mais en fait, je ne l'aurai pas fait. Je ne voudrais pas être indirectement la cause d'ennuis pour Sabine. Sa vie privée ne me regarde pas. Enfin, je ne veux pas m'en mêler… Vous comprenez.
Je me suis contentée de lui dire que rien d'anormal n'était survenu ces derniers temps, ce qui était la stricte vérité.
Maintenant que ça fait plus d'une semaine qu'elle n'a pas réapparu, je m'inquiète de plus en plus.
Je n'ai pas mentionné ça à la police, vous savez.

La jeune fille était visiblement très embarrassée et semblait surtout inquiète des conséquences de son silence.

Monsieur André sentit que le temps était venu de se faire rassurant :

— C'est tout à votre honneur de préserver la vie privée de votre patronne, et vous faites bien de me le dire.

Je vais tâcher de garder cet élément pour moi et s'il doit sortir je saurai expliquer à Monsieur Sasso la raison de votre silence. Toutefois…

Il avait toute l'attention de Nathalie qui pencha sa tête en avant et cligna des yeux machinalement avant de le fixer.

— Avec ce que vous me dites, vous êtes sans doute la personne qui est la plus proche de Sabine. Je vais encore avoir besoin de votre aide sur plusieurs points. En premier lieu, êtes-vous en mesure de me faire parvenir une copie des dossiers présents sur son ordinateur, ainsi que sa correspondance récente ?

— J'ai déjà donné une copie à la police des documents et des boîtes mails de Sabine, je peux vous en faire une copie que je vous remettrai ce midi.

— Parfait. Ensuite, il faudrait que vous me parliez de Sabine, de sa place dans l'agence, de ses relations avec ses collègues et de tout élément, même anodin, qui pourrait vous sembler utile.

— Il y aurait beaucoup à dire et je dois aller au travail. On est sur les dents en ce moment avec le Festival de Cannes qui approche à grands pas, mais voici ce que je peux vous en dire :

Sabine, je la considère comme ma grande sœur. C'est elle qui m'a embauchée à ma sortie de l'école de relations publiques. Elle est un modèle pour moi et je pense qu'elle apprécie aussi son rôle de mentor à mon égard.

Elle ne m'a jamais fait de cadeaux cela dit, mais depuis que je travaille avec elle, j'apprends énormément. J'ai même refusé plusieurs propositions de postes chez des concurrents : la seule raison pour laquelle je changerais de boulot, ça serait pour suivre Sabine.

Il faut vous dire aussi que Sabine a de très gros clients, parmi les plus gros de l'agence et ils l'adorent. Ils ne veulent travailler qu'avec elle, ce qui lui donne un poids considérable dans l'agence, même si elle ne siège pas au comité de direction. Et…

— Et ?

— Si vous demandez à d'autres collègues ou à des associés de
l'agence, ils ne vous diront pas forcément du bien d'elle. Elle sait
se montrer sans pitié, que ce soit avec des agences concurrentes ou
bien même à l'intérieur de l'agence.

Tout le monde sait que Sabine et moi sommes très proches,
alors je n'ai jamais été personnellement témoin de remarques
négatives. Mais ce genre de choses, ça se sent, rien qu'à la façon
que certains ont de la regarder, n'importe qui pourrait en déduire
qu'ils ne l'aiment pas.

En tous cas, un qui ne l'aime certainement pas, c'est Roland.
Un ancien associé de l'agence.

On peut dire que Sabine a « eu sa peau ». Elle a clairement fait
comprendre au conseil d'administration que c'était elle ou lui. Vu
la masse de clients qu'elle draine, leur choix a été vite fait.

— Vous connaissez l'origine de la querelle entre Roland et
Sabine ?

— Ce que je peux vous dire, c'est que Roland a essayé
d'interférer auprès de clients de Sabine ; ça lui est revenu aux
oreilles et on a assisté à une engueulade mémorable… Sabine
criait si fort dans le bureau fermé de Roland que les murs en
vibraient.

Quand elle est sortie, elle a été voir le big boss et c'est là qu'elle
a posé, je pense, son ultimatum.

Le conseil d'administration s'est réuni d'urgence et, au bout de
deux heures, Roland avait disparu du bureau.

Tout ça s'est passé il y a environ six mois.

— Et vous savez où on peut le trouver ce Roland ?

— Pas exactement. Il travaille plus ou moins à son compte,
comme « free-lance » et s'occupe de clients tantôt avec une
agence, tantôt avec une autre. Il fait plus l'intermédiaire qu'autre
chose, mais de ce qu'on dit et à voir ses mandats, ça ne marche

pas super fort depuis… Vous devriez le trouver dans le bottin, il s'appelle Delétang, Roland Delétang. En un mot.

— Merci. Vous avez parlé de lui à la police ?

— Oui, évidemment, tout le monde est au courant. Ils ont également interrogé le PDG et ça m'étonnerait qu'ils n'en aient pas parlé. En tous cas, moi, je l'ai mentionné au lieutenant qui est venu à l'agence.

— Je ne vous retiens pas plus longtemps ; voici ma carte. S'il vous revient d'autres éléments, téléphonez-moi.
Comme vous me l'avez proposé, je récupérerai donc les fichiers de votre patronne ce midi. En bas de votre bureau ?

— Je préférerais que ça se fasse un peu à l'écart du bureau, disons sur la rue Meynadier, vous voyez le fameux fromager qui est là ? Je serai devant à midi dix.

Elle était jeune, mais visiblement pas naïve et la disparition de Sabine l'avait rendue méfiante.

—J'y serai. Merci encore de votre temps.

11.

— Gabi chéri ?

— Martinez ! Tu imites très mal ma mère, tu sais ? Qu'est-ce qui se passe ? T'as une nouvelle pépée ?

— Ah ben ça ! Comment tu le sais ?

— Tu es tellement transparent, mon pauvre… Bon alors, cette fois, blonde, brune ou rousse ?

— Je suis sûr qu'on te l'a dit… Elle est blonde et charmante, c'est une jeune avocate…

— Une avocate ? Mais tu n'es pas bien dans ta tête, toi ?

— Et où est-ce que c'est écrit qu'on n'a pas le droit de fréquenter des avocats ? Dans le petit livre rouge de Maître Rossetti ? Et puis, elle est différente…

— Mais bien sûr, Martinez, mais bien sûr…

— Tu sais même pas qui c'est que déjà tu la critiques ! On dirait ma mère !

— Eh ben, t'as qu'à me la présenter, si je la connais pas déjà… Tu peux commencer par m'en parler. Comme tu m'appelles à l'heure à laquelle ton estomac se met à gargouiller, t'as qu'à m'inviter à dîner, comme ça tu pourras me rebattre à loisir les oreilles avec elle !

— Le Libanais, dans une demi-heure ?

— Vendu !

*

Effectivement, Martinez était d'humeur badine. Il suffisait de voir le sourire imprimé sur son visage pour comprendre qu'il en était au stade du roucoulement avec sa dernière conquête.

Gabriel n'avait jamais vraiment su si la raison pour laquelle il changeait si fréquemment de copine venait de lui, ou d'elles. Mais ce qui était sûr, c'est qu'il n'avait pas de peine à se recaser et que, contrairement à Gabriel, il supportait mal la solitude, quitte à sortir avec n'importe qui - ou presque.

Non. En fait, il sortait vraiment avec n'importe qui.

Ça lui avait même parfois joué des vilains tours, ce qui ne l'empêchait pas de s'obstiner.

— Alors Don Juan, comment elle s'appelle l'heureuse élue ?

— Chloé. Une beauté ! Et en prime, elle est drôle.

— Si elle est riche, t'as plus qu'à l'épouser !

— Ah ça, tu sais le mariage, là-dessus, je pense que je suis comme toi, je suis un peu vacciné…

Gabriel se rembrunit quelque peu. Ça lui rappelait de mauvais souvenirs.

Ce que Martinez vit immédiatement et il s'empressa de changer de sujet.

Étonnamment, il savait parfois faire preuve d'un très grand tact.

— Mais dis-moi, tu ne m'as jamais donné les détails de tes péripéties avec ta cliente, là, tu sais, la Canadienne qui venait du froid ?

— Martinez, putain ! Le secret professionnel…

La mine entendue de son compère laissait peu de place au doute quant au cas qu'il en faisait, du secret professionnel, surtout entre amis…

Il ne le lâcherait pas tant qu'il n'en aurait pas dit plus. Autant lui donner quelques os à ronger.

— Bon, y'a quand même du secret industriel là-dedans, et avec ça, on ne rigole pas.

Ce que je peux te dire, c'est qu'on a joué aux Arsène Lupin, aux James Bond et à « traque sur internet »…

— Sauf que ta Sandra Bullock elle était plutôt châtain et assez canon, hein ?

— Tu es tellement… perspicace, Martinez !

Il adorait Martinez, mais il ne pouvait tout de même pas lui révéler l'étendue du dossier, qui devait rester totalement confidentiel.

— D'ailleurs, elle m'a adressé un nouveau client : un gars dont la femme a disparu à Cannes il y a une dizaine de jours maintenant. Elle s'est vo-la-ti-li-sée, purement et simplement.

— Tu vas finir en Hercule Poirot ou en Maigret, à force !

— Je t'avoue que c'est plutôt sympa, ça change de la routine habituelle des dossiers classiques. Un peu d'air frais, tu vois. Toi, ton oxygène, c'est tes conquêtes, moi c'est les dossiers d'investigation !

— Ah ça ! Mais méfie-toi, l'excès d'oxygène, c'est pas bon pour la santé !

— J'en ai autant à ton service, Martinez !

— Mais dis-moi, une femme qui disparaît comme ça… Ça pue le crime passionnel à plein nez, ton affaire !

— Tu es complètement fada ! Il est raide dingue amoureux de sa femme et, sauf erreur de ma part, la police ne le suspecte pas. Et franchement, s'il joue la comédie, il la joue vraiment bien… Et puis dans ce cas, pourquoi venir me consulter et mettre un enquêteur sur le coup ?

— Ben, pour faire bonne figure, il en rajoute et si ça se trouve, il est tellement sûr de son coup qu'il est certain de ne pas se faire attraper. Tu sais : le crime parfait…

— Si tu l'avais vu, tu aurais immédiatement écarté cette hypothèse, crois-moi.

Et puis, même le Proc', tiens d'ailleurs, c'est Andrieux qui a le dossier, ne le suspecte pas.

— Si tu le dis.

Cette idée avait évidemment effleuré Gabriel, mais tant le Procureur qu'Amandine avaient rapidement écarté ce soupçon « mécanique ».

En outre, ce qu'Amandine lui avait dit au sujet de son ami ne collait pas avec le crime passionnel. Idem pour les photos du couple, même si elles lui laissaient globalement un arrière-goût bizarre.

La discussion se poursuivit plus tranquillement. Ils venaient d'être servis et Martinez engloutissait ses sfiahs, joyeusement trempés tantôt dans de l'houmous, tantôt dans du caviar d'aubergine, avant de s'attaquer à ses feuilletés aux épinards et ses falafels, pour clôturer, comme d'habitude, avec son shawarma…

Le tout arrosé, une fois n'est pas coutume, d'un vin rouge dont le degré d'alcool aurait pu le classer dans la catégorie des spiritueux…

— Tiens, au fait, toi qui vas plus souvent que moi à Grasse, tu la connais, la juge d'instruction Dupont ? C'est elle qui instruit dans le dossier de mon client.

Martinez, tout en s'appliquant à vider consciencieusement les assiettes d'entrées, lui répondit :

— Une vraie peau de vache ! Elle est pas de chez nous, tu sais. C'est une ch'ti. Les gens du Nord…

— Oui, je sais : ont dans les yeux le bleu qu'il manque à leur décor…

— Putain ! Tu en rates pas une, toi !
Elle a peut-être les yeux bleus, mais je l'ai rarement vu sourire, je te le garantis.
Elle est d'une froideur… déconcertante. D'aucuns appelleraient ça du professionnalisme, mais ce qui est certain, c'est qu'avec son attitude, t'as pas envie de l'inviter jouer au golf ou faire du bateau, ça, c'est sûr que les risques de collusion, elle les minimise !

— Bon, soit. Elle est pas extravertie, c'est sûr que ça doit te déstabiliser, toi… Mais sans ça ?

— Pour être honnête, et en dehors du fait que c'est pas une comique du tout, elle instruit autant à charge qu'à décharge. Je ne l'ai jamais vue rendre des ordonnances ou poser des actes susceptibles d'être fondamentalement remis en question. Je dois bien t'avouer qu'elle me semble pro. Ton dossier est entre de bonnes mains avec elle.

Gabriel palliait son manque de pratique régulière des domaines dans lesquels il n'exerçait que rarement en se renseignant au maximum sur les magistrats, leurs habitudes et pratiques. Ça lui permettait d'éviter d'arriver la gueule enfarinée devant une juridiction où il n'était pas connu. Jusqu'à présent, ça lui avait toujours réussi.

— Bon, eh bien me voilà rassuré. Maintenant, parle-moi donc de ta Chloé, qui te brûle les lèvres depuis que tu es arrivé…

12.

Amandine, qui détestait perdre son temps en longues réunions, avait établi un échéancier de réunions serré. À sa grande satisfaction, aucun retard n'avait été pris dans l'agenda bien rempli de la journée.

Elle avait revu en détail l'état de chaque jeu actuellement sur le marché, testé les derniers prototypes du prochain projet - une rupture avec les précédents jeux de Stuff for Fun. Il s'agissait cette fois-ci de réinventer le jeu de plateformes, tout en conservant la composante sociale propre à tous les produits de S4F. Même s'il restait du chemin à faire en matière de contenu et de jouabilité, les principales mécaniques de jeu étaient en place et le plus important, c'était qu'on prenait du plaisir à jouer avec le prototype.

La réunion concernant Distribution tycoon s'était extrêmement bien passée. Les deux têtes du projet, Hans et Gunther avaient dévoilé des extensions extrêmement intéressantes, axées cette fois-ci non plus sur les opérations de commerce entre les joueurs, mais sur celles de transport. Un pan du jeu qui existait, mais n'était pas encore exploité. On déployait au fur et à mesure les nouvelles composantes, ce qui permettait d'attirer de nouveaux joueurs, mais plus important encore, de conserver les anciens et de renouveler leur intérêt pour le jeu.

Amandine ne put s'empêcher de repenser à l'utilisation qui avait été faite de ce jeu et de son exploitation inattendue…
Une chance que toute l'affaire se soit bien terminée, sans quoi c'eut été catastrophique pour la compagnie…

Elle termina sa journée par une réunion avec Joana, en charge des ressources humaines. Elles revirent ensemble le plan d'embauche pour les six prochains mois.

La compagnie avait besoin de grossir pour faire face aux besoins de la production, mais Amandine avait tenu à ce que les embauches demeurent contenues, afin de conserver l'esprit originel de Stuff for Fun. Elle avait eu l'occasion de voir se diluer l'esprit d'entreprise dans certaines croissances auxquelles elle avait participé et voulait éviter ça à tout prix. Elle aurait presque préféré enterrer un jeu à succès plutôt que de faire grossir le nombre d'employés en dehors de ses quotas idéaux.

Et puis, bien souvent, pour répondre à la croissance soudaine, on embauchait des ressources qui n'étaient pas forcément les meilleures de leur domaine. Amandine préférait un seul excellent candidat à deux bons car, d'expérience, l'excellente ressource abattrait plus de travail.

Jusqu'à présent, elle avait eu le nez creux.

Joana, bien qu'elle ait dû revoir à la baisse ses prévisions, ne sourcilla guère plus que le temps nécessaire pour crédibiliser les chiffres qu'elle avait avancés et dont elle savait qu'ils seraient revus à la baisse par sa patronne.

Amandine put enfin sauter dans le taxi qui l'emmènerait à l'aéroport Trudeau afin d'embarquer dans son vol pour Nice, malheureusement avec escale… Il fallait passer soit par Paris, soit par Francfort ou d'autres grandes destinations européennes.

Cette fois-ci, elle allait débarquer à Paris ; au moins, en cas de retard, elle aurait l'embarras du choix dans son deuxième vol à destination de Nice.

Une fois n'était pas coutume, chacun de ses vols était à l'heure, pas de grève surprise, aucun incident… Presque trop beau pour être vrai.

Elle foula donc le sol niçois en début de matinée et se surprit à appeler Gabriel avant Patrick :

— Chose promise, chose due ! Me voici redevenue temporairement niçoise !

— Bonjour Madame MacLane ! Tu as fait vite, dis donc…

— J'ai fait au mieux, je ne me sentais pas de laisser Patrick mariner tout seul. Je passe chez moi et je vais aller le voir.
Je n'oublie pas que tu me dois un dîner. Ce soir, tu es disponible ?

Gabriel prit juste le temps de réfléchir à son emploi du temps du lendemain et à trouver un moment pour acheter de quoi offrir un repas décent à son invitée avant de lui répondre :

— Bien sûr ! Ça fait longtemps et ça me fera plaisir de te voir. Je t'envoie mon adresse par texto. Disons vingt heures ?

— Ça marche, ça me laisse le temps de faire l'aller-retour sur Cannes. On pourra parler du dossier de Patrick.

— Oui, ça tombe bien, justement, j'ai d'autres questions pour toi.

Gabriel n'en dit pas plus et la conversation s'arrêta là.

Amandine, de son côté, se rendit directement à son appartement, prit une douche et fonça à Cannes, non sans avoir appelé Patrick au préalable. Les surprises, ça avait du bon, mais jusqu'à un certain point.

13.

Comme Amandine s'y attendait, Patrick ne devait pas se tenir éloigné de son téléphone : il répondit immédiatement.

Il était visiblement très content qu'elle soit là. La surprise était totale, d'autant qu'elle ne lui avait rien mentionné à ce sujet. Et bien sûr, il l'attendait chez lui d'où il ne bougeait d'ailleurs quasiment plus.

Lorsqu'Amandine entra dans l'appartement, elle eut, si besoin était, la preuve que Patrick n'était pas dans son état normal. L'endroit n'était pas ce qu'on aurait pu qualifier de bordélique, mais il était évident qu'il était largement négligé : çà et là s'accumulaient des piles de documents, de vêtements, couvertures, restes de repas.
Elle imaginait volontiers dans quel état la chambre et la cuisine devaient être…

Elle nota toutefois qu'il y avait dans le salon encore plus de photos du couple que dans ses souvenirs.
Sa dernière visite ne remontait pas à plus d'un an et demi, mais elle était quasiment certaine qu'il y avait beaucoup moins de cadres représentant le couple à l'époque.

L'atmosphère était irrespirable. Elle se sentait encore plus confinée que dans l'avion qui l'avait amenée de Montréal à Paris. D'un ton presque autoritaire, elle dit à Patrick :

— On ne va pas rester ici, je pense que tu y passes déjà trop de temps. Allez ! Je te sors !

Patrick ne réagit pas, il n'était plus que l'ombre de lui-même.

Visiblement, la disparition soudaine de sa femme l'avait totalement anéanti.

Ils se rendirent du côté du vieux port de Cannes. Il y avait là un restaurant italien qu'Amandine affectionnait particulièrement pour ses pizzas. Même si les pizzas étaient très bonnes dans la petite Italie à Montréal, particulièrement dans les établissements ne payant pas de mine, elle préférait les pizzas « d'ici ».

— Je ne te demande pas comment tu vas, tu es totalement livide, Patrick. As-tu consulté un médecin ?

— Ma santé, tu sais, c'est le cadet de mes soucis en ce moment. Ce qui me ronge c'est la disparition de Sabine, le fait de n'avoir aucune nouvelle. L'enquête de police n'aboutit pas et ton avocat, ce Maître Rossetti, ne m'a guère fait de suivi pour l'instant.

— Ça ne devrait pas tarder, je l'ai eu au téléphone. Il a mis son enquêteur sur le coup et va se faire communiquer le dossier de l'enquête de police. Tout ça ne se fait pas en claquant des doigts, tu sais.

Patrick sembla rassuré, mais pas plus que ça ; il ressemblait à une personne en train de se noyer, dont on voit la tête hors de l'eau par intermittence… Sauf que les moments où l'on voyait la tête du candidat à la noyade, elle n'en avait vu qu'à peine deux depuis son arrivée : quand il lui avait ouvert la porte et à l'instant.

Déjà, il se remettait à sombrer dans les idées les plus noires.

C'était donc à ça que ressemblait la perte d'un être cher ? Amandine, comme tout le monde, se figurait que ça devait être terrible, mais face à la réalité crue de la situation de Patrick, bien concrète, elle se dit que cela devait être encore pire que dans ses hypothèses les plus sombres.

Ce qui était certain en revanche, c'était qu'il fallait le faire parler, ne serait-ce que pour l'occuper.

— Bon, Patrick, raconte-moi à nouveau le fil des événements : tu me disais que Sabine s'est volatilisée en se rendant à son travail : rien n'a disparu de l'appartement, elle n'est pas partie avec des affaires, tu en es sûr ?

— Je connais suffisamment nos placards pour savoir qu'il ne manquait rien, tu sais. Aucun sac de voyage n'a disparu non plus. Ses affaires de toilettes sont toutes là, dans notre salle de bains.

Non, elle n'a rien pris de plus que son sac, comme pour une journée de travail ordinaire.

Je sais bien ce que vous pensez tous… qu'elle est partie avec un autre. Mais je sais que ce n'est pas le cas.

Ça fonctionnait entre nous. On avait notre rythme de croisière, comme tous les couples. On s'aimait.

— Je le sais, Patrick. Je cherche juste à évaluer toutes les hypothèses, tu sais.

— J'ai essayé d'en savoir plus à son boulot et j'ai discuté avec son assistante, Nathalie. Elle n'avait rien remarqué de particulier non plus et semblait très affligée, elle aussi.

Sabine me parlait d'elle de temps en temps. Elle l'aimait bien. Elle lui rappelait celle qu'elle était à son âge.

— Sabine ne te semblait pas préoccupée par quelque chose au travail ces derniers temps ?

— Non. Pas plus que d'habitude. Enfin, si. Chaque année avec le Festival de Cannes, c'est une grosse période, elle travaille deux fois plus que d'habitude… Déjà qu'elle bosse énormément, c'est le meilleur et le pire moment de l'année pour eux : les événements à organiser en marge du Festival, les soirées, les préparatifs, que ce soit des stands faits sur mesure ou simplement des soirées, bref…

Mais pour l'avoir déjà vue venir à bout de bon nombre de Festivals au fil du temps, rien de plus que les autres années.

Sérieusement, plus je retourne tout ça dans ma tête, moins je comprends.

Qu'elle disparaisse maintenant, tu sais, ça ressemble à un suicide professionnel !

Amandine resta dubitative, elle ne voyait plus sur quelle piste l'orienter. Tout ce qu'elle pouvait faire, c'était être là, à ses côtés et lui témoigner son soutien.

Il fallait lui changer les idées.

— Tu te souviens notre prof de chimie en seconde ? Comment il s'appelait déjà ?

— Bozcaioli. Il était tout petit avec plein de poils dans les oreilles ! Mais il était impressionnant, on ne mouftait pas en cours…

— Oui, c'est ce qui nous a aidés à bosser aussi… Enfin, il nous a vite calmés quand il nous a fait fabriquer des boules puantes…

— Ah ah ! Oui, j'ai retenu la formule, moi !

En se remémorant ces souvenirs, Amandine revoyait Patrick et mesurait la différence entre l'adolescent d'alors et l'homme d'aujourd'hui.

L'âge avançant - encore tranquillement, certes - elle commençait à se remémorer des moments de sa vie qui lui semblaient aujourd'hui tellement lointains…

Cela dit, elle se préférait mille fois aujourd'hui qu'à l'époque.

Mais en ce qui concernait Patrick, elle aurait préféré que ce soit l'inverse : le Patrick drôle et insouciant du secondaire…

Ils passèrent l'après-midi ensemble, à se balader sur la Croisette, qu'ils eurent le temps de parcourir en long et en large. On y sentait l'effervescence caractéristique de la Ville au moment du Festival, chaque passant - ou presque - pouvait s'y sentir un peu star. Certains, certaines, en avaient fait le rôle de leur vie, à défaut de crever l'écran.

La température aidant, les plages étaient bondées comme en été. Une chance, car d'habitude la météo n'est guère clémente durant le Festival.

C'était le Cannes qu'elle avait toujours connu et, même si des bâtisses avaient changé, que bien des magasins avaient fermé ou s'étaient déplacés, il restait cette essence, cette ambiance unique qui, encore une fois, la ramenait à sa jeunesse.

Patrick semblait quelque peu apaisé et, rassurée, Amandine prit congé.

Il était temps d'aller retrouver Gabriel.

14.

Pour une fois, la procédure allait relativement vite. Sans doute en raison du fait que Richard Andrieux était en charge du dossier… En tous cas, Gabriel se réjouit de trouver si rapidement le dossier dans sa case Palais où les correspondances entre avocats et greffes s'échangeaient. Une sorte de bureau de poste en miniature.

Son client avait également reçu une convocation devant la juge d'instruction, fixée dans quarante-huit heures.

Rien que de très normal, même s'il fallait qu'il prépare Patrick Sasso ; ce genre d'entrevue, même quand on n'a rien à se reprocher, peut être intimidante.

Il allait pouvoir éplucher le dossier avant de voir Amandine et surtout il pourrait y chercher des traces du minuscule doute que Martinez avait contribué à instiller dans son esprit : et si c'était le mari ?

Il avait toujours du mal à l'envisager, mais bien souvent, la réalité dépasse la fiction.

En outre, M. André lui avait promis un compte-rendu détaillé de ses premières investigations.

Avec le travail qui l'attendait, Gabriel avait été bien inspiré de profiter de la fin de matinée pour remplir son frigo en vue de la soirée.

Il avait dévalisé son traiteur italien favori, faisant le plein de charcuteries, de petits pains briochés, d'anchois frais. Il n'avait pas le temps de cuisiner quoi que ce soit, alors ça ferait parfaitement l'affaire.

Et puis, Amandine n'était pas difficile.

En examinant le dossier, Gabriel eut confirmation que la voiture, une BMW 135i décapotable bronze n'avait pas été retrouvée et que Sabine avait été inscrite au Fichier des Personnes Recherchées. Les premières auditions étaient également disponibles : principalement celle de l'assistante de Sabine, une certaine Nathalie Demers, et celle du patron de l'agence, un dénommé Jacques Verrand.

Visiblement, Sabine n'avait pas que des amis. Le nom d'un certain Roland Delétang revenait dans les deux témoignages : il y avait eu un gros différend entre Sabine et ce Roland, qui avait conduit à l'éviction brutale de ce dernier...

Il était question de maraudage à l'interne de clients, mais le fait qu'un associé ait été poussé dehors pour ça semblait quand même curieux... Soit ils travaillaient dans une « saine » ambiance de concurrence intense, soit il y avait quelque chose de plus derrière tout ça.

Quoi qu'il en soit, ce qui était certain c'était que Sabine avait suffisamment de poids pour faire éjecter manu militari un associé...

La police allait, si ce n'était pas déjà fait, certainement s'intéresser à Delétang. Mais comme souvent, le coupable idéal n'est pas forcément le bon, et Gabriel trouvait toujours suspectes ce genre d'évidences.

Delétang aurait du mal à nier lui en vouloir et jurerait n'avoir aucun lien avec sa disparition. Pour faire bonne figure, il irait peut-être même jusqu'à dire qu'il ne la pleurerait pas...

Il y avait également un DVD contenant des données provenant visiblement de l'ordinateur professionnel de Sabine.

Une quantité impressionnante de mails. Elle communiquait presque exclusivement ainsi : avec ses clients, mais également avec ses collègues.

En parcourant rapidement ceux-ci, Gabriel nota qu'elle documentait à l'extrême la moindre communication, la moindre décision... Ça lui faisait penser au conseil qu'il donnait à ses clients en droit du travail, désirant « monter » un dossier. Il leur demandait de tout confirmer par écrit, de garder systématiquement une trace des choses les plus anodines, afin de pouvoir les réutiliser en cas de besoin.

C'était à croire que Sabine appliquait exactement ses conseils - même s'il était loin d'en avoir l'exclusivité !

Encore une piste à creuser.

Il garda la copie électronique de son agenda pour la fin : n'y figuraient que les trois derniers mois et elle avait manifestement un emploi du temps extrêmement chargé - le couple ne devait pas passer beaucoup de soirées ensemble…

Il ne nota rien de particulier, à part trois mentions « off » environ une fois par mois ; sans doute des demi-journées ou des journées de repos pour Sabine. Il faudrait vérifier également cela avec M. André, à qui il réservait une copie du dossier.

15.

M. André avait du nouveau et, comme à son habitude quand les nouvelles étaient significatives, il débarqua au cabinet sans préavis, toujours fidèle à ses « bonnes » manières. Au plus grand plaisir de Nina qui, malgré tout, l'aimait bien et en tous cas le respectait en tant qu'enquêteur. C'était le principal.

Il fit son rapport à Gabriel :

— Vu l'urgence, je suis intervenu directement auprès de l'assistante de Sabine Sasso.

Elle a été assez bavarde et m'a remis une quantité de documents concernant sa patronne.

En résumé, voici ce que je peux dire : Sabine Sasso était loin de faire l'unanimité dans son bureau ; elle avait au moins un ennemi déclaré, un certain Roland…

— Delétang. Qu'elle a fait virer avec perte et fracas.

— Je vois que vous avez dû recevoir le dossier du Parquet.

— Oui, avec une pelletée de documents, mais vous en savez certainement plus que moi. Allez-y, je vous en prie.

M. André avait fait le déplacement en personne. Il avait donc des choses à dire. Et dans ces cas-là, c'était toujours instructif.

— La disparue a peut-être un amant. J'ai obtenu son agenda et il y a eu cette dernière année pas mal d'absences injustifiées, sous la mention « off ». Moins ces trois derniers mois, mais beaucoup plus les neuf précédents. Chaque fois des journées ou des demi-journées. Ça sent les escapades inavouables.

Le mari n'est sans doute pas au courant. C'est aussi la raison pour laquelle l'assistante de Sabine Sasso n'était pas inquiète outre mesure : elle savait que de temps en temps, sa patronne s'absentait, sans cependant savoir pourquoi, ni poser de questions. Elle se doute qu'elle a pu entretenir une relation extra-conjugale et elle n'aurait pas appelé le mari pour ne pas lui mettre la puce à l'oreille, le jour de la disparition.

Une assistante très dévouée à sa patronne...

— Est-elle sûre que les absences ne correspondent pas à des escapades avec... son mari ?

— Vous en connaissez beaucoup qui mettent juste « off » à leur agenda quand ils prennent des congés avec leurs conjoints, et uniquement pendant les heures de bureau ?

On pourrait demander au mari, mais à ce stade, je le déconseille. On ne sait pas où on met les pieds.

— Dois-je comprendre que vous le soupçonnez ?

— S'il avait connaissance d'une liaison, des absences de sa femme, ça lui ferait un joli mobile, vous ne trouvez pas ?

— Le Procureur lui-même m'a dit qu'il ne le considérait pas comme suspect.

Et puis, pourquoi aurait-il requis nos services dans ce cas ?

— Pour se couvrir... Encore un qui croirait avoir commis le crime parfait et qui chercherait à se couvrir de toutes parts pour se disculper et pouvoir crier son innocence, en cas de besoin.

Mais, à ce stade, ce ne sont que des suppositions.

Il faudrait creuser plus du côté de l'employeur de Sabine Sasso.

Le prétexte pour lequel Roland Delétang a été viré, me semble un peu... mince. Ça cache sûrement quelque chose, mais l'assistante de Sabine n'a pas l'air plus au courant que ça. C'est le patron qu'il faudrait approcher.

Je peux le surveiller, mais je ne vois pas de façon directe d'entrer en contact avec lui.

Gabriel, qui avait écouté religieusement son enquêteur, se voyait, encore une fois, aiguillé sur la thèse, sordide et prévisible, du crime passionnel. Décidément…

Mais ça ne collait pas avec le personnage, qui semblait sincèrement effondré, désemparé et très amoureux de sa femme.

Il ajouta :

— De toute façon, le client vient d'être convoqué devant la juge d'instruction, nous serons bientôt fixés sur son statut de victime ou de suspect.

Cela étant dit, son intuition l'invitait à se pencher sur le cas de l'agence de communication de Sabine Sasso.

Les indices pointant de ce côté-là semblaient autrement plus convaincants.

Il fallait trouver un moyen d'y pénétrer et d'y recueillir des renseignements. En toute discrétion.

M. André termina de livrer à Gabriel les détails de la rencontre avec Nathalie tant sur son apparence physique que sur sa façon de s'exprimer lorsqu'elle parlait de sa patronne, à laquelle elle semblait totalement dévouée.

Après un moment de réflexion, le visage de Gabriel, qui écoutait son enquêteur tout en réfléchissant, s'illumina :

— Monsieur André, j'ai mon idée pour en savoir plus sur cette agence de coms !

Il n'en dit pas plus, donna une copie du dossier reçu du Parquet à M. André tout en prenant les documents que ce dernier lui avait amenés. Il ajouta :

— Pour je ne sais quelle raison, la police n'a eu que les trois derniers mois d'agenda de Sabine Sasso.

Je vais regarder les neuf mois supplémentaires que vous avez eus, et je vous suggère également de creuser ces fameuses périodes « off » et comme vous le mentionniez, de surveiller discrètement, si vous le pouvez, le patron de On Stage Communications, Jacques Ferrand. Mais surtout, ce fameux Delétang.

—Je vais voir ce que je peux faire.

En langage de M. André, ça signifiait qu'il reviendrait rapidement avec des résultats.

16

La sonnette de l'appartement retentit à vingt heures pile. Décidément, Amandine était toujours à l'heure.

Elle n'avait pas changé en l'espace de quelques mois. Elle était en tous points pareille au souvenir qu'il avait d'elle : toujours aussi jolie et souriante.

À quelques différences près : elle avait troqué son traditionnel tee-shirt pour une chemise blanche à manches trois-quarts, admirablement ajustée.

Amandine n'était pas venue les mains vides : elle tenait dans chaque main une bouteille de rosé, visiblement fraîches au vu de la condensation sur les bouteilles.

Gabriel l'accueillit littéralement à bras ouverts et leur étreinte amicale se termina dès qu'Amandine se rendit compte qu'elle était en train d'essuyer les bouteilles glacées de rosé dans le dos de Gabriel, qui restait pourtant stoïque…

Après s'être exclamés en même temps que chacun n'avait pas changé, Gabriel la fit entrer et mit une bouteille sur la table basse de son salon, juste avant d'aller mettre sa petite sœur au frigo.

— Fais comme chez toi, le salon est là.

L'appartement était typique des vieux immeubles du quartier des musiciens : un long couloir distribuait toutes les pièces de façon méthodique. Amandine se dit que c'était un grand appartement pour un célibataire.

Gabriel avait décoré l'endroit de façon minimaliste ; en dehors d'un grand canapé circulaire et d'une table basse, seuls quelques tableaux ornaient le salon. Elle n'avait pas visité les autres pièces mais aurait pu jurer qu'elles devaient être identiquement dépouillées. À part peut-être un bureau qui pourrait se payer le luxe d'être encombré de bouquins et de dossiers…

Son hôte revint avec un plateau chargé de hors-d'œuvre, de charcuteries, de pain et d'anchois frais.
Prenant les devants il précisa :

— Il n'était pas précisé que je devais tout cuisiner moi-même… et comme je ne me sentais pas de concurrencer tes prouesses culinaires, j'ai opté pour la sécurité !

— Ah ah ! Pas de problèmes et tout ça m'a l'air délicieux.

Après les civilités d'usage, la conversation glissa très rapidement sur Patrick :

— J'ai passé l'après-midi avec lui et je crois que ce n'était pas du luxe de lui rendre visite ; il est dans un état… C'est bien simple, je ne le reconnaissais pas, on dirait un zombie…

— Tiens, je n'aurais pas pensé à ce terme et Nina en avait trouvé un autre, mais zombie, effectivement, ça se rapproche assez de l'état dans lequel je l'ai trouvé.
J'ai eu du nouveau, que je dois encore recoller un peu avant de lui transmettre, mais je voulais surtout t'en parler à toi, pour avoir ton avis.

— Mon avis ? Il y a quelque chose qui cloche ?

Amandine précédait presque Gabriel. Elle devait également se poser des questions sur son ami, en tous cas sur son comportement.

— Pas vraiment, mais il y a des zones d'ombres ; c'est au moins un début : nous avons appris que Sabine était loin d'être globalement appréciée à son boulot. On pourrait même dire qu'elle était assez unanimement crainte : elle a fait dégager un associé à la vitesse de l'éclair, après un esclandre mémorable, pour des raisons encore floues. Il s'agirait de chapardage de clients en interne - je trouve ça fort comme sanction pour des collègues travaillant dans la même entreprise…

Amandine était tout ouïe et à voir sa moue, les révélations de Gabriel semblaient corroborer l'impression qu'elle s'était forgée de Sabine au fil du temps.

Gabriel reprit :

— Elle documentait à l'extrême toutes ses actions : le moindre acte, la plus petite décision faisaient l'objet de confirmations écrites, comme si elle cherchait à monter un dossier. Sauf que puisqu'elle faisait ça systématiquement, elle devait chercher à se prémunir contre des problèmes qui la concerneraient personnellement…

Et enfin, cerise sur le gâteau, pardon, sur le « sundae » comme on dit au Québec : elle était de temps en temps mystérieusement absente de son bureau, mentionnant uniquement dans son agenda professionnel d'un laconique « off » les plages horaires concernées.

Si dans les trois derniers mois il n'y a eu que trois absences, nous avons obtenu, grâce à M. André, son agenda de toute l'année dernière, et là, on peut voir qu'il y avait beaucoup plus d'absences « off » que dernièrement.

L'assistante de Sabine a été très coopérative avec M. André ; elle adore visiblement sa patronne et pousse même la dévotion jusqu'à lui ressembler physiquement.

Avant que tu ne te précipites sur ton téléphone pour appeler Patrick, il faut que tu saches que l'assistante de Sabine, bien que n'étant pas au courant de la raison de ces absences, n'en a pas fait mention à Patrick… Je crois qu'elle imaginait que sa patronne avait une liaison et elle n'en a pas fait état, d'autant que ces trois derniers mois, les périodes « off » se sont raréfiées.

Je ne sais pas à ce stade si la police a relevé ça : ils n'ont en mains que les trois derniers mois de l'agenda, soit la pointe immergée de l'iceberg en ce qui concerne les absences « off »…

Et s'ils l'ont relevé et qu'ils n'ont pas interrogé Patrick là-dessus, il doit y avoir une raison… La seule que je vois, ça serait qu'ils suspectent Patrick, malgré ce qui m'a été dit…

— Patrick ? Il serait bien incapable de faire du mal à une mouche, et il vénère sa femme !

Amandine était partagée entre la surprise et la colère vis-à-vis de Gabriel, qui venait carrément de suspecter son vieil ami d'avoir fait disparaître sa femme…

Elle continuait cependant à réfléchir et enchaîna, bien consciente qu'elle apporterait de l'eau au moulin à l'hypothèse de Gabriel :

— Il y a un truc. Lorsque j'ai parlé avec Patrick, une chose m'a étonnée : il n'a jamais parlé d'elle qu'au passé, jamais au présent. Comme s'il la considérait comme définitivement disparue…

— Et tu vois, par exemple, son assistante n'a parlé de Sabine à M. André qu'au présent, c'est peut-être juste une question de personnalité ou de déni concernant la disparition. Mais ça t'a interpellée et je pense que ce n'est pas pour rien…

— Oh… Je n'arrive pas à imaginer que Patrick puisse avoir fait du mal à Sabine… Au contraire, il voulait qu'ils passent plus de temps ensemble…

Gabriel la regarda d'un air entendu et dit :

— S'ils ne passaient guère de temps ensemble, ça accréditerait la thèse d'un amant dans le placard…

En tous cas, la juge d'instruction désignée dans le dossier a l'air d'avoir des questions à poser à Patrick ; elle nous a convoqués dans deux jours pour audition.

Je parie ma chemise qu'elle le suspecte, d'une façon ou d'une autre…

— Ça serait la fin des haricots, ça !

— Tu sais, les magistrats instructeurs instruisent à charge et à décharge, même si mon expérience m'a plus souvent montré qu'ils préféraient charger que décharger. À ce stade, ça ne veut pas dire grand-chose et la police ne l'a visiblement pas suspecté, donc il n'y a pas trop de soucis à se faire, je pense.

De ton côté, est-ce que tu penses que tu serais capable d'en apprendre plus de Patrick ?

— Je suis venue pour le voir et le soutenir, donc je vais passer du temps avec lui, même si je suis d'un coup moins enthousiaste… S'il a fait disparaître sa femme…

Mais, j'y pense ? S'il avait tué sa femme, pourquoi aurait-il voulu avoir recours à un détective ?

Il scierait la branche sur laquelle il est assis ?

— Ou bien ça l'éloignerait un peu plus des soupçons… En jouant le mari éploré qui cherche à tout prix à retrouver sa femme, il se disculpe…

— Ça ne serait vraiment pas le Patrick que j'ai connu. Je veux bien que les gens changent, mais à ce point…

Gabriel considéra Amandine ; il venait, comme Martinez l'avait fait avec lui, d'instiller un doute dans la tête d'Amandine. Il n'aimait pas être l'oiseau de mauvais augure, mais il n'avait pas le choix.

Surtout qu'il allait avoir besoin d'elle.

— En tous cas, je n'ai pas encore communiqué officiellement les conclusions préliminaires de M. André, notamment l'agenda et les fameux rendez-vous « off » à Patrick.

Comme nous sommes convoqués après-demain chez la juge d'instruction, je veux attendre d'en savoir éventuellement plus avant de lui en parler. Si on trouve une explication à ces absences d'ici là, tant mieux. Et si ce n'est pas le cas, je préfère ne pas mettre la puce à l'oreille de la juge sur les mois précédents - même si elle va sûrement se poser la question comme une grande.

— Tu as été engagé pour l'aider Gabriel, souviens-t'en.

— Je ne l'oublie pas, mais parfois, il y a des choses qu'on préfère ne pas savoir, ou ne pas dire avant d'être totalement sûr. Si ce n'est pas un amant qui se cache derrière tout ça - ça pourrait être des choses anodines - je ne veux pas risquer de le torturer un peu plus.

— Vu sous cet angle…

— Dine, il y a autre chose.

— Quoi donc, GAB' ?

C'était systématique : quand elle se faisait appeler par son diminutif, elle répondait par la même voie, en prenant bien soin d'insister - lourdement - en prononçant celui de son interlocuteur.

— Je pense que tu pourrais nous aider à faire avancer l'enquête : nous avons été à peu près au bout de ce qu'on pouvait savoir avec l'agence de com' où Sabine travaillait : On Stage Communications.
Mais je suis persuadé qu'il y a quelque chose à creuser de ce côté-là, aussi bien au niveau du PDG qu'au niveau de l'assistante de Sabine…

— Je t'arrête tout de suite, je ne vais pas aller faire le sous-marin dans une agence de com'… J'ai un problème avec l'autorité, je me ferais virer au bout de vingt-quatre heures, à supposer qu'ils m'engagent…

— Wooow ! Minute papillon ! Je ne vais pas te faire subir ce que tu m'as fait endurer à Montréal…

— Subir ? Tu rigoles, tu as adoré ça, et puis quelques jours de plus et tu tombais dans les bras de Joana… !

Essayant de garder son sérieux et de ne pas rougir, Gabriel répliqua :

— Je ne vois absolument pas de quoi tu veux parler… !

Cela dit, il s'était bien amusé dans son rôle de Community manager dans la compagnie d'Amandine. Même si l'expérience avait été brève, elle avait permis de faire avancer significativement leur enquête.

Il s'empressa de poursuivre :

— Non, ne t'en fais pas, je sais bien que tu n'as ni Dieu ni Maître à part toi, et justement, j'ai un rôle à la mesure de ta mégalomanie galopante : tu vas organiser LA soirée dont tout le monde se souviendra cette année !

— Une soirée ? En quel honneur ? À quel titre ?

— Ah, parce que tu crois qu'il faut une raison pour organiser une super soirée, toi ? S'il t'en faut une, tu n'as qu'à organiser ça pour faire rayonner la culture québécoise : cette année, il y a deux films québécois en compétition. Je suis sûr que tu dois connaître de près ou de loin les producteurs, Montréal est un village, non ?

— Je vois. On utilise la notoriété de ma compagnie et son argent pour faire le boulot des organismes provinciaux ou fédéraux en matière de promotion... Cela dit...

Amandine connaissait effectivement du monde dans le métier. Il est vrai que tout le monde se connaît à Montréal, comme partout, du reste.

Sa compagnie avait été sollicitée parfois pour quelques plans dans des films, mais elle n'avait jamais poussé plus loin la collaboration avec l'industrie du cinéma. Cela dit, vu la tendance actuelle à la convergence en matière de divertissement, numérique ou pas, ça pouvait se justifier et puis, qui allait se plaindre d'être invité à une somptueuse soirée ?

— OK c'est d'accord ! Et donc, je vais aller chez On Stage Communications et exiger d'avoir Sabine comme chargée de projet, ce qui sera impossible, donc je vais tomber sur le PDG qui va s'occuper de moi, une cliente de mon importance...

— Voilà ! Et tu exigeras quand même de travailler aussi avec l'assistante de Sabine. Je suis certain que tu vas lui tirer les vers du nez et nous en apprendre plus sur Sabine.

— Une chance que mes finances se portent bien… Pour faire bonne figure, je vais faire venir une partie de l'équipe de direction à la soirée… Une visite cannoise plaira sûrement à Joana…

Gabriel se sentit d'un coup gêné, un peu plus que lorsqu'il avait été question de Joana d'une façon plus… distante. Il se contenta d'opiner, de la façon la plus neutre qui soit.

En revenant de la cuisine avec la seconde bouteille de rosé, il ne put s'empêcher d'ajouter :

— Comme ça, ça sera la réponse du berger à la bergère en matière « d'infiltration » !

— Organiser un *party*, il y a pire comme « infiltration » !

— J'espère au moins que je serai sur la liste des VIP, Dine…

— Tu seras même mon cavalier… À moins que tu ne préfères Joana…

— Arrête avec Joana, ce n'est pas mon genre et c'était pour les besoins de TON enquête, je te le rappelle.

Ce à quoi, Amandine, visiblement très amusée d'agacer à ce point Gabriel, répondit par :

— Mais bien sûr… !

Ils passèrent le reste de la soirée à mettre au point les détails de leur plan. Il fallait organiser au pied levé un événement suffisamment important pour mettre On Stage Communications sur la brèche - bien qu'ils le soient déjà - trouver une thématique et peaufiner le « personnage » d'Amandine.

Comme elle était déjà connue, il ne fallait pas trop s'éloigner de son personnage public mais ils convinrent qu'elle pourrait avantageusement se transformer en emmerdeuse notoire... La limite était faible entre le très haut degré d'exigence qu'elle avait dans son métier et la cliente-jamais-contente.

Et, c'était bien connu, derrière le côté lisse et impeccable de l'image publique se cache bien souvent une vérité moins glamour au quotidien...

Cela l'amusait au plus haut point et elle commençait déjà à rentrer dans son personnage, qui lui allait comme un gant... S'il ne l'avait pas mieux connue, Gabriel aurait juré que telle était sa nature profonde.

17

Patrick n'avait pas tout dit à Amandine. Ni à Gabriel.

Il ne s'en voulait pas vraiment d'avoir gardé le silence sur ce point, car d'une part, cela n'avait aucune importance dans la disparition de Sabine et d'autre part, il se sentait, malgré tout, un peu honteux.

Recourir aux services d'une voyante était la dernière des choses à laquelle il aurait pensé, mais un collègue d'origine française, basé à Genève, lui avait dit tellement de bien de sa voyante, Noëlla, qu'il n'avait finalement pas résisté. Il était désespéré et tout était bon à prendre.

Par chance, Noëlla n'exerçait pas à Genève, mais à Sainte-Maxime. Il avait fait le déplacement voici quelques jours, avec photos, effets personnels et même la brosse à dents de Sabine...

Tous ces colifichets s'avérèrent inutiles, Noëlla exerçant principalement la taromancie, à l'aide des vingt-deux arcanes majeurs du Tarot de Marseille.
Patrick avait tiré ses quatre cartes en pensant très fort à SA question : Sabine allait-elle lui revenir ?

Les cartes se révélaient à lui : en haut, le pendu... En bas... La mort...
Patrick, même s'il n'y connaissait pas grand-chose, trouvait que cette combinaison était loin d'être rassurante, mais Noëlla lui précisa immédiatement que le tirage n'était pas complet. La ligne verticale représentait le passé et l'horizontale, non encore dévoilée, représentait l'avenir.

Elle plaça les deux dernières cartes : le bateleur et l'amoureux...

La voyante avait ensuite, au terme d'un savant calcul, ajouté la cinquième carte du tirage… La carte supposée permettre de donner la réponse finale… Il s'agissait du Pape.

La voyante retrouva son sourire et dit à Patrick qu'il y avait une relation qui était brisée et qu'une nouvelle prendrait place, vraisemblablement avec une nouvelle personne, symbolisée par le bateleur. Et que cette alliance pourrait déboucher sur un mariage, symbolisé par le Pape.

Patrick avait beau écouter la voyante, il n'arrivait pas se détacher de la carte symbolisant le pendu, ni de celle symbolisant la mort…

Noëlla, qui n'en était pas à sa première consultation, lui dit :

— Arrêtez de ne voir que l'image de ces cartes. Pensez à leur portée symbolique. Je ne vois qu'une mort symbolique… D'une relation ou de quelque chose d'approchant… Le bateleur symbolise ici, une nouvelle personne, dans l'avenir.

— Mais, je ne veux pas d'une nouvelle personne, je veux Sabine…

— L'avenir vous le dira, cher Monsieur.

Elle se refusa à en dire plus et malgré les suppliques de Patrick, refusa vertement ce nouveau tirage, qu'il réclamait… Il en aurait réclamé un nouveau, puis un autre jusqu'à obtenir la réponse qu'il voulait entendre.

Il repartit, dépité, et s'était efforcé de mettre cette consultation dans un recoin de sa tête, pour ne plus y penser.
Mais la treizième lame, symbolisant la mort, s'obstinait à demeurer présente… Il revoyait encore et toujours ce squelette et sa faux…

Décidément, aller voir cette voyante avait été une mauvaise idée.

18.

Amandine avait passé la matinée à revoir les détails de son entrée chez On Stage Communications, qui se devait d'être fracassante. Non seulement pour obtenir ce qu'elle voulait, le préavis qu'elle leur laisserait étant quasiment suicidaire, mais surtout pour tester la réaction du PDG face à la femme autoritaire et imprévisible qu'elle était devenue.

Elle jouait son personnage en se basant sur celle qu'elle était vraiment, une femme ayant créé une startup rassemblant cent millions de clients et pesant un poids très important dans le marché du jeu vidéo social. En prenant soin d'exagérer tout ce qui pouvait l'être et que la multitude d'entrevues qu'elle avait données un peu partout dans les médias, principalement sur le web, ne trahirait pas.

La principale contradiction à laquelle elle devrait faire face était le nombre très important d'articles mentionnant la qualité de l'environnement de travail qu'elle avait créé et qui laissait penser que la vie chez Stuff for Fun n'était qu'amusement et plaisir continuel.

Elle avait sa réponse à ça.

Elle avait pris soin de demeurer fidèle à son look habituel qu'elle avait cependant rehaussé d'accessoires qui permettaient de la poser comme une personne très à l'aise... Difficile à Cannes de ne pas trouver chaussures, sacs et montres, qui représentaient chacun plusieurs mois de salaire d'un employé moyen.

Elle avait donc joué à « Pretty Woman », sans son Richard Gere, qui était occupé à Nice... !

De toute façon, elle n'avait pas besoin de sa carte de crédit.

Elle appréciait les belles choses mais c'était loin d'être dans sa liste de priorités. Par ailleurs, le milieu qu'elle fréquentait à Montréal en était à des milliers de kilomètres, mais ça, ils ne le savaient pas à Cannes. Et quand bien même.

C'est donc équipée de pied en cap qu'elle apparut, telle une tornade dans les bureaux de On Stage Communications, situés dans le prolongement de la rue d'Antibes, rue Félix Faure, à deux pas du Palais des Festivals.

L'agence occupait la totalité d'un vieil immeuble, à l'exception du commerce situé au rez-de-chaussée.

C'était un local atypique pour une agence de communications, mais qui avait un certain cachet, il fallait bien l'admettre, surtout à l'intérieur : de beaux espaces ouverts dont les seules séparations étaient de grandes baies vitrées, avec un magnifique parquet en chevrons qui devait être poli toutes les semaines pour briller autant.

En dehors du parquet, ça lui rappelait ses bureaux du Mile-End. Si ce n'est que les étages étaient organisés en fonction de l'importance de leurs occupants : plus on était important, plus haut était votre bureau... Typiquement européen comme agencement des locaux...

La réception était fort logiquement située au troisième étage, là où les associés et les chargés de comptes seniors avaient leurs bureaux. C'était parfait et ça ne ferait qu'ajouter à son entrée en scène.

Elle garda évidemment ses lunettes de soleil sur le nez et, toisant de haut en bas la pauvre réceptionniste, sans un bonjour, ni - surtout pas - un sourire, elle lui balança :

— Je veux voir le grand chef, tout de suite !

La réceptionniste, qui avait tout de même l'habitude des ego démesurés, lui rétorqua, avec un sourire en coin parfaitement hypocrite :

— Bonjour Madame.

Malheureusement, M. Verrand ne reçoit que sur rendez-vous, et j'imagine que vous n'en avez pas.

— Vous ne savez visiblement pas qui je suis, ma pauvre amie. Alors contentez-vous de faire ce que vous faites le mieux : décrochez votre téléphone et prévenez votre patron qu'Amandine MacLane, sa compagnie Stuff for Fun et ses cent millions de clients sont là, et que je lui apporte l'opportunité de sa carrière.

À moins que vous ne préfériez que j'y aille directement, mais dans ce cas, j'espère que vous avez d'autres emplois en vue.

— Mais...

— Mais, quoi ? Vous êtes bouchée ou simplement stupide ?

Elle avait mis le paquet et s'en voulait de s'en prendre à cette pauvre fille, qui se trouvait être une victime collatérale des dégâts nécessaires qu'elle devrait faire pour asseoir dès le départ, sa réputation.

Ce qui était sûr, c'est que la réceptionniste serait la meilleure personne pour propager sa « légende »...

Cette dernière était passée du sourire hypocrite à la décomposition avancée et décrocha son téléphone pour appeler Jacques Verrand, le PDG :

— Madame Amandine Mac Lane, de Stuff for Fun est ici et désire vous voir.

Amandine n'entendit évidemment pas les paroles de Verrand, mais visiblement, il la connaissait, car la seule réponse que la réceptionniste donna était : « Maintenant ».

Lorsqu'elle raccrocha, elle se contenta d'indiquer en tentant de conserver une contenance qui s'était évanouie après sa première réplique que M. Verrand allait la recevoir et lui proposait de s'asseoir dans la salle d'attente.

Ce à quoi, Amandine ne répondit rien, tournant les talons en direction des fauteuils destinés aux visiteurs.

Au vu de la rapidité et du sourire affable avec lequel Jacques Verrand se précipita, Amandine se dit qu'elle n'avait pas exagéré sa propre notoriété. De façon imperceptible, elle sourit derrière ses lunettes.

Elle tendit la main à Verrand en étant aussi aimable qu'elle avait été imbuvable avec la réceptionniste.

Jacques Verrand entama tout de suite la discussion en ne tarissant pas d'éloges sur la compagnie d'Amandine et ses qualités d'entrepreneur qu'il « admirait au plus haut point », cherchant, relativement maladroitement à montrer qu'il savait à qui il avait affaire. C'était parfait.

— Trèves de bavardages, le temps presse M. Verrand. Je veux organiser une soirée inoubliable, la veille de la clôture du Festival. Il s'agira de célébrer les films canadiens en compétition cette année et de rassembler le gratin du Festival. Et d'en parler à mes cent millions de clients.

Pour bien enfoncer le clou et être sûre d'avoir toute son attention, elle termina ainsi :

— Tout doit être parfait. Sous cette condition, le budget ne sera pas un problème.

Les yeux de Jacques Verrand s'étaient mis à briller soudainement.
Il fit l'économie de son discours habituel destiné à faire monter les enchères, fondé sur l'urgence, le délai pour préparer l'événement...
Il se contenta de lui dire :

— Eh bien, chère Madame MacLane, vous avez frappé à la bonne porte et je vais m'occuper personnellement de l'organisation de cet événement, dont on parlera encore dans vingt ans, soyez-en sûre !

— Je veux que ce soit Sabine Sasso et son équipe qui s'occupent de cet événement.

Jacques Verrand était manifestement embarrassé ; il lui fallait expliquer que Sabine n'était pas disponible, en évitant, autant que possible, de mentionner la véritable raison.

— Sabine est malheureusement indisponible, elle est... à l'extérieur du pays pour les deux semaines qui viennent...

— Dans ce cas, je veux quand même son équipe, notamment son bras droit, dont on m'a dit le plus grand bien.

Elle ajouta, tout en remontant ses lunettes sur ses cheveux et en gratifiant Jacques Verrand d'un sourire exquis :

— Et puisque vous vous êtes proposé, j'imagine qu'avec le PDG, je serai entre de bonnes mains...

Elle avait joué autant de la carotte que du bâton et, à voir le sourire libidineux de Jacques Verrand, la cinquantaine bien sonnée et cumulant tous les archétypes du vieux beau qui se croit irrésistible, elle avait fait mouche. Oh que oui.

Ils convinrent d'un rendez-vous en début d'après-midi et Jacques Verrand lui proposa de l'inviter à déjeuner, ce à quoi elle répondit, toujours avec un grand sourire :

— Non. Je ne pense pas. Nous nous verrons avec l'équipe cet après-midi.

Décidément, elle s'amusait beaucoup dans son nouveau rôle.

19.

Pour M. André, enquêter sur des gens travaillant dans les relations publiques et la communication, c'était décidément du caviar : tout ou presque lui tombait tout cru dans le bec !

Comme pour Nathalie Demers, il avait pu recouper le CV complet - ou presque - de Roland Delétang, même si la dernière partie de son parcours était plus nébuleuse.

Depuis qu'il avait été « remercié » par On Stage communications, il avait créé Delétang communications.

Il fallait espérer qu'il soit plus inventif dans l'organisation d'événements et les relations publiques qu'en ce qui concernait ses recherches de nom…

Cela dit, le fait d'employer son patronyme signifiait également que Delétang estimait qu'il était suffisamment évocateur pour lui assurer de la notoriété.

Il était en revanche assez discret sur ses mandats et clients…

À cela il pouvait y avoir deux raisons. La première était qu'il n'en avait pas ou quasiment. La seconde, sans doute plus vraisemblable, était qu'il se serait accaparé un certain nombre de clients de façon plus ou moins déloyale, chose sur laquelle il ne désirait pas faire de publicité.

Ça collait plus avec l'historique du personnage. Restait à enquêter là-dessus et M. André n'avait qu'un seul moyen pour en avoir le cœur net : la bonne vieille filature.

Delétang travaillait manifestement en free-lance et sans bureau ayant pignon sur rue. Voilà qui confirmait le fait que son réseau de contacts devait lui suffire, d'autant qu'il passait le plus clair de son temps dans les cafés, les bars d'hôtel et les restaurants.

Son quartier général était le fameux grand café proche du Palais des Festivals, qu'il partageait avec un grand nombre de festivaliers, exhibant tous fièrement leurs accréditations telles des médailles militaires un jour de fête nationale...

M. André put à loisir photographier tous les contacts de Delétang ; non seulement Cannes était surpeuplée en ce moment, mais surtout, personne, dans le milieu du cinéma ou non, ne se déplaçait sans son - ou ses - portables... et tout le monde s'en servait allègrement...

Les rares moments où Delétang se retrouvait seul, il les passait l'oreille vissée à son téléphone et ne donnait pas le moins du monde l'impression d'être préoccupé. Bien au contraire : il semblait jovial.
Info ou intox ? Difficile de savoir dans ce milieu où le paraître est plus qu'essentiel.

Il alla manger sur une plage, en compagnie de trois personnes, dans la petite cinquantaine, look faussement décontracté mais vraiment étudié. Des gens du milieu du cinéma, vraisemblablement.

M. André les photographia depuis la Croisette, ils étaient bien en évidence sur la terrasse du restaurant dont les tables s'étendaient jusque sur le sable.
S'il ne parvenait pas à les identifier facilement, il pourrait toujours soumettre les photos à Nathalie Demers, qui pourrait sûrement lui donner de précieux indices et surtout lui permettre de faire un lien avec les clients de Sabine.

L'intuition de M. André lui indiquait cependant que ce client-là, s'il avait une dent, voire un râtelier contre Sabine, était bien plus préoccupé par ses propres affaires que par quoi que ce soit d'autre.
En d'autres termes, s'il avait quelque chose à voir avec la disparition de Sabine, il n'en laissait vraiment rien paraître.

Après un peu plus de deux heures passées au restaurant et quelques cigares plus tard, Delétang prit congé et remonta la

Croisette pour se rendre dans un hôtel, le téléphone toujours vissé à son oreille, dans une conversation qui semblait animée.

Impossible de le coller suffisamment pour entendre quelque chose. Et quand bien même : la circulation intense sur la Croisette et les pétarades des scooters trafiqués l'auraient empêché de comprendre la conversation.

Il rentra dans l'hôtel et se dirigea prestement vers le bar.

Cette fois-ci, son rendez-vous ne semblait pas professionnel...

Il rejoignit une superbe jeune femme brune, portant une robe noire sans manches, toute simple dont la longueur laissait deviner une bonne partie de ses jambes interminables, chaussées d'escarpins vernis aux talons vertigineux.

Longs cheveux noirs lisses, des yeux marron foncé et un maquillage très léger. Une belle fille.

Cette élégante jeune femme était visiblement d'origine nord-africaine. Et ressemblait trait pour trait à toutes les professionnelles haut de gamme que l'on croise durant le Festival ou le Grand Prix de Monaco. On était loin de la faune habituelle battant le pavé toutes les nuits du côté des gares...

Là, il s'agissait de grand luxe et le visage de cette fille n'était d'ailleurs pas inconnu de M. André. Il était certain de l'avoir croisée ces dernières années à Monaco et dans les palaces niçois.

L'univers de la prostitution de luxe sur la Côte d'Azur est somme toute un petit monde, même si, durant les périodes de gros achalandage, un certain nombre de professionnelles de toute l'Europe migraient vers la Côte.

Et plus M. André observait cette fille-là, moins il avait de doutes quant au fait qu'elle était locale.

Plus discrètement cette fois-ci, il réussit à prendre un cliché des deux tourtereaux visiblement en train de badiner et profita de leur départ en direction des ascenseurs pour immortaliser cette belle créature presque de face. Cela ferait une image très exploitable qui lui permettrait d'avancer dans ses recherches.

Ce qui était certain, à voir l'allure goguenarde de Delétang, c'est qu'il ne se dirigeait pas vers un ennuyeux rendez-vous professionnel.

Jusque-là, rien d'illégal, et puis, ce n'était pas le problème de M. André.

En revanche, si cet élément se reliait à son enquête, ça le deviendrait. Et il faudrait approcher cette fille pour en savoir plus.

Amandine avait profité d'une terrasse relativement tranquille pour déjeuner. Elle s'était installée dans un restaurant à proximité des bureaux de On Stage Communications. Ç'aurait été parfait si elle avait croisé Verrand afin qu'il constate qu'elle préférait manger seule plutôt qu'en sa compagnie...

Malheureusement, mais ce n'était pas bien grave, cela ne se produisit pas.

Elle avait été odieuse à souhait et s'en félicitait.

Il fallait absolument qu'elle partage cette nouvelle expérience avec quelqu'un et la seule personne en mesure de l'apprécier à sa juste valeur, c'était, évidemment, Gabriel.

Il répondit immédiatement lorsqu'il vit l'identification de l'appelante :

— Alors ?

— Alors... Sans vouloir me vanter, je pense que j'ai une superbe carrière de « *bitch* » devant moi !

J'ai fait mon maximum pour être odieuse et ça a très bien marché : Verrand me mange dans la main et je rencontre toute l'équipe, à commencer par Nathalie Demers, dans quelques instants.

— Super ! Dis-moi, je me demande dans quelle mesure tu devrais mentir ou non sur tes liens avec Patrick et, par ricochet, Sabine...

On travaille pour Patrick. Il connaît Nathalie, mais pas tant que ça. Et, a priori, elle n'est suspecte de rien, bien au contraire...

— J'y ai réfléchi et je pense que je vais la laisser venir. Si elle fait le lien, tant mieux, mais de mon côté, je ne compte pas insister là-dessus, à moins que l'occasion ne se présente ; je ne vais pas mentir non plus, je ne voudrais pas éveiller la moindre méfiance de son côté.

— Bref, tu vas improviser en fonction de la situation. Je pense que tu fais bien. Laisse faire. On ne va pas mentir, ça ne nous aiderait pas à obtenir des informations, d'autant plus que cette Nathalie a été très coopérative avec M. André après qu'il lui ait dit qu'il enquêtait pour le compte de Patrick.

Tiens-moi au courant ; je vais devoir te laisser, mes obligations professionnelles m'attendent.

Et… amuse-toi bien !

— Pour ça, ne t'en fais pas ! Je te tiens au courant.

Bon après-midi, Gab'.

Gabriel regarda pendant quelques instants son téléphone.

Amandine n'était plus une cliente pour lui. Elle était devenue une amie et la réciproque semblait également vraie. Il suffisait de repenser à leur soirée de la veille, au ton de sa voix à l'instant, au téléphone.

Elle était décidément charmante, et il l'appréciait de plus en plus.

Lorsqu'elle arriva à la réception, armée de son masque d'emmerdeuse, Amandine n'eut même pas à ouvrir la bouche. La réceptionniste s'empressa de lui indiquer la salle de conférence dans laquelle Jacques Verrand trônait, entouré de Nathalie Demers et d'autres collaborateurs.

Elle prit naturellement place en face de Verrand et s'assit sans dire un mot.

Ce dernier brisa le silence qui n'était pas seulement embarrassant, mais également glacial dans cette salle de conférence déjà passablement climatisée :

— Madame MacLane, voici l'équipe qui va s'occuper de mettre sur pied la soirée que vous souhaitez organiser. Nathalie sera, ainsi que vous l'avez demandé, votre point de contact direct et elle coordonnera tous les aspects de l'organisation, depuis la liste des invités jusqu'au choix des petits fours.

Nathalie se leva et s'approcha d'Amandine pour lui serrer la main.
Une poignée de main franche, un sourire très professionnel, elle dégageait une assurance qui dépassait largement son jeune âge manifeste.

— C'est un honneur pour nous de travailler avec vous, Madame MacLane, et nous allons organiser une soirée qui sera absolument i-nou-bli-able, soyez-en assurée.

—Je n'en attends pas moins de vous, soyez-en sûre.

L'assurance de Nathalie se craquela imperceptiblement, mais elle n'en laissa rien paraître.

Presque rien. Suffisamment pour qu'Amandine le constate, cependant.

Au-delà de son attitude, Amandine ne pouvait s'empêcher de constater que Nathalie Demers était effectivement le portrait craché de Sabine. Avec dix ans de moins.

La coiffure, la façon de se maquiller, de s'habiller et même la façon de se comporter, de marcher.

Elle lui rappelait Sabine au moment de son mariage avec Patrick, quand elle les avait reçus à San Francisco.

On aurait dit le parfait sosie de Sabine. Les imaginer travaillant ensemble devait donner l'impression à leurs clients d'avoir deux sœurs jumelles en face d'eux.

La ressemblance était réellement troublante.

Nathalie prit la parole :

— Compte tenu du délai très court, et grâce à nos relations ici, nous avons appris qu'une équipe russe avait annulé sa venue à Cannes. Le réalisateur et le producteur sont aux prises avec la justice russe et non seulement leurs vivres ont été coupés, mais surtout, le reste de la délégation a décidé de rester sur place pour les soutenir... Pas sûre que je leur aurais suggéré de gérer la crise de cette façon, mais ce ne sont pas nos clients et ça nous avantage.

Bref, je vous ai récupéré non seulement la plage qu'ils avaient réservée au complet pour organiser leur soirée, mais également le traiteur. Il faudra adapter les menus et valider pas mal de détails sur le déroulement de la soirée, mais ça ne sera pas un problème.

En désignant la collaboratrice assise en face d'elle, Nathalie poursuivit :

— Florence s'est déjà occupée de prendre contact avec les équipes des films québécois en compétition.

Ils n'avaient rien de particulier de prévu faute de budget et ont évidemment sauté sur l'occasion de profiter d'une telle visibilité, totalement inespérée pour eux.

— Vous avez pris soin d'inviter les représentants des Ministères de la culture, provinciaux et fédéraux, j'espère ?

Nathalie s'attendait visiblement à cette question et répondit le plus tranquillement du monde que non seulement ils avaient été invités, mais qu'elle avait également joint tous les organismes de financement public ayant participé aux productions en compétition.

— Bien. Comme vous devez le savoir, le marché de la culture au Québec est essentiellement subventionné, taille de l'auditoire potentiel oblige. On est loin des marchés que sont les États-Unis ou la France, alors c'est indispensable d'avoir tous ces gens, qui font la pluie et le beau temps dans le domaine. Assurez-leur un traitement VIP.

— C'est une des idées que nous avons eues : organiser la soirée en deux temps. La première partie qui sera réservée à un petit nombre de personnes, afin de leur permettre d'échanger entre elles, et la seconde partie, qui accueillera le reste des invités et sera la soirée en elle-même.

Amandine considéra longuement Jacques Verrand, qui scrutait chacune de ses réactions.
En le regardant fixement, elle dit :

— Bien. Je pense que nous avons les grandes lignes de la soirée, il reste les détails. Une multitude de détails à régler. Je pense que Mademoiselle Demers et moi allons à présent les examiner.

Voilà qui ne signifiait ni plus ni moins qu'un congé en bonne et due forme pour Verrand et les autres participants, Florence et un jeune homme, qui, compte tenu de son implication dans la réunion, avait dû être convoqué pour tenir le rôle de potiche.

Verrand, mielleux à souhait, n'insista pas et se contenta de dire que tout était donc pour le mieux et que, si d'aventure, Amandine avait besoin de lui, il était évidemment à son « entière » disposition.

Amandine et Nathalie se retrouvèrent donc seules dans la grande salle de conférence.

Le temps était venu de se faire plus aimable pour Amandine. Elle avait décidé de jouer la carte de la solidarité féminine pour créer une connivence avec Nathalie, dans le même genre que celle qu'elle devait avoir avec Sabine :

— Maintenant que nous sommes entre nous, je peux vous le dire : j'ai été positivement impressionnée par la quantité de travail que vous avez accompli en si peu de temps.

Passée la surprise liée au changement brutal de comportement d'Amandine, Nathalie parut visiblement très satisfaite de cette remarque et s'efforça de rester la plus modeste possible :

— Oh ! Merci ! Le délai était effectivement très court, mais nous nous sommes mis dessus toutes affaires cessantes et comme avec Sabine, enfin, ma patronne, on avait travaillé l'an passé pour un film québécois, j'avais déjà une partie du travail qui était faite et réutilisable.

Ça avait été rapide ; Nathalie avait immédiatement mentionné sa patronne, celle qu'Amandine avait exigée en débarquant le matin même à l'agence.

Il fallait aller vite pour gagner la confiance de Nathalie et obtenir des informations. Après avoir repensé à sa conversation avec Gabriel quelques instants plus tôt, Amandine décida de mettre les pieds dans le plat :

— Vous savez que j'ai été témoin à son mariage ? Témoin de son mari, Patrick.

Nathalie eut un sourire incrédule :

— Vous ? Vous connaissez donc Sabine ?

— Oui, enfin, surtout son mari. On se connaît depuis l'école primaire lui et moi.

C'est terrible ce qui est arrivé…

Voilà. Elle démontrait ainsi qu'elle savait que Sabine avait disparu et n'était pas, comme la version « officielle » et politiquement correcte de Verrand le laissait entendre, à l'extérieur du pays pour les deux prochaines semaines.

Cette franchise avait l'air de bien fonctionner : Nathalie passa du sourire à l'air le plus contrit qui soit.

Elle était visiblement très affectée par la disparition de sa patronne.

— Je tourne et retourne tout dans ma tête et je n'y comprends rien. Elle a disparu sans laisser la moindre trace. La police est très rapidement venue, nous a interrogé, Jacques et moi, et puis, plus rien.

Jusqu'à ce qu'un enquêteur mandaté par son mari vienne me poser les mêmes questions que la police et que je lui donne les mêmes réponses. Je vous avoue que lorsqu'il m'a abordée je me suis méfiée, mais très vite, je me suis rendu compte que c'était sûrement la meilleure façon de faire avancer l'enquête… La police a bien d'autres choses à faire et ne semblait pas très empressée à enquêter sur le dossier…

Et je ne vous parle même pas de l'ambiance ici… La disparition de Sabine à quelques jours du début du Festival nous a mis dans une situation pas possible. Mais on s'en sort et puis, ce n'est rien à côté de la disparition de Sabine, il faut remettre les choses en perspective…

— Oui. Patrick est vraiment complètement retourné par cette disparition inexpliquée. Il m'a vaguement parlé d'un enquêteur mandaté par l'avocat que je lui ai recommandé.

Nathalie parut interloquée. Amandine en avait peut-être trop dit, mais, en y repensant, elle avait effectivement recommandé Gabriel à Patrick, mais ne s'était pas étendue sur la nature de leur collaboration, ni encore moins sur le rôle qu'elle jouait actuellement.

Nathalie finit par reprendre :

— Mais bon, *« Show must go on »*… Il faut que nous nous occupions des préparatifs de la soirée.

— Oui. Comme vous dites. En ce qui concerne la liste des invités, je vous ai fait la liste des membres de Stuff for Fun qui font le déplacement ; après tout, c'est une soirée que la compagnie organise, autant que des membres de l'équipe en profitent. Et il y a également Patrick et son avocat qui feront partie de la liste VIP : j'espère que Patrick acceptera, pour se changer les idées l'espace d'un instant… Quant à son avocat, disons que c'est bon pour les relations d'affaires…

Nathalie prit la liste et après l'avoir rapidement survolée, la classa dans son dossier.

— En ce qui concerne le service de traiteur, je me suis permis de conserver la plupart des arrangements qui avaient été pris pour les Russes qui se sont désistés, mais en variant quelque peu pour rendre ça plus international : disons qu'il n'y aura pas que de la vodka et du caviar au menu.

Pour ce qui est des playlists, on a l'habitude de travailler avec un DJ très polyvalent, qui est capable d'aller de la techno au jazz le plus classique. Sabine travaillait souvent avec et elle appréciait particulièrement son énorme répertoire jazzy ; il est très bon là-dedans.

Amandine opina, mais quelque chose lui semblait bizarre : dans ses souvenirs, Sabine était tout le temps « à la pointe » des nouvelles tendances et abhorrait tout ce qui était jazz, crooners et autres chansons, dont Patrick, en revanche, possédait un répertoire impressionnant. Il lui avait souvent parlé de cette différence entre eux, qui le peinait car il aurait aimé qu'elle partage son enthousiasme sur le sujet.

Cela dit, il n'y a que les imbéciles qui ne changent pas d'avis et peut-être que finalement, avec toutes les reprises de vieux standards par des chanteurs pop, c'était ça, la tendance actuelle…

— C'est parfait ; en début de soirée vous pourrez mettre une ambiance soft, et quand ça deviendra « le gros *party* », ça bougera plus. Je ne vais pas éplucher la playlist au complet, je vous fais confiance là-dessus.

— Merci. Et pour le déroulement de la soirée, j'ai prévu une plage horaire pour les VIP de deux heures trente, avant l'ouverture au reste des invités. J'imagine que dans cet intervalle, vous voudrez faire un petit speech ?

— Certainement ! En tant qu'organisatrice, ça va de soi !
Mais je veux également que la parole soit donnée aux cinéastes, afin qu'ils puissent faire mousser leurs films.
Comme on sera à la veille de la cérémonie de clôture, ça ne leur fera pas de mal, un petit coup de pouce.

— Voulez-vous que l'on vous assiste pour le discours ?

Amandine reprit un instant son masque irascible et répondit sèchement :

— Non. Pas besoin de faire un speech langue de bois. Je ferai ça tout naturellement, improvisé, comme chacune de mes interventions pour Stuff for Fun.

Elle se radoucit avant d'ajouter :

— Mais c'est très aimable de l'avoir proposé.
En revanche, là où j'ai besoin de vous, c'est pour la logistique concernant mon staff qui arrive de Montréal ce soir. Vous avez parlé des désistements de l'équipe russe : est-ce que vous avez aussi pu profiter de cet événement pour récupérer des chambres ?

— Oui, par mesure de précaution, on les a bookées préventivement dès qu'on a su, ne serait-ce que parce que ça vaut de l'or en cette saison des chambres sur la Croisette.

Ils avaient prévu de descendre dans un palace un peu plus haut sur la Croisette, et j'ai quatre chambres et deux suites.

— Parfait. Je m'y installerai également. Assurez-vous de coordonner l'arrivée de mon équipe et leur déplacement de l'aéroport vers Cannes. Voici les coordonnées de l'équipe : joignez Joana pour tout ce qui touche à l'intendance.

Le tour de la question avait été fait : cette petite blague allait manifestement coûter plus cher qu'un *party* de lancement d'un nouveau jeu à Montréal, mais Amandine avait pu établir des liens avec Nathalie, qui semblait sur le point de lui en dire plus.

Et puis, que ne ferait-elle pas pour aider son vieil ami ?

Ç'aurait été prématuré de la questionner maintenant, mais elle n'allait pas tarder à avoir d'autres occasions d'en apprendre plus.

Amandine termina la conversation en indiquant :

— Puisque l'équipe arrive ce soir, vous nous ferez le plaisir de dîner avec nous, à l'hôtel ?

Offre que Nathalie ne pouvait évidemment pas refuser.

22.

Nathalie avait bien travaillé : toute l'équipe de Stuff for Fun allait être logée à deux pas de l'ancien Palais des Festivals, sur la Croisette. Chaque chambre avait une vue sur la rade de Cannes avec, en arrière-plan, l'Estérel.

Bien que cela n'ait strictement aucun rapport, le palace dans lequel toute l'équipe était hébergée était sous contrôle d'une société… canadienne !

Le monde était décidément petit, se dit Amandine…

Peu après avoir pris possession de sa suite, Amandine reçut un SMS de Joana : toute l'équipe était arrivée. Ils étaient en train de récupérer leurs clés.

Elle descendit à leur rencontre et les retrouvailles ressemblèrent presque aux effusions de gens qui ne se seraient pas vus depuis des années, alors qu'Amandine n'avait quitté Montréal que depuis quelques jours… Comme quoi, l'exagération n'était pas l'apanage des méridionaux… !

Amandine avait pris soin de faire venir non seulement Joana, mais également tous les membres de son équipe qui avaient brillé ces derniers mois. Le choix fut difficile, sauf en ce qui concernait le duo germanique inséparable, Hans et Gunther, responsables du carton interplanétaire qu'était Distribution tycoon.

Précisément celui qui avait donné tant de maux de tête à Amandine.

Il y avait au total une dizaine de membres de l'équipe. Tous, sans exception, étaient plus qu'heureux de se trouver là et comptaient bien en profiter !

C'est certain qu'ils mettraient de l'animation dans la soirée organisée en cas de besoin… En cas de débordement, Joana serait là… Même en dehors du bureau, elle restait la responsable des ressources humaines et n'hésiterait pas à faire la police quand il le fallait…

Amandine avait pris soin de faire un topo à Joana sur ses activités dans le cadre de l'organisation de la soirée. Sans entrer dans des détails que Joana aurait eu la courtoisie de ne pas demander, elle lui expliqua qu'elle risquait d'apparaître sous un jour inhabituel pour qui la connaissait au travail. Plus… rigide.

Joana comprit immédiatement et se contenta d'indiquer qu'elle n'aurait pas l'air étonnée et que le message serait transmis à l'équipe.

Précaution qui fut d'autant plus utile que Nathalie les rejoignit, comme convenu, pour dîner.

Malgré un trajet relativement éprouvant pour l'équipe, le pire ayant été le transfert entre l'aéroport de Nice et l'hôtel cannois, toute l'équipe était de bonne humeur et le dîner se passa très bien.

Du reste, la majorité d'entre eux n'avait qu'une seule envie : aller profiter de la vie nocturne cannoise qui connaissait l'un de ses pics annuels durant le Festival…

Du moindre bar aux plus fameux endroits, durant les presque deux semaines de l'évènement, le cœur de toute la ville battait au rythme du cinéma, des stars, même si les chances de les croiser se faisaient de plus en plus rares.

Du rêve et des paillettes.

Ainsi, relativement rapidement, Amandine se retrouva uniquement en compagnie de Nathalie.

Elles avaient déjà réglé à peu près tous les détails de l'organisation de la soirée, si bien que le moment était venu de faire parler Nathalie. Le vin aidant, cela devrait se faire sans trop de difficulté.

L'ascendance à moitié écossaise d'Amandine lui avait donné une tolérance à l'alcool au-dessus de la moyenne, ce qui ne semblait pas être le cas de Nathalie : tant ses mouvements que sa diction commençaient à paraître légèrement affectés.

— Dis-moi Nathalie - on se tutoie, comme au Québec où le vouvoiement est presque insultant - ce n'est pas trop dur d'absorber la charge de travail de Sabine depuis qu'elle n'est plus là ?

— Oh non ! J'en faisais déjà beaucoup, vous savez, euh pardon... tu sais !

Et puis, certains clients ont été répartis, notamment à Jacques, qui remet la main à la pâte, ça faisait un bout de temps qu'il souhaitait s'impliquer à nouveau avec les clients sur le terrain et un peu moins à gérer l'agence.

Et puis...

Ça commençait à devenir intéressant. Même si Amandine l'aurait volontiers secouée pour qu'elle continue, elle se força à ne rien dire et la laissa poursuivre.

— Ça lui permet aussi de retrouver les petits à côté inhérents à la gestion directe des clients... Tu vois ce que je veux dire, hein ?

Nathalie leva le menton en direction du bar de l'hôtel, où étaient assises une bonne dizaine de filles bien trop jolies et apprêtées pour être là par hasard.

— Je vois oui... C'est sûr que ce n'est pas le genre de gestion dans laquelle Sabine devait s'impliquer...

Nathalie la regarda, son visage se transforma soudain jusqu'à paraître choqué, juste avant de pouffer de rire :

— Sabine ? Elle faisait tout ce qui était bon pour le client, tu sais !

Si ça impliquait de leur trouver de la compagnie, elle le faisait. Ce n'est pas pour rien que les clients voulaient que ce soit elle qui s'occupe d'eux.

C'était le moment de faire l'idiote. Amandine reprit la balle au bond :

— Ah ! Tu m'as fait peur, j'ai cru qu'elle payait de sa personne !

— Oh, ça non, pas à ma connaissance, en tous cas ! Elle ne cessait de me dire que pour être respectée en tant que femme il fallait se garder de ce genre de comportement et que, dès qu'on franchissait la ligne, on n'était plus qu'une conquête supplémentaire pour ces messieurs.

Et quant à la promotion canapé, je crois qu'elle avait eu une mauvaise expérience dans un emploi passé, qui l'avait vaccinée sur le sujet.

Ce n'est pas pour rien qu'une bonne partie de l'agence ne peut pas la supporter, surtout les hommes. Et tu sais, en général, les hommes traitent une femme de salope, de requin et de tout ce que tu veux dans deux cas : soit ils ont obtenu ce qu'ils voulaient très facilement, soit… ils ne l'ont pas obtenu du tout.

Et Sabine, c'est pas le genre, enfin si c'est son genre, c'est certainement pas avec une relation de travail, collègue ou clients…

— Et qu'est-ce qui te ferait penser que ça pourrait être son genre ?

— J'ai dit à la police et à l'enquêteur de son mari qu'il lui arrivait de s'absenter, sans me dire où elle allait, juste en mettant « off » sur son agenda.

Elle ne m'a jamais dit à quoi ça correspondait, mais c'est sûr que ce n'était pas pour le boulot - je l'aurais su - et si c'était pour s'absenter avec son mari, ben… il l'aurait su, ce qui ne semblait pas être le cas quand il m'a appelé le soir de la disparition de Sabine… Alors moi, je n'ai pas voulu mettre d'huile sur le feu, d'autant moins que je n'ai aucune preuve que Sabine ait un amant, ni qu'elle soit partie avec…

Nathalie était en train de sous-entendre que Sabine aurait eu un amant, en prenant soin de ne pas trop insister là-dessus et en détournant l'attention d'Amandine… Soit c'était ce qu'elle pensait réellement, soit elle n'était peut-être pas si saoule que ça…

Il faudrait vérifier, d'une façon ou d'une autre si Patrick était au courant de ces absences.

Ça risquait de lui faire un sacré choc, mais ça l'aiderait peut-être aussi à comprendre…

Amandine décida de ne pas insister. Il n'y avait pas grand-chose à tirer de Nathalie : elle venait de dire qu'elle n'était au courant de rien. Elle réorienta donc la conversation :

— Et en ce qui concerne Roland, tu penses qu'il aurait pu en vouloir à Sabine au point de…

— Roland ? C'est un dragueur, un beau parleur, un vieux beau, mais je ne le vois pas se commettre un enlèvement ou pire encore… C'est certain qu'il en voulait à Sabine, qu'il ne rêverait que de lui faire payer, mais je le verrais plus lui piquer des clients pour lui nuire.

Je ne le vois pas passer à l'acte. Encore que, on n'arrête pas de lire dans les journaux des histoires sur des gens ordinaires qui pètent les plombs et commettent parfois les pires atrocités, mais je serais vraiment étonnée que Roland soit comme ça. Ou alors, c'est un psychopathe qui cache très bien son jeu.

Il s'est vite remis sur ses pieds et finalement, le fait de ne plus travailler à l'agence a été pour lui comme un nouveau départ. Il semble qu'il ramasse des clients à la pelle, c'est du moins les bruits qui courent à son sujet dans Cannes.

— Et dis-moi, Patrick, tu le connais ?

— Très peu. Je l'ai vu à quelques événements organisés par l'agence, mais c'était rare et en tous cas, lorsque Sabine voyait ses clients ou organisait des événements pour eux, il n'était pas là ; elle n'était pas du genre à traîner le prince consort partout.

Je le connais peu et pour tout dire, Sabine n'est pas du genre à s'étendre sur le sujet non plus.

Pour tout dire, je me suis posé pas mal de questions sur leur relation, mais comme elle n'en parlait jamais…

Disons que, d'après moi, si Sabine devait choisir entre son mari et sa carrière, je pense que son choix serait vite fait.

Nathalie regarda Amandine ; elle s'en voulait d'avoir dit ça :

— Écoute, tu m'as dit être très proche de Patrick, je ne devrais peut-être pas te dire tout ça, de ce que j'en connais, c'est quelqu'un de bien, alors ce n'est peut-être pas la peine de le faire souffrir inutilement. Tant qu'on ne sait pas où est passée Sabine, enfin, tu vois ce que je veux dire, quoi…

— Ne t'en fais pas, c'est mon ami. Et je ménage mes amis. Tout ce qui compte pour lui, c'est de retrouver sa femme, alors si je peux l'aider, je l'aiderai. Mais tout ce qui n'est pas directement relié à la disparition de Sabine, je peux le garder pour moi.

Sauf que… ça concernait précisément la disparition de Sabine.

Avant de raconter tout ça à Patrick, Amandine en parlerait à Gabriel. Avec les informations qu'il aurait sûrement recueillies grâce à son enquêteur, certaines pièces du puzzle se mettraient peut-être en place.

Ce qui était sûr, c'est que si elle pouvait éviter à son ami de souffrir inutilement, elle le ferait.

23

Anne Dupont était diplômée de l'école nationale de la magistrature depuis environ cinq ans.

Même si souvent, les magistrats commencent leur carrière comme juge d'instruction, elle aimait cette fonction et ne la voyait pas comme un marchepied qui la propulserait à d'autres postes.

On pouvait dire qu'elle était rentrée dans la magistrature par vocation. Cinq années d'ancienneté pouvaient sembler bien peu, mais vu la quantité impressionnante de dossiers confiés aux magistrats instructeurs, elle avait déjà accumulé une bonne dose d'expérience, sans avoir encore été atteinte du cynisme propre à certains magistrats qui en ont trop vu.

Le dossier de Sabine Sasso, un fait divers parmi tant d'autres, avait attiré son attention.

Même si on dénombre entre quarante et soixante mille disparitions par an en France, la grande majorité des disparus sont des adolescents fugueurs, qui sont rapidement retrouvés, sans encombre.

Cela étant dit, les statistiques retiennent que seulement 3 % de ces disparitions sont volontaires.

Et si Sabine Sasso avait disparu volontairement, elle aurait laissé des traces d'une quelconque préparation de son départ, que ce soit des retraits d'argent liquide ou bien elle aurait emporté des affaires avec elle. Elle n'allait pas partir à l'aventure comme ça, à moins de disparaître avec un amant, en dehors du territoire.

En tous cas, elle n'avait pas pris d'avion. C'était plus difficile de dire si elle avait passé une frontière, car aujourd'hui, se rendre en Italie depuis Menton ne demandait même plus un arrêt, la plupart des frontaliers y allaient régulièrement acheter alcool et cigarettes. De là, elle aurait pu voyager dans toute l'Europe ou même le monde entier…

Curieusement, la police n'avait pas spécialement insisté sur la piste du mari, alors qu'en général, en cas de disparition, c'est la famille proche qui est suspectée en premier. Ce qui rajoute l'insulte à la peine dans les cas où ceux-ci sont innocents : non seulement ils sont aussi des victimes, mais en plus, on les suspecte.

C'est là que le doigté et le tact des enquêteurs peuvent faire toute la différence.

Visiblement, avec Patrick Sasso, ils avaient fait preuve de tellement de tact qu'ils n'avaient quasiment pas effleuré la question...

Ils avaient procédé aux vérifications d'usage de son emploi du temps, et ça collait. Il était parti très peu de temps après sa femme et arrivé au bureau aux alentours de huit heures du matin. S'il avait dû la faire disparaître, il devait avoir des talents de magiciens pour avoir réalisé son méfait en quelques minutes et se rendre ensuite à son travail...

Elle voulait cependant approfondir cette piste, raison pour laquelle elle avait convoqué Patrick Sasso qui s'était constitué partie civile, aux fins d'audition complémentaire, en compagnie de son avocat niçois, Maître Rossetti.

*

Gabriel n'avait pas encore reçu d'éléments significatifs de la part de M. André. Il n'avait pour le moment rien de plus à apporter au dossier et allait donc à cette audition plus en spectateur qu'autre chose. De toute façon, il assistait son client, il ne plaidait pas pour lui. Du reste, bien souvent, les magistrats n'appréciaient vraiment pas des interventions trop suggestives de la part des avocats. Ce qui ne l'empêchait pas de l'ouvrir quand il le fallait...

Patrick Sasso était nerveux. Difficile de ne pas l'être quand on est convoqué chez un juge d'instruction.

Gabriel lui avait donné rendez-vous au Palais suffisamment en avance pour le préparer et lui prodiguer les conseils habituels ; c'était la partie du métier où il jouait la nounou et le psychologue.

Il fallait le rassurer et faire en sorte qu'il apparaisse le plus détendu possible, rassembler ses souvenirs afin de fournir des réponses précises et se rappeler ce qu'il avait pu dire auparavant... Les juges d'instruction adoraient les contradictions et s'empressaient de se jeter dessus.

Parmi les conseils qu'il lui avait donnés, il avait insisté sur le fait qu'il n'était pas nécessaire à ce stade de mentionner un enquêteur privé.

Les magistrats y voient le plus souvent une interférence avec leurs enquêtes... On n'est pas aux États-Unis où la nécessité des enquêteurs est d'autant plus importante qu'il n'existe pas de juge chargé d'instruire un dossier.

Patrick avait toujours sa mine de déterré. Au moins, on ne pourrait pas dire de lui qu'il menait la grande vie depuis la disparition de sa femme.

Ils pénétrèrent dans le bureau d'Anne Dupont, qui était assistée de sa greffière :

— Monsieur Sasso, Maître Rossetti, je vous remercie d'être présents.

J'ai des questions complémentaires à vous poser Monsieur Sasso, comme vous vous en doutez, relativement à la disparition de votre épouse.

Comme votre avocat vous l'a dit, vous êtes convoqué en tant que témoin et partie civile, et mon rôle est d'instruire à charge et à décharge sur tous les éléments qui permettront d'aboutir à la manifestation de la vérité.

— En premier lieu, je voudrais que vous me retraciez le fil des événements ayant précédé la disparition de Madame Sasso, le 29 avril dernier.

Patrick Sasso était visiblement impressionné par ce formalisme que Gabriel ne voyait même plus, tant il y était habitué, même s'il ne fréquentait qu'occasionnellement les juridictions d'instruction.

Après quelques secondes d'hésitations, il commença :

— Nous avions profité du dimanche pour aller faire du bateau et passer ensemble une journée de repos, ce qui est rare, car Sabine travaille énormément, en particulier à l'approche du Festival de Cannes.

Tout s'est passé normalement, nous sommes rentrés dans la soirée et le lundi 29 avril au matin, elle est partie, comme d'habitude, au volant de sa voiture pour aller travailler.

De mon côté, j'ai quitté l'appartement peu après, pris ma voiture et me suis rendu à mon travail, où je suis arrivé vers huit heures.

Sabine partait plus tôt, vers sept heures, elle aimait travailler tôt, même si ça ne l'empêchait pas de rentrer tard le soir, souvent à cause d'obligations professionnelles liées aux événements organisés par son agence de communication.

On ne s'est pas parlé de la journée, ce qui n'est pas inhabituel, elle est toujours à gauche et à droite. Je suis rentré à l'appartement vers vingt heures. Elle n'y était pas. Jusque-là, rien de très étonnant, mais je lui ai envoyé un SMS pour savoir si je prévoyais quelque chose pour le soir.

J'ai ensuite été prendre une douche et quand je suis revenu près du téléphone, toujours rien.

À partir de là, j'ai commencé à m'inquiéter, car quand elle ne rentrait pas, elle donnait tout le temps des nouvelles.

J'ai essayé de l'appeler sur son portable : messagerie. J'ai dû laisser en une heure environ trois messages.

L'inquiétude grandissant en moi, j'ai ensuite appelé sa collaboratrice, Nathalie, qui ne l'avait pas non plus vue de la journée. Elle m'a dit qu'elle comptait m'appeler pour s'assurer que tout allait bien, car elle s'inquiétait de ne pas l'avoir vue de la journée. D'autant plus qu'elle tient son agenda, elle est au courant de ses allées et venues.

Je crois qu'elle l'a appelée, mais sans réussir à la joindre.

La panique commençant à grandir, j'ai commencé à fouiller dans les armoires, les tiroirs, mais rien ne manquait, elle n'avait pas fait de valises pour s'enfuir, ça je peux vous l'assurer. Je suis allé voir la police, qui a commencé par sous-entendre que j'étais « un cocu de plus », vous voyez le genre…

Ils m'ont dit d'attendre la nuit, qu'elle referait sûrement surface et ont prétexté mille excuses pour ne pas enregistrer de plainte.

Heureusement, le lendemain matin, j'ai pu rencontrer le lieutenant Lorenzi, qui a enregistré ma déposition et a commencé l'enquête.

Depuis, j'essaie d'avoir des nouvelles du dossier, mais on me dit que l'enquête suit son cours et qu'il n'y a aucun élément nouveau pour le moment…

Le reste, vous le connaissez, je pense.

— Comment allait votre couple, Monsieur Sasso ?

Patrick se tourna, incrédule vers Gabriel qui, d'un hochement de tête l'incita à répondre.

— Comme tous les couples, Madame le juge, des hauts et des bas, mais ça allait bien entre nous, nous étions amoureux. Du reste, j'ai transmis au lieutenant Lorenzi un grand nombre de photos récentes, la plupart prises durant des vacances. C'étaient les moments privilégiés où on pouvait vraiment se retrouver, car, comme je vous l'ai dit, Sabine travaillait énormément, y compris en dehors des heures de bureau. Je travaille également beaucoup, à cette différence près que je ne suis que rarement requis en soirée.

La juge avait décidé d'être directe :

— Votre femme avait-elle un amant ? Une maîtresse ?

Patrick, qui était déjà en piteux état, semblait au bord de l'apoplexie… Visiblement, il avait imaginé un amant, mais pas une maîtresse…

— Non, Madame. Comme je l'ai dit, la fidélité était une des pierres fondatrices de notre couple et, même si on ne se voyait pas autant qu'on le voulait, ce n'était pas en raison d'infidélités. J'en mettrais ma main à couper.

La juge d'instruction n'allait pas s'arrêter en si bon chemin :

— Et vous, Monsieur Sasso ? Une maîtresse ? Un amant ?

Ça semblait impossible à croire, mais Patrick se décomposa encore plus, avant de jurer ses grands dieux que non, il n'avait pas de maîtresse, car il aimait passionnément sa femme qui était tout pour lui. Avant d'ajouter qu'en ce qui concernait les hommes, ce n'était pas, mais alors pas du tout son truc.

Gabriel nota que l'homosexualité, féminine ou masculine, mettait Patrick mal à l'aise.

Martinez aurait dit qu'il s'agissait d'un homo refoulé qui n'assumait pas sa part féminine… Sacré Martinez !

En tous cas, il était très crédible lorsqu'il affirmait que sa femme était tout pour lui. Sur ce point et même si ça ne valait pas grand-chose, Gabriel renchérit en expliquant l'état d'esprit dans lequel son client, totalement désemparé, était venu le consulter sur recommandation d'une amie, qui se trouvait être une cliente canadienne de Gabriel.

Voilà qui coupait l'herbe sous le pied à d'éventuelles questions concernant la raison pour laquelle une victime collatérale d'une disparition aurait été consulter un avocat. C'est bien connu, en droit pénal, seuls les coupables consultent des avocats…

La juge regarda Gabriel par-dessus ses lunettes carrées et ne dit rien.

Elle reprit ses questions à Patrick :

— Est-ce que, à votre connaissance, il est déjà arrivé à votre femme de disparaître, de s'absenter ou, plus jeune, de fuguer ?

— Non Madame le juge. Depuis treize années que nous sommes mariés, non. Et en ce qui concerne son passé, même si elle n'était guère bavarde là-dessus, elle a été élevée à Paris et n'a pas, à ma connaissance, fugué dans sa jeunesse.

— Dites-moi, dans l'agenda professionnel de votre femme, on a noté dans les trois derniers mois trois absences notées « off ». Est-ce que vous savez à quoi ça correspond, Monsieur Sasso ?

L'expression de Patrick Sasso se fit sombre d'un coup, tous les scénarios qu'il avait pu échafauder et qui mettaient en scène un amant resurgissaient tout à coup.
Manifestement troublé, il répondit :

— Non Madame le juge. Je ne vois pas à quoi ça correspond… Est-ce que vous pensez que ça serait…

— Je ne pense rien, Monsieur Sasso, je constate, trois plages horaires dans son agenda marquées « off » dans les trois derniers mois : une journée, deux demi-journées, le huit février toute la matinée, le six mars toute la journée et le onze avril, l'après-midi.

— Ces dates ne me disent rien. Elle ne me disait pas tout de ses activités professionnelles et je ne lui demandais pas ; on profitait des moments ensemble pour décompresser de nos boulots, qui sont chacun stressants, alors ce n'était pas pour s'y replonger dans ces moments-là.

N'empêche, le Patrick, il semblait extrêmement troublé et Gabriel ne lui avait pas encore parlé des neuf mois précédents, dans lesquels M. André avait découvert encore plus d'absences « off ». Ce qu'il allait devoir faire, car Gabriel ne pouvait pas décemment cacher ça éternellement à son client.

La juge changea de sujet :

— Est-ce que vous connaissez des ennemis à votre femme ?

— Comme je vous l'ai dit, elle ne me parlait pas beaucoup de son travail, mais elle a tout de même mentionné un grave incident qui a mené au licenciement d'un associé, un certain Roland… Delétang.

Elle ne m'en a pas dit énormément, si ce n'est qu'il avait des pratiques déloyales et volait au sein même de l'agence les clients des autres. Elle avait été voir le PDG, Jacques Verrand, et l'avait mis en face d'un choix : elle ou lui.

La suite, vous la connaissez.

Je ne pense pas qu'il la porte dans son cœur, mais je n'ai plus jamais entendu parler de cet incident par la suite.

— Monsieur Sasso, je vais être franche avec vous : je trouve que pour un mari aussi amoureux que vous semblez l'être, vous n'êtes pas très exigeant, ni curieux. De ce que je comprends, votre femme tenait plus de l'arlésienne que de la femme au foyer - certes, ce n'est pas la seule qui travaille -, mais en plus, elle ne vous disait quasiment rien de son travail. Et vous, ça ne vous posait pas de problèmes ?

— Je l'aimais tellement, Madame le juge, je dois bien avouer que je faisais tout ce que je pouvais pour lui être agréable et lui faciliter la vie, en respectant ses façons d'être.

Oui, ça me coûtait et me faisait souffrir, car j'aurais aimé qu'on passe plus de temps ensemble, mais elle aimait tellement son travail, elle y était tellement épanouie… Je l'ai toujours soutenue là-dedans, même si c'était à mes dépens. Ça peut apparaître comme un sacrifice ou une faiblesse… moi, je parlerais plutôt de compromis : il ne peut exister de mariage durable sans compromis.

Gabriel était impressionné par cette réponse, qui ne souffrait aucun commentaire additionnel.

S'il avait tendance à trouver son client totalement dominé par sa femme, cette notion de compromis remettait les choses en perspective. Assurément ce n'était pas un macho, mais un mari aimant, compréhensif.

Ce dont il était sûr, c'est qu'il n'agirait pas de la sorte, mais… la vie avait fait qu'il n'avait pas eu à se trouver devant ce genre de choix…

— Je vous remercie, Monsieur Sasso, Maître Rossetti. Ça sera tout. Pour aujourd'hui.

Comme c'est l'usage, je vous remercie de rester à la disposition de la justice si des développements ultérieurs requéraient une audition complémentaire.

Gabriel répondit en se levant :

— Ça va de soi, Madame le juge. Bonne fin de journée.

À peine sortis du bureau de la juge, Patrick demanda à Gabriel ce que c'était que ces rendez-vous « off » qui avaient manifestement retenu toute son attention.

Gabriel lui indiqua, une fois rendus dans la salle des pas perdus, qu'il ne s'agissait que de trois mentions et que pour l'instant, on n'avait aucune information. Cela pouvait très bien être des absences tout à fait légitimes, ne serait-ce que pour que Sabine se relaxe (il avait soigneusement évité de dire « prenne du bon temps »), ou peut-être qu'elle recherchait d'autres emplois ou mandats sans avertir sa direction.

Il y avait sans doute dix explications possibles, dont l'adultère, certes. Difficile de le nier, car c'était la première chose qui venait en tête.

Il enjoignit son client à essayer de voir si les dates lui disaient quelque chose, et de l'en informer dès qu'il aurait le moindre élément. Tout en lui précisant qu'il devait rencontrer sous peu son enquêteur pour faire le point sur le dossier.

Patrick sembla regonflé par cette perspective ; non seulement il aurait bientôt du nouveau, mais en plus, il avait un os à ronger, quelque chose à chercher : ce qu'avait fait sa femme les huit février, six mars et onze avril dernier.

Cela étant dit, l'attitude de Patrick devant la juge d'instruction face à ces absences inexpliquées démontrait qu'il n'était absolument pas au courant. Bon point pour lui si la juge le suspectait.

24.

M. André n'eut d'autre choix que de déposer à Nina une volumineuse enveloppe jaune, Gabriel ayant été visiblement retenu plus longtemps que prévu au palais.

Avant de sceller l'enveloppe, il attrapa un stylo et une feuille de papier, sur lequel il entreprit de coucher son rapport, de façon télégraphique, non sans avoir jeté au préalable un regard vindicatif à Nina, qui lui répondit immédiatement :

— Ne vous en faites pas M. André, je me ferai un plaisir de brûler votre poème dès que Maître Rossetti l'aura lu… Comme d'habitude…

Rassuré ou non par la promesse de l'application de son modus operandi habituel, il écrivit :

- Pas d'activités dans un quelconque bureau,
- Multiples rendez-vous avec clients et prospects potentiels (photos 1, 2, 3 et 4),
- Déjeuner sur la plage (photos 4, 5 et 6),
- Rendez-vous galant avec professionnelle pour digérer (photos 7, 8 et 9),
- Affaires semblent rouler - ou il est très fort pour en donner l'impression,

À surveiller :
- la professionnelle (manifestement locale - déjà vue à Monaco et Nice)
- Identifications des clients et prospects potentiels. Vais questionner N. D.

Après avoir pris soin de plier la feuille à la façon des huissiers de justice, soit un pli dans le sens de la longueur et non de la largeur, il l'inséra dans l'enveloppe jaune qui contenait les clichés et remit le tout à Nina. En prenant soin de la sceller tout en jetant un regard entendu à cette dernière, qui signifiait : « tu devras attendre que ton patron arrive pour satisfaire ta curiosité »...

Il repartit comme il était arrivé. Sans un mot.

*

Comme souvent, il avait fallu que M. André s'en aille pour que Gabriel arrive.

Nina lui tendit, à la façon de M. André, l'enveloppe scellée, accompagnant son geste d'un regard singeant celui de l'enquêteur.

Inutile d'en rajouter, Gabriel avait ainsi suffisamment d'indices pour connaître la provenance de l'enveloppe, qu'il ouvrit aussitôt : il savait que Nina mourrait d'envie de se précipiter dessus...

Après avoir lu le mot, il le remit à Nina qui exécuta à la cuisine le rituel habituel de combustion des notes manuscrites de M. André - non sans y avoir préalablement jeté un œil - et revint à son poste avant même que les flammes ne soient éteintes.

Gabriel nota au dos des photos, qui ne contenaient que les numéros repris sur la défunte note manuscrite de M. André, les détails qui lui avaient été donnés et s'attarda sur les photos de la « conquête » de Roland.

Lorsque Nina les vit, elle avait, elle aussi, manifestement compris de quel genre de personnes il s'agissait puisqu'elle se contenta d'indiquer :

— Eh bé, le pépère, il a les moyens, parce qu'une nénette comme ça, ça doit revenir à mille euros de l'heure, minimum... Rien que pour payer le sac et les bijoux...

— Voyons Nina, ce sont des cadeaux de ses oncles, qu'allez-vous chercher là ?

— Eh bien sûr, livrés par la petite marmotte, qui a fait les emballages cadeaux aussi... ? Non, mais, sérieusement Maître Rossetti, ça se voit que c'est une call-girl, et celle-là, elle est pas prête de porter le voile, je vous le dis !

— Bien sûr que c'est une pro, Nina. Et visiblement, elle navigue dans toute la région, de Monaco à Cannes.
S'il y a quelqu'un qui va pouvoir m'en dire plus sur elle, vous savez qui c'est hein... Je reviens dans une heure.

Avant de partir, il ajouta :

— Si vous voulez creuser le dossier : regardez donc dans ce qu'on a, notamment les relevés bancaires de Madame Sasso, histoire de voir ce qu'elle a fait les huit février, six mars et onze avril derniers.

— C'est pas le boulot de M. André, ça ?

— Oui, mais comme vous êtes géniale, que vous êtes une femme et que je ne doute pas que ça vous intéresse, vous trouverez des trucs qu'il ne verra sûrement pas !

Et il claqua la porte du cabinet, ayant en mains uniquement les clichés sur lesquels apparaissait la charmante jeune femme.

Toujours fidèle à lui-même, Ange était assis à sa table favorite, dans le bar PMU du quartier du port, où il avait ses habitudes.

Gabriel l'avait un jour questionné sur cette constance, qui faciliterait la vie de personnes éventuellement chargées de l'éliminer.

Ce à quoi il s'était contenté de répondre d'une part qu'il ne fallait pas se fier aux apparences et d'autre part qu'il envoyait ainsi un message clair à tous ses rivaux potentiels : « Venez, je n'ai pas peur de vous ».

La dissuasion, quoi. Ange était décidément un vrai truand comme on n'en fait plus.

— Gab', mon petit ! Tu as encore des gangsters dans le collimateur ?

— Salut Ange ! Tu sais bien que je ne m'occupe pas de gangsters, n'est-ce pas… ?

À moins que les maris volages n'en soient…

Non, aujourd'hui, je viens faire appel à ta grande mémoire photographique et peut-être à celle d'amis communs que nous avons, depuis que les Croates ont miraculeusement lâché leurs activités par ici…

Est-ce que tu reconnais cette fille, par hasard ? Il semble qu'elle navigue entre Cannes et Monaco.

Ange regarda longuement chaque photo, l'une après l'autre.

Il n'était pas tombé de la dernière pluie et son regard s'attarda longuement sur Roland Delétang.

— C'est ton client, ce branque ?

— Non, mais il joue peut-être un rôle dans un dossier sur lequel je suis actuellement. Une disparition mystérieuse de la femme d'un client. C'est un ancien concurrent de la disparue et…

— Mouais, je vois, un ami qui lui veut du bien.

— Voilà.

Gabriel savait que ce n'était pas la peine de relancer Ange sur la fille ; s'il savait quelque chose, il allait lui dire.
Ce qui suivit, très rapidement :

— La petite, c'est Marina. C'est une bonne fille, jamais de problèmes. Elle travaille sous la protection de tes nouveaux amis, tu sais, ceux qui ont ramené dans le droit chemin des brebis égarées, il y a pas longtemps…

Pas la peine d'en rajouter, les deux savaient précisément de quoi ils parlaient.

— Qu'est ce que tu veux ? Passer un moment avec elle ? Si c'est ça, y'a qu'à demander, tu sais, je suis sûr que nos amis te feront des conditions… imbattables…

— Ah ah ! C'est proposé si gentiment ! En fait, j'aimerais bien pouvoir lui parler - juste lui parler hein - en m'assurant qu'elle soit d'humeur bavarde. Pour les autres extras, ça ira, tu sais !

— Comme tu voudras. Laisse-moi passer un coup de fil, et tu te retrouveras parmi ses prochains clients VIP, ça te va ?

— Merci Ange, je savais que je pouvais compter sur toi.

Il ne restait plus qu'à attendre des nouvelles d'Ange.

26

Visiblement, Roland Delétang avait au moins une bonne raison d'en vouloir à Sabine Sasso : elle était responsable de son licenciement avec perte et fracas de chez On Stage Communications.

Ça le mettait en bonne position dans la liste des suspects : il avait un mobile.

Restait à savoir s'il avait eu également l'opportunité et s'il était capable de faire disparaître sa rivale, sans laisser la moindre trace.

Il n'avait pas un profil de délinquant d'habitude et si la disparition de Sabine Sasso était criminelle, elle avait été exécutée de façon très professionnelle.

Jusqu'à présent, aucune trace du véhicule, aucun témoin, aucun indice, aucune piste sérieuse.

Ça faisait maintenant une petite demi-heure qu'il marinait dans les locaux des juges d'instruction, il devait être à point pour un interrogatoire.

La greffière alla le chercher et l'amena au bureau de la juge Dupont.

Visiblement, Delétang était habitué à plus de faste, ce qui transpirait à travers son expression de semi-dégoût à la vue du bureau étriqué et rempli de dossiers.

En tous cas, il ne faisait aucun effort pour apparaître sympathique.

Anne Dupont allait pouvoir s'amuser un peu.

— Monsieur Roland Delétang, je vous ai convoqué aux fins d'audition dans le cadre de la disparition de Madame Sabine Sasso.

On va commencer très simplement : pouvez-vous me dire où vous étiez le vingt-neuf avril dernier, entre sept et dix heures du matin ?

— Eh bien, comme entrée en matière… J'en déduis que je suis suspect dans la disparition de Sabine ?

— Ça, c'est à vous de me le dire. Ou de me démontrer le contraire.
Donc, où étiez-vous le vingt-neuf avril dernier entre sept et dix heures ?

— J'étais chez moi et ensuite au café habituel où je prends mon déjeuner chaque matin ; il me sert de bureau depuis que je me suis fait virer de On Stage Communications, grâce à Sabine, du reste…

— Donc, j'imagine que vous avez des témoins, au moins pour la partie du café ? Vous y êtes arrivé à quelle heure ?

— Vous n'aurez qu'à demander à Paul ou aux autres serveurs, ils me connaissent bien. Je suis arrivé sur le coup de huit heures environ. Avec le Festival, pas le temps de faire de grasses matinées.

— Donc, entre sept et huit heures, vous étiez chez vous ? Seul ?

— Oui, seul, je n'ai pas le plaisir d'avoir de la compagnie à temps plein en ce moment.

En tous cas, il ne cherchait pas à se fabriquer un faux alibi.
Pour la partie du café, ça serait facile à vérifier.

— Si on parlait maintenant de vos relations avec Sabine Sasso ?

— Sabine ? Pardonnez-moi l'expression : une vraie salope. C'est bien simple, tout le monde la détestait chez On Stage Communications. Mais elle apportait un max de clients, je me demande bien comment… Enfin, je ne me le demande pas vraiment… Les femmes ont des avantages que nous, les hommes, on n'a pas, si vous voyez ce que je veux dire…

Décidément, Delétang ne se souciait pas de son capital sympathie auprès d'une femme juge…

Anne Dupont avait l'habitude et ne fronça même pas les sourcils :

— Êtes-vous en train d'insinuer que Sabine Sasso « payait de sa personne » pour avoir des contrats ?

— Ah ! Mais je n'insinue rien, moi, Madame le juge. Je constate simplement qu'elle avait énormément de clients, qu'elle gardait jalousement et qui lui étaient d'ailleurs fort attachés…

— Et pour quelle raison Sabine Sasso a-t-elle exigé votre licenciement ?

— Chez On Stage, on marchait à la commission en fonction des clients qu'on a dans son portefeuille, donc non seulement on tâche de ramasser le plus de clients possibles à l'extérieur mais parfois également, en interne.

C'est là-dessus que Sabine s'est basée pour faire une scène hallucinante, juste parce que j'avais travaillé avec des clients à elle, pour le bien de l'agence, vous pensez bien. Elle m'en a voulu à mort, surtout que les clients ont bien apprécié la soirée que je leur avais concoctée…

Je vais être honnête avec vous, ces clients, ils m'intéressaient. Des producteurs belges montants, qui vont sûrement se ramasser un prix cette année et, disons que j'ai pallié les petits plus que Sabine pouvait offrir, en ayant recours à de l'aide extérieure, vous voyez ce que je veux dire, hein…

— Des professionnelles ?

— On ne va pas parler de prostitution, hein, ça ferait de moi un proxénète ou quelque chose dans le genre… Non, il se trouve qu'en cours de soirée, on a rencontré des étudiantes que je connaissais vaguement, alors comme c'est toujours agréable de passer une soirée en bonne compagnie… Vous savez comment sont les jeunes… des producteurs, des étudiantes…

— Oui, je vois bien le genre. Très bien même.
J'imagine que vous pourrez me fournir leurs coordonnées, à ces « étudiantes ».

— Ce sont plus des relations que des amies, vous savez, le genre de relations qu'on se fait quand on sort… J'ai passé l'âge d'être étudiant, mais elles aiment bien sortir, je vais forcément retomber sur elles et je ne manquerai pas de vous fournir leurs coordonnées.

— Bien sûr, bien sûr. Ne tardez pas trop, hein.

Anne Dupont n'avait aucun doute sur le statut d'étudiantes professionnelles de ces filles, et même s'il y en avait qui étaient prêtes à tout pour rien, elle était convaincue que Delétang avait eu recours à de « vraies » professionnelles… Il n'aurait pas couru le risque de tomber sur des allumeuses ou des vierges effarouchées, avec le potentiel scandale qui en aurait découlé…

— Pour en revenir à la fin de votre emploi chez On Stage Communications, c'est donc uniquement en raison de ça que vous auriez été licencié ?

— C'est fou, hein, mais cette… enfin, Sabine, elle avait un poids considérable dans l'agence, grâce à ses clients. Tout le monde, y compris Ferrand, lui mangeait dans la main.
Et moi, pour une peccadille, je me retrouve sans rien, une main devant, une main derrière, c'est quand même hallucinant !
Du reste, j'ai lancé une procédure pour licenciement abusif, mais avec les délais des prud'hommes, je ne peux rien espérer avant plusieurs mois, ou plutôt des années… Et en prime, comme j'étais associé très minoritaire, ils m'ont spolié de mes parts aux bénéfices. Même si c'est symbolique par rapport à celles des membres du comité de direction, je ne vais pas leur laisser ça. Mon avocat aux prud'hommes m'a dit que ça devrait faire l'objet d'un litige séparé, d'un côté le contrat de travail que j'avais, de l'autre, la qualité d'associé pour la participation aux bénéfices.

Enfin, c'est des avocasseries, vous voyez le genre... Je vais en avoir pour des années...

— Cela dit, la disparition de Sabine Sasso vous laisse le champ libre pour ramasser tous les clients que vous voulez, non ?

— Ah, si vous voulez aller de ce côté-là, regardez donc plutôt à l'intérieur de l'agence... Moi, je n'y suis plus et je n'ai pas les mêmes accès que les autres, qui y sont encore et qui doivent se jeter dessus comme la famine sur le monde... !

Si j'avais toujours été employé là-bas, oui, mais les mieux placés pour ramasser les miettes, enfin les grosses miettes, ce sont les employés et associés qui restent...

Voilà qui élargissait significativement le nombre des suspects à qui le crime pourrait profiter.

Anne Dupont n'aimait pas particulièrement le personnage, mais elle ne pouvait pas lui enlever qu'il était convaincant, car il était cohérent.

— Madame le juge, avant que vous ne me posiez la question : oui, je la détestais cordialement. Non, je ne vais pas pleurer sur sa disparition. Et non, je n'ai rien à voir là-dedans.

Figurez-vous que finalement, je me débrouille très bien tout seul, au moins, j'empoche la plus grosse partie de mes contrats. Je ne rends plus de comptes à aucun Conseil d'administration ou PDG et surtout, je ne suis plus dans ces jeux politiques et d'influence qu'il y avait à l'agence.

Toute cette histoire de licenciement, ça a été un mal pour un bien, finalement.

Delétang avait dû lire dans les pensées de la juge pour ainsi enfoncer le clou...

Il avait réussi, au moins pendant un temps, à l'orienter vers d'autres suspects potentiels, tout en restant honnête et correct vis-à-vis d'une victime qu'il avait toutes les raisons du monde de détester.

— Parfait. Je n'ai pas besoin de plus pour le moment. Je vous remercie, Monsieur Delétang.

Bien sûr, vous restez dans la région ?

— Oh, ça, oui ! Avec le Festival, même si je le voulais, ce serait suicidaire de m'absenter.

Il restait à vérifier son alibi. L'heure de la disparition de Sabine Sasso n'était pas clairement définie, mais ce qui était sûr, c'est que, s'il avait été présent au café à partir de huit heures, il aurait dû faire disparaître Sabine Sasso et sa voiture en moins d'une heure. C'était court et ça ne lui aurait pas permis de cacher bien loin ni la voiture ni le corps… À moins d'avoir au moins un complice.

27

« 20h00. Bar du JB-M »

Le SMS, même s'il provenait d'un numéro inconnu de Gabriel, ne pouvait émaner que d'Ange.

Gabriel avait donc rendez-vous avec cette fameuse Marina. Restait à espérer qu'elle aurait des informations utiles sur Roland, qui permettraient de faire avancer l'enquête.

Il jeta un coup d'œil à l'heure sur l'écran de son téléphone : pas de temps à perdre pour arriver à l'heure.
Il se mit immédiatement en route.

Il arriva à l'entrée de l'hôtel sur le coup de vingt heures. Parfait, il détestait être en retard.

Elle attendait, tranquillement assise au bar et venait visiblement d'éconduire gentiment un client potentiel lorsque Gabriel arriva.

Elle avait dû être informée de la description de Gabriel car dès que son regard se porta sur lui, elle le gratifia d'un sourire invitant et amical.

— Maître Rossetti. Je suis ravie de vous rencontrer.
Alors comme ça, nous avons de très bons amis communs, on dirait ?

— On va dire ça comme ça…

Visiblement, elle faisait tout pour que n'importe qui alentour n'ait guère de doute sur leur proximité, posant longuement sa main sur son avant-bras, tout en discutant de banalités.

Le bar était rempli et il serait difficile d'avoir une conversation intime. Marina avait tout prévu puisque, très rapidement et sous l'œil habitué de la barmaid, elle proposa le plus naturellement du monde à Gabriel de se rendre à sa chambre.

Gabriel jouait évidemment le jeu. Et il faut dire qu'il était difficile de refuser quoi que ce soit à Marina. Elle savait manifestement y faire avec les hommes. Après tout, il y a pire comme situation… !

Alors qu'ils attendaient l'ascenseur, Marina ne lâchait toujours pas le bras de Gabriel ; décidément, leur attitude ne laisserait que peu de doute sur la raison pour laquelle ils se rendraient aux chambres.

Gabriel put le vérifier lorsque les portes de l'ascenseur s'ouvrirent : ce n'était personne d'autre qu'Amandine qui sortait de l'ascenseur !

Elle s'apprêtait à ouvrir la bouche pour saluer Gabriel et s'étonner de le voir ici. Jusqu'à ce que son regard se porte sur Marina. À ce moment précis, son expression se transforma radicalement, sa bouche se figea, à moitié ouverte. À l'étonnement succéda un regard que Gabriel aurait juré désapprobateur et qui semblait dire : « ah tiens ! On se paie du bon temps ! »

Gabriel, tout aussi étonné de croiser Amandine, resta interdit : il n'avait pas eu le temps de la prévenir de quoi que ce soit, vu la rapidité avec laquelle il avait obtenu ce rendez-vous.

Leurs regards se croisèrent et celui d'Amandine n'échappa pas à Marina, pas plus que la gêne de Gabriel.

Pas la peine de demander s'ils se connaissaient, elle avait suffisamment l'habitude de ce genre de situations.

Gabriel se sentait coupable, pris la main dans le sac, mais coupable de quoi ? Et surtout pourquoi ? Il n'y avait pas matière chez Amandine à se montrer jalouse… Ce qui ne l'empêchait pas de rester troublé par cette rencontre inopinée.

Dans une volonté maladroite de se justifier, il se contenta d'indiquer à Marina qu'il la connaissait vaguement. Marina, même si elle n'était absolument pas convaincue par le « vaguement », avait ce talent de savoir se taire et se montrer discrète quand il le fallait.

C'était indispensable pour durer dans le métier et ça lui permettait bien souvent d'en savoir beaucoup plus qu'en posant ouvertement des questions.

Lorsqu'ils arrivèrent dans la grande chambre de Marina, celle-ci lui indiqua le canapé qui était proche de la terrasse et leur servit de grands verres de Martini Rosso.

Elle ne le savait pas, mais elle n'aurait pas pu tomber mieux avec Gabriel : le rosé et le martini rouge étaient ses boissons favorites. À moins qu'elle n'en sache vraiment plus sur lui que nécessaire.

— Alors, Maître Rossetti, que puis-je faire pour vous ? On m'a demandé non seulement d'être gentille avec vous - pour ça, je n'aurais pas trop à me forcer - mais également d'être coopérative...

— Eh bien, me voici déjà comblé !

Je me suis laissé dire que parmi vos clients figurait un certain Roland Delétang. Et j'aurais besoin de renseignements sur lui et sur ses affaires.

— Roland ? C'est plus qu'un client, c'est un habitué !

Et surtout, des clients, il m'en amène, pas qu'un peu. Vous savez, j'imagine, qu'il est dans les coms et les relations publiques... Il fait aussi dans les relations plus privées et je suis assez souvent sollicitée pour aider à conclure des contrats ou bien d'autres choses, je pense pas que je doive vous faire un dessin ?

— Non, ça va, le dessin, je me l'imagine très bien...

Il suffisait de la regarder pour que mille « dessins » s'animent soudainement dans les yeux de n'importe quel mâle hétéro à peu près normalement constitué...

Avant que ces images ne deviennent trop envahissantes dans l'esprit de Gabriel, Marina enchaîna :

— De toute façon, dans le milieu, c'est une pratique très répandue ; si vous êtes en cheville avec des agences de com comme la sienne ou, mieux encore, celle dans laquelle il travaillait avant, ils sont vos plus gros pourvoyeurs de contrats pendant toutes les périodes de Festival et autres événements du genre.

— Ah tiens, son ancienne boîte… On Stage Communications, c'est ça, était donc aussi friande de services particuliers ?

Elle le regarda en souriant, désarmée par la naïveté apparente de Gabriel :

— Voyons, Maître, ne me dites pas que vous ignorez à quel point on aide à signer les contrats…

— Vous savez, moi, mon truc, c'est plus les divorces, mais c'est vrai que parfois, vos interventions aident à précipiter la signature de documents, même si c'est plutôt des requêtes en divorce… !

Et qui était votre contact chez On Stage ?

— Roland, quand il y était. Tout passait par lui. C'était le « spécialiste » pour arranger ce genre de rendez-vous, parfois même en toute discrétion par rapport à l'agence, à la demande de Jacques. Jacques Verrand, le PDG de On Stage.

Je sais que Roland a été dégagé vite fait bien fait par Verrand il y a quelques mois. Depuis, c'est principalement avec Verrand que je suis en contact pour toutes les demandes spéciales.

Et je peux vous dire que Verrand, comme Roland, pousse la conscience professionnelle à vérifier lui-même que les prestations seront à la hauteur des attentes de ses clients…

Autant Roland est plutôt normal, autant Verrand a des demandes plus… particulières… Disons qu'il aime bien expérimenter sur lui de drôles de trucs… Moi, tant qu'il n'y a pas de violences, on est entre adultes consentants, hein…

Depuis que Roland n'est plus chez On Stage, Verrand fait appel à mes services plus fréquemment ; je lui trouve aussi d'autres filles en cas de besoin.

Quant à Roland, il m'a dit - les hommes sont bavards sur l'oreiller - qu'il avait « récupéré » un bon nombre de clients qu'il avait chez On Stage en ajoutant « et même plus encore ». Ce qui signifie pour moi plus de boulot et qu'il aurait besoin de plus de filles pour égayer les soirées et les événements organisés.

Ça nous arrive de participer à des dîners et, forcément, on a les oreilles qui traînent.

Normalement, je tiens à ma réputation et je ne dis rien sur personne, le secret professionnel, vous connaissez ça, mais là, comme nos amis communs ont bien insisté sur le fait que je devais être « coopérative », si vous avez des questions, profitez-en.

— En fait, vous avez déjà répondu à certaines d'entre elles, mais si vous étiez capable de vous souvenir du nom des clients de Delétang, ça pourrait m'être utile. Et de ses prochains besoins aussi.

— Ce dont je me souviens très bien, c'est qu'il traite aux petits oignons des producteurs belges, qui ont un film en compétition ici.

Il y a aussi une autre équipe de production américaine, ceux-là, je m'en souviens bien : la moitié est gay et l'autre moitié, ce sont des lesbiennes au look proche des camionneuses. Pas exactement mon genre, mais on est pro ou on ne l'est pas, hein. Et des clients parisiens également. Je pourrai vous retrouver les noms et vous les faire parvenir.

Gabriel lui remit sa carte de visite ; elle s'attarda largement plus qu'il ne fallait sur sa main et le regarda en souriant :

— Et en dehors des affaires, je peux encore vous être utile, Maître Rossetti ?

28.

Il était temps pour Gabriel de discuter avec Amandine. Elle avait sûrement récolté des informations intéressantes et il avait aussi pas mal de nouveau, tant au sujet de l'audition devant la juge d'instruction qu'en ce qui concernait Roland et les filles.

D'autant plus qu'ils s'étaient croisés dans l'ascenseur de l'hôtel…

Il hésita un instant en se remémorant l'expression de désapprobation d'Amandine dans l'ascenseur.

Mais après tout, il n'avait pas de comptes à lui rendre et il fallait faire avancer cette enquête.

Il envoya un SMS : « Comme tu le sais, je suis à ton hôtel. Dispo pour briefing ? »

Cinq longues minutes s'écoulèrent avant qu'une laconique réponse ne lui parvienne : « Chambre 4208 ».

Il se redirigea vers les ascenseurs et se rendit au quatrième étage.

Amandine lui ouvrit la porte, avec une expression glaciale… Ça devait ressembler à son masque pour son rôle de composition chez On Stage Communications, sauf que ce charmant accueil lui était destiné.

En souriant nerveusement, il lui dit :

— Justement, la fille que tu as croisée m'a donné des informations.

Elle lui répondit :

— Mais tu n'as pas à te justifier de quoi que ce soit, Gabriel. Tu es un grand garçon. Et puis, elle semblait dans de très bonnes dispositions...

Visiblement, briser la glace allait prendre du temps, même si son regard semblait s'adoucir quelque peu... On était loin de l'accolade à laquelle il avait eu droit quand elle était venue dîner chez lui.

Cela dit, ce n'était pas le moment pour une scène de jalousie, d'autant que... enfin.

Il commença donc par lui parler de Marina :

— Donc, la jeune femme, Marina, comme tu l'as sans doute constaté, est une professionnelle.

— Ça, c'était dur de ne pas le remarquer...

— Elle connaît bien Roland, qui non seulement est un de ses clients, mais pour qui elle intervient pour faciliter la signature de contrats...

Et ce n'est pas tout, Jacques Verrand fait à peu près la même chose et il en croque aussi.

Amandine avait visiblement quelque chose à dire. Gabriel s'interrompit :

— De mon côté, j'ai obtenu des confidences de Nathalie, qui m'a confirmé que Verrand était très content depuis la disparition de Sabine de se retrouver justement « sur le terrain »...

— Bon, ça confirme la fiabilité de Marina.

Elle m'a aussi indiqué que Roland était, semble-t-il très satisfait de sa situation depuis qu'il n'est plus chez On Stage communications et qu'il ramasse pas mal de clients, des anciens et des nouveaux.

Ce qui est également corroboré par la surveillance de M. André. Les journées de Delétang ont l'air pas mal occupées ; c'est lui qui nous a menés à Marina. Ça, m'a permis grâce à mes relations à Nice que tu connais, d'avoir un rendez-vous avec elle.

Amandine se détendait à vue d'œil ; elle semblait rassurée... !

Gabriel n'avait pas encore mentionné l'audition de Patrick devant la juge d'instruction :

— Et, comme je te l'ai dit, Patrick a été entendu par la juge d'instruction.

Ça s'est bien passé, même si elle a été plutôt... directe.

Elle pense à un amant... ou une maîtresse... Y'a pas de raisons après tout.

Par contre, Patrick ne l'avait visiblement pas envisagé ; il est littéralement tombé de sa chaise !

— En tous cas, si Sabine est aux filles, elle ne m'en a rien laissé paraître.

— Tu ne dois pas être son genre, voilà tout... Plus sérieusement, la juge a surtout tiqué sur l'attitude de Patrick qui, c'est certain, apparaît comme un mari très soumis et très peu au courant des activités de sa femme...

Tellement peu au courant qu'il est resté médusé quand la juge lui a parlé des fameuses plages horaires « off » des trois derniers mois dans son agenda...

Encore heureux que je ne lui aie pas encore dit pour les neuf mois qui précédent...

Je te dirais, et l'audition a sûrement renforcé cette impression chez la juge, que si elle devait choisir entre le scénario dans lequel Patrick fait disparaître Sabine et celui dans lequel Sabine s'enfuit avec un ou une coquine, elle opterait pour le second, au vu de la réaction de Patrick sur ce point.

C'est bon pour Patrick car ça veut dire qu'il n'est pas suspect.

Mais ça ne nous éclaire pas plus sur la disparition de Sabine.

Amandine digéra toutes ces informations, qu'elle tenta de recouper avec celles qu'elle avait obtenues :

— C'est marrant, mais Nathalie m'a donné la même impression en ce qui concerne le regard porté sur Patrick ; elle ne le tient manifestement pas en haute estime.

Quant à Roland, elle a confirmé aussi qu'il semblait très satisfait de son sort et pour ce qui est de Verrand, comme je te l'ai dit, il semble aussi très content.

Bref, la disparition de Sabine fait des heureux, Nathalie y compris, puisqu'elle récupère du même coup quelques dossiers en gestion directe, qu'il lui aurait fallu quelques années à obtenir.

Elle m'a dit aussi que Sabine était prête à tout pour satisfaire ses clients, mais pas à payer de sa personne ; je pense qu'elle aussi devait avoir parfois recours à des professionnelles.

Et si elle a un amant, vu sa philosophie des relations de travail, elle ne chasse sûrement pas son gibier au bureau…

Pour ce qui est des périodes « off », Nathalie n'a pas d'explications, ça reste très mystérieux.

Il y a une chose qui m'a surprise quand je l'ai vue pour la première fois : elle est le portrait craché de Sabine, dix ans en moins bien sûr. La couleur de cheveux, la coiffure, le maquillage, la façon de se vêtir et de se tenir… J'avais l'impression ultra bizarre de me trouver en face d'un clone de Sabine. Perturbant.

— Elle aimait sa patronne jusqu'à vouloir lui ressembler, elle la voyait comme un mentor, sans doute.

— Oui mais là, c'est « *awkward* » comme on dirait à Montréal, vraiment bizarre.

Tant que j'y suis, elle semble ne pas si bien connaître son mentor que ça, car lorsque nous discutions des choix musicaux pour la soirée, elle m'a dit que Sabine adorait les crooners et le jazz… Alors que je me souviens clairement lorsqu'ils sont venus à San Francisco en voyage de noces, que j'ai eu droit à un début de scène de ménage quand Patrick, qui collectionne les vieux vinyles de jazz, a proposé qu'on aille dans une boîte de jazz. Elle détestait ça. Viscéralement.

— Il n'y a que les imbéciles qui ne changent pas d'avis, et peut-être que Patrick a su, au fil du temps, lui communiquer sa passion

— Possible, mais étonnant, surtout maintenant qu'on connaît mieux la Sabine, du côté professionnel.

— Nathalie t'a peut-être dit ça juste parce qu'elle pensait que ça serait bien. Pour appuyer son choix, elle a cherché la caution de sa patronne, ce qui signifiait que c'était donc un très bon choix.

— Peut-être bien.

— En tous cas, pour le moment, on avance, mais à pas de souris. On n'a pas grand-chose comme pistes sur la disparition de Sabine.

Il va falloir communiquer tout ça à Patrick. Pour le coup, j'aimerais que tu sois là, parce que je voudrais éviter la crise cardiaque quand on parlera des absences de sa chère épouse…

À ce sujet, il a mentionné à la juge que la veille de la disparition de Sabine, ils ont été faire du bateau.

— Oui, c'est vrai. Depuis qu'il est gamin, son père l'a mis sur des optimists, des 420 et la voile, il adore ça.

Il avait acheté un vieux voilier, un grand Dufour, je pense.

— Eh bien, si on doit lui annoncer des nouvelles comme ça, on pourrait en profiter pour le faire dans un environnement qui lui plaît… une petite sortie en bateau ?

— Je vais arranger ça. Demain ?

— Demain, très bien !

Ils se quittèrent ainsi, le contenu des échanges qu'ils venaient d'avoir ayant manifestement apaisé Amandine et chassé sa réaction désapprobatrice de tantôt, réelle ou supposée.

29.

Amandine avait joint Patrick au téléphone : il recommençait à travailler quelques heures par ci, quelques heures par là. Son employeur était très compréhensif et cela semblait le rasséréner quelque peu.

— Patrick, au fait, tu es toujours passionné de voile, n'est-ce pas ?

— Oui, une piqûre qui ne m'a jamais quittée ; avec tous ces événements, on n'en a pas discuté, mais j'ai acheté voici deux ans le voilier de mes rêves, un Dufour 40 performance ; le même genre que celui de mon père, mais plus moderne de vingt ans !

Voilà en tous cas un sujet qui remettait à Patrick du baume au cœur...

— Patrick, tu sais quoi ? Je pense que ça serait une bonne idée qu'on aille faire une sortie en mer, toi, moi et Maître Rossetti ; il a récolté des informations et ça serait plus sympathique de discuter de tout ça sur un pont en teck plutôt que dans un bureau d'avocat, qu'en penses-tu ?

Elle le sentait un peu hésitant et ajouta :

— Ça fait une éternité que je n'ai plus navigué, ni tenu la barre d'un voilier...

— OK, ça me changera les idées après tout, surtout que j'ai pensé à aller naviguer, mais tout seul, cela risquait trop de me rappeler les bons moments passés avec Sabine sur ce bateau. Elle avait fini par aimer ça, tu sais...

— Super ! Alors, je te propose qu'on se retrouve au port pour onze heures, j'ai préparé tout ce qu'il faut pour un pique-nique et je préviens Gabriel - en espérant qu'il n'ait pas le mal de mer… !

Sitôt sa conversation terminée avec Patrick, Amandine appela Gabriel et lui confirma la sortie par SMS.
Elle prit soin d'ajouter, à tout hasard : « Prévois la Dramamine ! »

Sage précaution, car si Gabriel était habitué aux bateaux à moteur, les voiliers avaient le don de le rendre nauséeux, à force de tanguer, gîter… De plus, sans l'impression de vitesse propre aux bateaux à moteur, il se sentait le jouet des éléments, totalement impuissant…

*

Patrick était sur le bateau depuis une bonne heure lorsqu'Amandine arriva, armée d'un panier en osier que le petit chaperon rouge n'aurait pas renié, jusqu'au tissu à carreaux rouge et blanc, qu'elle agita de la main en embarquant :

— Saucisson, rillettes, jambon de Parme, pain, rosé et pâtisseries marocaines pour terminer, je pense qu'on aura de quoi tenir la journée !

— Bienvenue à bord Madame MacLane !

Patrick était comme transfiguré ; l'espace d'un instant, elle retrouva le Patrick qu'elle avait toujours connu.
Si seulement ça pouvait être aussi simple…

Gabriel ne tarda pas à arriver : il venait de stationner sa moto au bout du quai. Il avait visiblement suivi les conseils d'Amandine puisque, en dehors de son porte-documents, il tenait à la main un sachet de pharmacie, contenant Dramamine et crème solaire - on n'est jamais trop prudent !

Le bateau était effectivement un superbe voilier, qui avait moins de dix ans d'âge, une jeunesse...

Il était entretenu de façon impeccable et l'intérieur le confirmait. Patrick disposait d'une table de cartes et d'équipement qui lui auraient permis de faire le tour du monde : ordinateur portable, radar, centrale de navigation, GPS, pilote automatique, radios et téléphone satellite Iridium. Il était définitivement paré à toute éventualité.

Gabriel savait que nombre de plaisanciers se suréquipent alors qu'ils se contentent de caboter entre le port et les îles de Lérins, voire, pour les plus aventureux, jusqu'à Port-Grimaud...

Son expérience des divorces lui avait permis, lors des procédures de partage des biens, de compter plus souvent qu'à son tour, les petites cuillers, et les bateaux faisaient partie dans la région, des joujoux pour hommes parmi les plus répandus...

Une fois les manœuvres de sortie du port effectuées, Patrick leur proposa la destination du jour :

— Puisqu'aujourd'hui la brise est calme et se maintient, je vous propose que nous allions un peu au large de l'île Saint-Honorat. On va éviter le canal du Frioul, entre les deux îles, qui ressemble plus à la baie d'Halong qu'autre chose, c'est de plus en plus surpeuplé.

Personne ne trouva à y redire : mouiller au large de Saint-Honorat, offrait l'avantage, non seulement d'avoir une vue sur cette petite île qui renferme le monastère fortifié de l'abbaye de Lérins, mais également sur l'horizon, ainsi que l'Estérel, au loin.

Le trajet ne dura guère plus d'une demi-heure. Voilà qui confirmait bien la thèse de Gabriel sur les voyages au « long cours » des plaisanciers du coin, mais qui avait l'avantage de laisser le bateau relativement immobile, la mer étant peu agitée. Il n'aurait sans doute pas à forcer sur la Dramamine...

Ils jetèrent l'ancre à environ cinq cents mètres de l'île. Impossible de s'approcher plus : il n'y avait pas beaucoup de fond à proximité du rivage.

Ce mouillage n'entamait en rien la vue, qui était effectivement magnifique.

Une fois que l'apéritif fut servi et que tout le monde fut installé sur la plage arrière, à l'ombre du taud dressé pour les protéger du soleil, Patrick, leva son verre à l'issue heureuse qu'il espérait quant à la disparition de Sabine :

— Quand je pense que la veille de sa disparition, nous étions par ici, à profiter d'une journée aussi belle que celle-ci...

Il était proche de sombrer dans la mélancolie, si bien qu'Amandine enchaîna immédiatement :

— Avec Gabriel, nous avons récolté un bon nombre d'informations, tu sais, et en tous cas, il n'y a rien là-dedans qui semble pointer clairement et directement vers quelqu'un qui lui aurait voulu du mal...

— Mais ça n'explique toujours pas sa disparition brutale...

Gabriel prit la parole :

— Certes, non. Mais au fur et à mesure que nous exploitons des pistes et que celles-ci ne démontrent pas clairement de mobiles à faire disparaître Sabine, cela signifie, a contrario, que les chances qu'il ne lui soit rien arrivé de fâcheux augmentent corrélativement.

Ça ne mettait évidemment pas à l'écart les pistes crapuleuses, mais là encore, la police n'en avait trouvé aucune trace ni même le début d'un indice, ce qui, en soi était rassurant et pouvait aussi accréditer la thèse d'une disparition volontaire.

Ça ne lui ramènerait pas pour autant Sabine. Surtout que, si d'aventure, il s'agissait d'une disparition volontaire et que la police la retrouve, elle serait en droit de ne pas communiquer son adresse, ainsi que la loi l'y autorisait.

Mais au moins, il la saurait saine et sauve. Le seul deuil à faire serait dans ce cas celui de leur relation…

Gabriel alla chercher son porte-documents qu'il avait posé sur la couchette avant. Il nota une odeur particulière, de résine epoxy. La curiosité cédant le pas à la discrétion, il ouvrit les placards et trouva effectivement tout ce qui était nécessaire à réparer des coques : résine, acétone, couteaux à étaler, masque.

Visiblement, Patrick aimait tellement son bateau qu'il allait jusqu'à l'entretenir lui-même, alors qu'il avait certainement les moyens de faire exécuter ces travaux par un chantier naval.

Gabriel en déduit que pour Patrick, son bateau était visiblement sa « danseuse »… Il devait y engloutir une quantité impressionnante de ses revenus, mais tel était le prix à payer pour entretenir de telles maîtresses…

De retour sur le pont Gabriel entreprit de présenter à Patrick les photos que M. André avait obtenues : on y voyait principalement Roland et ses relations, masculines ou féminines. Gabriel fit un point de tout ce qu'ils avaient appris à ce sujet et demanda à Patrick :

— Patrick, à votre connaissance, est-ce que le recours à des prostituées est fréquent dans l'agence de Sabine ? Et dans l'affirmative, est-ce que vous savez si Sabine y avait également recours ?

— Comme je l'ai dit à la juge d'instruction, je n'étais pas au courant de grand-chose concernant le travail de Sabine, qui en parlait peu. Cela dit, connaissant quand même un peu le milieu cannois, et travaillant dans la banque, avec des clients plutôt fortunés, je dirais que la pratique est relativement répandue, sans que personne ne s'en offusque.

Amandine en profita pour intervenir :

— De mon côté, j'ai eu des renseignements de la part de Nathalie Demers ; elle semble aller dans ce sens, et en tous cas, elle m'a confirmé un point qui devrait te rassurer : jamais Sabine n'aurait payé de sa personne pour obtenir des contrats ou quoi que ce soit d'autre. En revanche, Nathalie ne semblait pas écarter l'hypothèse que Sabine ait fait appel à des pros pour ce genre de missions, mais comme tu dis, il n'y a rien là de bien spécial.

Patrick resta pensif un moment, puis il reprit :

— Est-ce que vous pensez que ça pourrait être lié à ces fameuses plages d'agenda « off » ?

C'était le moment que Gabriel et Amandine redoutaient ; ils ne pouvaient plus passer sous silence ce qu'ils avaient appris à ce sujet sur la totalité de l'année écoulée.

Avant que Gabriel n'eut le temps d'intervenir, Amandine prit la parole :

— Ça, on ne sait pas vraiment, mais ces absences peuvent être n'importe quoi. Tu sais, moi ça m'arrive de disparaître de mon bureau à Montréal. Quand j'ai besoin de me ressourcer, je loue un chalet au fond des bois et je laisse téléphone et ordinateur totalement éteints. Du reste ce n'est pas souvent nécessaire, les chalets sont si reculés qu'aucune connexion n'y passe…

Peut-être que Sabine faisait de même, pour décompresser, tout simplement…

Gabriel reprit la balle au bond :

— En tous cas, ces trois derniers mois, il n'y a eu que trois absences et puisque je n'ai pas eu de vos nouvelles à ce sujet, j'imagine que ça ne vous dit rien ?

— Non, rien du tout.

— De notre côté, mon assistante et M. André ont comparé ces dates des huit février, six mars et onze avril derniers avec les relevés bancaires de Sabine. Il y a eu des retraits d'espèces de l'ordre de trois cents à cinq cents euros ces jours-là, dans Cannes, mais ça n'est pas en soi totalement inhabituel, d'après ce que nous avons pu voir du reste des relevés.

Et il y a autre chose : Nathalie a communiqué à mon enquêteur l'agenda de Sabine, non pas uniquement sur les trois derniers mois, mais sur l'année écoulée. Les neuf mois manquants montrent également des absences « off » de Sabine, à une fréquence plus soutenue, en général deux fois par mois. Voici la liste des dates ; ça ne vous dira peut-être rien, mais vous prendrez le temps de vérifier à quoi cela peut correspondre.

Encore une fois, ça ne signifie rien du tout pour l'instant.

Patrick recommençait à avoir son air abattu, limite ahuri, et se grattait la tête comme si cela allait l'aider à comprendre :

— Je n'y comprends rien. Rien du tout. Pour moi, ces absences, ça ne peut être qu'un autre homme, c'est pas possible autrement. Elle était tellement accro à son boulot...

— Patrick, même les plus accros comme moi ont besoin de relaxer. Et, tu le sais, les femmes ne fonctionnent pas comme les hommes : parfois on a juste besoin de se retrouver tranquilles, sans aucune pression de qui que ce soit. Si un homme s'absente comme ça, bien souvent c'est pour aller retrouver une maîtresse, mais une femme a parfois juste besoin de se retrouver seule, au calme.

Gabriel renchérit :

— De mon expérience de divorce, je confirme totalement ce que vient de dire Amandine. Je n'ai jamais vu un homme s'absenter sans raison pour... ne rien faire... Surtout que la plupart du temps, ils ne font preuve d'aucune prudence, n'hésitant pas à s'exhiber en pleine ville avec leur maîtresse, comme si personne n'allait les reconnaître... Ou à payer des fleurs par carte de crédit alors qu'ils n'en offrent plus depuis belle lurette à leur épouse légitime...

Quand les femmes ont des comportements coupables, elles ne le font que de deux façons : soit extrêmement discrètement et là, pour les retracer, attachez vos ceintures… Soit, elles laissent volontairement traîner des traces de leurs comportements pour « provoquer » quelque chose. Et même si les hommes sont moins subtils que les femmes, croyez-moi que les messages sont adaptés en conséquence et ne laissent alors planer aucun doute.

Patrick n'était pas totalement rassuré et en tous cas perdu dans tous ces scénarios.

Amandine en profita pour changer de sujet :

— Sinon, j'ai rencontré Nathalie. J'ai décidé d'organiser une soirée pour célébrer le cinéma canadien, puisque deux films sont en compétition, d'autant plus que je connais pas mal de monde dans le milieu des producteurs montréalais et des organismes de financement, qui touchent aussi au jeu vidéo.

Nathalie nous prépare une soirée qui sera exceptionnelle. Ça me permet de me rapprocher d'elle et d'en apprendre plus sur l'agence de Sabine.

Bien sûr, tu es invité, ça te changera les idées.

D'ailleurs, je ne sais pas si tu l'as vue, mais elle doit bien l'aimer ta femme, c'est son portrait craché !

Patrick était étonné et en même temps touché qu'Amandine s'investisse à ce point pour l'aider, surtout que ce genre d'événements était loin d'être gratuit :

— Amandine, je ne sais pas quoi dire… Merci. Du fond du cœur.

— Tu le ferais si tu étais à ma place, j'en suis sûre. *That's what friends are for…* tu te souviens ?
  « Keep smiling, keep shining
  Knowing that you can always count on me, for sure
  That's what friends are for »

Patrick qui était fondu de jazz, crooners, et de soul, ne pouvait pas passer à côté de la référence, celle de l'interprétation de Dionne Warwick *« and friends »*, remontant à 1985.

Les larmes montèrent aux yeux de Patrick, visiblement très ému.

Gabriel, pour sa part, resta bouche bée : et en plus, elle savait chanter !

Ils restèrent, tous les trois, à se regarder pendant un moment : Patrick, le regard plein de gratitude, Amandine avec un sourire presque maternel et Gabriel, la bouche toujours ouverte... Si Martinez avait été là, il aurait appuyé sur son menton pour lui refermer la mâchoire !

Gabriel finit par briser le silence :

— Je pense qu'on a fait le tour de la question pour le moment, et j'attends encore d'autres résultats de mon enquêteur que je vous communiquerai dès réception, bien sûr.

Mais en ce qui concerne les photos et Roland Delétang, je pense qu'on peut l'écarter de la liste des suspects potentiels : il a l'air de très bien se débrouiller depuis qu'il n'est plus chez On Stage Communications... Un mal pour un bien, en ce qui le concerne.

Amandine poursuivit :

— Et chez On Stage, les dossiers sont répartis entre diverses personnes, aussi bien Nathalie que le PDG, Jacques Verrand, ou encore d'autres associés. La répartition semble s'être faite relativement aléatoirement, il n'y a pas une seule personne à qui la disparition de Sabine pourrait profiter exclusivement. J'ai du mal à croire qu'ils se seraient ligués tous ensemble pour la faire disparaître...

Tous ces éléments semblaient rassurer Patrick ; comme Gabriel l'avait dit, moins on avait de suspects ayant un mobile, plus on écartait le pire...

Les rillettes d'oie avaient commencé à fondre allègrement sous l'effet de la chaleur. Quant au rosé, sa disparition prématurée l'avait préservé de tout réchauffement...

Le déjeuner se poursuivit ainsi tranquillement et ils rentrèrent en fin d'après-midi au port, tout aussi paisiblement qu'ils étaient venus, au grand soulagement de Gabriel.

30.

Le lieutenant Lorenzi était frustré.

Frustré de n'avoir pas trouvé le moindre indice concernant la disparition de Sabine Sasso.

Il poursuivait, inlassablement, son enquête. Les témoignages recueillis dans l'entourage immédiat de la disparue n'avaient rien donné.

Voulant creuser plus loin, il s'était fait communiquer l'agenda complet de Sabine Sasso.

Ce qu'il y avait constaté le laissait perplexe : ces fameuses absences inexpliquées étaient beaucoup plus fréquentes antérieurement aux trois mois précédant sa disparition : elle avait manifestement ralenti le rythme de ses absences juste avant de disparaître.

Est-ce que cela corroborait sa première impression : celle de l'amant caché dans le placard ?

C'était le plus vraisemblable, mais il n'en avait aucune trace.

Et dans l'entourage immédiat de Sabine Sasso, il ne voyait pas de candidat potentiel…

Elle n'avait pas beaucoup d'amies et son entourage professionnel n'avait manifestement que des informations limitées la concernant, y compris sa jeune assistante, Nathalie Demers.

Quant aux relevés bancaires, ils pointaient, avant chaque période « off » des retraits d'argent en espèces qui n'avaient rien d'exceptionnel, ni dans leurs montants, ni dans leurs fréquences :

elle retirait également de l'argent en quantité similaire à d'autres moments, sans aucun lien avec les fameuses absences.

Les journaux avaient parlé de la « mystérieuse disparition » d'une femme et évidemment publié son signalement, en tous cas aux débuts de l'enquête.

Puis, alors que le Festival de Cannes battait son plein, l'actualité concernant les festivités était devenue envahissante : les vraies informations cédaient la place à une quantité ahurissante de semi-nouvelles et de complets potins sans intérêt, si ce n'est celui de faire vendre du papier.

Comme d'habitude, il y avait bien eu des gens qui l'avaient vue à Cannes, Mandelieu, Mougins, Carpentras, et même en Allemagne. Après vérifications il ne s'agissait que de pures inventions de quidams en mal de reconnaissance ou bien de grossières erreurs sur la personne.

Il y avait toutefois une information qui semblait plus digne d'intérêt que les autres, même si sa nature était totalement anonyme.

Le Commissariat avait en effet reçu une lettre anonyme qui mentionnait en tout et pour tout :

« S.S. était suivie par le Docteur Rodolfo, psychiatre »

La lettre avait mis un certain temps pour se rendre jusqu'à Lorenzi, qui avait été le premier en charge de l'enquête. Des lettres comme ça, il en arrivait des tas toutes les semaines, et celle-ci s'était d'abord empilée au milieu de toutes les autres. Jusqu'à ce qu'un jeune stagiaire, zélé à souhait, fasse le lien entre les initiales et la disparue, après avoir vu traîner un vieil exemplaire du journal local au Commissariat.

Les chances de passer à côté étaient largement supérieures à celles que l'information se rende au bon endroit. Et l'emploi d'initiales pour renseigner la personne qui était l'objet de la lettre anonyme n'y était pas étranger.

Lorenzi, dès qu'il eut la lettre anonyme en mains, fit immédiatement le lien.

Il y avait effectivement un psychiatre portant le nom de Rodolfo qui pratiquait, à l'entrée de Cannes.

Aller le voir de but en blanc, c'était risquer de se voir opposer purement et simplement le secret médical.

Il en conféra avec le Procureur, qui en parla à la juge d'instruction.

Elle décida de ne prendre aucun risque et ordonna une perquisition au cabinet médical du psychiatre, ce qui fut fait en présence d'un membre du conseil de l'ordre, comme la loi l'exigeait.

Devant l'air peu surpris du Docteur Rodolfo, Lorenzi, qui participait à la perquisition, se dit que l'auteur de la lettre anonyme devait probablement être le praticien lui-même, qui avait vraisemblablement cherché à contourner ainsi son secret médical.

Ils n'obtinrent que peu de renseignements, mais ceux-ci s'avérèrent précieux : Sabine Sasso consultait effectivement un psychiatre, les trois quarts des dates correspondant aux absences « off » correspondaient à des rendez-vous chez le psychiatre.

Élément que personne n'avait révélé : ni le mari, ni l'assistante de la disparue.

Ça ressemblait à un secret bien gardé.

Même si on était au XXIe siècle, le sujet pouvait être tabou dans certains milieux, risquant de décrédibiliser la personne qui en informait son entourage.

Ce qui était clair en revanche, c'est que Sabine Sasso avait manifestement des problèmes à régler et suivait pour ça une thérapie.

Il fut cependant impossible d'en savoir plus de la part du Docteur Rodolfo.

Lorenzi en déduisit cependant que le praticien ne devait pas avoir connaissance d'un crime concernant Sabine Sasso, sans quoi il aurait pu utiliser les dispositions du Code pénal laissant la faculté aux dépositaires du secret professionnel d'en faire état.

En conclusion, elle suivait une thérapie, dont la fréquence s'était cependant espacée ces trois derniers mois.

On n'en savait guère plus.

31

Patrick apparaissait nettement plus serein depuis sa dernière discussion avec Gabriel et Amandine sur le bateau.

Il retournait presque avec entrain au travail.

Sans doute avait-il dépassé le stade du déni ou celui de la colère et se sentait plus proche de la résignation, voire de l'acceptation…

Sa vie n'était évidemment plus pareille, son appartement lui apparaissait toujours désespérément vide, mais, retourner travailler commençait vraiment à lui changer les idées.

Tous les éléments qui lui avaient été apportés semblaient pointer vers une disparition volontaire de Sabine, il en était convenu avec Amandine et Gabriel. Difficile de voir les choses autrement, vu l'accumulation des indices. Et la juge d'instruction semblait, du reste, aller dans le même sens.

Alors qu'il était entre deux rendez-vous, au téléphone avec le bureau de Genève, son assistante vint lui déposer un paquet.

Elle s'apprêtait à repartir, mais étant donné que Patrick était sur le point de raccrocher, il lui fit signe d'attendre.

Après les politesses d'usage, il raccrocha et prit le paquet en mains.

— Ça a été déposé par un coursier, à l'instant.

— Ah… C'est peut-être l'invitation pour la soirée de mon amie Amandine, il paraît que ce sera exceptionnel, alors ils ont peut-être fait un effort sur les cartons d'invitation…

Sabine a parfois utilisé des articles en tous genres : bouteilles d'eau en verre personnalisées, mini-bouteilles d'alcool et même une fois, des colliers de préservatifs pour une soirée de soutien à la recherche contre le SIDA organisée par des associations gay de la région…

Peut-être que c'est du sirop d'érable puisque la société commanditaire est canadienne…

Il avait piqué la curiosité de son assistante qui dévorait le paquet des yeux pendant qu'il l'ouvrait.

La boîte contenait un téléphone portable repliable, le genre de modèle jetable qu'on achète en dépannage et un papier au format bloc-note, plié en deux.

Lorsqu'il déplia le papier, il eut un haut-le-cœur : il était écrit, d'une écriture rectiligne, sûrement tracée à la règle, la phrase suivante, en lettres d'imprimerie :

« SI TU VEUX REVOIR TA FEMME, REPONDS A CE TELEPHONE »

En dessous de ce texte, fixée avec du ruban adhésif transparent… l'alliance en diamants de Sabine !

Patrick restait totalement paralysé et son assistante ne comprit pas immédiatement. Lorsqu'il lui tendit la missive, elle porta sa main à sa bouche pour étouffer un cri de stupéfaction et regarda Patrick qui fixait le téléphone et la note, tétanisé.

— Je… Je vais appeler mon avocat pour le mettre au courant immédiatement. Laissez-moi, s'il vous plaît. Et… gardez ça pour vous. Il en va de la vie de Sabine.

L'assistante, encore sous le coup de l'émotion hocha la tête et ressortit du bureau, interdite.

Il décrocha son téléphone et appela immédiatement Gabriel, à son cabinet :

— Cabinet de Maître Rossetti, bonjour !

— Bonjour. C'est Patrick Sasso, il faut absolument que je parle à Maître Rossetti, c'est très urgent…

— Bonjour Monsieur Sasso. Vous avez de la chance, il arrive justement du palais, je vous le passe dans un instant.

Et ce n'était que la pure vérité : au moment où le téléphone avait sonné, Gabriel franchissait la lourde porte du cabinet et saluait Nina.
Elle avait mis le client en attente et dit à Gabriel :

— Bonjour Maître Rossetti ! Bon week-end ? Vous avez pris le cagnard en tous cas, vous êtes complètement cramé, qu'est-ce que vous avez fait, trop d'UV ?

— Ah ah ! Non, juste du bateau avec Amandine et son ami, Patrick Sasso…

Avant qu'il eut le temps de détailler sa sortie en bateau, elle l'interrompit :

— Té, justement, c'est lui au bout du fil, il veut vous parler, c'est super urgent qu'il dit…

Gabriel fronça les sourcils, se demandant ce qui avait bien pu se passer de si urgent entre hier et aujourd'hui…

— OK, je vais le prendre ici, passez-moi le téléphone, s'il vous plaît.

Nina lui remit le téléphone et se remit à la rédaction de ses courriers, tout en gardant une oreille attentive à la conversation. Gabriel l'avait remarqué : elle avait dans ces cas-là une façon bien particulière de tourner très légèrement sa tête vers la gauche.

— Patrick, comment allez-vous ? Nina me dit que vous avez une urgence ?

— Sabine ! Elle a été enlevée !

— Hein !

— Mon assistante m'a apporté un colis, livré au bureau par coursier ce matin, qui contient un téléphone portable et une note qui dit « si tu veux revoir ta femme, réponds à ce téléphone » et il y a l'alliance de Sabine qui est scotchée sur la feuille !

Gabriel ne put réprimer un juron :

— Oh putain ! Ne touchez à rien de ce paquet, je fais venir l'enquêteur à votre bureau et j'arrive. Si le téléphone sonne, répondez et essayez d'enregistrer la conversation en plaquant un dictaphone ou n'importe quoi contre. Vous m'avez bien compris ?
Ne bougez pas, je suis là dans une heure ! Et prévenez Amandine !

Nina avait saisi ce qui se passait et dit :

— Elle a été enlevée, finalement ? C'est quoi ce bordel ? Ça fait presque trois semaines qu'elle a disparu, vous en connaissez beaucoup, vous, des kidnappeurs qui attendent tout ce temps avant de se manifester ? Moi je dis, c'est pas clair cette affaire !

— Je vois que vous regardez toujours autant les séries policières, Nina… Oui, c'est bizarre, mais pas improbable. Les ravisseurs ont pu vouloir faire monter la pression et l'angoisse du mari… histoire d'exiger encore plus…

— Mouais, n'empêche que…

— N'empêche qu'on n'en sait rien, hein, Nina… Je file à Cannes, et appelez ou laissez un message à M. André, dites-lui de se pointer aussi avec son kit à empreintes digitales. Avec un peu de chance, on aura des indices sur la boîte, le papier ou le téléphone qui ont été livrés à Patrick Sasso.

— Je m'en occupe. Et j'annule vos rendez-vous de cet après-midi.

— Oui. Et en cas d'urgence qui nécessiterait des démarches au Palais, appelez Martinez.

— C'est noté. Tenez-moi au courant, hein !

Gabriel claqua la porte et remonta aussi sec sur sa moto, qui n'avait pas encore eu le temps de refroidir. Il fonça vers Cannes par l'autoroute. Pas question cette fois-ci de prendre le chemin des écoliers.

32

Quand Gabriel arriva au bureau de Patrick, il se dit que la première des choses à faire était de tâcher de rester discret. Il y avait au moins une trentaine d'employés ici et il valait mieux éviter d'ébruiter ce dernier rebondissement.

L'assistante de Patrick le conduisit au bureau de son patron. Amandine était déjà là ; ils étaient en pleine conversation sur les raisons de l'enlèvement et s'interrompirent lorsque Gabriel entra.

Dès que la porte fut fermée, Gabriel dit immédiatement :

— On ne doit pas rester ici. À ce stade, il faut rester discret. Qui est au courant ?

— Seulement mon assistante, qui était là quand j'ai reçu et ouvert le paquet.

— Elle est fiable ?

— Je pense que oui, ça fait huit ans qu'on travaille ensemble et elle a toujours été discrète. Mais... Ce genre de situations ne s'est jamais posé auparavant.

— OK. On emballe tout soigneusement, vous avez un mouchoir et un sac en plastique ?

— Patrick sortit un mouchoir d'un tiroir et fouilla dans un autre à la recherche d'un sac, mais il ne trouva rien. La besace de Gabriel ferait l'affaire, le paquet n'était pas trop grand.

Gabriel prit mille précautions pour attraper le papier et le téléphone, les remit dans la boîte ayant servi à la livraison qu'il la rangea dans sa besace.

Il prit son téléphone et laissa un message à M. André, lui indiquant que le lieu de rendez-vous serait finalement l'appartement de Patrick Sasso.

Une fois dehors, Gabriel remit sa besace à Amandine :

— Je vous suis en moto. Si le téléphone sonne durant le trajet, arrêtez-vous immédiatement.

Au bout de vingt minutes, ils furent à l'appartement de Patrick et M. André les attendait au pied de l'immeuble. Il devait visiblement être dans le coin au moment où il avait écouté ses messages.

Presque deux heures que le paquet avait été livré et le téléphone restait obstinément muet.

M. André s'affairait à chercher des empreintes : il ne trouva que quelques traces éparses sur le téléphone, rien sur la note ou le papier adhésif fixant l'alliance de Sabine.

Avant même d'aller plus loin, il demanda à Patrick s'il avait touché le téléphone, et la réponse fut évidemment affirmative.

Il prit les empreintes de Patrick et, effectivement, à vue d'œil, ça correspondait.

Amandine faisait les cent pas dans le salon :

— Qu'est-ce qu'on fait maintenant ?

Une fois n'est pas coutume, M. André prit la parole :

— On attend. Et pas un mot aux poulets. J'ai trop vu de cas dans lesquels ils ont tout fait foirer.

Gabriel le reprit :

— Tout de même, M. André, on ne peut pas cacher éternellement ces indices à la police, ni au magistrat instructeur… Moi, je suis couvert par le secret professionnel, mais n'oublions pas que ce n'est pas le cas de Patrick Sasso, ni d'Amandine, ni même de vous, lorsque quelqu'un a connaissance d'un crime dont il est encore possible de prévenir ou limiter les effets…

— Vous voulez qu'on la retrouve, oui ou non ?

Gabriel n'était pas habitué à ce genre de dilemme et se trouvait face à un cas de conscience : son client risquait de se faire poursuivre, Amandine également. Pour M. André, il se faisait moins de soucis, il pouvait disparaître du tableau à tout moment en effaçant méticuleusement ses traces.

Amandine intervint alors :

— Personnellement, si ça peut aider à retrouver Sabine, je n'ai pas de problèmes avec ça.

Patrick confirma de son côté :

— Et moi, je veux retrouver Sabine à tout prix, alors même si je suis poursuivi après, tant pis, je m'en fous totalement. Et si le pire arrivait… je n'aurais plus aucune raison de vivre…

Bon, visiblement, c'était réglé de ce côté-là.

Puisqu'ils étaient là tous les quatre, c'était l'occasion de réfléchir ensemble sur plusieurs questions :

- Pourquoi les ravisseurs ont attendu autant de temps ?
- Que veulent-ils ?

M. André entra dans le vif du sujet, s'adressant à Patrick :

— À combien s'élève votre fortune ?

— Euh, entre les biens immobiliers, le bateau et mes placements, environ deux millions d'euros si je vendais tout...

Gabriel trouvait que ça faisait une « petite » rançon, même si ça représentait tout de même un montant non négligeable.

Amandine changea de sujet :

— Vous sous-entendez que la raison de l'enlèvement c'est l'argent, mais ça ne pourrait pas être autre chose ?

Gabriel la regarda et réfléchit à voix haute :

— Si ce sont des concurrents comme Roland Delétang ou même des membres de l'agence, ça ne serait que pour profiter de son absence et lui piquer des clients pendant le Festival, la discréditer ?
C'est un peu léger, je trouve, et puis, un enlèvement sans aucune trace, c'est du boulot de professionnel, pas de spécialistes en communication...
Mais ça expliquerait en partie le long délai entre la disparition et la prise de contact par les ravisseurs...

Amandine réfléchissait également et poursuivit :

— Désolé de dire ça Patrick, mais Sabine aurait pu aussi organiser son enlèvement, ce qui expliquerait le fait qu'elle se volatilise...

Gabriel trouvait cette hypothèse intéressante :

— C'est sûr que c'est plus expéditif qu'un divorce pour procéder au partage des biens...

Encore un bon mot dont il aurait pu se passer, à voir la tête de Patrick...

M. André remit l'église au milieu du village :

— Pour le moment, on ne sait rien. On ne sait même pas s'ils veulent une rançon en argent ou autre chose.

Et le fait qu'ils aient attendu presque trois semaines, c'est très… inhabituel. Ça accréditerait le fait que ce soit lié aux événements du Festival en train de se dérouler jusqu'à la fin de cette semaine. C'est sûr que Madame Sasso est complètement sortie du tableau pendant ce temps…

Alors qu'ils étaient en pleine réflexion, qu'Amandine était partie à la cuisine se servir à boire, le téléphone sonna.

Elle se précipita au salon. M. André avait placé un enregistreur à proximité ; ce genre de téléphone bas de gamme ne disposait de quasiment aucune option ou connexion Bluetooth ou autres qui permettrait de capturer facilement la conversation.

Une voix métallique, manifestement enregistrée et altérée avec un logiciel de déformation de la voix délivra le message suivant :

« Patrick Sasso. Si tu veux revoir ta femme vivante, tu vas virer, le 25 mai à 22h00, cinquante millions d'euros provenant de l'argent illégal de tes clients sur les comptes dont on te donnera les numéros »

À peine le message terminé, la communication se coupa et Gabriel regarda Patrick :

— Maintenant, on sait ce qu'ils veulent. De l'argent. Beaucoup. Et c'est vous qui êtes visés, pas Sabine.

On faisait fausse route depuis le début.

Patrick était à la fois rassuré par les nouvelles indirectes de Sabine qu'il venait de recevoir et profondément inquiet quant au paiement de la rançon :

— Mais ils ne savent pas à quel point c'est devenu difficile aujourd'hui de procéder au moindre virement de fonds ? Il faut remplir une charrette entière de formulaires, tout justifier, ça prend des semaines, ça ne se fait pas en claquant des doigts...

Gabriel nota qu'il ne faisait pas allusion à « l'argent illégal » de ses clients. Ce n'était pas son problème, il ne travaillait pas pour la brigade financière, de toute façon.

Cependant, il rebondit là-dessus indirectement :

— J'imagine que, puisqu'ils parlent d'argent illégal, il ne s'agit sans doute pas de comptes bancaires ouverts ici, en France, mais sans doute de ceux en Suisse, ou ailleurs... Vous avez accès à ces comptes ?

— Théoriquement, non, mais ça peut arriver de sécuriser des transactions en se connectant à distance au réseau étranger, derrière pare-feu et proxys...

On ne peut évidemment pas faire ça pour virer de l'argent de France vers la Suisse, mais de Suisse vers ailleurs...

Amandine intervint :

— Je peux mettre mes directeurs techniques de Sophia sur le coup, pour m'assurer d'une sécurisation maximale de ce genre de transactions, et surtout pour essayer de tracer l'argent. Tu n'as pas moyen de faire les virements et de les annuler ?

— Non, avec un virement Swift, une fois que l'ordre est passé, tu ne peux pas l'annuler. Et si l'argent voyage de paradis fiscal en paradis fiscal, on ne le retrouvera jamais.

Gabriel regarda Patrick et lui dit :

— Vous avez conscience que si vous faites ça, à supposer que vous le puissiez techniquement, vous allez vous rendre coupable d'un détournement de fonds massif et que, tout compréhensif que soit votre employeur, il vous poursuivra... ?

M. André, qui s'était consciencieusement tu pendant toute la conversation intervint alors :

— Sauf qu'il va virer de l'argent illégal... Vous pensez que les victimes vont déposer plainte en France pour de l'argent non déclaré ? Par ailleurs, il y a des chances que l'établissement, en bonne banque suisse, préfère étouffer l'affaire... Ça fait toujours mauvais genre de découvrir qu'une banque favorise l'évasion fiscale, surtout aujourd'hui, avec tous les scandales dont la presse se régale...

Gabriel ne l'avait honnêtement pas vu venir, celle-là :

— Bon Dieu ! Ils sont loin d'être cons ! Et ils vous connaissent bien, visiblement... C'est fort, très fort...

Amandine approuvait, il suffisait de la voir siffler en signe d'admiration :

— Ce qui est sûr, c'est que si tu préviens la police, ils ne te laisseront pas faire le transfert. À l'heure actuelle, tout ce qu'on a, c'est un téléphone jetable, une note manuscrite qui ne mènera sans doute nulle part et la raison de l'enlèvement de Sabine.
L'enregistrement audio ne nous conduira sûrement pas plus loin. Je connais ce genre de logiciels, on s'en sert pour modifier certaines voix dans nos jeux, il y en a un tas disponible sur le net pour presque rien. Faire l'opération inverse est souvent impossible. Et surtout, vu le ton métallique de la voix, je parierais que c'est un synthétiseur vocal qui a parlé, donc bye bye pour retracer une voix humaine qui n'a jamais parlé...
Je vais voir avec mes techniciens ce qu'on peut faire. On a quelques jours devant nous. Heureusement.

Gabriel approuva :

— Ça nous permettra aussi de savoir qui peut se cacher derrière tout ça. M. André, je pense qu'il va falloir que vous épluchiez la liste des clients de Patrick, pour trouver des profils qui pourraient correspondre.

D'ici là, Patrick, vous ne vous séparez pas du téléphone ni de l'enregistreur, ils vont rappeler pour donner les numéros de compte et les modalités de la libération de Sabine.

Entre-temps, on reprend tous une vie normale. On essaie en tous cas. Et silence radio auprès de tout le monde.

Patrick aurait normalement protesté, mais devant la nécessité de libérer Sabine, il ne pipa mot, se contenta de regarder Gabriel et d'approuver d'un signe de tête, tout en fermant les yeux. Sans doute une métaphore inconsciente symbolisant ce qu'il pensait des violations du secret bancaire qu'il s'apprêtait à commettre.

Le mot de la fin, guère rassurant, revint à M. André :

— Il reste une chose : rien ne nous dit qu'elle soit encore vivante…

33

Gabriel était retourné à ses affaires « traditionnelles », qui paraissaient d'un coup bien fades et inintéressantes.

Il était occupé à mettre la touche finale à des conclusions de synthèse dans un dossier immobilier rocambolesque où il devait obtenir la passation forcée d'un acte authentique. Les acheteurs avaient décidé de se rétracter sans raison valable, l'agent immobilier faisait pression pour obtenir sa commission, bref, un joyeux merdier qui durait depuis près de dix-huit mois... La longueur des procédures ne faisait rien pour avantager les justiciables et ses clients commençaient à trouver le temps bien long, avec une maison dont ils ne pouvaient rien faire puisqu'ils avaient choisi de poursuivre les acquéreurs dont ils n'avaient pas digéré la mauvaise foi notoire.

C'est à ce moment que son ami, Robert Martinez, fit irruption dans son bureau. Il avait évidemment ses entrées au cabinet, et comme Nina n'appréciait que très moyennement ses allusions incessantes, elle s'empressait de l'expédier dans le bureau de Gabriel pour s'en débarrasser au plus vite.

— Alors mon coquin, tu fais semblant de travailler ?

— Et tu viens m'aider, tu es très fort là-dedans, toi aussi, hein, Martinez ?

— Ah ah ! Toujours aussi impayable, à ce que je vois.
Non. Si j'ai pris la peine de me déplacer pour venir voir Sa Majesté, c'est parce que j'ai besoin de toi !

— Qu'est-ce que t'as encore fait ?

Martinez prit son air offusqué, qui lui allait si bien, en tous cas pour qui ne le connaissait pas (ça ne marchait d'ailleurs plus qu'avec les magistrats nouvellement arrivés en poste, mais il était tellement sûr de lui qu'il ne s'en rendait pas compte) :

— Mais enfin, quelles viles intentions me prêtes-tu ? *I am shocked !*

Martinez qui parlait anglais, c'était tout un poème, et ça donnait phonétiquement, accent pied-noir inclus : « aïe ameuh chaud quédeuh ». Le pire, c'était que les touristes anglophones de passage trouvaient en général cet accent *« soooo cute »*...

— Tu te souviens de Chloé ?

— Comment l'oublier, alors que tu m'en as parlé pendant des heures l'autre jour ?

— Bon, écoute, elle me chavire mon petit cœur, tu sais... Et je commence à remettre en question mes certitudes sur le mariage...

— QUOI ? Toi ? Mais tu es complètement farci, mon pauvre !

— Farci ou pas, je m'en tape. Rends-moi service, laisse-moi te la présenter.
Non pas que tu aies un goût très sûr en matière de conquêtes, hein, enfin, encore que ta Canadienne, c'est un méchant canon, mais bon... Ce soir, t'es dispo ? Je t'invite à Villefranche, en bord de mer.

— Tu veux dire en bord de port ?

— Gna gna gna...

Gabriel jeta un œil à l'agenda sur son ordinateur portable et répondit :

— Tu as de la chance, ce soir je ne suis pas de corvée à Cannes. C'est d'accord.

Ah, et au fait, Amandine organise une soirée samedi prochain, ça te dit d'amener ton parfum du mois là-bas ?

Smoking et robe du soir, hein, c'est pas une soirée à deux balles.

Martinez commençait à sentir la moutarde lui monter au nez avec les allusions à sa - potentielle - future épouse, mais il était également pragmatique : une soirée à Cannes en plein Festival, c'était en général sympa, même si cette fois il irait accompagné…

— Mazel Tov ! Je vais enfin la voir de près, ta beauté nordique !

— La chance n'a rien à voir là-dedans, Martinez !

C'est plutôt pour toi que, bientôt, je chanterai Mazel Tov… À ton mariage !

— Tssss… ! Bon, allez, je file, y'en a qui travaillent, hein ! Ce soir, vingt heures à Villefranche, sur le port, Chez Dino.

34.

Amandine et Nathalie étaient attablées à la plage de l'hôtel où toute l'équipe était descendue.

Ils prenaient du bon temps sur les matelas et visiblement, Joana, avec ses longs cheveux noirs, qu'elle avait noués en faisant deux tresses, avait son petit succès. On ne comptait plus les hommes qui venaient lui offrir un verre ou discuter avec elle… Il faut dire qu'avec sa peau matte et ses tresses, son ascendance amérindienne lui conférait un certain charme, sans sombrer cependant dans le cliché « Pocahontas ».

Encore que…

Amandine, de son côté, était plongée dans les derniers détails de la soirée : elle devait approuver la mise en place et les décorations commandées au pied levé chez le fabricant habituel de stands de l'agence, une petite entreprise située à Mougins, qui excellait dans la logistique reliée à l'événementiel.

Le rouge et le blanc prédominaient, après tout, il fallait mettre le Canada en valeur, mais Amandine fit également ajouter des touches de bleu, afin de ne pas froisser la susceptibilité de l'audience québécoise… Bref, il fallait rester politiquement correct et l'arrangement présenté semblait satisfaisant. Pour ne rien gâcher, les trois couleurs additionnées étaient aussi les composantes du drapeau français… !

Amandine avait par contre refusé tout net que le personnel de la soirée soit habillé à la façon de la police montée canadienne et ne s'était pas privée de s'appesantir sur cette fausse note que Nathalie trouvait pourtant très « sympathique »…

On allait garder des tenues plus classiques, bleues et blanches ou rouges et blanches, ça ferait parfaitement le travail tout en restant suffisamment évocateur.

Elles repassèrent ensuite les playlists et Amandine inséra dans les choix des interprètes canadiens, ça ne manquait pas, surtout en matière de jazz, Toronto ayant fourni plusieurs chanteuses internationalement connues, ça serait parfait.

Amandine ne put s'empêcher de constater que, décidément, Nathalie était le portrait craché de Sabine. Elle lui aurait bien parlé de l'avancement de l'enquête, car elle savait que la disparition de sa patronne lui tenait à cœur, mais elle ne voulait pas risquer de compromettre la libération de Sabine.

Et surtout, elle était plus à la pêche d'informations qu'en mode informatrice. Tant qu'on ne savait pas exactement à quoi s'en tenir avec l'agence de Sabine, autant rester prudente.

Le sujet revint cependant dans la conversation, Nathalie ne manquant pas de lui demander si elle avait du nouveau.

— Non, malheureusement, toujours rien. De ton côté, tu as trouvé quelque chose concernant les fameuses absences ?

— Non, rien de rien. J'ai ré-épluché ses mails et documents et je n'ai strictement rien trouvé. Ça devait être vraiment personnel, car du point de vue professionnel, elle documentait tout à l'extrême…

Et Patrick, comment il supporte ça ? Ça doit être vraiment terrible pour lui… Surtout après ce qu'il a déjà vécu avec sa sœur…

Amandine fut extrêmement surprise… À l'âge de quinze ans, sa jeune sœur avait fugué pendant une semaine et tout le monde s'était mobilisé pour la retrouver, craignant évidemment le pire. Jusqu'à ce qu'elle réapparaisse, comme elle avait disparu, sans qu'on sache ce qu'elle avait fait, où, ni avec qui elle était…

Patrick, aussi bien que sa famille, avait, à compter de la réapparition de sa sœur, totalement cessé d'en parler. Le sujet était devenu complètement tabou, comme s'il s'était passé quelque chose de très grave.

Derrière ses lunettes de soleil, Amandine restait aussi impassible qu'elle le pouvait, mais était très étonnée que Patrick ait finalement parlé de ça, même à Sabine…

Elle était moins étonnée sur la transmission par Sabine à Nathalie, mais tout de même, c'était devenu, du jour au lendemain, un secret de famille...

Amandine se contenta de répondre laconiquement :

— Oui, effectivement.

Elle passa à autre chose, embrayant sur la révision des menus : ils faisaient venir par avion de l'alcool d'érable et du cidre de glace et même de quoi préparer la fameuse poutine, en faisant également livrer le fromage et la sauce brune nécessaires à sa confection... Ça changerait du caviar... Mais cela restait anecdotique dans la multitude de produits offerts. Il y avait une forte délégation canadienne invitée, pas la peine de leur servir la même chose que là-bas. Fort heureusement, il y avait suffisamment de choix dans la cuisine méridionale et les vins locaux pour satisfaire les papilles les plus exigeantes !

35

Martinez avait raison, c'est vrai que la rade de Villefranche sur Mer était belle le soir. Encore plus une fois que la noria des touristes allants et venants à la plage avait cessé.

Gabriel avait délibérément choisi d'arriver un peu en retard. Il détestait arriver en avance, surtout dans un endroit où il n'avait pas ses habitudes, comme celui-ci.

Martinez et sa conquête étaient là.

Le moins qu'on puisse dire, c'est qu'elle était jolie. Et jeune, surtout.

Blonde, aux yeux bleus, bref, le négatif presque parfait de Martinez, brun aux yeux noirs.

Ça ne les empêchait pas de former un joli couple, bien assorti.

Elle gratifia Gabriel d'un sourire charmant et d'une poignée de main ferme :

— Maître Rossetti, quel plaisir de vous rencontrer enfin. Robert ne parle que de vous, je brûlais d'impatience de vous rencontrer, d'autant que nous ne nous sommes pas encore croisés au Palais...

— Enchanté également Chloé. Laissons tomber les Maîtres et le vouvoiement, ça me donne l'impression d'être presque aussi vieux que Martinez, enfin Robert... !

Il n'avait pas l'habitude de l'appeler Robert. Il préférait mille fois l'appeler par son nom de famille, bien plus proche de la personnalité exubérante de son ami. Et puis le mot « Robert » lui faisait penser à l'un des noms aujourd'hui désuets servant à désigner une poitrine féminine...

Martinez était transfiguré ; visiblement il essayait de faire bonne impression et Gabriel le trouva même assez coincé, pour le coup :

— Voyons, Martinez, décrispe, je ne suis pas ta mère ! Tu connais sa mère, Chloé ?

Martinez fit un signe en direction de Gabriel lui intimant le silence, même si ça ressemblait plutôt à une gorge qui serait tranchée par une main mimant le mouvement d'une lame...

Chloé, qui ne pouvait pas avoir raté la mimique, n'en laissa rien transparaître, se contentant de répondre :

— Non, je n'ai pas encore eu ce plaisir, mais j'ai bien hâte !

— Tu verras, c'est une femme charmante.

Elle gagne à être connue ! En tous cas, c'est grâce à elle que notre bon vieux Martinez est ce qu'il est aujourd'hui !

Mais dis-moi, vous vous êtes rencontrés comment tous les deux ? Ça, Martinez ne me l'a pas dit, le vilain cachottier.

Chloé était visiblement ravie à l'idée de raconter ça :

— Eh bien, la première fois que je l'ai vu, il était de dos, en train de plaider en correctionnelle, et je l'ai trouvé formidable, déjà, de dos...

— Ah ben le voir de face a dû le rendre irrésistible, je parie !

Chloé n'était pas au fait des piques continuelles qu'ils aimaient s'envoyer, mais ça n'avait pas échappé à Martinez qui roulait les yeux au ciel... Gabriel ne put s'empêcher de lui lancer :

— Et on ne roule pas les yeux, c'est très vulgaire !

Chloé se mit à rire : soit elle connaissait le film dont la réplique était tirée, soit elle avait entendu parler des joutes verbales entre les deux amis, soit, tout simplement les deux.

Elle devenait très sympathique, tout à coup.

Gabriel la pria de poursuivre :

— Et donc ?

— Après ? On s'est rentré dedans !
Lorsqu'il a quitté la barre, j'étais à côté avec mon dossier et je me préparais à prendre la relève ; il ne m'a pas vue et boum ! Mon dossier soigneusement trié complètement éparpillé dans la salle d'audience…

— Ah, ça tu ne me l'avais pas raconté, Martinez…
Tu ne recules décidément devant rien pour séduire !

— N'importe quoi ! C'est un détail, ça, trois fois rien…
Et puis c'était un accident. Un vrai, sur ma vie !

— Bref, Robert m'a aidé à remettre toutes mes cotes de plaidoirie en place et en en voyant certaines, il m'a même glissé un ou deux conseils, qui se sont avérés fort justes… J'ai obtenu la relaxe pour ma cliente, qui était aux anges.
Robert est resté pendant que je plaidais et m'a ensuite invitée à boire un café, et puis pour le reste, je dirais, parce que c'était lui, parce que c'était moi…

Gabriel était de plus en plus admirablement surpris par le fait d'avoir un troisième participant aux jeux de mots faciles qu'ils affectionnaient tant… Restait à savoir si elle citait Montaigne parlant de La Boétie, ou Michel Sardou…
Dans un cas comme dans l'autre, c'était tout de même impressionnant !

— Chloé, je sens qu'avec Robert, vous êtes faits pour vous entendre !
Robert, dis-moi, tu continueras quand même à m'appeler, hein ?

— Mais bien sûr, grand fou !

La conversation se poursuivit ainsi. Chloé avait décidément bien des qualités, l'humour n'étant pas la moindre.

Lorsqu'elle s'absenta un court moment, Gabriel, sur un air conspirateur, s'empressa de dire à Martinez :

— Ça nous change de tes poufs habituelles ! Félicitations ! Tu as ma bénédiction !

— Merci, Majesté !

Il n'eurent guère le temps d'en dire plus ; Chloé poussait la sympathie jusqu'à ne pas passer des heures aux toilettes durant les repas… Encore un bon point !

Gabriel mentionna enfin la soirée d'Amandine :

— Robert te l'a peut-être déjà dit, mais samedi soir, je vous ai fait inviter à une superbe soirée organisée par une cliente et néanmoins amie, à Cannes. Ça va être quelque chose et j'espère bien que vous serez des nôtres. En plus, c'est tellement rare de voir Robert en smoking… Tu rentres encore dedans, depuis le temps ?

— Tu vois, Chloé, je ne sais pas pourquoi je l'aime ce con, il n'arrête pas, jamais !

— Tu ne laisses pas ta part au chat, hein, avoue !

Chloé intervint, empêchant de facto le déballage de noms d'oiseaux que les deux amis s'apprêtaient à échanger :

— Oh, mais c'est super ! Et puis, j'ai tellement hâte de danser avec Robert…

— Tu vas voir, c'est un vrai poème !

La soirée continua ainsi, renforçant l'excellente impression que Chloé faisait à Gabriel.
Même s'il n'avait aucune approbation à donner, il savait que Martinez préférait s'assurer que le courant passe entre les trois. Et

ça passait très bien : visiblement Chloé n'aurait aucun mal à embarquer dans leurs petits délires…

36

Anne Dupont était perplexe.

Dans la plupart des dossiers de disparitions inquiétantes, les proches étaient directement responsables.

Mais dans le cas de Patrick Sasso, son audition n'avait révélé aucun élément déterminant permettant de le confondre.

Son emploi du temps ne lui permettait pas d'avoir matériellement fait disparaître sa femme et où, comment ?

Il semblait également profondément et sincèrement affecté par la disparition de son épouse.

Cela dit... Dans la relation conjugale, il n'avait pas l'air de beaucoup porter la culotte... Ç'aurait pu être une frustration qui l'aurait, finalement, poussé à passer à l'acte. Mais on ne savait toujours pas comment.

Il menait une vie bien rangée et les investigations préliminaires n'avaient rien donné.

Quant à Sabine Sasso, en dehors du fait qu'elle semblait avoir pas mal d'ennemis, donc autant de suspects potentiels, la cause de ses absences injustifiées aurait pu être un amant, mais, là non plus, rien de concret.

L'une des premières mesures d'instruction du magistrat fut de faire mettre sur écoute Patrick Sasso.

Cela n'avait rien donné de significatif. Jusqu'à hier, avec l'interception d'une conversation, passée depuis son bureau, qu'elle ne pouvait ignorer, même si elle était destinée à son avocat niçois, Rossetti :

« Sabine ! Elle a été enlevée ! »

Le reste de la conversation indiquait qu'il avait reçu un paquet avec un téléphone portable, sûrement jetable, une note et l'alliance de son épouse.

Tant Sasso que son avocat s'étaient bien gardés d'aviser le magistrat, le Procureur ou la police…

C'est souvent le premier réflexe des familles de victimes d'enlèvement, qui pensent, à tort, que maintenir la police à l'écart augmente les chances de libération.
C'était tout le contraire.

Cet enlèvement dont elle ne connaissait pas tous les contours semblait en tous cas écarter un peu plus encore Patrick Sasso de la liste des suspects.

Restait à savoir comment intervenir.
Elle décrocha son téléphone et appela le cabinet de Maître Rossetti, qu'elle obtint rapidement :

— Madame le juge, comment allez-vous ? Est-ce que vous avez du nouveau dans la disparition de Sabine Sasso ?

— Bonjour Maître Rossetti. Je pense que j'ai des éléments intéressants, effectivement.
Je souhaiterais vous voir, aujourd'hui. La présence de votre client n'est pas nécessaire à ce stade.

Gabriel s'interrogea sur ces fameux éléments nouveaux et sur le fait que son client n'était pas officiellement convoqué. La seule possibilité d'en savoir plus était évidemment de se rendre sur place.
Il n'avait pas de grosse audience prévue cet après-midi-là, quoi qu'il en soit.
Et quand bien même. Il se serait arrangé pour se libérer, le cas échéant.

— Bien sûr Madame le juge. Je peux être là à partir de treize heures si cela vous convient.

— Quatorze heures, ça sera parfait. Merci.

Et elle raccrocha.

Est-ce que l'enquête avait amené des éléments nouveaux du côté de l'instruction ?

Avaient-ils retrouvé le corps de Sabine Sasso et voulait-elle lui annoncer en personne avant d'en parler à son client ?

Il n'en aurait le cœur net qu'à quatorze heures et passa le reste de la matinée à revoir le dossier pour y chercher tous les éléments potentiels sur lesquels la conversation pourrait s'orienter.

*

Lorsque Gabriel entra dans le bureau d'Anne Dupont, cette dernière ne s'embarrassa pas de fioritures :

— Sabine Sasso a été enlevée. Mais vous le savez déjà, n'est-ce pas ?

Aïe ! Ça se compliquait, et pas qu'un peu.

En tous cas, ce qui était certain, c'est qu'ils n'avaient pas retrouvé son corps...

Avoir un juge d'instruction, le Parquet et la police dans les pattes, ça n'allait pas aider.

— De quoi voulez-vous parler, Madame le juge ?

— Maître Rossetti, je n'ai pas d'humour aujourd'hui. Vous voulez que je me fasse amener votre client et que je vous mette en examen au passage ?

— Et sur quelles bases, Madame le juge ?

— On va commencer par dissimulation de preuves et si vous insistez, je peux mettre en examen votre client pour, je ne sais pas moi, tiens, par exemple : complicité d'enlèvement.

— Voyons, Madame le juge, Patrick Sasso, complice ? Vous l'avez vu comme moi, il est totalement effondré, ça ne tiendra pas, vous le savez.

— Non, mais ça vous compliquera copieusement la vie. Je le garderais au frais un petit moment et puis, le temps que vous fassiez appel, que ce soit traité : cela risque d'être long…
Je ne vous apprends rien sur l'arriéré judiciaire, n'est-ce pas…

Silence.
Gabriel se demandait comment elle avait pu savoir…
Il fallait rester le plus impassible possible.
Elle avait dû mettre Patrick Sasso sur écoute et apprendre l'enlèvement quand Patrick l'avait appelé.
C'était la première et la seule chose qui lui vint à l'esprit.

— Dites-moi, Madame le juge, j'ose croire que vos sources sont parfaitement légales, qu'elles ne concerneraient pas une quelconque interception de communication entre un avocat et son client, couvertes par le secret professionnel, n'est-ce pas ?

C'était quitte ou double : soit il avait raison, soit il la mettait sur une nouvelle piste qu'elle aurait ignorée jusqu'alors. Mais il n'avait pas le temps de se plonger dans le dossier ou l'étude des textes légaux pour répondre…

— À supposer qu'il s'agisse de cela, mon cher Maître, vous devez savoir qu'une telle interception serait parfaitement admissible au dossier dès lors qu'elle aurait été faite dans le cadre d'une mesure d'instruction régulière et que son contenu serait de nature à faire présumer la participation de l'avocat à une infraction.
Je vous invite à consulter la jurisprudence de cassation, chambre criminelle, par exemple du 27 mars 2012…

Gabriel s'efforça de ne pas paraître ébranlé par la juge d'instruction…

Et pourtant, il l'était… Il s'était mis dans un sacré guêpier en conseillant à son client de dissimuler des preuves pouvant faire avancer l'enquête…

— Madame le juge, en quinze ans de Barreau, je n'ai jamais fait l'objet de la moindre plainte au Bâtonnier, ni été mis en cause dans la moindre affaire…

— Ça, c'est sûrement parce que vous n'avez pas fait assez de pénal… Votre truc, c'est plutôt les divorces, non ? C'est sûr que c'est moins risqué.

Comme quoi, il y a un début à tout…

Elle buvait du petit lait. Les juges d'instruction dans toute leur splendeur…

Il revint à Gabriel une anecdote racontée par Martinez, beaucoup plus coutumier des audiences pénales : l'exemption à la non-dénonciation de crimes.

— Madame le juge, ma spécialité n'est peut-être que les divorces, mais il me semble que l'article 434-1 du Code pénal exonère les dépositaires du secret professionnel de l'infraction de non-dénonciation de crimes…

Il allait poursuivre en ajoutant que Patrick Sasso, en tant que conjoint pourrait aussi en bénéficier…

Sauf que.. Mince ! Ça lui revenait : l'exemption concernait les conjoints des auteurs… pas des victimes.

Autant la fermer, sinon, il passerait vraiment pour un débutant, pour le coup…

— Mon cher Maître, il ne s'agit pas tant de crime que de dissimulation de preuves. Vous savez, celle fondée sur l'article 434-4 du Code pénal qui, contrairement à la non-dénonciation de crimes, n'exempte pas expressément le dépositaire d'un secret professionnel… Ni votre client a fortiori…

Ça se corsait. Là, Gabriel commençait à être à court d'arguments…

— Bien sûr, Madame le juge. Il faudrait encore le prouver, que ce soit au niveau des éléments matériels ou surtout de l'élément moral de l'infraction, la fameuse intention coupable… Je dois pouvoir tenir le crachoir là-dessus pendant une bonne heure…

Et la presse adorerait apprendre qu'un pauvre mari dont la femme a été kidnappée se fait arrêter, son avocat avec et que tout ça empêche la libération de sa pauvre épouse… Et imaginez si tout ça la conduit à une mort certaine…

C'était sa dernière cartouche.

Ça avait l'air de marcher, car de l'autre côté du bureau, on n'entendait plus grand-chose.

Gabriel battit le fer tant qu'il était chaud :

— Est-ce qu'on ne pourrait pas se concentrer sur la meilleure solution pour faire libérer Sabine Sasso ?

Patrick Sasso doit être surveillé par les ravisseurs. On ne sait pas encore exactement ce qu'ils veulent.

On veut tous la même chose, non ?

Il avait au moins gagné un peu de temps. Mais il ne savait toujours pas quoi faire.

Il avait de quoi se défendre, en brandissant le caractère d'ordre public de son secret professionnel et tout ce qui allait avec : convention européenne des droits de l'homme, etc.

Mais là où la juge avait raison, c'était lorsqu'elle affirmait pouvoir lui pourrir la vie et surtout, retarder l'issue de la libération de Sabine : ça ne serait pas du fond d'une cellule que son client pourrait procéder aux virements…

La juge d'instruction regarda sa montre et dit :

— Tout cela mérite réflexion. J'ai une audition de détenu dans quelques minutes.

J'en ai pour une heure.

Je vous suggère qu'on se reparle à ce moment-là.

Gabriel sentit le vent tourner et accepta de bonne grâce cet intermède dans une conversation qui devenait extrêmement pesante.

Ça lui donnerait le temps d'aller faire des recherches sur l'étendue de son secret professionnel en matière pénale.

37

Le téléphone jetable reçu par Patrick n'avait plus sonné depuis le premier appel, il y avait de cela maintenant presque vingt-quatre heures.

Patrick ne s'en séparait pas et avait acheté un chargeur, auquel il le laissait branché la plupart du temps.

Il était retourné au bureau et voyait bien que son assistante brûlait de lui poser des questions, mais il devait maintenir le « silence radio », pour le bien de Sabine.

Il fallait cependant la rassurer, sans quoi, elle risquait de parler et d'ébruiter l'affaire, ce qui pourrait être un problème pour effectuer les virements en toute tranquillité.

Il lui avait demandé la discrétion et pensait qu'elle s'exécuterait. Pour s'en assurer, il fallait lui donner un peu plus d'informations, mais pas trop.

Il la convoqua et elle arriva immédiatement :

— Que puis-je pour vous, Monsieur Sasso ?

— Juliette, vous vous souvenez du paquet que vous m'avez apporté ?

— Oui... Et je n'ai rien dit à personne. Soyez rassuré.

— Merci, du fond du cœur. Comme je vous l'ai dit, il en va de la vie de Sabine. Je ne peux pas en dire plus et je ne voudrais pas que ça s'ébruite, mais je peux vous assurer que les gens qu'il faut sont sur le coup, si vous voyez ce que je veux dire.

Et il appuya la fin de sa phrase par un clin d'œil appuyé, comme si cela allait augmenter la connivence.

Il n'avait pas mentionné la police, mais l'avait sous-entendu. Il enfonça le clou.

— Ils m'ont dit également que la discrétion absolue était la clé de la réussite.

— Vous pouvez compter sur moi, ne vous en faites pas.

— Merci, Juliette. Merci.

Il l'avait mise - en partie - dans le secret des Dieux, ce qui devait lui permettre, avec un peu de chance, qu'elle n'en souffle mot à personne dans la banque. Ou ailleurs.

*

De son côté, Amandine n'avait pas non plus chômé ; elle avait convoqué ses directeurs techniques du bureau de Sophia Antipolis et, comme ils avaient tous un petit fond de « hackers » en eux, elle n'aurait pas de mal à les convaincre de se mettre au service d'une bonne cause…

Elle n'avait pas d'autre choix que de leur expliquer les tenants et aboutissants de sa demande, car il s'agissait quand même d'intervenir sur des virements bancaires…

Le bureau de Sophia Antipolis était aux antipodes de celui de Montréal : il ressemblait plus à un bunker hyper-sécurisé qu'à la vieille usine du Mile-End reconvertie en studio de jeux vidéos - même si là-bas aussi, la sécurité était capitale.

Toute l'équipe de Sophia Antipolis travaillait exclusivement à assurer la charge et la stabilité du volet réseau des jeux de Stuff for Fun, ce qui constituait leur épine dorsale. Sans échanges entre les joueurs, qui devaient passer par des communications réseau, les jeux n'auraient eu de « sociaux » que le nom.
La sécurisation de ces connexions était évidemment essentielle et devait empêcher toute utilisation détournée, par qui que ce soit.

La délocalisation de ces services en France permettait de s'éloigner de l'Oncle Sam, dont la fièvre sécuritaire ne cessait de croître, allant jusqu'à contaminer ses voisins du Nord.

Pascal et Alain étaient les deux directeurs techniques en charge du bureau de Sophia.
Amandine pouvait compter sur leur discrétion et leur loyauté.
Elle commença la réunion en ces termes :

— Alain, Pascal, j'ai besoin de vous pour une mission... particulière.

Voilà qui attisait leur curiosité, ils adoraient les défis, même - surtout - ceux dont ils ne pourraient parler à personne...

— Je vous explique la situation : un bon ami à moi travaille dans une banque franco-suisse. Il fait l'objet d'un chantage par lequel on veut l'obliger à virer des fonds de certains comptes à l'étranger, vers d'autres.
Le chantage : sa femme a été enlevée et ne sera libérée qu'à condition que les virements soient effectués...

Alain était déjà émerveillé par le défi : pirater une banque !
Pascal, pour sa part, avait une mine plus soucieuse ; c'était celui qui jouait toujours le rôle de l'avocat du diable, donc rien d'étonnant jusque-là.

Amandine les laissa ruminer, ou plutôt faire marcher leurs méninges un instant.
Elle les connaissait suffisamment pour savoir qu'ils étaient déjà en train de réfléchir soit à un moyen d'entrer, soit à un moyen de tracer les opérations, de façon la plus anodine possible.

— On ne sait pas encore quand, ni de quels comptes il est question. L'information va nous parvenir ces prochains jours. Ce qu'on sait, c'est qu'il s'agit de la Franco-Suisse - Banque d'Affaires, la FSBA. Vous pouvez déjà vous renseigner sur leurs protocoles de sécurité.

Elle ajouta :

— Bien entendu, rien ne vous oblige à faire quoi que ce soit ; je comprendrais parfaitement que vous n'ayez pas envie de vous impliquer là-dedans, et cela doit rester en dehors de Stuff for Fun. Donc interdiction d'opérer à partir d'ici - même en masquant ou effaçant vos traces.

Vous travaillerez à partir d'un hôtel à Cannes, où une partie de l'équipe est descendue, en utilisant la connexion de l'hôtel et des ordinateurs vierges.

Alain et Pascal se regardèrent l'espace d'un instant, puis se tournant vers Amandine, répondirent comme un seul homme :

— On marche !

— Super, les gars ! Vous avez une idée de la façon dont vous allez procéder ?

Alain répondit du tac au tac :

— Ça dépend : soit tu veux qu'on se limite à uniquement tracer et observer ce qui se passe, soit tu veux qu'on puisse effectuer des virements nous-mêmes, en sens inverse par exemple, des fois que ton ami veuille remettre les choses en place…

— C'est sûr qu'idéalement, il faudrait que l'on puisse faire repartir l'argent dans l'autre sens, sauf que… On ne pourra pas le faire avant que la femme de mon ami soit libérée. Il y aura forcément un délai entre le virement et la libération, ce qui permettra sûrement aux destinataires des fonds de les transférer vers d'autres comptes…

— Dans ce cas, on va se concentrer en priorité sur le traçage. Pour ce qui est du passage d'ordres de virement, on va y jeter un œil également. Il nous faudra les accès de ton ami, pour qu'on puisse surveiller ça.

— Ça, je m'en occupe.

Avant de les quitter, elle ajouta :

— Ah ! Une dernière chose : voici un enregistrement de voix métallique, visiblement transformée par un logiciel. Je sais qu'on ne pourra pas retracer grand-chose, mais essayez quand même, que ce soit l'identification du logiciel, du système d'exploitation ou qui a fait la manip', tout sera bon à prendre.

38

Lorsque Gabriel pénétra à nouveau dans le bureau d'Anne Dupont celle-ci avait toujours son air sévère, même si elle semblait quelque peu radoucie.

Voilà qui incitait Gabriel à la plus grande prudence…

D'autant plus qu'il avait, comme souvent, trouvé tout et son contraire en procédant à des recherches sur le secret professionnel.

Et le ton légèrement mielleux de la juge le conforta dans son attitude précautionneuse :

— Maître Rossetti, je sais que les familles de victimes d'enlèvement sont rétives à l'intervention de la police pour les aider, mais vous savez comme moi que c'est leur meilleure garantie d'obtenir la libération des victimes…

— Je vous l'accorde, Madame le juge, mais comprenez aussi mon client : il vient d'apprendre que la vraie cause de la disparition de sa femme, c'est une rançon… Et il veut tout faire pour que ça marche, sans accrocs.

— Et quel genre de rançon, Maître ?

Elle n'était pas au courant de l'appel provenant du téléphone jetable. Ça confirmait bien qu'elle avait mis sur écoute les lignes téléphoniques de Patrick Sasso, sa seule source d'informations possible.

— Ils veulent de l'argent, bien sûr…

— Maître Rossetti… Je me doute bien qu'ils ne veulent pas leur poids en bonbons, hein… Combien ?

Là, c'était encore un coup de poker : s'il avouait le montant de cinquante millions, la juge saurait immédiatement que c'était une somme que Patrick Sasso ne pourrait obtenir sur ses fonds personnels...

À l'heure qu'il est, la seule preuve de ce montant, c'était l'enregistrement sonore du message reçu sur le téléphone jetable. Qui pouvait disparaître, ou n'avoir jamais été enregistré...

Pas le temps de réfléchir :

— Deux millions d'euros. Qu'il doit virer le 25 mai prochain dans la soirée.

Ça y était. Il avait menti délibérément à la juge d'instruction.

Et là, il risquait gros.

Mais son client et surtout, Sabine Sasso, risquaient encore plus : étant donné que le paiement de la rançon ne pouvait s'opérer qu'à travers des détournements de fonds dont Patrick Sasso devrait se rendre coupable, jamais la juge d'instruction ne l'autoriserait...

Et ça allait attirer l'attention du magistrat sur des coordonnées de clients ayant sans doute de l'argent non déclaré... Un joyeux bordel...

Il fallait espérer qu'Amandine et M. André arrivent à trouver, soit les ravisseurs, soit un moyen de faire revenir les fonds...

La juge d'instruction le tira de ses réflexions :

— Deux millions ? Une somme qu'il devrait pouvoir réaliser assez facilement, quitte à vendre son bateau et son appartement...

Gabriel saisissait très bien le message : elle s'était renseignée sur Patrick Sasso et, il y avait également de bonnes chances que son après-midi de nautisme ait été répertoriée... Mais ça n'avait aucune incidence.

— Maître Rossetti, j'ai cru comprendre que vous aviez eu la bonne idée de demander à Patrick Sasso d'enregistrer tout message qu'il recevrait... Avez-vous cet enregistrement ?

Encore une occasion de mentir comme un arracheur de dents :

— Malheureusement, non, Madame le juge. Mon client n'a pas eu le temps de s'en procurer un avant l'appel... Vous savez, il n'y a plus guère que les avocats et les magistrats pour se servir de dictaphones aujourd'hui... Mais maintenant, il en est équipé, soyez rassurée !

— Puisque j'ai connaissance de ce fameux téléphone, je vais le faire mettre sur écoute, ça ne vous posera pas de problèmes, n'est-ce pas ?

Difficile à refuser, d'autant que ça permettrait de décrédibiliser la thèse d'une quelconque dissimulation de preuves... Avec un peu de chance, les ravisseurs ne communiqueraient les coordonnées des comptes destinataires des montants qu'à la dernière minute, ce qui laisserait matériellement le temps à Patrick de faire les virements.
Et à l'équipe d'Amandine de faire des miracles.

— Madame le juge, dans un esprit de collaboration avec la justice, nous pourrions envisager de vous le communiquer...

— Maître Rossetti, je pourrais aussi envisager de vous mettre en examen...

— Attendez, Madame le juge, laissez-moi terminer, je vous prie : je ne vous demande qu'une chose : que Patrick Sasso ne soit pas au courant de votre intervention ; il est émotionnellement instable, et j'ai peur que s'il sait que la police et vous, êtes dans le dossier, il ne commette des erreurs ou des imprudences. Je serai votre seul point de liaison, et je vous informerai de tout ce qui est utile à la manifestation de la vérité. Notamment dès qu'on le saura, le lieu où Sabine Sasso doit être récupérée, ce qui permettra à la police de coffrer les ravisseurs.
Et en plus, si la police apparaît dans le tableau, les ravisseurs pourraient trop facilement s'en rendre compte...

Ça allait être serré. Il le faisait plus pour protéger les clients de Patrick Sasso que ce dernier. Ainsi que les agissements probables de l'équipe d'Amandine, que la Justice ne cautionnerait certainement pas.

Après quelques instants de réflexion, la juge d'instruction marqua son accord :

— Si vous cherchez à m'entourlouper, Maître Rossetti, les dix plaies d'Égypte ressembleront à un livre pour enfants à côté de ce que je vous réserve à vous et votre client…

— Je n'en attends pas moins de vous, Madame le juge. Je tiendrai parole.

Gabriel lui donna le numéro du portable, ainsi que celui de la carte SIM qui l'accompagnait, qu'il avait pris soin de noter.

Avant de laisser partir l'avocat, la juge d'instruction ajouta :

— Au fait, pour les fameuses absences « off » de la disparue, j'imagine que vous comptiez me parler de leur fréquence plus élevée concernant la période précédant ces trois derniers mois, n'est-ce pas ?

— Bien sûr, Madame le juge, malheureusement, cela ne nous mène nulle part pour l'instant.

La juge d'instruction considéra Gabriel : il ne devait pas avoir connaissance, ni, a fortiori son client, de la thérapie que suivait Sabine Sasso.

Pas la peine de l'informer sur ce point. À cachottier, cachottier et demi, d'autant qu'Anne Dupont n'excluait, à ce stade de l'enquête, aucune piste.

39

De toute la liste de clients remis par Patrick à M. André, la plupart étaient des ressortissants français. Qui n'auraient aucun intérêt à ce que leur identité soit divulguée... Il détenait plusieurs bombes, qu'il s'agisse d'hommes d'affaires, de médecins ou de figures politiques...

M. André écarta rapidement tous ces notables qui n'avaient visiblement ni le mobile, ni l'envergure pour organiser un enlèvement.

Il restait les clients étrangers, plus ou moins résidents sur la Côte d'Azur.

Parmi ceux-ci quelques noms semblaient dignes d'intérêt, en particulier Viktor Ouvatchenko.

Grosse fortune russe, proche du pouvoir - c'était la condition sine qua non pour prospérer là-bas.

Sans verser dans les généralités, c'était le meilleur candidat pour l'organisation d'un enlèvement. Mais cinquante millions d'euros, ça ne devait pas être le bout du monde pour lui... Curieux.

C'était pourtant le seul début de piste qu'il avait.

Une chance que la presse « people » s'intéresse aux milliardaires.

Il lui fut très facile d'apprendre qu'il avait une splendide villa au Cap d'Antibes, et qu'il y donnait des fêtes somptueuses pour toute la jet-set de la Côte.

En ce moment, il était entre la Russie et l'Angleterre.

Des fêtes somptueuses...

Tiens donc, une des activités principales de On Stage Communications... Il faudrait vérifier s'ils travaillaient pour Ouvatchenko.

M. André imprima tout ce qu'il put à son sujet. Il réfléchissait mieux devant du papier qu'un écran d'ordinateur.

En triant les clichés, une photo retint son attention : Ouvatchenko, champagne à la main, en galante compagnie : il n'y avait là que des filles splendides... Il reconnut rapidement, au second plan, la call-girl qu'il avait vue en compagnie de Roland Delétang, l'autre soir...

Voilà qui devenait intéressant. Il entoura au marqueur rouge la tête de la fille, de même qu'une partie des mots du titre de l'article : « Grande fête organisée ». Il cacheta le tout dans l'une de ses habituelles enveloppes jaunes, qu'il s'empressa d'aller remettre au cabinet de Gabriel.

Il comprendrait les deux pistes à suivre sans autres explications.

Après ça, il se rendrait aux abords de la Villa d'Ouvatchenko. On ne sait jamais.

40.

En sortant du bureau de la juge d'instruction, Gabriel n'avait qu'une idée en tête : détruire la bande contenant le premier message.

Il rentra immédiatement à son cabinet et détruisit, physiquement, la cassette contenant le message en prenant soin de brûler la bande.

Il restait l'original en circulation ; c'était Amandine qui l'avait, pour le faire analyser.

A priori, la juge d'instruction ne connaissait ni l'existence, ni l'implication d'Amandine, donc l'original était en relative sûreté pour l'instant, mais il faudrait la détruire également.

Alors que la bande finissait de se consumer dans son cendrier, Nina fit irruption dans la pièce :

— Eh ben, Maître Rossetti, on fume des cigarettes interdites ?

Elle ne lui laissa même pas le temps de répondre et ajouta :

— Devinez qui est là ? Gracieux en personne !

Elle ne pouvait parler que de M. André. Mais c'était contraire à ses habitudes d'attendre patiemment dans la salle d'attente. Nina ne manqua évidemment pas de le noter, en ajoutant qu'elle pensait que c'était parce qu'il devait être sûr que Gabriel n'était pas là. Alors, avant qu'il parte, elle lui avait dit d'attendre.

Il n'avait pas attendu tant que ça, puisqu'il était à présent dans l'entrebâillement de la porte.

Gabriel donna le cendrier à Nina en lui disant : à jeter dans les toilettes, s'il vous plaît.

Ça sentait la conspiration à plein nez et ça amusait beaucoup Nina qui sortit en tenant le cendrier aussi délicatement qu'une relique pour qu'aucune cendre ne s'en échappe.

M. André balança l'enveloppe sur le bureau et laissa Gabriel l'ouvrir :

— Bon sang ! C'est Marina !

— Je vois que vous êtes intime avec elle, pour l'appeler par son petit nom…

— Oh, si peu… Mais… attendez : « Grande fête organisée »… On pense à la même chose, visiblement : On Stage Communications…

M. André, toujours satisfait de se faire comprendre à demi-mot, poursuivit :

— Ouvatchenko, milliardaire russe. Seul candidat potentiel pour un enlèvement, même si d'après moi, son mobile ne doit pas se limiter à cinquante millions d'euros. Je vais aller étudier sa villa.

— Cinquante millions, c'est vrai que c'est « relatif » pour un supposé milliardaire, mais ce n'est quand même pas rien, hein…

M. André ne dit rien mais il n'était visiblement pas convaincu. Gabriel poursuivit :

— Il a peut-être des problèmes de liquidités, allez savoir, ou bien il veut financer des trucs sans se servir de ses fonds…

M. André, j'ai aussi du nouveau : les téléphones de Patrick Sasso ont été mis sur écoute. La juge d'instruction est au courant pour l'enlèvement, elle a intercepté une conversation entre lui et moi.

Mais elle ne sait pas pour le message des ravisseurs. Je lui ai parlé d'une rançon de deux millions d'euros, pour qu'elle nous laisse le champ libre. Et pour éviter de mettre sur la place publique les noms des clients de Patrick Sasso…

— C'est risqué, ça. Vous êtes sûr de vous ? Vous risquez gros.

— Sûr ou pas, maintenant, je suis dedans. Pas le choix. J'ai négocié avec elle la mise sur écoute du cellulaire jetable, en échange de sa discrétion. Patrick Sasso ne doit pas être mis au courant, je ne suis pas sûr qu'il a les nerfs assez solides pour supporter à la fois ce qu'il doit faire et l'intervention de la police.

Gabriel ajouta :

— Sans vouloir vous commander, peut-être que ça vaut la peine de garder un œil sur Patrick Sasso, mais de loin, des fois qu'il soit surveillé par les ravisseurs… qui pourraient commettre une imprudence…

M. André approuva d'un hochement de tête et disparut.

Ça devenait sacrément compliqué, cette affaire…
Il fallait prévenir Amandine, et éviter de dire quoi que ce soit au téléphone… Même si la mise sur écoute d'un avocat était soumise à des conditions strictes, on n'était jamais trop prudent…

Il appela Amandine.

— Dine ? C'est Gab'…

— Bonsoir Gab', comment ça va ?

Il fallait éviter de discuter de l'affaire de Patrick au téléphone. Trouver un prétexte.

— Bien merci. Grosse journée.
Dis-moi, j'ai envie d'aller faire une balade à moto ce soir dans l'Estérel, tu es partante ?

— Je devais dîner avec Joana et l'équipe, mais écoute, ils se passeront de moi, je pense.

D'ailleurs, Joana t'embrasse…

Il devait être direct et écourter la conversation :

— Ah ah ! Bon, vingt heures, ce soir, ça va ? En bas de ton hôtel ?

— Oui…

Il ne la laissa pas terminer et prétexta que Nina avait besoin de lui pour raccrocher, relativement abruptement.

41

Amandine se trouvait à l'entrée de l'hôtel avec Joana, qui avait « absolument » tenu à embrasser Gabriel…

Visiblement, elle en pinçait toujours pour lui. Elle était vraiment contente de le revoir, sautant à son cou aussitôt qu'il fut descendu de sa moto…

— Gabriel ! Ça me fait tellement plaisir de te voir ! Il faut absolument qu'on se voie, hein ? Tu seras à la soirée, samedi, hein ? Tu me gardes une danse, ah ah ah !

— Évidemment, Joana !

Son regard se détourna rapidement vers Amandine - Joana n'était pas dupe, mais ça ne l'empêchait pas d'agacer Gabriel et Amandine, en jouant les trouble-fêtes…

Amandine était prête pour une virée en deux roues : elle s'était équipée d'un blouson de cuir noir, muni d'une seule fermeture éclair verticale, sans aucune inscription… Ça ne provenait visiblement pas d'un magasin de moto, mais en tous cas, elle avait de la gueule avec ça !

Elle avait maintenant ses habitudes avec la moto de Gabriel et alla directement ouvrir le top case pour y prendre le deuxième casque, tout en s'adressant à son chauffeur :

— Allez, fouette, cocher !

La Croisette était bloquée, si bien qu'ils durent passer au travers de toutes les petites rues adjacentes, pour se retrouver enfin à la sortie de Cannes et récupérer le bord de mer.

La route, jusqu'à Saint-Raphaël était un régal… quand elle n'était pas bouchée par les nuées de touristes roulant au pas.

Fort heureusement, ce n'était pas encore l'époque des grandes transhumances, ni une heure particulièrement achalandée.

Amandine était collée à Gabriel et se comportait en parfaite passagère, accompagnant non seulement les mouvements latéraux, mais anticipant également les freinages et les accélérations.

Cette proximité n'était pas pour déplaire à Gabriel, tout en lui rappelant des souvenirs. De bons souvenirs avec Amandine, de moins bons avec d'autres passagères…

La palme du plus mauvais passager revenait sans conteste à Martinez, qui se tenait, raide comme un piquet et tâchait systématiquement de compenser la force centrifuge. Ça en devenait presque comique et Gabriel ne put s'empêcher de sourire à cette évocation.

La nuit tombait tranquillement et les couleurs du crépuscule tiraient de l'orange vers le rose, c'était magnifique. Ils passèrent Théoule-sur-Mer et s'arrêtèrent quelques kilomètres plus loin en bordure de route, dans un espace aménagé pour admirer le point de vue.

— Amandine, je suis désolé d'avoir été un peu abrupt au téléphone tout à l'heure…

— Oh, ne t'en fais pas, tu ne me l'aurais pas dit, je ne l'aurais même pas remarqué…

Elle était vraiment adorable, quand elle voulait.

— J'ai volontairement écourté la conversation car il y a beaucoup de nouveau et en parler au téléphone n'est pas sûr. Le téléphone de Patrick a été mis sur écoute. La juge d'instruction m'a appelé, elle a intercepté la conversation au cours de laquelle Patrick m'informait de l'enlèvement…

Passé le moment de surprise, Amandine demanda :

— Mais ça ne relève pas du secret professionnel, ça ?

— Oui et non. Enfin, c'est compliqué et ça peut potentiellement créer beaucoup de problèmes, à Patrick et à moi, dissimulation de preuves, notamment… Et puis, licite ou pas, elle détient l'information et elle peut nous pourrir la vie en nous empêchant de procéder aux virements bancaires pour obtenir la libération de Sabine.

Elle sait aussi pour les absences « off » de Sabine et leur fréquence plus élevée avant ces trois derniers mois.

— Pour les absences, ça devait arriver. Ça aidera peut-être à ce que la police se penche sur les raisons.

Par contre, pour les problèmes potentiels, c'est la merde !

— J'ai négocié avec elle : elle met le téléphone jetable sur écoute et je lui communique les infos que nous sommes susceptibles d'obtenir. En échange de quoi, elle ne s'en mêle pas directement, mais au moment de la libération de Sabine, la police sera en planque et interviendra.

J'ai réussi à tenir Patrick en dehors de tout ça. Pour plusieurs raisons.

D'abord, je ne suis pas sûr qu'il supporte la pression.

Ensuite, si la juge d'instruction apprenait qu'il s'apprête à commettre des détournements de fonds, qui plus est illégaux, non seulement elle l'en empêcherait, mais en plus, elle se jetterait sur la liste de clients fraudeurs comme la famine sur le monde…

— Et comment t'as fait ça ?

— J'ai dit que la rançon demandée était de deux millions d'euros, somme que Patrick peut réunir tout seul. J'ai également dit que les circonstances du versement n'étaient pas encore définies, ce qui est en partie vrai, au moins pour les virements…

— Mais, et la bande mentionnant les cinquante millions ? Elle est en cours d'analyse à Sophia, d'ailleurs.

— Quelle bande ? Il n'y a pas de bande, Amandine. N'est-ce pas ?

Elle le regarda, interloquée, pendant une dizaine de secondes, avant d'ajouter :

— C'est vrai que rien n'a été enregistré…

Le message était passé. Même s'il aurait pu l'exprimer plus clairement, en l'occurrence, ce n'était pas la peine.

— Et il y a autre chose. Parmi les clients de Patrick, le seul qui pourrait potentiellement avoir commandité un enlèvement, c'est Viktor Ouvatchenko, le milliardaire russe qui a une villa dans le Cap d'Antibes et y organise des soirées somptueuses. Le Gatsby du XXIe siècle…

En plus, sur une des photos, on reconnaît la fille avec qui tu m'as vu l'autre soir, Marina. Je vais voir si je peux obtenir d'elle des informations. Il faut que je joigne nos amis communs pour ça, mais ça ne sera pas un problème.

— Des soirées somptueuses ? Tu as pensé à…

— Évidemment. Il faudrait que tu te renseignes auprès de Nathalie à ce sujet.

— D'accord. Au fait, en parlant de Nathalie, il y a un truc qui me chiffonne.

Elle en sait beaucoup sur Patrick et Sabine : elle m'a parlé d'un truc que Patrick et sa famille ont soigneusement enfoui dans le tiroir « secrets de famille » : la fugue de sa jeune sœur, quand elle avait quinze ans.

J'ai bien sûr été au courant à l'époque, on était à l'école ensemble. Mais, quand sa sœur a réapparu, une semaine plus tard, il n'en a plus jamais parlé, sa famille non plus, c'est devenu un tabou absolu depuis.

Je suis quand même étonnée que Patrick en ait parlé à Sabine.

Moins que Sabine en ait parlé à Nathalie.

Mais je me fais peut-être des idées… Vu comme il est raide dingue de sa femme, il lui en a sûrement parlé.

— C'est bien possible. Peut-être qu'à l'occasion tu pourrais lui en lâcher un mot ?

Encore que ça ne nous aide pas des masses sur l'enlèvement de Sabine...

Et sinon, tu as quoi d'autre ?

— Comme je te disais, analyse de la voix en cours, enfin, la voix qui n'existe pas.

Et pour ce qui est de pénétrer dans le réseau bancaire, on regarde deux options : la première permettant de tracer ce qui se fait, la seconde, permettant d'intervenir, pour éventuellement, annuler les virements et tout remettre en état. À supposer que le déroulement de la libération nous le permette : on ne peut pas agir avant que Sabine ne soit saine et sauve, évidemment. Si ça tarde, ils auront le temps de faire dix virements pour brouiller les pistes...

Les gars qui sont sur le coup sont des pointures. J'ai toute confiance en eux, ils vont trouver. Ils trouvent toujours. Même si c'est sur le fil du rasoir...

— On n'a plus qu'à croiser les doigts, et espérer que les ravisseurs ne communiquent les coordonnées qu'au dernier moment. Il ne faudrait pas qu'ils en disent trop et mettent la puce à l'oreille de la juge d'instruction...

Dis-moi, pour Patrick, à part si tu le souhaites, le questionner à propos de sa sœur, je pense sincèrement qu'il est préférable de ne pas lui donner tous les détails, surtout du côté de l'intervention de la justice, hein...

En plus, s'il est surveillé, autant ne pas donner matière à suspicion de la part de ses ravisseurs... qui naîtrait d'un changement dans son comportement.

— Hmmm, il est assez instable en ce moment, c'est sûr. Je suis d'accord pour ne lui communiquer que ce qui peut le rassurer. S'il sait que la Justice met le nez dans le dossier, il va immédiatement faire le lien avec ses clients et tout ce qui pourrait en découler... Pas la peine de le mettre face à un dilemme entre retrouver Sabine et faire éclater un scandale bancaire majeur.

Il n'a pas besoin de ça.

42.

Les informations obtenues d'Alain et Pascal étaient très encourageantes.

À l'aide des informations d'accès de Patrick, ils avaient pu se promener à loisir sur le site sécurisé de la banque. Ils avaient pu découvrir des « *backdoors* », des accès dérobés qu'ils auraient pu mettre des semaines à percer autrement.

Ils avaient amené à l'hôtel des ordinateurs flambants neufs achetés pour l'occasion et commencèrent leur démonstration.
Pascal expliqua ainsi à Amandine :

— Tu vois, là, on se connecte comme si on était Patrick. Ça nous a permis de trouver des accès dérobés et à partir de là, on a accès à son historique, mais comme on a de la chance, il a pas mal de pouvoirs d'administration. On a donc créé un nouvel utilisateur, à partir duquel on se connecte. Si on le fait depuis le compte de Patrick, on peut accéder à ce nouveau compte en mode super-administrateur, et pas besoin de chiffrement RSA… !

Alain embraya :

— C'est sûr que si on avait une clé RSA pour ce compte, on aurait un accès totalement indépendant, mais on peut se démerder comme ça.
On se limite à suivre les opérations faites, pour le moment.
Si ça passe dans une autre banque, il faudra sans doute hacker la nouvelle banque pour en savoir plus, ou pour refaire un virement en sens inverse.

Amandine récapitula :

— Donc, si je comprends bien, si les virements se font à l'intérieur de la FSBA, on aura facilement accès aux informations et on pourra renverser la vapeur.

Si ça sort de là, on repart à zéro et on ne peut rien garantir…

Bon, c'est déjà ça. Bien sûr, tant qu'on ne sait pas où doit aller l'argent, on ne peut pas pirater préventivement toutes les banques du monde…

Elle réfléchit un instant :

— C'est déjà très bien. Prions pour que l'argent ne s'envole pas au bout du monde, mais au moins, on aura des informations.

Ah ! Une dernière question : en cas de besoin, vous pourriez faire passer ces virements pour un piratage du compte de Patrick ?

— Ben, c'est ce qu'on vient de faire, mais pour l'instant, ça ressemble juste à un usage frauduleux de son accès officiel. Il pourra dire qu'il s'est fait voler sa clé RSA et son accès… Ou alors, avec ce qu'on sait, on peut se réintroduire différemment… Ça doit pouvoir se faire, je pense. On va se garder les portes ouvertes, juste au cas où.

— Super, merci les gars, beau travail !

43

Il avait suffi d'un appel à Ange en indiquant qu'il aimerait beaucoup revoir Marina pour qu'il lui réponde. Une quinzaine de minutes plus tard, un SMS indiquait qu'elle serait au cabinet de Gabriel dans une heure.

Quel service ! Et, cette fois-ci, la livraison se faisait à domicile !

Marina arriva pile une heure après l'envoi du SMS, toujours aussi radieuse et souriante :

— Livraison express en une heure ou remboursé !

Gabriel sourit en refermant la porte. Elle avait visiblement pensé comme lui.
Une chance que Nina était déjà partie, sans ça, il en aurait entendu parler pendant des semaines… !

Dès qu'ils furent installés au bureau de Gabriel, ce dernier sortit l'article contenant la photo sur laquelle on la voyait lors d'une fête d'Ouvatchenko. Il la tendit à Marina.

— Oui, c'est Viktor, lors de sa dernière soirée. Mémorable, croyez-moi !

— J'imagine, Marina. Dites-moi, qu'est-ce que vous savez sur lui ?

— Ben, à peu près la même chose que tout le monde…

— Voyons Marina… Je vous ai connue plus bavarde…

— Vous voulez connaître ses préférences ? La liste est longue, je vous préviens…

— Je me doute et, même s'il a le bon goût de vous apprécier, ce qui m'intéresse, c'est plutôt ses activités, ici, sur la Côte.

— La villa du Cap d'Antibes est un lieu de villégiature pour lui. Il a bien un bureau dans la villa, comme tout le monde, hein, mais je ne crois pas qu'il fasse d'affaires ici.

Bien sûr, j'ai été témoin de conversations téléphoniques, mais comme ça se passe en russe, et que moi, comme vous pouvez le constater, je suis pas exactement d'origine slave, eh ben, je pourrais pas vous dire s'il parlait chiffon ou business.

Il dépense sans compter, ça c'est sûr. Les fêtes qu'il organise sont toujours magistrales.

— Vous savez qui les organise ?

— Il a un assistant, Boris, qui s'occupe de tout, mignon, mais je suis pas son genre, si vous voyez ce que je veux dire.

Je crois qu'ils ont bossé avec l'ancienne boîte de Roland, On Stage.

Tiens donc se dit Gabriel.

Il n'eut guère le temps de poser sa question suivante ; Marina le précédait visiblement :

— Mais, si ça vous intéresse c'est pas Roland ou Verrand qui me faisaient venir à ces soirées-là, c'était Boris, qui a les numéros de toutes les filles de la Côte. De tous les gars, aussi…

Et puis, ça évitait la com' de l'agence, si vous voyez ce que je veux dire…

Sûrement les fameuses commissions en nature de Delétang ou Verrand, qui devaient également prélever, au passage un pourcentage en espèces sonnantes et trébuchantes, tant qu'à faire…

En tous cas, il y avait un lien entre un client de Patrick et l'agence de Sabine…

Gabriel sortit une photo de Sabine et la montra à Marina, ce qu'il n'avait pas fait jusqu'à présent, puisque rien ne semblait pouvoir les lier.

— Cette femme, elle vous dit quelque chose ?

Marina regarda attentivement la photo et répondit :

— Pas vraiment. Je vais peut-être dire une connerie, mais il me semble avoir vu une fois ou deux avec Boris une fille qui lui ressemblait comme deux gouttes d'eau, sauf qu'elle devait avoir au moins dix ans de moins.

Je dois confondre, mais c'est bizarre, d'habitude, je suis super physionomiste…

Gabriel se pencha sur son écran d'ordinateur portable et après avoir tapé l'adresse du site web de On Stage, il tourna l'écran vers Marina, en lui présentant la photo corporative de Nathalie Demers :

— Quelqu'un comme elle, peut-être ?

— Ah ! Je me disais bien aussi ! Oui, c'est elle.

44.

Avec le glaive de la Justice qui pesait au-dessus la tête de Gabriel, telle une épée de Damoclès, il ne pouvait prendre aucun risque lorsqu'il s'agissait de communiquer des informations confidentielles à Amandine.

Tout à coup, il trouvait les précautions extrêmes de M. André beaucoup plus légitimes.

Il avait beau aimer se déplacer à moto, le trajet de Nice à Cannes ne se faisait pas en cinq minutes, mais le jeu en valait la chandelle : Nathalie venait de faire un bond dans le hit-parade des suspects.

Gabriel avait eu la confirmation qu'elle connaissait Ouvatchenko qui était actuellement le suspect numéro un dans l'enlèvement de Sabine.

Il fallait à tout prix qu'Amandine tâche d'en apprendre plus.

Il avait préféré ne pas l'appeler la veille au soir, compte tenu de ses suspicions quant à d'éventuelles écoutes de son téléphone.

Et comme elle ne pourrait pas agir si tard dans la soirée, il avait préféré planifier un déplacement vers Cannes, le lendemain matin.

Lorsqu'il arriva à sa chambre, il trouva porte close. Dix heures du matin, elle était levée depuis belle lurette, mais il n'avait aucune idée d'où elle pouvait se trouver et préférait éviter de l'appeler.

Alors qu'il s'apprêtait à se rendre à la réception, la porte voisine de la chambre d'Amandine s'ouvrit et Joana en sortit, en tenue de plage :

— Gabriel !

Elle lui sauta au cou et l'étreignit avec insistance :

— *You've been a very bad, bad boy !* Tu ne m'as pas appelée…

— Ce n'est pas l'envie qui m'en manque, mais en ce moment, je suis sur un dossier très… accaparant…

— Ton dossier accaparant, il ne mesure pas 1,73 mètre, châtain clair ?
Parce qu'il est à la plage en ce moment… Tu as de la chance, c'est justement là que je vais !

Elle s'enroula autour de son bras et ne le lâcha qu'une fois arrivée sur la plage.
Amandine était assise en tailleur sur un matelas, une pile de feuilles éparpillée devant elle.

— Gab' ! Quelle bonne surprise !
J'ai profité du beau temps pour régler les affaires courantes de Stuff for Fun au soleil, ça change du bureau de Montréal !

Joana s'était installée à côté d'Amandine et le reste de l'équipe ne tarda pas à arriver.
Pour la discrétion, on repassera.

Voyant que Gabriel sautillait sur place, Amandine comprit qu'il avait sûrement quelque chose d'important à lui dire, mais ne put s'empêcher, en le voyant ainsi, de lui lancer :

— Alors, Gab', le sable de Cannes te brûle les pieds ?

Gabriel se mit à rire, ç'aurait pu être du Martinez tout craché, l'accent en moins… !
Amandine ramassa ses papiers et se leva en direction d'une des tables de la terrasse ; à cette heure-ci, il n'y avait pas encore grand-monde sur la plage.

— Tu n'es pas venu juste pour le plaisir de me voir en maillot, j'imagine ?

En souriant, Gabriel lui répondit :

— Note que ça vaudrait le déplacement en soi...
Mais, j'ai aussi un scoop pour toi !

Amandine était très excitée et brûlait d'en savoir plus : pour que Gabriel parle de scoop, c'est qu'il s'agissait d'un élément important !

— Tu as toute mon attention !

— Ouvatchenko... Il organise des soirées par l'entremise de On Stage Communications, comme nous le pensions...

— Ça le lie donc à Sabine ! En plus de ses relations d'affaires avec Patrick !

— S'il n'y avait que ça...

Pour le compte, Amandine trépignait d'impatience.
Gabriel était tout aussi excité qu'elle :

— Mieux que ça ! Ça le lie à... Nathalie !
Marina l'a formellement reconnue ; elle a rendu visite à plusieurs reprises à l'assistant d'Ouvatchenko, un certain Boris.

Les scénarios les plus fous s'enchaînaient dans l'esprit déjà très imaginatif d'Amandine :

— Tu penses qu'elle serait derrière tout ça ? Mais pourquoi ?

— Pour prendre sa place, tiens !
Mais, j'avoue que c'est assez machiavélique et je ne m'explique pas comment elle aura approché les Russes pour leur faire exécuter un enlèvement... Organiser des soirées, c'est une chose,

444

mais pousser son client à procéder à un enlèvement, c'en est une autre !

— Oui, mais si ce sont à la base des types louches, ça ne les dérange peut-être pas tant que ça, surtout si, à la clé, il y a une part du magot...

— Le pouvoir et l'argent. Ça fait deux mobiles vieux comme le monde. Il ne manque plus que le sexe.

Mais de ce côté-là, Marina m'a assuré que ce fameux Boris ne sous-traite pas, que ce soit à Verrand ou Delétang, les habituels pourvoyeurs.

Amandine n'en revenait pas.

Du peu qu'elle avait côtoyé Nathalie, elle lui était apparue comme une jeune fille ambitieuse certes, mais qui semblait en admiration totale pour Sabine, dévouée et droite.

Comme quoi, l'habit ne fait pas le moine, même quand le moine s'habille comme le Pape...

Elle ajouta :

— On n'a que des suppositions pour l'instant, je vais tâcher d'en savoir plus. On doit aller à Mougins ensemble cet après-midi pour que j'approuve les décorations et les kiosques fabriqués pour la soirée.

Je vais voir ce que je peux obtenir d'elle.

— Sois prudente, visiblement, elle ne recule devant rien et je ne pourrais pas être là, ni personne.

Avec de telles révélations, Amandine en avait presque oublié les bonnes nouvelles d'Alain et Pascal.

Elle fit un bref rapport à Gabriel. Ils pouvaient observer ce qui se passerait et, si les fonds transitaient au sein de la FSBA, ils auraient la possibilité de défaire ce que Patrick ferait. Mais, si l'argent s'en allait ailleurs, ça serait une autre paire de manches.

Ce n'était pas le scénario idéal, mais il leur restait encore un peu de temps pour cogiter.

Gabriel ajouta :

— De mon côté, je vais aller voir Patrick : autant limiter les communications téléphoniques, surtout qu'on est à deux pas de son bureau.

Il faut qu'on pense à une façon de faire pour qu'il nous informe de tout nouvel élément si nous ne sommes pas présents quand ça arrive.

Je pense que je vais lui demander de se déplacer en personne pour venir te voir ; ça évitera de mettre la juge d'instruction sur tes talons.

Amandine opina :

— Je lui ai promis de passer le voir après mon rendez-vous à Mougins cet après-midi ; on passera la soirée ensemble et, en dehors des préparatifs proprement dits pour la soirée, je ne vais pas le lâcher d'une semelle.

45

Amandine avait désormais une drôle d'impression au contact de Nathalie.

Ce n'était plus la ressemblance frappante avec sa patronne disparue qui la tarabustait.

Elle essayait de comprendre la nature exacte de l'implication de cette jeune femme dans la disparition de sa patronne. Elle n'avait vraiment, mais alors vraiment pas la « gueule de l'emploi ».

Si elle jouait la comédie, elle mériterait le Prix d'interprétation féminine cette année, c'était certain !

Dans la voiture de l'agence que Nathalie avait empruntée pour se rendre à Mougins, elle prit l'initiative de la conversation :

— Comment se porte le mari de Sabine ?

— C'est toujours aussi difficile... Aucune nouvelle.
Il s'est rendu chez le juge d'instruction, mais l'enquête semble piétiner...

Avec Nathalie dans la liste des suspects potentiels, pas la peine de l'inquiéter. Non, au contraire, il vaudrait mieux envoyer des informations rassurantes pour un suspect éventuel...

— J'espère que tout ça n'est au final qu'une escapade de Sabine. Même si c'est difficile pour tout le monde, je veux me dire qu'elle est heureuse, quelque part, même sans nous...

— Je l'espère aussi, même si ça brisera le cœur de Patrick. Je pense qu'il préférerait la savoir vivante sans lui que morte...

Nathalie la regarda et changea de sujet :

— Bon, c'est pas tout ça, mais on va rencontrer des vrais artistes de la création de kiosques et des rois de la logistique, vous savez, ils sont ultra demandés, surtout en ce moment.

Mais quand ils ont su que c'était pour Amandine MacLane, la PDG de Stuff for Fun, ils étaient emballés et se sont débrouillés pour boucler le travail en moins de temps qu'il n'en faut pour le dire...

La célébrité avait du bon, parfois, même si Amandine n'en profitait jamais.

Cependant, dès que les gens faisaient le lien entre elle et Stuff for Fun, surtout les jeux qu'ils produisaient, ils se comportaient comme des adolescents devant leur idole.

Elle ne comptait plus les « j'adore vos jeux, toute la famille ne les lâche pas » ou les « j'ai dépensé cinquante dollars le mois passé dans vos jeux, c'est formidable, si on m'avait dit que j'aimerais autant m'occuper d'une ferme »...

C'était en tous cas toujours agréable à entendre !

Lorsqu'elles arrivèrent à l'entrepôt, Amandine eut la confirmation que l'équipe de création devait jouer à ses jeux car ils avaient inséré des éléments visuels propres à Ma Ferme, Ma Ville ou encore Distribution Tycoon dans les kiosques. En ayant le bon goût de rester suffisamment discrets pour mélanger ces éléments au thème plus global de la soirée : la promotion du cinéma canadien et québécois.

Tout était très bien, il n'y avait que quelques détails à retoucher dans l'équilibre entre le rouge et le bleu, le fédéral et le provincial... Question de rester sur ce fameux « politiquement correct », et d'éviter de froisser des susceptibilités...

Même si Amandine demeurait française, les années passées au Canada, en particulier au Québec, lui avaient appris à ménager la chèvre et le chou dans ces domaines.

Au bout d'une heure passée à tout examiner de façon plus que minutieuse - Amandine avait sa réputation à tenir auprès de l'agence On Stage Communications - elle finit par dire :

—Je pense que ça ira pour la soirée.

Nathalie était visiblement soulagée et l'équipe commença immédiatement à s'affairer aux préparatifs du transport vers le site de la soirée.

Elles repartirent donc en direction de Cannes et Amandine, qui n'avait pas encore eu l'occasion de questionner Nathalie sur Ouvatchenko profita de ce qu'elle avait vu sur place pour lancer le sujet :

— Ils travaillent bien ; ce sont eux qui s'occupent de tous vos événements, y compris les soirées privées ?

— Oh oui, on essaie de ne travailler qu'avec eux ; on a eu des expériences déplaisantes avec des entreprises varoises qui avaient de meilleurs tarifs, mais la qualité, ça se paie.

— Vous faites ça souvent, des soirées privées ?

— Oui, ça représente maintenant près de 30 % de nos activités ; c'est une branche que Sabine a commencé à développer pour augmenter la clientèle de l'agence. Je crois que c'est justement avec des clients de Patrick qu'elle a lancé ça. Ils se sont d'ailleurs connus comme ça : Sabine organisait une soirée pour la banque de Patrick…

— Oui, je connais l'histoire ! J'étais son témoin à leur mariage !

— Ah ah, oui ! Donc, Sabine est un jour arrivée au comité de direction de l'agence avec cette idée, qui a immédiatement plu à Jacques. Verrand.

— Et c'est elle qui s'occupait de ces comptes clients ?

— Oh oui ! C'était sa chasse gardée, d'ailleurs. D'autant plus que c'était elle qui apportait les clients.

— Donc, j'imagine que toi aussi, tu as dû intervenir pour organiser ces soirées ?

— Absolument, Sabine n'avait confiance qu'en moi à l'agence : quand elle ne pouvait pas se déplacer, elle se serait coupé un bras plutôt que d'envoyer Roland ou quelqu'un d'autre. Alors c'est moi qui m'y collais... Mais bon, on a vu plus désagréable, tu n'as pas idée des villas dans lesquelles ces soirées se donnent, des hauteurs de Cannes jusqu'à Monaco...

— En passant par le cap d'Antibes, forcément...

— Oh que oui ! Il y a d'ailleurs un homme d'affaires russe qui en organise assez souvent, un bon client de Sabine, Viktor Ouvatchenko.

On y était. Mais, manifestement, Nathalie n'avait pas grand-chose à cacher de ce côté-là... Un coup dans l'eau, on dirait.

— Ah oui ? On parle souvent de lui dans la presse people, il me semble ?

— Oh oui et ça nous fait une super pub, puisqu'on est systématiquement cités comme organisateurs !

Amandine ne voyait plus vraiment ce qu'elle pouvait exploiter : elle avait eu la confirmation des informations de Gabriel, à savoir que Nathalie s'était rendue chez Ouvatchenko. Et Nathalie n'en faisait aucun mystère. Elle n'avait manifestement rien à cacher de ce côté-là.
Ou alors, c'était vraiment vraiment une remarquable comédienne.

Après que Nathalie l'eut déposé à son hôtel, comme promis, Amandine rejoignit Patrick en fin d'après-midi.
Le téléphone jetable restant désespérément muet, Amandine tenta de distraire Patrick en l'emmenant dans un restaurant

cannois branché situé dans une rue perpendiculaire à la Croisette, déguster des tapas.

À l'issue de la soirée, ils convinrent de se revoir le lendemain en fin de matinée ; si le téléphone n'avait pas encore sonné, c'était parce que les ravisseurs attendraient vraisemblablement la dernière minute pour envoyer leurs instructions.

46

M. André savait qu'Ouvatchenko n'était pas dans sa villa vu le peu d'activités qu'il avait pu y noter.

La sécurité de l'endroit était assurée par des caméras de surveillance, ce qui était extrêmement fréquent dans le cap d'Antibes.

Cela étant dit, la villa était presque fortifiée : les murs d'enceinte étaient tellement hauts et lisses que n'importe quel monte-en-l'air en serait découragé et il y avait de grandes chances que des gardes armés protègent la propriété. Là encore, rien de foncièrement anormal dans le coin...

Il était totalement exclu qu'il puisse pénétrer dans la villa et il n'avait pas le temps matériel de se renseigner sur les éventuels fournisseurs livrant à domicile afin de prendre leur place.

Tout au plus pourrait-il dire à Gabriel qu'il n'y avait rien de suspect aux alentours.

C'est ce qu'il fit effectivement, en fin de matinée.

Il n'avait pas trouvé Gabriel à son cabinet mais il eut plus de succès en se présentant à son domicile :

— C'est très regrettable que nous n'en ayons pas plus, M. André.

— Si j'avais plus de temps, je pourrais m'arranger pour me rendre à l'intérieur mais là, c'est impossible.

— Dans ce cas, on va devoir se contenter de ce qu'on a.

J'espère qu'Amandine et ses hackers vont arriver à trouver le lien qui nous manque.

Après que M. André soit reparti, Gabriel fit les cent pas dans sa salle à manger, dont la grande table lui servait à préparer ses plaidoiries les veilles d'audiences.

On était à moins de douze heures de l'échange et on ne savait toujours rien sur les ravisseurs.

Les pistes qu'ils semblaient tenir fondaient à vue d'œil, comme neige au soleil.

Amandine aurait peut-être du nouveau sur Nathalie…

Pour ce qui était des instructions des ravisseurs, il ne fallait pas s'attendre à ce qu'elles leur parviennent avant le dernier moment, bien entendu.

Il ne restait qu'une carte à jouer, à tout hasard : Ange.

En fonction des « affaires » de Vitkor Ouvatchenko, il aurait peut-être des informations pertinentes.

Il ne tenait de toute façon pas en place et claqua la porte de son appartement pour se rendre au quartier général d'Ange, près du port.

— Adieu, Gabriel !

— Adieu, Ange. Comment ça va ?

— Comme d'habitude : comme les vieux…

Ça devait être sa réplique favorite, mais Gabriel ne se lassait pas de l'entendre, sans doute en raison de l'accent inimitable d'Ange.

— Ange : Viktor Ouvatchenko, ça te dit quelque chose ?

Il plissa les yeux et réfléchit quelques instants :

— C'est un Russe.

— Ange…

— Laisse-moi terminer…

Un homme d'affaires, qui travaille essentiellement en Russie. La Côte, il n'y vient que pour le plaisir.

Il est un gros consommateur de filles, d'ailleurs, Marina le connaît bien.

— Oui, Ange. C'est ce qu'elle m'a dit.

Mais j'aurais voulu savoir si tu avais connaissance d'autres activités, moins… récréatives, on va dire…

— Non. Il ne fait pas de business ici. Et ce qu'il fait en Russie, ça, je n'en sais rien.

Encore une fausse piste, on dirait.

— Dis-moi, tu penses qu'il serait capable d'enlever quelqu'un ?

Ange éclata de rire !

— Gab', tu connais donc si peu les Russes que ça ?

À Moscou, ils se baladent avec des attachés case blindés pour se protéger les miches…

Les enlèvements, il paraît qu'ils en font moins ces dernières années, mais de là à être affirmatif sur ton client, je m'avancerais plus que de raison.

On peut se renseigner si tu veux.

— Merci, mais ça presse…

Remarque, si tu trouves quoi que ce soit, tiens-moi au courant… Mais pas par téléphone…

— Les grandes oreilles…

— Les grandes oreilles.

Ange sortit d'une de ses poches un téléphone jetable qu'il remit à Gabriel.

— Tiens, celui-là est tout propre. Tu peux m'appeler et je te joindrai dessus en cas.

— Merci Ange.

Gabriel regarda sa montre en sortant du Bar PMU. Il lui restait à peine le temps de se préparer pour la fameuse soirée cannoise.

Avant d'enfourcher sa moto, il sortit son « nouveau » téléphone de sa poche et envoya un SMS à Amandine :

« Voici mon nouveau numéro. Signé : ton community manager préféré »

47

Amandine revit Patrick, comme convenu, le lendemain suivant leur soirée au restaurant.

Si Patrick semblait aller mieux en ce qui concernait la disparition de Sabine, il commençait néanmoins à se faire du souci quant aux opérations qui étaient exigées de lui. Il se mettrait clairement dans l'illégalité la plus totale et risquait des poursuites… Et la prison.

Un clou chasse l'autre, et il en va de même des problèmes : puisque le sort de Sabine était désormais quelque peu éclairci, son principal problème, à présent, c'était les conséquences des actes qu'il s'apprêtait à poser.

Amandine connaissait suffisamment Patrick pour savoir que quelque chose le travaillait :

— Patrick, je sais que c'est dur, mais dans quelques heures, tu vas retrouver Sabine…

— Amandine, on n'a jamais eu de preuve de vie la concernant… Elle est peut-être morte depuis longtemps…

— On en a déjà discuté et la conclusion était : dans le doute, autant courir le risque. On n'a malheureusement pas mieux que ça.

Tu sais, c'est uniquement dans les films policiers que les familles « exigent » des preuves de vie de la part des kidnappeurs. La réalité est bien plus sordide : on n'a guère d'autre choix que se plier à leurs exigences…

Patrick, je te connais suffisamment pour savoir que tu ne te pardonnerais jamais de ne pas avoir tout essayé, même sans avoir toutes les cartes en main.

— Amandine. Je suis inquiet.
Je ne te l'ai pas dit jusqu'ici, mais…

Amandine se préparait à un coup de théâtre ; elle était tout ouïe…

— C'est assez gênant… Enfin, je suis allé consulter une voyante et le tirage de cartes m'a fait très peur : la mort, le pendu, un bateleur, symbolisant une « nouvelle personne » ; elle m'a parlé de mort symbolique, de relation brisée… Rien pour me rassurer.

Amandine ne put s'empêcher d'être soulagée. Ce n'était donc que ça :

— Patrick, voyons, tu n'as pas à avoir honte de consulter une voyante !
Mais tu sais, on peut leur faire dire tout et n'importe quoi aux cartes, personnellement, je n'y ai jamais beaucoup cru ; le destin est ce qu'on en fait, d'après moi.

Elle réfléchit encore un instant, cherchant à rassurer son vieil ami :

— Ce qui est sûr, c'est que lorsque Sabine te reviendra, elle sera changée et ça sera le début d'une nouvelle relation pour vous deux… Tu vois, ça pourrait très bien être la bonne interprétation.

Patrick semblait légèrement rassuré.
Pas la peine d'insister sur le sujet, il y avait autant d'interprétations qu'on le voulait à un tel tirage.
Elle fit une pause et reprit :

— Tu sais, on n'a jamais reparlé de la fugue de ta sœur après qu'elle soit réapparue comme par miracle, mais je me souviens très bien de l'état dans lequel tu étais. Te voir aujourd'hui dans cet état, ça me rappelle ces moments-là…

Elle avait lancé la perche, ça l'aiderait peut-être à vérifier comment Nathalie avait pu avoir connaissance de ce secret de famille.

Patrick la regarda fixement pendant un moment qui sembla une éternité à Amandine, avant de lui dire :

— Tu as raison. On a occulté tout ça pendant des années, au point que j'avais presque oublié dans quel état j'ai pu être à cette époque.
Mais effectivement, je crois bien que j'étais dans un état assez similaire quand Sandrine a disparu.

— Patrick ? Sabine était au courant pour Sandrine ?

— Pourquoi tu me demandes ça ?

— Ça ne doit être rien, mais Nathalie l'a mentionné l'autre jour. Elle m'a dit que Sabine le lui avait confié…

Il n'était pas question pour le moment de dire à Patrick que Nathalie était peut-être en cheville avec Ouvatchenko, surtout qu'on ne savait pas à quel point. Pas plus qu'on n'avait la moindre certitude sur l'implication de ce dernier dans l'enlèvement de Sabine.
Néanmoins, Patrick était visiblement ébranlé par cette question : Amandine le vit, d'un coup, retomber dans l'état dans lequel il était voici quelques jours :

— J'en ai parlé à Sabine peu après notre lune de miel, quand nous sommes revenus de Californie, où nous t'avions rendu visite. Mais ça n'a pas été plus loin que ça. Bon sang, ça fait des années…

— Patrick, ça ne doit pas être grand-chose, tu sais, Sabine en a parlé à Nathalie, voilà tout.

Ça corroborait ce que Nathalie lui avait dit. Et souvent, l'explication la plus simple est la bonne.

Patrick même s'il demeurait troublé, acquiesça :

— Tu as raison. C'est juste que… ça fait remonter des mauvais souvenirs…

— Si tu veux en parler… Mieux vaut tard que jamais…

— Non. J'ai promis à mes parents qu'on n'en parlerait plus et, même s'ils sont morts depuis cinq ans, je le dois à leur mémoire…

Avec cette discussion, ils en avaient presque oublié le téléphone jetable qui ne quittait pas Patrick.

Il se mit à vibrer sur la table basse en verre, ce qui amplifia le bruit généré par l'appareil.

C'était un SMS, qui indiquait uniquement deux numéros de comptes bancaires, situés chacun dans une banque différente : la première située aux îles Caïman, la seconde, en Suisse.

Par mesure de précaution, Patrick s'empressa de noter, sur un bloc-notes, ces informations, qu'il revérifia au moins cinq fois.

Amandine vérifia également la transcription du message et, s'emparant du bloc-notes, dit :

— Je vais transmettre ça à mes gars, on va voir ce qu'ils peuvent trouver sur ces banques.

Si tu reçois un autre message, rejoins-moi à l'hôtel.

Elle se précipita ensuite en dehors de l'appartement de Patrick.

48

Amandine toqua fébrilement à la porte de la chambre d'Alain et Pascal.

— Ça y est ! J'ai les numéros de compte sur lesquels les virements doivent être faits.
Les voici.

En regardant les coordonnées bancaires, Alain et Pascal firent la moue :

— La Suisse, ça devrait aller assez facilement, mais la banque aux îles Caïman, ça risque d'être une autre paire de manches...

— Les gars, vous avez encore quelques heures, jusqu'à vingt-deux heures exactement, pour faire des miracles... !

— On va faire l'impossible. On peut déjà suivre ce que fera ton ami sur le site de sa banque. Ça donnera la confirmation que les virements sont bien partis.

Pour l'impossible, Amandine leur faisait confiance. Elle ajouta cependant :

— Si vous n'avez pas la possibilité de refaire les virements en sens inverse, essayez au moins d'identifier les bénéficiaires de ces comptes, ça nous aidera.

Ils se mirent aussitôt au travail, mais ça risquait de leur prendre bien plus de temps que le délai qu'ils avaient devant eux.
Cela dit, c'était aussi un défi qui les stimulait fortement ; ils adoraient ça.

Avant de partir, Amandine ajouta :

— Et pour l'enregistrement, vous avez trouvé quelque chose ?

Pascal répondit :

— À part que c'est une voix digitale et que ça provient d'un logiciel qui ne tourne que sur Mac, non, rien.
Extrêmement répandu. N'importe qui a pu faire ça.

Il fallait s'y attendre. Malheureusement.
Elle avait bien vu des Mac chez On Stage, mais bon, elle en avait un également, comme pas mal de monde, du reste... Ça pouvait donc être n'importe qui.

Amandine sortit de la chambre et les laissa travailler. Elle ne leur serait, de toute façon, d'aucune utilité.

Elle aurait bien appelé Gabriel, mais avec les consignes concernant les écoutes potentielles, elle s'abstint, d'autant qu'il arriverait bientôt, pour la soirée.
C'était d'autant moins pressé que, même s'il était doté de talents multiples, le piratage informatique n'en faisait pas partie.

Elle s'en alla en direction de sa chambre, tout en prenant machinalement en mains son téléphone, afin de relever ses emails.
Elle avait reçu un SMS d'un numéro qu'elle ne connaissait pas et n'y avait pas prêté attention ; ça devait être un message du fournisseur de services vantant les mérites des tarifs à l'étranger, comme elle ne cessait d'en recevoir depuis son arrivée en France.
Après avoir passé en revue ses emails, elle regarda le SMS et lut :

« Voici mon nouveau numéro. Signé : ton community manager préféré »

Ça ne pouvait être que Gabriel, vu l'allusion à son rôle de Community manager chez Stuff for Fun.

Elle enregistra le numéro et l'appela depuis le téléphone de sa chambre.

Ils échangèrent les informations respectives qu'ils avaient obtenues chacun de leur côté, et ne purent que convenir qu'ils n'étaient guère avancés, voire qu'ils faisaient du sur place : Nathalie semblait n'avoir rien à se reprocher, Ouvatchenko non plus.

Il fallait espérer qu'Alain et Pascal fassent des miracles ce soir.

49.

Gabriel arriva une petite heure avant le début de la soirée.

Quand il vit Amandine, sur le seuil de la porte de sa chambre d'hôtel, il faillit tomber à la renverse : chignon banane avec une mèche ondulée qui tombait sur la partie droite de son visage, dans une robe de soirée virginale, avec une seule bretelle sur l'épaule gauche, pour faire bonne mesure avec l'asymétrie de sa mèche de cheveux.
Elle était splendide et rayonnait.
Il était difficile d'imaginer qu'une bonne partie de son attention était tournée vers la libération de Sabine.

C'était une apparition que Gabriel avait sous les yeux. Il en resta béat.
Il serait sans doute resté dans cet état catatonique si Amandine, qui ne l'avait jamais vu en smoking et le trouvait également très élégant, ne lui lance alors, avec un accent russo-germanique :

— Alors, Monsieur Bond, quel bon vent vous amène ?

— Vous, très chère !

Chacun prenait plaisir à jouer au chat et à la souris, occupant tantôt le rôle du chat, tantôt celui de la souris.
Mais ce soir, Gabriel se sentit vraiment sur le point de fondre littéralement.
Ça n'était pourtant pas le moment, alors qu'on était à quelques heures de la libération de Sabine…

Il se reprit en se concentrant sur la seconde partie de la soirée.
Ceci dit, rien ne les empêchait, d'en profiter avant.

Il lui offrit son bras et ils se dirigèrent vers l'ascenseur : ils n'auraient que la Croisette à traverser pour se retrouver sur la plage où la soirée avait lieu.

Tout était parfait ; manifestement Nathalie avait bien travaillé, il fallait lui reconnaître ça. Elle était d'ailleurs sur place, survoltée et s'agitant en tous sens.

Si elle était derrière l'enlèvement et la demande de rançon de sa patronne, son comportement n'en laissait strictement rien paraître : du grand art.

Les invités arrivaient de façon continue, sans se faire attendre.

C'était bon signe, car ça signifiait qu'ils étaient impatients de voir ce qu'on leur avait réservé et que la soirée était courue dans tout Cannes.

Bon nombre de curieux et de pique-assiette professionnels essayaient d'ailleurs d'entrer, mais le service d'ordre, discret mais incontournable, veillait au grain.

Martinez, toujours persuadé qu'il fallait savoir se faire désirer, arriva tout de même quelques instants avant le discours d'Amandine, en compagnie de sa dulcinée, bien évidemment.

Ils s'étaient tous les deux mis sur leur trente-et-un, Chloé portant une robe bleu nuit en satin, à bustier.

Robe parfaitement dans le ton de ses grands yeux bleus. Sa longue chevelure blonde formait un contraste lumineux avec sa tenue.

Martinez rentrait toujours dans son smoking ou alors il en avait loué un à la dernière minute.

Ils étaient rayonnants tous les deux, confirmant ce que Gabriel avait pu voir lors de leur dîner à Villefranche : cette fois, Martinez semblait mûr pour se passer la corde au cou… !

Ils s'approchèrent de Gabriel et Amandine, laquelle s'apprêtait à prendre le micro :

— Quel plaisir de vous rencontrer enfin Amandine !

Gabriel, ce cachottier, il ne voulait pas me montrer, sans doute qu'il a honte de moi… Pourtant, avec tout ce que je fais pour lui… Quel ingrat…

Amandine était d'autant moins dupe qu'elle connaissait Martinez de réputation. Elle reprit :

— Non, je suis sûre que c'est de moi qu'il a honte, c'est pour ça que tu ne m'as pas présentée, hein Gab' ?

Inutile de répondre, sinon ils allaient continuer toute la soirée comme ça.

Amandine aurait volontiers poursuivi mais elle se devait, en tant que maîtresse de cérémonie, de prendre la parole. Elle monta sur l'estrade et entama un discours dithyrambique sur la variété de la création culturelle canadienne, remerciant au passage tous les représentants d'organismes de financements fédéraux et provinciaux et vantant le dynamisme extrême de Montréal.

Une vraie politicienne… On aurait cru qu'elle avait fait ça toute sa vie et son charisme, doublé de sa robe sublime captèrent l'attention de tout l'auditoire.

Lorsqu'elle eut terminé et se fut frayé un chemin parmi les invités qui se pressaient pour lui serrer la main et échanger quelques mots avec elle, Martinez l'interpella :

— En tous cas, si vous vous présentez aux prochaines élections, sur ma vie, je vote pour vous !

Gabriel intervint :

— Du moment que tu ne le prends pas comme directeur de campagne, tu as toutes tes chances !

Après quelques échanges du même cru, Martinez, non sans avoir descendu quelques flûtes de champagne, invita Chloé à danser. Il était d'humeur romantique et fut aidé par la programmation musicale à passer à l'action ; les premières notes de « *Come rain or come shine* » avaient à peine commencé à se faire entendre qu'il prit la main de Chloé et l'emmena au milieu de la piste de danse.

Ils faisaient plaisir à voir, partageant visiblement les mêmes sentiments l'un pour l'autre.

— Si on m'avait dit qu'il se rangerait, je ne l'aurais jamais cru...

— En tous cas, ils vont bien ensemble, ça crève les yeux !

Ils furent interrompus dans leur discussion par Joana, flanquée de Hans et Gunther comme cavaliers :

— Gabriel ! Tu me dois une danse !

Plus moyen de se défiler. Gabriel répondit, de bonne grâce :

— Chose promise, chose due.

Ils embarquèrent à leur tour sur la piste de danse, à proximité de Martinez et Chloé, qui étaient partis pour danser toute la soirée.
Martinez ne manqua pas de lancer un regard aussi admiratif que peu discret à Joana tout en regardant Gabriel.
Toujours fidèle à lui-même, décidément !

— Gabriel ?

— Oui Joana ?

— Je ne veux pas me mêler de ce qui ne me regarde pas, mais ma boss, c'est une fille bien, tu sais.

— Tu n'as pas à m'en convaincre, Joana, ça je le sais déjà.

— C'est que... Des fois, je me demande si tu es complètement aveugle...

Gabriel sentait la piste de danse devenir glissante, tout à coup.

— Non, parce que tu vois, il faut être *full* aveugle pour ne pas voir qu'elle en pince pour toi, pas à peu près…

Et moi, je n'ai qu'à te regarder pour voir qu'elle ne te laisse pas indifférent non plus, hein…

— Un amour impossible, à six mille kilomètres de distance…

Joana s'arrêta soudain de danser et fixa Gabriel droit dans les yeux :

— Gabriel Rossetti ! On n'a qu'un seul tour de manège et si tu n'en profites pas, c'est moi qui te botterai personnellement les fesses !

Et elle ajouta, reprenant son air coquin :

— Et avec grand plaisir !

Gabriel la regarda, puis son regard se porta sur Amandine, en pleine discussion avec un groupe chamarré d'invités.

L'espace d'un instant, il oublia que l'objectif de la soirée était la libération de Sabine et, tout en embrassant Joana sur la joue, il lui susurra un « merci » à l'oreille et se dirigea vers Amandine :

— Madame MacLane. Vous dansez.

Ce n'était pas une question. Et quand bien même : Amandine était visiblement dans de bonnes dispositions.

Une chance que la soirée commençait à peine et qu'on n'en était encore qu'aux standards des crooners. Le DJ n'aurait pas pu mieux tomber, puisqu'ils furent accompagnés par « *The way you look tonight* ».

Gabriel regardait Amandine droit dans les yeux et ils ne dirent pas un mot. Ni l'un, ni l'autre.

Il savait déjà que, quoi qu'il arrive, ce moment resterait à jamais gravé en lui, et qu'il ne pourrait plus jamais entendre cette chanson sans penser à cet instant.

Tout en regardant fixement Amandine, il s'approcha d'elle et l'embrassa longuement.

50.

La scène n'avait pas échappé à Martinez qui, une fois n'est pas coutume, se contenta d'un sourire discret, tout en fermant les yeux en guise d'approbation.

Gabriel, même s'il ne lisait pas sur les lèvres, pouvait jurer que celles de son ami étaient en train de murmurer « Mazel Tov ».

Il réalisa à ce moment-là un peu plus la force de l'amitié qui le liait à son ami.

Il n'avait toujours pas échangé un mot avec Amandine, jusqu'à ce qu'elle brise le silence :

— Je déteste dire ça, mais il va bientôt être dix heures. Il faudrait qu'on aille voir Alain et Pascal, et qu'on appelle Patrick qui doit être à la banque.

— Tu as raison. Allons-y.

Ils s'éclipsèrent de la soirée, sous le regard complice de Martinez d'un côté de la salle et de Joana, de l'autre côté.

Amandine et Gabriel prirent l'ascenseur, sans échanger un mot.

Ils étaient encore sous le choc ou plus exactement sous le charme de ce baiser échangé ; ni l'un, ni l'autre ne savait exactement comment réagir.

Le bruit typique de l'ascenseur arrivant à destination mit fin à ce silence qui commençait à devenir pesant et ils pénétrèrent sans délai dans la chambre occupée par Alain et Pascal.

Alain était souriant :

— Bonne nouvelle ! La banque suisse est une filiale de la FSBA, on doit pouvoir facilement s'y retrouver.

— Formidable ! Et pour l'autre ?

— On travaille toujours dessus, il nous reste encore quelques minutes, tu sais ce que c'est, l'intolérable suspense précédant les deadlines...

— Oui, je sais, merci... !

C'était souvent en raison de la pression grandissante que des solutions miraculeuses étaient trouvées, juste avant des mises en ligne ou des échéances impossibles à repousser... Cette épiphanie pendant laquelle le génie informatique trouvait à s'exprimer pleinement.

Même si c'était loin de relever de la science exacte, Amandine avait confiance dans ce facteur chance.

Tant pis pour les écoutes : Gabriel attrapa son portable et composa le numéro de Patrick :

— Monsieur Sasso, tout est en place de votre côté ?

— Oui... J'ai préparé des virements multiples à destination des deux comptes désignés, en prenant des montants différents de chacun des comptes « mentionnés » par les ravisseurs.

C'était sa façon discrète de dire que l'argent était pris sur les comptes de clients ayant opéré des opérations d'évasion fiscale.

Même si Gabriel trouvait qu'il en disait un peu trop, pour le coup.

Inutile de réagir là-dessus, ce qui ne ferait qu'attirer encore plus l'attention.

— OK, donc à vingt-deux heures, vous procédez aux virements, et on se retrouve à l'hôtel immédiatement après.

Dès qu'on aura du nouveau sur le téléphone jetable, on se précipitera.

D'une voix peu assurée, Patrick confirma ce mode opératoire.

Gabriel devait à présent tenir sa promesse auprès de la juge d'instruction. Il ne fallait pas tarder, d'autant qu'elle avait dû intercepter la conversation entre Gabriel et son client, dont elle écoutait les téléphones.

Il l'appela sans délai sur son portable, pour lui indiquer que les virements étaient en cours, en omettant de mentionner leurs montants, bien entendu.

— Maître Rossetti, nous procédons aux recherches sur les comptes bancaires qui ont été désignés par le SMS.

En ce qui concerne l'expéditeur du SMS, c'est un téléphone jetable, bien sûr…

— Le prochain message devrait indiquer les modalités de la libération.

— Espérons-le, Maître Rossetti. Nous sommes prêts à intervenir avec l'équipe du lieutenant Lorenzi.

— Il faudra que vous restiez discrets, je vous en prie…

— On ne va pas arriver sirènes hurlantes, ne vous en faites pas.

Après ces mots, Anne Dupont raccrocha.

51

Patrick venait de terminer sa conversation téléphonique avec Gabriel.

Il était à son bureau depuis quelques heures et avait tourné et retourné dans tous les sens ce qu'il s'apprêtait à faire : commettre sciemment des détournements de fonds pour obtenir la libération de sa femme.

Cela ne changeait rien à l'illégalité des actions qu'il s'apprêtait à commettre.

Il avait préparé tous les virements, piochant dans une multitude de comptes pour arriver au montant exigé par les ravisseurs.

Ça pouvait sembler ironique, mais il gardait le souci d'être « équitable » dans les dépossessions qu'il opérait, histoire de ne mettre complètement sur la paille aucun client.

Il regarda l'heure sur son écran d'ordinateur : vingt et une heures cinquante-neuf.

Il ne restait plus qu'à confirmer les virements. Ce qu'il fit à l'heure exigée.

En confirmant l'envoi, il dit :

— À la grâce de Dieu…

Il quitta son bureau et se rendit, à pied, à l'hôtel d'Amandine, qui se trouvait à une dizaine de minutes de marche, cinq en pressant le pas.

En rentrant dans la chambre d'hôtel, la vision était surréaliste : deux programmeurs en jeans et tee-shirts, des boîtes de pizzas vides et, se tenant à leurs côtés, Amandine et Gabriel, splendides tous les deux en tenue de soirée.

Alain s'exclama :

— Merde ! Incapable de pénétrer le système aux Caïmans…

Amandine demanda :

— Et pour la banque suisse ?
Là, on est dessus. L'argent est sur le compte, et il ne bouge pas.

De toute façon, tant que Sabine ne serait pas saine et sauve, il était hors de question de faire quoi que ce soit.
Amandine demanda :

— Et pour le bénéficiaire du compte, tu as quelque chose ?

— On y travaille aussi, mais c'est moins simple que ça en a l'air.

Le téléphone jetable se mit à vibrer : un SMS.

« Héliport pointe du Palm Beach 23h30 »

Par mesure de précaution vis-à-vis de Patrick, Gabriel envoya discrètement un SMS sur le portable de la juge d'instruction, pour lui confirmer le lieu et l'heure de la libération de Sabine.

Amandine regarda sa montre : vingt-deux heures vingt.

— Ne perdons pas de temps, allons-y !
Patrick, on prend un taxi toi et moi. Gab', prends ta moto, tu arriveras plus vite sur les lieux.
Les gars, dès que vous avez du nouveau, envoyez-moi un SMS.

Pas le temps de se changer, ils se mirent en route immédiatement.

52.

Gabriel arriva bien entendu le premier sur les lieux.

Il y avait beaucoup de passage à cette heure-ci et le parking de l'héliport, jouxtant celui du Casino du Palm Beach était bondé.

Il examina les voies d'accès, qui étaient multiples : la route d'abord. Il y avait au moins trois voies d'accès qui passaient par là : la Croisette, le boulevard Gazagnaire et l'avenue de Lérins.
Sauf qu'à cette heure-ci, le trafic était quand même important pour envisager une fuite rapide des ravisseurs en voiture.

Il y avait aussi l'héliport, même s'il doutait que la libération intervienne par hélicoptère.

Il restait la mer : les plages étaient à deux pas et dans cette hypothèse les ravisseurs pourraient libérer Sabine et repartir immédiatement, sans laisser de traces.

Une voiture vint se stationner à distance, sur le boulevard Gazagnaire.
C'était Anne Dupont accompagnée de Lorenzi.
Gabriel se signala par un hochement de tête.
Une autre voiture se stationna sur une entrée de garage, avenue de Lérins. Personne n'en sortit. Ça devait être le reste de l'équipe de Lorenzi.

Finalement, Amandine et Patrick se firent déposer en taxi.
Il restait quelques minutes à attendre avant l'heure fatidique et la tension montait.

Vingt-trois heures trente. Rien.
Vingt-trois heures quarante-cinq. Rien.

Patrick commençait à se décomposer et n'arrêtait pas de dire : « elle est morte, ils l'ont tuée, c'est sûr ».

Gabriel ne trouvait malheureusement rien à dire et Amandine soutenait Patrick comme elle pouvait, le tenant par l'épaule et cherchant à le rassurer, tant bien que mal.

Minuit.
Un bruit de hors-bord à proximité.
Gabriel se précipita sur le sable et scruta la portion de mer illuminée par l'éclairage de la plage et du stationnement.

Au bout de quelques instants, il entendit des rires en provenance du canot gonflable semi-rigide qui se rapprochait : c'était des jeunes fêtards qui passaient par là…

À minuit et demi, toujours aucune trace de Sabine.

Alors que Patrick et Amandine guettaient la mer, Gabriel s'approcha discrètement de la voiture dans laquelle la juge d'instruction était installée :

— Je crois qu'on s'est fait rouler.

— Je ne vous le fais pas dire, Maître.
Malheureusement, j'ai bien peur que Madame Sasso ne soit morte à l'heure qu'il est.
Tout ce qu'il nous reste, ce sont les numéros de compte.
Si vous avez d'autres informations que vous auriez omis de me donner… Ça va être le moment.

— Ne vous en faites pas pour ça, Madame le juge. Malheureusement, on n'a pas grand-chose. Rien de concret, juste de vagues suppositions.
Viktor Ouvatchenko. Un client de l'agence de Sabine Sasso.
Nathalie Demers. En relation avec ce client également, c'est l'assistante de Sabine Sasso.

Je ne sais pas à quel point cet Ouvatchenko trempe dans des affaires, louches ou pas. Il n'est pas sur la Côte en ce moment.

Et Ouvatchenko est également un client de Patrick Sasso, mais comme je vous dis, rien de solide.

— On peut la trouver où, cette Nathalie Demers ?

— À la soirée organisée sur la plage du JB-M.

— Tenez-moi au courant si vous « trouvez » d'autres choses.

— Entendu, Madame le juge.

La voiture se mit en route tranquillement, rapidement suivie par le deuxième véhicule, stationné dans la rue parallèle. Elles prirent la direction de l'hôtel.

Patrick n'avait rien vu de la scène, son regard obstinément tourné vers l'héliport et la mer. En vain.

Il était à présent presque deux heures du matin et toujours rien. Gabriel n'eut d'autre choix que de dire :

— Ils ne viendront plus.

Patrick s'effondra un peu plus encore.

Amandine tenait toujours son ami par l'épaule et ne trouvait malheureusement rien de rassurant à lui dire.

Elle regarda son portable et dit :

— Alain et Pascal n'ont pas envoyé d'information, l'argent n'a pas dû bouger. Et ils n'ont sans doute rien trouvé encore.

On devrait retourner les voir, ça ne sert plus à rien de rester ici.

— Allez-y vous, moi je vais rester ici et attendre encore.

— Patrick... Ça ne sert à rien, tu sais. Et je ne te laisserai pas tout seul.

— Merci Amandine, mais je veux encore y croire. On ne sait jamais… Hein ?

— Patrick…

Patrick commençait à s'énerver après son amie :

— Écoute ! J'ai besoin d'être seul ! Non seulement ma femme est certainement morte, mais en plus, je viens de ruiner ma carrière professionnelle…
Alors, je comprends que tu puisses avoir peur que je fasse une connerie, mais je te rassure. Et tu le sais. Ce n'est pas mon genre. J'ai juste besoin… d'être seul, en tête à tête avec moi-même.
Amandine, tu as été formidable, tu m'as soutenu, mais à cet instant précis, je voudrais être seul.
S'il te plaît.

Amandine regarda Gabriel qui lui fit un signe de tête négatif, lui indiquant de ne pas insister.
La mort dans l'âme, elle se rangea à son avis et, remontant sa robe de soirée pour s'installer sur la moto de Gabriel, elle dit à Patrick :

— Appelle-moi, n'importe quand. Ne me laisse pas sans nouvelles.

Elle serrait Gabriel plus fort que d'habitude. C'était sa façon à elle de se réconforter, car, même si elle n'était qu'indirectement concernée, elle était très affectée et devait se sentir coupable de laisser son ami seul, même si c'était ce qu'il voulait.
Gabriel posa sa main gauche sur son genou. C'était sa façon à lui de lui dire : « je sais, je sais. »

53.

Alain et Pascal avaient réussi à pénétrer sur le site de la filiale de la FSBA et avaient enfin identifié le titulaire du compte.

C'était Viktor Ouvatchenko.

Pour l'autre compte aux Caïmans : rien de rien. Impossible d'en savoir plus pour le moment.

Amandine n'était qu'à moitié surprise.
Elle dit :

— Je pense que ça fait un élément intéressant pour la juge d'instruction…

Gabriel opina.

Pascal s'exclama :

— Attendez, ça bouge !

— Il y a dix millions qui sont virés sur un autre compte, dans la même banque…

— Tu peux nous dire à qui il appartient ?

— Attends, ça ne devrait pas être long…

Au bout de quelques instants, il dit :

— Ça y est ! Je l'ai ! Un certain… N. Demers.

Gabriel s'exclama :

— Bon Dieu ! On avait vu juste ! Les deux étaient dans le coup ! Je préviens la juge d'instruction.

Il l'appela et lui demanda si elle avait intercepté Nathalie Demers :

— Absolument Maître, elle vient d'arriver au commissariat.

— Dans ce cas, demandez-lui donc des informations sur les dix millions qu'elle vient de recevoir de Viktor Ouvatchenko.

— Comment vous avez su tout ça si vite ? Et dix millions, c'est quoi, ça, ça n'était pas une rançon de deux millions d'euros ?

— C'est une longue histoire, et je vous promets de vous la raconter dans ses moindres détails, mais pour l'instant… Disons que l'inflation a été galopante ces dernières heures…

— J'attends de pied ferme vos explications.
Vous avez des preuves de ce que vous avancez ?

Le temps n'était plus aux cachotteries :

— Je vous fais parvenir les informations bancaires collectées.
Madame le juge. Encore quelques précisions : Nathalie Demers avait connaissance de détails très intimes de la vie de sa patronne et de son mari, notamment au sujet de la fugue de la sœur de Patrick Sasso, il y a des années.
Elle s'est aussi rendue à plusieurs reprises chez Ouvatchenko ces derniers mois.
Si ça peut vous aider…
Il y a peut-être encore une chance de retrouver Sabine Sasso vivante…

— Je n'y compterais pas trop, malheureusement.
Je vous tiendrai informé, Maître.

Il ne restait plus qu'à espérer que Nathalie parle. Rapidement.

54

Gabriel et Amandine avaient besoin de parler. Ils s'isolèrent dans la chambre d'Amandine.

— Elle est sûrement morte, tu sais.

Amandine restait interdite, son regard fixant la vue magnifique sur l'Estérel, qu'elle était bien incapable d'apprécier à ce moment précis.
Elle se débarrassa d'un geste de ses escarpins, qu'elle jeta négligemment à terre et dit :

— On a fait tout ça pour rien, Gabriel.

— On a essayé, mais il est très probable que, depuis le départ, elle ait été assassinée et que, jamais, les ravisseurs n'aient eu l'intention de la libérer.

— Tout de même, Gabriel, tu l'as vue comme moi, Nathalie. Je ne la vois pas en meurtrière…

— Et Ouvatchenko ?

— Un homme d'affaires milliardaire. Qui n'est pas sur le territoire depuis un bout de temps.
Pourquoi il ferait ça ?
Pour permettre à Nathalie d'obtenir une promotion ?
Pour cinquante millions ?

— Ça fait cinquante millions de bonnes raisons…

— Je n'arrive pas à comprendre. Et puis, il reste des zones d'ombre :

D'abord, on ne sait toujours pas ce que signifiaient ces fameuses absences « off » de Sabine.

Ensuite, elle n'avait pas l'air prompte à la confidence dans son boulot, alors parler de la disparition de Sandrine à son assistante, j'ai du mal avec ça.

Enfin, Ouvatchenko, c'est un client de Patrick, mais comment est-ce qu'il aurait eu connaissance du fait que Patrick gérait pour des clients de l'argent non déclaré ?

— Les absences « off », comme on l'a dit, c'est peut-être simplement des moments que Sabine s'accordait.

La fugue de la sœur de Patrick, ça lui a peut-être échappé, à Sabine.

Et pour Ouvatchenko, peut-être que Sabine a été bavarde au sujet des activités de son mari. Et puis, banque franco-suisse, tu sais, avec tout ce qui se passe en ce moment, même si c'est de la divination pure, les chances de tomber juste sont quand même grandes…

— Hmmm. Mais quand même, quelque chose me chiffonne. Je ne sais pas quoi…

Elle ouvrit le frigo et leur servit un verre de vodka.
Gabriel attrapa le verre :

— Tout nous ramène aux Russes…

— C'est ça ! Comment tu expliques que derrière ces comptes à numéros, on ait trouvé si facilement les noms de leurs propriétaires ? Regarde, ça nous tombe tout cuit dans le bec… Ouvatchenko et Nathalie Demers…

— Tes gars sont des pros, tout simplement…
Ni Nathalie Demers, ni Ouvatchenko ne pouvaient savoir que tu interviendrais et que tu mettrais sur le coup des pirates repentis…

Amandine devint blême subitement.

— Non. Il n'y a qu'une personne qui pouvait le savoir : Patrick...

Quelqu'un qui peut ouvrir tous les comptes qu'il veut pour ses clients, réels ou supposés...

Elle laissa tomber son verre et dit à Gabriel :

— Il faut qu'on le retrouve !

55

Après qu'elle eut terminé sa conversation avec Gabriel, Anne Dupont interpella Lorenzi :

— Lieutenant Lorenzi, sur base des derniers éléments de l'enquête, j'ordonne une perquisition au domicile de Viktor Ouvatchenko.

Envoyez qui vous voulez, mais ne lésinez pas. Si Sabine Sasso est encore vivante, il est possible qu'elle soit détenue là-bas, même si ça me paraitrait incroyable.

Lorenzi s'exécuta immédiatement et envoya cinq agents sur place.

Il fallait également interroger Nathalie Demers.

Elle avait été arrêtée discrètement alors qu'elle s'affairait au bon déroulement de la soirée.

Particulièrement surprise, elle n'opposa évidemment aucune résistance, même si le lieutenant Lorenzi ne lui dit rien jusqu'au commissariat.

Elle le connaissait pour avoir été interrogée rapidement par ce dernier au moment de la disparition de Sabine, mais depuis, plus rien.

La scène était surréaliste : elle était dans la salle d'interrogatoire, dans sa robe de soirée rouge flamboyant : curieux mélange de genre.

Elle regardait à travers la partie vitrée de la porte et voyait plusieurs policiers en civil s'affairer nerveusement, ainsi qu'une femme, qui ne ressemblait pas à une policière mais semblait pourtant donner les ordres.

Le suspense s'arrêta au bout d'une grosse demi-heure, peu après que le commissariat se soit subitement vidé.

Anne Dupont entra, accompagnée de Lorenzi et d'une autre femme.

— Madame Demers, Anne Dupont, juge d'instruction.

C'est assez inhabituel pour moi de procéder à des auditions dans les locaux de la Police, mais l'urgence de la situation le justifie.

Je vais aller droit au but, et je n'en attends pas moins de vous :

— Où est Sabine Sasso ?

Nathalie avait eu l'occasion de réfléchir aux motifs de sa venue au commissariat. Elle se doutait que ça ne concernait sûrement pas ses contraventions de stationnement pour sa Vespa…

—Je ne sais pas, Madame.

Ça fait plus de trois semaines qu'elle a disparu, et j'ai dit tout ce que je savais au lieutenant Lorenzi, ici présent.

— Ça inclut ses fameuses absences « off », mais seulement sur les trois derniers mois, n'est-ce pas ?

Nathalie demeura silencieuse et commençait à devenir nerveuse. Elle essayait de croiser ses jambes, mais sa robe de soirée l'empêchait de le faire facilement.

— Et Viktor Ouvatchenko, ça vous dit quelque chose ?

— C'est un client de l'agence, je l'ai vu quelques fois dans le cadre des soirées que nous organisons pour lui.

— Des soirées à dix millions d'euros ?

Nathalie était franchement surprise :

— Dix millions d'euros ? C'est quoi ce montant ? Ça ne dépasse jamais les cent mille euros les soirées.

La juge d'instruction la fixait, imperturbable.

— Dix millions d'euros, versés sur votre compte en Suisse, pas plus tard que ce soir.

— Pardon ?
Je n'ai aucun compte en Suisse, j'aimerais bien, croyez-moi, mais ce n'est pas avec mon salaire que je peux gagner tout cet argent…

Le magistrat exhiba une copie de l'email qu'elle avait reçu de Gabriel, identifiant clairement Nathalie Demers comme titulaire d'un compte bancaire en Suisse, dans une banque dont le nom lui était totalement inconnu. Avec un solde créditeur de dix millions d'euros.
Elle en resta pantoise.

— Bon, puisque vous semblez avoir la mémoire sélective, je vais vous raconter une histoire :
C'est l'histoire d'une jeune femme qui profite des relations professionnelles de sa patronne pour manigancer l'enlèvement de cette dernière, toucher une substantielle rançon à l'étranger et prendre sa place…
Sans se salir les mains, en faisant faire le sale boulot par d'autres.
Enlèvement suivi d'assassinat… C'est bien simple : c'est la perpétuité garantie…

Nathalie commença à paniquer.

— Je déduis de votre silence que nous avons là une bonne histoire, extrêmement crédible.
Vous avez un, pardon, deux mobiles : le pouvoir et l'argent.
Vous avez eu l'opportunité.

Si on ne met pas la main sur votre complice, les jurés seront d'autant moins tendres avec vous…

Ça, ça veut dire une belle période de sûreté incompressible à la clé…

La panique céda le pas aux larmes chez Nathalie, qui se mit à pleurer abondamment :

— Ça ne devait pas se passer comme ça. On s'est servi de moi… Le salaud…

— Je vous écoute, Madame Demers.

Elle était totalement piégée. Pas tant par ses relations avec Ouvatchenko qu'avec cette histoire de compte en Suisse. Il l'avait piégée.
Ce virement bancaire en était la preuve.

— Ouvatchenko n'est pour rien dans la disparition de Sabine.
C'est son mari qui en est responsable.

La juge d'instruction et le lieutenant Lorenzi se regardèrent, encore incrédules devant ce coup de théâtre.

Nathalie Demers avait décidé de se mettre à table :

— Tout a commencé quand, un jour où Sabine était absente, avec un « off » marqué sur l'agenda, j'ai appelé chez eux et suis tombée sur son mari. Je pensais qu'ils étaient ensemble, mais non, elle lui avait dit qu'elle était au travail, rien de particulier.
J'ai rapidement mis fin à la conversation, sentant que j'avais fait une bourde, que je regrettais amèrement, mais je n'ai pas osé en parler à Sabine, elle m'aurait virée…
Puis, Patrick m'a rappelé, il voulait me parler. Moi, j'avais peur qu'il parle à sa femme de mon erreur, alors j'ai accepté de le rencontrer.
Il m'a confié qu'il la soupçonnait de le tromper et envisageait de divorcer car pour lui c'était une trahison intolérable. Mais il avait

besoin de preuves et si je lui en fournissais, il ne dirait rien à sa femme sur moi. Il savait très bien qu'elle m'aurait virée et il en a profité.

À force de se voir, une connivence est née entre nous, puis une attirance. Il me disait que je lui rappelais sa femme, mais en mieux...

Il m'a aussi fait miroiter qu'un divorce contentieux tel qu'il l'envisageait, ça mettrait Sabine hors circuit et que ça pourrait me profiter professionnellement...

J'y ai vu une opportunité de monter en grade, en écartant Sabine du tableau : un divorce saignant aurait forcément eu des répercussions sur son boulot, elle n'aurait plus été au top et j'en aurais profité pour prendre sa place.

On est devenus amants, il y avait de l'attirance entre nous et chacun y avait un intérêt... Et puis un jour, il est venu me voir en me disant qu'ils avaient eu une scène, que Sabine ne divorcerait jamais, ce qui m'a étonné la connaissant, mais elle avait des côtés réacs parfois...

Il m'a convaincu que la seule solution, c'était de « la mettre hors circuit », c'étaient ses termes.

Au début, je ne voulais pas, mais à force, il m'a convaincue, en me disant que, même s'il lançait un divorce, ça ne l'affecterait pas assez d'un point de vue professionnel et surtout que, si elle apprenait pour nous, elle me virerait immédiatement et s'arrangerait pour que je ne trouve plus d'emploi nulle part... Avec son carnet d'adresses, c'était plus que sûr...

Il ne m'a pas parlé de son plan, il m'a juste dit qu'il avait un moyen de mettre Sabine hors circuit.

Il m'a dit que je ne serais pas impliquée, qu'il s'occupait de tout. J'ai été prise dans un engrenage. Si j'avais parlé de ça à Sabine...

Il m'a demandé de me transformer graduellement pour ressembler à Sabine, ce qui n'a pas manqué de susciter des remarques acerbes de celle-ci, d'ailleurs... J'y ai été progressivement : d'abord la coupe de cheveux, puis la couleur, puis quelques pièces de vêtements. Et je la côtoyais suffisamment pour savoir comment elle parlait, se comportait...

Ce que je ne savais pas, c'était pourquoi il voulait faire ça.

Je l'ai compris quand il m'a appelée juste avant la disparition de Sabine : il m'a dit de me rendre, le dimanche vingt-neuf avril après-midi, aux îles de Lérins, en bateau. Sur l'île Saint-Honorat.

Je devais venir sans affaires, par le bateau qui fait la navette depuis l'embarcadère proche du Palais des Festivals. Juste en maillot de bain et en chaussures qui pourraient aller dans l'eau afin de rejoindre son voilier au mouillage, à quelques centaines de mètres de la rive.

Lorsque je suis arrivée sur le bateau, il était seul, aucune trace de Sabine.

Il m'a juste dit : « Sabine ne sera plus un problème ».

Je lui ai posé des questions sur ce qu'il avait fait de Sabine et il m'a regardé avec un regard glacial en me disant qu'elle avait eu ce qu'elle méritait et que moins j'en saurais, mieux ce serait.

J'ai commencé à avoir très peur et il m'a dit que si je parlais de ça à qui que ce soit, je ne « serais plus un problème non plus »…

Nous avons passé la fin de la journée sur le bateau et sommes rentrés au port à la nuit tombante.

C'était… horrible, ce tête à tête en mer avec lui. Je me demandais ce qu'il avait fait, tout en n'osant pas le demander.

J'ai mis les vêtements de Sabine, dont un grand chapeau en paille, ses lunettes et nous sommes rentrés à leur appartement tard dans la soirée.

On n'a croisé personne et j'ai passé la nuit là.

Le lundi matin, j'ai pris la voiture de Sabine. Je devais la remettre à quelqu'un près de l'autoroute, à deux pas de chez moi.

C'était un jeune, d'origine nord-africaine, qui m'a fait un signe et je suis descendue de la voiture. Il est monté dedans et a pris l'autoroute.

Je suis retournée chez moi, me suis changée, j'ai mis les vêtements de Sabine à la poubelle et j'ai pris mon scooter pour venir travailler.

Voilà comment ça s'est passé.

Je n'ai plus eu de contacts avec Patrick depuis, il me disait que pour ne pas être suspecte, je devais dire que je ne le connaissais que très peu, et que lui, il ne pouvait pas non plus me voir, qu'il fallait attendre que les choses se tassent. Et qu'en attendant, je devais en profiter pour prendre la place de Sabine à l'agence.

Alors, j'ai fait la seule chose que je pouvais faire : j'ai profité de la situation pour prendre la place de Sabine, ce qui s'est fait assez facilement à l'agence.

J'ai pensé à le dénoncer, mais il avait fait de moi sa complice, je ne pouvais rien dire, j'étais piégée.

Anne Dupont regarda Lorenzi :

— Trouvez-moi Patrick Sasso, immédiatement.

Il ne restait plus grand monde, ils étaient tous partis au Cap d'Antibes pour perquisitionner chez Ouvatchenko. Les rappeler immédiatement aurait été inutile, même si l'histoire de Nathalie Demers était suffisamment machiavélique pour être crue sur parole.

Seules demeuraient dans la salle d'interrogatoire Nathalie, la juge Dupont et l'autre femme, sa greffière.

— Madame le juge, je vous jure que ça ne devait pas aller plus loin qu'un divorce au début. Je n'ai jamais été au courant qu'il projetait de la tuer…

— Je vous suggère de vous trouver un bon avocat pour tenter de convaincre les jurés que pour vous, « mise hors circuit » signifie autre chose que l'assassinat de Sabine Sasso.

Dommage que votre compte en Suisse soit bientôt gelé…

— Je n'étais absolument pas au courant de ce compte, Madame le juge. Ça ne peut être que Patrick…

— Nous verrons, dès que nous aurons mis la main sur lui.

Dans l'intervalle, je vous notifie officiellement votre mise en examen pour enlèvement, pour le moment.

Attendez-vous à ce qu'on y rajoute l'assassinat de Sabine Sasso, ou, à tout le moins, si vous avez de la chance, une simple complicité d'assassinat.

56

Gabriel et Amandine arrivèrent rapidement à la pointe du Palm Beach, là où ils avaient laissé Patrick.

Il n'y avait évidemment plus aucune trace de Patrick.
Amandine demanda :

— Qu'est-ce qu'on fait ? Il ne sera sûrement pas à son appartement…

— Le bateau !

Ils étaient tout près du port où le voilier de Patrick était au mouillage. Ils se précipitèrent sur le quai, à l'emplacement du bateau : vide.

— Il a mis les voiles. Et avec l'instrumentation dont il est équipé, il est capable de faire le tour du monde…
Je préviens la juge d'instruction.

Nathalie Demers avait dû parler, la juge d'instruction ne semblait pas surprise le moins du monde par l'énoncé.
Elle parut cependant plus intéressée par le fait que le bateau de Patrick ait mis les voiles.

Gabriel raccrocha et regarda Amandine, qui hésitait entre dégoût et colère : non seulement Patrick était manifestement derrière la disparition de sa femme, mais en plus, il s'était servi d'elle.
Il la prit dans ses bras et la serra longuement.
Cela fit l'effet d'un catalyseur sur Amandine qui se mit à pleurer, alors que le jour s'apprêtait à se lever et qu'une magnifique journée s'annonçait.

Elle finit par dire, tout en sanglotant :

— Il s'est moqué de moi depuis le début, tu t'en rends compte ?
Moi qui pensais le connaître… On a grandi ensemble…
Et il a fait de nous ses complices.

— Il s'est bien servi de nous, c'est incontestable.
Mais il avait très bien monté son affaire. On ne pouvait pas
prévoir ; il a égrené des fausses pistes dans lesquelles on s'est
engouffré.
Je me sens tout aussi stupide que toi, dans cette affaire.
Il va falloir qu'on vive avec ça. Mais je ferai en sorte que tu ne
sois pas inquiétée.

Amandine ne pouvait s'empêcher de répéter :

— Il s'est moqué de moi, il s'est moqué de moi.

Il n'y avait malheureusement plus rien à dire. Il fallait digérer la
trahison.

57

Les gardes-côtes mirent quelques heures à localiser le voilier de Patrick, alors qu'il s'apprêtait à sortir des eaux territoriales françaises. Profitant d'une brise favorable, il avait pris de l'avance et voguait vers les eaux internationales.

Un hélicoptère embarquant une équipe d'intervention de la Gendarmerie nationale procéda à l'abordage, par voie aérienne de l'embarcation.

Patrick n'opposa aucune résistance. Il n'était pas armé.

Il fut déféré au magistrat instructeur immédiatement après avoir été débarqué, ironie du sort, sur l'héliport où quelques heures avant, il attendait la libération de sa femme.

— Monsieur Patrick Sasso, je vous mets en examen du chef d'enlèvement et d'assassinat sur la personne de votre épouse, Sabine Sasso.

Patrick resta impassible à l'énoncé de cette phrase.

Il avait pourtant tout prévu. Sauté sur l'occasion que Nathalie lui avait offerte lorsqu'elle avait commis l'imprudence de lui téléphoner durant une absence de sa femme.

Sa jalousie maladive avait fait le reste, couramment alimentée par ces absences répétées de sa femme, justifiées dans son agenda professionnel, par la simple mention « off », dont Nathalie l'informait régulièrement.

Il en était convaincu. Elle le trompait. Elle était mariée parce que « ça faisait bien » d'être marié à un banquier, dont elle pillait d'ailleurs allègrement la liste de clients pour vendre ses services… Et sûrement plus encore…

Il la détestait.

Un peu plus chaque jour. Particulièrement ceux où il apprenait ces fameuses absences « off »…

Alors il s'était servi de Nathalie.

D'abord pour avoir des informations sur Sabine.

Ensuite, pour se venger, en la trompant avec elle. Cette idée ne lui était pas venue immédiatement, aveuglé qu'il était par sa jalousie.

Mais la perspective que sa femme côtoie tous les jours la maîtresse de son mari l'excitait profondément.

Il y prenait goût. Et elle était tellement facile à manipuler, assoiffée de pouvoir et de promotion professionnelle.

Ça, il connaissait : il avait eu l'exemple de sa femme sous les yeux pour en constater les ravages.

Il avait su jouer de la personnalité complexe de Nathalie, tantôt arriviste et carriériste, tantôt craintive vis-à-vis de Sabine comme une enfant le serait d'un parent trop autoritaire.

Et puis, il y avait eu cette scène. Au cours de laquelle, pour on ne sait quelle raison, elle lui a dit que jamais elle ne divorcerait… Ça existe encore, aujourd'hui, des femmes comme ça ?

Encore une fois, elle refusait de divorcer pour continuer à profiter de lui.

C'était intolérable.

Il fallait que ça cesse.

Alors il échafauda ce plan, qu'il trouvait parfait et qui lui était venu en observant la ressemblance entre sa maîtresse et sa femme : moyennant quelques efforts, elle serait sa copie conforme.

Il allait remplacer sa femme par sa maîtresse.

Mais ça ne pourrait pas durer.

En revanche, elle pourrait disparaître sans laisser de traces.

Et pour ça, la ressemblance de Nathalie allait lui servir.

À l'aune d'une réconciliation entre Patrick et Sabine, il lui avait proposé une ballade en bateau, « comme au bon vieux temps ».

Sauf que cette fois-ci, il allait substituer la maîtresse à la femme.

Alors que Sabine dormait au soleil, à l'avant du bateau, il l'avait étranglée.

Elle s'était débattue, mais pas longtemps. Il l'avait surprise en plein sommeil et ce fut rapide, bien plus rapide qu'il n'aurait pensé.

Toute la rage accumulée l'avait galvanisé au moment de passer à l'action.

Il n'eut même pas à se servir du couteau de plongée qu'il avait prévu en cas de problèmes.

Ça lui avait évité de devoir salir son pont en teck. Une chance.

Il avait ensuite lesté le corps de sa femme et l'avait jeté à la mer.

Le mouillage au large de l'île Saint Honorat lui assurait la discrétion, la profondeur augmentant à cet endroit de façon aussi brutale que vertigineuse.

Il s'était ensuite rapproché autant qu'il le pouvait du littoral de l'île avec son voilier pour récupérer la « doublure » de Sabine.

Nathalie avait joué à merveille le rôle de Sabine le temps de sa « disparition ».

Escamoter la voiture fut un jeu d'enfants : il s'était rendu dans une cité notoirement connue pour être une plaque tournante du trafic de voitures et avait offert, moyennant une somme dérisoire, la BMW de sa femme, modèle recherché s'il en était…

Il avait indiqué où et quand prendre livraison de la voiture. Nathalie s'était occupée de livrer le véhicule, ce qui limitait le risque qu'on remonte à lui.

À ce stade, Nathalie ne pouvait plus reculer : elle était complice.

Le meilleur restait à venir : jouer le mari éploré.

Son aptitude au rôle était proportionnelle à la haine qu'il avait cultivée pour son épouse au fil du temps : ça avait été facile.

Voyant que la piste des absences « off », qu'il avait propagée par l'intermédiaire de Nathalie ne donnait rien, il avait ensuite imaginé créer de toutes pièces un enlèvement.

Ça lui permettrait même, au passage, de détourner de l'argent de ses clients à son profit…

Comment n'y avait-il pas pensé immédiatement ?

Et ça ne serait pas une grosse perte : la banque épongerait en silence les pertes… Quant à lui, il serait loin, avec une bonne partie de l'argent.

Dans le pire des cas, il dirait qu'il avait été contraint à ces extrémités pour obtenir la libération de sa femme.

Libération qui ne viendrait évidemment jamais…

Pour se prémunir, il allait même offrir des coupables à la Justice : Ouvatchenko qui, à l'annonce de poursuites contre lui, disparaîtrait. Et Nathalie.

Ouvrir des comptes à leurs noms fut facile, avec son degré d'habilitation dans la banque et ses filiales.

Il avait masqué les traces pour l'identification rapide des titulaires de ces comptes, juste ce qu'il fallait.

En ce qui concernait le compte des îles Caïman, celui-là était aussi ouvert au nom d'Ouvatchenko, dans une banque avec laquelle celui-ci ne faisait pas affaire. Et c'était Patrick qui l'avait ouvert, bien sûr.

Patrick comptait bien garder ce compte-là pour son usage personnel…

Amandine avait joué son rôle à la perfection : la bonne amie… Celle qui n'appelait jamais, oui !

Cela dit, Patrick savait qu'Amandine était celle qui serait capable de mettre la police sur la piste d'Ouvatchenko et de Nathalie.

Et ça avait très bien marché : Amandine et ses informaticiens avaient agi exactement comme il l'avait prévu.

Un début de fausse piste inespéré s'était même présenté à lui quand il apparut que Sabine avait parlé à Nathalie de la fugue de sa sœur, qui avait, à son tour, mentionné cet élément à Amandine !

De quoi accréditer la thèse d'une disparition volontaire de Sabine. Tel le petit Poucet, il avait semé des fausses pistes.

Amandine et son avocat avaient par la suite foncé tête baissée dans la thèse de l'enlèvement, la demande de rançon. Ils s'étaient précipités sur les fausses pistes qu'il leur avait balancées, avec la complicité tantôt volontaire, tantôt involontaire de Nathalie.

Quant aux comptes bancaires, ils avaient trouvé ce qu'ils devaient trouver : l'identité d'Ouvatchenko et celle de Nathalie.

Nathalie.

Sa seule erreur. Lorsqu'il mit sur pied la piste de l'enlèvement, il avait, dans un premier temps pensé que dix millions assureraient son silence.

Mais il n'avait pas eu le temps de l'avertir de façon sécurisée, puisqu'Amandine s'était mise à tourner autour d'elle avec cette stupide histoire de soirée…

Il aurait dû s'en tenir à son plan initial concernant Nathalie…

Patrick regarda fixement la juge d'instruction dans les yeux, après avoir récapitulé tous ces éléments :

— Ma seule erreur, Madame le juge, c'est de ne pas m'être également débarrassé de Nathalie Demers.

Enfin, de ne pas avoir eu l'occasion de le faire plus rapidement que ce que j'avais initialement prévu.

— Non, Monsieur Sasso. Ça, c'est votre deuxième erreur.

La première a été de suspecter votre femme d'adultère alors qu'elle se rendait, durant ses fameuses absences « off », chez son psychiatre.

En entendant ces mots, la belle assurance cynique de Patrick Sasso s'évanouit, et il fondit en larmes.

Gabriel avait obtenu de la juge d'instruction toutes les informations sur le dossier de son ex-client.

Même s'il n'avait fait aucune confidence à son avocat, Patrick Sasso était convaincu que ses agissements seraient couverts par le secret professionnel.

Mais Gabriel n'eut même pas à se prononcer sur ce qui n'aurait pas été un dilemme pour lui.

Patrick Sasso avait tout du psychopathe endurci : non seulement il admettait ses actes, mais il avait été jusqu'à les revendiquer, facilitant d'autant le travail de la juge d'instruction, qui boucla son instruction en un temps record.

Une semaine après le dénouement de l'enquête, Amandine invita Gabriel chez elle, pour ce qui devenait une habitude : un dîner concocté par ses soins.

Ils n'avaient pas eu l'occasion de se revoir, Gabriel ayant été accaparé par la clôture de l'instruction, dans laquelle il n'intervenait évidemment plus comme avocat de Patrick Sasso, mais en son nom, ainsi que pour le compte d'Amandine.

Anne Dupont ne lui tint pas rigueur de son comportement et ils furent rapidement mis hors de cause.

Lorsqu'il arriva, Amandine lui sauta littéralement au cou et lui susurra à l'oreille :

— J'ai une surprise pour toi, mon beau Gab'…

Elle l'emmena au sous-sol et ouvrit son garage :

— J'ai décidé de t'offrir une moto de l'année, la tienne commençait à prendre de l'âge…

Elle avait poussé le détail jusqu'à entourer la BMW noire flambant neuve d'un énorme ruban rouge.

Avant même que Gabriel ne pût réagir, elle dit :

—J'ai envie de Toscane, tout à coup…

FIN

UNE AFFAIRE DE FAMILLE

3

1.

— Tu as eu une bonne idée de nous faire venir jusqu'à Pitigliano, tu sais ?

Amandine se régalait de ses tortellis farcis à la ricotta, aux orties et à la truffe fraîche, un sourire frôlant la béatitude à chaque bouchée.

— Tu voulais de la Toscane, tu en as ! Florence, Pise, Sienne, c'est superbe, mais c'est archiconnu, alors qu'ici, nous sommes en plein berceau étrusque et, cerise sur le gâteau, les vins locaux sont irrésistibles…

Amandine ne put s'empêcher d'ajouter :

— Même s'ils ne sont pas rosés !

Gabriel lui sourit en la regardant se délecter de ses pâtes.

Il avait eu la main heureuse, car, même s'il avait déjà visité la Toscane, ses connaissances demeuraient relativement superficielles sur le sujet.

Pitigliano avait été un bon choix, définitivement.

La riche histoire de ce village médiéval, dont l'enceinte extérieure est littéralement encastrée dans une falaise de tuf, l'avait immédiatement attiré. Et les images qu'il avait pu en voir lui avaient donné l'envie d'en savoir plus.

Il y avait tant à visiter dans un si petit espace : les caves en tuf volcanique qui servaient à conserver le vin produit à proximité, le château des Orsini et ses musées, ainsi que les vestiges de la « petite Jérusalem », nom donné au ghetto juif dont les origines remontent au XVIe siècle, lorsque les Orsini, puis les Médicis protégèrent la communauté juive. Héritage qui se perpétue jusqu'à aujourd'hui dans les saveurs culinaires, formant un savant mélange entre cuisine juive et toscane, toujours affectueusement baptisée par les locaux « cuisine des goys ».

La renaissance dans ce qu'elle a produit de meilleur.

Il reprit :

— C'est surtout toi qui as eu cette bonne idée de nous faire venir jusqu'ici, ce que je ne pouvais évidemment pas te refuser…

Cette fois-ci, c'était Amandine qui lui souriait tout en ne le quittant pas des yeux.

Ils se connaissaient depuis plus d'une année maintenant et, après s'être tournés autour à de nombreuses occasions, ils étaient finalement tombés sous le charme l'un de l'autre.

Cette situation avait ceci de confortable qu'ils se connaissaient déjà et partageaient une complicité évidente. Mais, dans le même temps, la tournure intime qu'avait récemment prise leur relation était un terrain dans lequel ils s'aventuraient à tâtons, se découvrant tout en se connaissant déjà.

Et ça donnait ça : de longs silences qu'accompagnaient des sourires presque niais et le bonheur partagé d'être ensemble, tout simplement.

Ils étaient dans le présent et en profitaient : ni l'un, ni l'autre n'avait la moindre velléité à se questionner sur leur avenir, leurs vies, si différentes et éloignées. Ils en profitaient, tout comme ils savouraient leur délicieux repas concocté par la Mamma qui faisait office de chef dans cette auberge située en plein centre du village.

— Il faut que je t'avoue quelque chose, Amandine.

— L'avocat passe aux aveux ! Quel sombre secret caches-tu, derrière ces yeux verts ? Dis-moi tout !

— On a vécu pas mal de choses ensemble, plutôt mouvementées, même, mais tu sais ce qui me reste le plus en tête ? Le délicieux parfum qui flottait dans l'entrée de mon cabinet d'avocat et notre première rencontre.

Je crois qu'on peut dire que tu m'as tapé dans l'œil, dès ce moment-là… Sauf que…

—J'étais mariée…

— Oui. Et surtout, tu étais une cliente, et contrairement à Martinez, je préfère éviter de compliquer des relations d'affaires…

—Je suis déçue, tu sais.
Pour des aveux, je trouve ça un peu court, jeune homme…

— C'est vrai. Alors je vais t'en faire un vrai : contrairement à Martinez, dont le second prénom pourrait être « tout ce qui bouge », j'ai plutôt mené une vie de solitaire ces dernières années.

Eh non, ce ne sont pas les nombreux divorces que j'ai pu faire qui m'ont vacciné des relations amoureuses, mais une expérience, disons, désagréable, que j'ai vécue il y a quelques années…

Ca va paraître extrêmement cliché et sortir tout droit d'une comédie romantique mal fagotée, mais ça n'est que la stricte vérité : il y a cinq ans de cela, j'étais fiancé et je devais me marier : tout allait bien, très bien même. Tout était prêt pour le mariage, sauf… la mariée.

Figure-toi que le jour prévu pour la cérémonie, ma future femme s'est transformée en arlésienne au moment de passer devant Monsieur le Maire.

Comme le veut la coutume, je ne l'avais pas vue depuis la veille. J'étais d'ailleurs resté très sage, puisque, ne connaissant pas encore Martinez à l'époque, j'ai réussi à éviter l'enterrement de vie de garçon.

Bref, le jour dit, après m'être naturellement inquiété, j'ai fini par avoir des nouvelles par mon futur, mais encore putatif beau-père : Louise avait finalement décidé que sa vie n'était pas avec moi et s'était tout simplement barrée avec un ex…

— Effectivement, en parlant de comédie romantique à deux balles, ça se pose là…

Venant de n'importe qui d'autre, la remarque aurait foncièrement déplu à Gabriel, mais Amandine était désarmante de joie de vivre. Et, après tout, c'est lui qui avait ouvert le bal.

— Avec le recul, je pense que, le pire dans tout ça, c'est que Louise n'a même pas pris la peine de m'adresser le moindre mot : elle s'est comportée comme le plus lâche des mecs le ferait. Je pense que c'est surtout ça qui ne m'a pas aidé à avoir confiance dans la gent féminine, même si, j'en conviens, ça procède d'une généralisation sans doute mal placée...

Bref, ça ne m'a pas aidé à développer un côté romantique et idéaliste de l'amour...

— Eh bien, tu vois, nous sommes deux handicapés de l'amour. On est faits pour s'entendre : entre ton ex et feu mon mari, on peut dire qu'on a fait des mauvaises pioches...

— À part ma famille et Martinez, à qui j'ai fini de parler de ça un soir ou nous avions abusé du rosé, pour qu'il arrête de me titiller sur les filles, pas grand monde n'est au courant, mais tu sais quoi ?

Je pense que le moment est venu de tirer définitivement un trait sur les illusions perdues.

Et là, Amandine lui fit ce sourire à la fois éclatant et compatissant, tout en posant ses mains sur sa main gauche.

Oui, définitivement, s'il y avait une personne qui pouvait briser la « malédiction », c'était elle.

Après que le serveur eut débarrassé les assiettes qui avaient été intégralement vidées et leur ait amené les inévitables expressos, Gabriel demanda la note, une des rares phrases qu'il maîtrisait parfaitement en italien.

Amandine s'exclama :

— Ah non ! Tu m'as fait découvrir ce merveilleux endroit, laisse-moi t'inviter !

— Comme il vous plaira, mademoiselle MacLane, je ne suis pas d'humeur à te contredire ce soir !

Amandine glissa sa carte de crédit dans la pochette contenant l'addition dès que celle-ci fut déposée sur la table.

Au bout de quelques instants, le serveur revint avec l'air embêté, expliquant à Amandine que sa carte avait été refusée. Trois fois.

On se sent toujours idiot dans ces moments-là et l'on cherche à se justifier, comme s'il fallait absolument prouver qu'on n'est pas un mauvais payeur. Tout en sachant pertinemment que rien ne permet à son interlocuteur de vous croire sur parole. Avec, en prime, cette pénible impression de s'enfoncer un peu plus à chaque mot de justification ajouté.

Amandine attrapa son portefeuille et régla immédiatement en liquide, la meilleure façon de couper court à toute suspicion.

Une fois le serveur parti, elle se saisit de son téléphone et entreprit d'appeler séance tenante son organisme canadien de cartes de crédit.

2.

Amandine était furieuse : non seulement d'être passée pour une mauvaise payeuse, mais surtout que sa carte ait été bloquée.

Le seul moyen d'en avoir le cœur net était d'appeler l'organisme émetteur de sa carte de crédit, au Canada.

Après une navigation dans des menus vocaux datant de la préhistoire, sans doute grâce à une ergonomie longuement étudiée par des comités et sous-comités de travail, Amandine réussit enfin à rejoindre une voix humaine.

Passée la barrière des questions de vérifications, elle put enfin rentrer dans le vif du sujet :

— Est-ce que vous seriez assez aimable pour m'expliquer pourquoi ma carte de crédit a été bloquée ?

Vous imaginez l'embarras dans lequel ça m'a mis, d'autant qu'avec ma limite de crédit à cent mille dollars j'ai du mal à comprendre... ?

L'employée, manifestement ennuyée, lui demanda quelques instants, pour examiner ses dernières transactions, après quoi elle lui indiqua :

— C'est que, Madame MacLane, votre limite de crédit a justement été dépassée de plus de dix mille dollars. Est-ce que vous souhaitez que nous l'augmentions ? Compte tenu de votre statut chez nous, je peux vous la doubler immédiatement...

— Attendez, il doit y avoir une erreur, car je n'ai pas dépensé cent dix mille dollars ces dernières semaines. Là-dessus, je suis formelle. Je suis actuellement en déplacement en Italie et mes opérations n'ont pas atteint le dixième de cette somme.

— Ça provient de vos transactions en Belgique, Madame MacLane, c'est là que la partie la plus importante des achats a été faite.

— En Belgique ? Ça fait deux ans que je n'y ai pas mis les pieds, Madame !

— Laissez-moi quelques minutes, Madame MacLane, je vais procéder à des vérifications en détail sur votre dossier. Je vous mets en attente, si vous le voulez bien.

— Oui, faites vos vérifications tranquillement, je ne quitte pas, soyez en assurée.

Même si elle était en attente et devait endurer les bandes musicales sans doute choisies par la même équipe que celle qui avait pensé l'ergonomie des menus vocaux, elle mit sa main sur le micro de son téléphone avant de s'adresser à Gabriel :

— C'est hallucinant. Selon eux, j'aurais dépensé cent mille dollars à Bruxelles ces derniers jours…

— Oula ! Ça sent le piratage de ta carte de crédit à plein nez, ça…
Dis-moi, tu as une carte à puce, ou encore les vieilles cartes nord-américaines à bande magnétique ?

— C'est une carte sans puce, et elle expire bientôt ; on doit me la remplacer sous peu par une carte à puce.

Il n'en fallut pas plus pour qu'Amandine soit convaincue qu'elle avait dû se faire pirater, d'une façon ou d'une autre, sa carte de crédit. Vraisemblablement par clonage, ce qui est extrêmement facile avec les cartes dépourvues de puce.
Dans tous les restaurants, hôtels où elle avait été, elle n'avait pas été systématiquement présente lors du passage de sa carte dans les terminaux de paiement, se contentant le plus souvent de signer lorsqu'on lui rapportait les tickets de carte de crédit.

Elle essayait de trouver parmi tous les endroits qu'elle avait fréquentés celui qui serait susceptible d'héberger la fraude... Mission impossible, évidemment.

La bande sonore s'interrompit :

— Madame MacLane, merci d'avoir patienté. J'ai donc vérifié le dossier des transactions et aucune fraude n'a été suspectée par nos services ; je peux d'ailleurs vous confirmer que les signatures sont bien les vôtres, relativement au spécimen en notre possession, et à vos transactions les plus récentes en Italie.

— Mais enfin, Madame, je peux vous garantir que je n'ai pas mis les pieds en Belgique depuis deux ans, ça ne peut pas être moi.

— Je comprends Madame, mais pour le moment, nous n'avons aucun élément qui nous permette de suspecter une fraude. Nous allons enquêter auprès des détaillants chez qui ces achats ont été faits.

— J'aimerais bien que vous me transmettiez l'historique de ces transactions, je vais faire moi-même mon enquête, quitte à me rendre sur place.

— Malheureusement Madame...

— Je sais, vous ne pouvez pas communiquer ces données ? Ça serait le cas si vous aviez suspecté une fraude, mais comme pour l'instant, vous me dites que vous allez ouvrir une enquête, je vous demande de me faire parvenir par courriel le relevé de toutes les transactions en Belgique. Ça ne devrait pas vous poser de problèmes, n'est-ce pas ?

— Euh... Eh bien, en théorie, oui, mais comme nous allons ouvrir une enquête...

— Voilà ce que vous allez faire : vous m'avez identifiée comme Amandine MacLane, et je vous demande, puisque je suis en voyage, de me faire parvenir mon relevé des dernières transactions. Après, et seulement après, vous allez ouvrir votre enquête. Où y a-t-il un problème ?

Je détesterais devoir vous indiquer à quel point je suis une bonne cliente chez vous, sans parler de ma compagnie, qui doit apparaître dans vos dossiers, et des cartes de crédit corporatives que nous avons chez vous, n'est-ce pas ?

Enfin, la somme dont il est question est loin d'être négligeable, vous en conviendrez.

— Je vais voir ce que je peux faire, Madame MacLane. Laissez-moi parler à mon superviseur.

— Allez-y, et si ça ne fonctionne pas, vous me le passerez, s'il vous plaît.

C'était reparti pour une séance musicale digne d'une sonorisation d'ascenseur de centre commercial...

Gabriel étant demeuré aux côtés d'Amandine n'avait eu d'autre choix que d'entendre la conversation :

— En cas de fraude avérée, ils ne te donneront rien, tu as eu le bon réflexe de jouer sur le fait qu'ils n'ont pas encore ouvert une enquête. Sans ça, il te faudra une injonction pour obtenir ces éléments.

— Tu vois, je pense que de fréquenter un avocat, ça aiguise mes réflexes juridiques...

Elle n'eut pas le loisir de pousser plus avant cette conversation, la musique cédant le pas à la voix de son interlocutrice :

— Madame MacLane, je vous envoie à l'instant tous les détails sur les transactions passées par courriel, ainsi qu'un des spécimens de signature d'une transaction à Bruxelles.

Puisque nous allons ouvrir une enquête, je vous suggère de ne pas régler le moindre montant au compte de cette carte de crédit pour le moment, je fais le nécessaire pour qu'elle soit gelée, tant au niveau des transactions que des intérêts au compte.

Je peux vous faire établir en urgence une nouvelle carte, qui portera un nouveau numéro, une carte à puce cette fois-ci. Vous m'avez dit que vous étiez en Italie, dites-moi quelle serait la ville la plus proche de vous, afin que je fasse mettre la carte à votre disposition, s'il vous plaît.

— Merci, j'apprécie vos efforts et le traitement de ma demande.

Pour la mise à disposition de ma nouvelle carte, je pense que le plus simple sera Florence.

— Parfait Madame MacLane, elle sera à votre disposition dans les 24 heures, à notre bureau de Florence, dont je vous envoie les coordonnées.

Si vous avez besoin de quoi que ce soit, je vous laisse mon nom et mon numéro de poste : Kim Tremblay, poste 5542.

— Merci Madame Tremblay. De votre côté, si vous avez quoi que ce soit concernant l'enquête que vous vous apprêtez à lancer, contactez-moi directement, s'il vous plaît, ça sera très apprécié.

Après les politesses d'usage, Amandine raccrocha enfin. Il était temps, la batterie de son téléphone s'était vidée à vue d'œil.

— Gab', cette histoire de fraude m'exaspère au plus haut point. Il faut que je sache de quoi il retourne. C'est un peu comme lorsque je cherchais des bugs dans mon code quand je programmais : pas de répit jusqu'à ce que je trouve la solution…

— Je te savais tenace, mais pas à ce point-là ; est-ce que tu veux vraiment aller en Belgique ?

— Oh que oui ! Hors de question que je me fasse délester de cent mille dollars sans rien faire !

— J'imagine que c'est inutile de te dire que les fraudeurs sont sûrement des criminels bien organisés, avec tout ce que ça implique, et que tu n'as que peu de chances de les attraper, ni que tu ne pourras pas les arrêter non plus, « inspecteur »…

— Ah, ah ! Écoute Gab', je peux très bien y aller seule, si c'est ça qui t'inquiète, en plus, ça sera l'occasion de voir mes parents ; mon père travaille à Bruxelles depuis plusieurs années, donc ça ne sera pas perdu, quoi qu'il arrive.

Gabriel la considéra longuement et finit par lui dire :

— C'est peut-être un peu rapide pour que tu me présentes à la famille, mais je me ferai un plaisir de t'accompagner, je n'ai jamais mis les pieds à Bruxelles.

— Est-ce à moi ou à la perspective de percer le mystère des fraudeurs de cartes bancaires que tu cèdes ?

— Va savoir, Dine. Va savoir.
Il faudra juste que je prenne mes dispositions habituelles avec Nina, qui m'attend de pied ferme dans une semaine. Et assurer l'intérim avec Martinez. Je commence par avoir l'habitude…
Et puis, ça achèvera de finir le rodage de la moto !

3.

Après une brève escale par Florence, le temps de récupérer la carte de crédit flambant neuve d'Amandine, ils se mirent en route vers la Belgique. Le trajet se faisait à l'allure soutenue que leur permettait la traversée de la Suisse, mais surtout de l'Allemagne, dont l'absence de limitation de vitesse, quoique non généralisée, était légendaire dans toute l'Europe.

Ce n'était pas le chemin le plus court, mais il s'avéra le plus rapide. Amandine n'avait plus qu'une idée en tête : résoudre le plus vite possible cette énigme.

C'était de bonne grâce que Gabriel cravachait sa nouvelle monture, qui visiblement ne demandait que ça, frôlant les 200 km/h avec une facilité déconcertante. Ça le changeait de son ancienne moto, qui lui apparaissait subitement comme une vieille pétoire...

La traversée se fit très rapidement, les arrêts étant limités au strict minimum : pas question de faire du tourisme cette fois-ci.

Une chance que la moto était confortable, ce qui permettait d'espacer les arrêts.

Après la gastronomie toscane, les haltes d'autoroute faisaient évidemment pâle figure, mais remplissaient leur office. Même si le café était infect, difficile de s'en passer pour continuer à rouler.

Amandine avait profité de son passage à Florence pour faire imprimer le détail des transactions sur du bon vieux papier, qu'elle put examiner de plus près à l'occasion d'une étape :

— Dis donc, ils ne se sont pas emmerdés, c'est le moins que l'on puisse dire : ils ont dévalisé les boutiques de luxe de Bruxelles et ont dû acheter plus de sacs que je n'en achèterai en une vie...

— Il y a donc de fortes chances que ces achats soient destinés à la revente, à moins que ta carte n'ait été piratée par une mondaine désargentée !

— Ça me semble également la meilleure explication, jusqu'ici. Il va falloir qu'on enquête tant auprès des magasins que du marché noir de la revente d'articles de luxe… Malheureusement, je ne connais pas grand monde à Bruxelles dans ce domaine… Ni dans d'autres, du reste.

Peut-être que mon père ou ma mère auront des idées.

— À ce sujet, Dine… Comment tu vois les choses avec tes parents, toi, moi, nous, enfin, tu vois ce que je veux dire…

— Maître Rossetti, on fait son timide, tout à coup ? Tu n'as pas envie d'être présenté à beau-papa ou belle-maman ?

— Ben, c'est juste que… tout va très vite, là…

— Écoute, on ne peut pas dire que j'ai collectionné les petits amis… Pendant un moment même, ma mère a cru que si je ne ramenais personne c'est que j'étais lesbienne... alors tu penses, ils vont t'accueillir à bras ouverts, car comme lesbienne, je te trouve extrêmement sexy !

— Une chance que je n'ai pas emporté mes chemises à carreaux avec moi !

— Impayable, Gab' !

Sinon, j'ai profité du temps que tu as passé à nous choisir ce repas de roi - saucisses et pommes de terre : on est en Allemagne, c'est sûr - pour appeler mon père ; je n'avais pas encore eu le temps de prévenir mes parents de notre arrivée.

Et, oui, je lui ai dit que je viendrai accompagnée de mon nouveau chéri, comme ça, il n'y aura pas de malentendu, et ils ne prépareront pas deux chambres.

— Pourtant, j'aurais trouvé ça terriblement romantique que nous fassions chambre à part chez tes parents.

— Si tu y tiens, je peux les rappeler...

— Non, ça ira, je ne veux pas te mettre la honte sur la figure non plus, je jouerai le parfait chéri - que je suis, de toute façon ! Des recommandations à me faire, à part de ne pas te tripoter devant eux ?

— Ils sont super cool, ne t'inquiète pas : mon père dirige un département informatique d'une grosse compagnie qui fait affaire avec l'Union européenne, comme je te l'avais dit, c'est un programmeur...

— Et toi, la digne fille de son père !

— Voilà !
Quant à ma mère, elle ne travaille pas, mais s'intéresse à une multitude de choses, lit énormément. Elle collectionne les hobbies : après avoir rempli la maison de tapisseries en point de croix, elle s'est mise à la peinture, et aux dernières nouvelles, la sculpture l'intéressait, donc tu vois, elle est très polyvalente.
Tu reconnaîtras chez elle une pointe d'accent méridional ; elle a grandi sur la Côte.
Quant à mon père, il ne s'est jamais départi de son accent écossais, sans doute parce que ma mère a toujours trouvé ça sexy...

— Bref, ton père, c'est Jane Birkin et ta mère, j'espère qu'elle ne ressemble pas à Gainsbourg !

— Tu ne peux décidément pas t'empêcher de dire des conneries, hein... Mais je te rassure : ça fait ton charme !

Gabriel était rassuré ; même s'il était un grand garçon, la présentation aux parents demeure tout de même une étape, pour ne pas dire une épreuve, à laquelle il n'était guère familier.

Cela dit, son père n'avait pas l'air d'un psychopathe qui le recevrait fusil à la main, c'était déjà ça !

— Gab' ? Tu es sûr que ça ira de conduire la nuit ? Je suis pressée d'arriver, mais pas au point qu'on termine dans un fossé, donc si tu veux dormir, je suis sûr qu'ils ont de charmantes chambres par ici…

— J'ai déjà fait un effort surhumain pour me restaurer ici, mais dormir en bordure d'autoroute, je pense que je vais m'en passer. Et puis, j'aime le côté « road trip » à la Thelma et Louise qu'on est en train de faire, même si je nous souhaite que ça finisse mieux !

— C'est vrai que tu aurais les cheveux roux, je t'aurais confondu avec Susan Sarandon !

— Gna gna gna…!

— Allez, tu traînes, Rossetti, on se remet en route, allez, hop, hop !

— Bon, minute, Jean Grey, ce n'est pas parce que tu as déjà enfilé ton exosquelette que je ne peux pas siroter tranquillement le délicieux nectar servi dans son gobelet plastique…

Amandine s'était équipée d'une tenue que n'aurait pas renié Mad Max, avec un blouson renforcé à toutes les articulations. Même s'il s'agissait d'une coupe « féminine », il modifiait sa silhouette pour la faire ressembler à un gladiateur des temps modernes, ou un joueur de football américain.

Néanmoins, Gabriel l'avait surnommée Jean Grey, en hommage à la célèbre héroïne de bande dessinée, ce qu'il trouvait nettement plus original - et sexy - que de la comparer à un sportif harnaché d'équipements de protection, et collait mieux avec ses velléités de justicière à la carte de crédit.

Une chance qu'elle ait opté pour une couleur sombre, sans quoi il aurait été bien en mal de lui trouver un surnom.

L'autoroute était quasi déserte et l'atmosphère nocturne rendait le voyage à la fois reposant et excitant : reposant en raison du peu de trafic ; excitant à la faveur de la nuit, à des heures où le commun des mortels est tranquillement installé chez soi ou au fond de son lit.

La perspective de rouler toute la nuit, collés l'un à l'autre était, par ailleurs, loin d'être désagréable.

4.

Le périphérique ceinturant Bruxelles ne s'appelle pas le « ring » pour rien ; outre son côté circulaire, la densité du trafic, y compris de bonne heure, y faisait ressembler la conduite à un match de boxe... Tous les travailleurs convergeaient vers la capitale et semblaient définitivement pressés d'arriver.

Amandine connaissait Bruxelles, suffisamment pour guider Gabriel vers la maison de ses parents, non sans lui avoir fait faire un détour par la plus fameuse des chaînes de boulangerie qui servait des croissants « à tomber par terre, tu vas voir ».

Ils arrivèrent devant la maison des parents d'Amandine aux alentours de huit heures. Ça tombait bien : à cette heure-là, son père n'était pas encore parti.

C'est d'ailleurs lui qui vint ouvrir et son étonnement fut proportionnel à la rapidité de leur arrivée : il était totalement surpris de voir sa fille sonner si rapidement à sa porte après son appel de la veille :

— Didine ! Mais... vous avez eu le feu aux fesses pour arriver si vite ? Tout va bien j'espère ?

— Ben, pourquoi traîner en route ?
Papa, je te présente Gabriel. Tu sais, c'est lui qui m'a aidé quand j'ai eu des soucis avec... enfin, tu sais.

— Gabriel. Maître Rossetti, si ma mémoire est bonne. Peter MacLane, enchanté. Mais, entrez donc, ne restez pas sur le pas de la porte.

Visiblement, le père d'Amandine l'avait immédiatement replacé, même si Gabriel n'avait pas la moindre idée de ce qu'elle avait pu lui dire à son sujet.

Elle ne lui avait certainement pas parlé de la nature exacte de leur relation actuelle, c'était certain.

En tout cas, le bonhomme en imposait : un géant charpenté comme un bûcheron, entre le blond et le roux, avec une poigne de fer : il n'avait pas exactement le profil d'un informaticien.

Gabriel avait l'habitude de jauger les personnes qu'il rencontrait, que ce soit à l'occasion des audiences ou de négociations. Les premières minutes permettaient en général de se faire une idée précise de la personnalité de son interlocuteur et de ses motivations.

Il se trompait rarement, plus vraisemblablement en raison de la transparence de la plupart des gens que d'une perception hors du commun.

Avec le père d'Amandine, il avait un peu plus de difficulté, sans doute parce qu'il était émotionnellement impliqué, mais également parce que son apparence de roc contrastait singulièrement avec son accueil et sa façon de s'exprimer. Il était très heureux de revoir sa fille, ça, c'était certain.

La maison ressemblait à une relique des années soixante-dix : que ce soit les escaliers avec panneaux en bois verticaux, les consoles intégrées aux murs, ou encore la cuisine américaine trônant quasiment au milieu du salon, tout rappelait cette époque. Et l'ameublement était en conséquence.

Gabriel ne put s'empêcher de se demander si le père d'Amandine travaillait également sur des ordinateurs de la même époque…

Peter devait lire dans ses pensées, car il précisa d'emblée :

— Je vous rassure Gabriel, je ne vis pas dans le passé, c'est juste que, depuis un peu plus d'un an, Hélène est dans le trip seventies : comme la maison date de cette période, elle a commencé petit à petit, à la meubler en conséquence : au début, ce n'était que des bibelots, et puis elle a trouvé, je ne sais où, un canapé, des luminaires, et même ce vieux frigidaire… J'ai bien peur que sa prochaine étape soit de m'acheter des pantalons pattes d'éléphant et des sous-pulls en lycra… Mais là, je ne céderai pas !

— Tiens, en parlant de maman, j'imagine qu'elle dort encore ?

— On ne peut rien te cacher, ma chérie ; elle est restée debout très tard hier soir, prise d'une inspiration subite, elle a peint jusqu'aux petites heures du matin ; elle devient très douée, tu sais ; elle va même exposer dans une galerie des Sablons, d'ici un mois, c'est fantastique !

Amandine sentait que Gabriel risquait de se sentir un peu perdu au milieu de ces histoires de famille :

— Gab', comme tu le sais, c'est à mon père que je dois mon côté scientifique et c'est de sa faute si j'ai mal tourné, car il m'a offert mon premier ordinateur… Heureusement que ma mère m'a donné des gènes artistiques : aussi loin que je me souvienne, Maman a toujours été attirée par l'art sous toutes ses formes. La décoration de la maison, ou encore son goût actuel pour la peinture participent de ses élans créatifs.
Lorsque nous vivions dans le midi de la France, elle s'est mise à faire de la poterie à Vallauris, nous a fait un jardin à la française que n'aurait pas renié Le Nôtre… Bref, Maman est une touche à tout, un peu excentrique au premier abord, qui forme avec Papa un couple… étonnant !

— Tout s'explique à présent ! Monsieur MacLane, il n'y a pas de doutes, Amandine tient de vous deux !

— On a eu de la chance, elle a hérité des bons côtés de chacun de ses parents, à part peut-être l'entêtement… qu'elle doit tenir de sa mère !

— Papa ! Arrête ! Entre maman et toi, on sait très bien qui est le plus borné : tu as oublié les heures passées à réparer mon premier ordinateur, fer à souder à la main ? Tout le monde t'avait dit que la carte mère était fichue, mais tu n'as rien voulu entendre et tu t'es acharné dessus…

— Pour finalement te le réparer !

— Tu vois, Gabriel ? Maintenant tu sais qui est le plus borné des deux !

— L'entêtement peut-être une qualité, tout est question de mesure…

Durant la conversation, la quasi-totalité des croissants avait été engloutie, et Amandine n'avait pas menti, ils étaient réellement délicieux.

Après ces échanges légers, Peter poursuivit la conversation en allant droit au but :

— Amandine. Et si maintenant tu me disais la vraie raison de ta venue ici ? Je sais bien que nous ne nous sommes pas vus depuis un bout de temps, mais j'ai du mal à croire que tu aies fait tout ce trajet et emmené Gabriel jusqu'ici, juste pour nos beaux yeux…

— Rien de bien grave, Papa, je te rassure. Il s'avère que pendant que j'étais à Cannes et en Italie, ma carte bancaire a été piratée et utilisée ici même, à Bruxelles, pour un montant non négligeable.

Le plus fort dans tout ça, c'est que ma signature semble également avoir été parfaitement contrefaite…

Ç'aurait été une fraude banale, je me serais contentée de faire opposition, mais j'ai l'impression qu'il y a plus que ça et je voulais en avoir le cœur net.

— Eh bien ! Et comment comptes-tu trouver tes fraudeurs ?

— Mon organisme de carte de crédit m'a fourni le détail des transactions, qui ont toutes été faites dans des boutiques de luxe de Bruxelles, alors on va commencer par là.

— Tu te transformes en détective privé, on dirait…

— Ah, Papa, je ne t'ai pas tout raconté, mais Gab' et moi, on commence à avoir une certaine expérience dans le domaine...

D'ailleurs, comme tu t'en doutes, Gabriel ne m'a pas accompagné qu'en simple chauffeur ou avocat...

Peter sourit et regarda Amandine, puis Gabriel :

— Il ne faut pas être devin pour voir qu'il y a quelque chose de spécial entre vous, ça saute aux yeux, tu sais.

Les choses étaient dites, ou plutôt, elles n'avaient même pas eu besoin de l'être ; voilà un scénario que Gabriel n'avait pas anticipé.

Peter regarda sa montre et dit soudainement :

— Oh sh.. ! Je vais être en retard pour ma première réunion de la journée ! Je dois vraiment y aller. Amandine, tu connais la maison, installez-vous à l'étage, ta mère occupe complètement le sous-sol.

Il embrassa sa fille et serra vigoureusement la main de Gabriel, avant d'attraper son manteau et de quitter en vitesse la maison.

— Alors Gab', il est sympa mon papa, hein ?

— Je vois surtout de qui tu tiens et j'ai bien hâte de rencontrer ta mère, mais ce dont j'ai le plus envie en ce moment, c'est une bonne douche et un autre café.

— C'est certain qu'après avoir roulé toute la nuit, ça nous fera du bien. Viens, je te montre la chambre.

Ce qui devait être la chambre d'amis était une grande pièce à l'étage, qui n'avait pas encore été touchée par la décoration seventies, le mobilier y étant plus contemporain que vintage et tout y était d'une blancheur virginale.

Il fonça sous la douche alors qu'Amandine retourna à la cuisine préparer du café : même si elle n'avait jamais vécu dans cette maison, elle semblait pourtant la connaître par cœur.

Gabriel resta une bonne quinzaine de minutes sous la douche ; il commençait à sentir le contrecoup de son équipée nocturne.

En ouvrant la porte de la salle de bains, il tomba nez à nez avec quelqu'un qui ne pouvait être que la mère d'Amandine : la ressemblance était frappante, à commencer par les yeux verts et les cheveux châtains, ou encore la morphologie.

On dit souvent que pour avoir une idée d'à quoi ressemblera sa femme dans quelques dizaines d'années, il faut regarder sa mère. En l'occurrence, Gabriel avait presque l'impression de voir une version plus âgée d'Amandine, en dehors du peignoir en soie aux motifs imprimés à dominante orange, en parfaite harmonie avec le mobilier du rez-de-chaussée.

Devant l'étonnement manifeste de la mère d'Amandine, Gabriel en déduit qu'elle n'avait pas du croiser sa fille :

— Madame MacLane, je suis Gabriel Rossetti, l'ami d'Amandine. Nous venons d'arriver d'Italie, en visite « surprise ».

Hélène MacLane aurait eu toutes les raisons d'être méfiante, même si un potentiel cambrioleur n'aurait sans doute pas pris soin de prendre une douche et de sortir de la salle de bains habillé en tout et pour tout d'une simple serviette enroulée autour de la taille.

Après avoir regardé Gabriel de la tête aux pieds, elle lui dit, le plus naturellement du monde :

— Quelle bonne surprise ! J'imagine que vous avez croisé Pete, alors ?

— Tout à fait, et nous avons pris le petit déjeuner ensemble ; il nous a indiqué que vous aviez veillé tard et n'a pas voulu vous réveiller avant de partir travailler...

— Ça, c'est Pete tout craché ! Ma fille et son ami débarquent à l'improviste et il ne me réveille même pas... Sacré Pete !

Visiblement, Hélène était partie pour une grande conversation, et le fait que Gabriel soit en tenue légère ne semblait pas la déranger outre mesure… Bien au contraire… !

Gabriel s'efforçait de ne rien laisser paraître non plus :

— Amandine est à la cuisine, je pense qu'elle prépare du café…

Il n'en fallut pas plus pour qu'Hélène saisisse le message :

— Parfait, je file l'embrasser ! Et… Bienvenue chez nous ; faites comme chez vous !

Excentrique et fantasque. L'exact opposé de son mari, visiblement.

Comme quoi, l'adage selon lequel les contraires peuvent s'attirer se vérifiait.

Elle n'avait pas été le moins du monde gênée de rencontrer Gabriel au sortir de la douche. Il n'aurait pas juré que la situation eut été la même s'il avait croisé Peter à la place.

5.

Lorsque Gabriel redescendit, cette fois en tenue plus appropriée, il trouva Amandine et sa mère en train de converser telles deux amies qui avaient mille choses à se raconter.

Amandine s'interrompit en le voyant arriver :

— Gab', j'ai cru comprendre que tu avais déjà fait connaissance avec Maman, je me passerai donc des présentations…

— Je n'ai en effet plus grand-chose à lui cacher !

Hélène le regardait en souriant, manifestement très amusée de la situation :

— Mais au contraire ! Je ne sais presque rien de vous.
Je meurs d'envie que vous me racontiez votre métier d'avocat : j'ai toujours trouvé ça passionnant !

Amandine en profita pour aller à son tour se doucher, laissant Gabriel répondre à un quasi-interrogatoire sur son métier. Quoique cette fois les questions d'Hélène étaient plus originales que les classiques « comment faites-vous pour défendre les coupables ? ».

Fidèle à son côté artiste, elle s'interrogeait sur le côté conteur de la profession, demandant à Gabriel où il trouvait l'inspiration pour mettre en scène de façon originale des événements de la vie quotidienne qui pouvaient donner lieu à querelle et procès.

Gabriel se fit disert : pour une fois qu'on lui évitait les sempiternelles questions morales et qu'on ne cherchait pas à obtenir de lui une consultation gratuite…

Il lui expliqua qu'à chaque dossier correspondait un ton bien particulier, qu'il fallait assortir : certains dossiers se prêtaient à la comédie, voire au Grand Guignol, alors que d'autres exigeaient le plus grand sérieux dans la narration.

Il en était à détailler à Hélène les éléments les plus croustillants d'un récent divorce lorsqu'Amandine revint. Elle s'était changée et avait troqué sa veste de moto pour une veste en daim plus habillée, qui serait plus en rapport avec l'enquête qu'ils s'apprêtaient à mener.

Il n'y avait plus qu'à aller visiter les magasins où son alter ego avait effectué les achats frauduleux.

Ils se trouvaient tous à proximité, sur le boulevard de Waterloo, qui regroupe toutes les enseignes de luxe, aussi bien en matière d'horlogerie que de vêtements ou haute maroquinerie.

Durant le trajet, Amandine n'avait pas été très bavarde sur la stratégie qu'elle comptait utiliser et, maintenant que la moto était garée et qu'ils se rapprochaient des magasins concernés, Gabriel s'en inquiéta :

— Au fait, comment comptes-tu procéder ?

— Tu sais quoi ? Je n'en ai pas la moindre idée ! On va y aller au feeling !

De l'improvisation totale ; ça risquait de devenir assez vite intéressant.

Amandine remonta les magasins où les transactions avaient été enregistrées et s'arrêta finalement devant le célèbre maroquinier du faubourg Saint-Honoré, dans lequel elle entra d'un pas décidé.

Aussitôt à l'intérieur, l'accueil fut étonnant :

— Madame MacLane ! Quel plaisir de vous revoir !

J'espère que tous vos achats vous donnent satisfaction ; est-ce qu'il vous manquait quelque chose en particulier ? On vient de recevoir une nouvelle livraison de sacs en édition très limitée ; laissez-moi vous les montrer.

En fait d'improvisation, il n'y avait pas grand-chose d'autre à faire que suivre le courant, mais Amandine devait trouver une solution pour obtenir des informations.

En tous cas, on l'avait immédiatement reconnue… et sous sa vraie identité !

Ce qui ne pouvait signifier qu'une seule chose : la personne qui avait utilisé frauduleusement sa carte de crédit avait poussé le vice jusqu'à lui ressembler physiquement.

On sortait manifestement du cadre d'un banal vol de carte de crédit et on s'enfonçait de plus en plus dans une usurpation d'identité en bonne et due forme.

Tout en faisant semblant de se montrer intéressée par le sac qu'on lui présentait, Amandine cherchait une façon d'en apprendre plus sur son « double ».

Gabriel, qui était resté parfaitement silencieux depuis qu'ils étaient entrés dans le magasin, ne cessait d'observer chaque détail. Il avait noté que l'endroit était sécurisé et que de nombreuses caméras étaient installées.

Le seul problème : il ne voyait pas non plus comment faire pour obtenir des informations qui ne seraient pas déjà contenues dans les historiques de transaction.

Difficile de demander, de but en blanc, les enregistrements des caméras de surveillance, à supposer même qu'ils les aient conservés.

Tant Gabriel qu'Amandine étaient en panne d'inspiration. Au bout d'une quinzaine de minutes, ils n'eurent d'autre choix que de sortir du magasin.

— Tu te rends compte, Gab' ? Il y a ici, dans la nature, un double de moi qui, non seulement a obtenu, par je ne sais quel miracle, ma carte de crédit, mais en plus, se paie le luxe de me ressembler tellement que lorsque j'arrive, on me reconnaît immédiatement !

— Peut-être qu'ils sont très physionomistes dans la boutique d'où on sort, tout simplement…

— On va en avoir le cœur net !

Amandine entreprit de visiter toutes les boutiques dans lesquelles des transactions avaient été enregistrées et, à chaque fois, le même scénario se répétait : elle était immédiatement reconnue par les vendeurs de chacune des boutiques.

Son double avait du faire forte impression lors de ses passages !

Elle ressortit du dernier magasin, totalement dépitée :

— Je me sens comme mise à nu, comme si on avait pénétré mon intimité. C'est extrêmement désagréable, dérangeant. Et qui sait ce qu'elle pourrait faire encore, l'Autre ?

— Dine, en général, les fraudeurs font profil bas. Elle a dû profiter du fait que tu es célèbre et qu'il y a des photos et articles sur toi un peu partout pour te ressembler et augmenter ses chances de réussite.

Ce n'est pas comme d'avoir pris la carte d'une parfaite inconnue.

Alors, pour un peu qu'elle t'ait un peu ressemblé, elle a forcé le trait en t'observant par écrans interposés et s'en est servi.

Visiblement, ça a bien fonctionné. Mais maintenant que la carte a été bloquée, c'est terminé.

— Si elle a pris mon identité, ça peut aller bien plus loin que ça, des demandes de crédit, des contrats signés ou même des interventions publiques… Non mais, t'imagines ?

— Alors le plus simple est d'aller immédiatement porter plainte ; parce que sinon, en étant sur place, tu risques de créer une confusion, qui pourrait t'être défavorable.

— Tu as raison ! On va aller porter plainte à la police, immédiatement.

6.

Le Commissariat central de Bruxelles est situé rue du Marché au Charbon, à un jet de pierre de la mythique Grand-Place. Les rues alentour étaient encore pavées « d'époque » ce qui ne manqua pas de causer quelques frayeurs à Gabriel, peu habitué à manœuvrer sa moto sur un revêtement aussi glissant.

Il parvint finalement à se stationner sans encombre. Quand ils pénétrèrent dans le bâtiment, Gabriel ne put s'empêcher de trouver l'environnement bien plus joyeux que les commissariats français qu'il avait pu fréquenter.

Était-ce à cause de la localisation très touristique ou bien tout simplement en raison de la bonne humeur qui semblait régner chez les agents en fonction ? Difficile à dire.

En tous cas, ils furent reçus très rapidement par un aspirant-inspecteur, dont la jovialité renforçait un peu plus Gabriel dans ses premières impressions :

— Madame, Monsieur, je suis l'aspirant-inspecteur Johan Peeters, qu'est-ce que je peux faire pour vous ?

Aspirant-inspecteur : ce qui était universel, c'était bien le fait que les tâches ingrates telles les dépôts de plaintes étaient enregistrés par les petits nouveaux. Peeters ne faisait pas exception à la règle : avec sa coupe de cheveux un peu trop soignée pour être naturelle, son gabarit presque chétif, il flottait dans son uniforme et n'inspirait pas vraiment le respect qu'un flic d'expérience imposait.

Il avait aussi un accent à couper au couteau, qui exigeait à Gabriel de la concentration pour saisir l'intégralité de ses paroles.

Mais on ne pouvait en vouloir au policier d'être encore vert : il fallait bien commencer et Gabriel se souvenait de la défiance dont il avait été l'objet lorsque, jeune avocat, il s'occupait d'aide juridictionnelle… La valeur n'attend peut-être pas le nombre des années, mais il faut néanmoins s'en justifier systématiquement.

Amandine n'avait pas ce genre de préoccupations, plus habituée à travailler avec de jeunes talents au sein de sa compagnie. Maintenant que la nouvelle génération publiait des applications mobiles dès douze ans, il ne fallait pas la convaincre que le jeune âge n'était pas un handicap :

— Merci de nous recevoir, inspecteur. Je me suis rendu compte que quelqu'un avait frauduleusement utilisé ma carte de crédit, ici à Bruxelles…

— Et bien sûr, tu as fait opposition sur ta carte ?

Le tutoiement était aussi soudain que sympathique. Amandine ne s'en formalisa pas, en ayant l'habitude au Canada, même si ici, son interlocuteur avait un fort accent, qui semblait flamand.

Gabriel en revanche tiqua un peu plus, ce dont Peeters s'aperçut :

— Il ne faut pas t'en faire, tu sais, ici à Bruxelles, on a le tutoiement facile, surtout quand on a grandi en parlant le flamand, comme moi.

Gabriel, à qui la justification était adressée s'empressa de répondre :

— Ne vous en faites pas, et excusez mon vouvoiement persistant, on a du mal à s'en défaire en France.

Amandine intervint :

— Bien, quant à moi, je vais mettre tout le monde d'accord : je suis Française d'origine, avec un père écossais qui vit en Belgique et j'habite au Canada où le tutoiement est plus la règle que l'exception.

Peeters était un peu perdu :

— Oui, mais bon... Là, je commence à être perdu, tu sais. Tu es française, canadienne ou belge, faudrait savoir ?

— Je suis franco-canadienne, mais ce n'est pas ça qui m'amène ici. C'est mon problème de carte de crédit, vous vous souvenez, inspecteur Peeters ?

— Oui, oui, évidemment, tu viens de me le dire. Je suis pas complètement zot non plus, hein !
Je me souviens même que tu as fait opposition.
Mais nous, on ne sait pas faire grand-chose, tu sais, c'est surtout l'émetteur de la carte de crédit qui va savoir quoi faire. C'est une carte française ou canadienne ?

— Canadienne, et sans puce, ce qui explique qu'elle ait été contrefaite facilement.

— Ah ça, ça arrive encore souvent aux touristes américains, le nombre de cartes sans puce qu'ils ont encore...

Même si Amandine trouvait Peeters plutôt sympathique elle n'avait pas envie de passer la journée au Commissariat. Elle remit la discussion sur ses rails :

— Mais surtout, c'est qu'on n'a pas seulement utilisé ma carte de crédit ; on a aussi usurpé mon identité.
Je me suis fait remettre par l'organisme de carte de crédit les transactions litigieuses et nous avons visité tous les magasins ce matin : alors que je n'y ai jamais mis les pieds de ma vie entière, tout le monde me reconnaissait parfaitement.

Amandine remit à l'aspirant-inspecteur les copies détaillées des transactions, en prenant soin de préciser que les signatures également étaient contrefaites.
Peeters resta pensif et examina longuement les relevés :

— Dis, rassure-moi, tu n'es pas en train d'essayer de frauder de quoi, ici ?

Les réflexes d'avocat de Gabriel prirent de vitesse l'indignation d'Amandine :

— Aspirant-inspecteur, Madame MacLane est non seulement une femme d'affaires à la réputation internationale, PDG de Stuff for Fun, mais surtout quelqu'un dont je me porte personnellement garant étant par ailleurs son avocat !

— Avocat ? Pourtant, tu avais l'air sympathique, toi !

Voyant que Gabriel commençait réellement à voir rouge, Peeters se reprit et changea de sujet :

— Allez, c'est pour rire, on aime bien ça, nous, les avocats, dans la police.
Et, dis voir, Stuff for Fun, c'est pas le bazar avec les jeux sur GSM, ça, la ferme, la ville et tout le bastringue ?

— Oui, ce sont les jeux de ma compagnie, inspecteur. Ce qui m'ennuie le plus, ce ne sont pas tant les transactions frauduleuses que le fait qu'on me vole mon identité. Ils ont pu avoir accès à beaucoup d'informations publiques sur moi, ce qui leur a facilité la tâche.

— Ça expliquerait que ta signature ait été contrefaite, tu penses ?

— Il y a bien des documents corporatifs qui sont publiés chaque année, des ententes que je signe également comme PDG et qui peuvent être accessibles au Canada, ça expliquerait que ma signature ait été facilement contrefaite.

Gabriel enchaîna :

— Ou tout simplement que, lorsque sa carte a été clonée, à l'occasion d'une transaction, sans doute à Cannes ou en Italie, ils aient aussi récupéré une copie du reçu signé par Madame MacLane.

C'était souvent les explications les plus simples qui étaient les meilleures.

Peeters reprit, bien plus sérieux qu'il ne l'avait été jusqu'à présent :

— Madame MacLane, voilà ce qu'on va faire : on va donner ton signalement à nos agents pour retrouver ton sosie.
Si elle se balade encore en ville, ça ne devrait pas être très long avant qu'on l'attrape, et là, on te préviendra.
Je vais aussi appeler les magasins et voir s'ils n'ont pas des enregistrements vidéo de ton double.
Je ne sais pas combien de temps ça va prendre, mais tu risques de te faire arrêter par la police, car tu ressembles à ton double, enfin, je me comprends, hein.

— Alors, c'est moi la victime et c'est moi qui dois faire profil bas ? Déjà que je me sens dépossédée de ma vie, je dois en plus me cacher ?

— Tant qu'on n'aura pas attrapé ton sosie, et comme la ressemblance a l'air frappante, j'aime autant te prévenir que ça pourrait t'arriver. Maintenant, tu sais aussi changer ton apparence, tiens un postiche par exemple, tu te transformes en brune, et voilà, on n'y verra que du feu…

— Vous conviendrez inspecteur que c'est quand même un peu fort de café, hein ?

— Je sais, mais comme je t'ai dit, j'aime autant te prévenir, après, tu fais ce que tu veux.

Gabriel trouvait l'idée intéressante :

— Madame MacLane, si ça permet d'accélérer l'arrestation de votre double, ça vaut bien une perruque, je pense.

J'ai vu en plus un fabricant de postiches tout proche, ça serait l'occasion de vous faire une nouvelle tête.

Amandine resta pensive un instant, avant d'opiner :

— Parfait. Allons-y pour ça.

Inspecteur, si vous avez du nouveau, vous avez mes coordonnées, chez mes parents ou sur mon portable.

Ils sortirent et se rendirent immédiatement chez le perruquier situé juste à côté du commissariat.

7.

Il n'avait pas fallu longtemps à Amandine pour trouver la perruque qui lui convenait : elle avait jeté son dévolu sur un modèle qui la transfigurait en brune incendiaire. La couleur était d'ailleurs plutôt aile de corbeau que brune, ce qu'elle avait justifié, après s'être finalement pris au jeu en précisant à Gabriel :

— Je me suis toujours dit qu'un petit côté gothique, ça m'irait bien !

— Il ne te manque que quelques tatouages et piercings, et on t'imaginerait toute droit sortie d'un polar suédois !

— Gabriel Rossetti... Tu as toujours le sens de l'à-propos à ce que je vois !

— Tant qu'à faire, tu devrais aussi ajouter des lentilles de contact qui te feraient les yeux noirs, ça te rendrait encore plus méconnaissable.

La suggestion amusa Amandine, qui continuait à se regarder sous tous les angles dans les miroirs de la boutique, ayant visiblement du mal à se faire à sa nouvelle tête.

— Tu sais quoi ? Tu as raison ! Mais avant ça, on va aller manger ; nos péripéties m'ont ouvert l'appétit et ça tombe bien, il y a près de la grand-place des restaurants qu'il faut absolument que tu expérimentes : des Grecs qui font des pitas à l'agneau et au chou frais délicieuses !

Il n'en fallait pas plus pour convaincre Gabriel. Ils furent très vite dans une rue parallèle à la Grand-Place, aujourd'hui injustement dénommée rue du Marché aux fromages ; elle n'était en effet remplie que d'enseignes plus ou moins tapageuses rappelant toutes sans exception, la Grèce, ou en tous cas sa mythologie la plus connue. Ça sentait l'attrape-touriste à plein nez.

Gabriel demanda à Amandine :

— Et chez lequel de ces empoisonneurs allons-nous atterrir ?

— Ah ! Pour une fois, tu n'exagères pas totalement Gab' : la plupart de ces enseignes sont à éviter soigneusement, en dehors de celle-ci.

Elle pointa un restaurant, qui ressemblait en tous points aux autres et s'empressa d'indiquer :

— Lorsque je suis venue pour la première fois à Bruxelles, Papa m'a emmené là et m'a dit que c'était le seul restaurant du coin digne de foi, car ils avaient un roulement supérieur aux autres.
Je lui fais d'autant plus confiance qu'à une occasion où cette enseigne était fermée, je me suis aventurée en face. J'ai vomi mes tripes toute la nuit.

— Voilà qui n'est pas très rassurant, mais j'en ai vu d'autres, les cabanes à merguez sur le bord de mer en plein été, c'est une aventure à laquelle je survis régulièrement, alors allons-y !

Du roulement, il devait effectivement y en avoir, les deux étages étaient bondés, il ne restait qu'une minuscule table coincée près du débarras, au fond de la salle du rez-de-chaussée.
À peine étaient-ils installés qu'une jeune fille vint prendre leur commande qui se résumait à deux pitas et deux bières et qu'Amandine commenta en précisant :

— N'essaie même pas de commander du rosé ici, Gab', à moins que tu ne veuilles mourir dans des souffrances atroces !

— À Rome, je vais faire comme les Romains, alors la bière, ça sera parfait, d'autant que tu as déjà choisi pour nous.

— Je t'ai amené ici pour te faire partager une des rares nourritures de fast-food que j'aime, alors oui, pas le choix !

Gabriel commençait à s'habituer à la nouvelle tête d'Amandine, qui n'était pas pour lui déplaire, même si sa chevelure noire rendait ses traits plus découpés que son châtain naturel :

— Tu sais que t'es drôlement sexy, en brune ? J'ai hâte de voir ce que ça donnera avec les lentilles de contact. En tous cas, au premier coup d'œil, tu ne te ressembles vraiment pas. Je suis curieux de voir l'accueil que vont te réserver tes parents ce soir !

— Ça sera un bon test, effectivement. S'ils ne reconnaissent pas leur propre fille, je pourrais me balader tranquille dans les rues de Bruxelles.

À ce sujet, tu penses que la police mettra rapidement la main sur mon double ?

— Difficile à dire, mais si la criminalité ressemble à ce qu'on connaît sur la Côte d'Azur, je dirais que ça ne devrait pas être leur plus grosse priorité.

À moins que notre aspirant-inspecteur ne fasse du zèle. Il a l'air un peu bizarre, mais je pense qu'il est moins benêt qu'il peut paraître.

J'avais un peu de mal à le suivre, je ne suis vraiment pas habitué à son accent, ça doit être le côté flamand avec lequel je suis moins familier ; sur la Côte, j'ai eu quelques dossiers impliquant des ressortissants belges, mais de mémoire, ils étaient tous francophones, de Bruxelles ou de Liège.

Je me souviens en tous cas que les Bruxellois auxquels j'ai eu à faire parlaient fort et que les Liégeois laissaient traîner leurs mots.

De là à en faire des généralités, voilà un pas que je ne franchirai pas, cependant !

En tous cas, mes clients avaient le tutoiement moins facile, ça, c'est sûr !

— Je savais que tu t'attacherais à ce détail ; de mon côté, l'habitude du Québec et du tutoiement rapide m'ont sûrement aidé !

Ils n'eurent pas l'occasion de discuter plus avant sur les spécificités des accents locaux : leurs pitas étaient servies dans des petits paniers en osier.
Dès la première bouchée, Gabriel s'extasia :

— Je ne veux plus manger que ça dans ce pays ! C'est magnifique ! A la fois frais avec le chou et la sauce au yaourt, et la saveur de l'agneau croustillant est... Tout simplement à tomber par terre !

—Je savais bien que ça te plairait ! Et je suis sûre que ça plairait aussi à ton ami Martinez, grand amateur de Libanais devant l'éternel. C'est très différent, mais il y a des similitudes, tout de même.
Tiens, à propos, comment va-t-il ?

— Aux dernières nouvelles, il roucoulait toujours avec Chloé, dont tu te souviens certainement.
Il parle de plus en plus de mariage, et je ne serais pas étonné qu'il saute le pas...

— Ils avaient l'air de bien aller ensemble, en tous cas, même si je n'ai pas eu l'occasion de longtemps parler avec eux. Ça a vraiment l'air d'un sacré coco, ton Martinez...

— S'il n'existait pas, je ne suis pas sûr qu'il faudrait l'inventer... ! Cela dit, je l'apprécie énormément, et sous une apparence totalement dégingandée, c'est quelqu'un d'extrêmement fiable, et de brillant.
Du reste, il ne va pas être content, car si notre séjour s'éternise ici, je pense que je devrais lui confier quelques dossiers à plaider. Ou bien à Chloé, dans le cas des moins complexes.

En l'espace de ces quelques phrases, il ne restait plus rien de la pita de Gabriel, qui contemplait à regret son panier en osier, désespérément vide.

Regard qui n'avait pas échappé à Amandine :

— Tu ne serais pas le premier à en manger deux, tu sais…

— Oh, ne me tente pas ! Je vais garder de la place pour ce soir, j'ai comme l'impression que tes parents ne nous laisseront pas mourir de faim !

Ce n'était pas le genre de restaurant dans lequel on s'éternise après avoir terminé son repas, si bien qu'ils se retrouvèrent rapidement à déambuler sur la Grand-Place, que Gabriel n'avait pas encore eu l'occasion d'admirer.

La richesse ornementale des bâtiments, qu'il s'agisse de l'hôtel de ville, de la Maison du Roi ou des simples maisons, dont un grand nombre abritait aujourd'hui des cafés, était un régal pour les yeux, qui s'attardaient sur mille détails.

Pas de doute, on sentait des siècles d'histoire transpirer de cet endroit. Gabriel comprenait maintenant pourquoi elle avait été inscrite sur la liste du patrimoine mondial de l'UNESCO. La seule question qui restait en suspens était pourquoi avait-il fallu attendre 1998 pour qu'il en soit ainsi ?

Il fut tiré de ses pensées par Amandine qui le ramena à la raison première de leur visite bruxelloise :

— Dis-moi, Maître Rossetti ; puisqu'on ne sait pas encore comment la police va s'occuper de mon problème, qu'est-ce que tu suggères ?

— Si la police traîne des pieds, on déposera une plainte avec constitution de partie civile, ici. Ça ne prendra qu'un correspondant local pour signer la plainte, et Nina doit avoir un ou deux noms ; ça nous est arrivé dans quelques divorces d'avoir besoin de formalités à Bruxelles.

Mais avant d'en arriver là, on va peut-être laisser à notre aspirant-inspecteur l'opportunité de se faire remarquer.

Et puisque ton double maléfique a acheté un bon nombre de marchandises de luxe, il y a de grandes probabilités pour qu'elle les ait revendues à des receleurs. Je dirais qu'il faut chercher par là, sauf que… les receleurs ne figurent pas dans les guides touristiques…

— Peeters pourrait peut-être nous aider ?

— Oui, sauf que ça fait partie de ses tâches, et je ne pense pas qu'il va nous refiler son carnet d'adresses comme ça… Sauf si on peut l'aider à confondre ton sosie.
De toute façon, on va lui laisser une chance de nous recontacter. Dans l'intervalle, puisqu'on a tout l'après-midi devant nous, on devrait en profiter pour traîner du côté des boutiques de luxe, ton double ressemble à une accro du shopping… Même sans ta carte, elle doit sûrement poursuivre ses « activités ».

— Le plus tôt on la mettra hors circuit, le mieux je me porterais. C'est très désagréable comme sensation, l'idée d'avoir un sosie dans la nature, qui plus est avec des intentions pas très nettes.
C'est pour ça que j'ai finalement accepté de me déguiser, même si je persiste à trouver que ce n'est pas à la victime à agir ainsi…

— Considère que tu recules pour mieux sauter. Et puis, ce n'est qu'une perruque. J'espère d'ailleurs qu'elle est bien attachée, parce qu'avec le casque de moto, ça risque d'être cocasse…

— Oh pour ça, elle ne bougera pas, avec tous les fixatifs et autres colles que le vendeur a mis, j'ai même peur de ne jamais arriver à la décoller !

Ils ne prirent pas le risque de vérifier dans l'immédiat, continuant leur périple dans la asse-ville à pied et remontant jusqu'aux magasins de luxe situés en haute-ville en traversant la Place des Sablons. Non sans avoir fait une halte indispensable devant l'impressionnant Palais de Justice, dont le qualificatif le plus juste était… Monumental.

Après avoir arpenté en long et en large les magasins, ils devaient bien avouer qu'ils étaient bredouilles.

Les chances de croiser et de confondre le sosie d'Amandine étaient extrêmement minces, ils le savaient tous deux, mais avaient néanmoins tenté leur chance.

Ils en avaient profité pour acheter les fameuses lentilles de contact qui donnaient un regard noir à Amandine : elle ne se ressemblait décidément plus du tout.

En fin d'après-midi, le téléphone d'Amandine se mit à sonner : c'était le commissariat :

— Madame MacLane ? C'est Johan Peeters à l'appareil.

On a su récupérer des enregistrements de ton sosie. Tu sais passer les voir, si tu veux.

— On arrive immédiatement.

Après avoir raccroché, un sourire illuminait son visage, à telle enseigne que Gabriel pensa que son sosie avait été arrêté. Il déchanta rapidement :

— La police a un enregistrement vidéo de mon sosie, on peut aller le voir !

C'était en tous cas un début de piste.

Le trajet de retour pour redescendre en Basse-ville se fit bien plus rapidement que l'aller : d'une part parce que la topographie respectait les différences d'altitude, d'autre part parce qu'ils étaient impatients de voir enfin le visage de l'usurpatrice.

Sitôt arrivés au commissariat, ils demandèrent à voir l'aspirant-inspecteur Peeters, qui apparut au bout de quelques minutes, très excité à l'idée de partager sa trouvaille :

— Avec la perruque et les yeux noirs, j'aurais pas su te reconnaître, tu sais !

— J'ai suivi vos conseils, histoire de ne pas me faire arrêter en arrivant au commissariat…

— Venez voir tous les deux, je vais vous montrer la vidéo qu'on a récupérée chez un bijoutier du boulevard de Waterloo.

Le bijoutier avait dû investir une somme conséquente dans son système de vidéosurveillance, car la qualité du film était excellente : on y voyait le sosie d'Amandine entrer dans la boutique, tantôt de face, tantôt de dos et choisir parmi plusieurs modèles de montres.

La ressemblance était plus que frappante. Gabriel n'aurait pas été avec Amandine à plusieurs centaines de kilomètres de là au moment du tournage, il aurait donné sa main à couper qu'il s'agissait de son Amandine sur le film.

Cette dernière était plus que troublée : l'angoisse qui émanait d'elle était de plus en plus palpable.

Dès que la vidéo fut terminée, Peeters reprit :

— La ressemblance est vraiment troublante.

Tu n'aurais pas la preuve que tu étais en Italie au moment de la vidéo, je n'aurais jamais cru que ce n'était pas toi…

Tu es sûre que tu n'as pas une sœur jumelle, toi ?

— Non, je suis fille unique, ça, je peux le garantir.

— En tous cas, cette fille-là, c'est ton portrait craché.

Gabriel ajouta :

— En plus, elle est bien renseignée sur toi : regardes, elle est coiffée exactement comme toi, et elle est habillée avec ton « uniforme » de travail : jean de marque, chemise blanche.

Elle a manifestement pris ses renseignements sur toi.

D'angoissée, Amandine devint littéralement déstabilisée : il ne s'agissait définitivement pas que d'un simple vol de carte de crédit ; le pouvoir de nuisance de son double pouvait aller bien au-delà.

Elle se mit immédiatement à réfléchir fébrilement à une manière de la court-circuiter. La première chose qui lui vint en tête fut de mettre en place un code, une phrase-clé entre elle et son directeur des finances à Montréal.

Tout en y réfléchissant, elle essayait de se convaincre de la très haute improbabilité d'un tel scénario. Mais il valait mieux rester prudent. Et appeler sa banque à Montréal également, pour établir un protocole de sécurité supplémentaire.

Ça ne pourrait pas faire de mal.

Mais elle savait que la seule solution était d'arrêter son double.

Ils s'apprêtaient à prendre congé lorsque Gabriel se souvint de leur conversation concernant les receleurs :

— Inspecteur, vu la nature des marchandises détournées, il est très probable qu'elles aient été revendues à des receleurs, vous ne croyez pas ?

— À ton avis ?

Gabriel ne saisissait pas ce qu'il voulait dire par là, mais ça avait tout l'air d'un acquiescement :

— On est en train de faire le tour des receleurs, mais comme tu te doutes, il n'y en a pas que deux à Bruxelles, donc ça va prendre du temps, et il faut s'assurer qu'ils parlent, ou qu'on ait de quoi les faire parler, sinon, bernique !

Gabriel poursuivit :

— En tous cas, si vous avez besoin d'un sosie du sosie, vous n'avez qu'à appeler, Madame MacLane pourra jouer le rôle sans difficulté, à voir la vidéo.

À propos de vidéo, est-ce qu'on peut avoir de façon informelle une copie ?

Peeters commençait déjà à réfléchir à la façon de surprendre le sosie avec la vraie Amandine MacLane.

L'idée méritait d'être creusée.

Elle l'avait en tous cas suffisamment séduit pour qu'il accepte de bon gré de faire une copie sur DVD de la vidéo qu'ils venaient de voir.

8.

Amandine avait demandé à Gabriel de se garer un peu en retrait de la maison familiale, située dans une des parties les plus verdoyantes d'Uccle, relativement excentrée du centre-ville. Elle voulait tester la crédibilité de son déguisement.

Lorsqu'elle sonna à la porte, son père vint ouvrir et la dévisagea d'un air presque méfiant :

— Bonjour, c'est à quel sujet, Madame ?

Amandine hésitait à répondre, se doutant que sa voix la trahirait. Elle tenta néanmoins le coup :

— Bonjour Monsieur, je suis tombée en panne à quelques centaines de mètres d'ici, et je me demandais si vous pourriez m'amener à un garage pour me faire dépanner...

Le visage de Peter MacLane se fit de plus en plus interrogatif et il fixa intensément l'impromptue visiteuse, ne sachant quoi répondre.

— C'est vraiment urgent, papa...

Après quelques secondes d'étonnement, il s'écria :

— Amandine ! C'est toi ? On n'est pas à Mardi gras pourtant ! C'est quoi cette blague ?

Visiblement bon public, il était passé de l'étonnement à une quasi-hilarité.
D'un geste de l'index sur sa bouche, il fit mine à sa fille de ne rien dire de plus et se retourna vers l'intérieur de la maison :

— Hélène, viens voir, s'il te plaît…

Hélène MacLane s'approcha, l'air interrogatif et regarda la jeune femme à la porte :

— Alors, Amandine, qu'as-tu fait de ton ami ?

Pour l'effet de surprise, c'était raté de ce côté-là…
Amandine fit signe à Gabriel, de s'approcher et se retourna vers sa mère l'air quelque peu déconfit :

— Maman, je pensais que j'arriverais à te piéger aussi. Je suis déçue…

— Ma chérie, c'est moi qui t'ai mise au monde, tu sais, et puis, avec ta veste en daim, tu es facilement reconnaissable, même avec une perruque et des lentilles de contact…

— Rassure-moi, sans la veste, tu aurais au moins mis quelques secondes à me reconnaître ?

— Quelques secondes, oui. Mais je ne suis pas le meilleur public pour ça, je te connais trop bien, tu sais…
Mais ne restez pas sur le pas de la porte, et viens plutôt nous raconter ce qui t'est passé par la tête !

Amandine entreprit de raconter les démarches effectuées dans la journée, aussi bien dans les boutiques de luxe qu'au commissariat. Elle termina son récit sur la suggestion de la police de se déguiser pour éviter toute confusion le temps qu'ils arrêtent le « vrai » sosie.

Peter ne put s'empêcher, comme Amandine avant lui, de remarquer :

— C'est quand même assez fou que ce soit la victime qui doive changer son apparence… !

Hélène, visiblement pas du même avis, poursuivit :

— En tous cas, il a de la suite dans les idées, ce policier, moi je trouve ça original sa suggestion, et puis ça évitera qu'Amandine ne se fasse arrêter pour rien.

En plus, ça te va bien les cheveux noirs, même si tu as l'air un peu plus… inquiétante !

— Papa ? Tiens, voici un DVD contenant le film de vidéo-surveillance d'une boutique visitée par mon double ; tu peux passer ça sur la télévision ?

Peter s'exécuta et tant sa femme que lui demeurèrent bouche bée devant la ressemblance frappante entre le sosie et l'original :

— C'est vraiment troublant cette ressemblance, tu ne trouves pas, Hélène ?

Celle-ci était visiblement interpellée par cette ressemblance et semblait perdue dans ses pensées.

— Hélène ?

Elle sursauta un bref instant, avant d'acquiescer :

— J'espère qu'ils parviendront à mettre rapidement la main sur ton sosie, ma chérie. J'imagine que tu n'as pas envie de porter la perruque *ad vitam aeternam…*

— Non, et d'ailleurs, je vais aller l'enlever, si ça ne vous ennuie pas, car ça commence à sérieusement me démanger le cuir chevelu…

Gabriel demeura seul avec les parents d'Amandine, qui s'empressèrent de meubler la conversation.

Ce fut l'occasion pour Gabriel de féliciter Peter pour son choix judicieux de restauration grecque :

— Ah ! Chaque fois qu'elle vient à Bruxelles, il faut que je l'emmène ! C'est une occasion pour moi d'y aller également et il faudra qu'on y retourne, sans quoi le séjour me laisserait un arrière-goût de frustration.

Hélène embraya :

— En parlant de nourriture, mais, un peu plus élaborée, cette fois, je n'ai pas eu le temps de concocter une spécialité belge, qui demande un long temps de cuisson mais j'ai un bon traiteur... Ce soir, vous allez goûter à de vraies carbonades flamandes !

— Ah ! Voilà un autre plat que je ne connais pas et que j'ai hâte de découvrir.

— Vous ne serez pas déçu, vous allez voir.

Effectivement, ce qui ressemblait à un ragoût avec une sauce brune épaisse s'avéra délicieux. La généreuse adjonction de bière dans la préparation n'y étant pas pour rien et attendrissait la viande de façon très particulière.

Ça n'avait définitivement pas l'air d'être de la haute gastronomie, mais les apparences étaient, encore une fois, trompeuses.

9.

Amandine n'était pas encore tout à fait réveillée lorsque son téléphone se mit à ronronner.

C'était le commissariat :

— Allo ? Madame MacLane, c'est Peeters à l'appareil.

Est-ce que tu saurais une fois passer au commissariat ce matin ?

Amandine regarda rapidement le réveil de la chambre d'amis et répondit du tac au tac :

— Bonjour Inspecteur. Oui, sans problème. Onze heures, ça irait ?

— Ça ira, mais pas plus tard, s'il te plaît, tu vas voir, j'ai eu une idée, ça va te plaire !

Il raccrocha quasiment immédiatement, sans laisser le temps à Amandine de lui poser la moindre question au sujet de sa fameuse idée.

Il était à peine huit heures trente, ce qui laisserait à Gabriel, qui dormait encore du sommeil du juste, le temps de se réveiller.

Elle l'avait connu debout à des heures bien plus matinales ; c'est à croire qu'il poussait la déconnexion du travail jusqu'à modifier son cycle de sommeil.

Amandine quitta la chambre, par l'odeur de café frais alléchée.

Son père n'était pas encore parti travailler, ce qui leur donna l'occasion d'un moment de relative intimité.

Il en profita pour faire ce qu'il n'avait pas encore fait : donner son avis sur Gabriel.

— Amandine, je dois te dire une chose. Je ne connais pas très bien ton Gabriel, mais il me fait une très bonne impression, tu sais.

Si j'étais ta mère, je te dirais que c'est autre chose que ton ex-mari...

— Une chance que tu sois mon père, alors ; ça m'épargne ce genre de remarques, effectivement... !

Lorsqu'elle s'était mariée avec Frank, elle avait bien senti que son père, bien qu'il n'en ait rien dit, ne l'aimait pas vraiment. Non pas qu'il le détestât, mais Amandine connaissait suffisamment son père pour savoir quand il avait ses réserves sur quelqu'un.

L'amour paternel avait pris le dessus et, même après la fin de son union avec Frank, il n'en avait jamais reparlé. Curieux contraste avec son caractère bien trempé, il faisait parfois preuve d'étranges silences sur certains sujets.

— En tous cas, j'aime ce que je vois dans les yeux de Gabriel : d'abord, ils sont vifs et ça se voit tout de suite qu'il est honnête. Ça n'est sûrement pas le genre d'avocats à défendre n'importe quelle crapule, ni à dire n'importe quoi.

— Tu as bien raison, papa, c'est d'ailleurs pour ça que je lui ai fait confiance quand nous nous sommes rencontrés, les yeux ne mentent pas quand on sait les lire, et je dois tenir ça de toi...

— En tous cas, ma chérie, même si tu n'as pas besoin de ma bénédiction, je l'aime déjà beaucoup.

Et ta mère aussi, mais ça, dès qu'elle en aura l'occasion, je suis certain qu'elle sera très prolixe sur le sujet !

— Elle t'a dit qu'elle a fait sa connaissance alors qu'il était quasiment en tenue d'Adam ?

— Oui ! Ça fera de quoi alimenter vos conversations mère-fille !

Hélène adorait Amandine, mais à l'adolescence, elle était plutôt du genre garçon manqué, toujours fourrée derrière un ordinateur, au grand désespoir de sa mère, qui aurait tellement aimé faire les boutiques avec elle... ce qui n'intéressait absolument pas sa fille.

Ces dernières années, Amandine avait peu à peu abandonné ce côté garçon manqué mais, comme elle vivait à six mille kilomètres, ça ne rendait pas le shopping avec sa mère plus facile.

La conversation s'arrêta là, interrompue par l'arrivée de Gabriel, qui eut à peine le temps de saluer Peter, sur le départ.
Amandine leur relata l'appel téléphonique de Peeters, ce qui éveilla également la curiosité de Gabriel :

— Notre bon inspecteur va t'envoyer sur le terrain, je suis prêt à le parier.

— J'espère bien, car je ne compte pas te faire visiter pendant une semaine Bruxelles, je suis à peu près sûre que tu te moques comme de ta première culotte de voir l'Atomium ou le Palais Royal...

— Disons qu'après la Toscane, j'ai un peu ma dose du tourisme culturel, mais pour ce qui est de la gastronomie, je suis toujours partant !
Cela dit, il ne faut pas qu'on s'éternise trop non plus, du reste, je vais devoir passer quelques coups de fil pour m'assurer que Nina n'est pas noyée sous les dossiers...

— Profites-en, on a une grosse heure devant nous. Tu peux t'installer dans le bureau de papa ; moi je vais appeler Montréal depuis la chambre, j'ai aussi mes affaires à suivre...

— Merci, Madame le Président Directeur Général !

—Je vous en prie, mon cher Maître !

Ils aimaient bien s'envoyer leurs titres respectifs à la figure, chacun admirant visiblement les activités de l'autre, bien qu'elles fussent aux antipodes.

10

— Bonjour Nina, c'est Rossetti, comment ça va aujourd'hui ?

— Maître Rossetti ! Je vous manque tant que ça, pour que vous m'appeliez alors que vous êtes en vacances romantiques en Toscane, à roucouler avec votre Canadienne ?

— Ah ah ! Le romantisme en a pris un coup, on n'est plus en Toscane, on est en Belgique, chez les parents d'Amandine…

Nina l'interrompit avant qu'il ait fini sa phrase :

— Eh bé ! Ça devient vraiment sérieux entre vous, à quand le mariage ?

— Demandez ça à Martinez plutôt, c'est lui qui va convoler en justes noces le premier, croyez-moi !

— Ouais… Si on m'avait dit ça il y a six mois, jamais je l'aurais cru, mais y'a que les imbéciles qui changent pas d'avis…

— Justement, à propos de Martinez, on risque d'avoir besoin de lui car mon séjour au plat pays risque de durer plus longtemps que prévu. Figurez-vous qu'Amandine s'est fait pirater sa carte bancaire : cent mille dollars évaporés, et les transactions ont été faites ici, en Belgique.
Le plus fort, c'est qu'ils ont imité à la perfection sa signature, et que la personne qui utilise sa carte, c'est son sosie parfait.

— C'est plus la Canadienne que je vais l'appeler votre copine, c'est la scoumoune ! C'est un aimant à embrouille cette fille-là, c'est pas possible !

— Nina, vous n'en ratez jamais une !

— Je vais pas changer à mon âge, Maître Rossetti. En tous cas, on n'arrête pas le progrès, justement dans le Nice-Matin, ils parlaient des cartes bancaires des étrangers clonées, cet été il paraît que ça a été un record, que ce sont des Roumains ou des Albanais qui organisent le trafic, enfin, vous voyez le genre...

— Mouais, j'imagine... Pour en revenir au sosie, elle n'a pas l'air roumaine ou albanaise pour un sou, mais j'en parlerai à la police de Bruxelles. On doit aller voir l'inspecteur qui s'occupe de l'enquête en fin de matinée.

Dites-moi Nina, j'ai regardé l'agenda de la semaine prochaine, lundi c'est tranquille, mais mardi, il y a plusieurs audiences aux affaires familiales, par mesure de précaution, on va les confier à Martinez ou sa chérie. Plutôt sans doute à cette dernière, car Martinez aux affaires familiales, c'est un éléphant dans un magasin de porcelaine...

— Justement, je finis de préparer les dossiers d'audience pour mardi, et n'oubliez pas que mercredi il y a le dossier des médecins aux prud'hommes, la requalification du contrat de travail de leur secrétaire. Celle-là, quelle peau de vache...

— Ah, ça, vous pouvez le dire, mais ils n'y couperont pas, ils ont beau avoir été de bonne foi, le droit du travail est contre eux, et ça va profiter plein pot à leur secrétaire.

La prochaine fois, peut-être qu'ils viendront me voir avant d'envoyer n'importe quelle lettre de licenciement, c'est comme si moi je me mettais à faire des ordonnances... Chacun son métier.

— Et pan ! C'est vrai qu'ils ont été un peu cons, mais quand même...

— C'est une belle cause perdue, comme les aime Martinez, ça lui ira comme un gant.

Ça fait le tour des gros dossiers de la semaine, je pense ; si jamais il y a quoi que ce soit, vous m'appelez, hein, je ne serais pas en train de roucouler sous une tonnelle toscane.

— Ah c'est sûr que la Belgique, ça doit vous changer. C'est vrai qu'il pleut tout le temps, là-bas ?

Mon Dieu, je pourrais pas supporter ça…

— Nina, ça fait deux jours qu'on est là, et je n'ai pas encore vu la pluie, il fait même très beau.

— Vous avez dû tomber dans les deux jours de beau temps de l'année, vous allez voir… !

Il prit rapidement congé de Nina, qui pouvait être intarissable, aussi bien sur la météo de n'importe quel pays, y compris ceux, comme la Belgique où elle n'avait jamais mis les pieds, que sur les clients, sur lesquels elle avait toujours son avis, tranchant comme une lame de rasoir.

C'était au tour de Martinez, à présent :

— Martinez ? T'es encore au café, je parie ?

— Ah putain de toi, t'es toujours aussi gracieux, toi… Eh bien non, figure-toi que MOI, je travaille, je suis au Palais à attendre de plaider, ce qui arrivera peut-être avant la prochaine mort d'évêque…

Et toi, toujours à roucouler avec Miss Fortune 500 sous le soleil d'Italie ?

— Justement non, c'est pour ça que je t'appelle, on est en Belgique. Amandine s'est fait cloner sa carte de crédit et ils ont dépensé cent mille dollars ici à Bruxelles, alors, dépôt de plainte, enquête, tu connais la chanson, pas la peine que je te détaille tout par le menu.

— Ben dis donc ! Elle fait pas les choses à moitié !

Continue comme ça et tu vas nous refaire « Pour l'amour du risque » !

— Ce que tu peux être con, Martinez, des fois !

— Merci. Enfin quelqu'un qui me reconnaît à ma juste valeur !
Mais, tu m'appelles pas juste pour mes beaux yeux, hein ?
Qu'est ce que je vais, encore, devoir faire pour toi ?

Martinez insistait évidemment sur « encore »… Il était vrai que
ces derniers temps, Gabriel l'avait beaucoup sollicité.
Gabriel avait sa petite idée pour lui faire digérer la pilule :

— Dis-moi, Chloé, elle pourrait s'occuper de dossiers aux
affaires familiales pour moi la semaine prochaine ? Pas grand-
chose, et elle, je la paierais, ça pourrait l'aider, tu ne crois pas ?

— Alors elle, tu la paies, et moi je te remplace pour tes beaux
yeux ? Sympa les copains !

— Avec tout ce que tu me coûtes en repas, ça me reviendrait
moins cher de te payer, parce que toi, mieux vaut t'écrire que te
nourrir !

— Mouais… Enfin, ce que je comprends, c'est que tu préfères
ma Chloé pour tes dossiers familiaux, et que moi, je peux crever la
gueule ouverte !

— Mais non, Martinez, pour toi j'ai un super dossier aux
prud'hommes, un cas désespéré de requalification de contrat de
travail, tu vas a-do-rer !

— Je savais que je pouvais compter sur toi…
Tu te rends quand même compte que je ne suis pas dupe de tes
viles manœuvres pour me faire encore prendre des dossiers à toi,
en te servant de Chloé en plus…

— Voyons, Robert, tu me connais assez pour savoir que je n'y
avais même pas pensé, mais si tu veux le voir sous cet angle… Tu
as peut-être raison !

Sauf que tu peux dire à Chloé que si elle a besoin de s'installer à mon cabinet, qu'elle ne se gêne pas, je suis sûr que le courant passera entre elle et Nina.

Gabriel savait d'expérience que la plupart des avocats stagiaires étaient souvent mal lotis chez leurs patrons de stage, que ce soit en termes de tâches ingrates ou d'espace de bureau, le plus souvent relégués dans un coin obscur du cabinet.

— On va passer d'ici la fin de la semaine voir Nina et récupérer les dossiers. Mais ça te coûtera un méchant repas, tout ça, avec Chloé à nourrir en prime !

— Je ne voyais pas les choses autrement, vous êtes comme des inséparables, tous les deux, je vous entends d'ailleurs roucouler d'ici...

— Ben voyons, c'est vraiment l'hôpital qui se fout de la charité ; en parlant de roucouler, tu ne laisses pas ta part au chat, tu veux que je te rappelle la fameuse soirée de gala à Cannes ?

— Ça ira Martinez, je ne te rappellerai pas non plus quand tu m'as présenté Chloé, comme ça, on se tient mutuellement, hein.

Martinez avait beaucoup de défauts, mais Gabriel pouvait compter sur lui. Et de ce qu'il avait vu de Chloé, il n'y avait aucune raison de ne pas lui faire confiance ; d'autant moins que ça faisait un petit moment qu'il songeait à s'adjoindre les services d'une collaboratrice à plein temps.

Lorsqu'il revint au salon, Amandine se préparait pour leur visite au commissariat. Elle avait expédié les affaires courantes de Stuff for Fun assez rapidement : après tout, comme Gabriel, elle était censée encore être en vacances.

11.

Gabriel et Amandine commençaient à être familiers du commissariat central.

Lorsqu'ils arrivèrent, Peeters était justement en train de traverser le hall d'entrée, au pas de course.

Il s'arrêta en les voyant :

— Ah ! Vous tombez bien, venez avec moi tous les deux !

Il s'était à peine arrêté, si bien que Gabriel et Amandine lui emboîtèrent le pas sans mot dire, pour se retrouver dans un grand bureau, à l'intérieur duquel deux policiers en civil se trouvaient déjà.

Peeters était très impatient de dévoiler son plan :

— Voici Patrick et Hugo, qui ont fait des recherches sur les receleurs bien connus des services de police, comme on dit, hein.

À vue de nez, on a deux clients qui refourguent ce genre de marchandise, les deux sont localisés du côté des Marolles.

Ça est un charmant quartier, tu sais, enfin si on met à part le grand nombre de malfrats qui y traînent.

Comme Monsieur l'Avocat... Tu m'excuses, hein, j'ai oublié ton nom...

— Rossetti, Gabriel Rossetti.

— Voilà, comme Maître Rossetti l'a suggéré hier, on devrait une fois essayer d'envoyer Madame MacLane, qui se fera passer pour son sosie.

Ça a l'air un peu comique, comme ça, mais j'y ai bien réfléchi et c'est notre meilleure chance.

Patrick et Hugo connaissent bien le quartier et ces deux receleurs-là, ils passent vraiment en dessous du radar, on ne sait pas comment leur tirer les vers du nez, en ce moment.

Alors, toi, Madame MacLane, tu vas y aller, sans ta perruque, hein, parce que sinon, ils ne te reconnaîtront pas, c'est sûr, et tu vas dire que tu veux récupérer ta marchandise.

Il faudra y aller au culot, mais ça, tu sais faire, pas vrai ?

Amandine répondit immédiatement :

— Et quand bien même, j'ai vraiment envie que ça cesse cette mascarade. Savoir que quelqu'un se promène avec mon apparence et sous mon identité, je déteste ça.

— C'est notre meilleure chance, même si tu vas un peu jouer au vogelpick, mais bon, si tu n'es pas chez le bon receleur, tu passeras juste pour une zot, et ça, on n'en meurt pas... Parce que sinon, je serais mort depuis longtemps, ah ah ah !

Amandine avait sa petite idée sur le mode opératoire : puisque la ressemblance était si frappante, elle serait très certainement reconnue aussi facilement que dans les magasins où les achats avaient été effectués ; elle n'aurait donc peut-être même pas à parler.

Gabriel, de son côté, envisageait les choses sous un autre angle :

— Ça peut quand même devenir dangereux, cette affaire-là...

Peeters avait pensé à ça :

— Non, peut-être !

C'est pour ça que Patrick et Hugo seront dans le coin, et que Madame MacLane, aura un micro, comme ça, au moindre problème, bardaf, ils déboulent et crois-moi, ce sont pas des comiques !

À bien y regarder, ils semblaient plus sortis d'une série télévisée américaine que d'un épisode de Derrick : Patrick était chauve comme un œuf, avec un gabarit de lutteur. Quant à Hugo, même s'il était plus fin avec son physique très sec, il devait être du genre à vous coller un coup de poing plus vite qu'un éclair.

Amandine n'avait en tous cas pas froid aux yeux ; elle ajouta :

— En plus, Maître Rossetti va veiller sur moi, en même temps que les deux agents ici présents, je ne risque pas grand-chose !

Peeters était très satisfait qu'Amandine le prenne ainsi :

— Alors, maintenant, on va t'installer le micro et puis après ça, on y va.
Suis-moi, c'est un agent féminin qui va s'occuper de ça, parce que nous, hein, on veut pas de plaintes pour harcèlement sexuel, ah ah !

Décidément, un vrai boute-en-train, ce Peeters.

Amandine le suivit dans un bureau mitoyen, où un officier de police féminin lui installa le micro sous sa chemise ; elle en profita pour enlever sa perruque et ses lentilles de contact.
Sitôt revenue, ils s'engouffrèrent dans la voiture de service de Patrick et Hugo, direction le quartier des Marolles.

12

À peine étaient-ils garés sur la rue Blaes que Patrick expliqua à Amandine où se situait le premier receleur :

— Le premier magasin à visiter, c'est une friperie, enfin, ça, c'est la couverture, mais il y a souvent des vêtements volés lors des cambriolages, et des accessoires, comme des sacs et des trucs comme ça. Eux, ils ne font pas de bijoux, donc ne demandez pas ce genre de choses. Si jamais les sacs ont été fourgués quelque part, il y a de grosses chances que ce soit là.

Le but, c'est de vérifier soit qu'ils ont encore la marchandise, soit qu'ils l'ont vendue, rien de plus.

S'ils l'ont encore et que vous voulez la récupérer, il faudra sûrement payer.

Il lui tendit une liasse de billets, qu'il retint au dernier moment :

— Il y a dix mille euros dedans, sûrement bien plus que l'argent remis à votre sosie ; les billets sont marqués, je dis ça comme ça !

— Ne vous en faites pas pour ça, je ne suis pas mon sosie !

Et elle sortit en claquant la portière, se dirigeant d'un pas décidé vers la friperie qui lui avait été désignée.

La boutique dégageait une odeur qui était un mélange de vieux vêtements moisis, de boules à mites et d'un parfum d'ambiance, rendant le tout relativement nauséabond.

À peine Amandine eut-elle franchi le pas de la porte qu'elle fut accueillie par un grand sourire de celui qui devait être le patron : un petit moustachu qui devait se laisser aller sur la bière, vu son estomac impressionnant.

Elle n'eut effectivement pas un mot à dire :

—Julie… Toujours aussi belle !
Qu'est-ce que tu m'amènes aujourd'hui ?

— Rien. En fait, je voudrais savoir si tu as encore la marchandise… J'ai besoin d'en récupérer une partie.

Le receleur eut l'air étonné :

— Ah ! Tout est parti comme des couques, tu sais, ça a pas pris deux jours et *salut en de kost !*
D'ailleurs, si tu sais en avoir d'autres, j'ai des clientes à tire-larigot, sais-tu.

Tout en jetant un coup d'œil dans tous les coins de la boutique, Amandine se contenta de dire :

— Rien pour l'instant. Allez, je me sauve.

Elle tourna les talons sans s'éterniser, réalisant soudainement qu'ils avaient négligé un élément concernant son sosie : personne ne s'était posé la question de savoir si elle avait un fort accent belge ou pas.
En tous cas, l'accent à géométrie variable d'Amandine, selon qu'elle se trouve au Québec ou dans le sud de la France n'avait pas fait tiquer le moustachu.
Elle ne put cependant s'empêcher d'en éprouver, rétrospectivement, une angoisse irrépressible.

Lorsqu'elle rentra dans la voiture de Patrick et Hugo, elle regarda Gabriel en lançant à la cantonade :

— Dites, on avait oublié un élément ! L'accent de mon sosie ! Ça aurait pu tout faire foirer !

Hugo intervint, sans se démonter :

— On n'a pas raté une miette de la conversation et ça n'a pas eu l'air de poser le moindre problème.

Gabriel était aussi coupable que tous les autres de ne pas y avoir songé et se trouva bien négligent sur le coup :

— Bon sang ! Une chance que ça ne t'ait pas posé de problèmes !

Il attrapa la main d'Amandine, qu'il serra entre les siennes et poursuivit :

— En tous cas, tu as été parfaite !

Patrick en profita pour intervenir :

— On a de quoi mettre au frais Michel, le receleur que tu viens de voir, mais si tu te sens, on devrait aller faire un tour chez l'autre, qui s'occupe des montres de luxe, comme ça, en coffrant les deux, on pourra vérifier s'ils nous mentent ou pas au sujet de cette Julie.

Amandine réfléchit un instant. Son angoisse était passée, en grande partie grâce au fait qu'elle se trouvait dans la voiture, avec les deux policiers, mais surtout avec Gabriel :

— Tant qu'on y est, on aurait tort de s'arrêter !

Il n'en fallait pas plus à Patrick pour démarrer le véhicule et quitter son stationnement sans se soucier d'éventuelles voitures qui pourraient arriver.
Après avoir parcouru plusieurs rues - Gabriel aurait juré qu'ils avaient tourné en rond - Patrick se gara et dit :

— Le deuxième receleur, c'est Amine, il a sa boutique au-dessus du magasin de brocante ici.

Il pointait un bâtiment à la devanture plutôt minable, avec une porte à gauche de la vitrine, qui devait mener aux appartements situés au-dessus.

Gabriel trouvait ça bien plus glauque que le premier endroit et précisa immédiatement qu'il accompagnerait Amandine.

Les policiers n'objectèrent pas, après tout, cette fameuse Julie pouvait très bien être accompagnée.

Amandine, qui était encore un peu ébranlée par le contrecoup de sa première visite, marchait d'un pas moins assuré. Gabriel appuya sur l'unique sonnette et la porte se débloqua automatiquement.

Ils pénétrèrent dans un couloir défraîchi et montèrent à l'étage, s'arrêtant sur le palier et ouvrant la première porte qu'ils rencontrèrent.

Le scénario se répéta avec Amine, comme avec le moustachu :

— Julie ! Quand tu veux tu me ramènes des tocantes comme la fois passée ! Elles se sont envolées !

Elle n'aurait même pas à poser la question.

Pour éviter qu'Amandine ne doive prendre la parole, Gabriel s'écria :

— Oh, Julie ! Comme c'est dommage ! Tu m'en avais parlé et je rêvais d'en acheter une à bon prix...

Amine, qui, bien que receleur n'en était pas moins commerçant, lui dit :

— Cher Monsieur, je peux vous montrer ce que j'ai d'autre, ne bougez pas.

Il partit dans une pièce qui devait lui servir d'arrière-boutique, ce qui laissa à Gabriel le temps de faire un clin d'œil à Amandine.

Amine revint avec un présentoir rempli de montres de luxes, qui avait dû faire les beaux jours d'une grande bijouterie avant d'être vraisemblablement raflé en même temps que la marchandise.

Après que Gabriel ait fait mine de regarder attentivement chacune des montres, il fit une moue dubitative et dit :

— Elles sont très belles, mais ce n'est pas ce que je cherche ; elles sont un peu trop… clinquantes.

Amine, décidément très affable, répliqua :

— Revenez quand vous voulez, même sans Julie, je reçois régulièrement de nouveaux arrivages !

Ils prirent congé sans s'éterniser. Amandine avait réussi à ne pas dire un seul mot.

Lorsqu'ils remontèrent dans la voiture de police, Patrick démarra aussitôt et fit route vers le commissariat :

— On a ce qu'il nous faut grâce aux enregistrements.
On va laisser passer quelques heures et en fin de journée, juste avant qu'ils ferment, on va les coffrer.
Ils sont toujours plus bavards quand on les coffre le soir que le matin.

13.

Amandine et Gabriel étaient à présent à l'extérieur du commissariat.

Après que le micro eut été ôté, la perruque et les lentilles remises, ils n'avaient plus aucune raison de s'éterniser sur place.

Peeters leur avait promis de leur donner des nouvelles, mais il ne fallait pas en attendre avant la soirée, ou plus vraisemblablement le lendemain matin, sauf urgence.

L'estomac de Gabriel commençait à crier famine :

— Tu vas dire que je ne suis peut-être qu'un ventre, mais je commence à avoir sérieusement faim, moi !

— Après le grec, je t'emmène dans un endroit plus huppé, pas loin, dans les galeries de la Reine, une taverne authentique de Bruxelles, déguster des spécialités belges. À moins que tu ne veuilles céder aux traditionnelles moules-frites ?

— Je me sens plus d'humeur taverne, moi, allons-y pour ça !

Ils n'eurent pas besoin de prendre la moto, les galeries de la Reine se trouvant à proximité de la Grand-Place et du commissariat.

Une taverne qui aurait parfaitement eu sa place à Paris, si ce n'est la carte, remplie de plats typiquement locaux.

Gabriel, sur les conseils d'Amandine, commanda les « fameuses » croquettes aux crevettes grises, suivies d'un waterzooie de volaille aux petits légumes.

Elle l'avait assuré que si après ça, il avait encore faim, seul un « fritkot » pourrait le rassasier !

Si Gabriel n'avait aucune idée d'à quoi pourrait bien ressembler du waterzooie, qu'Amandine prononçait d'ailleurs « waterzouïe », il avait sa petite idée sur ce qu'était un fritkot, ayant remarqué à quelques endroits de la ville des baraques préfabriquées qui lui rappelaient étrangement les caravanes installées le long des plages entre Nice et Antibes.

Les croquettes aux crevettes s'avérèrent effectivement délicieuses, accompagnées de branches de persil frit : un régal, dommage qu'il n'y en ait eu que deux dans l'assiette se dit-il.

Amandine guettait ses impressions avec l'impatience d'un enfant la veille de Noël ; elle connaissait suffisamment bien Gabriel pour savoir qu'il était fin gourmet et elle avait l'occasion de lui faire découvrir des saveurs « exotiques » et ne s'en privait pas.

Après qu'elle eut constaté avoir visé juste quant à la commande, elle glissa à Gabriel, entre deux bouchées :

— Tu sais, Gab', ça n'arrête pas de me trotter dans la tête cette affaire de sosie. Elle me ressemble tant cette Julie, je trouve ça vraiment... troublant.

— J'avoue que j'avais vraiment l'impression de te voir sur les vidéos de surveillance. Mais, à mon avis, c'est plus une arnaqueuse qui a dû rebondir sur le nom figurant sur ta carte de crédit... Elle a sûrement lu des articles te concernant - tu as quand même fait l'objet d'une grosse couverture médiatique, pas juste dans la presse spécialisée - et elle aura saisi la balle au bond en se grimant comme toi.
Si ça se trouve, au naturel elle est brune aux yeux noirs, comme toi en ce moment...

— Ça serait vraiment une drôle de coïncidence...

— Je vois bien que tu es inquiète, mais ne t'en fais pas, jolie brune, une fois que ton sosie sera sous les barreaux, ça sera la fin de tes soucis. Et maintenant que ta carte de crédit est protégée par une puce, ce genre de mésaventure ne devrait pas t'arriver à nouveau de sitôt.

Gabriel était rassurant, mais Amandine n'arrivait pas, en dépit de gros efforts, à être aussi optimiste sur ce point. Après tout, c'est elle qui avait un parfait sosie en circulation, pas lui :

— Comment tu réagirais, toi si tu avais un double dans la nature ?

Gabriel réfléchit quelques instants, alors que le serveur débarrassait les entrées :

— Eh bien, je crois que je trouverais ça bizarre, certainement. Mais j'aimerais le rencontrer, apprendre à le connaître, sans doute pour voir si, au-delà de la ressemblance physique, on a partagé un parcours commun, je ne sais pas, ça serait un peu comme un frère qui me tombe du ciel...

— Oui, enfin tant qu'il n'usurperait pas ton identité...

— Effectivement. Et je te concède que dans ton cas, c'est problématique. Cela dit, elle s'est fait passer pour toi, uniquement pour se servir d'une carte volée, pas pour faire une conférence de presse non plus.
D'ailleurs tu sais que plein de célébrités ont des sosies ? Grâce à mes saines lectures de salle d'attente, j'ai appris que tous les membres de la famille royale d'Angleterre, la Reine en tête, avaient des sosies, qui parfois les remplaçaient dans certaines circonstances. Il y a même des agences spécialisées dans les sosies.
En tous cas, si tu as besoin de quelqu'un pour te remplacer, maintenant tu sais vers qui te tourner !

— Gabriel. En d'autres circonstances, j'aurais trouvé ça drôle, mais là, non, désolée.

— Tout va s'arranger, Dine. Je les trouve drôlement efficace les flics ici, ils sont plus sur la brèche que leurs collègues méridionaux.

Enfin, si on demandait à des avocats belges, ils seraient sans doute autant désabusés que moi sur leurs policiers... L'herbe est toujours plus verte chez le voisin. Mais quand même, je les trouve rapides à agir et ça fait plaisir de voir qu'ils nous impliquent dans leur enquête.

— Oui, tu as raison. Mais s'il n'y avait pas eu cette histoire de sosie, peut-être que les choses auraient été différentes.

— C'est bien possible.

Ils furent interrompus par le serveur qui amenait leurs plats, Gabriel allait enfin savoir à quoi ressemblait ce fameux waterzooie.

Il s'agissait en fait de morceaux de poulet et de petits légumes coupés en julienne, le tout nageant dans une sauce à la crème très liquide.

C'était délicieux et très légèrement citronné. Chaque bouchée devait se compter en centaines de calories, ce qui fit dire à Gabriel :

— Je pense qu'on se passera de fritkot pour le dessert, avec ça, je vais tenir contre le vent !

— Je t'ai choisi des plats à la hauteur de ta fringale, contente que ça te plaise.

La prochaine fois, tu n'échapperas pas aux traditionnelles moules-frites !

— Ça, j'y compte bien et je suis étonné de ne pas encore y avoir eu droit...

— Je voulais commencer par te faire goûter des plats un peu moins connus outre-Quiévrain.

Ca te fera des récits culinaires à raconter à ton « partner in crime » de ripailles !

Comment va-t-il d'ailleurs ?

— Toujours égal à lui-même. Il va s'occuper de dossiers pour moi la semaine prochaine, un en particulier, aux prud'hommes. Les autres, en droit familial, c'est sa chérie, Chloé, qui va s'en charger.

Du reste, à mon retour, je pense que je lui proposerai une collaboration à temps plein, si ses résultats dans les dossiers sont convaincants. Mais de ce que je sais d'elle, il n'y a pas de raison d'en douter.

— Le cabinet Rossetti va s'agrandir, on dirait ! Bientôt une multinationale !

— Oula ! N'exagérons rien. Vu qu'il t'arrive tout le temps des histoires pas possibles, je n'ai pas le choix... D'ailleurs, je t'ai pas dit ? C'est officiel, Nina t'a trouvé un vrai surnom : la scoumoune !

— Ah ben c'est agréable... ! Enfin, elle a pas complètement tort, je commence à les collectionner les emmerdes...

— Ne t'en fais pas, je ne suis pas superstitieux. Enfin, pas pour ça !

— Ah ! J'en apprends tous les jours sur toi, décidément... Une patte de lapin cachée dans tes poches, un trèfle à quatre feuilles dans le portefeuille ?

— Non, non, c'est plus... folklorique. Je t'en parlerai un de ces jours. Peut-être...

— Ah, et maintenant, le mystérieux Maître Rossetti... Bon, je n'insiste pas, pour le moment, en tous cas. Mais si tu as des grigris contre les sosies, je suis preneuse !

— Je crains que nous n'ayons plus ce modèle en stock, chère Madame...

— Bon, et sinon, maintenant que tu as laminé ton assiette, comme on dit ici : est-ce que ça t'a goûté ?

— La réponse est dans la question, comme tu dis, l'assiette est vide de chez vide. C'était délicieux !

Dis-moi, on a l'après-midi à tuer, j'ai bien une idée pour nous occuper, mais je ne voudrais pas me retrouver face à face avec ta mère uniquement vêtu - dans le meilleur des cas - d'une serviette de bain...

Et si tu me faisais visiter les merveilles architecturales de Bruxelles ?

Amandine l'écoutait en souriant ; pour une première rencontre avec sa mère, Gabriel avait réussi à faire sur elle une impression inoubliable, dont Amandine savait qu'elle entendrait encore parler longtemps...

— On va commencer par le patrimoine royal et ensuite, tu vas voir à quoi ressemble la tour Eiffel locale, le fameux Atomium, mais je te préviens, la localisation est un peu excentrée.

Et tant qu'on y est, je te montrerais aussi le manneken-pis avant, mais je préfère t'avertir : il est beaucoup plus petit qu'on ne l'imagine...

Voilà qui tuerait le temps en attendant des nouvelles de la police et qui éviterait à Amandine de trop cogiter sur son sosie en échafaudant des scénarios alambiqués et inquiétants.

Même s'il aurait pu se passer de ces visites, Gabriel était satisfait d'avoir proposé une activité qui divertirait Amandine de ses pensées.

14.

Tant Michel le receleur de la friperie qu'Amine le bijoutier avaient été faciles à cueillir. Les interventions avaient été faites simultanément. Même s'il n'y avait, *a priori*, aucune raison que l'interpellation de l'un ait un effet sur la fuite de l'autre, Peeters avait cependant préféré ne pas prendre le moindre risque.

Chacun était dans une salle d'interrogatoire séparée et pendant que Peeters s'occupait de Michel, Patrick et Hugo questionnaient Amine.

Peeters, bien qu'encore aspirant-inspecteur, avait quelques années de service derrière lui et avait pratiqué le terrain ; il connaissait bien la faune bruxelloise, dont Michel était un pur produit.

Sous une allure bonhomme et débonnaire, il n'avait pas hésité dans le passé à tremper dans des trafics louches, y compris des affaires de drogue, mais sa friperie était une façade originale, il fallait lui rendre ça.

En général, les receleurs opéraient soit de chez eux, soit d'appartements similaires à celui d'Amine ; rares étaient ceux qui avaient pignon sur rue, d'autant que les magasins de seconde main et de prêts sur gages étaient très surveillés ces dernières années. Il n'y avait plus guère que les petits délinquants amateurs pour se risquer à essayer de revendre de la marchandise dans de telles enseignes.

Michel avait occupé un créneau peu courant : celui des vêtements, des accessoires et de la maroquinerie de luxe, provenant le plus souvent de cambriolages chez des particuliers.

Il était suffisamment prudent pour ne pas mettre en évidence des pièces trop facilement identifiables par leur rareté ou leur coût, qu'il réservait à une clientèle triée sur le volet, composée pour la plupart de bourgeoises, pour lesquelles s'aventurer au fin fond des Marolles était encore aujourd'hui, une aventure « excitante »...

Mais cette fois-ci, l'enregistrement audio dans lequel il avouait à la fausse Julie avoir très rapidement vendu le produit de ses larcins donnait un levier puissant à Peeters :

— Alors Michel, comment vont les bourgeoises des beaux quartiers, ces derniers temps ?

— Inspecteur, si c'était ça votre question, ce n'était pas la peine de m'arrêter alors que je finissais de faire ma caisse...

— Tu as raison, Michel, pas de carabistouilles entre nous, hein.

Il sortit de sa poche un dictaphone et le mit en marche. Toute la conversation avec «Julie» se déroula sous les oreilles de Michel, qui passa de la simple curiosité à une lividité qui aurait pu être cadavérique s'il n'avait eu le teint si rougeaud.
À peine la dernière phrase prononcée, il s'écria :

— Verdomme ! La salope !

Peeters jubilait intérieurement, n'en laissant rien paraître à Michel.
Il avait envisagé qu'il se mette à table rapidement, mais pas à ce point-là.

— Tu as quelque chose à me dire sur cette dame ?

— À ton avis ?
Julie, je la connais depuis plusieurs années et elle m'apportait parfois des bricoles à vendre, des petites choses, et à chaque fois, elle m'asticotait pour que je lui fasse un meilleur prix, avec son air de sainte-nitouche.
La semaine passée, elle est arrivée avec un stock entier de sacs de luxe, mais ça, tu dois déjà le savoir, hein ?

Il y en avait facilement pour soixante mille euros, et elle m'a laissé tout le bazar pour la moitié du prix, sans même discuter ni faire son aguicheuse.

Elle était pressée, qu'elle m'a dit, et avait besoin d'argent pour un voyage qu'elle devait faire, à l'étranger.

— Michel ? Pourquoi est-ce que tu me racontes tout ça ?

— Faudrait savoir, t'es la police ou quoi ? Sa marchandise, elle sentait le soufre, moi, j'ai pas envie de tremper dans ses magouilles à la salope. Je ne veux pas être éclaboussé, comprends-tu ?
Je fais mes affaires, honnêtement...

— Eh, y'a marqué police ici, pas abruti, hein, fieu !
Ne me raconte pas des cracks comme ça, sans ça, je vais pas te croire quand tu me diras la vraie vérité !

— C'est comme je te dis. La preuve : vous m'avez arrêté combien de fois ces trois dernières années ?
Zéro, niks, wallou !

— Tu es un vrai polyglotte, toi !
Allez, blague à part, tu aurais pu me dire que la marchandise de Julie était tout à fait légale, pourquoi tu me la balances comme ça ?

— Mais enfin, pourquoi je me tue à te dire que cette marchandise-là, elle sent le soufre, les emmerdes ?
J'ai regretté de l'avoir prise, à peine la salope sortie de ma boutique. Elle me l'avait laissée à un prix trop intéressant pour être honnête, des sacs qui coûtent un bras... Alors que d'habitude, elle m'amenait du vlek, de la camelote.

Vu la quantité et l'état neuf des brols, je me suis dit que ça devait provenir d'un braquage, je sais pas, ou un truc du genre. Et ça, moi, je m'en mêle pas, tu sais.

Je me suis dit : Michel, ça a pas l'air net tout ça, tu vas t'attirer des emmerdes avec ça.

Et regarde, où je suis maintenant ?

— Michel ? Tu veux rentrer chez Bobonne ce soir ?

— Non, peut-être !

— Alors, dis-moi tout ce que tu sais sur Julie.

— Je t'ai dit, elle est venue souvent me fourguer son vlek, jusqu'à la semaine passée.

La plupart du temps, elle venait seule. Elle m'a dit une fois qu'elle habitait du côté de la barrière de Saint Gilles, mais je n'en sais pas plus, elle ne m'a jamais invité chez elle, hein.

Peeters ne pouvait pas poser de questions trop précises à Michel, sans quoi il aurait immédiatement compris qu'il ne savait presque rien au sujet de Julie, alors qu'il s'en servait précisément comme levier contre le receleur :

— Cherche encore, Michel, il reste pas un petit truc que tu m'aurais pas dit ?

Le receleur fit mine de fouiller dans sa mémoire ; à première vue, ça avait l'air compliqué :

— Une fois, elle est venue avec un gars, un basané qu'elle a appelé Milàn. Une sale gueule, ça tu peux me croire. Et cette fois là, je peux te le jurer qu'elle n'a pas minaudé, elle s'est tenue à carreaux ce jour-là.

— Michel, je te laisse aller. Mais s'il te vient une idée subite, tu m'appelles. Tout ce qui te reviendrait sur Julie ou ce Milàn, ça m'intéresse.

Après avoir vérifié que Patrick et Hugo étaient encore en interrogatoire avec Amine, Peeters fit sortir Michel, qui ne demanda pas son reste.

Il ne restait plus qu'à aller voir ce qu'Amine avait pu leur apprendre.

Peeters rejoignit ses deux collègues :

— Alors Amine, qu'est-ce que tu as raconté de beau à mes collègues ?

Patrick intervint immédiatement :

— Figure-toi que Monsieur est, je cite un « honnête commerçant » qui n'a rien à se reprocher et se demande encore ce qu'il fait ici.

On lui a fait passer l'enregistrement. Selon lui, c'est une cliente qui venait avec un ami pour racheter une montre qu'elle lui avait vendue quelques jours avant, dont il a eu la facture et il dit que tout est légal.

Peeters saisit la balle au bond :

— Eh, dis-donc Amine, tu trouves pas ça curieux que ce soit une Julie qui t'amène des montres dont la facture est au nom d'une autre personne ? Tu sais pas lire, peut-être ?

— Bien sûr que je sais lire, mais Julie, elle m'a dit qu'elle venait pour une amie à elle, qui avait dû repartir d'urgence au Canada et qui avait besoin d'argent rapidement. C'est pas comme si elle n'avait pas eu de facture, là je n'aurais pas accepté sa marchandise…

— Mais bien sûr, t'es un honnête commerçant ! Dis, tu vas nous la servir encore longtemps, celle-là ?

— Mais, je vous jure que c'est la stricte vérité, je suis inscrit au registre du commerce, quand j'ai un doute, je ne prends pas la marchandise.

Et puis, vous avez qu'à demander à Julie, après tout, c'est grâce à elle que vous avez enregistré notre conversation, ou alors le gus qui l'accompagnait ?

— Ça, c'est pas tes affaires, menneke !

Amine était tout sauf un honnête commerçant ou un imbécile, Peeters en était convaincu.

Il fallait faire preuve de finesse pour récolter des informations sur Julie.

— Écoute-moi bien, Amine : rien qu'avec le fait que tu aies accepté ces montres qui valent quand même un bon trente - quarante mille euros, sans vérifier l'identité du vendeur, on sait te faire plonger, alors, faudrait voir à nous aider si tu veux ressortir d'ici libre…

— J'ai pris une copie de la facture et elle m'a fait une déclaration sur l'honneur qu'elle vendait les montres au nom d'une amie, qu'elle a datée, signée et j'ai pris une copie de sa carte d'identité, qu'est-ce que je pouvais faire de plus ?

Voilà ce dont Peeters avait besoin :

— OK, d'accord. Voilà ce qu'on va faire : on va te ramener à ta boutique et tu vas nous donner ces papiers, et tant qu'à faire les noms de tes clients qui les ont achetées.

Mais laisse-moi te dire qu'on t'a à l'œil, si tu vois ce que je veux dire…

Amine, qui, à force de se faire poser les mêmes questions, avait commencé à être déstabilisé, se voyait offrir sur un plateau une porte de sortie, qu'il saisit aussitôt :

— Évidemment que je vous donne ces papiers. Moi, je suis…

— Ouais ! On sait ! Un honnête commerçant !

Allez Patrick, ramènes Monsieur Amine à sa boutique, qu'il te donne ses papelards !

Peeters se retrouva seul dans la salle d'interrogatoire et sortit son calepin sur lequel il nota tous les éléments qu'il avait pu récolter sur Julie, ce fameux Milàn, une adresse quelque part dans le coin de la barrière de Saint-Gilles et l'historique des ventes de Julie.

Avec un peu de chance, les documents d'Amine lui fourniraient enfin le nom de famille de Julie, qu'il n'avait pas pu demander directement jusqu'à présent, et surtout, son adresse.

15.

La pêche chez Amine avait été fructueuse : à présent, Peeters pouvait mettre un nom sur Julie : Lafontaine.

Il avait en mains une copie de sa carte d'identité et une rapide recherche aux services de la population lui avait permis de constater qu'il ne s'agissait pas de faux papiers.

Peeters était content : il allait enfin pouvoir mettre la main sur cette fameuse Julie, mais il ne prendrait pas le risque d'intervenir en soirée. Il avait plus de chance de la trouver au petit matin. Rien ne pressait : les deux receleurs n'allaient certainement pas se vanter auprès d'elle de s'être mis à table ni encore moins de l'avoir balancée. Ce n'était pas bon pour les affaires, des receleurs bavards.

Il prit son téléphone et appela Amandine :

— Allo ? Oui, c'est Johan Peeters à l'appareil.
J'ai de bonnes nouvelles pour toi !
Demain, on devrait interroger ton sosie, et si tu as le temps de passer, ça serait bien, comme ça on pourrait faire une confrontation, enfin, si ça ne te pose pas de problèmes.

Amandine, qui était confortablement installée dans le canapé du salon de ses parents répondit, avec un grand sourire :

— Oh non, ça ne m'en pose pas, bien au contraire ! J'ai bien hâte de rencontrer, face à face, mon sosie !

— Alors, voilà ce qu'on va faire : demain, je t'appelle, disons une petite demi-heure avant que j'aie besoin de toi, histoire de te laisser le temps d'arriver.

— OK, on sera dans le quartier, comme ça on sera vite sur place.

— D'ici à demain, je te conseille de porter encore ta perruque si tu sors, on sait jamais, hein !

— C'est noté Inspecteur Peeters. Merci et bonne soirée.

Gabriel, qui était à la cuisine, en pleine discussion avec Peter sur les bienfaits du motocyclisme dans le midi de la France, interpella Amandine :

— Bonnes nouvelles, on dirait ?

— Tu l'as dit : ils ont identifié mon sosie et devraient l'interroger demain matin !
Je vais avoir l'occasion de voir en vrai mon sosie.
Je crois que finalement, je pense comme toi, je vais avoir plein de questions à lui poser…

16.

Tout était prêt pour la descente aux petites heures du matin, directement au domicile de Julie Lafontaine, un appartement au deuxième étage d'un immeuble bourgeois de la rue Dethy. Il n'y avait qu'une seule entrée, donc ça devrait être une interpellation rapide et facile.

En arrivant sur les lieux, aux alentours de sept heures du matin, ils n'eurent même pas à pénétrer dans l'immeuble : Julie sortait précisément à ce moment-là, se dirigeant vers le bas de la rue, sans doute en direction de sa voiture. Les recherches de Peeters avaient indiqué qu'elle était propriétaire d'une vieille Golf rouge.

Après avoir envisagé quelques secondes de la suivre, Peeters décida qu'une filature était superflue ; il avait suffisamment de preuves contre elle pour l'arrêter et la traduire en justice, que ce soit les images des caméras de surveillance ou les receleurs qui l'avaient identifiée et avaient confirmé ses visites chez eux.

Il sortit de la voiture, en même temps que Patrick qui l'accompagnait :

— Madame Lafontaine ? Police de Bruxelles.
On a quelques questions à vous poser, si vous voulez bien nous suivre au commissariat.

C'était quasiment inconscient : Peeters, si prompt à employer le tutoiement, vouvoyait systématiquement les suspects lors des arrestations. Sans doute pour y mettre un peu plus de formalisme.

— Et si je ne peux pas vous suivre ?

— Dans ce cas-là, on va devoir formellement vous appréhender…

Julie fit la moue et Peeters, qui la voyait de près pour la première fois, fut frappé par la ressemblance avec Amandine MacLane. Les yeux, la forme du visage, la coiffure : tout, jusqu'aux expressions de son visage, rappelait son sosie.

Julie monta dans la voiture des policiers et ne posa aucune question durant les dix minutes que le trajet dura.

Peeters l'observait par l'intermédiaire du rétroviseur central : elle semblait impassible et tranquille, du moins, elle en donnait l'apparence.

Elle était toujours d'un calme olympien lorsqu'elle s'assit dans la salle d'interrogatoire, en face de Peeters.

Ce dernier la considéra un long moment : elle n'entamerait pas la conversation, chaque seconde qui passait le confortait dans cette idée.

Elle avait un sang-froid qui aurait inquiété Peeters s'il n'avait eu tant de preuves accablantes contre elle.

Il étala devant elle le contenu de son dossier cartonné : photos des sacs et montres achetés avec la carte de Madame MacLane, factures originales, attestation et reçu d'Amine.

Il gardait l'enregistrement de vidéo surveillance pour plus tard.

— Julie Lafontaine. Où est-ce que je dois t'appeler Amandine MacLane ?

Parce qu'avec tous ces achats que tu as faits, on ne sait plus très bien…

Elle se mit enfin à parler :

— Moi, c'est Julie Lafontaine, comme mes papiers d'identité le mentionnent.

Je ne connais pas cette Amandine MacLane dont vous me parlez.

C'est à ce moment que Peeters mit en marche l'enregistrement vidéo, qu'elle regarda, impassible, avant de dire simplement :

— Et ?

— Et ? Ce n'est pas toi peut-être sur l'enregistrement ?

— J'avoue qu'elle me ressemble, beaucoup même, mais je n'ai jamais mis les pieds dans cette boutique.

— Et bien sûr, tu n'as pas non plus été refourguer les marchandises chez des receleurs qui t'ont reconnu aussi ?

— Absolument, et ça doit être la même personne que sur l'enregistrement vidéo, mais en tous cas, ce n'est pas moi.
On m'a dit un jour que j'avais un sosie, au Canada, une femme d'affaires, je crois.
Vous savez, il paraît que tout le monde a un sosie sur terre, ça me semble la seule explication logique à ce quiproquo.

Elle mentait avec un aplomb hallucinant et si Peeters n'avait pas su que la vraie Amandine MacLane était à des centaines de kilomètres de là le jour des transactions, il aurait presque pu en douter.
Il se retourna vers la glace sans tain, et fit un signe de la main, indiquant à Amandine, qui se trouvait derrière, en compagnie de Gabriel, d'entrer dans la salle d'interrogatoire.
Il était temps, car elle commençait à fulminer en voyant que son sosie mentait avec un tel aplomb et tentait, sans la nommer, de l'incriminer.

Amandine entra dans la salle d'interrogatoire, encore équipée de sa perruque aile de corbeau et de ses lentilles de contact. Elle alla s'asseoir directement en face de Julie et la fixa sans dire un mot.
Elle avait l'impression de se voir dans un miroir, elle lui ressemblait en tous points, c'était aussi troublant qu'elle se l'était imaginé.
Julie ne bronchait pas et regardait alternativement Amandine et Peeters, qui était resté debout. La perruque et les lentilles faisaient leur effet sur elle, contrairement à la mère d'Amandine.

Après quelques instants, toujours sans dire un mot, Amandine sortit son étui à lentilles et entreprit de les enlever l'une après l'autre.

Elle marqua une pause et regarda fixement, de ses yeux maintenant verts, Julie.

Sans la quitter des yeux, elle attrapa de la main droite sa perruque et l'enleva d'un geste.

Puis, elle remit ses cheveux en place.

Le visage de Julie changea d'expression et elle s'empressa de dire :

— Vous voyez, quand je vous disais qu'on a tous un sosie !

Amandine ne parlait toujours pas, se contentant de la fixer, avec un regard de plus en plus furieux.

Peeters intervint :

— Maintenant, tu vas arrêter de te foutre de notre gueule !

Madame ici présente, c'est la vraie propriétaire de la carte de crédit que TU as utilisée ici à Bruxelles.

Parce que figures toi que j'ai même pas à te demander si tu as un alibi, car je sais que Madame MacLane, ici présente, elle en a, elle.

Alors, tes carabistouilles de sosie, tu vas arrêter ça tout de suite. On a la preuve que c'est toi. Et que si quelqu'un a usurpé l'identité d'une personne, c'est toi, et pas Madame MacLane.

Que ça te plaise ou non, le dossier, il est en béton. Usage de fausse carte, usurpation d'identité, fausse signature, escroquerie, recel, tu vas te retrouver au frais pour quelques années !

Gabriel n'avait évidemment pas perdu une seule miette du spectacle. Même derrière la glace sans tain, la ressemblance était confondante.

Il continuait à se concentrer sur l'interrogatoire et cherchait à décortiquer tout ce que l'attitude de Julie pourrait lui indiquer. Une chose était sûre, elle ne semblait pas le moins du monde étonnée par l'existence d'un sosie.

Amandine continuait à fixer Julie, dont la carapace commençait - enfin - à s'effriter : elle montrait quelques signes d'anxiété et d'inquiétude ; elle avait d'ailleurs croisé ses bras de façon défensive.

Elle n'en revenait toujours pas de la ressemblance qu'elles avaient toutes les deux.

C'était à se demander si elle n'était pas sa sœur jumelle…

Non, en fait, c'était pire que ça : c'était comme si cette fille était sa jumelle et qu'elles avaient grandi ensemble, se coiffaient de façon identique, adoptaient les mêmes postures et expressions, bref, une copie carbone !

Elle repensa aux entrevues données ces dernières années : au moins la moitié d'entre elles étaient des entrevues vidéo, des conférences dont les enregistrements étaient disponibles sur internet. Et l'autre moitié contenait systématiquement des photos d'elle.

Ça ne pouvait venir que de là ; son sosie l'avait observée méticuleusement, décortiquant chaque détail de sa vie.

Elle se sentit subitement atteinte au plus profond de son intimité, de sa personnalité. Son premier réflexe fut de s'en vouloir d'avoir donné tant d'entrevues, de s'être laissée mettre en avant par les médias, trop contents d'avoir une jolie fille, qui plus est, dirigeante d'entreprise, à mettre en avant, pour vendre du papier ou générer des clics sur le net.

Après quelques instants, elle se reprit : elle n'aurait jamais pu prévoir ça, ni encore moins essayer de prévenir l'imprévisible !

Non, la seule responsable, c'était bien l'usurpatrice.

Amandine n'avait plus qu'une envie : décocher une claque magistrale à l'usurpatrice.

Voyant que sa patience arrivait à ses limites, elle attrapa sa perruque, se leva et quitta la pièce, toujours sans dire un mot.

Lorsqu'elle rejoignit Gabriel de l'autre côté de la glace sans tain, elle se précipita dans ses bras et fondit en larmes.

17

Peeters n'en avait pas fini avec Julie Lafontaine :

— Je t'arrête pour usage de carte de crédit volée, usurpation d'identité, fausse signature, recel et escroquerie.

Tu vas être placée en détention provisoire, faire ta petite visite au Juge d'instruction, mais je t'apprends rien, tu connais la chanson… On a consulté ton casier judiciaire : vols et escroqueries, tu dois avoir l'habitude…

Il lui restait encore une carte à jouer, qu'il lança, l'air de rien :

— Bien sûr, si tu veux me parler de tes complices, à commencer par Milàn, ça pourra peut-être t'aider à sortir plus vite de Berkendael… Tu y as déjà séjourné à la prison, je suis sûr que ça te tenterait d'écourter tes vacances là-bas…

Je te laisse y penser en détention provisoire.

En attendant, on va te faire une belle photo et des prélèvements ADN. La photo, c'est pour être à jour dans nos dossiers. Le prélèvement, c'est nouveau depuis tes arrestations précédentes, on innove.

Comme la loi m'y oblige, je t'informe que c'est dans le cadre de l'affaire en cours, et que tu dois être d'accord pour le prélèvement.

— Et si je refuse ?

— Dans ce cas, le Juge d'instruction peut l'ordonner sous la contrainte, en cas de besoin, et laisse-moi te dire qu'en matière d'usurpation d'identité, surtout avec ta ressemblance frappante avec ta victime, tu y auras droit, recta !

— Vous auriez pas une cigarette ?

— Service public, ça te dit quelque chose à toi ?

— J'ai l'impression que je ne suis pas prête de pouvoir aller me racheter des cigarettes, faites-moi une fleur, inspecteur.
Ça m'aidera à me concentrer et à rassembler mes souvenirs…

Peeters avait assez joué au méchant flic avec elle pour aujourd'hui ; il sortit de la salle d'interrogatoire et revint avec cigarette et cendrier.

Après avoir pris une grande bouffée, Julie exhala, avec la satisfaction typique des fumeurs d'habitude, la première bouffée de fumée par les narines :

— La carte de crédit, c'est Milàn qui me l'a donnée.
C'était son idée de pousser la ressemblance avec la propriétaire de la carte.
Il s'en est rendu compte tout à fait par hasard, en recevant un lot de cartes de crédit clonées. Il vérifie toujours les identités et procède à une recherche sur Google des noms, comme ça, des fois, on trouve des informations utiles.
Et là, en recherchant le nom de MacLane, il est tombé sur une mine d'or. En voyant des vidéos, il a vu que c'était le jackpot, d'abord parce qu'elle est riche, et ensuite parce qu'elle me ressemble.
J'ai eu à changer ma coupe de cheveux et m'habiller comme on la voit souvent, et ça a suffi.

— Ton Milàn, on le trouve où ?

— En ce moment, il est en France, je crois. Quand il est de passage à Bruxelles, il dort chez moi.

— Bon, eh bien, tu vas m'écrire tout ce que tu sais sur ce Milàn, me remplir ton formulaire de consentement et je verrais avec le Procureur du Roi ce qu'on peut faire pour toi.

Après avoir inhalé une dernière bouffée de sa cigarette, Julie écrasa sans ménagement son mégot et se mit à noter les renseignements demandés.

De l'autre côté du miroir, Amandine s'était calmée et repensait, à la lumière de ce que Julie venait de dire, à quel point une présence sur internet pouvait être détournée ou pire encore.

Néanmoins, rien de cela ne serait arrivé si elle ne s'était pas fait cloner sa carte. Et à ce chapitre, internet n'était nullement responsable.

Elle avait joué de malchance en utilisant une carte à la sécurité dépassée, au mauvais endroit, à un mauvais moment.

Et les dégâts auraient pu être limités si sa carte n'était pas tombée entre les mains de son sosie.

Gabriel la sortit de ses pensées :

— Tu es à l'abri à présent : même en coopérant avec la police, et même si ça permet de démanteler un réseau de cloneurs de cartes de crédit, elle devrait rester à l'ombre pour un minimum de trois à cinq ans.

Ça va lui faire passer l'envie de recommencer, j'en suis sûr.

— Peut-être bien, mais j'ai quand même un sosie qui se retrouvera - tôt ou tard - dans la nature…

Ça n'est pas si rassurant que ça.

Et puis, t'as vu comme elle me ressemble ? Tu trouves pas ça dingue, toi ?

— Faut avouer que je ne te connaîtrais pas, je pourrais vous confondre. Mais elle a quand même un accent légèrement différent du tien, pas grand-chose, mais c'est perceptible. Enfin, parce que je te connais bien.

—Je n'aime pas ça, Gab'. Je ne me sens pas à l'abri. Du tout.

— Fais comme les alcooliques anonymes, Dine : accepte ce que tu ne peux changer.

— Plus facile à dire qu'à faire, hein.

— On ne peut pas la rayer de la carte, tu le sais. Donc il faudra vivre avec.

Je suis tellement désolé de ne pas pouvoir te réconforter plus que ça…

— Ne t'en fais pas, ça va aller. Tu as raison, faut accepter ce que je ne peux changer.

Je suis presque mûre pour les réunions des alcooliques anonymes, on dirait !

Entre-temps, Julie avait fini d'écrire et de remplir ses formulaires, elle était à présent sortie de la salle d'interrogatoire. Peeters en profita pour inviter Gabriel et Amandine à le rejoindre, la salle étant plus confortable que le local permettant d'observer derrière la glace sans tain.

— Tu as vu ça ? Elle a fait sa fière à bras, mais ça n'a pas duré longtemps !

Le bon côté, c'est que tu n'as plus besoin d'enfiler ta perruque à partir de maintenant.

On ne devrait pas tarder à mettre la main sur ce Milàn, mais je te dirais que maintenant, ça ne vous concerne plus vraiment. Il te restera à te porter, si tu veux, partie civile au procès de ton sosie, mais ça, ton avocat va savoir t'expliquer, j'en suis sûr !

Gabriel acquiesça, en précisant :

— On trouvera un avocat correspondant ici à Bruxelles, qui se constituera en ton nom ; même si je pense que je pourrais théoriquement le faire, il vaut mieux confier ça à quelqu'un sur place, qui pourra communiquer avec moi.

Amandine n'était visiblement pas intéressée par ces détails de procédure. Elle était totalement absorbée par sa ressemblance avec son sosie. Elle finit par réagir :

— Je suppose qu'on ne peut pas la forcer à se teindre les cheveux ou à se faire opérer pour ne plus me ressembler…

Non, ne répondez pas, je connais la réponse…

Gabriel regarda Peeters et lui dit, après avoir brièvement regardé Amandine :

— Inspecteur, je peux vous dire un mot, seul à seul ?

— Pour sûr ! Viens dans mon bureau.

Ils sortirent et Gabriel demanda à Peeters :

— De vous à moi, combien de temps elle va prendre, Madame Lafontaine ?

— Je vais être franc avec toi, les prisons sont plutôt bondées, je suis sûr que c'est pareil en France. Elle devrait écoper de trois ans, selon moi, avec ses antécédents et si les informations sur son complice sont exactes. Sinon, cinq ans. Plus, je n'y croirais pas.

— Et on ne peut pas garantir qu'elle ne recommencera pas ?

— Ça, je t'apprends rien. C'est toi l'avocat… Mais tu sais comme moi que tout ce qui s'est passé, ça vient de la carte de crédit de ta copine. Un mauvais hasard, c'est tout.

Et puis, elle va être fichée. Avec tous ces nouveaux bazars de police scientifique, on se croirait dans « Les experts », donc, je pense qu'elle n'a pas de soucis à se faire.

Amandine avait dû, de son côté, se résoudre à cette même conclusion ; elle apparut dans l'entrebâillement de la porte du bureau de Peeters :

— Bon, j'ai réfléchi. Je pense comme toi Gabriel. Elle ne devrait pas recommencer de sitôt.

Et la vie continue.

Peeters s'exclama :

— À la bonne heure ! Tout est bien qui finit bien !

18.

Gabriel et Amandine se mirent directement en route vers la maison des parents d'Amandine.

Hélène était en train de peindre au sous-sol et s'arrêta lorsqu'elle entendit la moto de Gabriel s'arrêter dans l'allée.

Avec les horaires qu'ils avaient eus ces derniers jours, Amandine avait plus discuté avec son père qu'avec sa mère. Elle comptait bien profiter de l'après-midi pour rattraper son retard.

D'autant que Gabriel lui avait indiqué sur le chemin qu'il allait communiquer avec Nina pour obtenir les noms des avocats belges avec qui il avait travaillé quelques années auparavant et s'assurer que tout allait bien au cabinet.

Amandine expliqua à sa mère sa confrontation avec son sosie, ne négligeant aucun détail et rejouant quasiment la scène, trait pour trait.

Elle lui expliqua également ses craintes quant à l'avenir, avec ce sosie en circulation.

Hélène la rassura du mieux qu'une mère le pouvait, mais Amandine était aujourd'hui suffisamment grande pour savoir que malgré tout l'amour qu'une mère porte à sa fille, il reste des choses en dehors de la portée des parents, aussi aimants soient-ils.

Elle n'en laissa cependant rien paraître. Après un instant de silence, elle regarda sa mère et lui demanda :

— Maman ? Est-ce que j'ai une jumelle cachée ?

Sa mère la connaissait bien et n'était qu'à moitié étonnée d'une telle question : Amandine avait toujours eu l'imagination fertile, depuis la plus petite enfance, lorsqu'elle inventait avec une facilité déconcertante des épopées dignes de l'Iliade et l'Odyssée mettant en scène ses peluches.

— Voyons, Amandine ! Si j'avais eu des jumelles, tu penses bien que j'aurais été la première à le savoir qu'il y en avait deux qui sortaient, tu ne crois pas ?

— Tu m'as dit que tu m'as eue par césarienne : si ça se trouve, il y avait un deuxième bébé qu'on a volé à la naissance…

— Amandine. J'ai accouché ici, à Bruxelles, peu de temps avant qu'on déménage sur la Côte d'Azur, et crois-moi, à la Clinique, ils n'ont pas enlevé de bébés. En plus, ton père était à côté de la salle d'opération, tu penses qu'il aurait vu passer un autre bébé que toi…

Mais surtout, même s'il n'y avait pas d'échographies à l'époque, une mère sait combien elle a de brioches dans le four, tu sais, et puis vu le poids que tu pesais, s'il y en avait eu deux comme toi, j'aurais explosé !

Non, de ce côté-là, tu ne dois pas t'en faire, c'est impossible, fais-moi confiance.

Amandine se rendit soudain compte de l'inanité de sa question. C'était bien le genre de questions qu'on ne pouvait poser qu'à sa mère ; avec n'importe quelle autre personne, ça aurait été d'un ridicule achevé. Elle n'en avait pas parlé à Gabriel, précisément pour cette raison.

— Tu as raison, maman, si tu avais attendu deux filles, tu l'aurais su, c'est certain.

Ne m'en veux pas de t'avoir posé la question.

Hélène lui répondit avec un sourire désarmant :

— Bien sûr que non, ma chérie, à qui d'autre pourrais-tu poser une telle question ?

— Bon, là-dessus, je vais aller voir comment se portent mes affaires à Montréal, comme ça tu peux retourner à tes œuvres, maman.

Amandine se rendit dans sa chambre et ouvrit son ordinateur.

Après avoir vérifié ses courriels et répondu à tout ce qui nécessitait un retour rapide, elle s'apprêtait à fermer son ordinateur portable, puis hésita.

Elle ouvrit son sac et en sortit, enroulé dans un mouchoir, le mégot qu'elle avait subtilisé en salle d'interrogatoire, qui dégageait une odeur de tabac froid particulièrement nauséabonde.

Puis, elle le mit dans un sac de congélation qu'elle avait récupéré à la cuisine et rechercha sur internet des laboratoires effectuant des tests ADN.

19

— Nina, comment ça va sous le cagnard ?

— On survit, Maître Rossetti. Et vous, comment ça va sous la pluie ?

— Pluie, pluie, faut le dire vite, c'est le plus souvent du crachin, mais bon je vous l'accorde, il doit pleuvoir ici à peu près autant de jours qu'il fait beau sur la Côte.

— Ah ! Vous voyez, je vous l'avais bien dit !

— Et sinon, quoi de neuf, à part que vous avez du boire toutes les réserves de café ?

— Je vous rassure, j'en ai commandé pour votre retour, vous n'en manquerez pas.
Sinon, eh ben tout à l'heure, Martinez et sa chérie sont passés.
Vous m'aviez pas dit qu'elle était drôlement mignonne sa Chloé. Et sympa en plus. Non, elle me plaît bien. C'est pas comme son gros lourd de chéri…

— Nina, arrêtez de l'accabler, vous allez finir par éveiller mes soupçons !

— Ah ben ça, je serais sur une île déserte avec lui, que je ferai vœu de chasteté !

— Bon, sinon, je suis content qu'elle vous plaise, Chloé. Je ne vous l'ai pas dit, mais si elle assure dans les dossiers familiaux qu'on lui confie en ce moment, je pense que je la ferai bosser un peu plus pour nous, voire à temps plein. Ça vous fera de la compagnie quand je suis à l'extérieur.

— Ah ben elle, quand vous voulez ! En plus, elle comprend vite ; j'ai presque rien eu à lui expliquer sur les dossiers, non, vraiment, si vous la prenez comme collaboratrice, ça m'irait tout à fait.

— Et en plus, j'ai votre bénédiction… Formidable !
Oh, j'oubliais : vous pouvez m'envoyer par mail les coordonnées des avocats belges avec qui on a travaillé dans le passé ; il y en avait un dont je me souviens particulièrement, un procédurier de première…

— Ah oui, je me souviens très bien de lui : De Cleenewerck, qu'il s'appelle, un nom pareil ça s'oublie pas, j'ai eu tellement de mal à le mémoriser, que maintenant, il est gravé dans ma tête !
Serge De Cleenewerck, c'est ça. Je vous envoie ses coordonnées.
En plus, comme ça, vous allez pouvoir le rencontrer en vrai, on ne l'a jamais eu qu'au téléphone.

— Oui, on va voir à quoi il ressemble. Envoyez-moi ça et je vous tiens au courant. Je ne vous promets pas de le prendre en photo, mais je vous dirais à quoi il ressemble.

Là-dessus, il raccrocha et sortit du bureau de Peter, qui était entre-temps rentré.
Un coup d'œil à sa montre : il était déjà dix-huit heures passées, décidément, le temps filait ici.

Peter était tout sourire, il avait visiblement passé une bonne journée et il dit immédiatement à Gabriel :

— Ce soir, si vous n'avez rien de prévu, on va tous les quatre manger des moules-frites, ça fait longtemps que je n'en ai pas mangé, et les faire à la maison, l'odeur reste imprégnée pendant des jours.
Ça te va, Gabriel ?

— Justement, on en parlait avec Amandine hier, alors pour moi, c'est oui !

Amandine était entre-temps redescendue et demanda :

— Oui pour quoi ?

Peter répondit avant Gabriel :

— Moules frites ce soir, on sort ta mère !

— Super ! Justement…

Peter la coupa :

— Vous en parliez hier soir, t'as vu comme je sais tout ?

La soirée se passa de façon fort agréable, d'autant qu'Amandine semblait avoir complètement balayé ses doutes de la matinée sur les hypothétiques futurs méfaits de son sosie.

Ils racontèrent, cette fois-ci en détail et en agrémentant le récit d'anecdotes croustillantes, comment ils avaient été amenés à travailler ensemble ainsi que leurs péripéties avec en toile de fond les jeux de Stuff for Fun. Il y avait de quoi en écrire un livre, sans même parler de leurs dernières aventures.

Peter conclut le récit en ces termes :

— Dites-moi, vous êtes presque comme Tintin et le capitaine Haddock, sauf que ça ne serait pas très flatteur pour celui qui aurait le rôle de Haddock… Je vais plutôt vous surnommer Blake et Mortimer !

— Papa, je vois que tu es toujours autant passionné de bandes dessinées, mais je dois avouer qu'on fait un bon tandem de détectives parfois.

Hélène, toujours iconoclaste, en profita pour intervenir :

— Vous devriez ouvrir une agence de détectives : Rossetti et MacLane, ça ferait une belle enseigne !

— Tu as raison, maman, mais on a chacun nos occupations et je crois qu'elles nous plaisent assez pour qu'on les poursuive...

Hélène était parfois une douce rêveuse, mais n'en avait pas moins les pieds sur terre :

— Sauf que Gabriel travaille à plein temps à Nice et toi, la plupart du temps à Montréal...

Amandine et Gabriel avaient, consciemment ou inconsciemment, totalement éludé ce problème, qui se poserait bien assez tôt. Gabriel répondit :

— C'est vrai, et je dois vous avouer que pour le moment, on n'en a pas vraiment discuté. On peut être chacun mobiles à tour de rôle, Amandine a un bureau à Sophia, et maintenant que je connais Montréal, j'y retournerai sûrement...

— Sinon, rencontrez-vous au milieu : il paraît que les Açores sont intéressantes à visiter...

— Papa ! Toujours aussi comique...

Ils finirent la soirée dans la bonne humeur et lorsqu'ils rentrèrent, Gabriel fonça sous la douche ; l'odeur de moules-frites restait tenace, même pour lui, dont l'odorat laissait à désirer.

Il se souvenait d'un ami à lui qui avait travaillé en cuisine et dont il pouvait déduire, quand il le voyait, s'il avait fait des frites ce jour-là, tellement ses vêtements et ses cheveux s'imprégnaient de ces effluves.

Quand il sortit de la salle de bains, il trouva Amandine, sur le lit, assise sur ses genoux en déshabillé noir, avec sa perruque aile de corbeau et ses lentilles de contact :

— Maître Rossetti, avant que je ne me débarrasse de ces affaires, on aurait tort de ne pas en profiter, tu ne crois pas ?

20.

Amandine était éveillée depuis un petit moment, alors que Gabriel dormait encore du sommeil du juste.

Elle avait pour habitude de se lever immédiatement après s'être réveillée, mais ce matin, elle resta allongée, à regarder celui qui était entré dans sa vie à la fois sans crier gare et avec une délicatesse extrême.

Il l'acceptait telle qu'elle était et elle voyait dans ses yeux une lueur qu'elle n'avait jamais vue chez Frank, son ex-mari.

Elle ne l'avait guère questionné sur son passé, il en parlerait quand il le souhaiterait et lui en avait déjà livré quelques bribes.

Plus elle le regardait, plus elle se demandait à quoi ressemblerait sa vie lorsqu'elle devrait rentrer à Montréal et se retrouverait loin de lui…

Ils vivaient pour le moment chacun dans l'instant, mais ils avaient leurs habitudes de vieux garçon et de presque vieille fille car, même quand durant son mariage, elle était le plus souvent éloignée de Frank.

Pour l'heure, ce qui lui posait problème, ce n'était pas ça. Pas encore.

Elle avait dissimulé à Gabriel ses recherches ADN sur Julie et sur elle-même.

Sans doute parce que cette idée paraissait complètement folle, y compris pour elle.

Ce qui la contrariait le plus, c'était qu'elle lui avait caché son idée. Un mensonge. Fut-il par omission.

Cependant, elle ne voulait pas avoir ce genre de secrets pour Gabriel. Non pas qu'il la renierait en l'apprenant incidemment. Ce n'était pas ça le problème.

Le problème, c'est qu'elle n'avait pas envie de lui mentir. Tout simplement.

Il ouvrit les yeux et lui sourit. Elle l'embrassa.

— Bonjour beau gosse !

— Bonjour inquiétante brune… !
Ah, mais tu as enlevé ta perruque… Pas grave, je t'aime aussi au naturel !

— Gab' ?

— C'est moi.

— Il faut que je te dise quelque chose.

Le ton d'Amandine fit se redresser immédiatement Gabriel, d'un coup inquiet. D'autant plus qu'Amandine n'y ajouta pas une phrase dans le genre « Rassure-toi » :

— J'ai fait un truc dont je souhaite te parler.
J'ai subtilisé le mégot fumé par Julie au commissariat et j'ai demandé un test ADN comparatif avec le mien.

Gabriel était partagé : il était à la fois rassuré, impressionné et néanmoins inquiet :

— Te connaissant, je ne suis pas vraiment étonné, mais subtiliser le mégot, je t'avoue que là, tu m'épates.

— Bah, avec toutes ces séries policières en ce moment et tout ce qu'on lit dans les journaux, où la réalité dépasse souvent la fiction, je n'ai pas eu grand peine à imaginer le scénario.
Tu sais, ça me tarabuste cette histoire. Cette ressemblance, j'ai l'impression qu'il y a quelque chose derrière tout ça.
J'en ai parlé à ma mère, avant de commander les tests, et évidemment je n'ai pas de jumelle, mais écoute, il fallait que j'en aie le cœur net.

Il la connaissait suffisamment pour savoir que c'était inutile d'essayer de la convaincre du contraire. Obstinée comme elle était, la seule issue, c'était qu'elle obtienne ces résultats :

— J'imagine que tant que tu n'auras pas cet élément, tu ne t'accorderas pas le moindre répit.

J'espère juste que Peeters ne s'en est pas aperçu. Encore que, ça ne change pas grand-chose, puisque Julie a signé l'autorisation de prélèvement génétique officielle.

Tes analyses ne serviront pas de preuve, en revanche.

— Ça, c'est le cadet de mes soucis. Je veux savoir pour moi. Et je sais comment j'ai obtenu ce mégot.

— Tu auras les résultats quand ?

— J'ai trouvé un labo à Bruxelles, qui me fait ça en urgence. Je les aurais en fin de journée.

— Tu vas en parler à tes parents ?

— Seulement si le résultat confirme l'impossible, autrement, je ne leur dirai rien.

— Si tu n'existais pas, il faudrait vraiment t'inventer, toi !

Bon, en attendant, moi j'ai aussi travaillé et je t'ai trouvé un avocat local, on va aller le voir aujourd'hui, il est disponible en fin de matinée ou début d'après-midi.

— Début d'après-midi, ça ira ? J'ai quelques dossiers à régler qui vont me prendre un peu de temps ce matin.

— Pas de problèmes, je vais attraper un bouquin dans la bibliothèque. Tout est sous contrôle à Nice, donc je suis officiellement toujours en vacances !

21

Le cabinet de Serge De Cleenewerck était situé dans une contre-allée de l'avenue Louise, grande artère traversée par des petits tunnels pour faciliter le trafic à ses multiples intersections.

Un immeuble typique, vieilles pierres, grandes baies vitrées. Il devait dater des années soixante ou soixante-dix, compte tenu de sa structure relativement monolithique.

Amandine et Gabriel arrivèrent au septième étage et s'installèrent dans la salle d'attente : le cabinet abritait au moins une bonne dizaine d'avocats, sans doute en partage de frais, car Gabriel savait que Serge De Cleenewerck n'exerçait pas en association, mais à titre individuel.

Au bout de cinq minutes, un avocat d'une petite cinquantaine d'années, à la barbe soigneusement taillée et la frange tout aussi bien coiffée apparut en costume gris.

Il avait un sourire carnassier et Gabriel, même s'il ne l'avait jamais vu, le reconnut immédiatement.

Comme ils étaient les seuls dans la salle d'attente, sa marge d'erreur était, du reste, extrêmement faible.

— Maître Rossetti ! Quel plaisir d'enfin vous rencontrer !
Madame MacLane, je suis enchanté.
Suivez-moi, je vous en prie.

Ils traversèrent un dédale de couloirs, invisible depuis l'entrée du cabinet, pour finalement déboucher sur un bureau avec une vue splendide sur les toits de l'avenue Louise et le bois de la Cambre tout proche.

Un bureau dans lequel Gabriel aurait pu aisément travailler. Hormis les masques africains qui ornaient les murs, mais ça, c'était une question de goût personnel.

Serge De Cleenewerck remarqua que Gabriel s'attardait sur ces objets :

— Souvenirs du Congo !

Même s'il trouvait ces masques plutôt déplaisants, Gabriel n'en laissa rien paraître et félicita son hôte à leur sujet.

Ces politesses d'usage passées, Serge entra dans le vif du sujet, s'adressant directement à Amandine :

— Madame MacLane, votre conseil, Maître Rossetti, m'a déjà expliqué les grandes lignes de votre dossier, l'usage frauduleux de votre carte de crédit, l'usurpation d'identité et l'arrestation de votre sosie.

La prochaine étape, ça va être de se constituer partie civile dans la procédure pénale qui a commencé. Pour l'instant, on doit encore en être au stade de l'information judiciaire, mais un Juge d'instruction va être désigné sous peu, si ce n'est pas déjà fait à l'heure où je vous parle.

En ce qui concerne votre préjudice, votre organisme de carte de crédit devrait l'indemniser, donc vous n'en aurez pas à réclamer. Je vais d'ailleurs prendre contact avec eux pour les informer que j'occupe pour vous dans ce dossier au pénal.

Pour ce qui est des autres préjudices, on peut réclamer des dommages et intérêts pour le préjudice moral, je rajouterai l'atteinte à la réputation, ça ne mange pas de pain, plus les frais et tout le reste.

Il ne faut pas s'attendre à ce qu'une date de procès soit fixée rapidement. Vu l'encombrement des juridictions, ça prendra dix-huit mois à deux ans, minimum, en supposant que l'instruction soit rapidement clôturée, ce qui devrait être le cas, au vu de ce que je sais du dossier.

Gabriel intervint :

— À moins que la procédure ne soit alourdie par les arrestations des complices et ne se transforme en démantèlement d'un réseau de trafiquants de cartes bancaires.

— Hmmm… À ce moment-là, je pourrais toujours envisager la disjonction des affaires, même s'il y a peu de chances d'y parvenir, quoique, dans un cas relativement similaire, j'avais obtenu de bons résultats… Mais j'ai dû aller jusqu'en cassation pour ça. C'était gai !

Mais, si vous n'êtes pas particulièrement pressée, on peut laisser aller, on ne va pas faire de la procédure juste pour le plaisir, n'est-ce pas ?

— Votre réputation vous a précédé, Maître De Cleenewerck, et je sais à quel point vous êtes pugnace, mais effectivement, je ne suis pas pressée. Ce qui m'importe en revanche, c'est que mon sosie soit mis hors d'état de nuire le plus longtemps possible, ou qu'on soit sûrs qu'elle ne va pas recommencer.

— Je m'opposerai aux inévitables demandes de mise en liberté qui arriveront de sa part, soyez-en assurée. L'usurpation d'identité est un motif extrêmement valable pour une partie civile, et le plus souvent suivi par les Procureurs du Roi.

Gabriel intervint :

— Maître De Cleenewerck, encore une chose, que vous soyez au courant : Madame MacLane est ma cliente, mais elle est également bien plus que ça pour moi…

Avec un tact qu'un Britannique n'aurait pas renié, il répondit immédiatement :

— Je comprends. Parfaitement.

Oh, et puis, si vous êtes d'accord, on peut arrêter de s'envoyer nos titres à la figure, appelez-moi Serge, ça ira parfaitement comme ça.

Madame MacLane, ça vous concerne également, si vous le souhaitez, bien sûr.

— Oh, de ce côté-là, je ne suis pas formaliste pour deux sous, Serge !

— Parfait ! Je vous ai préparé les documents d'usage concernant la nature et l'étendue de mon mandat, mes honoraires, et la constitution de partie civile.

— Eh bien, Gabriel, tu devrais en prendre de la graine, tu ne m'as rien fait signer la première fois que je suis venue te voir !

— Nos pratiques diffèrent, on va dire ça comme ça...

Serge précisa :

— J'anticipe sur les directives européennes visant à harmoniser les bonnes pratiques en matière de conseil, et puis ça évite tellement de complications et de contestations d'honoraires ; c'est fou comme les clients oublient ce qu'ils ont signé au début d'une affaire...

Son sourire en coin en disait long sur le nombre de clients à qui il avait dû se faire un plaisir de mettre sous le nez ces documents. Ce qui ne les empêchait pas de contester les honoraires, mais anéantissait, presque à coup sûr, leurs chances de succès.

Finalement, Gabriel allait peut-être adopter cette pratique à son tour ; il avait en tête quelques clients qui avaient la mémoire particulièrement sélective quand il s'agissait de mettre la main à la poche...

22

Amandine commençait à ressentir une anxiété grandissante, au fur et à mesure que l'après-midi avançait.

En sortant du cabinet de Maître De Cleenewerck, elle présentait des signes évidents de nervosité, si bien que Gabriel lui proposa d'aller boire un verre dans une taverne qu'il avait repérée lors de leurs pérégrinations aux alentours de la Grand-Place : un café art nouveau à proximité de la Bourse de Bruxelles.

Amandine accepta de bonne grâce, d'autant qu'elle connaissait l'établissement pour y avoir passé quelques soirées lors de ses passages à Bruxelles.

Gabriel savait très précisément ce qu'Amandine avait en tête ; il alla donc droit au but :

— Dine, je sais que tu attends avec appréhension les résultats des tests ADN que tu as commandés, mais tu sais, j'y ai réfléchi et, même si la ressemblance est exceptionnelle, je pense sincèrement que la probabilité que vous soyez parentes est infime.
Tu en as parlé avec ta mère, et ça me rappelle un vieil adage de droit romain en matière de filiation : *« Mater semper certa est »*, soit « la mère est toujours certaine », qui a instauré pendant des siècles une présomption irréfragable de maternité.
Et ta mère se serait aperçue s'il y avait eu une autre Amandine…

Tout en sirotant son « half and half », spécialité de l'endroit, Amandine répondit :

— Je le sais, Gab', je le sais…

Mais, il y a une petite voix qui me dit qu'il y a quelque chose derrière tout ça…

— Sacrée intuition féminine !

On aura bientôt les résultats, donc ça sera la fin du suspense…

En attendant, si tu me racontais tes folles soirées de beuverie ici ?

— Beuveries, n'exagérons rien. Disons que l'endroit a toujours présenté l'avantage d'avoir des horaires d'ouverture très élargis, à l'époque, en tous cas.

Mais tu sais, je n'ai jamais été bruxelloise qu'à titre honoraire : j'ai grandi à Cannes, avant d'aller vivre en Californie, et je ne suis jamais venue ici qu'en visite chez mes parents, même si parfois j'ai séjourné quelques semaines ici, donc je ne suis pas une experte !

— En tous cas, ils ont sur leur terrasse, comme certains cafés à Cannes, des lampadaires au gaz, pour réchauffer les clients assis à l'extérieur… Même si je suis prêt à parier qu'ils s'en servent plus souvent ici qu'à Cannes…

— Oh, je n'en jurerais pas, les Cannois sont très frileux, en dessous de dix-huit degrés, ils se plaignent du « froid intense », dont les fameuses « entrées d'air maritime » sont responsables, hein !

— C'est qu'on est mal habitués dans le Midi… Cela dit, je ne sais pas si, vivant ici, je roulerais en moto toute l'année, pour être honnête… Déjà que les pavés glissants ressemblent plus à des savonnettes qu'autre chose, je ne veux même pas imaginer en plein hiver, ce que ça doit être…

— Sacré Gab' ! Tu es un indécrottable Méridional : le Rossetti s'exporte mal !

— Mais ! Pas du tout, regardes, j'ai survécu à mon passage à Montréal, bon, d'accord, je n'y suis pas venu en hiver non plus…

À propos de Montréal, comment vont les affaires ? Et comment va cette chère Joana ?

— Montréal se porte à merveille ; on rajoute régulièrement du contenu à nos jeux, et le développement de notre nouveau jeu top secret va bon train.

Il va falloir quand même que je songe à y retourner me montrer ; non pas que lorsque le chat n'est pas là, les souris dansent, mais il y a un minimum d'implication à assurer, et je dois montrer l'exemple.

Quant à Joana, elle est toujours fidèle à elle-même… Dis-moi, elle t'a marqué, Joana !

Est-ce que je dois être jalouse ?

— Ah ah ! Nous y voilà !

Pas du tout. D'abord parce que ce n'est pas ton genre.

Ensuite, parce qu'elle n'est pas le mien : trop… exubérante pour moi !

Elle aurait très bien été avec Martinez, ils auraient fait un duo détonnant, mais ceci dit, je pense qu'avec Chloé, il a trouvé chaussure à son pied.

Je pense que ça ne fera pas long feu avant que je sois témoin à un mariage…

— Tu feras ça tellement bien, et tu as des munitions pour le traditionnel discours du témoin !

— Oh que oui, mais il faudra que j'évite de tomber dans le côté si souvent pathétique et pitoyable de ce genre de discours…

— Tu ne devrais pas avoir trop de mal, tes talents oratoires font partie de toi, et tu t'exerces tous les jours ou presque à cet égard. En tous cas, j'ai bien hâte de voir ça, moi !

Gabriel se voyait déjà en train de raconter des anecdotes concernant son ami… Ou plutôt, il ne s'y voyait pas vraiment : la plupart d'entre elles ne seraient pas de bon aloi dans un mariage, même si la coutume de brocarder le marié avait la vie dure… Il faudrait qu'il soit inventif. Il aurait bien le temps d'y penser.

En tous cas, pour le moment, Amandine avait cessé de se préoccuper de son fameux test ADN, c'était déjà ça.

La trêve ne fut que de courte durée. Amandine avait toujours à portée de main son smartphone : elle guettait chaque message entrant, dont un résumé s'affichait sur l'écran d'accueil.

— Dine, je ne suis pas sûr que de fixer ton téléphone comme si tu voulais l'hypnotiser fera arriver plus vite le message que tu attends…

— Ça marche. Des fois…

— En attendant, si tu me racontais comment tes parents se sont connus ?

Ils ont tellement l'air d'avoir des personnalités aux antipodes l'une de l'autre, que je me demande comment leurs chemins se sont croisés. C'est un truc que j'ai toujours pris soin de demander dans mes divorces, ça me permet parfois de mieux saisir les raisons de certaines séparations… Pas toujours cependant.

— Oh ! Vaste sujet, ils te le raconteraient d'ailleurs mieux que moi, mais c'est ici, à Bruxelles qu'ils se sont rencontrés, avant de s'installer dans le Midi, et finalement de revenir ici.

Maman étudiait aux Beaux-Arts, sa vocation d'artiste ne date pas d'hier, et papa, eh bien il venait faire un stage, tout frais débarqué de son Écosse - à ce sujet, ne lui dis jamais qu'il est anglais, hein !

— T'inquiète pas, je connais la musique, j'ai déjà eu des clients écossais, je sais à quel point certains sont sensibles sur le sujet, ce qui me donne l'occasion de placer parfois dans la conversation le terme de « perfide Albion » ; je ne sais pas pourquoi, j'ai toujours aimé ce terme : perfide Albion, ça sonne bien.

Il n'eut guère l'occasion d'en dire plus sur l'ancestrale rivalité franco-britannique : le téléphone d'Amandine s'agitait, et cette fois, son regard ne s'en détacha pas immédiatement : l'expéditeur du dernier message était le laboratoire ayant procédé au test ADN.

— Bon. Je crois que le moment de vérité est enfin arrivé.

— Dine, tu me fais penser à moi lorsqu'un dossier de plaidoiries revient dans ma case palais avec la décision dedans : c'est comme d'ouvrir un cadeau, dont on ne sait encore s'il sera magnifique ou empoisonné…
De toute façon, tu vas l'ouvrir, alors ce n'est pas la peine de tarder.

Amandine le regarda un bref instant puis entra machinalement son code secret avant d'accéder à ses courriels :

— Ahhhh ! Bordel ! « Chargement en cours »… Je déteste quand ça patine dans la semoule comme ça.
Et pourquoi ça arrive systématiquement quand ce sont des messages importants ?

— Respires…

— Ah ! Enfin ! C'est pas trop tôt…

Le visage d'Amandine se figea. Elle lut à haute voix le contenu du message :

— Les deux échantillons partagent la même empreinte génétique.
Probabilité de gémellité monozygote : 99,7 %

— Hein ? T'es sûre qu'ils se sont pas emmêlé les pinceaux, au laboratoire ?

— J'aimerais bien : testé et retesté, dit le message.
Il y a un fichier joint en format PDF, qui explique tous les tests pratiqués en détail.
Putain.
J'y crois pas…

— Amandine. Il y a forcément une explication logique à tout ça.

— La seule que je vois pour le moment, c'est que Julie Lafontaine est ma jumelle.

Il faut qu'on rentre. Je dois parler à mes parents séance tenante.

23

Amandine trouva ses parents en train de dîner, attablés à l'espace de travail de leur cuisine américaine.

Elle ne leur laissa pas le temps de dire un mot et balança, furibarde, son téléphone portable sous le nez de ses parents :

— Quelqu'un peut m'expliquer ça ?

Son père reprit aussitôt :

— Hey ! Doucement Mademoiselle MacLane !
Qu'est-ce qui te met dans cet état ?

— Il y a que j'ai fait faire des tests ADN entre mon « sosie » et moi.
Et devinez quoi ? C'est ma sœur jumelle à 99,7 %… !
Vous n'avez rien à me dire, vous êtes sûrs ?

Hélène se liquéfia :

— Je le savais. Je m'en suis doutée dès que j'ai vu le visage de cette fille sur la vidéo de surveillance.
Mais… ma chérie, je suis sûre de moi, tu sais, je n'ai pas eu d'autre fille que toi, tu sais.

Gabriel spectateur involontaire de ce rebondissement familial observait tour à tour Peter, qui restait interdit et pensif, et Hélène, qui semblait se rapprocher dangereusement de l'apoplexie.

Peter intervint :

— Il y a quelque chose qu'on ne t'a pas dit, Amandine.

— Ah ! Nous y voilà ! Je le savais que vous me cachiez quelque chose !

J'ai été adoptée, c'est ça ?

Comment avez-vous pu ne pas me le dire… ?

— Cool down, Honey ! Ce n'est pas ce que tu crois.

Gabriel n'avait jamais vu Amandine dans cet état : même s'il en avait vu d'autres dans ses années de pratique d'avocat, il n'aurait pas aimé se retrouver en face d'une telle furie à la barre d'un tribunal.

Et pour couronner le tout, sa colère intense la rendait encore plus belle que d'habitude.

Avant qu'il n'en vienne à s'interroger sur le lien entre beauté et colère, Peter l'interrompit dans ses pensées. Après avoir pris une longue respiration, il poursuivit :

— Non, Amandine. Tu n'as pas été adoptée, tu peux en être sûre.

Ce qu'on ne t'a pas dit, c'est que, ta mère et moi, nous avons eu énormément de difficultés à t'avoir.

Au début, on ne s'est pas inquiétés. Chez certains parents, ça vient tout seul, chez d'autres, ça met plus de temps. Pas la peine que je t'en dise plus, tu es une grande fille.

Bref, au bout de six mois, ta mère et moi, on commençait à se demander ce qui n'allait pas et nous avons été consulter.

Les médecins ont confirmé que, dans notre cas, on pourrait très bien ne jamais y arriver, même si, isolément, aucun de nous deux n'était stérile.

Ils nous ont alors proposé quelque chose, qui était nouveau à ce moment-là : la fécondation in vitro.

Après plusieurs mois d'essais et des tentatives qui ont échoué, la fécondation, et surtout, son implantation dans le ventre de ta mère ont fonctionné.

Voilà la seule chose qu'on t'a cachée : que tu avais fait partie des premiers bébés à être conçus grâce à une fécondation in vitro. Rien de plus.

Amandine avait attentivement écouté son père :

— Et ? Pourquoi ne pas me l'avoir dit ? Vous pensiez que j'allais me considérer comme anormale à cause de ça ?

Sa mère intervint :

— Ma chérie, remets-toi vingt-cinq ou trente ans en arrière : aujourd'hui, tu n'y vois rien de déstabilisant, mais à cinq ans, à dix ou quinze ans, comment aurais-tu pris la chose ?
Surtout qu'à l'époque, cette méthode était extrêmement marginale.
Si nous ne t'avons rien dit, c'est parce que nous pensions que c'était ce qu'il y avait de mieux à faire. Et puis, une fois que tu as été grande, nous y avons de moins en moins pensé, jusqu'à quasiment l'oublier...
Ce n'est que lorsque j'ai vu ton sosie que j'y ai repensé. Je n'ai pas voulu t'en parler, après tout, je sais bien qui est sorti de mon ventre !
Et une fois qu'elle a été arrêtée, pour moi, cette affaire était réglée.

— Maman ! Je croyais qu'on n'avait pas de secrets...

Amandine était à présent partagée entre la colère, qui se calmait, et la tristesse, qui l'envahissait comme sous l'effet de vases communicants.

Gabriel, qui s'était contenté d'être un simple spectateur dans une conversation de famille intime, était mal à l'aise.
Contre toute attente, le résultat des tests ADN avait confirmé l'intuition d'Amandine. C'était donc peut-être vrai, ces histoires sur les liens invisibles qui peuvent relier des jumeaux, même physiquement séparés ?
Ce qu'il ne comprenait pas, c'était comment cela avait pu se passer, ses parents étant formels : à aucun moment sa mère n'avait attendu de jumelles.

Il se rappela soudainement d'articles qu'il avait pu lire, dans la presse féminine cette fois. Décidément, les lectures de salle d'attente avaient du bon :

— Je crois que j'ai peut-être une piste.

Tous les regards convergèrent vers lui.

— Ça va vous paraître idiot, mais j'ai récemment lu dans une revue un article dans lequel il était expliqué que de parfaits jumeaux pouvaient naître de grossesses différentes, à plusieurs années d'écart parfois.

Il semble que, dans le cadre des fécondations in vitro, il y ait parfois des lots d'embryons provenant de la fécondation du même ovule, qui se divise après la conception et se sépare pour former deux embryons ou plus.

Les embryons surnuméraires sont en général congelés, pour de prochaines tentatives.

Peter, qui avait écouté religieusement cette hypothèse, semblait interpellé par ce scénario mais restait dubitatif :

— Sauf qu'en ce qui nous concerne, il n'y a eu qu'une grossesse menée à terme.

Il n'y avait pas de raison de mettre sa parole en doute.
Il ne restait qu'une seule hypothèse :

— Dans ce cas, il n'est pas totalement déraisonnable d'envisager que des embryons excédentaires aient été implantés chez une autre femme.
Est-ce que vous avez des souvenirs concernant des embryons excédentaires, à l'époque de la conception d'Amandine ?

C'est Hélène qui répondit à cette question :

— Gabriel... À l'époque, nous étions trop contents que le processus ait fonctionné et que la grossesse se passe bien. On ne se souciait de rien d'autre et Peter me surveillait comme le lait sur le feu…

Peter ajouta :

— Et puis, c'étaient vraiment les débuts de la fécondation in vitro, les médecins en apprenaient autant que nous sur le processus ; nous étions en quelque sorte des cobayes pour eux.

Gabriel reprit :

— C'est certain que l'arsenal législatif concernant la fécondation in vitro est venu s'intercaler par après ; comme souvent, les progrès scientifiques sont plus rapides que leur prise en compte dans la loi…

Bref, on ne sait pas comment tout cela a pu se passer, mais ce dont on peut être relativement certains, c'est que nous avons deux personnes qui partagent la même empreinte génétique, très certainement en raison de la fécondation in vitro et de l'implantation d'embryons de la même origine chez différentes femmes…

Amandine. Je crois que tu viens de gagner une sœur dans l'histoire. Et que tes parents n'y sont absolument pour rien.

24.

Toutes ces nouvelles étaient tombées sur la tête d'Amandine comme autant de coups de massue.

Elle demeurait interdite, ses genoux remontés à hauteur de ses épaules dans le canapé familial.

Son esprit était en fait en train d'imaginer les scénarios les plus fous qui, seuls, pourraient expliquer cette parenté tombée du ciel.

Son père avait confectionné - pour tout le monde - le breuvage de la situation : du lait de poule, avec une dose conséquente de l'un de ses whiskies préférés, du Glenlivet de quinze ans d'âge, dont la saveur plus sucrée que le dix-huit ans d'âge était plus indiquée pour ce genre de préparation :

— Vieilli dans des fûts de chêne français, c'est le whisky de la situation, et c'est un écossais qui vous le dit !

Amandine attrapa la tasse que son père lui tendait et le remercia d'un bref sourire.

Elle huma le parfum aux arômes mêlés de whisky et de vanille, en fermant longuement les yeux.

Gabriel et Hélène se regardaient : l'un comme l'autre étaient rassurés d'entrevoir un début de réconfort chez Amandine.

Le silence s'était invité dans le salon et personne ne semblait prompt à le faire fuir.

Parfois, il n'y a rien à dire. Tout simplement. Gabriel le savait, même si son métier consistait à toujours avoir quelque chose à dire.

C'est Amandine qui le rompit finalement.

Elle n'avait cessé de réfléchir, analyser, tourner et retourner les données du problème en tous sens. Elle était manifestement parvenue à une solution. Tout du moins à un plan d'action :

— Ce qui est certain, c'est que Julie est ma sœur. Jumelle.

La seule hypothèse plausible reste que sa conception provienne d'un embryon issu de la même fécondation, qui aurait été implanté chez quelqu'un d'autre.

Même si ça fait plus de trente ans maintenant, il doit encore en rester des traces quelque part.

Et pour en savoir plus, je ne vois qu'une seule solution : remonter à la source.

Il va falloir retrouver les médecins qui se sont chargés de la fécondation, et discuter aussi avec ma jumelle et ses parents.

Gabriel répliqua :

— Sauf que ta jumelle est en prison à l'heure actuelle. Je doute que les établissements carcéraux belges soient très différents des Français : on n'y rentre pas comme dans un moulin.

Sauf que...

— Sauf que quoi, Gabriel ?

— Sauf que, maintenant, tu es de la famille... C'est encore tiré par les cheveux, puisqu'il n'y a aucun lien de parenté officiel entre vous, mais les résultats ADN sont là et démontrent la même empreinte génétique.

Je vais appeler De Cleenewerck dès demain matin, je suis curieux de savoir ce qu'il en pense. Et on pourra ensuite, en cas de besoin, retourner voir Peeters avec les tests ADN.

Hélène était dubitative quant à l'utilité de ces démarches :

— Est-ce vraiment la peine d'aller remuer tout ça, plus de trente ans après ?

En tous cas, les médecins qui se sont occupés de la fécondation in vitro doivent avoir pris leur retraite depuis un petit moment.

Mais l'hôpital universitaire est toujours là ; ils auront peut-être encore des archives.

Mais… Amandine… Veux-tu vraiment aller rencontrer cette fille ?

C'est peut-être, biologiquement, ta sœur, mais en dehors de la ressemblance physique, je pense que vous n'avez pas grand-chose en commun.

Et puis… Elle t'a déjà nui, il me semble. Il ne faudrait pas que ça lui donne de nouvelles occasions…

— Maman. Tu penses que j'y ai réfléchi. Mais je ne peux pas rester avec une jumelle dans la nature, sans rien faire. Il faut qu'elle sache aussi. Et je sens ce foutu lien entre nous. Je ne peux plus l'ignorer à présent.

25.

Le dosage généreux en whisky avait au moins eu l'avantage de pousser profondément Amandine dans les bras de Morphée : elle s'était endormie dans les bras de Gabriel, juste après avoir regagné leur chambre.

C'était maintenant au tour de Gabriel de réfléchir.

Amandine méritait de plus en plus son surnom de « scoumoune »... Non pas que ce qui lui arrivait relevât de la malchance, mais le moins que l'on pouvait dire était que ça n'arrivait pas à n'importe qui, des histoires pareilles !

Il n'était guère familier avec la procédure criminelle en Belgique et se demandait si, au stade de la détention provisoire, la famille d'une détenue pourrait être autorisée à la visiter.

Certainement que oui, et De Cleenewerck aurait immédiatement réponse à ça.

Ce qui lui prendrait plus de temps, serait le point de savoir si le test ADN suffirait à ouvrir les portes de la prison à Amandine, car, en l'occurrence, il n'y avait pas de livret de famille ou d'autres pièces officielles attestant de la parenté...

Ça dépendrait très certainement du bon vouloir du Procureur. Du Procureur du Roi, ici, puisqu'on était en Belgique.

Et comme on était en pleine fin de semaine, sans doute qu'il faudrait voir avec le Procureur de permanence. Ce qui risquait de compliquer sérieusement la tâche, puisqu'il faudrait en outre le mettre au courant du dossier.

Et pour ce qui était de la famille de Julie Lafontaine, ça risquait aussi d'être compliqué d'entrer en contact avec eux, puisqu'Amandine était partie civile dans une procédure pénale l'opposant à Julie.

Quel sac de nœuds !

Ce qui était sûr, c'est que Gabriel n'était pas près de rentrer à Nice ces prochains jours...

Heureusement qu'il avait prévu le coup avec Martinez et Chloé.

Sur ces pensées, il s'endormit. Finalement.

26.

Amandine se réveilla, comme elle s'était endormie, encore groggy des incroyables nouvelles de la veille.

C'était Gabriel qui, fort logiquement, dormait encore.

Elle dégagea sa tête de sa poitrine, aussi délicatement que la situation le lui permettait, mais rien n'y fit : elle le réveilla son compagnon, qui n'en fut pas outre mesure incommodé :

— Salut toi.

— Costaud le lait de poule de beau-papa : à défaut de faire perdre la mémoire, ça assomme !

— Il a rarement autant forcé sur le whisky, mais... les événements commandaient...

— Dine. Je vais appeler De Cleenewerck. Enfin, si tu veux toujours essayer de voir ta frangine.

Te connaissant, je ne te pose même pas la question de savoir si ça peut attendre vingt-quatre heures ; comme tu le sais, nous sommes dimanche...

— Je suis donc un livre ouvert pour toi, Gab'...

— Pour ça en tous cas : oui !

Ne bouge pas, je l'appelle immédiatement.

Gabriel composa le numéro de portable de son correspondant au Barreau de Bruxelles, qui répondit dès la deuxième sonnerie :

— Serge ? Gabriel Rossetti à l'appareil.

Je suis désolé de vous déranger un dimanche de bon matin, mais on a une petite urgence dans notre dossier.

— Gabriel ! Non, vous ne me dérangez pas du tout, je suis à mon cabinet, j'aime la quiétude du dimanche matin pour travailler tranquillement.

Ça leur faisait un point commun : en général, on n'était pas dérangé par les clients durant les week-ends, quoique le téléphone sonnait tout de même au cabinet de Gabriel durant les fins de semaine... Certains clients essayaient, à tout hasard, imaginant sans doute que leur avocat n'avait aucune vie en dehors de son cabinet...
Et le fait que ça soit parfois vrai n'était pas une raison suffisante pour répondre dans ces rares moments de quiétude.

— Eh bien, Serge, on va peut-être vous sortir de la torpeur dominicale.
Il se trouve qu'Amandine a appris un élément très... Comment dire ? Particulier et original.
Elle a fait effectuer des tests ADN sur un échantillon provenant d'un mégot de cigarette fumé par son sosie, Julie Lafontaine.
Le résultat est plus que surprenant : Amandine et Julie partagent la même empreinte génétique.
En d'autres mots, elles sont jumelles...

— Jumelles ? C'est effectivement surprenant.

Gabriel commençait sérieusement à penser que, pour faire preuve d'un tel flegme, Serge devait avoir des ancêtres britanniques. À sa place, il aurait récité un chapelet d'expressions plus ou moins châtiées. Enfin surtout moins que plus.

— Donc, ça a des implications dans notre dossier, Serge. La ressemblance est donc plus que physique, elle est également biologique.

— À première vue, je ne vois pas bien ce que ça change. Ce que je ne comprends pas, c'est qu'Amandine ait eu une jumelle sans le savoir...

— Ses parents l'ont informée hier qu'elle avait été conçue par fécondation in vitro.

La seule explication logique que je vois à ça, c'est qu'un embryon issu de la même fécondation que celui qui a donné naissance à Amandine ait été implanté ailleurs.

— Je ne vois toujours pas le lien avec notre affaire et sa constitution de partie civile…

— *A priori*, il n'y en a pas vraiment, sauf que, Amandine tient absolument à en informer sa sœur jumelle. Et à mener son enquête sur l'origine de cette double fécondation in vitro.

Elle voudrait la voir, dès que possible.

D'où mon appel.

— Ah. Il n'est pas d'usage que les parties civiles rendent visite aux prévenus, mais je ne vous apprends rien.

— Les parties civiles, non. Mais la famille des prévenus…

— Sauf que le seul document établissant le lien de parenté c'est un test ADN. Ça risque de ne pas suffire, d'autant que je n'ai pas encore eu le temps de déposer la constitution de partie civile - ce qui pourrait être un avantage, en l'occurrence. Mais nous sommes dimanche, et obtenir cette autorisation de visite risque d'être compliqué : il faudrait que j'attrape le Procureur du Roi de permanence et ce n'est pas gagné, j'aime autant vous prévenir.

Voilà ce que je vais faire. Laissez-moi passer quelques appels, et s'il le faut, je me rendrais au Palais, pour discuter avec le Procureur, mais je ne peux vraiment rien vous garantir.

En plus, compte tenu du fait qu'Amandine va être partie civile au procès, je déconseille fortement qu'elle rende visite à la prévenue.

— Je sais, mais je crois qu'on ne la fera pas changer d'avis. Merci en tous cas de vos démarches. Tenez-nous au courant si ça débloque, on pourra être sur place assez rapidement, en cas de besoin.

Amandine, qui n'avait pas bougé du lit, avait entendu la quasi-totalité de la conversation :

— Ça ne s'annonce pas super, hein ?

— Non. Et comme elle est en prison, ça complique évidemment les choses.

L'excès de zèle dont nous avons fait preuve, avec la police, se retourne contre nous, au vu des derniers développements du « dossier ».

Cela dit...

— Je connais cette lueur dans tes yeux, Gab'... Raconte !

— La phase d'information ne doit pas être bouclée à l'heure qu'il est. Ce qui veut dire qu'on pourrait essayer de passer par Peeters pour avoir accès à Julie...

— Aïe.

— Oui, il va falloir lui expliquer comment on a obtenu un échantillon de l'ADN de Julie.

Ça risque d'être un mauvais moment à passer... On peut tout aussi bien ne rien faire et attendre la semaine prochaine pour voir ce que Serge peut faire officiellement pour nous.

— Gab'... Franchement...

— OK. Dans ce cas, le plus simple serait que tu appelles directement Peeters et que tu lui dises que tu as un élément nouveau très important à lui communiquer. En personne.

N'en dis pas plus au téléphone, je ne veux pas rater sa tête quand il apprendra, à la fois pour le mégot subtilisé, et pour ta parenté avec Julie.

Amandine s'exécuta sur-le-champ et l'affaire fut bouclée en quelques minutes.

Peeters était de permanence, et la perspective de se distraire des vols de sacs à main des touristes et autres pickpockets profitant du dimanche pour perpétrer leurs méfaits l'avait convaincu en quelques secondes de rencontrer Amandine et Gabriel.

27

La moto de Gabriel commençait à connaître par cœur le chemin du commissariat central : il avait même l'impression d'améliorer son temps à chaque nouveau trajet.

Encore que, le fait qu'on soit dimanche avait une influence certaine sur la circulation, relativement plus fluide.

Cette fois-ci, Peeters n'arriva pas instantanément, comme lors de leurs précédentes visites.

Au bout d'une vingtaine de minutes, il apparut, en s'excusant de son retard :

— Salut les amis ! Je suis désolé de mon retard, mais on m'a amené une paire de pickpockets qui essayaient de m'expliquer comment ça se fait qu'ils aient cinq portefeuilles chacun dans leur sac à dos, tu vois le genre…

— On fera attention aux nôtres, en sortant d'ici, c'est sûr !

— Bon, allez, venez dans mon bureau. C'est quoi, ces nouveaux éléments ?

Amandine répondit :

— C'est un peu gênant. Je préfère vous dire ça dans votre bureau, quand vous serez assis.

Amandine avait eu l'occasion de méditer sur la façon de présenter les choses ; elle se demandait s'il valait mieux parler en premier du mégot subtilisé ou du scoop sur sa jumelle. Tout dépendait de la façon dont Peeters allait réagir à la subtilisation du mégot… Et ça, elle n'en savait rien.

C'était donc du quitte ou double.

Lorsqu'ils furent installés, elle se lança :

— J'ai découvert un élément très important dans le dossier.
Et j'ai du mal à y croire moi-même : Julie Lafontaine et moi, on a la même empreinte génétique. On est jumelles monozygotes à 99,7 % de certitude.

Elle avait insisté sur le « nonante-neuf virgule sept pour-cent », parce qu'un tel chiffre, ça frappait l'imaginaire, tout en l'appuyant par la remise d'une impression papier du courrier électronique reçu du laboratoire.

Peeters, fidèle à son verbe fleuri s'exclama :

— Qu'est ce que c'est pour un bazar, cette affaire ?!
Cela dit, c'est vrai que vous vous ressemblez. Et pas qu'un peu !
Mais, tu avais une sœur jumelle et tu le savais pas, toi ?

— J'ai été conçue par fécondation in vitro, et il y a de fortes chances que Julie Lafontaine l'ait également été. On n'est pas nées en même temps.

— Des jumelles nées à des moments différents ?

Gabriel reprit la balle au bond :

— C'est malheureusement possible si des embryons issus de la même fécondation avec les mêmes donneurs évidemment, ont été implantés à différents moments.

Il hésita à dire qu'il l'avait lu dans la presse féminine.
À la réflexion, dit comme ça, ça avait l'air un peu crétin et ça nécessiterait qu'il se perde en justifications. Il s'abstint donc.

— Verdomme ! Et comment est-ce que ça se peut, un bordel pareil ?

— Ça, inspecteur, c'est un peu pour ça qu'on est venus vous voir, parce que j'aimerais pouvoir en informer Julie Lafontaine, qui pourra peut-être me donner des éléments au sujet de sa naissance.

Peeters écoutait, tout en réfléchissant au processus de jumelles nées à des moments différents, ce qui le laissait perplexe.

Avant qu'il n'ouvre à nouveau la bouche, Amandine précisa :

— Et je dois aussi vous dire comment j'ai obtenu un échantillon ADN de Julie Lafontaine...

— Ça, tu n'as pas à te casser la tête pour ça, j'ai ma petite idée, et j'ai bien vu après que tu sois partie que le mégot avait disparu. Et comme il n'était pas dans la poubelle, j'ai vite compris le manège, tu sais.
Mais moi, comme elle a donné son autorisation pour des prélèvements, officiels, je m'en fous un peu... Ça n'aurait pas été le cas, là, tu aurais entendu parler de moi !

Et il ajouta, goguenard :

— Mais j'ai trouvé ça culotté, tu sais !

Amandine et Gabriel étaient soulagés. Ceci dit, après tout, Amandine n'avait fait que prendre un mégot abandonné.

Peeters poursuivit :

— Et donc, tu attends de moi que je te fasse rencontrer la prévenue, un dimanche ?

— Ça pourrait m'aider à en savoir plus sur sa famille, sur ses origines et les miennes par la même occasion.

Gabriel ne savait pas exactement où en était la procédure, mais il se risqua à indiquer :

— Comme on en est sûrement encore au stade de l'information, vous pourriez demander à la faire venir pour un interrogatoire additionnel…

— On sait aussi y aller tous les trois, vous n'avez jamais visité Berkendael ? Ça vaut le détour !

Mais tu sais, si je fais ça, c'est parce que tu nous as aidés à coincer ta jumelle, et parce que je vous trouve sympathiques tous les deux…

Après un moment de réflexion, il reprit :

— Finalement, je vais une fois faire venir ta sœur jumelle ici, mais à une seule condition : ce qui se dira ici, cet après-midi, sera intégré dans la procédure en cours. C'est d'accord pour toi, Maître ?

Gabriel, qui avait toujours du mal à se faire tutoyer par un policier en service, répondit sobrement :

— Aucun problème pour ça.

— Bon, elle sera là dans deux heures maximum. Je t'appelle sur ton GSM quand elle est là.

Voilà qui donnait une bonne excuse à Gabriel pour retourner manger une de ces fameuses pitas, à un jet de pierre du commissariat.

Il profita du court chemin pour passer un appel à Serge De Cleenewerck, car son intervention n'était plus nécessaire. Autant l'en prévenir immédiatement.

28

Gabriel s'était cette fois laissé doublement tenter par les pitas et, alors qu'il finissait sa deuxième, il racontait à Amandine son expérience avec les parloirs :

— Comme tu le sais, je ne pratique pas souvent les parloirs, ce n'est pas ma tasse de thé, mais je dois dire que mon meilleur souvenir dans ce domaine, c'est à Monaco…

— Comme par hasard…

— Écoute, si un jour on doit t'incarcérer, il faut que tu te débrouilles pour que ce soit à Monaco : il y a une vue imprenable sur la mer et c'est proche du musée océanographique. Mais bon, ils n'organisent pas de visites groupées à ma connaissance…
Mais surtout, le service est quatre étoiles !
Sans doute parce que, comparativement à la France, ils ont peu de clients. Lorsque j'y ai été, j'ai été traité aux petits oignons, ça changeait des parloirs en France, où on te fait des fois poireauter de longs moments pour voir tes clients…

— Je vais quand même essayer de me tenir loin de la prison, qu'elles ressemblent à Midnight express ou à l'hôtel de Paris, hein !

Leur conversation s'arrêta là : Peeters appelait pour prévenir que la cliente était au frais.
Ils se rendirent sans délai au commissariat.
Peeters avait réfléchi au mode opératoire pour cette « rencontre » :

— On va dire que c'est un interrogatoire additionnel, mais je vais te laisser poser tes questions, moi je me contente de prendre des notes, pour le PV d'audition, ça te va ?

Amandine acquiesça.

Gabriel commençait à avoir l'habitude et rejoignit la pièce annexe à la salle d'interrogatoire, de l'autre côté de la glace sans tain.

Peeters ouvrit les hostilités :

— Madame Julie Lafontaine. Je me suis dit que tu devais trouver le temps long à Berkendael, alors j'ai décidé de meubler un peu ton dimanche, on a des questions supplémentaires à te poser. Enfin, c'est surtout Madame MacLane qui en a.

C'est elle qui te pose les questions aujourd'hui.

— Je ne vois pas ce que je peux dire de plus que ce que j'ai déjà dit.

Peeters ajouta, se délectant à l'avance du coup de théâtre qui approchait :

— Ça, si j'étais toi, je n'en jurerais pas.

Amandine prit le relais. Elle fixait droit dans les yeux celle qui était désormais, par la grâce d'un résultat d'analyses, sa sœur :

— Madame Lafontaine, lorsque vous avez constaté votre ressemblance frappante avec moi, vous ne vous êtes pas posé de questions ?

Julie soutenait le regard de son sosie, aussi intensément qu'Amandine l'avait fait lors de leur première rencontre. Mais cette fois-ci, ce n'était pas de la colère qu'elle voyait dans les yeux d'Amandine, plutôt de la curiosité.

Après une vingtaine de secondes, elle répondit, le plus naturellement du monde :

— Il paraît qu'on a tous un sosie, je n'ai pas cherché plus loin, moi. Eh oui, j'en ai profité, mais bon, je pense que tout a été dit là-dessus.

— Il arrive que, parfois, une telle ressemblance soit due à d'autres raisons…

Elle avait capté l'attention de Julie, dont le regard se fit à la fois incrédule et interrogatif :

— Et puis quoi ? Je suis fille unique, je n'ai ni frère ni sœur.

— C'est ce que je croyais, moi aussi. Jusqu'à ce que je reçoive ça.

Amandine posa la feuille contenant les résultats de l'analyse ADN et ajouta immédiatement :

— Félicitations, Julie. Vous avez une sœur. Jumelle. Et c'est moi.

L'air incrédule, Julie répliqua, dans un élan de dénégation mêlé de doutes :

— Arrête ! Ça n'est pas possible, je n'ai pas de sœur, je le saurais quand même !

— C'est ce que je me disais aussi, jusqu'à ce que je fasse comparer ton ADN au mien.
Je te tutoie, maintenant qu'on est sœurs, je pense que c'est acceptable, non ?

Julie ne répondit même pas, elle n'était plus que perplexité face à cette nouvelle.
Amandine continua sur sa lancée :

— Je pense savoir ce qui s'est passé : j'ai été conçue grâce à la fécondation in vitro, et je pense que toi aussi, tu as été conçue comme ça.

Pour une raison que j'ignore encore, les embryons issus d'un ovule de ma mère et des spermatozoïdes de mon père se sont retrouvés dans la nature, et ont dû atterrir dans le ventre de ta mère.

Est-ce que tu sais quelque chose à ce sujet, qui pourrait nous aider à y voir plus clair ?

— Et pourquoi je t'aiderais ? T'es peut-être ma sœur, mais je ne te connais pas, on n'a rien en commun, toi et moi, à part le physique. On n'a pas grandi ensemble toutes les deux, habillées pareilles, hein ?

Amandine avait - naïvement - imaginé que sa sœur serait, comme elle, positivement étonnée de cette nouvelle.

Visiblement, elle n'en avait pas grand-chose à faire et ne semblait pas prête à coopérer.

Peeters intervint alors :

— N'oublie pas que tu n'as pas encore été jugée, hein. Si tu coopères, ça peut être un élément en ta faveur, enfin, à moins que tu ne te plaises tellement en prison que tu préfères y rester plus longtemps…

Julie commençait à percevoir ce qui pourrait être son intérêt et se fit plus coopérative :

— Mettons que je vous en dise plus sur ma famille, je ne vois pas en quoi ça t'aidera...

— Ce qu'on veut, c'est savoir comment ça a pu se passer. Pour le reste, si tu n'es pas curieuse d'avoir une sœur sortie de nulle part, crois-moi, je te laisserai tranquille. Jusqu'à hier, je vivais très bien sans savoir que j'avais une sœur jumelle, je peux continuer encore longtemps comme ça.

— Je n'ai pas grand-chose de plus à vous dire que ce que les registres de la population peuvent vous apprendre.

Je suis née à Ixelles, le 13 mai 1984, et mes parents sont Anne Lafontaine, née Wouters et mon père, il s'est tiré quand j'avais même pas un an, je ne l'ai jamais revu.

— Bon, je peux déjà te dire que pour une jumelle, tu as deux ans d'écart avec moi… Je suis née en 1982…

Et ta mère, elle t'a déjà parlé de fécondation in vitro ?

— Non, de ça, elle ne m'a jamais parlé, pas plus que de mon père, non plus.

Du reste, ma mère et moi, on ne se parle plus depuis plusieurs années, je ne sais même pas où elle habite exactement aujourd'hui.

Amandine se tourna vers Peeters, qui avait scrupuleusement noté ces derniers éléments et lui fit un signe d'approbation de la tête. Il enchaîna :

— Bon, eh bien, Madame Lafontaine, si tu n'as plus rien à dire, on va te faire ramener chez toi en limousine, hein, dis…

Amandine cherchait dans le regard de Julie un éclat, un soupçon d'étincelle, mais elle n'y vit rien. Son regard restait obstinément froid et dur.

Ça avait peut-être été une mauvaise idée, finalement.

29

Après que Julie ait été raccompagnée, Gabriel rejoignit Peeters et Amandine :

— Pas très bavarde, la frangine…

— Non. Ce n'était peut-être pas une si bonne idée que ça de la mettre au courant…

Peeters intervint :

— Si tu permets, je vais garder ton papier, et je le comparerai à nos résultats ADN quand ils arriveront. Mais ça risque de prendre encore un peu de temps, service public, hein, tu sais ce que c'est.

— Faites, donc inspecteur, et si vous voulez un échantillon de mon ADN, je vous en fournirai un volontiers. Il doit quand même y avoir moyen de nous différencier ?

— Il existe des procédures plus poussées que le test ADN de base, séquençage ADN que ça s'appelle, mais ça coûte un bras, c'est pour ça qu'on ne le fait quasiment jamais.

— Si ça permet de faire la différence entre son ADN et le mien, je suis prête à financer le test, inspecteur.

— On verra ça quand les tests commandés arriveront, t'en fais pas.
Dis-moi, Madame MacLane ? Pourquoi tu fais tout ça ?

Gabriel n'était pas étonné de la question. Et il avait déjà la réponse : parce qu'elle était Amandine MacLane, tout simplement. Têtue et obstinée, un vrai pitbull quand elle s'accrochait à quelque chose.

Amandine prit un instant avant de répondre :

— D'abord, j'aimerais savoir comment ça se fait que des embryons de mes parents se soient retrouvés dans la nature, je trouve ça particulièrement… bizarre. Et je n'aime pas laisser des choses bizarres en suspens.

Ensuite, je me dis que si ça a pu arriver à mes parents, peut-être que d'autres ont été touchés également.

Peut-être même que ça continue encore ?

— Oula ! Tu serais pas un peu justicière sur les bords, toi ?

Ton avocat te le dira, pour ton bazar, ça fait trente ans, et trente ans, c'est le délai de prescription le plus long qu'on ait, en matière de crime, par-dessus le marché.

Donc, c'est presque sûr que c'est prescrit, cette affaire-là.

Maintenant, si tu as envie de jouer les Sherlock Holmes, tant que tu n'interfères pas avec mon enquête, tu fais ce que tu veux, tu sais.

— Merci inspecteur. Promis, on ne jouera pas les cow-boys à Bruxelles.

— J'espère bien ! Les cow-boys, c'est bien connu, c'est nous, la police ! Ah ah ah !

Décidément, il ne manquait ni d'humour, ni de piquant, ce Peeters.

Amandine ajouta, avant de partir :

— Inspecteur ? Est-ce que vous pensez que c'est possible de nous communiquer l'adresse actuelle de la mère de Julie Lafontaine ?

— Ça, je saurais une fois regarder au registre de la population…

Mais, écoute, j'aime autant pas, ça ne rentre plus vraiment dans le cadre de mon enquête…

Oh ! Et puis, allez ! Au point où on en est…

Je t'envoie ça tantôt.

— Merci inspecteur ! Si on trouve quelque chose qui peut aider dans votre enquête, on vous le communiquera immédiatement !

Une fois qu'ils furent revenus à la moto de Gabriel, ce dernier l'attrapa et la plaqua contre lui, comme pour répondre à une soudaine envie de l'embrasser. Cependant, il la regarda fixement et, tout en la gardant serrée contre lui, sur un ton rassurant, il lui dit :

— Dine. J'ai vu que tu étais désappointée que ta sœur ne partage pas ton « excitation » d'avoir une sœur sortie du chapeau.

Tu sais, peut-être qu'avec le temps, vous vous rapprocherez. Peut-être que non. C'est comme ça, c'est la vie.

Des fois, elle est tellement différente pour chacun qu'elle empêche des gens de se rapprocher.

On n'y peut rien, il faut savoir être fataliste, de ce point de vue là.

Amandine serra sa tête contre l'épaule de Gabriel :

—Je le sais. Encore plus maintenant qu'il y a une heure.

Je ne peux pas forcer ma sœur à me considérer comme telle. Et puis, entre nous, elle n'a pas l'air très recommandable…

— Certes. Si vous vous rapprochiez, elle risquerait en plus d'en profiter à nouveau pour te nuire…

— L'avenir nous le dira. Mais depuis que j'ai su que c'était ma sœur, c'est idiot, mais j'ai eu moins peur qu'elle n'en abuse, alors qu'avant ça, c'était ce qui m'inquiétait le plus.

Comme si je pensais que le fait qu'on soit sœurs constitue une garantie quelconque…

— L'histoire est truffée de fratricides, depuis Caïn et Abel, Romulus et Rémus, Richard III…

— Tout pour me rassurer !

— Je doute que ça aille jusqu'à ces extrémités, cela dit.

— Je sais, Gab'.

Alors qu'elle s'apprêtait à enfiler son casque, Amandine ajouta :

— Duel fratricide ou pas, il faut que j'en sache plus sur l'origine de ma jumelle.
Et tu sais quoi ?
J'ai ma petite idée.

— Pourquoi ne suis-je même pas étonné…

30

À peine Amandine et Gabriel étaient-ils rentrés au domicile des MacLane, qu'ils furent assaillis de questions par Hélène.

Elle avait passé une partie de l'après-midi à réfléchir à tout ça :

— Alors, tu as vu ta « jumelle » ? Qu'est-ce qu'elle pense de tout ça ? Tu sais d'où viennent ses parents ?

Amandine fit un geste de la main, signifiant à sa mère de faire une pause afin de lui laisser le temps d'arriver.

L'effet fut instantané : Hélène se tut d'un coup.

— Bon, dans l'ordre : oui, je l'ai vue, non elle n'a pas sauté au plafond de joie et pour ses parents, on doit recevoir des informations de la police, mais sa mère s'appelle Anne Lafontaine, née Wouters.

Hélène sondait visiblement sa mémoire pour trouver des informations sur ce nom.

Amandine, qui semblait soudainement pourvue de pouvoirs télépathiques impressionnants, stoppa sa mère dans ses réflexions :

— Maman. Pas la peine de chercher si tu connais une Anne Wouters ou Lafontaine, les probabilités sont infinitésimales, tu t'en rends compte, n'est-ce pas ?

— Oui, tu as raison, mais que veux-tu, j'essaie de t'aider du mieux que je peux.

— Ce qui m'aiderait, ça serait que tu m'expliques en détail comment s'est passé le processus de fécondation in vitro en ce qui me concerne : où, quand, comment, combien, enfin tout ce dont tu te souviens.

— Ça a été une expérience très pénible. Aussitôt gommée lorsque la grossesse fut confirmée, même si j'ai retenu mon souffle jusqu'à ta naissance, tu sais.

Je me souviens d'une multitude d'injections, de prises de sang, d'essais : un vrai parcours du combattant.

Heureusement que ton père était là et m'a accompagné tout au long de ces épreuves, sans ça, je pense que je n'en aurais tout simplement pas eu le courage…

— Et l'endroit où ça s'est passé ?

— C'était un hôpital universitaire du centre-ville. À l'époque, et je crois que ça doit toujours être le cas, c'était là que ça se passait.

Il faut te souvenir que c'était tout nouveau, de la recherche de pointe à l'époque.

Tu as été parmi les premières en Belgique, tu sais.

Je me souviens qu'il y avait une sorte de compétition entre plusieurs pays, la voie ayant été ouverte par les Anglais, tous les centres de recherches des autres pays se battaient pour y parvenir à leur tour.

On a été leurs cobayes. Consentants, mais tout de même.

Enfin, je ne regrette absolument pas tout ça, tu sais. Ça m'a donné une merveilleuse enfant.

— Maman. Je te remercie de me rassurer, mais ce n'est pas la peine.

J'ai eu l'occasion d'y réfléchir. Je comprends votre silence, même si je ne suis pas d'accord là-dessus.

Ce que je sais, c'est que ça ne change rien à tout le reste. Comme on dit en Amérique : « actions speak louder than words ».

Hélène était visiblement soulagée d'un grand poids, qui pesait sur sa conscience, spécialement depuis qu'elle avait avoué à sa fille ce qu'elle considérait comme un grand secret.

Gabriel assistait à tout ça, sans un mot. Il essayait de deviner ce qu'Amandine avait derrière la tête, même si, depuis qu'elle lui avait annoncé avoir sa « petite idée », il commençait également à avoir la sienne.

Il intervint :

— Hélène, est-ce que vous vous souvenez du nombre de tentatives qui ont été nécessaires avant que le processus ne fonctionne ?

— Ça, je m'en souviens bien : il en a fallu trois.

— Est-ce qu'on vous a parlé d'éventuels embryons surnuméraires, ou indiqué ce qu'il en adviendrait ?

— Très vaguement. Les médecins nous expliquaient le processus, mais pas dans sa totalité, il faut dire que c'était extrêmement compliqué, et à l'époque, c'était tout nouveau, donc, même si j'avais voulu me documenter, je n'aurais pas pu…

Pour moi, et pour Peter aussi, je pense, le plus important était le résultat. Le reste, on ne s'en est pas vraiment souciés.

En ce qui concerne des embryons, je me souviens qu'au cours de chaque tentative, ils ont parlé de congélation, mais je ne saurais te dire combien ont pu être congelés, ni ce qu'il en est advenu.

Amandine regarda Gabriel : elle savait parfaitement où il voulait en venir, ce qui tombait bien, puisqu'elle se dirigeait au même endroit :

— Maman, tu dois bien te souvenir du nom de médecins ? Ça ne s'oublie pas, ça.

— Il y en avait plusieurs, la plupart étaient très jeunes, mais le Professeur qui s'occupait de ça, un mandarin, s'appelait Louis De Wolfe.

On l'a vu au début, lors des premières consultations, et au moment de l'implantation de l'embryon. C'est à peu près tout.

Il devait avoir la mi-quarantaine à l'époque, même si ses cheveux poivre et sel semblaient lui donner un âge plus avancé.

— Ça nous fait un début de piste. Je vais chercher ce que je peux trouver sur ce Professeur, il a sûrement écrit sur le sujet, et si je ne trouve pas ça sur internet, les bibliothèques universitaires devraient permettre de trouver quelque chose.

Gabriel était pensif : remonter une trentaine d'années en arrière, ça risquait d'être compliqué, et surtout, en pure perte, compte tenu des délais de prescription.

Cela dit, la motivation première d'Amandine n'était pas de trouver un coupable à faire condamner, mais la réponse à ses questions. À commencer par une explication sur le fait qu'elle se retrouve avec une jumelle parfaite, de deux ans sa cadette.

— Gab'… On va jouer les rats de bibliothèque… Et si ça ne suffit pas, on va faire un enfant !

— Euh… C'est peut-être un peu prématuré, non ?

— Ah, ah ! Bien sûr que c'est prématuré ! Je vais être plus précise : on va essayer d'avoir un enfant.

Gabriel, même s'il avait compris où elle voulait en venir, ne put s'empêcher de dire :

— Essayer, je n'ai aucun problème avec ça !

— Calme-toi ! On va essayer d'avoir un enfant, par procréation médicalement assistée, puisqu'on n'y arrive pas par voie naturelle.

— C'est bien ce que je me disais… Ça va être moins drôle que prévu.

On va donc se faire passer pour le couple désespéré de ne pas arriver à avoir d'enfants, qui va essayer la fécondation in vitro… Super.

Et on atterrit en Belgique, comme ça, par hasard ?

— Non, tu penses !

On a essayé en France, et ça ne donne rien, et un médecin français nous a suggéré d'aller voir du côté de la Belgique, car ils obtiendraient de bien meilleurs résultats.

— C'est pas un peu capillotracté sur les bords, cette affaire-là ?

— OK. J'avoue. Un peu. Mais on sera tellement motivés à y arriver et prêts à allonger les euros, à financer les départements de recherche, que ça fera taire toutes les interrogations potentielles.

Gabriel regarda Hélène en lui demandant :

— Elle a toujours été comme ça, ou c'est seulement depuis qu'on se connaît ?

— Oh ! Toujours ! Ça a commencé quand elle avait cinq ans et qu'elle avait perdu son doudou. Elle a établi un quadrillage systématique de la maison pour le retrouver, on en est restés complètement ébahis, son père et moi...

— Maman... Tu ne vas pas recommencer avec ça ?

— Mais, c'était formidable, tu sais, on était si fiers de toi...
Figurez-vous que le doudou s'était glissé sous la banquette de la voiture de Peter, et qu'elle n'a mis qu'une journée à le retrouver, après que ses recherches dans la maison n'aient rien donné. C'était comme si elle avait un radar...
Je peux aussi vous parler du premier livre technique qu'elle a écrit : elle n'a pas mis le nez dehors de tout l'été, j'avais l'impression d'avoir un vampire à la maison...

— Maman... Laisse encore à Gabriel quelques illusions sur moi, de grâce !

Le regard insistant d'Amandine fut le signe pour sa mère d'arrêter de s'épancher ainsi.

Pourquoi est-ce que les parents ne se rendent-ils pas compte à quel point ils peuvent parfois gêner leurs enfants avec d'innocentes anecdotes ?

Gabriel détendit l'atmosphère :

— Amandine, ce n'est rien, ça. Moi, ma mère se complaît à raconter sur moi des histoires bien plus embarrassantes… Crois-moi.

— Alors, il va falloir que tu me la présentes !

— Chaque chose en son temps, et puis, moi aussi, je préfère garder un peu de mon aura mystérieuse, hein !

Il était temps de changer de sujet : le terrain devenait miné. Gabriel poursuivit :

— Mais avant qu'on aille expliquer à des médecins que ça ne fonctionne pas pour nous, on va peut-être commencer par essayer d'en apprendre plus sur la mère de Julie, non ?

— Bien sûr ! Peeters a dû envoyer les renseignements à l'heure qu'il est. Et de toute façon, je comptais aller vérifier tout ça sur mon ordinateur.

Amandine se leva d'un bond et disparut.

Il ne restait plus que Gabriel et Hélène dans la pièce.

— Gabriel. Parfois, elle est dure à suivre, croyez-moi…

— Oh ! Ça, je l'ai remarqué dès que je l'ai vue dans mon cabinet, vous savez.
Au moins, avec elle, on ne s'embête pas…

31

Peeters avait été fidèle à sa parole, il avait envoyé la dernière adresse d'Anne Lafontaine, un appartement situé dans une maison « deux façades » à proximité de la chaussée d'Ixelles, rue Gachard.

Une maison typique de briques rouges, parsemée de pierres de France autour des fenêtres : curieux agencement, qui avait cependant l'avantage de différencier nettement la bâtisse des autres.

Il y avait deux noms sur la sonnette, dont celui d'Anne Lafontaine.

Amandine avait réfléchi une bonne partie de la soirée et de la nuit à la façon de prendre contact avec la mère de Julie, tournant et retournant tous les scénarios en tous sens.

Elle allait jouer de sa ressemblance avec Julie. Non pas pour se faire passer pour elle, mais plutôt pour capter son attention, ce qui ne devrait pas être trop difficile.

Le plus dur, ça serait qu'elle lui ouvre la porte.

Cependant, elle s'était souvenue que la mère et la fille étaient, semble-t-il, brouillées.

Le simple fait d'apporter des nouvelles de sa fille suffirait sans doute. À moins que sa mère ne soit à l'origine de la brouille... Et quand bien même. Une mère restait une mère. Enfin, c'était l'image qu'Amandine s'en faisait, tout en étant consciente que les mères indignes couraient les rues.

Elle allait essayer comme ça. Si ça ne marchait pas, elle était résolue à attendre qu'elle pointe le bout de son nez à l'extérieur de son appartement. À ce moment-là, la ressemblance parlerait. Forcément.

Une pression brève sur la sonnette. Puis, le silence. Une, deux, trois... cinq, dix secondes.

Amandine regardait Gabriel, qui inspectait les alentours.

Elle n'était peut-être pas là, même s'ils avaient pris soin d'arriver de bonne heure, avant que la plupart des gens qui travaillent ne quittent leur domicile.

Au bout de quinze secondes, une voix interrogative se fit entendre :

— C'est à quel sujet ?

— Bonjour Madame Lafontaine. C'est au sujet de votre fille.

— Julie ? Ça fait des années que je n'ai plus de nouvelles. Si elle vous doit de l'argent, voyez avec elle !

Amandine entendit clairement son interlocutrice raccrocher sèchement le combiné de l'interphone.

Gabriel commenta :

— Ça s'annonce bien…

— Attends, tu vas voir.

Amandine sonna à nouveau, de façon plus insistante cette fois.

— Qu'est-ce que vous voulez ?

— C'est la police de Bruxelles, Madame Lafontaine. On a des questions à vous poser au sujet de votre fille.
Ouvrez, s'il vous plaît.

L'absence de trafic dans la rue permit à Amandine et Gabriel d'entendre le long soupir qui préceda l'ouverture automatique de la porte d'entrée :

— Premier étage.

Gabriel regarda Amandine :

— Je te prédis un bel avenir de délinquante, à toi…

— Oh, je t'en prie, ce n'est pas bien méchant, et puis Peeters nous a à la bonne.
Allez, décrispe !

Amandine s'engouffra dans le corridor et, après avoir examiné les lieux, se dirigea vers les escaliers menant à l'étage. Elle toqua à la porte située à l'étage d'un air décidé, à la façon d'un représentant des forces de l'ordre.
Tout est question de dosage, se disait-elle. Si tu frappes mollement, tu n'as pas l'air sûr de toi ou décidé.
Si tu frappes trop fort, tu mets la personne que tu visites dans une position trop défensive.
Amandine était sûre qu'on devait donner des cours aux policiers de tous les pays sur la façon de frapper aux portes. En tous cas, elle se dit qu'elle le ferait si elle devait les former.

La porte s'ouvrit et elle se trouva nez à nez avec Anne Lafontaine.
Une jolie femme distinguée, d'une cinquantaine d'années, à la silhouette fine, brune aux yeux verts.
En voyant Amandine, elle ne put retenir son étonnement :

— Julie ??? Pourquoi as-tu dit que tu étais de la police ? C'est quoi ce cinéma ?
Et tu penses que tu peux débarquer comme ça, après toutes ces années ?

En tous cas, si elle voulait jouer de sa ressemblance, elle pouvait le faire sans problèmes.
Mais ce n'était pas le plan. Ça ne la mènerait pas loin.

Tout en entrant dans l'appartement, Amandine lâcha, d'un air décidé :

— Je pense qu'on ferait mieux de s'asseoir.

La stupéfaction d'Anne Lafontaine était encore à son comble, si bien qu'elle s'exécuta, sans broncher.

Ça aussi, ils devaient l'enseigner dans les écoles de police.

Lorsque tout le monde fut assis dans le salon, Amandine lâcha la bombe :

— Madame Lafontaine, je ne suis pas Julie.

Je m'appelle Amandine MacLane, et je suis née deux ans avant votre fille.

Une chance qu'elle était assise : elle était sur le point de se sentir mal. Curieusement mal.

— Ce... Ce n'est pas possible. Julie est fille unique. Et vous... Vous lui ressemblez comme deux gouttes d'eau.

— Ça, c'est parce que nous sommes jumelles monozygotes. Je l'ai appris moi-même il y a quelques jours à peine.

Anne Lafontaine était encore dans la phase de déni :

— Ce n'est pas possible... Non. Vraiment pas possible.

— Madame Lafontaine. Vous avez eu recours à la fécondation in vitro pour avoir Julie, n'est-ce pas ?

— Comment vous savez ça ?

— Parce que j'ai été conçue de la même manière. Et parce que je pense que les embryons qui ont été implantés dans le ventre de ma mère et dans le vôtre sont tout simplement les mêmes.

— À deux ans d'écart ? C'est impossible.

— Si. C'est possible, et Julie et moi en sommes les preuves vivantes.

Anne Lafontaine masqua son visage dans ses mains, répétant en boucle que ce n'était pas possible.

Amandine regarda Gabriel, qui roula des yeux, l'air de dire qu'elle risquait de rester dans le déni encore un bon moment...

Leur hôtesse releva finalement la tête, dévoilant ses yeux, remplis de larmes.

Pas de mouchoirs à l'horizon, sans quoi Amandine lui aurait tendu la boîte.

Elle rompit le silence :

— Madame Lafontaine, je cherche à savoir comment ça a pu arriver, et si vous pouviez m'aider, je vous en serai vraiment reconnaissante.

Je ne cherche pas à trouver de coupables, juste à savoir. Et je pense que vous pouvez m'aider.

Anne Lafontaine commençait à sécher ses larmes. Elle regardait intensément Amandine et finit par dire :

— Vous lui ressemblez tellement...

Vous avez dit avoir de ses nouvelles. Dans quel pétrin s'est elle encore fourrée ? Il ne lui est rien arrivé, au moins ?

— Elle va bien. Elle a été arrêtée pour usage de carte de crédit contrefaite et usurpation d'identité. La mienne.

C'est comme ça que la police l'a attrapée. Elle est en détention provisoire pour l'instant.

— J'ai tout fait pour qu'elle aille bien, mais elle n'a jamais pu s'empêcher de se mettre dans le pétrin...

Je ne savais même pas qu'elle était à Bruxelles. La dernière fois qu'on s'est parlé, elle partait en Espagne, rejoindre je ne sais qui, pour faire je ne sais quoi. Elle a toujours eu des fréquentations peu recommandables, depuis qu'elle est adolescente. J'ai tout fait pour éviter ça, mais elle n'a jamais rien écouté. Et puis, l'élever seule, sans figure paternelle à la maison, ça n'a pas dû aider…

Gabriel ne put s'empêcher de faire le rapprochement entre un trait de caractère que les jumelles avaient en commun : elles n'écoutaient rien !

Têtues aussi. Amandine en faisait encore la démonstration à l'instant même :

— Je suis désolée d'insister, ça fait beaucoup en une seule fois, mais en ce qui concerne la conception de Julie, est-ce que vous pouvez m'en apprendre plus ?

Anne Lafontaine avait un secret, ça paraissait de plus en plus évident. Restait à lui faire avouer.

Elle demeurait encore incrédule face à la nouvelle qui lui était tombée dessus, de bon matin.

Toutefois, elle semblait dans de bonnes dispositions.

— Ma grossesse provient effectivement de fécondation in vitro. Mais personne ne le sait, pas même ma propre famille, très catholique et croyante.

Ni Julie, bien sûr.

Il serait temps bien assez tôt de l'informer du contraire concernant Julie, puisqu'Amandine l'avait mise au courant, mais elle ne voulait pas stopper net la lancée sur laquelle Anne Lafontaine était partie.

— J'étais étudiante, à l'université de Louvain, évidemment.

À l'époque, la rivalité entre l'université catholique de Louvain et celle de Bruxelles était bien plus grande que de nos jours. Mais j'ai rencontré des étudiants de Bruxelles. Pour régler… Un problème.

Disons que, je suis tombée enceinte et qu'il n'était pas question pour moi de garder cet enfant, je n'avais eu qu'une brève liaison avec son géniteur, que je regrette encore aujourd'hui.

À l'époque, dans une université catholique en plus, c'était non seulement un scandale, mais le fait d'avorter l'était plus encore…

Sauf que, dès que je me suis aperçue que j'étais enceinte, j'ai su que je ne voulais pas garder cet enfant.

Ma famille allait me rejeter, mes amis aussi, tous calotins bon teint, bref, ma vie allait s'écrouler.

— Vous avez parlé d'étudiants de Bruxelles…

— J'y viens.

Comme vous le savez, l'université de Bruxelles n'a jamais été une université catholique, c'est un euphémisme.

Je n'avais pas les moyens d'aller me faire avorter en Hollande, et j'ai eu une idée. Trouver un étudiant en médecine qui pourrait m'aider.

Ça n'a pas été trop compliqué, ils traînaient souvent du côté du cimetière d'Ixelles, dans des cafés bien connus.

Là, j'ai fait connaissance avec un groupe d'étudiants en médecine, en pleine guindaille.

Très vite, je me suis liée d'amitié avec ce groupe, dont la plupart étaient en cinquième et sixième année de médecine.

Jusqu'à ce que, pressée par le temps, j'avoue à l'un d'entre eux que j'étais enceinte et devais à tout prix me faire avorter mais n'en avait pas les moyens.

Il s'en est chargé.

Sauf que, j'aurais pu aller voir une faiseuse d'anges, le résultat n'aurait pas été pire…

J'ai effectivement avorté, mais j'ai aussi perdu la capacité à avoir des enfants…

Amandine et Gabriel étaient stupéfaits.

Ils s'attendaient à bien des choses, mais pas à ça.

Surtout que ça n'expliquait en rien comment elle avait été enceinte de Julie par la suite…

Anne Lafontaine semblait se libérer au fur et à mesure qu'elle livrait ce secret, qu'elle avait manifestement gardé pour elle toutes ces années.

Et elle s'en ouvrait auprès de parfaits inconnus, même si l'un d'entre eux ressemblait trait pour trait à sa fille.

C'est curieux comme on peut se laisser aller aux confidences avec de parfaits étrangers, bien plus facilement qu'avec ses proches. L'impression qu'on ne vous juge pas, peut-être.

Elle poursuivit :

— Je suis passée près de la mort ce soir-là.

Et fort heureusement, l'hémorragie a pu être stoppée, ce qui a évité à André d'avoir une deuxième mort sur la conscience.

— André, c'est l'étudiant qui vous a... « opéré » ?

— Oui, André Goossens. Je n'oublierais jamais son regard terrifié quand il a réalisé que ça tournait mal.

Je suis tombée inconsciente et ne me suis réveillée que quelques heures après, fort heureusement. Je pense qu'autrement, j'aurais fait un arrêt cardiaque.

Toujours est-il que, lorsque je me suis réveillée, j'ai ressenti un vide intense, immense. Il manquait une partie de moi, mais je ne l'ai compris qu'après.

Amandine poursuivit :

— Sauf que vous ne pouviez plus avoir d'enfants, c'est bien ça ?

— C'est ce que m'a dit André et, conscient de ses actes, il faut lui reconnaître ça, il m'a fait passer une batterie de tests, qui a malheureusement confirmé que je ne pourrais plus jamais avoir d'enfants...

Gabriel réfléchissait : même si d'éventuelles opinions religieuses n'entraient pas en ligne de compte dans son jugement, il était persuadé qu'un avortement était loin d'être anodin et ne pouvait pas s'envisager comme un mode de « contraception » ordinaire. Position qui était malheureusement contredite dans les faits, en particulier par le nombre d'interruptions volontaires de grossesse pratiqué chez beaucoup de mineures ou de jeunes adultes...

— André était catastrophé, il risquait d'être purement et simplement interdit d'exercer. Il était un peu amoureux de moi et pensait gagner mes faveurs en me rendant service.

Je n'ai jamais voulu l'accabler. Il avait commis une erreur, mais il avait eu le cran de l'avouer immédiatement et de confirmer le diagnostic qu'il craignait.

Pour ça, je ne pouvais pas lui en vouloir.

Et, après tout, c'est moi qui avais voulu avorter. Mes parents ont bien des défauts, mais ils m'ont appris à être responsable de mes actes.

André a été là pour moi, après cet avortement.

Il m'a soutenue, prenait de mes nouvelles. Et j'en avais bien besoin, car il était la seule personne à qui je pouvais me confier. Hors de question d'en parler aux parents ou aux amis de Louvain, bien entendu.

André culpabilisait terriblement que je ne puisse plus jamais avoir d'enfants par sa faute.

Il m'a promis qu'il m'aiderait lorsque je voudrais en avoir. Je n'ai pas bien compris ce qu'il entendait par là, puisque j'étais devenue incapable de donner la vie, je ne voyais pas comment il pouvait remédier à ça, en dehors de l'opération du Saint-Esprit…

Gabriel choisit ce moment pour intervenir :

— Madame Lafontaine. Je suis sincèrement désolé des épreuves que vous avez dû traverser.

Et je me rends compte à quel point, raconter tout ceci doit être à la fois extrêmement pénible et, en même temps, libérateur pour vous.

Sans entrer dans trop de détails, j'imagine que c'est donc le Docteur André Goossens qui vous a aidée, ultérieurement, à être enceinte de Julie ?

Elle le regarda, et hocha la tête de façon affirmative :

— Oui. Il s'est spécialisé en gynécologie, et s'est orienté vers la recherche.

Lorsque j'ai vu, des années plus tard, dans les journaux que les premières fécondations in vitro avaient été réalisées, en

Angleterre, puis dans le reste du monde, j'ai repris contact avec André.

Il faisait partie de l'équipe du Professeur De Wolfe, pionnier en la matière, ici à Bruxelles.

La suite… Je pense que vous pouvez aisément l'imaginer…

Amandine attrapa la main d'Anne :

— Madame Lafontaine. Je vous remercie infiniment de nous avoir parlé.

Du fond du cœur.

Julie ne saura rien de tout ça. Si elle doit l'apprendre de quelqu'un, c'est de vous, et de vous seule.

Si vous avez besoin de quoi que ce soit, ou si d'autres éléments vous reviennent au sujet de ce qui nous occupe, voici mes coordonnées.

Amandine lui tendit sa carte de visite avant de se lever, suivie par Gabriel.

Ils n'avaient plus rien à faire ici.

La prochaine étape serait donc d'aller rencontrer ce fameux Docteur André Goossens.

32

De retour sur le trottoir de la rue Gachard, Gabriel et Amandine s'apprêtaient à repartir.

— Amandine. Il faut qu'on fasse le point, je pense, on ne peut pas foncer tête baissée rencontrer ce Docteur Goossens sans savoir où on met les pieds, tu sais.

— Hmmm. Je dois avouer que je suis scotchée d'avoir entendu les confessions de cette pauvre femme. Elle devait en avoir gros sur la patate pour nous lâcher tout ça, comme ça.

— Tu peux le dire. Dis-moi, toi qui connais mieux Bruxelles que moi, on est loin de ces fameux cafés et du cimetière d'Ixelles ? On est dans le même arrondissement, en tous cas...

— La même commune, oui. C'est pas loin, je vais te guider.

Effectivement, ils étaient à quelques minutes de l'université et des cafés environnants.

Ils jetèrent leur dévolu sur l'un d'entre eux, dont la grande salle paraissait bien vide et qui se peuplerait vraisemblablement à midi et encore plus sûrement en fin de journée et en soirée.

Gabriel avait jeté un œil aux cafés qu'ils servaient, et ça ne lui disait rien qui vaille, trop habitué qu'il était à ses expressos à côté du Palais, qu'il prenait en compagnie de son vieil ami, Jean-Michel.

Il pouvait être sûr que, quoi qu'il arrive, Jean-Michel était fidèle au poste, tous les matins, ce qui n'était assurément pas son cas, surtout ces derniers temps.

Jean-Michel ne lui en voudrait pas pour ses absences. En revanche, si Gabriel se commettait à ingurgiter des cafés comme ils les servaient ici, il risquait le courroux de son ami, qu'il n'hésitait pas à qualifier d'intégriste du café… !

Principalement en raison du fait qu'il les exigeait tellement serrés que ses tasses n'étaient remplies qu'à un cinquième, grand maximum…

Par respect pour Jean-Michel, Gabriel commanda donc une boisson chocolatée locale, qui lui rappelait furieusement le « Cacolac » de son enfance, immortalisé à tout jamais par une marionnette d'émission satirique française…

L'avantage d'être presque les seuls dans l'établissement, c'était qu'ils pouvaient parler en toute quiétude de leur plan d'action, encore que, *a priori*, il n'y avait pas grand risque qu'ils soient espionnés…

Gabriel entra dans le vif du sujet :

— Aller trouver Goossens de but en blanc, ce n'est peut-être pas la meilleure idée, on a pour l'instant un avantage stratégique et, en dehors du fait qu'il a très certainement participé à la fécondation in vitro d'Anne Lafontaine, je ne le vois pas nous avouer qu'il a utilisé les mêmes embryons.

De plus, il a très vraisemblablement fait ça en dehors de tout cadre légal, inexistant à l'époque. Et, si ça se trouve, il ne sait peut-être même pas qu'il a subtilisé des embryons déjà utilisés, avec succès ou non.

J'imagine qu'ils doivent avoir des frigos remplis d'embryons congelés…

— Et il se serait servi, au petit bonheur, en en piochant un au hasard ?

Désolée, « I'm not buying it ! »

— J'ai remarqué que lorsque tu commences à t'énerver, il te vient des expressions anglaises…

C'est curieux, normalement, quand on s'énerve, on revient à ses racines, accent y compris. Tu devrais entendre Martinez en pétard, c'est une symphonie pied-noir…

— Oui, en « la putain de sa race » majeur, sans aucun doute !

— On va dire ça comme ça…

Mais bon, pour en revenir à nos moutons, d'après toi, Goossens aurait procédé à une sélection ?

Et après ? Ça aurait pu être un embryon de tes parents comme celui d'un autre couple, après tout.

Tu as une idée pour le pousser à avouer ?

— Honnêtement ? Pas la moindre.

À part peut-être le fait que le temps passé depuis les faits, cette fameuse prescription, fait qu'il ne serait pas inquiété, je ne vois pas grand-chose.

— Donc, on ne devrait peut-être pas l'attaquer de front, il risque juste de se fermer comme une huître.

J'avais espéré qu'on puisse éviter de la jouer « jeune couple qui veut à tout prix un bébé », mais je pense qu'on ne va pas avoir le choix.

Ça nous permettra d'en savoir plus et de lui poser des questions directes sur sa façon de fonctionner.

Mais rien ne nous dit que ce qu'il a fait n'ait pas été un acte totalement isolé, qu'il n'aura jamais réitéré.

Il faut avouer que les circonstances étaient particulières avec Anne Lafontaine.

— Particulières, c'est le moins que l'on puisse dire : elle a failli y rester !

Même si ça doit faire maintenant plus de trente ans, il n'a peut-être pas envie qu'un tel scandale resurgisse tout à coup.

L'ordre des médecins n'apprécierait sans doute pas et, dans tous les cas, ça lui ferait une bien mauvaise publicité.

— Sauf que là, Amandine, tu mettrais Anne Lafontaine dans le caca et Julie, par la même occasion.

— Julie, je pense qu'elle s'en contreficherait. En revanche, pour sa mère, tu as raison.

Mais si on ne peut pas faire autrement… On la préviendra.

— Hmmm, je te laisserai cette joie, le cas échéant…

— Ne t'inquiète pas pour ça, on n'en est pas là.
En attendant, je vais prendre rendez-vous avec ce bon Docteur Goossens.

Une rapide recherche depuis son iPhone permit à Amandine de trouver les coordonnées du cabinet du Docteur Goossens, dont le cabinet était situé sur l'avenue Louise.

Après une brève discussion, elle parvint à prendre rendez-vous en extrême urgence, prétextant un départ à l'étranger dans quelques jours, non sans avoir flatté la réputation du Docteur Goossens dont toutes ses amies lui avaient fait l'article. Ça fonctionna : elle obtint un rendez-vous pour le lendemain matin et la promesse de la réceptionniste que, si un créneau se débloquait dans l'après-midi, elle la rappellerait.

— Je resterai toujours étonné de la facilité que tu as à obtenir si vite tout ce que tu veux, toi…

— Il faut savoir parler aux gens, et pour ça, c'est indispensable de les écouter.
Tu n'as pas idée de ce qu'un simple « bonjour » peut contenir comme informations.
Tiens, ta secrétaire, Nina, lorsque j'ai pris rendez-vous, rien qu'au ton de sa voix, je me la suis imaginée rapide, vive, avec une répartie en béton armé, capable d'être un mur infranchissable.
J'ai aussi compris, rien qu'à la façon dont elle prononçait ton nom, qu'elle te tenait en haute estime et qu'elle se considérait comme ta première ligne de défense.

— Wow ! Tu arrives à voir tout ça rien qu'avec quelques phrases ?
Amandine MacLane, tu es décidément trop forte !
Quand je pense que moi, il me faut un contact visuel pour saisir ce genre d'infos. Je suis plus quelqu'un de visuel qu'auditif, il faut croire…

— Tu sais, j'ai développé ce « talent » en pratiquant des langues étrangères au téléphone : tu es comme un aveugle, lorsque tu téléphones dans une langue qui n'est pas la tienne, au début en tous cas.

Alors, pour compenser, tu surdéveloppes d'autres sensations, pour moi, ça a été dans le ton de la voix, les pauses, le rythme, enfin, tout ça.

— Tu es sûre que tu ne veux pas travailler à plein temps avec moi ?

— Ah ah ! Non merci, je suis bien là où je suis, tu sais…
Enfin…

— Je sais. Il va bien falloir qu'on ait cette discussion, un jour ou l'autre, mais je ne suis pas pressé, personnellement. Laissons nous porter par le courant, tu ne crois pas que c'est ce qu'on a de mieux à faire pour le moment ?

— Comme c'est joliment dit…

La sonnerie du téléphone d'Amandine acheva cet intermède romantique : elle avait visiblement fait très forte impression à la secrétaire du Docteur Goossens : un rendez-vous venait d'être annulé, si elle pouvait être sur place dans une heure, le créneau était pour elle.

Évidemment, Amandine accepta, radieuse d'avoir obtenu satisfaction si rapidement.

33

À peine Gabriel et Amandine avaient-ils eu le temps de se féliciter de la rapidité avec laquelle Amandine avait obtenu un rendez-vous chez le gynécologue, que le téléphone de Gabriel se mit, à son tour, à sonner.

— Maître Rossetti ?

C'est Nina. Dites, j'ai la copine de Maître Martinez qui est là, elle est toute paniquée pour les dossiers de demain… Vous êtes sûr qu'elle a déjà plaidé ? Non parce que là, on dirait pas, hein, croyez-moi…

Elle tourne en rond comme une fada, m'a demandé de lui sortir les dossiers au complet, je vous dis pas le bordel…

— Nina, on est tous passés par là, ça doit la changer des démarches de coursier au Palais.

Passez-la-moi.

Gabriel fit signe à Amandine qu'elle pouvait commander à déjeuner si elle le souhaitait, car visiblement, il risquait d'avoir besoin d'un peu de temps pour expliquer à Chloé les dossiers qu'elle aurait à plaider.

— Gabriel, bonjour, c'est Chloé. Je suis désolée de te déranger comme ça, mais j'ai des questions sur les dossiers et Robert est à Aix toute la journée aux assises, et comme ce sont tes dossiers…

— Pas de soucis, Chloé, par contre, là, je n'ai que trente minutes maximum devant moi, s'il te faut plus de temps, on se reparlera en fin de journée.

— OK, ça devrait aller déjà.

Gabriel essayait d'analyser la voix de Chloé comme Amandine aurait pu le faire. Visiblement, ça lui prendrait un peu de pratique… Heureusement qu'il connaissait Chloé. En tous cas, elle n'avait vraiment pas l'air sûre d'elle. Il n'aurait pas aimé le contraire, mais il aurait tout de même pensé qu'elle était plus solide…

Il ne put s'empêcher de se demander s'il avait fait le bon choix. Il était malheureusement trop tard.

— Voilà, c'est surtout le dossier Ashkenazi.

Dans les revenus et les charges, du mari, il y a quelque chose qui ne colle pas. Il a déclaré avoir ouvert un nouveau commerce récemment, dans une zone industrielle, et ça ne lui rapporte quasiment rien, sauf que… J'ai profité de ce week-end pour aller voir le magasin et… ça ne désemplit pas, du matin au soir, c'est ce que m'ont confirmé les commerçants installés à côté…

Il avait décidément encore quelques leçons à apprendre d'Amandine : si Chloé était nerveuse, c'était parce qu'elle était surexcitée, visiblement… !

— Ah, tiens ! C'est un super réflexe que tu as eu, là !

— Oui, mais ce que je me demande, c'est comment l'utiliser au mieux des intérêts de la cliente…

— Est-ce que tu as quelque chose à exploiter ?

— J'ai pris des photos avec mon téléphone, depuis l'extérieur, on voit très bien que le magasin est bondé.

— Et qu'est-ce qui nous dit que c'était ce week-end ?

Chloé réfléchit et manipula son téléphone portable pour visualiser les photos :

— Attends, je regarde… Y'a pas grand-chose. Merde, j'ai pas pensé à ça…

Ah… Il y a peut-être quelque chose : une inscription rouge et orange sur la vitrine, bouges pas, j'agrandis…

Au bout de quelques secondes, elle jubilait :

— « Grande vente d'ouverture, jusqu'au 30 septembre »

— Bon ! Ben voilà…

— Oui, mais tu me conseilles quoi pour la production ?

Gabriel réfléchit un instant avant de répondre :

— Soit tu balances les photos maintenant, de préférence par mail à l'avocat adverse, qui en profitera sûrement pour demander un renvoi, auquel tu t'opposeras, parce que ce ne sont que des clichés du magasin de son client. Mais le risque de renvoi existe.

Soit tu les sors le matin de l'audience, mais ça, je te le déconseille d'entrée de jeu.

Ou alors, tu ne produis aucune pièce avant l'audience, et tu te contentes de mentionner, durant ta plaidoirie, que, comme tu trouvais ça extrêmement bizarre qu'un magasin qui vient d'ouvrir dans un secteur en demande soit totalement déficitaire, tu t'es rendue sur place - ce qui n'est que la stricte vérité. Et tu proposes de montrer les photos du magasin au Magistrat, en offrant de les verser en délibéré, tout en proposant à la partie adverse de produire ses comptes détaillés des derniers jours…

Vu le Magistrat devant laquelle tu plaides, à la réflexion, c'est peut-être la meilleure solution, elle aime bien les coups de théâtre, ça la change du ronron habituel.

Et en plus, tu auras, à chaud la réaction du mari, qui sera présent.

Non, définitivement, fais ça, je pense que c'est le mieux. Et comme ça, tu ne risques pas que l'adversaire obtienne un renvoi.

— Super, je suis contente de t'avoir parlé, sans ça, j'aurais envoyé les photos immédiatement…

— C'est le métier qui rentre, t'inquiètes pas, en tous cas, c'est vraiment un bon réflexe que tu as eu, là...

Tu iras loin... Si les petits cochons ne te mangent pas !

— On croirait entendre Robert...

— Tu connais le proverbe : *« Asinus, asinum fricat »*... L'âne frotte l'âne... !

— C'est sûr que, de ce point de vue, vous vous êtes bien trouvés !

Je pense que ça fait le tour de mes questions. Je vais te laisser. Amandine va bien ?

— Oula, Chloé, t'as pas idée... Elle va même doublement bien, si j'ose dire... Mais on vous racontera tout ça de retour dans le Midi.

À ce sujet, je risque peut-être d'avoir besoin de toi à la fin de la semaine, ou alors début de la semaine prochaine, mon séjour risque de s'éterniser un peu au plat pays...

Principalement des clients à rencontrer, écouter et à qui poser des questions ou donner des réponses sur leurs dossiers.

— Pas de problèmes, Gabriel, tes dossiers sont tellement bien montés que c'est un plaisir de se plonger dedans, et avec Nina, le courant passe super bien.

En parlant de Nina, je te la repasse ?

— Oui, s'il te plaît. À bientôt, Chloé.

— À bientôt, Gabriel.

Après quelques secondes, Gabriel eut de nouveau Nina en ligne :

— C'est bon, vous nous l'avez calmée, je dois pas appeler le SAMU pour la faire interner à Sainte-Marie ?

— Vous allez vite en besogne pour interner les gens en psychiatrie, vous !

Non, en fait, elle a trouvé un truc super intéressant sur Monsieur Ashkenazi, ça va le rendre fou, demain à l'audience.

— Té ! Bien fait !

— Bon, tant que je vous ai, on risque de rester un peu plus longtemps ici. Et : non, pas en raison du climat. Des trucs personnels d'Amandine à régler.

— Mouais, je vois le genre… Mais ça va commencer à être tendu, j'ai repoussé plein de rendez-vous, mais je vous garantis pas que je pourrais le faire éternellement.

— J'allais justement vous dire qu'on peut, je pense, en confier certains à Chloé. Visiblement, elle est plus que capable, et je pense que si vous appelez les clients, ça devrait bien passer. Dans le pire des cas, j'appellerai moi-même les plus sensibles.

Nina regarda l'agenda et conclut :

— On n'a pas de caractériels en vue, ça devrait aller. Je vais lui faire le briefing sur les rendez-vous avant qu'elle parte.

— Bon, eh bien sur ce, je vous laisse, j'ai un rendez-vous qui m'attend.

N'hésitez pas, s'il y a quoi que ce soit.

— Ça, vous pouvez y compter ! Et bonjour à Amandine !

Elle était justement assise en face de lui et n'avait cessé de l'observer durant sa conversation.

Après qu'il eut raccroché elle lui lâcha :

— Vous êtes beau, Maître Rossetti quand vous faites l'avocat, vous savez ça ?

34

Le cabinet du Docteur Goossens se trouvait au dernier étage d'un immeuble, situé, tout comme celui de Serge De Cleenewerck, dans le haut de l'avenue Louise.

Sauf que le médecin exerçait seul et que la décoration, manifestement haut de gamme semblait en parfaite adéquation avec une clientèle fortunée, dont quelques spécimens étaient installés dans la salle d'attente.

La secrétaire-réceptionniste les avait prévenus à leur arrivée que le praticien avait pris du retard sur son horaire, en raison d'un accouchement qui avait duré plus longtemps que prévu le matin même.

Gabriel trouvait ça relativement comique que ce soit le gynécologue qui ait du retard : en général, c'était plutôt ses clientes qui s'en plaignaient… Compte tenu de l'ambiance feutrée et pour ne pas risquer de gâcher la bonne impression qu'Amandine avait faite au téléphone, ce que le sourire de la réceptionniste confirmait, il s'abstint.

Après s'être installé dans la salle d'attente et passé le rituel du salut poli des autres patientes, sourire pincé pour sourire pincé, il glissa cependant à l'oreille d'Amandine son bon mot.

Elle se contint tant qu'elle put, mais la chose était d'autant plus difficile que l'atmosphère silencieuse qui régnait dans la salle d'attente incitait au fou rire…

Il fallut l'intervention salvatrice d'une revue pour qu'elle reprenne le contrôle et Gabriel fit de même, jetant son dévolu sur les potins concernant la famille royale ; après tout, dans sa salle d'attente toute républicaine, les cancans étaient nettement plus roturiers.

Après qu'ils aient épluché à peu près toutes les publications récentes, la réceptionniste vint enfin les chercher et les amena dans le bureau du Docteur Goossens.

Un bel homme, d'une cinquantaine d'années, brun aux yeux noirs, visiblement en forme. Le genre à aller faire son jogging tous les matins, qu'il pleuve ou qu'il vente.

Il se leva et serra chaleureusement la main d'Amandine puis celle de Gabriel.

Il dit en souriant :

— Alors, dites-moi ce qui vous amène et qui est si urgent que vous ayez réussi à convaincre mon assistante de vous intercaler au pied levé ?

Gabriel n'avait guère l'habitude des consultations gynécologiques, mais ce dont il était à peu près sûr, c'était qu'il ne lui appartenait pas de prendre la parole.

Amandine répondit instantanément :

— Eh bien voilà, nous résidons entre la France et le Canada, et Gabriel et moi… disons que nous avons des problèmes pour avoir notre premier enfant.

Nous avons déjà consulté en France, des traitements ont été commencés, mais jusqu'à présent ça ne fonctionne pas et, en discutant avec des amies, j'ai entendu dire qu'ici, en Belgique, la procréation médicalement assistée donnait d'excellents résultats.

Et comme nous sommes de passage chez mes parents qui vivent ici, avant de repartir, nous nous sommes décidés à venir vous voir.

— Quels types de traitement avez-vous suivi, jusqu'à présent ?

— On a commencé graduellement, par des techniques d'optimisation de la fécondité, ça n'a pas marché.

Ensuite, ce fut l'insémination artificielle, qui n'a pas donné de résultats malheureusement non plus.

Bref, de ce que j'ai compris des médecins avec qui nous avons été en contact, la prochaine étape, c'est la fécondation in vitro.

Bien sûr, on a fait toutes les batteries de tests, et du côté de Gabriel, tout va bien. Du mien, tout est aussi normal, en apparence.

— J'imagine que vous n'avez pas ces documents avec vous, puisque vous vous êtes décidés tardivement à venir me consulter ?

— Effectivement, nous ne les avons pas avec nous, mais comme nous en sommes à envisager une étape qui, de ce que j'ai compris, peut être longue et pénible, je veux me renseigner auprès de plusieurs sources. Je sais que c'est une procédure lourde, et, bien honnêtement, nous avons déjà été affectés par tous ces problèmes, enfin, j'imagine que vous savez ce que c'est…

— C'est sûr que c'est une procédure à laquelle il faut vraiment réfléchir. Donner la vie est quelque chose de fabuleux, mais certains parents ne sont tout simplement pas prêts à supporter, endurer ce type de procédures.

Mon premier conseil, qui n'a rien de médical, c'est que vous réfléchissiez bien à ce qui vous attend : ça peut être long, pénible, la voie risque d'être pavée de déconvenues, et, même si depuis les années quatre-vingt, on a fait de sérieux progrès et qu'on maîtrise de mieux en mieux ces techniques, la part du hasard reste très importante…

Gabriel sentit que c'était le moment d'intervenir. Il attrapa la main d'Amandine, assise à sa gauche et dit :

— Nous y avons beaucoup réfléchi, Docteur.

Je pense parler en notre nom à tous les deux, même si je sais que je n'aurais pas le rôle le plus difficile dans l'histoire : nous sommes prêts. Nous ne vous aurions pas dérangé autrement.

Amandine opina :

— Absolument, Docteur.

Cela étant dit, j'ai entendu beaucoup de choses sur le processus, est-ce que vous pouvez m'en résumer les grandes lignes ?

— Bien entendu. Et je dois d'ores et déjà vous dire que je n'en pratique plus personnellement depuis quelques années déjà, mais j'ai participé aux premières fécondations in vitro, ici en Belgique, dans le service du Professeur De Wolf, aujourd'hui retraité. Ce fut une expérience exceptionnelle pour nous tous, et je conserve bien entendu des liens privilégiés avec son ancienne équipe, qui continue, sans cesse, les activités de recherche.

De ce côté-là, je peux déjà vous dire que vous avez frappé à la bonne porte.

Avant que je ne poursuive : avez-vous pensé à l'adoption ?

Amandine ne s'attendait pas à cette question. Elle improvisa :

— Bien sûr, Docteur. Cependant, puisque, *a priori*, ni Gabriel ni moi n'avons d'empêchements majeurs à avoir des enfants, nous préférerions que notre enfant soit issu de nos gènes.

La situation serait différente, bien entendu, si l'un de nous deux était atteint de stérilité définitive et irrémédiable, mais, à ce stade, c'est notre choix.

— Je comprends.

Bon, en ce qui concerne les étapes, très simplement, vous devez avoir votre petite idée sur la façon dont la fécondation in vitro fonctionne.

Si l'on parle de FIV classique, on prélève des ovocytes peu avant leur libération naturelle, en général par ponction sous échographie.

On les met en contact avec des spermatozoïdes préparés, c'est à dire nettoyés de leur plasma séminal pour améliorer leur qualité.

Ensuite, c'est la fécondation proprement dite, qui a lieu en une douzaine d'heures, en général.

À partir de là, on obtient des embryons, cinq à six en moyenne, qu'on met en culture.

La durée de culture peut varier de quarante-huit heures à six jours.

Les embryons de meilleure qualité cellulaire sont utilisés en priorité, et on les replace dans la cavité utérine, immédiatement, ou avec un délai, en fonction des cas.

On ne place évidemment pas tous les embryons, pour limiter les risques de grossesses multiples. En général un ou deux maximums. Pour la première tentative, si vous avez en dessous de trente cinq ans, ici, on n'implante qu'un seul embryon.

Et on croise ensuite les doigts pendant une douzaine de jours pour s'assurer que la grossesse se développe.

Tout ça ne se fait pas tout seul. Pour Monsieur, ça ne sera pas très compliqué, effectivement.

Par contre, pour vous, Madame, il faut stimuler vos ovaires, et c'est là qu'interviennent injections, prises de sang et échographies. Plus des injections d'hormones, la dernière se situant trente-six heures avant la ponction ovocytaire, qui s'effectue sous anesthésie.

Et si ça ne fonctionne pas, il faut recommencer. Je ne vous cache pas que ça peut prendre cinq à six cycles pour que ça marche...

Comme vous n'êtes pas à un âge critique, c'est un élément qui favorise les chances de réussite de la technique, bien entendu.

Je ne vous ai pas découragés, à ce stade ?

Amandine et Gabriel se regardèrent et répondirent, simultanément, par la négative.

Gabriel intervint :

— Dites-moi, Docteur. Si je comprends bien, il y a en général plus d'embryons générés qu'implantés.

Que faites-vous des surnuméraires ?

— Eh bien, en général, ceux dont la division cellulaire est satisfaisante sont congelés pour de futures tentatives. Comme je vous l'indiquais, c'est extrêmement rare que ça fonctionne du premier coup. Et ça peut éviter d'avoir à répéter l'intégralité du processus pour les tentatives suivantes.

Je pense que, pour l'instant, je vous ai tout dit.

Je vous propose de réfléchir encore un peu, même si vous me paraissez décidés. À toutes fins utiles, je vais rédiger une note pour le centre universitaire dont je vous ai parlé tantôt, afin que vous obteniez un rendez-vous relativement rapidement.

Je ne vous promets pas qu'ils vous donneront un rendez-vous avant votre départ, leurs délais peuvent être longs, mais si vous passez par la filière « privée », non remboursée, ça peut aller bien plus vite. Et comme vous êtes non résidents, ça risque d'être votre seule option.

— Merci Docteur. Nous allons effectivement réfléchir.

Rester un peu plus longtemps dans cette belle ville de Bruxelles est une option que nous considérons, si nos occupations professionnelles nous le permettent.

35

Depuis qu'ils étaient sortis du cabinet du Docteur Goossens, plusieurs questions restaient sans réponse pour Gabriel, mais il entrevoyait une piste que son instinct lui disait de suivre.

Ce qui l'intéressait le plus était le sort des embryons surnuméraires en cas de succès, point que n'avait pas abordé, à dessein ou non, le gynécologue...

Sans même demander à Amandine son avis, il fit route vers la maison des parents.

Celle-ci n'y trouva d'ailleurs rien à redire, l'après-midi avançait et ils n'avaient plus rien à faire en ville.

Ils se faufilèrent donc dans le flot des voitures empruntant le bois de la Cambre : Gabriel commençait à avoir ses repères dans la ville.

À peine étaient-ils arrivés, que Gabriel prit congé d'Amandine, lui indiquant qu'il avait eu une idée et qu'il avait besoin de faire des recherches.

Il était de notoriété publique que la France faisait partie des pays les plus stricts en matière de procréation médicalement assistée et, par exemple, en interdisait l'accès aux couples de même sexe... Ce qui n'était pas le cas dans certains pays d'Europe ; il le savait pour avoir eu l'occasion de parcourir rapidement une étude de droit comparé en matière de reconnaissance de filiations.

Son petit doigt lui disait que la Belgique, si elle était plus permissive de ce côté-là, faisant preuve d'un pragmatisme tout à son honneur, devait vraisemblablement l'être également dans des domaines connexes, tels que le don d'embryon.

Il entreprit donc de chercher un peu plus avant dans la législation belge, et tomba ainsi sur une loi, datant de 2007.

Cela signifiait donc, *a contrario*, qu'avant cette date, la situation devait être, à tout le moins, incertaine.

Il découvrit un certain nombre d'informations qu'il prit soin de scrupuleusement noter : en premier lieu, les embryons surnuméraires pouvaient être conservés, soit pour de nouvelles tentatives du « projet parental actuel » ou de projets parentaux ultérieurs, soit être donnés à la science ou encore à des receveurs anonymes, sinon détruits.

Il constata ensuite, c'était un peu une curiosité légale, que l'implantation post mortem d'embryons était possible, si les auteurs du projet parental l'avaient prévu.

Enfin, et surtout, il trouva la réponse à la question inconsciente qu'il se posait : le don, tout comme l'utilisation d'embryons dans le cadre de recherches scientifiques, devaient se faire à titre gratuit : la commercialisation d'embryons surnuméraires était interdite.

Encore heureux se dit-il…

Dernière curiosité de la loi belge : les embryons d'un même donneur ne pouvaient conduire à la naissance d'enfants chez plus de six femmes différentes… !

Il n'avait pas eu à traiter de dossiers de procréation médicalement assistée en France, mais il était presque sûr que la législation était beaucoup plus rigide ; la presse s'en faisait fréquemment l'écho, publiant des témoignages de couples homosexuels qui s'expatriaient régulièrement en Espagne, Grèce ou… Belgique pour avoir leurs enfants…

L'avis de Serge, plus rompu aux lois locales, lui serait certainement utile.

Avant même d'avoir communiqué à Amandine les résultats de ses recherches, il décrocha son téléphone.

Serge répondit quasi instantanément : encore un qui était assis sur son téléphone portable… tout l'opposé de Gabriel qui avait toujours du mal avec les appels téléphoniques :

— Gabriel, comment ça va ?

J'ai bien eu votre message concernant la visite arrangée avec Julie Lafontaine, merci d'avoir fait le suivi.

— C'était la moindre des choses, je sais ce que c'est les déplacements inutiles au Palais… !

— Si vous m'appelez pour le dossier, j'ai eu un appel de la compagnie de cartes de crédit d'Amandine. Ils vont prendre en charge l'intégralité des dépenses, compte tenu des aveux de Julie Lafontaine.

Ça ne leur fait évidemment pas plaisir, mais ils n'ont pas le choix.

Tant mieux, parce que ça faisait quand même d'énormes montants… Il faudra peut-être conseiller à Amandine de baisser sa limite de crédit…

— Oh, pour ça, je pense que si ce n'est déjà fait, elle va s'en occuper incessamment.

Serge, j'ai des questions concernant la législation belge, et je ne vois pas de meilleur interlocuteur que vous.

Vous êtes libre à dîner ?

Serge répondit en riant :

— À souper ? Bien entendu, est-ce que vous avez une préférence ?

Sinon, je peux vous suggérer ma cantine habituelle, c'est un restaurant tenu par des amis marocains, proche de Saint-Gilles…

— Marocain ? Absolument !

— Parfait, je vous envoie l'adresse par SMS et on se rejoint là-bas, disons pour dix-neuf heures ?

— Nous y serons.

Et il raccrocha, au moment où Amandine, qui en avait profité pour prendre une douche, apparut, dans un peignoir de bain virginal, une serviette nouée autour de la tête, à la façon dont seules les femmes ont le secret, sans doute parce qu'elles portent plus facilement les cheveux longs :

— Alors, tu as trouvé ce que tu cherchais ?

— En partie. Mais nous allons en savoir plus ce soir. On mange avec Serge. Marocain.

— Super ! Ça fait longtemps que je n'ai pas mangé marocain et s'il partage ton goût pour la bonne chère, on ne devrait pas être déçus !

36

Le restaurant que Serge avait choisi avait au moins un mérite : celui de ne pas ressembler à un attrape-touriste rempli de mobilier « couleur locale », pour assurer le dépaysement des clients.

Et pour cause : à l'exception de Serge, Amandine et Gabriel, la clientèle qui arrivait petit à petit était exclusivement composée de Marocains.

Gabriel s'en réjouit : ce genre de détail était en général de très bon augure.

De toute façon, Serge y était visiblement connu comme le loup blanc ; il était en grande discussion avec la serveuse lorsque Gabriel et Amandine s'installèrent :

— Yasmina, je te présente de bons amis à moi : Amandine MacLane et Gabriel Rossetti, honorable membre du Barreau de Nice…

Yasmina s'écria :

— Nice ? Malheureux, qu'est-ce qui vous pousse à venir si au nord, à quitter le ciel bleu, les palmiers et la méditerranée ?

Gabriel répondit :

— Des affaires de… famille.

— Ah ! La famille, c'est sacré ! Je vous souhaite de régler ça rapidement alors.

Mais en attendant, qu'est-ce qui vous ferait plaisir, en dehors du thé à la menthe, enfin, si Serge en a laissé…

Elle lança à Serge un regard qui aurait pu paraître désapprobateur, si elle avait été maîtresse d'école et Serge un de ses élèves.

Sans que cela n'ait le moindre effet perceptible sur celui-ci…

Gabriel n'eut aucun besoin de consulter la carte :

— Rien ne me ferait plus plaisir que des pastelitos, suivis d'une pastilla au pigeon, enfin, seulement si vos pigeons ne sont pas durs comme la pierre, ce qui est malheureusement souvent le cas en Europe.

Sans ça, un tajine de poulet aux olives fera parfaitement l'affaire.

Yasmina lui sourit : ça faisait plaisir d'avoir à faire à un connaisseur, qui appréciait manifestement autre chose que le traditionnel couscous merguez :

— Et pour Madame, qu'est-ce que ça sera ?

— Oh, je fais confiance à Gabriel, je prendrais exactement la même chose que lui.

À peine Yasmina partie, Gabriel entra dans le vif du sujet :

— Serge, comme je vous en ai parlé au téléphone, j'ai fait quelques recherches sur le cadre législatif de la procréation médicalement assistée en Belgique, cependant, votre point de vue pourrait être particulièrement instructif.

Comme vous le savez, Amandine a découvert qu'elle avait une jumelle qui partageait la même empreinte génétique qu'elle. Nous savons également qu'elle a été conçue par fécondation in vitro. Nous avons également appris, de façon indirecte mais certaine, que sa jumelle a aussi été ainsi conçue.

On a réussi à rencontrer Julie Lafontaine dimanche ; elle est au courant de sa gémellité, et ça ne lui a fait ni chaud ni froid.

En tous cas, ce qui est certain, c'est que des embryons issus du même ovule ont été implantés, chez deux femmes différentes et à deux années d'écart.

Serge restait pensif face à cette possibilité d'avoir de parfaits jumeaux à plusieurs années d'écart.

Voici certainement quelque chose que les scientifiques n'avaient pas dû anticiper…

Au bout de quelques instants, il entama ce qui allait vite ressembler à un cours magistral :

— Figurez-vous que le hasard fait que je compte parmi mes amis un couple lesbien qui a récemment eu recours à la procréation médicalement assistée ; à cette occasion, elles m'ont consulté et j'ai donc eu l'opportunité de me pencher sur la question.

Alors que les premières PMA datent du début des années quatre-vingt, il faudra attendre jusqu'en 2007 pour qu'un cadre normatif soit fixé, et encore, en prenant soin de ne heurter aucune sensibilité et de laisser les portes les plus ouvertes possible.

Disons que l'esprit du législateur a été de réglementer, mais pas de façon trop contraignante, et en faisant confiance aux médecins.

Pour la petite histoire, il faut savoir que néanmoins, dès 1987, la licéité du recours à l'insémination artificielle fut reconnue, indirectement, par l'article 318 paragraphe 4 du Code civil, dans le cadre des demandes en contestation de paternité.

En résumé, avant 2007, on peut dire que le pouvoir d'appréciation des médecins était très grand, et qu'i l'est encore aujourd'hui, compte tenu des contours de la loi : en dehors de pratiques eugénistes prohibées, de l'âge de la femme qui doit être implantée, aucune limite, aucune condition n'est mise à ce qui peut être fait.

Notamment, le législateur s'est refusé à poser des conditions d'accès à la PMA, contrairement à la France, par exemple.

Gabriel renchérit :

— C'est vrai que de ce point de vue là, tout est extrêmement encadré en France : on y parle sobrement « d'accueil d'embryons », et c'est en général réservé à des cas de double infertilité ou de risques de transmissions de maladies génétiques en cas de grossesse naturelle.

Serge poursuivit son exposé :

— Ce qui explique le « tourisme médical » en la matière. C'est d'ailleurs curieux que les pays les plus permissifs en la matière soient des monarchies, qu'il s'agisse de la Belgique ou de l'Espagne...

Même si le Conseil d'État a émis des observations à ce sujet, le législateur n'a jamais suivi celles-ci, visant à préciser qui peut ou ne peut pas avoir accès à la PMA.

Pour paraphraser un de mes professeurs de droit, « avec une économie de moyens remarquable », le législateur se contente de sobrement mentionner « le ou les auteurs du projet parental ».

Ce qui signifie donc clairement qu'une personne seule peut avoir recours aux techniques de PMA.

Y compris de façon post-mortem d'un des donneurs, pour autant que les fameux auteurs du projet parental l'aient préalablement prévu.

Cela étant dit, les mécanismes de dons sont prévus par la loi, qu'il s'agisse d'embryons, d'ovocytes ou de gamètes. Ces dons doivent être anonymes et, comme leur nom l'indique, effectués à titre gratuit.

Enfin, la loi contient des sanctions pénales, de un à cinq ans d'emprisonnement et/ou, si ma mémoire est bonne, de mille à dix mille euros d'amende.

Avec la possibilité pour le Juge d'y ajouter l'interdiction d'exercer toute activité médicale ou de recherche pour une durée de cinq ans.

Ils furent interrompus par Yasmina, qui apportait un plateau rempli de pastelitos :

— Spécial connaisseur : pigeon, viande, fromage, garanti 100 % hallal et casher !

S'il était impossible de vérifier les certifications - dont ils n'avaient guère besoin - en revanche, ce qui était certain, c'est que les pastelitos s'envolaient à la vitesse de la lumière : un vrai régal.

Amandine avait déjà goûté à la cuisine marocaine, mais ça n'avait rien de comparable ; les pastelitos étaient d'une finesse extrême et fondaient dans la bouche, passé le craquement significatif de la pâte.

Serge, qui était absorbé par le contenu de son assiette, ne disait plus un mot ; Amandine et Gabriel non plus.

Ce n'est qu'après que la dernière bouchée ait été avalée que Gabriel félicita chaudement Serge sur son choix.

Reprenant le cours de ses pensées juridiques, il demanda à Serge :

— Si je comprends bien, le cadre normatif était quasi inexistant avant 2007 ?

Ça devait ressembler au Far West…

Serge sourit :

— C'est une façon de voir, à supposer que les médecins et chercheurs aient été des cow-boys…

Je ne me suis pas plus intéressé que ça à l'avant 2007, car mes amies ont eu recours à la procréation médicalement assistée postérieurement à l'entrée en vigueur de la loi, mais ce dont je me souviens très bien, c'est qu'elles m'ont dit qu'il y avait énormément de couples ou de célibataires français qui consultaient.

Elles étaient membres de réseau sur internet et de forums traitant de PMA, d'après ce qu'elles disaient, ça tournait à l'obsession pour certaines femmes. Certaines sont prêtes à toutes les extrémités pour avoir un enfant ; ça avait frappé Joëlle - c'est elle qui a reçu l'embryon.

Amandine avait sa petite idée là-dessus, même si elle n'était pas personnellement concernée, n'ayant jamais pensé à avoir des enfants… Jusqu'à ces derniers jours, ou elle avait endossé son costume de femme en détresse dont l'horloge biologique sonne de façon insistante :

— En me mettant dans la peau d'une femme désespérément en quête d'enfants, je m'imagine - un peu seulement - la détresse que ça peut être de sentir ce besoin au plus profond de soi, et de voir tout autour de soi des parents, dont certains enfantent sans même l'avoir voulu…

Jusqu'à présent, ça ne m'avait pas travaillé du tout. En même temps, peut-être que passé quarante ans je verrais les choses autrement, mais je commence à comprendre et imaginer ce que ça peut être…

Enfin, rassure-toi Gabriel, tout ça ne me donne pas d'idées, hein !

— Oh ! Je n'avais aucune inquiétude à ce sujet, et si l'envie te venait pour de bon, je sais que j'en serai le premier informé.

— Évidemment, gros malin !

Yasmina arrivait avec les plats à tajine et dit en souriant, avec une pointe d'accent belge plus prononcée que précédemment :

— Malin, je ne sais pas, mais gros, il n'est pas !

Gabriel la remercia chaleureusement, avant de s'extasier sur le tajine qui venait de lui être servi : les saveurs mêlées de curcuma, safran, coriandre et le citron confit donnaient à ce plat un fumet incomparable, qui invitait à s'en délecter, peu importe ce qu'on avait mangé avant : s'il n'y avait plus de place, pour un délice pareil, on en ferait !

C'était vraiment une bonne adresse. Définitivement.

Gabriel demanda à Serge :

— Serge, nous sommes visiblement en face d'un cas de trafic d'embryons, compte tenu des faits que nous avons pu apprendre.

Au vu de leur ancienneté, j'ai bien peur que toute poursuite soit vouée à l'échec, à supposer que nous retrouvions les responsables…

— Oui… compte tenu des peines encourues, la prescription serait largement acquise…

Mais, au-delà de la prescription, à l'époque des faits, les sanctions pénales de 2007 n'étaient évidemment pas applicables puisque alors inexistantes.

— Il faudrait pouvoir démontrer qu'un tel trafic se poursuit à l'heure actuelle...

Amandine mit son grain de sel :

— Messieurs, mon côté de femme d'affaires me chuchote à l'oreille que lorsqu'il y a une grosse demande - et c'est manifestement le cas - même si les critères sont plus larges que dans des pays voisins, dont la France, il se développe nécessairement un marché parallèle, tant les clients potentiels peuvent être pressés et même, en l'occurrence, obnubilés par un tel projet.

J'ai moi-même pris la peine de parcourir des forums de sites de santé ou féminins : pour certaines participantes, obnubiler est encore un doux euphémisme.

C'est le genre de clientes prêtes à tout, et de ce que j'ai lu, la plupart sont expertes en matière de contournement de législation, trucs et astuces pour se faire rembourser les médicaments dans leurs pays d'origine. Elles font preuve d'une ingéniosité à toute épreuve.

Gabriel n'avait pas encore donné tous les détails du plan qu'ils avaient commencé à mettre en route :

— Serge, nous sommes en train de nous faire passer pour des candidats à la PMA, et avons déjà consulté un gynécologue, impliqué, de près ou de loin, dans la fécondation in vitro d'Amandine et de sa sœur jumelle.

Le seul hic, c'est qu'il n'en pratique plus aujourd'hui, mais nous a référé à l'équipe avec laquelle il avait travaillé, celle du Professeur De Wolfe, aujourd'hui à la retraite.

— Et si vous trouvez des éléments incriminants, j'imagine que vous voudrez en aviser le Procureur du Roi ?

— Oui, Serge. Enfin, ça sera la décision d'Amandine.

Laquelle précisa :

— Si j'apprends quoi que ce soit, prescription ou pas, je peux vous garantir que je compte en parler aux médias, pour dénoncer cette manipulation. Ce n'est pas normal que je me retrouve avec une jumelle parfaite dans la nature.

Et, si ça a existé dans le passé, rien ne dit que ça ne continue pas aujourd'hui.

Par ailleurs, comme je vous le disais, qui dit trafic sous-entend illégalité...

Serge, qui se montrait à présent philosophe, conclut :

— Ainsi va la nature humaine...

Enfin, il faut bien qu'on serve à quelque chose ! Dans un monde parfait, qui aurait besoin d'un avocat ?

37

Hélène et Peter avaient passé la soirée en tête à tête, comme si de rien n'était.

Alors qu'ils terminaient leur repas, Hélène, exaspérée par ce silence sur les derniers coups de théâtre que toute la famille venait de vivre, lança à son mari :

— Pete, tu ne peux quand même pas faire comme si de rien n'était, comme s'il ne s'était rien passé…

C'est quand même un embryon provenant de nous, de toi et moi, qui a été implanté dans le ventre d'une autre femme, et combien d'autres encore ?

Devant Amandine, je me suis montrée résignée, après tout, le temps a passé, faire des recherches s'apparenterait sans doute plus à une chasse aux nazis qu'à une enquête de routine, mais…

— Hélène.

Tu me connais suffisamment pour savoir que ce n'est pas parce que je ne dis rien que je n'en pense pas moins.

Je suis… dévasté par cette nouvelle. Furieux aussi.

Mon premier réflexe a été d'aller trouver ce De Wolfe et de lui coller mon poing sur la gueule, peu importe qu'il soit grabataire ou pas à l'heure qu'il est.

Après réflexions, s'il est vraiment trop âgé, je ne le frapperais peut-être pas.

Mais, l'idée que nous ayons un autre enfant ne me quitte pas. C'est notre chair et notre sang.

Et peu importe qu'elle ait été portée dans le ventre d'une autre, élevée par une autre et je ne sais qui, ça reste notre sang.

— Et qu'est-ce que tu comptes faire, exactement ?

— Je pense qu'il faut que j'aie une explication avec ce De Wolfe.

— Et tu vas te pointer, comme ça, chez lui ? Tu penses que, pris de remords tardifs, il va avouer avoir implanté des embryons dans le ventre d'autres femmes, au petit bonheur ?

Je suis désolée de te le dire, Peter, mais là, tu es un doux rêveur… La plupart des gens n'ont pas ta rectitude, cette farouche volonté d'assumer, de revendiquer leurs actes.

Peter la regarda et Hélène se demanda si son regard découragé s'adressait à elle ou bien à la nature humaine en général. Il ne poursuivit pas sur ce sujet :

— Tu me disais qu'Amandine avait découvert des éléments intéressants aujourd'hui ?

— Elle m'a rapidement parlé tantôt de la visite qu'elle a faite à la mère de sa jumelle. Une femme qui a visiblement souffert, tu sais.

Elle a été inséminée par un médecin qu'elle connaissait et qui avait failli la tuer précédemment, au cours d'un avortement clandestin… Ce qui l'a rendue stérile.

La fécondation in vitro fut, quelques années plus tard, sa seule chance d'avoir un enfant, après qu'elle eut, visiblement, changé d'avis sur la question…

Peter. J'aimerais rencontrer cette femme. Je voudrais la connaître.

— À espérer qu'elle soit plus fréquentable que sa fille…

— Les parents ne sont pas responsables des conneries de leurs enfants, mon chéri.

— Oui, mais les chiens ne font pas des chats… !

Peter prit conscience de ce qu'il venait de dire : en l'occurrence, Julie Lafontaine était - techniquement - sa fille…

— Raison de plus, Peter.

De toute façon, je vais la rencontrer, tu sais. Avec ou sans ta bénédiction.

Je préférerais, dans un premier temps, la rencontrer seule à seule, de femme à femme.

— Ne t'inquiète pas, je ne comptais pas m'imposer.

Tu as sans doute raison d'aller à la rencontre de cette femme. Elle doit être dans une grande détresse.

Hélène considéra son mari :

— Les difficultés pour avoir Amandine nous ont éprouvés tous deux, tu t'en souviens comme moi.

Je t'en prie, je ne veux pas que, plus de trente ans après, ça recommence.

Peter commençait à s'empourprer :

— Mais enfin ! Qu'est-ce que tu dis ? C'est loin tout ça.

Ces plaies sont pansées depuis longtemps. Et je ne comptais pas les rouvrir.

Aujourd'hui n'a rien à voir avec les épreuves du passé. Pas pour moi, en tous cas.

Il se leva et se plaça derrière elle, enroula ses bras autour de son cou tout en lui chuchotant à l'oreille :

— Ces épreuves nous ont rendus plus forts, ma chérie.

Et il n'y a rien, pas même la découverte d'une jumelle d'Amandine, qui pourrait changer ça.

Hélène inclina sa tête sur le bras droit de Peter, en poussant un soupir de soulagement.

Elle ajouta :

— Une jumelle. Mais peut être d'autres également…

— Là, ça serait vraiment le pompon !

— On n'est sûrs de rien. Je ne me souviens que des piqûres et de la souffrance, avant que la grossesse ne soit confirmée. Combien ont-ils créé d'embryons, on n'en sait rien.

Cette pensée l'avait effleuré également. Mais il n'avait, délibérément, pas voulu y prêter plus d'attention que ça. Un problème à la fois, c'était sa philosophie.

— Raison de plus pour tirer ça au clair.

38

Amandine était encore plus résolue que la veille à enquêter sur ses origines.

— Centre hospitalier de fécondation in vitro de Bruxelles centre, en quoi puis-je vous aider ?

— Bonjour, Amandine MacLane à l'appareil. Mon conjoint et moi-même sommes de passage à Bruxelles. Nous avons consulté le Docteur Goossens, qui a chaudement recommandé votre centre de PMA, et nous a d'ailleurs rédigé une note à cet effet.

Nous devons bientôt quitter Bruxelles, et si vous aviez une place pour nous caser, ne serait-ce que pour une consultation préliminaire, vous nous rendriez un immense service.

Son interlocutrice avait l'habitude de ce genre de requêtes : après tout, pour chaque demandeur, son dossier était le plus important qui soit.

Elle répondit immédiatement de façon encourageante :

— Laissez-moi regarder l'agenda, je vais voir si je peux vous trouver de quoi…

Voilà : j'ai une place demain matin, à huit heures trente. Sinon, ça ne sera pas avant mardi en huit…

— Eh bien, c'est formidable d'avoir un rendez-vous si rapidement. Merci. Merci infiniment.

Est-ce que vous avez besoin que je vous fasse parvenir la note du Docteur Goossens ?

— Ça ne sera pas nécessaire : on a l'habitude avec le Docteur Goossens. Ça ira très bien si vous l'amenez avec vous demain.

Je dois vous laisser, j'ai un autre appel. Bonne journée Madame MacLane.

Amandine réalisa que les choses allaient rapidement devenir concrètes : prétendre qu'on souhaite une fécondation in vitro, c'est une chose, entamer les démarches, c'en était une autre.

Elle respira profondément, toujours assise en tailleur sur le lit.

Et s'il y avait une autre solution ? Si elle pouvait obtenir les dossiers la concernant d'une autre manière ?

À la réflexion, une FIV remontant à une trentaine d'années, effectuée sans doute sans aucun contrôle ou documentation, ça ne devait pas avoir laissé beaucoup de traces.

Elle savait que Goossens avait implanté chez Anne Lafontaine un embryon identique à celui qui lui avait donné naissance, mais elle n'en savait pas plus.

L'attaquer de front en le menaçant de révéler à la presse le scandale de sa gémellité ?

Ça pourrait marcher, mais c'était un coup de dé.

Son instinct lui disait d'attendre. Et elle avait appris à écouter sa petite voix intérieure. Jusqu'à présent, ça lui avait plutôt réussi dans la vie.

Elle déplia ses jambes, engourdies d'être restées croisées trop longtemps et se leva en boitant à la façon d'un parfait Quasimodo, ce qui tranchait avec sa silhouette élancée.

Le temps de descendre les escaliers et de rejoindre Gabriel et sa mère, tout était rentré dans l'ordre.

— Gab', on a rendez-vous demain matin, huit heures trente, au centre de FIV de Bruxelles centre.

— Eh ben, ils sont rapides ici, les médecins. Je pense que je vais sérieusement songer à me faire soigner dans ce pays, en cas de besoin !

— Si la vitesse à obtenir un rendez-vous est primordiale pour toi, je te déconseille fortement d'essayer le Canada, dans ce cas...

— Ceci dit, j'ai divorcé pas mal de médecins à Nice, ça aide. Enfin, sauf si je dois consulter ceux contre lesquels j'ai gagné…

— En attendant demain, j'aimerais qu'on fasse un truc aujourd'hui : je ne te promets pas que ça sera passionnant, mais ta récompense sera une méga portion de frites dans un fritkot du centre-ville.

— Toi, tu sais vraiment comment me parler !

39

Le fameux « truc » à faire était, effectivement, loin d'être passionnant : surveiller les allées et venues du centre hospitalier où ils devaient consulter le lendemain.

Amandine avait tenu à ce que la moto reste au garage et emprunté la voiture de sa mère, un minuscule pot de yaourt italien, qui avait l'avantage, outre son côté délicieusement rétro, de pouvoir se garer partout.

Et, puisque Bruxelles, comme toute métropole européenne, n'échappait pas aux problèmes de circulation, c'était un avantage.

Elle avait également emprunté l'appareil photo de son père qui prenait la poussière depuis longtemps, mais qui était équipé d'un téléobjectif permettant la prise de clichés à distance très respectable.

— Tu vas nous faire jouer les M. André, on dirait ?

— Eh oui, faute de mieux, on fait avec les moyens du bord, je me contenterai de M. Rossetti, aujourd'hui !

Allez, viens, on a une intuition à suivre.

Ils embarquèrent dans la voiture d'Hélène, étonnamment spacieuse, à l'avant en tous cas. Amandine démarra après avoir vérifié le bon fonctionnement de l'appareil photo, qui occupait une bonne partie des sièges arrière.

— Le téléobjectif 400 mm, c'est bien, mais c'est un peu voyant, tu ne trouves pas ?

— Si on est à distance suffisante, ça ne se verra pas. Sinon, Papa en a d'autres, plus discrets.

— Qu'est-ce que tu cherches au juste ?

— Je ne sais pas. Voir à quoi ressemble une journée ordinaire de ce centre. Qui entre, qui sort, enfin, tous les détails qui pourraient être utiles ou qui nous mettraient la puce à l'oreille.

Ils mirent une bonne heure à arriver devant le Centre puisqu'ils avaient eu la bonne idée de partir à l'heure de pointe.

Décidément, les bouchons étaient universellement pénibles se dit Gabriel. Il en profita pour s'autocongratuler de rouler à moto, qui plus est dans un endroit qui le permettait durant toute l'année.

Non, décidément, la voiture, ce n'était pas pour lui. Il se sentait oppressé à l'intérieur d'un habitacle, aussi spacieux soit-il.

Il n'en souffla mot à Amandine, c'était inutile puisqu'il s'apprêtait à passer une bonne partie de la journée dans la voiture. Il se contenta de dire :

— J'espère que ta mère a des goûts musicaux variés, ça nous occupera… On pourra toujours chanter.

— Ah ben tiens ! Ça sera parfait pour la discrétion…

— C'est sûr que niveau discrétion, un couple dans une micro-voiture, avec un appareil photo aussi gros qu'un billot de bois, c'est parfait !

Amandine avait effectué trois tours du pâté de maisons dans lequel le centre était situé. Il occupait un immeuble entier et bénéficiait de sa propre entrée, outre une entrée de service sur la façade ouest.

Après avoir noté ces éléments, il ne restait plus qu'à trouver une place couvrant les deux entrées simultanément, ce qui limitait la distance à laquelle elle pouvait se garer.

Au troisième passage, alors qu'elle s'apprêtait à entamer le quatrième, une voiture sortit de son stationnement juste devant elle, ce qui lui permit de se garer à un emplacement idéal.

— Les créneaux, ça te dit quelque chose, Dine ?

— Les stationnements en parallèle, comme on dit à Montréal ? Oui, mais quand je peux éviter, j'évite : hop, on rentre en marche avant.

Quoi ? C'est quoi ce sourire narquois ?

Mon Gabriel chéri serait-il un ayatollah du créneau, caractéristique ô combien masculine ?

— Ben… Un créneau bien fait, c'est comme une pelouse tondue de façon parfaitement rectiligne, la quintessence de la perfection, dans les choses les plus ordinaires.

— Dieu nous préserve, tu n'as pas de jardin à tondre, parce que je te verrais bien faire les finitions à la pince à épiler… !

— Je sens qu'on va s'amuser dans cette voiture, moi…

— Relax ! Tiens, on va aller faire un repérage à pied, question de voir de plus près comment ça se présente.

L'immeuble tout entier était dévolu aux activités du centre de PMA et les étages supérieurs avaient leurs vitres occultées par des rayures opaques horizontales, masquant à l'extérieur ce qui se passait à l'intérieur, tout en laissant pénétrer la lumière du jour.

Deux caméras de surveillance étaient installées, l'une au-dessus de l'entrée principale, l'autre sur la façade ouest, couvrant l'entrée de service.

Lorsqu'ils passèrent à hauteur de cette dernière, ils purent lire le message contenu sur un petit panneau : il indiquait les heures d'ouvertures du laboratoire.

Juste au-dessus de ce panneau, un digicode. La porte était entièrement métallique ; elle était ceinte par une bordure également métallique, coulée dans le béton de la façade.

Amandine sortit discrètement son iPhone et prit un cliché de la porte et de son digicode.

Ils revinrent ensuite à la voiture après avoir fait une halte dans une boulangerie proche, dont l'odeur de viennoiseries avait attiré l'attention de Gabriel.

Ils en ressortirent avec des « couques » au beurre et aux raisins. Encore une expression que Gabriel ne connaissait pas, mais il se souvint d'avoir entendu Michel le receleur l'employer. Il avait donc la confirmation que couque signifiait manifestement en Belgique petit pain au beurre ou aux raisins.

Lorsqu'ils furent installés à nouveau dans la voiture, Amandine examina le cliché de la porte de service :

— C'est du lourd, dis donc. Il faut croire que le labo doit être séparé du reste du centre, car la porte d'entrée principale ne semble pas bénéficier du même degré de sécurité.

— Il y a sûrement une porte grillagée sur l'entrée principale, mais effectivement, ça ressemble plus à fort Knox qu'à une maison de campagne perdue dans l'arrière-pays.

Amandine ne quittait pas les entrées des yeux : le va-et-vient était incessant au niveau de l'entrée principale, presque exclusivement des couples, homme et femme en majorité, suivis d'une grande proportion de couples lesbiens. Des hommes et des femmes seuls, également.

En ce qui concernait les origines de la clientèle, la plupart étaient caucasiens.

Au bout d'une heure de ce manège, la porte du laboratoire bougea enfin : un homme portant une glacière rouge à la main composa le code. Amandine essaya bien de prendre une vidéo de la séquence, mais l'individu occultait la plus grande partie du clavier.

— Dine. Ne me dis pas que tu comptes t'introduire par effraction là-dedans… Les caméras, ça te dit quelque chose ?

— Merde. Tu as raison.

En tous cas, on sait qu'il y a du mouvement avec des glacières, et celle qu'on a vue n'était certainement pas remplie de bière…

Et notre ami n'a pas l'air de ressortir. Il doit travailler sur place.

— Oui, mais qu'est-ce qu'il fait avec la glacière, il ne ramène pas du travail à la maison, quand même…

— Toujours aussi impayable, Gab' !

— On s'amuse comme on peut…
Attends : regarde, notre bonhomme ressort, avec une glacière bleu pâle cette fois.
Tu penses que bleu c'est pour les garçons et rouge pour les filles ?

— Mais, je le crois pas, ça, tu ne fais jamais la grève des blagues à deux balles, toi ?

— Non. Mais plus sérieusement, ça signifie peut-être quelque chose cette différence de couleur.
Ou bien juste rien du tout...
Le gars va disparaître de notre champ de vision.

— Gab', descends et suis-le s'il te plaît. Je me tiens prête à démarrer. Appelle-moi s'il s'installe dans une voiture, on va voir où il va.

Gabriel aurait bien argumenté sur l'utilité de la chose, mais la perspective d'enfin quitter les alentours du centre, qu'il avait eu le temps d'imprimer dans sa mémoire en long, en large et en travers, était plus forte que le plaisir de pinailler.
Il bondit hors de la voiture, téléphone à la main.

En arrivant à hauteur de la rue perpendiculaire à leur stationnement Gabriel avait un champ de vision bien plus grand. Il n'eut pas à prendre son téléphone : il était à l'intersection des rues et donc parfaitement visible d'Amandine qui ne le quittait pas des yeux. Le mystérieux coursier, muni de sa glacière, monta dans une minifourgonnette blanche, aux vitres occultées.
Gabriel fit demi-tour et, tout en revenant vers Amandine, lui fit un signe circulaire avec son index gauche levé vers le ciel, afin qu'elle démarre.
Il eut à peine le temps d'embarquer à bord du pot de yaourt, Amandine étant tout aussi prompte à sortir de son stationnement qu'à y entrer en marche avant.

— Bon, et maintenant ?

— On suit le pépère. On va bien voir où il nous mène.

Ils traversèrent une partie du centre-ville en tâchant de rester à deux ou trois voitures d'écart, afin de ne pas risquer de se faire repérer. Un truc qu'on voit dans toutes les séries télévisées, mais surtout, approuvé par M. André, le détective attitré de Gabriel à Nice, qui était un expert en filature.

Amandine avait dû faire ça dans une autre vie. Gabriel la contemplait de profil ; derrière le volant gainé de cuir, elle semblait parfaitement en contrôle.

Il sourit, ce qu'Amandine remarqua, même si elle ne quittait pas sa cible des yeux.

Elle demanda, en souriant :

— Quoi ?

— On dirait que tu as fait ça toute ta vie, tu sais. En plus ton profil droit est magnifique.

— Ce que tu peux être con, quand tu veux, toi…
Rends-toi plutôt utile : tu as noté la plaque ?

— Pour qui tu me prends, bien sûr, et la marque et le modèle, tout !

Ils poursuivirent en silence la filature. La fourgonnette avait emprunté le boulevard Franklin Roosevelt et se dirigeait vers une partie de la ville que Gabriel ne connaissait absolument pas.

Elle quitta ce grand boulevard qui avait, dans l'intervalle, changé de nom deux fois et obliqua à droite, en direction d'une zone résidentielle boisée.

Il y avait beaucoup moins de trafic à partir de là, donc Amandine prit soin de ralentir afin de continuer à observer de loin le véhicule.

Il finit par s'engouffrer dans une résidence, bordée de toutes parts de hautes haies. Le portail était ouvert et laissa entrevoir à Gabriel et Amandine, lorsqu'ils arrivèrent à sa hauteur, une majestueuse maison à colombage, ornée de tours : un mélange de château fort et de maison alsacienne. C'était… Particulier.

Gabriel nota l'adresse et ils continuèrent leur chemin, comme si de rien n'était.

— En tous cas, ça ne ressemble pas à un autre centre de fécondation in vitro, c'est certain.

— Non, et vu la gueule de la maison, je suis prête à parier que ce n'est pas le domicile du livreur.

On va retourner au centre de PMA en ville, je suis à peu près sûre que notre ami va y repasser.

Effectivement, après deux bonnes heures, le même manège recommença : le mystérieux livreur revint à la porte de service, avec une glacière rouge.

40

Hélène n'avait soufflé mot à Amandine de ses intentions concernant la visite qu'elle projetait de faire à la mère de Julie.

L'adresse n'avait pas été difficile à trouver : elle figurait dans l'annuaire.

Puisqu'Amandine avait emprunté sa voiture, elle se rendit en taxi au domicile d'Anne Lafontaine sans même savoir si elle la trouverait.

Elle ne voulait pas téléphoner. Elle n'était pas disposée non plus à attendre la fin de journée pour lui rendre visite, surtout que, pour l'instant, elle préférait conserver la plus grande confidentialité à ce sujet.

Il y avait un avantage à se déplacer en taxi : ce dernier la déposa pile devant l'appartement d'Anne Lafontaine.

Alors qu'Hélène avait passé tout le trajet à se demander quoi dire, comment s'y prendre, dès qu'elle fut dans la rue, elle avança instinctivement et sonna, sans réfléchir.

Une voix féminine lui répondit :

— C'est à quel sujet ?

Un instant d'hésitation. Quoi dire ?

— Je suis Hélène MacLane, la mère d'Amandine MacLane, que vous avez rencontrée hier. J'ai besoin de vous parler, Madame Lafontaine.

Pas un mot à l'autre bout de la ligne.

Au bout d'interminables secondes, la gâche émit le bruit caractéristique de l'ouverture de la porte et Hélène s'engouffra dans le vestibule.

Elle ne savait pas où était situé l'appartement, mais décida de monter après avoir entendu, à l'étage, une porte s'ouvrir.

Anne Lafontaine se tenait derrière la porte, les yeux rougis. Elle avait visiblement passé une mauvaise nuit et sa tenue, tee-shirt noir et pantalon de yoga gris suggérait qu'elle n'avait pas bougé de chez elle et ne comptait pas le faire dans un avenir proche.

Sans un mot, elle se déplaça, invitant par là Hélène à entrer.

Toujours en silence, elle lui désigna le canapé, dans lequel Hélène prit place, après avoir ôté sa veste.

Elle ne semblait pas décidée à parler, si bien qu'Hélène brisa le silence :

— J'ai su par ma fille, les grandes lignes de ce qui vous est arrivé. Tout comme j'ai cru comprendre que votre fille et vous-même étiez brouillées depuis quelque temps.

Compte tenu de ce qui nous rapproche, je voulais faire votre connaissance. Et il m'a semblé que c'était à moi de faire le premier pas, même si, je vous l'avoue, ce n'est pas facile.

La conversation n'était pour l'instant qu'un long monologue.

Peu importait. Hélène poursuivit :

— Mon mari, Peter, et moi-même avons également appris très récemment qu'Amandine avait une sœur jumelle. Ce qui aurait très bien pu rester un secret encore des années.

Si ces choses sont ressorties aujourd'hui, je suis persuadée que ce n'est pas par hasard.

Nous voulons, nous avons besoin de comprendre comment tout cela est arrivé.

Sachez que je n'ai rien contre vous, et je comprends parfaitement la situation qui est la vôtre, pourquoi vous avez été contrainte d'avoir recours à la procréation médicalement assistée…

Enfin, Anne se décida à briser le silence.

— Ça a été une surprise pour moi également, comme vous vous en doutez. D'autant qu'à l'époque, j'étais jeune mariée, et que le père de Julie est, enfin était supposé être mon ex-mari, Paul Lafontaine.

Donc, apprendre que le père de Julie serait votre mari a été pour moi une surprise. Totale.

— C'est encore plus fou que je ne pensais. Comme si cette double implantation d'embryons n'était pas assez…

— Paul m'a quittée alors que Julie n'avait pas un an. Il n'a jamais accepté le principe de la fécondation in vitro. Je pensais l'avoir convaincu, d'autant que c'était la seule façon pour moi de porter un enfant, et le fait que la fécondation soit faite à partir de ses spermatozoïdes l'avait rassuré, mais ça n'a pas suffi. Il n'arrivait plus à me regarder quand j'étais enceinte. Après la naissance, ce fut encore pire.

Enfin. C'est de l'histoire ancienne, et de toute façon, il a totalement disparu de la circulation et s'est complètement désintéressé de sa fille, qui ne l'a, pour ainsi dire, jamais connu.

Décidément, la vie n'épargnait pas certaines personnes, qui semblaient, comme Anne Lafontaine, poursuivies par une sorte de malédiction.

— Julie n'a jamais connu que moi. Je n'ai pas remplacé son père. J'ai bien eu quelques relations quand elle était petite, mais rien de sérieux, et j'ai fini par me consacrer entièrement à Julie.

Ça n'a pas empêché Julie de mal tourner, à partir de ses quatorze ans. Elle sortait quand bon lui semblait, brossait les cours.

Je l'ai emmenée consulter des psychologues, des psychiatres : ça ne servait à rien.

Évidemment, elle n'allait pas s'arrêter en si « bon chemin », je vous passe les garçons, la drogue… Je ne compte plus les fois où je l'ai ramassée à la petite cuiller, je pensais à chaque fois que ça y était, qu'elle avait compris, mais non. À chaque fois, elle repartait, replongeait.

Enfin…

Vous n'avez pas connu ce genre de problèmes avec votre fille. Je l'ai tout de suite vu, dès qu'elle est entrée ici. Ses yeux, qui sont pourtant les mêmes que ceux de Julie, respirent la bonté et la franchise.

— Oh... Amandine a eu ses moments. Mais, rien de comparable à ce que vous avez enduré, Anne.

— Je ne le souhaiterais pas à ma pire ennemie.

— Anne, est-ce que la raison du comportement de Julie se trouve peut-être dans le fait qu'elle ait mal accepté les origines de sa conception ?

— Ah non ! Je ne lui ai jamais dit qu'elle avait été conçue par fécondation in vitro, et vous voyez, ça ne l'a pas aidée à rester sur le droit chemin...

Et vous, est-ce que vous l'avez dit à votre fille ? J'imagine que oui, puisqu'elle est, biologiquement, votre fille ?

— Non, nous ne lui avions pas dit. Je pense que nous avons dû nous poser les mêmes questions à ce sujet... Vous avez certainement, comme nous, pesé le pour et le contre des centaines de fois.

Je dois vous l'avouer, nous avons été peut être un peu... Lâches. Mais le silence était plus facile que les explications.

Ma conclusion, toute personnelle, c'est que les parents sont ceux qui élèvent les enfants, peu importe comment ou par qui ils ont été conçus.

Elles se regardèrent et chacune comprit, du moins en ce qui concernait ce questionnement précis, qu'elles étaient effectivement passées par les mêmes interrogations.

Une complicité, celle qui unit de façon invisible les êtres qui ont partagé les mêmes épreuves, commençait à naître entre les deux femmes.

Cependant, Hélène ne pouvait s'empêcher de culpabiliser. D'avoir eu plus de chance qu'Anne.

Même si elle n'y pouvait rien.

— Anne. Il faut qu'on sache. Pourquoi, comment, qui, quand…

Je pense que Peter, même si pour l'instant, il donne l'apparence d'être un roc, en a besoin. Moi aussi. Amandine également. Et je pense que vous aussi.

— Je ne sais pas très bien ce que je pourrais vous dire de plus, vous savez. Je me suis contentée de suivre les étapes de la procréation. Tout ce qu'André m'a dit à ce sujet, c'était que, dans leur protocole de recherche, ils conservaient l'anonymat des donneurs et donneuses.

Mais, à la lumière de ce que vous me dites, il m'a très vraisemblablement menti sur la paternité.

Puisque votre fille est née deux ans avant la mienne, et que Julie et Amandine sont manifestement jumelles, ce n'est pas uniquement vos ovocytes qui ont été utilisés, mais bien un embryon fécondé. Et la ressemblance entre nos filles rend impossible la paternité de Paul. Chronologiquement impossible.

André m'a menti. Pourquoi ? Je n'en sais rien…

Il n'en fallait pas plus à Hélène pour échafauder la suite des événements :

— Anne ? Et si on allait demander directement à André ?

41.

Gabriel et Amandine avaient miraculeusement réussi à se stationner presque au même endroit que dans la matinée, à un jet de pierre du centre de fécondation.

Où il ne se passait rien de significativement nouveau.

Le téléphone de Gabriel se mit soudainement à sonner, ce qui ne manqua pas, comme d'habitude, de le faire sursauter, de même qu'Amandine, perdue dans ses pensées.

Numéro masqué : ça commençait mal, Gabriel détestait ça presque autant que la sonnerie du téléphone.

Il répondit néanmoins :

— Gabriel ? C'est Chloé !

— Salut Chloé ! Alors, tout s'est bien passé ce matin aux affaires familiales ?

— Ça s'est passé exactement comme tu avais prévu : M. Ashkenazi est devenu incontrôlable lorsque j'ai commencé à émettre des doutes sur les revenus de sa nouvelle boutique.

Tellement que ça a mis la puce à l'oreille du Magistrat, qui a demandé à voir les photos et qui immédiatement après, a demandé la production des tout derniers comptes, visés par l'expert-comptable pendant le délibéré !

— Ah, tu vois, il suffit de mettre un peu de piquant dans ses audiences et elle embarque à fond !

Les autres dossiers, ça a bien été ?

— Oui, sans surprise. Y compris le dossier plaidé aux prud'hommes par Robert. Vu les pièces, vu les textes en matière de période d'essai…

— Il aurait fallu que Martinez fasse un miracle pour changer ça, il y a des dossiers comme ça, où il n'y a rien à faire…

À propos, il va bien ? Il me snobe ou quoi, ces derniers temps ?

— Non, ne t'en fais pas, il n'arrête pas de parler de toi, de dire à quel point tu lui manques.

Il a dû aller à la prison pour un de ses clients, qui a besoin de lui de façon très urgente…

— Voilà une raison de plus pour laquelle je fais le moins possible de droit pénal…

— Oh oui, je te comprends. Du reste, ça ne me tente pas du tout, moi.

— Et sinon, pour les rendez-vous que tu prends en charge, tu as pu voir avec Nina, tu as tout ce qu'il te faut ?

— Oui, aucun souci. Et si ça ne te pose pas de problèmes, je vais passer le reste de la semaine à ton cabinet, justement pour me familiariser avec les dossiers. Nina m'a installé dans le deuxième bureau qui sert de salle de réunion.

— Bien sûr que ça ne me pose pas de problèmes, au contraire ! Du reste, on discutera de tout ça à mon retour, car je pourrais bien avoir besoin de toi plus fréquemment, peut-être même à plein temps…

— Quand tu veux, Gabriel ! Ça ne me dérangera pas de quitter mon stage actuel… Bien au contraire !

Robert me l'avait proposé, mais je préfère séparer le travail et le reste…

— Je te comprends, d'autant que moi non plus, Martinez, je ne le supporterais certainement pas à temps plein !

Gabriel avait vu juste et plus les choses se précisaient, plus il pensait que ça serait une très bonne idée de s'adjoindre les services de Chloé.

— Gabriel ?

Une pointe d'inquiétude perçait dans la voix de Chloé.

— Oui ?

— J'ai un truc à te demander… C'est un peu délicat…

— Dis-moi.

— Eh bien, c'est au sujet de Robert.
Tu sais qu'il parle à qui veut l'entendre de mariage, je pense que tu n'y as pas échappé…

Gabriel commença à s'inquiéter de la solidité de la relation entre Chloé et son ami, ce qui compliquerait certainement son embauche à plein temps.
Il se contenta de répondre :

— On va dire ça comme ça.

Chloé avait senti un début d'anxiété chez Gabriel ; elle entreprit de le rassurer :

— Ne t'inquiète pas : moi aussi, je suis pour. Sauf que…
Ben voilà : Robert s'est mis en tête qu'on aille se marier en secret à… Las Vegas !

— Las Vegas ? Il n'y a que Martinez pour avoir ce genre d'idées ! Il veut sûrement être marié par un sosie d'Elvis !

— Sauf que moi, ça ne me tente vraiment pas. Ce que je lui ai dit, mais tu sais comme il est.

— Chloé, s'il fait ça, toute sa famille va le tuer, à commencer par sa mère !

Je pense que tu ne dois pas t'inquiéter outre mesure.

Mais si tu veux, je lui en parlerai. Et si je ne le convaincs pas, on ira trouver sa mère, toi et moi, tu vas voir, ça sera vite réglé !

— Pffffiou ! Tu me rassures, parce qu'il a l'air tellement sérieux quand il en parle.

— De toute façon, pour se marier, il faut être deux, hein, Chloé.

— Ça, c'est sûr !

Merci en tous cas, me voilà rassurée.

Je vais te laisser et je te tiens au courant pour les rendez-vous avec les clients.

Tu veux parler à Nina ?

— Non, je pense que ce n'est pas la peine, mais salue-la de ma part et dis-lui qu'aujourd'hui il ne pleut pas à Bruxelles !

La conversation s'acheva ainsi.

Amandine avait, bien involontairement participé à la conversation, puisqu'elle était assise à quarante centimètres de Gabriel. Elle demanda :

— Las Vegas ? Il veut vraiment se marier là-bas ?

— Je pense qu'il lance ça plus par bravade qu'autre chose. Je ne le vois pas se marier sans sa famille, qui l'étriperait sur la place publique s'il faisait ça, de toute façon !

— En plus, c'est quand même finalement assez glauque ce genre de mariages, enfin, de ce que j'en ai vu en allant quelques fois à Vegas. Je me suis dit qu'ils devraient imposer un test d'alcoolémie préalable avant de célébrer les mariages, mais c'est un business comme un autre. Et puis, il y a presque autant d'officines qui font les divorces que les mariages là-bas !

— Je pense que, vu de la Côte d'Azur, ça fait « exotique », tout comme un mariage dans le Vieux-Nice doit l'être pour des Américains.

Cela étant dit, je ne pense pas que Chloé cédera. Et je ne peux qu'être d'accord avec elle.

Sans tomber dans le mariage de cinq cents personnes, il y a un juste milieu, tout de même. Enfin, c'est comme ça que je le vois.

Ils furent de nouveau interrompus par une sonnerie de téléphone.

Cette fois, c'était celui d'Amandine : la police de Bruxelles.

— Madame MacLane ?

— Elle-même. Que puis-je faire pour vous, inspecteur Peeters ?

— Écoute, je ne sais pas si ça vaut la peine, mais Julie Lafontaine a demandé à te parler.

Elle a des « révélations » à faire, qu'elle ne veut dire qu'à toi.

Moi, je t'avoue que je ne sais pas si c'est du bidon ou pas son bazar, mais je ne voudrais rien négliger, et comme tu lui as déjà parlé…

C'était une façon relativement subtile de dire qu'après que Peeters ait rendu service à Amandine en lui permettant de la confronter, il était maintenant temps de renvoyer l'ascenseur.

— Bien sûr, si ça peut aider l'enquête. Quand ?

— Tu sais être à la prison de Berkendael dans une heure ?

— On va se débrouiller pour y être.

— Je serais sur place, vous n'aurez qu'à dire que vous venez me rejoindre.

Cette fois-ci, c'était Gabriel qui n'avait eu que la moitié de la conversation.

Amandine lui dit, immédiatement après avoir raccroché :

— Ma sœur veut me voir, pour me faire des « révélations ».

Elle démarra la voiture et prit la direction de la prison.

42

Hélène resta seule dans le salon d'Anne, pendant que cette dernière se préparait.

La discussion entre les deux mères avait gonflé Anne à bloc : elle était passée d'une spirale dépressive à une ardeur insoupçonnable au début de leur conversation.

Cette discussion avait sans doute été l'étincelle qui avait ranimé une flamme quasiment éteinte chez elle.

Le besoin irrépressible d'Hélène d'en savoir plus était manifestement communicatif.

Les deux femmes avaient décidé d'aller trouver André Goossens et d'obtenir de lui, quoi qu'il arrive, des explications.

Hélène prit le temps de regarder attentivement le salon et ce qu'elle voyait de l'appartement : la décoration était sobre, mais chaleureuse et le mobilier mettait en apparence un plancher magnifique, vraisemblablement du chêne, rehaussé par des liserés plus foncés.

Elle remarqua également qu'il n'y avait aucune photo dans l'appartement : ni de sa fille, ni de personne d'autre, du reste.

Comme si Anne cherchait à occulter son passé, son histoire.

Tel était le cas lorsque les mauvais souvenirs dépassent les bons et, d'après ce qu'elle avait dit au sujet de Julie, il faudrait remonter à des photos datant de sa préadolescence pour trouver de bons souvenirs.

Anne reparut, transfigurée : habillée d'un tailleur-pantalon noir et d'un chemisier blanc, maquillée, elle était méconnaissable.

Ce qui frappa le plus Hélène fut cependant l'expression de son visage : elle était souriante. Sincèrement souriante :

— Allons en savoir plus !

Elles se mirent en route pour le cabinet du Docteur André Goossens.

Dans la voiture d'Anne, Hélène l'interpella :

— Anne, comment est-ce que nous allons procéder ?

— La vérité. Nous allons exiger de lui la vérité. Ça fait très longtemps que nous n'avons plus été en contact, mais je pense qu'il sera content de me revoir. Du moins jusqu'à ce qu'il sache pourquoi nous venons le voir.

— Et donc ? On lui annonce, de but en blanc, qu'on sait tout sur nos filles ?

— Autant entrer directement dans le vif du sujet, vous ne croyez pas ?

— Disons que pour l'instant, je ne vois guère d'autre possibilité, donc on va y aller comme ça. Je vais vous laisser entamer les hostilités, d'autant que c'est vous qui le connaissez.

Elles étaient arrivées à destination et pénétrèrent dans l'immeuble sans la moindre hésitation.

Arrivées à la réception, la secrétaire leur demanda si l'une d'elles avait rendez-vous, ce à quoi Anne répondit :

— Dites simplement au Docteur Goossens qu'une vieille amie est là pour le voir. Anne Lafontaine.

Je pense qu'il saura nous rencontrer entre deux patientes.

La secrétaire décrocha son téléphone et appela son patron :

— J'ai deux dames qui désirent vous voir et n'ont pas rendez-vous, mais l'une d'entre elles est une vieille amie à vous, Anne Lafontaine.

Ni Anne, ni Hélène n'entendirent ce qu'André répondit à sa secrétaire, mais, compte tenu de son visage qui s'éclairait, il s'agissait vraisemblablement de bonnes nouvelles :

— Le Docteur Goossens termine sa consultation et vous recevra immédiatement après.
Si vous voulez bien patienter dans la salle d'attente.

Elles allèrent s'installer et n'échangèrent pas un mot durant les quinze minutes que dura leur attente.
André Goossens apparut et se précipita vers Anne qui s'était levée en le voyant. Il l'étreignit chaleureusement :

— Anne ! Bon Dieu ! Ça fait une éternité ! Mais on ne dirait pas en te voyant, tu n'as pas changé !

— Tu es bien trop flatteur, André !
Merci de nous recevoir si rapidement.

Elle n'eut pas le temps de présenter Hélène à Goossens, qui avait déjà pris le chemin de son bureau.
Une fois qu'ils y furent installés, André demanda :

— Anne, quel bon vent t'amène, avec ton amie… ?

— Hélène MacLane, enchantée, Docteur.

Elle n'en pensait évidemment pas un mot, et n'avait pas manqué de trouver le médecin un peu malotru de ne pas s'être enquis plus tôt de sa présence, mais ce n'était pas son plus gros souci pour le moment.
Anne ne laissa pas un instant supplémentaire à Hélène pour en dire plus. À peine cette dernière avait achevé sa phrase qu'elle dit à Goossens :

— André. Nous venons te voir au sujet de Julie. Plus précisément de sa conception.

Le visage de Goossens se referma, même s'il essayait de n'en rien laisser paraître :

— Et quelles questions as-tu sur sa conception ?

— André, je ne vais pas y aller par quatre chemins, Hélène MacLane et moi-même, nous savons tout.

Nous savons que Julie a été conçue à partir d'un embryon, identique à celui qui a été implanté, deux ans avant, chez Hélène.

Julie et la fille d'Hélène, Amandine, sont jumelles. Avec deux ans d'écart, mais jumelles.

Et j'aimerais bien que tu m'expliques comment ça se fait, car tu m'avais assuré à l'époque que l'embryon implanté provenait d'une donneuse et des spermatozoïdes de Paul.

Ça ne peut pas être le cas, puisque, deux ans avant, une enfant identique à Julie naissait.

Goossens se repoussa profondément contre son fauteuil, tout en amenant ses mains ouvertes sur ses yeux.

Il les ramena ensuite devant lui, jusqu'à les claquer ensemble, avant de dire :

— Eh bien, je n'en sais strictement rien…

Mais avec De Wolfe, il fallait s'attendre à tout.

Je ne suis malheureusement qu'à moitié étonné, et ce n'est pas pour rien que j'ai, quelques années après, quitté son service de recherche.

J'avais quelques questionnements relativement à son éthique, d'autant qu'il n'y avait aucun cadre légal à l'époque et que les tentatives de manipulations génétiques ont toujours été son grand « dada »…

Anne et Hélène se regardèrent, aussi décontenancées l'une que l'autre.

Hélène prit la parole :

— Docteur Goossens, comment se fait-il que des embryons nous appartenant, à mon mari et moi-même, se soient retrouvés dans le ventre de Madame Lafontaine ?

713

— Je… Je ne sais pas. Des erreurs de manipulation des embryons, peut-être ?

Je suis aussi perplexe que vous…

— Mais enfin, comment se fait-il que, deux ans après, des embryons aient été conservés ? Je ne me souviens pas que nous ayons signé quoi que ce soit à cet effet à l'époque…

— Oh, ça, je ne penserais pas, à l'époque, on commençait à peine à pratiquer les FIV, on n'avait, comme je vous l'ai dit, aucun cadre légal, et on ne s'embarrassait pas avec les papiers.

Les embryons excédentaires étaient systématiquement congelés, ça, en revanche, je m'en souviens très bien. Comme vous le savez toutes les deux, puisque vous êtes passées par là, la première tentative n'est pas toujours la bonne, donc on en gardait pour en effectuer d'autres.

Quant au fait qu'un embryon vieux de deux ans se retrouve implanté chez une autre patiente, Anne, en l'occurrence, je ne me l'explique pas. D'autant que j'ai moi-même mis en culture les ovocytes avec les spermatozoïdes de ton mari, Anne.

Anne était furieuse :

— Tu ne te l'expliques pas ? C'est ta seule excuse ? Et on va s'arrêter là, en se disant que c'est juste la faute à pas de chance ?

— Anne, je suis tout autant ébahi que vous de cette situation, que j'apprends à peine.

Même si ça remonte à près de trente ans, je me souviens que ce que j'ai fait, je l'ai fait dans les règles de l'art.

Mais s'il y a eu substitution ou erreur au niveau du labo, ça peut être une bête erreur d'un laborantin, tu sais…

Voyant qu'Anne ne comptait pas en rester là, il poursuivit :

— Comme je vous l'ai dit, ça remonte à très longtemps et à l'époque, les dossiers étaient peu ou pas du tout complétés, rien à voir avec ce qui se fait aujourd'hui, depuis que la loi est enfin intervenue pour réglementer tout ça. Je vais essayer de faire mes recherches, De Wolfe est à la retraite depuis quelques années, mais je connais encore des membres de son ancienne équipe, qui continuent à pratiquer des FIV, je pense qu'ils doivent avoir les dossiers. Je vais faire l'impossible pour qu'on trouve tous une réponse à cette question.

Je ne peux malheureusement pas vous dire mieux pour l'instant.

Anne, tu n'as pas changé de numéro ?

Elle le regarda, l'air de dire qu'avoir son numéro ne l'avait pas empêché de ne jamais l'appeler, mais elle ne l'avait pas fait non plus :

— Oui, mon numéro m'a suivi ; toutes ces années, c'est resté le même.

— Parfait. Dans ce cas, je vous promets solennellement que je vais remuer ciel et terre pour qu'on sache ce qui s'est passé.

Anne et Hélène se regardèrent ; il n'y avait pas grand-chose à ajouter.

Elles prirent congé de Goossens, qui les raccompagna à la porte du cabinet.

À peine étaient-elles sorties qu'il rejoignit, en trombe son bureau, dont il verrouilla la porte.

Il s'effondra à son bureau et attrapa sa tête entre ses mains. Cette fois pendant de longues minutes, tout en marmonnant :

— Ce n'est pas possible ! Nom de Dieu !

Il prit finalement son téléphone :

— Allo, François ? C'est André. On a un problème. Sérieux. Il va falloir régler ça.

43

Comme on pouvait s'y attendre, l'entrée de la prison pour femmes de Bruxelles était peu engageante.

Amandine eut un sursaut de recul en contemplant la façade. L'inconsciente crainte de se trouver retenue contre son gré…

Gabriel, de son côté, n'y voyait qu'un établissement carcéral supplémentaire, par déformation professionnelle, même s'il ne les fréquentait pas assidûment.

Ils sonnèrent et une voix à moitié inaudible et à moitié incompréhensible, leur demanda, sur un ton proche de l'aboiement :

— C'est pour quoi ?

— Maître Rossetti, avocat et Amandine MacLane. Nous devons retrouver l'inspecteur Johan Peeters pour voir une de vos pensionnaires.

Pour toute réponse, ils n'obtinrent qu'un :

— À droite en rentrant.

Et l'imposante porte s'ouvrit, leur dévoilant un corridor couvert.

Ils se dirigèrent vers une pièce vitrée, à droite, à l'intérieur de laquelle ils aperçurent la silhouette de Peeters.

— Bon, j'ai fait venir Julie Lafontaine au parloir, elle est au numéro 3. C'est un bureau qui sert aux avocats et aux interrogatoires, pas un parloir commun. On va y aller.

Au milieu d'un couloir sinistre se trouvait la porte du parloir. Peeters l'ouvrit et ils y entrèrent tous les trois.

Julie était déjà installée, de l'autre côté de la table.

— Je ne parlerai qu'à Amandine MacLane, personne d'autre, je vous l'avais dit, inspecteur…

— Ouais, je sais, pas la peine de faire ton cinéma ! Je viens juste te prévenir que je suis là, je veux pas que tu m'oublies, non plus, hein. De toute façon, si tu veux que ce que tu vas dire puisse t'aider, il faudra bien que Madame MacLane nous le dise, sans ça, on va pas le sucer de notre pouce !

Julie fixait Peeters, sans rien dire.

Amandine s'assit face à elle et se retourna vers Gabriel, se contentant d'un hochement de tête approbateur, tout en fermant les yeux.

Cette fois-ci, il ne serait pas aux premières loges d'autant que le parloir, principalement destiné aux conversations entre les détenus et leurs avocats, n'était pas équipé de glace sans tain.

Quand elles furent seules, Julie entama immédiatement la conversation :

— Merci d'être venue. Ce que tu m'as dit la fois passée m'a beaucoup fait réfléchir.

Non pas que si j'avais su que tu étais ma jumelle, je n'aurais pas agi comme je l'ai fait…

Mais tu sais, ici, entre quatre murs, cogiter, on n'a que ça à faire.

Je n'arrête pas de penser à ce que tu m'as dit, sur le fait qu'on est jumelles, et que j'ai été créée dans une petite boîte… Ma mère ne me l'a jamais dit…

Mais bon, elle et moi, ça n'a jamais vraiment collé entre nous…

Amandine regardait sa sœur en se disant que, finalement, elle n'était peut-être pas complètement irrécupérable. La détention provisoire et la perspective de rester quelque temps derrière les barreaux étaient peut-être des éléments propices à la réflexion…

Ou alors, elle cherchait juste à s'attirer les bonnes grâces de la victime de ses méfaits.

Elle mourait d'envie de lui parler de sa mère, mais elle avait promis à cette dernière de n'en souffler mot.

Amandine en avait déjà trop dit à Julie, persuadée que celle-ci était au courant de l'histoire de sa conception. Elle ne voulait pas en rajouter encore.

En se mordant la lèvre, elle dit à Julie :

— Malheureusement, je ne pense pas que tes réflexions sur ta conception vont t'aider à sortir de là plus vite...

— Tu crois que je le sais pas, ça ? T'en fais pas : des révélations, j'en ai, et ça devrait aider à alléger ma peine.

Mais je voulais te parler. Par rapport à ce que tu m'as dit sur le fait de découvrir qu'on a une sœur.

Je n'ai jamais fait que des conneries dans ma vie, je suis toxique, tu comprends ça ? Je ne pense pas que je sois très fréquentable. Pas pour quelqu'un comme toi, une Madame chef d'entreprise...

— Des fréquentations toxiques, j'en ai déjà eu, tu sais. Et je sais m'en prémunir. Mais de toute façon, j'habite à l'autre bout du monde, comme tu le sais.

On verra bien ce que la vie nous réserve, à toi comme à moi.

— Ouais, jusqu'à présent, pour moi, ça a toujours été pourri.

L'argent que je t'ai pris, c'était pour repartir à zéro. En Australie ou je ne sais pas où, mais loin d'ici.

Sauf que, d'ici, je suis pas prête de partir...

— Si tu as des informations utiles, je suis sûre que ça pourrait t'aider.

— Milàn.

Elle déglutit avant de poursuivre :

— Il doit revenir la semaine prochaine à Bruxelles avec un stock de cartes volées.

Je sais te dire où est-ce qu'il les revend ici, c'est dans un café de la chaussée d'Haecht.

— Je pense que tu devrais dire ça toi-même à l'inspecteur Peeters, tu ne crois pas ?

— Ouais, tu as sûrement raison.

Amandine se leva et s'apprêtait à quitter la pièce quand Julie l'interpella :

— Je suis désolée.

Elle se retourna et la regarda, sans rien dire. Julie poursuivit :

— Mais c'était tof d'être dans tes bottes…

44

Amandine et Gabriel étaient rentrés directement à la maison familiale après leur visite à la prison.

Il n'y avait personne, ce dont Amandine ne s'étonna pas outre mesure. Elle ne connaissait pas suffisamment les habitudes de ses parents pour s'inquiéter de leur absence en fin d'après-midi.

Elle se laissa tomber sur le canapé :

— Je ne sais pas quoi penser de ce que Julie m'a dit.

— Comme tu le disais toi-même en voiture, difficile de savoir si c'est du lard ou du cochon.

Peut-être qu'elle cherche juste à tirer son épingle du jeu et à alléger la peine qui lui pend au nez…

Ou peut-être qu'elle est sincère, mais ça, seul l'avenir te le dira.

Cela étant dit, puisque la compagnie de cartes de crédit prend en charge l'intégralité des dépenses effectuées, tu n'as plus vraiment de préjudice à faire valoir, en dehors du préjudice moral lié à l'usurpation de ton identité.

Si tu veux l'aider, tu pourrais demander à Serge de retirer la constitution de partie civile, mais je suggère d'attendre l'audience pour le faire. Ça aura plus d'impact à ce moment-là, même s'il sera sage d'en aviser le Procureur avant l'audience.

— Je t'avoue que j'ai juste envie que tout ça soit derrière moi, et de ne plus en entendre parler.

Je pense que Julie a profité d'un concours de circonstances, rien de plus.

— Et si les informations qu'elle a données au sujet de ce Milàn sont fiables et conduisent à son arrestation, ça pourrait aussi l'aider.

La porte d'entrée s'ouvrit à ce moment-là ; Hélène rentrait et eut un léger sursaut en voyant qu'Amandine et Gabriel étaient déjà là.

— Eh bien, maman, on te fait peur ?

— Non. Non… C'est juste que… Je ne m'attendais pas à vous trouver là.

Elle se drapa derrière un sourire manifestement de circonstances, ce qui n'était pas son habitude.
Amandine regarda Gabriel et lui chuchota :

—Je crois qu'il faudrait que je parle avec ma mère.

Gabriel ferma brièvement les yeux en signe d'approbation et se leva, prétextant un besoin pressant de prendre une douche pour prendre congé.
À peine avait-il monté l'escalier qu'Amandine demanda à sa mère :

— Qu'est-ce qui ne va pas, maman ?

— Oh. Rien du tout. Tout va bien, ma chérie.

— Maman. Je te connais assez.
C'est l'histoire de la fécondation qui te travaille ?

— Pour être franche avec toi, oui, je trouve ça très dérangeant, de savoir que j'ai un autre enfant biologique dans la nature…

— Je l'ai revue aujourd'hui, tu sais. Je pense qu'elle est aussi complètement tourneboulée par ces événements.
Jusqu'à ce que je lui annonce, elle ne savait pas qu'elle avait été conçue par fécondation in vitro.

Hélène repensa à sa conversation avec Anne :

— Et tu lui as donc appris en l'informant que vous étiez jumelles…

— Oui. Je m'en veux, car je ne l'ai pas dit à sa mère quand je l'ai rencontrée ; elle était au beau milieu de ses confidences et je ne voulais pas qu'elle s'arrête…

Hélène hésitait à parler à sa fille de sa rencontre avec Anne Lafontaine.

Tant qu'il n'y avait rien de concret, tant qu'elle ne savait pas comment tout cela allait évoluer, ce n'était pas indispensable. Elle choisit de ne rien dire.

— De toute façon, tôt ou tard, elle l'aurait su, tu sais… Je ne pense pas que sa mère t'en tiendra rigueur, tu sais.

— J'espère. Elle m'avait l'air fragile.

Hélène brûlait de lui annoncer qu'elle allait subitement mieux, mais n'en fit rien. Elle n'avait aucune envie de se lancer dans des explications sur sa visite à Anne Lafontaine, son besoin irrépressible de la connaître.

Elle changea de sujet, comme si cela allait faire disparaître par magie ses questionnements :

— Et toi, dis-moi, je t'ai entendue ce matin dire à Gabriel que tu avais rendez-vous au centre de Fécondation in vitro de Bruxelles demain ?

Que penses-tu y apprendre au juste ?

— Je ne sais pas, mais j'espère y trouver des informations sur les circonstances qui ont amené tout ça, même si ça fait plus de trente ans maintenant. On a rencontré le gynécologue qui a implanté les embryons chez la mère de Julie, et il nous a orientés vers le centre.

— Tu ne comptes quand même pas…

— Ah ah ! Non, ne t'en fais pas maman, ni Gabriel, ni moi ne sommes prêts à avoir un enfant.

Et honnêtement, si c'était le cas, on ne se priverait pas d'essayer un peu de façon biblique, avant de penser à des techniques de fécondation in vitro !

Elles se mirent à rire, à nouveau complices.

— Et papa, comment il prend ça ?

— Tu connais ton père : un roc en dehors, mais sensible à l'intérieur.

Il veut des explications. Je pense qu'il est prêt à aller les chercher s'il le faut.

Difficile, là encore de lui dire qu'elle avait prévenu Peter qu'elle irait voir Anne Lafontaine, ce qui avait eu pour effet de temporiser quelque peu ses velléités à rechercher par lui-même la vérité.

Elle poursuivit :

— Mais pour l'instant, il accuse le coup, il réfléchit. Le connaissant, et tu partages ça avec lui, il voudra certainement connaître son « autre » fille, mais ne s'imposera pas dans sa vie.

— Tiens, si on lui préparait pour ce soir un bon plat de spaghettis carbonara ?

À défaut de lui donner des réponses, ça sera réconfortant pour lui, ça marche toujours les « carbo » avec papa ?

— Oui, il y a des choses qui ne changent jamais, ma chérie.

45

C'était le jour J pour le rendez-vous au centre de procréation médicalement assistée.

Tant Gabriel qu'Amandine étaient nerveux ; ils se projetaient dans leur rôle de futurs parents désespérés de ne pas réussir à enfanter, ce qui éveillait chez chacun bien des questionnements.

— Bon, Madame MacLane, allons concevoir notre petit !
Quand je pense que nous ne sommes même pas mariés…

— Ta tentative de détendre l'atmosphère est louable, Gab'…
Enfin, pas de raison de s'inquiéter, ce n'est qu'un rendez-vous préliminaire.

On va en profiter pour poser des questions, le plus de questions possible sur les cas de gémellité et sur la façon dont ils tiennent leurs dossiers.

C'est dans cet état d'esprit qu'ils entrèrent au centre.

La réceptionniste leur demanda la recommandation du Docteur Goossens et leur donna, à chacun des formulaires de cinq pages sur leurs antécédents à remplir. Il y avait également une décharge de responsabilité concernant l'absence de garantie de succès des techniques utilisées. Le centre se prémunissait autant que faire se pouvait contre des poursuites de patients en cas d'échec.

Les documents précisaient clairement qu'ils mettaient tout en œuvre pour que le « projet parental » soit un succès, mais qu'en aucun cas ils ne garantissaient un résultat.

Pour Gabriel, la chose était évidente, on était dans le cadre d'une obligation typiquement de moyens et non de résultat ; il se serait bien passé de ce genre d'avertissement, mais chaque patient n'était pas avocat.

Peu après, ils furent pris en charge par une infirmière, qui passa en revue les documents qu'ils venaient de remplir.

Elle était rompue à l'exercice et débitait son laïus de la même façon qu'une hôtesse de l'air donne les consignes de sécurité avant le départ d'un vol.

Elle insista longuement sur l'absence de garantie de succès ; c'était à croire qu'ils avaient dû faire face à une quantité non négligeable de récriminations ou de poursuites à cet égard.

Puis elle leur expliqua la suite du déroulement de cette consultation préliminaire : une entrevue avec le directeur du centre, puis des analyses, prises de sang et, éventuellement, injections pour favoriser, chez l'un et chez l'autre, les meilleures chances de fécondation.

Bien entendu, cela dépendait de la période d'ovulation d'Amandine, mais il fallait s'y préparer à l'avance, ce que l'infirmière confirma en disant :

— De toute façon, de telles injections, pour avoir des bébés, ça peut mal !

Devant l'air interloqué de Gabriel et d'Amandine, elle se souvint qu'elle n'avait pas affaire à des ressortissants belges et précisa :

— Ça ne peut pas faire de mal. Ça peut mal, c'est typiquement belge comme expression.

Soupir de soulagement tant chez Amandine que chez Gabriel.

— Je devrais m'en souvenir, ça fait toujours cet effet-là aux Français !

Ne vous en faites pas, tout va très bien se passer, et vous allez nous faire un superbe enfant, c'est sûr !

Elle regarda sa montre et dit :

— Le directeur va bientôt vous recevoir, il va vous expliquer tous les détails, vous faire signer les contrats reprenant votre projet parental, et tout le reste.

Ils se regardèrent, n'ayant pas l'habitude, l'un comme l'autre d'être ainsi pris en charge.

Ils se laissaient porter par le courant ; la discussion avec le directeur serait très certainement fructueuse en termes de questions à poser.

On vint rapidement les chercher pour les amener au bureau du Directeur, qui les accueillit sur le seuil de sa porte :

— Madame MacLane, Monsieur Rossetti, je suis le Docteur François Maka, c'est un plaisir de recevoir des patients du Docteur Goossens, entrez donc, je vous prie.

Gabriel et Amandine prirent place dans les fauteuils réservés aux visiteurs. Le bureau était situé à l'étage, ce fameux étage dont les vitres étaient partiellement occultées par des bandes opaques.

— Alors, comme ça, vous avez un projet parental ? C'est formidable ! Il n'y a rien de mieux que de transmettre la vie, et ici, on aide depuis le début des années quatre-vingt les gens à y parvenir.

Sans vouloir me vanter, j'ai fait partie de l'équipe du Professeur De Wolfe depuis quasi les premières fécondations in vitro effectuées en Belgique.

Avec le Docteur Goossens, du reste, même s'il a préféré se tourner depuis quelques années vers la pratique plus générale en cabinet. On reste en contact et c'est un bon ami à moi.

— Docteur, comme vous vous en doutez, on se pose pas mal de questions, surtout moi, parce que j'ai bien compris que la part de Gabriel ne sera pas la plus pénible…

— Mais c'est bien naturel, chère Madame, et c'est précisément pour ça que nous nous rencontrons avant d'aller plus loin dans les démarches.

Je suis là pour répondre à vos questions, allez-y.

— Eh bien voilà, je sais que ça ne marche pas toujours du premier coup, et qu'il faut souvent plusieurs tentatives. Est-ce que, à chaque fois, il faut refaire des prélèvements et créer des embryons ?

— C'est une question qu'on nous pose souvent. Non, il ne faut pas refaire à chaque fois tous les prélèvements ni les cultures. Lorsqu'on a prélevé des ovocytes et qu'ils sont fécondés, ça nous donne plus d'embryons que nécessaire pour la première implantation.

D'autant qu'on se limite pour la première tentative à un embryon et les suivantes à deux, en général.

Cela dit, le processus de congélation des embryons surnuméraires entraîne malheureusement une détérioration au moment de la décongélation : en moyenne, on a un taux de perte d'environ 25 %, et il faut aussi savoir qu'un embryon cryopréservé donne moins de chances d'implantation réussie qu'un embryon frais.

Mais cela dépend de votre volonté et bien sûr il y a un coût lorsqu'on répète l'intégralité du processus depuis le début. C'est pour ça qu'on conserve les embryons surnuméraires.

Gabriel intervint :

— Je comprends. Et, une fois que l'implantation a réussi, que faites-vous des embryons surnuméraires restants ?

— La loi de 2007 est très claire à cet égard : soit vous décidez de les détruire, soit vous décidez de les conserver, pour un projet futur. Vous pouvez également en faire don à la science, ou alors les mettre à disposition d'autres potentiels parents, de façon anonyme, bien entendu. Des gens qui ont besoin de donneurs, parce qu'il y a double stérilité, par exemple.

Ces dons sont anonymes, gratuits, et on essaie de faire correspondre le mieux qu'on peut les profils génétiques des donneurs et des receveurs.

Du reste, tous ces points doivent être repris dans la convention que vous allez signer avec le centre.

Il vint à Amandine une question supplémentaire, à laquelle elle n'avait pas encore pensé :

— Docteur, en ce qui concerne les maladies génétiques, comment est-ce que ça se passe ?

— Eh bien, tout ce qui se rapproche de l'eugénisme est interdit par la loi, comme vous vous en doutez, mais on peut faire, je vous le conseille d'ailleurs, un diagnostic génétique préimplantatoire.
Et le diagnostic préimplantatoire axé sur la sélection du sexe n'est théoriquement permis que pour écarter les embryons atteints de maladies liées au sexe.

— Théoriquement ?

Le Docteur Maka eut un sourire gêné :

— Je n'aurais pas dû vous dire ça, c'est un abus de langage. Disons qu'avant la loi de 2007, il n'y avait pas grand-chose d'encadré, et que les comportements ont changé depuis…

— Je vois. J'imagine qu'au début, vous étiez plus préoccupés par la réussite de la technique en elle-même ?

— Oui, on défrichait une terre totalement inconnue.

— Tiens, Docteur, je suis curieuse, tous les dossiers des gens ayant eu recours à la fécondation in vitro, vous les conservez, j'imagine, surtout quand ça a dû avoir trait aux premiers, non ?

Maka était un peu interloqué par cette question et répondit, après quelques secondes :

— On a des archives au sous-sol, où votre dossier ira rejoindre les autres cas que nous avons traités, et effectivement, on les conserve, même s'ils ne ressortent quasiment jamais des archives après y être entrés…

Il fit une pause et reprit :

— Donc, en ce qui concerne les embryons surnuméraires, avez-vous déjà une idée de ce que vous souhaitez en faire ?

— Eh bien, Docteur, j'ai lu dans la presse féminine qu'il était arrivé un cas en Angleterre il y a quelques années de jumeaux nés à plusieurs années d'écart, et je vous avoue que je trouve ça un peu dérangeant de courir ce risque…

Maka ne se démonta pas le moins du monde :

— Je vous comprends, Madame, mais sachez que c'est extrêmement rare et souvent monté en épingle par les médias.
Donc, j'imagine que vous ne voudrez pas conserver les embryons, dans ce cas ?

— Oui, c'est ça Docteur.

Maka entra quelques mots sur son ordinateur :

— Je remplis les cases qui doivent l'être dans la convention, que vous allez pouvoir signer sous peu.
On fait donc un diagnostic préimplantatoire, également ?

— Bien sûr, Docteur.

Après quelques autres questions, et non sans les avoir préalablement informés des coûts des procédures, qui pouvaient grimper très rapidement à six mille euros - dans un scénario optimiste - il imprima la convention en deux exemplaires, que Gabriel et Amandine examinèrent, puis signèrent.

— Maintenant, il ne vous reste plus qu'à aller, chacun de votre côté, procéder aux prises de sang, prélèvements et injections.

Gabriel et Amandine se regardèrent. C'était difficile de reculer à présent.

46.

Dès qu'Amandine et Gabriel sortirent du bureau du Docteur Maka, ils furent pris en charge par une infirmière au prénom prédestiné - Marie-Rose - qui les plaça chacun dans une salle séparée.

Amandine dut répondre à une panoplie de questions sur la régularité de ses cycles, sa connaissance de sa période d'ovulation : elle y répondit du mieux qu'elle put.

On lui fit une prise de sang et l'infirmière s'absenta quelques minutes, promettant de revenir avec une injection d'œstrogènes, pour favoriser la fécondité.

De son côté, Gabriel eut droit à la prise de sang, et on lui indiqua également qu'une injection allait lui être faite, pour favoriser sa fécondité.

Amandine patientait, allongée sur le lit de consultation, en regardant tout autour d'elle : tout cela ressemblait à un cabinet médical tout à fait traditionnel.

L'infirmière revint, seringue à la main et lui fit un grand sourire, en la prévenant que la piqûre risquait d'être douloureuse, et qu'il faudrait qu'elle reste assise pendant une demi-heure environ après l'injection, pour s'assurer que les œstrogènes circulent parfaitement.

Elle procéda à l'injection ; effectivement, ça faisait mal !
Amandine essayait de se détendre, en indiquant à l'infirmière :

— Je vous préviens, Gabriel, comme tous les hommes, est très sensible aux piqûres… Une vraie chochotte !

— Ne vous en faites pas, on a l'habitude.

L'infirmière passa dans la salle d'à côté et procéda à l'injection sur Gabriel.

La consigne était identique, il ne devait pas bouger durant une demi-heure.

En fait, il ne fallut pas une demi-heure pour que les injections fassent effet : au bout de quelques minutes, ils tombèrent, l'un comme l'autre, profondément endormis.

47

— André ? C'est François.

   — Qu'est-ce qu'il y a ?

   — Tu avais raison pour ta patiente. C'est une fouille-merde, elle m'a posé des questions sur la possibilité d'avoir des jumeaux à plusieurs années d'écart et sur la conservation des dossiers…

On n'est pas dans la merde…

   — Nom de Dieu, ils vont finir par trouver quelque chose. Déjà que j'ai les mères sur le dos, il me manquait plus que ça…

Une chance que j'ai fait le lien avec le nom de famille de MacLane…

   — André ne t'en fais pas, je me suis occupé de tout.

   — Hein ? Qu'est-ce que tu racontes ?

   — Ils ont été anesthésiés et je les ai fait transporter dans l'ambulance habituelle chez le vieux.

Goossens n'en croyait pas ses oreilles.

   — Mais tu es complètement malade ou quoi ?

Je t'ai dit que j'avais les mères sur le dos, tu penses que personne ne va se poser de questions sur leur disparition ?

Ils vont forcément faire le lien, et on va être dans une merde noire.

Je le savais que ça nous péterait à la gueule, tout ça !

   — André. On n'a pas le choix. Tu sais très bien ce qui est en jeu, non ?

Avec toutes les casseroles qu'on traîne, on risque, de toute façon d'en prendre pour perpéte.

Alors, si ça peut nous éviter d'en arriver là, ça sera un moindre mal.

On pourra toujours maquiller ça en crime crapuleux, ça ne serait pas le premier couple de touristes qui se ferait détrousser et tuer, hein…

On n'aura qu'à dire qu'ils sont venus consulter, mais qu'après ils ont quitté le centre. Avec tout le trafic qu'il y a, on ne les aura pas vus sortir. Et tu sais qu'on peut faire confiance à Marie-Rose, elle ne parlera pas.

Elle est dans la même galère que nous.

— Eh oh ! Moi je marche pas là dedans ! Tu me parles de meurtre, là !

— Avec tout ce que le vieux nous a fait faire depuis trente ans, tu penses sérieusement que ça fait une différence ?

Crois-moi, si l'opinion publique apprend, ne serait-ce que le tiers de la vérité, on sera brûlés sur la place publique. Alors un double meurtre, je te le dis, ça ne changera pas grand-chose.

— Ça va trop loin, François…

André commençait à sérieusement paniquer.

Tout ce qu'il avait pu faire avec De Wolfe lui paraissait pourtant infiniment moins grave ; après tout, il ne s'agissait que d'embryons, là, c'était autre chose…

Et puis, ils faisaient avancer la science.

— André ?

— Je suis toujours là…

— On ne peut pas faire machine arrière. Et on en a profité plus que largement. Tu ne voudrais pas tuer la poule aux œufs d'or, hein ? Ni finir tes jours en prison ?

— Tu… Tu as raison.

48.

Peter n'avait pas la tête au travail aujourd'hui.

Il avait passé toute la matinée en réunion et n'avait écouté que d'une oreille distraite le récapitulatif de l'avancement du projet de déploiement du logiciel conçu pour la commission européenne, dont il supervisait l'implantation.

Il ne cessait de repenser à ce que sa femme lui avait confié, la veille au soir, dans l'intimité de leur chambre à coucher, loin des oreilles d'Amandine et de Gabriel.

Comme elle le lui avait annoncé deux jours avant, elle avait rencontré cette femme, Anne Lafontaine, qui avait porté son autre enfant, la jumelle parfaite d'Amandine.

Il pouvait comprendre ses motivations. Jusqu'à un certain point, il les partageait.

Il aimait Hélène pour son côté Saint-Bernard ; elle ne pouvait pas s'empêcher d'aider les gens, même si elle ne les connaissait pas. Et plus encore ceux avec qui elle partageait un lien.

Autant dire qu'en matière de lien, celui qui l'unissait à Anne Lafontaine était fort.

Ce qu'il avait plus de mal à digérer, c'était les pseudo-explications du gynécologue, André Goossens, que les deux femmes avaient rencontré.

La promesse d'exhumer un vieux dossier, il n'y croyait pas.

Il n'y avait là aucune garantie que le dossier n'ait pas été préalablement expurgé de tout ce qu'il pouvait contenir de compromettant.

Par ailleurs, l'hypothèse d'une « bête erreur », avec des scientifiques de haut calibre, il n'achetait pas non plus.

Certes, des bavures existent et se produisent, mais il était persuadé que la rigueur scientifique nécessaire au processus de fécondation in vitro n'avait pu laisser de place à une erreur. Involontaire en tous cas.

Au fur et à mesure que sa réunion s'éternisait, une évidence s'imposait de plus en plus à lui : pour connaître la vérité, il faudrait employer une méthode plus « musclée ».

Et ça, même s'il n'avait pas pratiqué depuis des années, c'était comme le vélo, ça ne s'oubliait pas.

Il aurait pu ruminer encore longtemps sur la stratégie à adopter, mais un SMS de sa femme le poussa à agir sans délai : « Amandine ne répond pas au téléphone… Pas revenue du centre de FIV ».

Lorsqu'Hélène lui avait fait part des intentions d'Amandine, tout en ne pouvant s'empêcher de tirer une certaine fierté du culot de sa fille, il n'en avait pas moins ressenti de l'inquiétude.
Or, quoi qu'il arrive et où qu'elle soit, elle répondait toujours à ses parents lorsqu'ils appelaient ; c'était l'une des rares habitudes que Peter avait imposées très tôt dans l'adolescence à sa fille.
Le fait qu'elle ne réponde pas signifiait qu'il se passait quelque chose. Quelque chose d'anormal.

Peter précipita la fin de la réunion qui s'éternisait inutilement, sortit prestement de la salle, attrapa ses clés de voiture sur son bureau et partit en direction du cabinet de Goossens, en ayant un seul but en tête : le faire parler.

Il s'était garé sur la contre-allée de l'avenue Louise et descendit de sa voiture.
À ce moment précis, il reconnut Goossens, dont le visage avait été très facile à trouver sur internet - il avait multiplié les publications et les conférences.
Il sortait en vitesse de l'immeuble où était situé son cabinet.
C'était à croire qu'il avait vu un fantôme.

Il lui emboîta le pas mais n'eut pas le temps de l'attraper : il s'était engouffré dans sa voiture et avait quitté précipitamment son stationnement.

Peter tourna les talons et retourna en vitesse à sa voiture.

C'était l'heure du déjeuner, mais il était à peine midi ; si Goossens était si pressé, ça n'était certainement pas parce qu'il était en retard au restaurant. Il devait y avoir autre chose.

Goossens se rendait au centre universitaire de fécondation in vitro, celui-là même qu'Hélène avait mentionné lorsqu'elle avait raconté à Peter l'enquête menée par Amandine.
L'endroit était manifestement très fréquenté et Peter n'eut d'autre solution que d'attendre qu'il en ressorte.
Difficile pour un homme seul, de son âge, de rentrer dans un tel endroit sans attirer l'attention.

Au bout de vingt minutes, d'un pas toujours pressé, Goossens ressortit finalement et se dirigea vers sa voiture, garée derrière celle de Peter.
Cette fois, Peter ne comptait pas le laisser partir. Il sortit prestement de sa voiture et se plaça sur la trajectoire de Goossens.

Arrivé à sa hauteur, alors que ce dernier, tellement préoccupé par ses pensées ne l'avait même pas remarqué, il lui rentra dedans d'un coup d'épaule digne d'un plaquage de rugbymen.
Le coup avait été volontairement appuyé par Peter, si bien que Goossens virevolta avant de trébucher, le souffle coupé.
Peter le rattrapa avant qu'il ne tombe et le serra contre lui.
Il dit à voix haute, à l'attention des passants, dont la plupart n'avaient même pas fait attention à l'incident :

— Oh ! Je suis désolé !

Et à voix basse, il chuchota à l'oreille du médecin :

— Toi et moi, il faut qu'on parle.

Soit tu montes gentiment dans ma voiture, soit je te brise les cervicales.

Goossens peinait à reprendre son souffle, d'autant plus que la pression du bras de Peter se faisait de plus en plus forte.

Quand bien même il n'aurait pas été hors d'état de s'enfuir, le regard froid, glacial et décidé de Peter l'aurait convaincu à lui seul.

De son bras libre, Peter ouvrit la portière passager de son véhicule et installa Goossens sur sa banquette arrière.

Il prit place à ses côtés :

— Avant que tu ne penses à t'enfuir, laisse-moi te préciser que je ne te mens pas en ce qui concerne tes cervicales. Je peux te les briser sans bruit et personne n'y verra rien.

J'ai passé six ans chez les SAS, ça te dit quelque chose ? Special Air Service. Notre devise est « Qui ose, gagne. »

Et comme tu vois, j'ai osé.

Goossens était pétrifié. Il avait repris - difficilement - son souffle, mais il était incapable de dire un mot.

Les yeux de Peter ne laissaient aucune place au moindre doute sur ses intentions.

Il était effrayant de détermination.

Alors que Peter pressait l'avant-bras de Goossens avec une emprise qui ressemblait à un étau, il dit :

— Je vais te dire mon nom. Et je pense que ça déliera ta langue.
Je m'appelle Peter MacLane.

Là, Goossens devint carrément livide.
Peter relâcha la pression sur l'avant-bras de Goossens.

— MacLane ? Comme Hélène MacLane ?

— Oui, et comme Amandine MacLane aussi.

— J'ai dit tout ce que je savais à votre femme. Justement…
Justement, j'étais au centre pour leur demander de retrouver le
dossier vous concernant…

— Et en enlever tout ce qui a trait aux manipulations que vous
avez faites ? Tu te moques de moi, bien sûr.
OK.

Peter refit pression sur l'avant-bras de Goossens, mais cette fois-
ci en enfonçant ses doigts sur les veines et les tendons proches du
poignet.

Goossens se mit à hurler et Peter attrapa sa main libre qu'il
plaqua contre la bouche et le nez de Goossens, l'empêchant ainsi
de respirer.
Pendant de longues secondes.
Quand il commença à tourner de l'œil, il desserra son étreinte et
lui permit de respirer à nouveau.
Il cherchait l'air comme quelqu'un qui sort d'une apnée trop
prolongée, cherchant instinctivement à emplir ses poumons le plus
vite possible.
Quand il put enfin parler, il poursuivit :

— D'accord ! C'est vrai que j'ai utilisé des embryons congelés
pour féconder Anne Lafontaine.
Elle voulait absolument que nous fécondions des ovocytes d'une
donneuse avec les spermatozoïdes de son mari, mais je n'en ai pas
eu le temps, alors j'ai fouillé dans le fichier génétique de De Wolfe
pour y trouver la meilleure correspondance et c'est vos embryons
qui sont sortis comme meilleur résultat. Rien de plus.
Je… Je vous le jure, il n'y a rien d'autre que ça.

— Que ça ? Tu as congelé sans notre autorisation des embryons
nous appartenant et, toujours sans notre autorisation, tu les as
implantés chez une autre femme ? Tu trouves que ça n'est rien,
ça ?

Peter commençait à perdre son contrôle et resserra son
empreinte sur le poignet déjà tuméfié de Goossens.

Il reprit néanmoins rapidement ses esprits. Conserver le contrôle, surtout en situation de grand danger ou de forte tension émotionnelle avait été l'une des parties les plus difficiles de son entraînement, à côté de laquelle les souffrances physiques endurées n'étaient rien.

Il en gardait de beaux restes et réussit à faire baisser son rythme cardiaque, tout en se concentrant sur son but : faire parler Goossens.

Et il avait encore besoin d'informations. Au sujet d'Amandine.

— Tu ne m'as pas encore parlé de ma fille.
Je sais qu'elle est venue ce matin au centre.
Et qu'elle aurait dû en ressortir depuis longtemps.

— Je... Je n'en sais rien. Je lui ai rédigé une recommandation pour venir consulter ici, c'est tout ce que j'ai fait.

Peter, qui avait relâché son étreinte considéra le médecin quelques instants.

Puis, à la vitesse de l'éclair, il porta du plat de sa main un coup puissant au plexus de Goossens, dont les yeux se révulsèrent instantanément.

Il jeta un œil alentour : personne ne se souciait de ce qui se passait à l'intérieur du véhicule, d'autant que les vitres arrière étaient légèrement fumées et que la faible luminosité extérieure augmentait leur discrétion.

Tout en regardant dehors, il remarqua la moto de Gabriel, facilement reconnaissable ; les grosses cylindrées allemandes étaient relativement rares à Bruxelles.

Même si Goossens était paniqué, Peter était convaincu qu'il ne lui disait pas tout.

Il était temps de passer à la vitesse supérieure.

Peter saisit à nouveau le poignet de Goossens et attrapa cette fois-ci également son index, qu'il commença à relever, jusqu'à être proche du point de rupture.

Goossens devint livide. Il commençait à être mûr, se dit Peter.

Effectivement, la perspective d'être blessé de façon plus durable que de simples coups eut de l'effet :

741

— Arrêtez, arrêtez ! Je vais tout vous dire !

Votre fille est venue ce matin, avec son conjoint. C'est vrai.

Elle en savait déjà énormément... Le directeur du centre les a emmenés chez De Wolfe...

C'est... C'est là qu'ils sont.

Je n'y suis pour rien ! C'est une idée de Maka !

— Quelle idée ?

Dans un souffle, Goossens avoua enfin tout ce qu'il savait :

— Il veut... Se débarrasser d'eux... ! Pour continuer le trafic avec De Wolfe...

Tous les entraînements du monde ne purent rien contre l'accès de fureur qui monta chez Peter.

Il brisa net l'index de sa victime qui se mit à hurler.

— Tu vas m'emmener là-bas. Tout de suite.

49

Amandine et Gabriel avaient été évacués en ambulance, au vu et au su de tout le monde.

Agir ainsi était le meilleur moyen pour passer inaperçu.

François Maka avait accompagné les ambulanciers, pour « veiller » sur ses deux patients.

Dès qu'ils arrivèrent au domicile de De Wolfe, ils débarquèrent les deux civières et les placèrent dans une grande salle, qui avait tout d'un bloc opératoire.

Une fois les ambulanciers repartis, François prit soin d'attacher Amandine et Gabriel aux lits où ils avaient été placés.

L'anesthésie devait encore faire effet pendant quatre heures.

C'était le temps qui lui restait pour trouver comment se débarrasser de ces curieux.

Mais il fallait d'abord prévenir De Wolfe.

Après s'être assuré que les liens étaient bien arrimés, il sortit de la salle et se rendit à l'étage, au bureau de son mentor.

— Louis, on a un problème.

De Wolfe leva le nez des papiers dans lesquels il était plongé et, remontant ses lunettes, il répondit à François :

— Que se passe-t-il, François ?

— André et moi, on s'est fait poser beaucoup de questions sur deux de nos premières FIV.

La première, ce n'est pas grave, c'était une procédure tout à fait normale, mais c'est la seconde qui est problématique. On a implanté un embryon à une patiente sans l'autorisation des donneurs, qui n'étaient même pas au courant. Et ils s'en sont rendu compte, avec des analyses ADN…

Ces deux FIV ont généré, à deux ans d'écart, de parfaites jumelles…

— Et alors ? On l'a fait cent fois depuis, personne ne s'est rendu compte de rien, non ?

— Louis… Justement, c'est bien là le problème : tu imagines si ça s'apprenait ?
Et je ne te parle pas des manipulations sur les embryons… Ils auront tôt fait de tout découvrir…

Louis De Wolfe réfléchit pendant un bref moment :

— On a profité de l'absence de cadre légal. Au pire, c'est ce qu'on dira.
Et puis quoi ? On a fait avancer la science, trouvé des moyens d'améliorer la nature !
On devrait nous remercier pour ça !

— Louis, l'encadrement des procédures, l'opinion publique, tout ça a changé !

— Et tu vas écouter le bon peuple, toi ? Tu sais bien que ce ne sont que des ignares !
Si c'était pour ça que tu es venu me déranger, ce n'était pas la peine de te déplacer !

— Il y a autre chose.
La fille d'une de ces femmes est ici, avec son mari.
Elle enquêtait d'un peu trop près…

— Et tu les as amenés ici ? Es-tu malade ?

— Ils sont tous les deux anesthésiés pour encore quatre heures au moins…
Je pense qu'il faudrait se débarrasser d'eux. Et faire passer ça pour un crime crapuleux.

On n'a pas d'autre choix, sinon tout va se savoir. Et, quoi que tu en penses, tu n'es plus au contact de la réalité ces dernières années… Ça a énormément changé…

— Maintenant, c'est toi qui vas m'apprendre mon métier ?
J'ai commencé à faire de la génétique alors que tu n'étais qu'un gamin.
Sans moi, tu ne serais rien. Rien du tout !

Il marqua une pause, puis reprit :

— Mais, j'y pense. Tu dis que cette fille est une enfant que nous avons conçue ?

— Oui. MacLane, Amandine MacLane.

— MacLane ?
Je me souviens. Ses parents l'ont appelée comme le premier bébé éprouvette français, sans même le savoir…
On avait pratiqué un diagnostic préimplantatoire sur ces embryons, ça me revient, maintenant.

Son visage s'éclaira :

— C'était l'une des premières fois ou nous avions testé avec succès les risques de maladies génétiques. Les embryons étaient à risque puisque le père avait une anomalie chromosomique. On avait fait ça avant tout le monde. Avant même que d'autres équipes de recherche n'y aient pensé.
François ! Prépare la salle d'opération, il faut absolument faire une biopsie de la paroi ovarienne de cette fille.
C'est la première et sûrement la seule fois qu'on aura une occasion pareille !

François ne savait plus quoi penser. De Wolfe était fidèle à lui-même, tendant vers un unique but, faire avancer ses recherches, quel que soit le prix à payer…

— Qu'est-ce que tu attends ? Tu ne voulais pas qu'on s'en débarrasse, de toute façon ?

50.

François était redescendu au sous-sol de la maison, où se situait la salle d'opération, mais également les immenses réfrigérateurs qui contenaient des milliers d'embryons, de gamètes, d'ovocytes, bref tout le matériel nécessaire aux expériences faites par De Wolfe, qu'il poursuivait en toute tranquillité depuis qu'il était à la retraite.

Le centre que dirigeait aujourd'hui François Maka approvisionnait en « chair fraîche » De Wolfe depuis des années.

Non seulement il poursuivait ses activités de recherche fondamentale, son objectif étant de permettre aux parents d'avoir des enfants parfaits et dépourvus de toute maladie génétique, mais également de leur offrir le choix : sexe, taille, couleur des yeux. Un service à la carte, dont François monnayait déjà au prix fort une bonne partie du menu, à une clientèle dont le désespoir se muait rapidement en d'infinies possibilités… Et ça marchait bien. Très bien même, car ce qui était offert collait tout à fait à l'évolution de la société de consommation. Tout et tout de suite. Maka l'avait compris et en profitait allègrement.

Même s'il avait beaucoup appris de De Wolfe, qui restait le meilleur dans son domaine, leurs destinées étaient liées. Il ne pouvait pas se passer de ses avancées incessantes. D'autant plus qu'il les commercialisait à prix d'or.

En ce qui concernait le business, c'était François l'expert.

C'est donc sans aucun remords qu'il déplaça dans une salle d'examen le lit sur lequel Gabriel était sanglé et qu'il prépara ensuite la salle pour pratiquer la biopsie décidée par le vieux professeur.

51.

Peter s'était montré suffisamment convaincant lors de l'interrogatoire musclé d'André pour que ce dernier lui indique le chemin de la maison où Amandine et Gabriel étaient retenus.

Il semblait vouloir coopérer avec son ravisseur.

Il faut dire que Peter était non seulement persuasif, mais surtout déterminé.

André, qui n'avait pas l'étoffe d'un héros, ni encore moins celle d'un délinquant d'habitude, avait cédé très facilement.

Même s'il était mouillé jusqu'au cou dans le trafic d'embryons, il avait vite réalisé que sa coopération serait une planche de salut, d'autant qu'il ne pouvait se résoudre à cautionner un double meurtre, quoi qu'en pense Maka.

Arrivés devant l'imposante bâtisse, Peter gara son véhicule, quelques mètres après l'entrée.

Il ouvrit sa boîte à gants et se saisit de ce qui ressemblait à un brise-glace, qu'utilisent les secours pour briser les parebrises des véhicules accidentés.

Sauf que ce modèle contenait également une lame de dix centimètres, munie d'un cran d'arrêt.

— On va y aller, toi et moi.
Prie pour qu'il ne leur soit rien arrivé.

Goossens se contenta de hocher machinalement la tête, sans pouvoir quitter des yeux le couteau de Peter.

Il avait eu l'occasion de goûter au savoir-faire de ce dernier à mains nues et préférait ne pas imaginer ce dont il serait capable avec un couteau.

Il ne pensait plus qu'à une chose : survivre jusqu'à ce soir.

Ils descendirent du véhicule et Peter dit :

— Il y a des gardes ? Des chiens ?

Pour les chiens, c'était peu probable, d'autant que le portail était grand ouvert, mais Peter savait qu'un chien bien dressé pouvait très bien rester sur son territoire, même non clôturé.

André rit nerveusement :

— Ce n'est pas une forteresse ici… Personne ne sait ce qui se passe au sous-sol, et la plupart des gens qui s'y rendent paient suffisamment cher pour qu'il n'y ait pas besoin de se prémunir d'intrus.

— Combien de personnes dans la maison ?

— La plupart du temps, il n'y a que De Wolfe.

Peter ne dit plus un mot. Il évaluait l'environnement alors qu'il approchait en longeant le chemin qui menait à la maison. Autant rester discret.

L'entrée principale de la maison se situait en haut d'une large volée d'escaliers. Une grande porte vitrée ceinte de fer forgé dont les intersections formaient des losanges. Même en brisant la vitre, qui semblait épaisse, ils ne pourraient pas rentrer si la porte était verrouillée.

À gauche des escaliers se trouvait ce qui ressemblait à une entrée de service, située au niveau du sol.

Instinctivement, Peter montra, d'un geste du menton, cette porte à Goossens, qui lui répondit :

— C'est l'entrée de service, qui mène tout droit au labo.

La porte était munie d'un digicode, dont la diode rouge allumée indiquait vraisemblablement qu'elle était verrouillée.

Sans même se demander si Goossens connaissait le code, Peter lui intima :

— Ouvre cette porte.

Son intuition avait été bonne : André s'approcha et tapa une combinaison de quatre chiffres : 2504.

La porte se débloqua.

Il ne restait plus qu'à entrer. Et retrouver Amandine et Gabriel.

Ils étaient dans un couloir éclairé par des néons, qui donnaient à l'endroit une atmosphère clinique, visiblement prédestinée, se dit Peter.

Il chuchota :

— Disposition des lieux.

Goossens lui expliqua que les frigos se trouvaient à gauche, la salle d'examen à droite et la salle d'opération à droite également, mais au fond du couloir.

Sans hésiter et tout en tenant Goossens par le col, Peter avança, prêt à se servir de lui comme d'un bouclier humain, en cas de besoin.

Ils passèrent la porte de la salle de consultation, que Peter ouvrit sans faire de bruit.

Gabriel était là, sanglé sur un lit d'hôpital, dormant comme un bébé.

— Détache-le.

Goossens s'exécuta sans dire un mot.

La salle de consultation était attenante à la salle d'opération.

Peter jeta un coup d'œil à Gabriel : il ne lui serait d'aucune utilité dans un avenir proche, mais au moins, il était sain et sauf. Il apostropha Goossens :

— Tu peux le réveiller ?

— Non. Pas avant une heure ou deux. Et le secouer n'y changera rien. À part faire un tintamarre de tous les diables.

— OK. Assure-toi qu'il va bien. Et ne bouge pas d'ici. Pas la peine de te rappeler que je saurais te retrouver si tu t'enfuis, n'est-ce pas ?

Goossens leva les deux mains à hauteur de sa poitrine et les agita pour confirmer son intention de ne pas bouger. Il grimaça au passage, ayant machinalement oublié sous l'effet de la tension qu'il avait un doigt brisé.

Peter approcha de la porte, qui ne disposait d'aucune vitre permettant de voir de l'autre côté.

Il tourna délicatement la poignée, ouvrit la porte et, en une seconde fut dans la salle d'opération.

Ses pires craintes se réalisèrent.

Amandine était étendue, entourée de part et d'autre par deux hommes, dont l'un manipulait une pince qui lui apparut gigantesque.

Malgré les masques chirurgicaux et les bonnets, il observa que l'opérateur des pinces était manifestement plus âgé que l'autre. Les deux avaient le regard fixé sur un écran. Peter n'était pas médecin, mais il savait comment se pratiquait une intervention sous endoscopie, ce qui était manifestement le cas.

Alors qu'instinctivement, De Wolfe se retournait, Peter fondit sur lui et, d'une manchette de la main fit tomber la pince à biopsie qu'il brandissait.

D'un geste du plat de la main, il projeta le médecin à l'autre bout de la pièce, qui heurta avec fracas une armoire avant de s'effondrer à terre.

Peter était à présent face à l'autre chirurgien, qui s'était instinctivement saisi d'un bistouri et le brandissait, au-dessus du corps d'Amandine.

Impossible d'enjamber Amandine, qui gisait là, inanimée et avec un endoscope en elle.

Peter eut un moment d'hésitation et fixa alternativement les yeux de cet inconnu, le bistouri qu'il tenait et Amandine.

François s'en était rendu compte, mais ne savait que faire : il continuait à brandir l'instrument chirurgical et cherchait une échappatoire. Il commença à se déplacer latéralement, pour arriver au niveau du visage d'Amandine.

Machinalement, Peter se mit également en mouvement, mais, alors que d'instinct dans ce genre de situations la plupart des gens cherchent à maintenir la distance physique les séparant, il se rapprocha du chirurgien.

L'idée qu'un bistouri se rapproche du visage et de la gorge de sa fille…

Les deux hommes se regardaient, toujours sans échanger le moindre mot.

Le silence fut rompu par Goossens, lorsqu'il fit irruption dans la pièce :

— François ! Arrête ! Ça ne sert plus à rien…

Involontairement ou pas, Goossens avait fait diversion et Peter en profita pour attraper le bras armé de son adversaire et le désarmer avec l'efficacité d'une machine. Arme à feu, couteau, bistouri, la procédure était quasiment la même.

En un éclair, François Maka se retrouva désarmé et recula instinctivement, jusqu'à se coller à la paroi du bloc. Impossible d'aller plus loin. Et son adversaire fondait sur lui.

Peter attrapa le chirurgien à la gorge et commença à presser.

Il était sur le point de le tuer.

Goossens s'écria :

— Arrêtez ! Vous allez le tuer !

— Il n'aura que ce qu'il mérite.

Maka gesticulait et essayait, tant bien que mal d'attraper le bras de son agresseur, mais ses forces s'en allaient, tout comme l'oxygène commençait à lui manquer.

Sans relâcher le moins du monde son étreinte, Peter regarda Goossens :

— Assure-toi que ma fille va bien.

Goossens accourut au chevet d'Amandine.

Peter avait finalement légèrement desserré son étreinte sur Maka, mais le gardait sous son emprise, comme s'il s'était agi d'une poupée de chiffon, plaquée contre le mur.

Goossens enfila une paire de gants chirurgicaux et, après un bref coup d'œil à l'endoscope, libéra Amandine de ce lien.

Après l'avoir examinée, il dit : elle va bien. Elle se réveillera avec une gêne ou une légère douleur due à l'endoscopie, mais tout devrait bien aller.

Peter respira profondément et, seulement après relâcha Maka, qui tomba à terre, les yeux révulsés et cherchant à reprendre son souffle.

Il sortit son téléphone et appela sa femme :

— Hélène ? Amandine va bien. Je t'expliquerai.

Et il raccrocha, pour immédiatement appeler la police.

52

Lorsque Gabriel se réveilla, dans une pièce qu'il ne connaissait pas, mais dont il était sûr qu'elle n'était pas celle de ses derniers souvenirs, il était entouré d'agents de police qui allaient et venaient, entrant et sortant de la pièce en continu.

Il n'avait pas une traître idée de l'endroit où il se trouvait, mais ce qui était sûr, c'est que c'était animé !

Alors qu'il se redressait, il aperçut Peter MacLane, qui entrait dans la pièce :

— Peter ? Qu'est-ce qui se passe ?

— Ce qu'il se passe ?! Vous avez simplement failli vous faire tuer, Amandine et toi !

Gabriel, qui était encore dans le cirage, fut subitement tout à fait réveillé :

— Hein ?

— Avec vos histoires d'enquête, vous vous êtes mis dans une situation pas croyable : les médecins que vous avez questionnés… Ils étaient prêts à vous tuer pour conserver le secret de leurs manigances.
Bon Dieu !
Vous ne pouviez pas en parler à la police ?

— La police ? Allez dire ça à Amandine…
Bon Dieu ! Amandine ! Comment va-t-elle ?

— Elle se réveille, à côté. Ils étaient en train de lui faire je ne sais quel prélèvement au moment où je suis arrivé…

Gabriel se redressa d'un bond et manqua de tomber à terre.

Peter le soutint et l'amena dans la salle d'opérations que la police scientifique commençait à passer au peigne fin :

— Amandine !

— Comment vas-tu ?

— La vérité : je n'en sais rien. Je ne sais pas encore ce qu'ils m'ont fait, mais Goossens était là il y a un instant et m'a assuré qu'ils n'avaient pas eu le temps d'effectuer la biopsie qu'ils comptaient me faire.

Je... J'irai quand même m'en assurer, ailleurs, quand je le pourrai.

— On va t'emmener directement dans un hôpital, un vrai, pour s'assurer que tout va bien.

— Je serai effectivement plus rassurée après ça.

Gab', cette fois, on peut dire qu'on est passés proches...

— Et en prime, on s'est fait balader comme des bleus !

— Ça, tu peux le dire. On ne s'est pas méfiés... Je crois qu'on a encore du chemin avant de devenir des enquêteurs professionnels...

Gabriel posa sa main sur l'épaule d'Amandine et, tout s'approchant d'elle, lui dit :

— C'est en forgeant qu'on devient forgeron, il paraît...

Amandine le regardait sans rien dire. Elle commençait seulement à réaliser à quel point elle avait sans doute frôlé... la mort. Rien que ça.

— Papa. Merci. Sans toi...

— À quoi ça sert un père, si c'est pas à ça ? Et puis, tu le sais, j'en ai vu d'autres. Ceux-là n'étaient pas bien coriaces.

Gabriel reprit :

— Ce qui ne nous a pas aidés : on ne s'est pas méfiés…
Mais, à voir leur réaction, on a dû mettre le doigt sur quelque chose de gros. De très gros, même…

Peter opina :

— Ça fait deux heures que la police s'affaire ici, ils ont embarqué des caisses de dossiers, des ordinateurs, et la police scientifique s'occupe des frigos.
Il semble que vos « amis » étaient spécialisés dans le trafic d'embryons à grande échelle et que le vieux De Wolfe faisait, depuis des années, des manipulations génétiques sur les embryons…
Le reste, maintenant, c'est l'affaire de la police, hein.
Vous m'avez bien compris ?

Il jeta à Gabriel un regard qu'il n'avait jamais vu chez cet homme : froid, déterminé et glacial.
En un instant, Gabriel comprit pourquoi et comment Peter était venu à leur secours.

C'est à ce moment-là que Peeters fit irruption dans la pièce :

— Alors les comiques ? Dans quel bazar vous vous êtes mis cette fois ?
Lorsque j'ai entendu les conversations à la radio mentionnant MacLane, je me suis dit : Johan, ils ont encore mis tout un bazar, ces deux-là…
Décidément, vous n'en ratez pas une, hein dites !
Et vous, vous êtes le papa, j'imagine ?

— Oui. Peter MacLane.

— Eh bien, Peter MacLane, je sais pas ce que t'as fait à Goossens, mais quand il entend ton nom, il se met à suer à grosses gouttes... !

Et j'imagine que ses hématomes et son doigt branlant, c'est un accident, bien sûr ?

— On ne peut décidément rien vous cacher, inspecteur.

Peeters lui lança un sourire goguenard et entendu :

— C'est sûr, un accident, ça arrive tellement vite. M'en parlez pas... !

Allez, c'est une scène d'enquête ici, alors je vous suggère de faire votre réunion familiale chez vous, hein.

Les dépositions, on verra ça plus tard.

53

Amandine fut conduite à l'hôpital le plus proche, où elle eut droit à une batterie d'examens, dont les résultats achevèrent de la rassurer. Tout au plus voyait-on une trace de prélèvement d'ovocytes, mais il était difficile de dire si cette ponction avait été effective ou non.

De toute façon, son père était arrivé à temps et la police avait saisi l'intégralité du matériel, mais aussi des prélèvements, ainsi que le contenu au complet des frigos.

Contrairement à ce qu'André Goossens avait laissé entendre, les dossiers saisis au domicile de De Wolfe étaient extrêmement détaillés ; il avait fait preuve, tout au long de sa funeste carrière, d'une rigueur scientifique sans faille.

Goossens en fit d'ailleurs sa ligne de défense : il prétendait ne pas être au courant de l'étendue des manipulations génétiques ayant cours au centre de fécondation dirigé par Maka.

Le fait qu'il ait d'ailleurs pris ses distances avec le centre et avec De Wolfe joua en sa faveur, même si Peeters, qui fut en charge des premiers interrogatoires, n'était pas dupe.

Ceci dit, Goossens se montra très bavard et coopératif. Après tout, même s'il avait été l'élément déclencheur de la séquestration d'Amandine et Gabriel, l'idée ne venait pas de lui et son « assistance » à Peter MacLane plaidait en sa faveur.

Il ne s'appesantit guère sur les circonstances de sa rencontre avec Peter MacLane, dont la simple évocation du nom par Peeters continuait à lui donner des sueurs froides.

Maka en revanche se montra bien plus difficile à interroger, se retranchant la plupart du temps dans le mutisme le plus total et, lorsqu'il parlait, il présentait systématiquement De Wolfe comme le Deus ex machina, l'autorité à qui il répondait.

Certes, il profitait du trafic et du nombre sans cesse croissant de « demandes spéciales » émanant de parents désespérés ou, pire encore, de parents qui se tournaient volontairement vers la fécondation in vitro afin de s'assurer d'avoir un bébé garanti « sans défaut », alors qu'ils étaient parfaitement en mesure de procréer comme des grands.

À ce sujet, Peeters savait que De Wolfe parlerait, il n'avait aucune inquiétude à se faire.

Non, ce qui l'intéressait le plus, c'était l'enlèvement, en plein jour d'Amandine et de Gabriel.

Maka essaya évidemment de se dédouaner, à ce sujet-là également :

— Ils allaient découvrir le pot aux roses, nous discréditer aux yeux du public et ça allait en être fini de nos activités.

Oh, ce n'est pas tant pour De Wolfe que je m'en faisais, il s'est toujours débrouillé pour trouver de la matière première pour ses expériences de manipulations génétiques...

— Alors, toi, comme ça, parce que deux curieux s'approchent trop près de ton business, tu décides, comme ça, de les supprimer ? Tu es quoi au juste, un médecin ou un tueur à gages albanais ?

— Je... On voulait éviter qu'ils parlent et qu'ils en apprennent plus.

— Eh, dis ! Tu te fous de ma gueule, ou quoi ?

Tu essaies de me faire croire que tu les as endormis, transportés et retenus dans un endroit isolé, juste pour leur faire perdre la mémoire ?

Laisse-moi te dire qu'avec une histoire pareille, tu ne vas pas aller bien loin...

Maka commençait à peine à réaliser l'étendue de ses actes, face à Peeters.

Il allait devoir en assumer les conséquences. Et, curieusement, celles-ci lui apparaissaient bien plus évidentes et lourdes maintenant qu'il était face au policier...

Il s'était laissé emporter par sa volonté de préserver ses lucratives activités ; il avait parié et il avait perdu.

Parié qu'en cas de disparition inopinée des deux curieux, il reste à l'abri des questions…

Plus le temps passait, plus il se dégrisait et percevait la gravité de sa situation.

Tout l'argent accumulé au cours de ces années ne le sauverait pas.

En revanche, charger De Wolfe pourrait l'aider.

— Tout ça, c'est une idée de De Wolfe !

Ça a commencé alors que nous étions ses assistants, fraîchement diplômés… Au début, face à une sommité de son calibre, nous avons été à la fois sous le charme et sous sa coupe. Il a toujours été tyrannique et ne nous a jamais laissé le choix. Ceux qui refusaient de suivre ses instructions ou qui manifestaient la moindre objection à son éthique, se faisaient non seulement jeter dehors comme des malpropres, mais en prime, peinaient à se recaser, De Wolfe étant prompt à « tailler des costards » aux collaborateurs qu'il prenait en grippe.

Et pour ça, il suffisait de ne pas être d'accord avec lui…

À l'énoncé de ce préambule, Peeters était en mesure de déjà deviner l'axe de défense qu'allait très certainement utiliser Maka et son avocat, lorsqu'il interviendrait : le conditionnement durant des années à obéir, un quasi-lavage de cerveau, bref…

Ça ne serait plus son problème, dès lors que le client serait entre les mains des juges.

Maka s'avérait bavard et détaillait minutieusement les activités de De Wolfe.

Tout devrait être vérifié, bien entendu, mais sonnait vrai. Terriblement vrai.

Ça n'exonérait pas Maka de ses fautes, mais ça lui permettrait sans doute d'obtenir une - relative - indulgence de la part du tribunal.

Lorsque De Wolfe fut en état d'être interrogé, il avait manifestement récupéré de sa « rencontre » avec Peter MacLane.

De façon tout à fait prévisible, il assuma et revendiqua ses agissements, sous couvert de faire progresser la science et d'éviter à la société de mettre au monde des « dégénérés », ce qui en disait long sur ses opinions à ce sujet...

Il avait tout du savant fou et, à l'écouter déblatérer ses théories génétiques, Peeters se dit qu'il n'aurait pas déparé durant la seconde guerre mondiale dans un camp de concentration...

Il ne lui inspirait que du mépris et du dégoût. Néanmoins, il fallait constituer le dossier et chaque phrase prononcée par De Wolfe l'incriminait un peu plus encore, si bien qu'il le laissa s'épancher à loisir.

Quand bien même il n'aurait rien dit, l'examen des dossiers saisis à son domicile fit apparaître que, depuis 1980, il avait systématiquement pratiqué des manipulations sur les embryons prélevés, escamoté la plupart des embryons surnuméraires, tenant avec une méticuleuse rigueur une double « comptabilité » dont le seul côté visible aurait dû être celui du centre de fécondation de Bruxelles centre.

Quant au volet « commercialisation », rien ne permettait de relier De Wolfe au trafic. Il ne fallut pas longtemps aux enquêteurs pour accabler le véritable cerveau de la monétisation des recherches du mandarin : tout accablait Maka, à commencer par les clients du centre qui, à l'annonce dans les médias de l'arrestation des protagonistes, devinrent subitement bavards, pour autant qu'on ne les inquiète pas...

Chaque personne impliquée tentait donc de rejeter la faute sur ses complices et ça promettait de longs débats devant le Tribunal, mais ça, ça n'était pas le problème de Peeters.

54.

Gabriel et Amandine étaient attablés à la terrasse d'un restaurant établi dans une ancienne ferme, quasiment en plein cœur d'un quartier résidentiel de Woluwé-Saint-Pierre, en train de déguster la spécialité de l'endroit : du pain de veau.

Alors qu'il s'apprêtait à finir sa bière, Gabriel sourit à Amandine, tout en secouant la tête de gauche à droite :

— Tu es… non. ON n'est pas possible tous les deux…

— Ça. Tu peux le dire. Mais cette fois-ci, alors que tout semblait tranquille, on s'est plus mis en danger qu'en côtoyant des meurtriers ou en enquêtant sur des mafieux notoires…

— Si j'étais une usine à lieux communs, je te dirais qu'il faut se méfier de l'eau qui dort. Notre trio infernal de médecins avait visiblement mis sur pied un trafic plus que lucratif. Avec le vieux savant fou en prime.
J'espère juste que maintenant, on va pouvoir souffler un peu. Tu n'es pas de tout repos à fréquenter, Amandine MacLane !

— J'ai foncé tête baissée. Mon jugement était obscurci parce que j'étais directement impliquée.
Heureusement que mon père a eu la présence d'esprit d'intervenir, sinon…

— Sinon, on ne dégusterait pas ce délicieux pain de veau aujourd'hui, c'est sûr !
Plus sérieusement, je n'imaginais pas ton père en homme d'action comme ça.

— Disons que papa a un passé… Enfin, il n'a pas toujours été derrière un bureau, ni un ordinateur.

Et, même s'il n'en parle jamais, j'ai fini par savoir qu'il avait commencé sa carrière dans les forces spéciales, en Angleterre.

— Ceci explique cela. En tous cas, il n'a pas du faire les mêmes choses que moi durant mon service militaire…

— Sûrement ! Je t'imagine derrière un bureau, à t'occuper d'affaires juridiques pour l'armée…

— Penses-tu ! J'ai eu la bonne idée de me porter volontaire à dix-huit ans, pour en finir avec ça avant d'entamer mes études universitaires… Je me suis retrouvé « piou-piou » comme disait ma grand-mère !

Un parfait bidasse ! Et en Allemagne, encore !

— Là, tu t'es mis dans la merde tout seul…

— Oui… ! Enfin. Presque.

Gabriel n'avait guère envie de détailler par le menu cette année passée au service de son pays. Il enchaîna :

— Mais, dis-moi : que vas tu faire avec ta sœur ?

— Je ne sais pas. Je suis partagée. Je suis persuadée qu'elle n'a pas eu de chance. Pas tant à cause de sa mère, mais plutôt à cause de son parcours, de ses fréquentations.

J'ai l'impression qu'elle est prête à changer.

De toute façon, elle va purger sa peine pendant au moins quelques mois. On verra quand elle sortira.

Si je peux l'aider, je l'aiderai comme je peux. Quitte à l'aider à s'installer au Canada si elle le souhaite. Ou en Australie.

Mais je garderai mes cartes de crédit à distance, tu peux compter sur moi !

Gabriel s'assombrit. Il en avait presque oublié que le port d'attache d'Amandine était le Canada. Et le sien, le sud de la France.

— En parlant de Canada, tu y retournes quand ?

Elle le regarda et fit une moue dubitative :

— Ben, il va falloir que je songe assez rapidement à rentrer, tout de même.

S4F se gère tout seul, mais jusqu'à un certain point. On arrive au moment de l'année ou il faut préparer la planification stratégique, boucler les budgets. Bref, il y a des décisions à prendre, que je ne peux, ni ne veux déléguer…

— Et moi, je dois aussi retourner au cabinet… Les clients ont eu l'air d'apprécier Chloé, mais je dois être sur place, sinon, ils vont finir par s'évaporer les uns après les autres…

D'ailleurs, en parlant de Chloé, ça y est ! Ils ont fixé une date pour le mariage. Début décembre.

Et comme prévu, je suis l'heureux témoin… Et toi, une des demoiselles d'honneur…

L'annonce des noces de Chloé et Martinez n'empêcha pas Amandine de poursuivre la discussion sur leur relation :

— Gab'. J'adore être avec toi. Mais, ma vie est là-bas. La tienne ici. Enfin, sur la Côte.

Je sais que tu ne me demanderas jamais de tout quitter pour te rejoindre, pas plus que je ne te demanderais la même chose.

— Tu as raison. Je ne te le demanderai pas.

Cela dit, même si ça ne s'est pas bien fini avec Frank, tu as vécu un certain temps en relation longue distance.

Quant à moi, j'ai mes habitudes de vieux garçon. Et puis ça n'en rendra les moments à deux, sur la Côte ou sur la banquise, que meilleurs…

— Ce que tu peux être con, quand tu t'y mets... La banquise...

Tu dis ça alors que tu n'as vu Montréal qu'en été... Qu'est-ce que ça sera quand tu viendras en hiver !

— Ça, j'aurais l'occasion de le constater bien assez tôt !

Après un bref silence, Gabriel reprit :

— Dine.

Il y a une question qu'on n'a pas réglée.

À ton avis, est-ce que la mariée sera en blanc ?

FIN